U0638714

中华传世藏书

【图文珍藏版】

聊斋志异

[清]蒲松龄⊙原著

王艳军⊙主编

綫装書局

采　薇　翁

【原文】

明鼎革[①]，干戈蜂起[②]。於陵刘芝生先生[③]，聚众数万，将南渡。忽一肥男子诣栅门[④]，敞衣露腹，请见兵主。先生延入与语，大悦之。问其姓名，自号采薇翁。刘留参帷幄[⑤]，赠以刃。翁言："我自有利兵，无须矛戟。"问："兵何在？"翁乃捋衣露腹，脐大可容鸡子；忍气鼓之，忽脐中塞肤嗤然，突出剑跗[⑥]；握而抽之，白刃如霜。刘大惊，问："止此乎？"笑指腹曰："此武库也，何所不有。"命取弓矢，又如前状，出雕弓一具；略一闭息，则一矢飞堕，其出不穷。已而剑插脐中，即都不见。刘神之，与同寝处，敬礼甚备。

时营中号令虽严，而乌合之群，时出剽掠[⑦]。翁曰："兵贵纪律；今统数万之众，而不能镇慑人心，此败亡之道也[⑧]。"刘喜之，于是纠察卒伍，有掠取妇女财物者，枭以示众。军中稍肃，而终不能绝。翁不时乘马出，遨游部伍间，而军中悍将骄卒，辄首自堕地，不知何因。因共疑翁。前进严饬之策，兵士已畏恶之；至此益相憾怨。诸部领谮于刘曰："采薇翁，妖术也。自古名将，止闻以智，不闻以术。浮云、白雀之徒[⑨]，终致灭亡。今无辜将士，往往自失其首，人情汹惧；将军与处，亦危道也，不如图之。"刘从其言，谋俟其寝而诛之。使觇翁，翁坦腹方卧，鼻息如雷。众大喜，以兵绕舍，两人持刀入，断其头；及举刀，头已复合，息如故，大惊。又砍其腹；腹裂无血，其中戈矛森聚[⑩]，尽露其颖[⑪]。众益骇，不敢近；遥拨以矟[⑫]，而铁弩大发，射中数人。众惊散，白刘。刘急诣之，已杳矣。

【注释】

①鼎革：改朝换代。革，去故也；鼎，取新也。

②干戈蜂起：谓到处发生战乱。蜂起，如群蜂同时飞起，喻众多。

③於陵：古地名。战国时齐於陵邑。汉置为县，隋后改长山县，在今山东邹平县境。

④栅门：指军营之门。栅，栅栏。军队驻地结木为栅，以作营墙。

⑤参帷幄：谓参谋军事。帷幄，军帐，幕府。帷帐，同“帷幄”。

⑥剑跗：剑把。跗，器物的足部，通“柎”。

⑦剽掠：掳掠，抢劫。

⑧也：原无此字，据青柯亭刻本补。

⑨浮云、白雀之徒：指剑侠及神仙。

⑩森聚.直竖丛聚。

⑪颖：尖。

⑫硝：同“槊”。

【译文】

时代末年，战祸四起。山东邹平县刘芝生，聚集了数万人，准备渡江南下。忽然有个肥胖的男子来到营门，敞开衣服，袒露着肚子，求见主将。刘芝生请他进去谈话，对他大为欣赏。问他的姓名，自称采薇翁。刘芝生把他留在幕下担任参谋，并送给他一把刀。采薇翁说：“我自有锐利的武器，不需要刀枪。”问他武器在什么地方。采薇翁掀起衣服，露出肚子，肚脐大得可以放一个鸡蛋；屏气鼓腹，忽然脐中皮肤往外顶，嗤的一声一把剑柄突了出来；握住了向外抽，剑锋雪亮。刘芝生大吃一惊，问道：“只有这把剑吗?”采薇翁边笑边指着肚子说：“这是兵器库，什么东西没有?”刘芝生叫他取弓箭，又像刚才的样子，取出一张雕弓；肚脐略微收缩一下，一支箭就飞落到地上。一件一件出来，连续不断。随后将剑插入肚脐中，又都不见了。刘芝生深感神奇，和采薇翁睡在一起，招待十分恭敬周到。

采薇翁

当时军营中号令虽然严厉，但乌合之众，仍时常出去掳掠。采薇翁说：“军队以纪律为重。现在统率数万人，却不能镇伏人心，这会导致失败和灭

亡。”刘芝生听了很高兴，于是检查部队，发现有掳掠妇女、财物的，都斩首示众。军中稍为严正了一些，但不轨的行为一直未能绝迹。采薇翁时常乘马出去，在部队里漫游，这时一些凶悍的将军、骄横的士兵，往往脑袋自己掉到地上，不知是什么原因。于是大家都怀疑是采薇翁干的。以前提出严厉整顿军纪的主张，士兵已经又恨又怕他；这时对他就更加怨恨了。众将领在刘芝生面前说他坏话：“采薇翁那一套都是妖术。自古以来的名将，只听说以智取胜，没听说过以妖术取胜的。能隐身在浮云中的妙手空空儿也好、养白雀传信的张天翁也好，结果只是招来灭亡。现在不少无辜将士，往往无缘无故掉了脑袋，军中情绪惶恐不安；将军和他住在一起，也很危险，不如设法把他除掉。”刘芝生听从了他们的话，打算等采薇翁睡下以后杀死他。派人去看采薇翁在干什么，只见他袒露着肚子正在熟睡，鼾声如雷。众人十分高兴，派兵包围住房，两个人拿刀进去，砍下他的头；等刀一举，头颅已经重新合上了，依然鼾声如雷，不由得大吃一惊。又砍他的肚子，肚子开裂，却不见血，里面武器林立，锋刃毕露。众人更加害怕，不敢上前，用长矛远远拨弄，忽然铁弩猛射，好几个人中箭。众人吓得四处逃散，去报告刘芝生。刘芝生急忙赶到那里，采薇翁已经不见影踪了。

崔　猛

【原文】

崔猛，字勿猛，建昌世家子[①]。性刚毅，幼在塾中，诸童稍有所犯，辄奋拳殴击，师屡戒不悛；名、字，皆先生所赐也。至十六七，强武绝伦，又能持长竿跃登夏屋[②]。喜雪不平，以是乡人共服之，求诉禀白者盈阶满室[③]。崔抑强扶弱，不避怨嫌；稍逆之，石杖交加，支体为残。每盛怒，无敢劝者。惟事母孝，母至则解。母谴责备至，崔唯唯听命，出门辄忘。比邻有悍妇，日虐其姑。姑饿濒死，子窃啖之[4]；妇知，诟厉万端[5]，声闻四院。崔怒，逾垣而过，鼻耳唇舌尽割之，立毙。母闻大骇，呼邻子极意温恤[6]，配以少婢，事乃寝。母愤泣不食。崔惧，跪请受杖，且告以悔。母泣不顾。崔妻周，亦与并跪。母乃杖子，而又针刺其臂，作十字纹，朱涂之[7]，俾勿灭。崔并受之。母乃食。

崔猛

母喜饭僧道[8]，往往餍饱之。适一道士在门，崔过之。道士目之曰："郎君多凶横之气，恐难保其令终[9]。积善之家，不宜有此。"崔新受母戒，闻之，起敬曰："某亦自知；但一见不平，苦不自禁。力改之，或可免否？"道士笑曰："姑勿问可免不可免，请先自问能改不能改。但当痛自抑[10]；如有万分之一[11]，我告君以解死之术。"崔生平不信厌禳[12]，笑而不言。道士曰："我固知君不信。但我所言，不类巫觋[13]，行之亦盛德[14]；即或不效，亦无妨碍。"崔请教，乃曰："适门外一后生，宜厚结之，即犯死罪，彼亦能活之也。"呼崔出，指示其人，盖赵氏儿，名僧哥。赵，南昌人[15]，以岁祲饥，侨寓建昌。崔由是深相结，请赵馆于其家，供给优厚。僧哥年十二，登堂拜母，约为弟昆。逾岁东作[16]，赵携家去。音问遂绝。

崔母自邻妇死，戒子益切，有赴诉者，辄摈斥之[17]。一日，崔母弟卒，从母往吊。途遇数人，絷一男子，呵骂促步[18]，加以捶扑。观者塞途，舆不得进。崔问之，识崔者竞相拥告。先是，有巨绅子某甲者，豪横一乡，窥李申妻有色，欲夺之，道无由[19]。因命家人诱与博赌，贷以资而重其息，要使署妻于券[20]，资尽复给。终夜，负债数千；积半年，计子母三十馀千。申不能偿，强以多人篡取其妻。申哭诸其门。某怒，拉系树上，榜笞刺剟[21]，逼立"无悔状[22]"。崔闻之，气涌如山，鞭马前向，意将用武。母搴帘而呼曰："唶[23]！又欲尔耶！"崔乃止。既吊而归，不语亦不食，兀坐直视[24]，若有所嗔[25]。妻诘之，不答。至夜，和衣卧榻上，辗转达旦。次夜复然，忽启户出，辄又还卧。如此三四，妻不敢诘，惟慑息以听之。既而迟久乃反，掩扉熟寝矣。是夜，有人杀某甲于床上，刳腹流肠；申妻亦裸尸床下。官疑申，捕治之。横被残梏，踝骨皆见，卒无词[26]。积年馀，不堪刑，诬服[27]，论辟[28]。会崔母死。既殡，告妻曰："杀甲者，实我也。徒以有老母故，不敢泄。今大事已了，奈何以一身之罪殃他人？我将赴有司死耳！"妻惊挽之，绝裾而去[29]，自首于庭[30]。官愕然，械送狱，释申。申不可，坚以自承。官不能决，两收之[31]。戚属皆诮让申。申曰："公子所为，是我欲为而不能者也。彼代我为之，而忍坐视其死乎？今日即谓公子未出也可。"执不异词，固与崔争。久之，衙门皆知其故，强出之，以崔抵罪，濒就决矣。会恤刑官赵部郎[32]，案临阅囚[33]，至崔名，屏人而唤之。崔人，仰视堂上，僧哥也。悲喜实诉。赵徘徊良久，仍令下狱，嘱狱卒善视之。寻以自首减等[34]，充云南军。申为服役而去。未期年，援赦而归[35]：皆赵力也。

既归，申终从不去，代为纪理生业。予之资，不受。缘橦技击之术，颇以关怀。崔厚遇之，买妇授田焉。崔由此力改前行，每抚臂上刺痕，泫然流涕。以故乡邻有事，申辄矫命排解，不相禀白。有王监生者，家豪富，四方无赖不仁之辈[36]，出入其门。邑中殷实者，多被劫掠；或迕之，辄遣盗杀诸途。子亦淫暴。王有寡婶，父子俱烝之[37]。妻仇氏，屡沮王，王缢杀之。仇兄弟质诸官，王赇嘱，以告者坐诬[38]。兄弟冤愤莫伸，诣崔求诉。申绝之使去。过数日，客至，适无仆，使申瀹茗。申默然出，告人曰："我与崔猛朋友耳，从徙万里[39]，不可谓不至矣；曾无廪给[40]，而役同厮养[41]，所不甘也！"遂忿而去。或以告崔。崔讶其改节，而亦未之奇也。申忽讼于官，谓崔三年不给佣值。崔大异之，亲与对状，申忿相争。官不直之，责逐而去。又数日，申忽夜入王家，将其父子婶妇并杀之，粘纸于壁，自书姓名；及追捕之，则亡命无迹。王家疑崔主使，官不信。崔始悟前此之讼，盖恐杀人之累己也。关行附近州邑[42]，追捕甚急。会闯贼犯顺[43]，其事遂寝。

及明鼎革[44]，申携家归，仍与崔善如初。时土寇啸聚，王有从子得仁，集叔所招无赖，据山为盗，焚掠村疃。一夜，倾巢而至，以报仇为名。崔适他出；申破扉始觉，越墙伏暗中。贼搜崔、李不得，掳崔妻[45]，括财物而去[46]。申归，止有一仆，忿极，乃断绳数十段，以短者付仆，长者自怀之。嘱仆越贼巢，登半山，以火爇绳，散挂荆棘，即反勿顾。仆应而去。申窥贼皆腰束红带，帽系红绢，遂效其装。有老牝马初生驹，贼弃诸门外。申乃缚驹跨马[47]，衔枚而出[48]，直至贼穴。贼据一大村，申絷马村外，逾垣入。见贼众纷纭，操戈未释。申窃问诸贼，知崔妻在王某所。俄闻传令，俾各休息，轰然嗷应。忽一人报东山有火，众贼共望之；初犹一二点，既而多类星宿[49]。申坌息急呼东山有警。王大惊，束装率众而出。申乘间漏出其右，返身入内。见两贼守帐，绐之曰："王将军遗佩刀。"两贼竞觅。申自后斫之，一贼踣；其一回顾，申又斩之。竟负崔妻越垣而出。解马授辔，曰："娘子不知途，纵马可也。"马恋驹奔驶，申从之。出一隘口[50]，申灼火于绳，遍悬之，乃归。

次日，崔还，以为大辱，形神跳躁[51]，欲单骑往平贼。申谏止之。集村人共谋，众恇怯莫敢应[52]。解谕再四，得敢往二十馀人，又苦无兵[53]。适于得仁族姓家获奸细二，崔欲杀之，申不可；命二十人各持白梃，具列于前，乃割其耳而纵之。众怨曰："此等兵旅，方惧贼知，而反示之。脱其倾队而来，阖村不保矣[54]！"申曰："吾正欲其来也。"执匿盗者诛之。遣人四出，各假弓矢火铳，又诣邑借巨炮二。日暮，率壮士至隘口，置炮当其冲[55]；使二人匿火而伏，嘱见贼乃发。又至谷东口，伐树置崖上。已而与崔各率十馀人，分岸伏之[56]。一更向尽，遥闻马嘶，贼果大至，繦属不绝。俟尽入谷，乃推堕树木，断其归路。俄而炮发，喧腾号叫之声，震动山谷。贼骤退，自相践踏；至东口，不得出，集无隙地。两岸铳矢夹攻，势如风雨，断头折足者，枕藉沟中。遗二十馀人，长跪乞命。乃遣人絷送以归。乘胜直抵其巢。守巢者闻风奔窜，搜其辎重而还[57]。崔大喜，问其设火之谋。曰："设火于东，恐其西追也；短，欲其速尽，恐侦知其无人也；既而设于谷口，口甚隘，一夫可以断之，彼即追来，见火必惧：皆一时犯险之下策也。"取贼鞫之，果追入谷，见火惊退。二十馀贼，尽劓刖而放之[58]。由此威声大震，远近避乱者从之如市，得土团三百馀人[59]。各处强寇无敢犯，一方赖之以安。

异史氏曰："快牛必能破车[60]，崔之谓哉！志意慷慨，盖鲜俪矣[61]。然欲天下无不平之事，宁非意过其通者与[62]？李申，一介细民[63]，遂能济美。缘檀飞入，剪禽兽于深闺；断路夹攻，荡幺魔于隘谷。使得假五丈之旗[64]，为国效命，乌在不南面而王哉[65]！"

【注释】

①建昌：明清府名，治所在今江西省南城县。

②夏屋：大屋。夏，大。

③求诉禀白者：前来诉冤陈事的人。

④窃啖之：暗地里送饭给母亲吃。

⑤诟厉万端：怒斥辱骂，没完没了。厉，虐害。

⑥温恤：好言劝慰。

⑦朱：红色染料。

⑧饭：施饭。

⑨令终：善终，平安地终其天年。令，善，美。

⑩痛自抑：严格地克制自己。

⑪万分之一：万一，指万一惹下杀身之祸。

⑫厌禳：用迷信的方法，祈祷鬼神，消除灾难。禳，除殃。

⑬巫觋：装神弄鬼、代人祈祷消灾的人。巫，女巫。觋，男巫。

⑭盛德：积德。

⑮南昌：旧府名，治所在今江西省南昌市。

⑯东作：春耕生产。《尚书·尧典》："寅宾日出，平秩东作。"《传》："岁起于东，而始就耕，谓之东作。"

⑰摈斥：斥退，拒绝。

⑱促步：催其行走。

⑲道无由：找不到因由。道，理。

⑳署妻于券：意谓签署契约，注明以妻为抵押。

㉑榜笞刺剟：谓严刑拷打。剟，刺。

㉒"无悔状"：保证不再反悔的字据。

㉓啧：大声咄斥。

㉔兀坐：独自端坐。

㉕嗔：嗔怒；生气。

㉖卒无词：始终没有招承。词，供词。

㉗诬服：被迫衔冤认罪。

㉘论辟：判处死刑。辟，大辟，斩首。

㉙绝裾：断绝襟袖，以示去意坚决。裾，衣服的襟袖。

㉚庭：公庭，官府。

㉛两收之：两人均入狱。收，拘押。

㉜恤刑官：分赴各道，审理囚犯。恤刑，慎用刑罚。

㉝阅囚：也称“录囚”，审察并复勘已定罪的囚犯。

㉞减等：减刑。等，量刑的等级。

㉟援赦：根据赦令。

㊱不仁：据二十四卷抄本，原作“不忍”。

㊲烝：同母辈通奸，叫“烝”。

㊳坐诬：治以诬陷之罪。

㊴徙：徙边，流放。指上文所谓“充云南军”。

㊵廪给：给以粮米，犹言给予工钱。

㊶役同厮养：役使如同奴仆。厮养，旧时对仆役的贱称。

㊷关行附近州邑：发出公函到附近州县。关，关文，古时官府间平行公文。

㊸闯贼犯顺：指闯王李自成起义反明。犯顺，以逆反顺，造反作乱。称义军为“贼”、为“逆”这是作者的阶级偏见。

㊹及明鼎革：指清朝取代明朝。鼎革，鼎和革都是《易》卦名，是更新、去故的意思，因用以代指改朝换代。

㊺掳：据二十四卷抄本，原作“据”。

㊻括：囊括。

㊼缚驹跨马：指缚驹于家，跨牝马而去。

㊽衔枚：不声不响的意思。枚，形如箸，两端有带，可系于颈。古时进军偷袭时，常令士兵衔在口中，以防喧哗。

㊾多类星宿：多得像天上的星星。

㊿隘口：险要的关口。

51形神跳躁：暴跳如雷，情绪烦躁。形，指形体。神，指精神。

⑫恇：懦弱，胆怯。

⑬兵：兵器。

⑭阍：据二十四卷本，原作“阃”。

⑮冲：冲要之处。

⑯岸：指山谷两侧。

⑰辎：据二十四卷抄本，原作“锱”。

⑱劓刖：割鼻、断足，均为古代酷刑。

⑲土团：犹言“乡团”“乡勇”。

⑳快牛必能破车：意谓刚勇盛气之人，必然惹祸招灾。《晋书·石季龙载记》：石虎年轻时喜游荡，好驰猎，多次以弹伤人。其从父石勒欲杀之。勒母曰：“快牛为犊子时，多能破车，汝当小忍之。”快牛，快而有力的牛，喻盛气的人。

㉑俪：并列，比并。

㉒意过其通：意谓主观所想超过常理。通，通常的道理。

㉓一介细民：一个普通小民。介，通“个”。

㉔假五丈之旗：古时武臣出镇则建军前大旗；此谓朝廷授以军权。五丈旗，大旗；此指主帅之大纛。

㉕乌在不南面而王哉：意谓无论南征北讨，都能建功授爵。南面，古时以坐北面南为尊，后来泛指帝王或重臣的统治为“南面”。王，君临，统治。

【译文】

崔猛，字勿猛，江西建昌府世家子弟。性格刚强果敢，小时候在私塾读书，孩子们稍有侵犯，他就挥拳殴打，先生多次警告，仍不悔改；他的名和字，都是先生取的。长到十六七岁，武艺超群；还能手持长竿跳上高屋。喜欢打抱不平，所以乡里的人都佩服他，前来诉冤求助的人，站满了台阶，挤满了屋子。崔猛压抑豪强，扶助弱者，不怕别人仇恨；稍微违背了他，就石块、棍子一起上，把人打得体伤肢

残。每当他火气上来，没有敢去劝阻的。唯独侍奉母亲特别孝顺，只要母亲一到，他的怒气就消除了。崔母百般谴责，崔猛唯唯诺诺，唯命是听，但一出门就全忘了。

近邻有个凶悍的媳妇，天天虐待婆婆。婆婆快要饿死了，儿子偷偷给她饭吃；那恶妇知道后，百般辱骂，四周邻居都听到了。崔猛勃然大怒，跳过墙头，把恶妇的鼻子、耳朵、嘴唇、舌头全都割掉，马上就死了。崔母听后害怕极了，把邻家的儿子叫来，极力劝慰抚恤，又把一个年轻丫鬟给他做妻子，事情才平息下来。为此，崔母气得光流泪不吃饭。崔猛怕了，跪在地上请母亲用棍子打他，并告诉她自己已经悔过。崔母哭着不理他。崔猛的妻子周氏，也同他一起跪下。崔母才打了儿子，又用针在他臂上刺了十字形花纹，涂上红色，使它永不消失。崔猛都接受了。崔母才开始吃饭。

崔母喜欢布施僧道，常常尽他们吃饱。一天有个道士站在门前，崔猛恰巧从他前面经过。道士看着崔猛说："郎君脸上有很多凶横之气，恐怕难保善终。积善的人家，不应该有这种情况。"崔猛刚接受母亲的训诫，听了这话，心生敬意说："我自己也明白；只是一看到不平，苦于没法控制自己。如果勉力改正，或许可以免除灾祸吧？"道士笑着说："暂且不要问能免不能免，请先自问能改不能改。只应当做到尽力克制自己。如果有万分之一的希望，我可以把解除死亡的办法告诉你。"崔猛生平不相信祈祷鬼神、消除灾祸那一套，笑着不说话。道士说："我本来就知道你不相信。只是我所说的办法，和那些巫师的法术不同，做到了也是一种美德，即使不见效，也没有什么妨碍。"崔猛就向他请教，道士才说："刚才门外有个年轻人，应该和他结下深交，即使你以后犯了死罪，他也能把你救活。"说完，叫崔猛出去，指给他看那个人，原来是赵家的儿子，名叫僧哥。赵家是南昌人，因为那年遭受饥荒，客居在建昌。崔猛从此深交僧哥，请他全家住到自己家里，吃用都很优厚。僧哥当时十二岁，崔猛带他登堂拜见母亲，和他结为兄弟。第二年春耕的时候，赵家全家回南昌，就断了音信。

崔母自从邻家的媳妇死后，教训儿子更加严厉，有来诉冤求助的人，一概拒绝斥退。一天，崔母的弟弟死了，崔猛跟着母亲去吊丧。路上遇见几个人，用绳子捆着一个男子，边打边骂，逼他快走。围观的人堵住了路，轿子无法过去。崔猛去打听情况，认识他的人争着拥上前告诉他。原来在此之前，有个大乡绅的儿子某甲，在乡里横行霸道，看见李申的妻子长得漂亮，想夺过来，又没借口。就叫仆人引诱李申一起赌博，用高利借给他钱，要挟他在借据上写明用妻子作抵押，李申钱输光了，又继续借给他。赌了一夜，李申负债好几千；过了半年，连本带利，滚到三万多。李申无法偿还，某甲就派了很多人强行把他的妻子夺走。李申到他家门前哭，某甲火了，把李申拉去绑在树上，棒打锥刺，逼他立下不再反悔的字据。崔猛听后，一股气涌上来，像山一样压在心头，策马向前，想要动武。崔母撩起轿帘喊道："咋的！又要像从前那样吗？"崔猛才停下来。吊完丧回到家里，既不说话，也不吃饭，独自坐着，两眼愣愣地望着前面，好像和谁生气似的。妻子问他，也不回答。到了晚上，崔猛和衣躺在床上，翻来覆去直到天亮，第二天晚上还是这样。忽然开门出去，就又返回躺下，这样三四次，妻子不敢问他，只是提心吊胆、一声不吭地听着。后来出去很长时间才回来，关上房门睡得很沉。

就在这天晚上，有人把某甲杀死在床上，肚子破开，肠子流了出来；李申妻子的尸体也赤裸裸地倒在床下。官府怀疑是李申干的，把他抓起来治罪。李申横遭酷刑，被打得脚腕骨都露了出来，始终没有供认。过了一年多，实在受不了酷刑，被迫无辜服罪，判处死刑。恰巧这时崔母死了，安葬完毕，崔猛对妻子说："杀死某甲的人，实在是我。只因为老母还活着，所以不敢泄露出去。现在大事已经了结，怎能把自身的罪行祸害别人？我将到官府去抵命！"妻子惊恐地拉住他，崔猛挣断衣袖出去，到公廷自首。当官的听了颇感意外，给他带上刑具送进监狱，同时释放李申。李申不同意，坚持承认是自己干的。当官的判断不了，就把两人都关押起来。亲戚都责怪李申。李申说："崔公子所作所为，是我想做而做不到的。他代我做了，我忍心坐看他死吗？现在只当崔公子没有出面自首就是了。"一口咬定原来的供词，坚持和崔猛争。久而久之，衙门里的人都知道了其中的缘故，硬把李申释放，以崔猛抵罪，眼看就要处决了。恰巧在这时候，恤刑官赵部郎到建昌审查囚犯的罪状，审到崔猛的名字，叫旁人退下，把他单独招来。崔猛进去抬头一看，原来是僧哥。悲喜交集，就把实情告诉了他。赵部郎反复思考，仍然叫人把他送进监狱，嘱咐狱卒好好照顾他。接着就以投案自首为理由减刑，发配到云南充军，李申自愿跟从服役，也去了云南；不到一年，又根据赦令放了回来。这一切，都是赵部郎出了力。

崔猛回家以后，李申始终跟着他不肯离开，替他管理家业。崔猛给他钱，也不接受，而对爬高格斗之类武艺，却很感兴趣。崔猛待他很好，替他买了女子作妻，还送给他一些田地。崔猛从此力改过去的行为，常常抚摸母亲刺在臂上的花纹，泪流满面。因此遇到乡邻有事，李申就假托他的命令，排难解纷，而不去告诉他。

有个姓王的监生，是个富豪，四面八方的无赖坏蛋，都在他的家门进进出出。县里富裕人家，大多被他抢劫过；有触犯他的，就叫强盗在路上杀了。他的儿子也淫乱暴虐。王某有个守寡的婶婶，父子两人都和她通奸。他的妻子仇氏，屡次劝阻他，王某就把她勒死了。仇氏的兄弟到官府告状，王某就进行贿赂，嘱咐官府将原告治以诬陷之罪。仇氏兄弟怨怼无处申诉，就到崔猛那里求助。李申加以拒绝，叫他们回去。过了几天，有客人来，恰巧仆人不在，崔猛就叫李申沏茶。李申默默地走了出去，告诉旁人："我和崔猛是朋友，跟着他流放到万里之外，不能说我不够交情。但他从不曾给过工钱，却把我当仆人一般使唤，我可不愿意这样下去！"说完，愤愤地走了。有人告诉了崔猛，崔猛对他变了脸虽是惊讶，但也并不很奇怪。李申忽然到府官告状，说崔猛三年没给他工钱。崔猛大为惊异，亲自去当堂对质。李申气愤地争个不休。官府认为他说的没什么道理，把他训斥一顿，赶了出去。又过几天，李申忽然在夜间潜入王监生家里，把他父子两人及婶婶全都杀了，并在墙上贴纸，写下自己姓名；等追捕他，已经逃得无影无踪。王家怀疑是崔猛指使的，官府不相信。崔猛这才明白先前李申告他的状，是怕杀人连累他。官府向附近州县发出公文，追捕很急。恰巧李自成率军攻下北京，这件事也就作罢了。等到明朝灭亡，李申带了家里人回来，仍和崔猛像当初一样友好。

当时有不少土匪在山林中拉帮结伙，王监生有个侄子王得仁，把他叔叔招来的那批无赖召集起来，占据山头，公然为盗，烧杀抢劫，骚扰村庄。一天晚上，这帮强盗倾巢而出，以替叔父报仇为名，围攻崔猛住宅。崔猛正巧出门了；直到大门被攻破，李申方才发觉，翻过墙头，在暗处藏了起来。强盗没有搜到崔猛、李申，就抓了崔猛的妻子，把财物掠夺一空。李申回去后，家里只剩下一个仆人，气愤极了，就将绳子割成几十段，把短的交给仆人，长的揣在自己怀里。嘱咐仆人绕过强盗的老窝，爬到半山，把绳子点着火，散挂在灌木丛中，然后马上回来，不要再去管它。仆人应了一声就走了。李申在暗中看到强盗腰上都束着一条红带子，帽子系着一块红绸子，就装扮成他们的模样。崔猛家有一匹刚下驹的老马，强盗把它扔在门外。李申拴住小驹，跨上老马，不声不响地直达强盗的巢穴。这帮强盗占据了一个大村子，李申将马拴在村外，翻过墙头进村。看到强盗们乱纷纷的，手中的兵器还没有放下。李申偷偷向强盗打听，知道崔猛的妻子被关在王得仁的住所。不一会，听到王得仁传下命令，让他们各自休息，强盗们闹哄哄答应着。忽然有人报告东山有火，强盗们一起望去，见那里起先还只有一两点火光，后来多得就像满天星星。李申装出一副气喘吁吁的样子，大喊东山有紧急情况。王得仁大吃一惊，穿上戎装，带着众人跑出来。李申乘机从旁边溜走，转身进去，见两个强盗守着营帐，就骗他们说："王将军的佩刀忘记带了。"两个强盗争着寻找。李申从后面砍了一刀，一个强盗倒在地上，另一个回头看时，李申也把他杀了。李申背着崔猛的妻子，翻过墙头，到了村外，解开那匹老马，把缰绳交给她，说："娘子不认识回去的路，随马奔跑就行了。"老马恋着小驹，往家里急奔，李申跟在它的后面。出了一个险要关口，李申用火点燃绳子，到处挂满，就回家了。

第二天，崔猛回来，把这件事看作是奇耻大辱，怒形于色，暴跳如雷，想单枪匹马去扫平强盗。李申劝阻了他，召集村里人一起商量，大家都畏畏缩缩，没人应声。李申再三解释说明，才有二十多个人敢去，又苦于没有武器。恰巧在王得仁的一个同族家中抓到两个奸细。崔猛想杀了他们，李申不同意，叫那二十多人各自拿着一根棍子，排在面前，就割掉奸细的耳朵放走了。大家埋怨说："这样的队伍，正怕强盗知道底细，怎么反倒让他们看？如果他们倾巢而来，全村难保了。"李申说："我正是想叫他们倾巢而来。"随后把藏匿奸细的人抓来杀了。派人到各处去，借取弓箭火枪，又到县里借了两门大炮。天黑以后，李申率领壮士来到险要的关口，把炮安放在要冲，叫两个人不露明火埋伏在旁，吩咐他们看到强盗才开炮。又到山谷东口，砍了一些树木放在山崖上。然后和崔猛各自率领十多个人，分别在山谷两侧埋伏起来。一更将尽，远远听到马叫声，强盗果然大批出动。一个接一个，连续不断。等他们全都进了山谷，李申和壮士就把崖上的树木推下去，断了他们的归路。不一会两炮齐发，喧腾号叫的声音震动山谷。强盗立刻后退，自相践踏；到了山谷东口，被树木挡住去路，逃不出去，聚在一起，拥挤不堪。两边山上火枪利箭夹攻，势如暴风骤雨，那些强盗断了头的，折了腿的，在山沟里横七竖八，叠在一起。余下二十多人，直挺挺地跪在地上请求饶命。李申派人把他们绑起来押送回去。乘胜直捣强盗的老窝。守窝的强盗闻风逃窜，就把物资全部搜出来，带了回去。

崔猛非常高兴，问李申将绳子点上火是什么计谋。李申说："在东山放火绳，是怕他们向西追赶；点火的绳子很短，是想叫它们赶快烧完，怕他们侦探出那里没人；随后在关口放火绳，关口很窄，一个人就能截断去路，他们即使追来，看到火光，必然害怕。这都是一时冒险的下策。"将俘获的强盗拉来审问，当时果然追进山谷，看到火光吓退回去。那二十多个俘获的强盗，都割了鼻子砍了脚放走。从此声威大震，远远近近逃避战乱的人投奔他们，如同闹市一般，建立了一个三百多人的民团。各地强盗，没有敢来侵犯的，这一带地方，靠他们得到了安宁。

异史氏说：快牛必定会拉坏车子。指的就是崔猛这样的人吧！意气慷慨，简直是天下无双。但是想要天下没有不平的事，岂不是主观愿望超过了实际可能吗？李申一个小小百姓，竟能继承他的侠义。爬上木杆，飞过高墙，将衣冠禽兽杀死在卧室内；截断归路，两边夹攻，把恶魔强盗消灭于狭谷中。如果能有一面朝廷授予的五丈旗，为国效劳，难道不能南面封王吗？

诗　谳

【原文】

青州居民范小山，贩笔为业，行贾未归[①]。四月间，妻贺氏独居，夜为盗所杀。是夜微雨，泥中遗诗扇一柄，乃王晟之赠吴蜚卿者。晟，不知何人；吴，益都之素封，与范同里，平日颇有佻达之行，故里党共信之。郡县拘质，坚不伏，惨被械梏，诬以成案；驳解往复[②]，历十馀官，更无异议。吴亦自分必死，嘱其妻罄竭所有[③]，以济茕独[④]。有向其门诵佛千者，给以絮裤[⑤]；至万者絮袄：于是乞丐如市，佛号声闻十馀里。因而家骤贫，惟日货田产以给资斧。阴赂监者使市鸩[⑥]。夜梦神人告之曰："子勿死，曩日'外边凶'，目下'里边吉'矣。"再睡，又言，以是不果死。

未几，周元亮先生分守是道[⑦]，录囚至吴[⑧]，若有所思。因问："吴某杀人，有何确据？"范以扇对。先生熟视扇，便问："王晟何人？"并云不知。又将爰书细阅一过[⑨]，立命脱其死械，自监移之仓[⑩]。范力争之。怒曰："尔欲妄杀一人便了却耶？抑将得仇人而甘心耶？"众疑先生私吴，俱莫敢言。先生标朱签[⑪]，立拘南郭某肆主人。主人惧，莫知所以。至则问曰："肆壁有东莞李秀诗[⑫]，何时题耶？"答云："旧岁提学案临，有日照二三秀才[⑬]，饮醉留题，不知所居何里。"遂遣役至日照，坐拘李秀[⑭]。数日，秀至。怒曰："既作秀才，奈何谋杀人？"秀顿首错愕，曰："无之！"先生掷扇下，令其自视，曰："明系尔作，何诡托王晟？"秀审视，曰："诗真某作，字实非某书。"曰："既知汝诗，当即汝友。谁书者？"秀曰："迹似沂州王佐[⑮]。"乃遣役关拘王佐[⑯]。佐至，呵问如秀状。佐供："此益都铁商张成索某书者，云晟其表兄也。"先生曰："盗在此矣。"执晟至，一讯遂伏。

先是，晟窥贺美，欲挑之，恐不谐。念托于吴，必人所共信，故伪为吴扇，执而往。谐则自认，不谐则嫁名于吴，而实不期至于杀也。逾垣入，逼妇。妇因独居，常以刃自卫。既觉，捉晟衣。操刀而起。晟惧，夺其刀。妇力挽，令不得脱，且号。晟益窘，遂杀之，委扇而去[17]。三年冤狱，一朝而雪，无不诵神明者。吴始悟“里边吉”乃“周”字也？然终莫解其故。

后邑绅乘间请之[18]，笑曰：“此最易知。细阅爰书，贺被杀在四月上旬；是夜阴雨，天气犹寒，扇乃不急之物，岂有忙迫之时，反携此以增累者，其嫁祸可知。向避雨南郭，见题壁诗与箑头之作[19]，口角相类[20]，故妄度李生，果因是而得真盗。”闻者叹服。

异史氏曰：“天下事入之深者[21]，当其无有有之用[22]。词赋文章，华国之具也[23]，而先生以相天下士[24]，称孙阳焉[25]。岂非入其中深乎？而不谓相士之道，移于折狱[26]。《易》曰：‘知几其神。’[27]先生有之矣。”

【注释】 

①行贾：在外经商。

②驳解往复：指地方及上级官府反复审理。驳，驳勘，指上级官府驳回原判，重行复审。解，解勘，指重罪要犯由地方解送上级逐层审勘。

③罄竭所有：竭尽全部资财。罄，尽。

④济茕独：指行善。济，救济。茕独，孤独无靠的人。

⑤絮裤：棉裤。

⑥市鸩：买毒酒；谓意欲自尽。鸩，鸟名，其羽有毒，浸酒饮之即死。

⑦周元亮：明末清初人，名亮工，字栎园，河南祥符（今开封市）人，明崇祯十三年进士，授监察御史。仕清后，官福建布政使等职。后被劾罢官。康熙元年起用，补山东青州海防道。

⑧录囚：也称“阅囚”

⑨爰书：古时记录囚犯供词的文书。

⑩自监移之仓：由内牢移至外监。清制，监狱分内、外监，“死囚禁内监；军流以下禁外监。”仓，罪犯监禁之所，指外监。

⑪标：书写。指写上欲拘者姓名、地址。朱签：红色竹签，为旧时官府交给差役拘捕犯人的凭证。

⑫东莞：古县名，西汉置，治所在今山东省沂水；南朝宋，治所改移至今山东莒县。

⑬日照：县名，金置。魏晋以后，旧地属莒县，故日照李秀可称东莞人。

⑭坐拘：犹言立即拘捕。坐，坐等、坐致。

⑮迹：字迹。沂州：州名，治所在今山东临沂县。清雍正时，升为府。

⑯关拘：发公函拘捕。关，指“关文”，旧时官府的平行公文。青州和沂州平级，故用“关文”。

⑰委：丢弃。

⑱乘间请之：找个机会请教于周元亮。

⑲箑头：扇上。箑，扇子。

⑳口角相类：语气相近。口角，犹言“口吻”。

㉑入之深：指深入事物本质。

㉒当其无有之用：意谓深入事理的人，能于无以为用之处，发现它的作用。

㉓华国之具：用以为国家增光添彩。

㉔以相天下士：意谓根据众多读书人所写的文章来观测他们各自的性行和命运。相，观察，鉴别。

㉕称孙阳焉：被称为伯乐式的人物。孙阳，春秋秦穆公时人，一名伯乐，善相马。

㉖折狱：断案。

㉗“知几其神”：知几，知道事物发生变化的隐微因素或迹兆。神，神妙，神理。

【译文】

青州居民范小山，以贩卖毛笔为职业，出外做买卖没回来。四月间，他妻子贺氏一人睡在家里，被人杀死。这夜有小雨，在泥地上丢下一把题着诗的折扇，是王晟赠送给吴蜚卿的。王晟，不知是什么人。吴蜚卿，是益都大户人家，和范小山同县，平素有些轻薄的行为，所以乡亲们都以为是吴生作的案。府里县里抓吴生来质问，吴生却不承认，受到残酷刑罚，就给定了案。反复审理，经过十多个官员，也没有不同意见。吴生自己也认为必是死罪了，就嘱咐妻子尽自己所有周济孤贫。有在他门前念千遍佛的，给条棉裤；念万遍的，给件棉袄。于是，要饭的人像赶市一般，念佛的声音传出十多里。而家里猛地穷了下来，只有天天卖出田产来支付狱里用费。吴生还暗地里贿赂看守买下了毒药。夜里梦见神人告诉说："你不要死。以前'外面凶'，眼下'里面吉'了。"再睡，又梦见神人这么说，这样便没有死成。

不久，周元亮先生来青州做官，检查囚犯名册，看到吴生的名字，像是想到了什么，就问："吴某杀人有什么确实证据？"范家人说是有扇子为证。周先生仔细看过扇子，就问："王晟是什么人？"都说不知道。周先生又将供词细看一遍，立刻下令除掉吴生的手铐脚镣，将他从死囚牢里挪到轻犯人的牢里。范家竭力反对。周先生生气了，说："想杀掉一个无辜的人就了却这件案子呢？还是真得到仇人才甘心呢？"大家怀疑周先生包庇吴生，就不敢再说什么。

周先生发出朱签，立刻拘拿南城某店主人。店主人很害怕，不知为了什么。抓来店主，周先生审问说："你店的墙上有东莞李秀的诗，什么时候题写的？"回答说："去年学使来开考，有两三个秀才，喝醉酒题写的，不知住在哪里。"周就派人去日照，坐等拘拿李秀。

几天后，李秀拘来。周先生发怒说："既然是秀才，为什么要杀人？"李秀惊吓得只是连连叩头，直说没有杀人。周先生扔过扇子，让他自己看看，说："明明是你做的诗，怎么假托是王晟呢？"李秀细细看过，说："诗真是我做的，可是字不是我写的。”周说：“既然知道你做的诗，当然就是你的朋友。是谁写的?”李秀说：“字迹像是沂州的王佐。”就又派了差役带上文书去拘拿王佐。王佐来到，周先生审问，像呵责李秀一样。王佐说：“这是益都贩铁商人张诚求我写的，说王晟是他表兄。”周先生说：“真凶手在这里了。”抓来张诚，审问一堂就认罪了。

原来，张诚看着贺氏漂亮，想勾引她又怕不成。因此想假托是吴蜚卿，人们必定都相信，所以假造了吴生的扇子，拿着去了。勾引成功，就自己承认，不成就将祸事转嫁给吴生，也实在没打算杀人。张诚跳墙进去，逼迫范妻。范妻因为独睡，常预备着刀子自卫。发觉有人，范妻抓住张诚衣裳，拿着刀子站起身。张诚害怕，夺过刀来，范妻使劲抓着，不让逃脱，又高声呼救。张诚更加惊慌，就将范妻杀死，丢下扇子跑了。

三年冤狱，一日洗雪，没有不称赞周先生圣明的。吴蜚卿这才醒悟“里边吉”是个“周”字。可是都不明白周先生破案的缘故。后来乡绅们趁个机会请问，周先生笑着说：“这很容易知道。仔细看供词，贺氏被杀在四月上旬，这夜阴雨，天气还冷，扇子不是急需的物件，哪有急忙之时，反而带着它增加累赘的，可知这是嫁祸于人。以前我在南城避雨，看见墙上题的诗，和扇子上的语气相同，故猜度是李生，果然从这儿查出真凶。这不过是碰巧弄对了吧！”听的人很是叹服。

鹿衔草

【原文】

关外山中多鹿[1]。土人戴鹿首，伏草中，卷叶作声，鹿即群至。然牡少而牝多。牡交群牝，千百必遍，既遍遂死。众牝嗅之，知其死，分走谷中，衔异草置吻旁以熏之，顷刻复苏。急鸣金施铳[2]，群鹿惊走。因取其草，可以回生。

【注释】

①关外：山海关以外，泛指我国东北地区。

②铳：火铳，一种火器。

【译文】

关外山中有许多鹿，本地土人顶着一个鹿头，伏在草丛中，卷起树叶吹出声音，群鹿就纷至沓来。然而，鹿群中公鹿少母鹿多。公鹿和母鹿交配，无论有几千几百母鹿，公鹿都要交配到，交配完之后，公鹿就累死了。众母鹿在公鹿身上闻一闻，知道它已经死了，于是分别跑到山谷中衔回一种异草放在公鹿嘴边熏它，不大一会儿，死鹿就复活了。这时，土人连忙敲锣放炮，群鹿都吓跑了，于是拿回了这种草，可以用来起死回生。

小　棺

【原文】

天津有舟人某，夜梦一人教之曰："明日有载竹笥赁舟者[①]，索之千金；不然，勿渡也。"某醒，不信。既寐，复梦，且书"顾、㵽、𩓐"三字于壁，嘱云："倘渠吝价，当即书此示之。"某异之。但不识其字，亦不解何意。

次日，留心行旅。日向西，果有一人驱骡载笥来，问舟。某如梦索价。其人笑之。反复良久，某牵其手，以指书前字。其人大愕，即刻而灭。搜其装载，则小棺数万馀，每具仅长指许，各贮滴血而已。某以三字传示遐迩，并无知者。未几，吴逆叛谋既露[2]，党羽尽诛，陈尸几如棺数焉。徐白山说。

【注释】

①竹笥：竹制方形盛器。

②吴逆：指吴三桂。见《男生子》“吴藩”注。逆，叛逆。吴三桂于清康熙十一年（1672）举兵反清，事详《清史稿》本传。

【译文】

天津有一个船家，夜里梦见一个人对他说：“明天有运竹簏来租船渡河的人来，向他要一千两银子，否则，不渡他过河。”船家梦醒之后，不相信这件事，白天又睡了一觉，仍然做了这个梦，那人还在墙上写了“赑”三个字，嘱咐道：“如果他吝惜银钱，就写这几个字给他看。”船家觉得奇怪。可是不认识这几个字，也不知道是什么意思。

第二天，他留心观察过往的旅客。太阳偏西时，真的有一人赶着骡子载着竹簏来了，要租船过河。船家按梦中的指点索价一千两银子，那人笑了。两人反复讨价还价，船家拉过那人的手，用手指在他手心写上那几个怪字，那人大惊失色，即刻消失不见，搜查他的竹簏，则里面有小棺材数万个，每个棺材仅长一指多，里面只存一滴血。这位船家把那三个怪字拿出去给人看，无论远处的近处的，都不知道是什么意思。过了不长时间，吴逆谋反阴谋败露，党羽全都被诛杀，尸体数恰好是小棺材的数量。这是徐白山所讲述的事。

邢子仪

【原文】

滕有杨某[1]，从白莲教党[2]，得左道之术[3]。徐鸿儒诛后，杨幸漏脱，遂挟术以遨[4]。家中田园楼阁，颇称富有。至泗上某绅家[5]，幻法为戏，妇女出窥。杨睨其女美，归谋摄取之。其继室朱氏，亦风韵，饰以华妆，伪作仙姬；又授木鸟，教之作用[6]；乃自楼头推堕之。朱觉身轻如叶，飘飘然凌云而行。无何，至一处，云止不前，知已至矣。是夜，月明清洁，俯视甚了。取木鸟投之，鸟振翼飞去，直达女室。女见彩禽翔入，唤婢扑之，鸟已冲帘出。女追之，鸟堕地作鼓翼声；近逼之，扑入裙底；展转间，负女飞腾，直冲霄汉。婢大号。朱在云中言曰："下界人勿须惊怖，我月府姮娥也[7]。渠是王母第九女，偶谪尘世。王母日切怀念[8]，暂招去一相会聚，即送还耳。"遂与结襟而行。方及泗水之界[9]，适有放飞爆者，斜触鸟翼；鸟惊堕，牵朱亦堕，落一秀才家。

秀才邢子仪，家赤贫而性方鲠[10]。曾有邻妇夜奔，拒不纳。妇衔愤去，谮诸其夫，诬以挑引。夫固无赖，晨夕登门诟辱之。邢因货产，僦居别村。有相者顾某，善决人福寿，邢踵门叩之[11]。顾望见笑曰："君富足千钟，何着败絮见人[12]？岂谓某无瞳耶?"邢嗤妄之。顾细审曰："是矣。固虽萧索，然金穴不远矣。"邢又妄之。顾曰："不惟暴富，且得丽人。"邢终不以为信。顾推之出，曰："且去且去，验后方索谢耳。"是夜，独坐月下，忽二女自天降，视之，皆丽姝。诧为妖，诘问之，初不肯言。邢将号召乡里，朱惧，始以实告，且嘱勿泄，愿终从焉。邢思世家女不与妖人妇等，遂遣人告其家。其父母自女飞升，零涕惶惑；忽得报书，惊喜过望，立刻命舆马星驰而去，报邢百金，携女归。

邢得艳妻，方忧四壁，得金甚慰。往谢顾。顾又审曰：“尚未尚未。泰运已交[13]，百金何足言！”遂不受谢。先是，绅归，请于上官捕杨。杨预遁，不知所之，遂籍其家[14]，发牒追朱。朱惧，牵邢饮泣。邢亦计窘，始赂承牒者，赁车骑携朱诣

邢子仪

绅，哀求解脱。绅感其义，为竭力营谋，得赎免；留夫妻于别馆，欢如戚好。绅女幼受刘聘；刘，显秩也[15]，闻女寄邢家信宿[16]，以为辱，反婚书，与女绝姻。绅将

议姻他族；女告父母，誓从邢。邢闻之喜；朱亦喜，自愿下之。绅忧邢无家，时杨居宅从官货，因代购之。夫妻遂归，出囊金，粗治器具，蓄婢仆，旬日耗费已尽。但冀女来，当复得其资助。一夕，朱谓邢曰："孽夫杨某，曾以千金埋楼下，惟妾知之。适视其处，砖石依然，或窖藏无恙。"往共发之，果得金。因信顾术之神，厚报之一后女于归[17]，妆资丰盛，不数年，富甲一郡矣。

异史氏曰："白莲歼灭而杨独不死，又附益之[18]，几疑恢恢者疏而且漏矣[19]。孰知天留之，盖为邢也。不然，邢即否极而泰[20]，亦恶能仓卒起楼阁、累巨金哉？不爱一色，而天报之以两。呜呼！造物无言[21]，而意可知矣。"

【注释】

①滕：县名，今属山东省。

②白莲教：佛教宗派之一，又叫闻香教。元末以来常为农民起义所利用。下文徐鸿儒，即明天启年间，以白莲教主身份为山东农民起义领袖。

③左道：邪道。

④遨：游。

⑤泗上：泗水之滨。泗水，也叫泗河，源于山东泗水县陪尾山，古时流经山东曲阜、江苏徐州入淮。

⑥作用：启动、使用之法。

⑦月府姮娥：即月中女神嫦娥

⑧王母：古代神话中的西方女神。旧时小说演绎为玉帝（天帝）之后。

⑨泗水：县名，今属山东省。

⑩方鲠：正直。鲠，通"骾"，刚直。

⑪踵门叩之：亲至其门叩问。

⑫败絮：破烂的棉絮，指破烂衣服。

⑬泰运：吉祥的运气。引申为安宁、顺通。

⑭籍其家：抄没其家产。籍，簿册，抄家时将其家产一一登记入册。

⑮显秩：显要之官。

⑯信宿：再宿，两宿。

⑰于归：出嫁。

⑱附益：此指聚敛暴富。

⑲“几疑”句：几乎怀疑天网疏漏将其放掉。喻天道广大，无所不包。

⑳否极而泰：运气坏到极点即转而通泰。否、泰，均《易》卦名，旧时指命运的好坏、事情的顺逆。《易·否》：“天地不交，否。”天地不交，则上下相隔，闭塞不通。

㉑造物：创造万物，指大自然。

【译文】

藤县的杨某，加入了白莲教，学到了一些左道旁门的妖术。白莲教首领徐鸿儒被捕杀后，杨某侥幸得以逃脱，于是就凭着这点妖术到处漂泊。他家中田园相连，楼阁华丽，颇为富有。杨曾到泗水某绅士家表演魔术戏法，绅士家的妇女出来观看，杨某偷瞧到这家的小姐貌美，回去之后谋划诡计想把她弄到手。杨某的后妻朱氏，长得也很漂亮，穿上华美的衣裳，扮作仙女，杨某又给她一只木鸟，教给她操纵的技巧，然后把朱氏从楼顶上推了下去。朱氏感觉自己身如树叶，飘飘悠悠，驾着云彩腾飞。

不长时间，朱氏飞到某处，云彩停住不再前进了。知道已经到达目的地了。这天晚上，月明星稀，向下俯视十分清晰。朱氏取出木鸟投出，木鸟展翅飞去，一直飞到那位绅士家的小姐的居室。小姐见一只彩鸟飞下，招呼丫鬟捕捉，彩鸟冲开窗帘飞出，小姐急忙追赶，彩鸟落在地上，翅膀啪哒啪哒地作响。小姐逼近彩鸟，彩鸟飞进小姐裙子，转眼之间，驮起小姐腾飞起来，直冲云霄。丫鬟大声呼叫，朱氏在云中喊道：“下界人不要害怕，我是月宫的嫦娥，她是王母娘娘的第九个女儿，

偶然贬降到了人世。如今王母娘娘日思夜想，暂时召她回天宫相见，然后就送她回来了。”说完，朱氏就将小姐的衣襟和自己的衣襟系结在一起飞行。

两人飞到了泗水县地界，正巧有人燃放二踢脚，从斜下方碰到彩鸟翅膀，彩鸟受惊坠落下来，牵着朱氏也随着落下来，落到一个秀才家。这位秀才叫邢子仪，家境赤贫，为人方正耿直。曾有一个邻家妇女夜晚来投奔他，他拒不接纳，这妇人生气地走了，回家骗自己的丈夫，诬蔑邢子仪调戏她。她丈夫本是个无赖，早晨晚上堵着邢子仪门口辱骂。邢子仪没办法，就卖掉田产到别的村庄赁屋居住。有算命先生顾某善于判断人的祸福和寿禄，邢子仪就登门去拜访了。顾某望着邢子仪笑道：“你这家有万石粮的富户，为什么穿着破棉衣来见人，你难道以为我顾某有眼无珠吗？”邢子仪对他的胡说八道嗤之以鼻。顾某又细看了看邢子仪说：“噢，对了。目前你固然很穷困，可是离发财也不远了。”邢子仪又一次觉得他是胡说。顾某又说：“你不但能够暴富，还能得到美女。”邢子仪一直不怎么相信。顾某把他推出门去说：“马上走，我的话应验再向你要算命的酬金。”

这天夜里，邢子仪独自一人坐在月光之下，突然有两个女子从天而降，一看，都是美人，疑心她们是女妖。邢子仪问她们，她们一开始不肯说实话，后来，邢子仪说，如不说实话，就召集众乡亲来。朱氏害怕了，开始说了实话，并嘱咐千万不要泄露秘密，自己愿意嫁给他。邢子仪想，这大户人家小姐和妖人的妻子不同，于是派人告诉了小姐家。小姐的父母自从女儿飞升，惶恐不安，终日啼哭，忽然得到确信，大喜过望，立刻派车子日夜兼程到邢家去，酬谢邢子仪百两银子，把女儿带回。邢子仪得到了美丽的妻子，原来还因家徒四壁而发愁，如今得到了酬金，也非常高兴。于是到顾某那里去致谢。顾某又审视了他一番说：“还没到酬谢的时候，你的好运已交，百两银子何须挂齿！”因此没有接受酬谢。

在这以前，那位绅士已经向官府告发了杨某，官府缉捕杨某时，他早就逃到不知什么地方去了，于是抄了他的家，发出缉捕令要抓朱氏。朱氏十分畏惧，邢子仪也急得伤心落泪。邢子仪没有什么办法，暂且花钱贿赂持缉捕令的官差，然后雇了辆车拉着朱氏去求那位绅士，哀求他救救朱氏。

绅士对邢子仪的义气很是感动，就为朱氏竭力奔走策划，使朱氏交了钱得到赦免。绅士又留夫妻两人住在一座别墅里，两家像亲戚一样。

绅士的那位小姐幼年时受聘于刘家，刘家是官宦世家，听说小姐在邢子仪家住过一夜，认为是件丢人的事，把订婚书返回，断绝了关系。那绅士想为女儿另找婆家，小姐告诉父母，立誓要嫁邢子仪。邢子仪听说十分高兴，朱氏也很高兴，并且自愿降为妾。绅士因考虑到邢子仪连个像样的家都没有，又正好赶上官家拍卖杨某的房子，就出钱替他买了下来。邢子仪和朱氏这才回到自己的新家去，拿出从前剩下的钱，草草置办了些器具，再雇了丫鬟仆人，不过十天，钱就花光了。他们希望小姐能来，再得到些绅士家的资助。

有一天晚上，朱氏对邢子仪说："我的孽夫杨某，曾经把千两银子埋在了楼下，这事只有我知道。刚才我去看了那个地方，砖石一点也没有动，也许埋的那些银子没有损失。"两个人一起去挖掘，真的得到了银子。到了这时候，邢子仪才相信顾某算命术之神奇，就给予顾某丰厚的酬劳。后来那位小姐也嫁过来了，嫁妆非常丰厚，没过几年，就成了县里的首富。

李　生

【原文】

商河李生[①]，好道[②]。村外里馀，有兰若[③]；筑精舍三楹[④]，趺坐其中。游食缁黄[⑤]，往来寄宿，辄与倾谈，供给不厌。一日，大雪严寒，有老僧担囊借榻，其词玄妙。信宿将行[⑥]，固挽之，留数日。适生以他故归，僧嘱早至，意将别生。鸡鸣而往，扣关不应。逾垣入，见室中灯火荧荧，疑其有作，潜窥之。僧趣装矣，一瘦驴絷灯檠上[⑦]。细审，不类真驴，颇似殉葬物；然耳尾时动，气咻咻然。俄而装成，

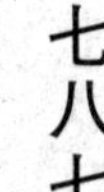

启户牵出。生潜尾之。门外原有大池，僧系驴池树，裸入水中，遍体掬濯已；着衣牵驴入，亦濯之。既而加装超乘[8]，行绝驶[9]。生始呼之。僧但遥拱致谢，语不及闻，去已远矣。王梅屋言：李其友人。曾至其家，见堂上额书“待死堂”，亦达士也。

李生

【注释】 

①商河：县名，今属山东省。

②道：此指佛法。

③兰若：佛寺。

④精舍：此指居士诵经修行的斋舍。三楹：三间。楹，量词，屋一间为一楹。

⑤游食缁黄：指四方云游的僧道。僧人缁（黑色）服，道士黄冠，合称“缁黄”。

⑥信宿：两宿。

⑦灯檠：灯架。

⑧超乘：本指跳跃上车，此指腾身跨上驴背。

⑨绝驶：谓驴足不点地，飞奔而去。绝，绝尘。驶，驰。

【译文】 

河南有一位李生，特别喜欢道教。村外一里多地处，有一座寺庙，李生在那里修筑了三间书斋，打坐修行。有些游方化缘的和尚道士，经常在那里寄宿。李生很喜欢与他们闲聊，供给他们饭食，从不厌烦。

一天，大雪纷飞，天气寒冷，有个老和尚挑着行李前来借宿，言谈十分玄妙。第二天晚上老和尚要走，李生极力挽留，又留了几天。正巧李生因有事离书斋回家，和尚叮嘱他早点回来，意思是要和李生告别了。鸡叫时分，李生回到书斋，敲门无人答应，于是跳墙进去，见室中灯火辉煌，疑心这老和尚在作法，于是埋伏下来偷偷察看。

老和尚正在匆忙地收拾行装，一条瘦驴拴在灯架上。细看一下，不像是真驴，很像殉葬的陶制的驴，可是这驴耳朵、尾巴不时动一动，呼呼喘气。不大一会儿，老和尚打理完了行装，开门把驴牵了出来。李生偷偷跟随着老和尚要看个明白。

门外有一个大水池，老和尚把驴拴在池边的树上，脱了衣裳进入水中，遍体洗濯了一番，又穿上衣裳把驴牵到水中，也洗濯了一遍。接着又使驴驮上行装，骑上驴而去。等快要看不见了，李生才呼喊他。老和尚只是远远地拱手表示感谢，听不清说些什么，就走得很远了。

王梅屋说：李生是他的朋友。他曾经去过李生家，见屋门牌匾上写着“待死堂”三个字，看来也是一位豁达开朗的人。

陆押官

【原文】

赵公，湖广武陵人[①]，官宫詹[②]，致仕归[③]。有少年伺门下，求司笔札[④]。公召入，见其人秀雅；诘其姓名，自言陆押官。不索佣值。公留之，慧过凡仆[⑤]。往来笺奏[⑥]，任意裁答[⑦]，无不工妙。主人与客弈，陆睨之，指点辄胜。赵益优宠之。

诸僚仆见其得主人青目[⑧]，戏索作筵。押官许之，问：“僚属几何？”会别业主计者约三十馀人[⑨]，众悉告之数以难之。押官曰：“此大易。但客多，仓卒不能遽办，肆中可也。”遂遍邀诸侣，赴临街店。皆坐。酒甫行，有按壶起者曰：“诸君姑勿酌，请问今日谁作东道主？宜先出资为质，始可放情饮啖；不然，一举数千，哄然都散，向何取偿也？”众目押官。押官笑曰：“得无谓我无钱耶？我固有钱。”乃起，向盆中捻湿面如拳，碎掐置几上；随掷，遂化为鼠，窜动满案。押官任捉一头，裂之，啾然腹破，得小金；再捉，亦如之。顷刻鼠尽，碎金满前，乃告众曰：“是不足供饮耶？”众异之，乃共恣饮。既毕，会直三两馀。众秤金，适符其数。众索一枚怀归，白其异于主人。主人命取金，搜之已亡。反质肆主，则偿资悉化蒺藜。仆白赵，赵诘之。押官曰：“朋辈逼索酒食，囊空无资。少年学作小剧[10]，故试之耳。”众复责偿。押官曰：“某村麦穰中，再一簸扬，可得麦二石，足偿酒价有馀也。”因浼一人同去。某村主计者将归，遂与偕往。至则净麦数斛，已堆场中矣。众以此益奇押官。

一日，赵赴友筵，堂中有盆兰甚茂，爱之。归犹赞叹之。押官曰：“诚爱此兰，无难致者。”赵犹未信。凌晨至斋，忽闻异香蓬勃，则有兰花一盆，箭叶多寡，宛如所见。因疑其窃，审之。押官曰：“臣家所蓄，不下千百，何须窃焉？”赵不信。适某友至，见兰惊曰：“何酷肖寒家物[11]！”赵曰：“余适购之，亦不识所自来。但君出门时，见兰花尚在否？”某曰：“我实不曾至斋，有无固不可知。然何以至此？”赵视押官，押官曰：“此无难辨：公家盆破，有补缀处；此盆无也。”验之始信。夜告主人曰：“向言某家花卉颇多，今屈玉趾，乘月往观。但诸人皆不可从，惟阿鸭无害。”——鸭，宫詹僮也。遂如所请。公出，已有四人荷肩舆[12]，伏候道左。赵乘之，疾于奔马。俄顷入山，但闻奇香沁骨。至一洞府，见舍宇华耀，迥异人间；随处皆设花石，精盆佳卉，流光散馥，即兰一种，约有数十馀盆，无不茂盛。观已，如前命驾归。

押官从赵十馀年。后赵无疾卒，遂与阿鸭俱出，不知所往。

【注释】

①湖广武陵：指湖南常德府武陵县，即今湖南常德市。

②宫詹：即詹事，秦置官，掌皇后、太子家事。明清皆置詹事府，设詹事及少詹事，掌太子（东宫）事，为三、四品官。

③致仕：纳还其官职。一般指告老辞官，还归乡里。

④司笔札：主管文书之事。

⑤凡仆：一般的奴仆。

⑥笺奏：书信、奏疏。

⑦裁答：裁笺作答。

⑧青目：看重，另眼相看。意同“青眼”。

⑨别业：即别墅。主计者：主管财物账目的仆人。

⑩小剧：此谓小戏法，今称魔术。

⑪寒家：贫寒之家，谦词。

⑫肩舆：小轿。

【译文】

赵公是湖广武陵人，官至宫詹，后来告老还乡。有一少年等候在门外，请求一个笔墨文书的差事，赵公将少年召进了家里，看见他长得清秀文雅，询问姓名，说叫陆押官。陆押官不要报酬，赵公把他留下。其聪慧超过一般的仆人。往来的信件公文奏折，他都能起草回答，没有不精密巧妙的。主人和客人下棋时，押官在旁边用眼光指点，常常获胜。赵公因而更加优待和宠爱他。

赵公的同僚仆从们见押官得到主人青睐，玩笑地请押官请客，押官答应了他们的要求，问：“有多少人参加宴会啊？”正赶上赵公在家，别墅的管事人都来了，三十多人，他们就说这些人全都参加，以此为难押官。押官说：“这事很好办，但客人太多，仓促之间不能马上置办，到饭店去好啦。”于是押官邀了所有的吃客到了一个临街的饭店。大家都落了座，还没有开始饮酒，有一位吃客按住酒壶站起来说：“诸位先不要饮酒。请问今天是谁做东？应先把钱拿出来，才能够放心地大吃赶喝。否则的话，一下子花了几千文钱，一哄而散，找谁要钱去？”众人都看着押官。押官笑道：“是不是以为我没有钱啊？告诉各位，我真的有钱。”于是起身到厨房里拿来一块拳头大的湿面团，掐碎了扔在桌上，随扔，随变成小老鼠，满桌子乱窜。押官随便捉住一只，吱的一声巴肚子撕开，得到一小块银子，再抓住一个，也有银子。不一会儿，老鼠都没了，剩下满桌子碎银子。押官这才对诸吃客说：“这些还不够喝酒的钱吗？”众人都惊异，一块纵情吃喝起来。吃完饭一算，要三两多银子，大家一称碎银，正好是这个数。

有一人要了一小块碎银，回去把这件怪事告诉了主人赵公，赵公派人去把那块碎银取来看，那人已经交给饭店主人了。到店里一看，那些银子都已变中 j 蒺藜。这人回去又告诉了赵公。赵公问押官是怎么回事，押官说：“朋友们逼迫我请客，无奈囊空如洗。少年时学过些小把戏，所以想试一试。”众人一听，让押官去偿还店家的酒钱。押官说：“我不是白赚人家酒食的人。某村的麦场有一堆麦秸，再簸扬一遍，可得到两石麦子，足以偿还酒钱还有剩余。”于是押官约一人同去，到那里一看，有两石左右的麦子，已颠得干干净净，堆在麦场中间。大家因此更觉押官太神奇了。

有一天，赵公到朋友那里赴宴，见客厅里一盆兰花开得非常繁茂，惹人喜爱，回到家还称赞不已。押官说：“您要真爱这盆兰花，得到它不难。”赵公还不太相信，次日早晨到了书房，忽然闻到异香扑鼻，一看，正好有一盆兰花，其叶子的多少，和在朋友家见的那盆一样。赵公因而疑心是偷来的，就查问押官。押官说：“我家所养的兰花，不下千把盆，何须去偷呢?”赵公不信，正好赶上那位朋友来做客，看见兰花惊异地说：“怎么这样像我家的那盆啊!”赵公说：“我刚买来的，也不知道它的来历。请问你今天出门时，那盆兰花还在吗?”那位朋友说：“我实不曾到客厅去，在下现在还不知道，然而，它怎么到这里来了?”赵公看了看押官。押官说：“这事不难分辨。您家的花盆是破的，有补缀的地方，这盆没有。”仔细一看果然如此。

夜间，押官对主人说：“我曾说我家里养的花卉很多，今晚劳您大驾，乘月光去观赏一番。但别人不能跟着，只有阿鸭没关系。”阿鸭是赵公的一个小童。赵公应邀前往，一出门，已经有四个轿夫抬着轿子，在道旁等候。赵公坐上轿子，比奔马还快。不一会儿进了山，只闻到奇香扑鼻，沁人心脾。到了一个洞中的大院，只见殿阁光彩华美，和人间大不相同。到处都是奇花异石，精致的花盆，珍贵的花木光彩夺目，香气四溢，只兰花一种，就有数十盆之多，都非常茂盛。赵公观赏完了，就和来时一样乘轿子回到家中。押官跟随赵公十几年，后来赵公无疾而终。押官和阿鸭都离去了，不知到了什么地方。

蒋太史

【原文】

蒋太史超[①]，记前世为峨嵋僧[②]，数梦至故居庵前潭边濯足。为人笃嗜内典[③]，一意台宗[④]，虽早登禁林[⑤]，常有出世之想。假归江南，抵秦邮[⑥]，不欲归。子哭挽之，弗听。遂入蜀，居成都金沙寺；久之，又之峨嵋，居伏虎寺，示疾怛化[⑦]。自书偈云[⑧]：“翛然猿鹤自来亲，老衲无端堕业尘[⑨]。妄向镬汤求避热，那从大海去翻身[⑩]。功名傀儡场中物，妻子骷髅队里人[⑪]。只有君亲无报答，生生常自祝能仁[⑫]。”

【注释】

①蒋太史超：蒋超，曾任翰林修撰。

②峨嵋：山名，也作“峨眉”，在今四川峨眉县西南。山势雄伟，有两峰相对如峨眉，故名。

③内典：佛教指称佛经。

④台宗：盖指天台宗。中国佛教宗派，由陈隋之际的智者大师智𫖮所创始。

⑤禁林：翰林院的别称。

⑥秦邮：地名，即今江苏高邮市。古称邗沟，因秦筑台置邮亭，故名。

⑦示疾怛化：佛家谓患病逝去。示疾，佛家语。佛菩萨及高僧生病，都说“示疾”，谓示现有疾。因为有道之人生存在世间，是应机缘而显示的形体；病亦为他显示给世人的现象，故旦：示疾。怛化，意谓不要惊动垂死之人。后因称死亡为

“怛化”。

⑧偈：梵语“偈陀”的简称，佛经中的颂词，和尚坐化时所作之偈，多是悟道之语。

蒋太史

⑨“翛然”二句：谓自身本是超然世外的僧人，却无缘无故地堕入世俗尘网之中。翛然，自然超脱的样子。老衲，僧人自称。业尘，指尘世、世间。

⑩“妄向”二句：谓堕入尘俗就像到滚油锅中避热一样，岂能使自己脱离世俗这茫茫苦海。镬汤，滚油。镬，锅。大海，即苦海。佛教谓人间烦恼，苦深如海。

翻身，从困苦中得到解脱。

⑪“功名”二句：谓在尘世所追求的功名富贵，不过像戏场中被人戏耍的木偶。娇妻爱子，最终也不过是一堆枯骨而已。傀儡，木偶人。

⑫“只有”二句：谓逃脱尘世无以报答君主和双亲的恩情，只有生生世世求佛庇佑他们了。君亲，指君主、父母。生生，犹言生生世世。佛教指轮回。能仁，释迦牟尼佛。

【译文】

翰林蒋超，记得自己前世是峨眉山的一个和尚，数次梦见到过去住过的寺庙前水池边洗脚。蒋超特别喜欢读佛经，一心一意想着佛门的事情，虽然早已成为了翰林，但还经常有出家的念头。他请假回江南，到了秦邮地方，就不想回家了，儿子哭着挽留他，他也不听，接着到了四川，住在成都的金沙寺。

住了很长时间，又到了峨眉山，住在伏虎寺里，就在那里因病逝世。他曾经写过一段偈语：

悠然的猿和鹤使人亲近，
老僧我不知怎的坠入凡尘。
岂可到煮沸的汤锅里去避热，
怎么能到大海里去翻身？
功名利禄不过是戏中的东西，
妻与子本也做骷髅中的人。
父母君王未报恩，
今生来世都烧高香祝君亲。

邵 士 梅

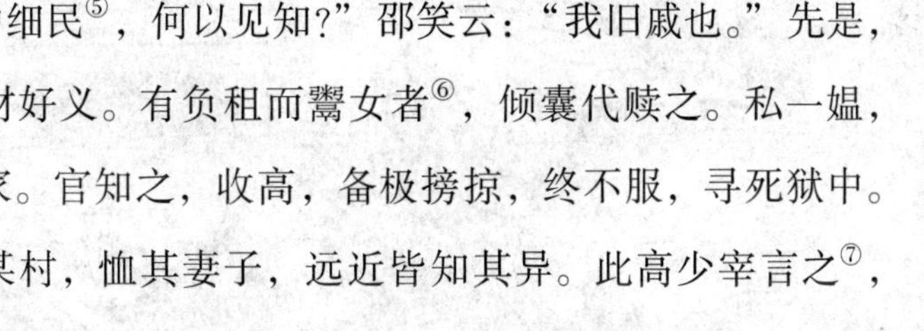

【原文】

邵进士，名士梅[①]，济宁人。初授登州教授[②]，有二老秀才投刺，睹其名，似甚熟识；凝思良久，忽悟前身。便问斋夫[③]："某生居某村否?"又言其丰范[④]，一一吻合。俄两生入，执手倾语，欢若平生。谈次，问高东海况。二生曰："狱死二十馀年矣，今一子尚存。此乡中细民[⑤]，何以见知?"邵笑云："我旧戚也。"先是，高东海素无赖；然性豪爽，轻财好义。有负租而鬻女者[⑥]，倾囊代赎之。私一媪，媪坐隐盗，官捕甚急，逃匿高家。官知之，收高，备极搒掠，终不服，寻死狱中。其死之日，即邵生辰。后邵至某村，恤其妻子，远近皆知其异。此高少宰言之[⑦]，即高公子冀良同年也[⑧]。

【注释】

①邵士梅：字峰晖，山东济宁（今济宁市）人，顺治十五年（1658）进士。

②登州：府名，明清时治所在今山东蓬莱市。教授：明清府学学官。

③斋夫：学舍杂役。斋，书舍。

④丰范：容貌风度。

⑤细民：犹小民。

⑥负租：欠租。

⑦高少宰：指高珩（1612—1697），字念东，山东淄川（今淄博市淄川区）人，崇祯年间进士。少宰，明清对吏部侍郎的别称。

⑧高公子冀良：即高之騊，字冀良，高珩长子。顺天甲午科（11654）举人，辛丑（1661）成进士，曾任贵州平越县知县。

邵士梅
生前不遇雞竿赦
身後偏題雁塔名
擬向釋迦參果
報是真是幻
不分明

邵士梅

【译文】

济宁有个邵进士的，名叫士梅。他刚被任命为登州教授时，有两位老秀才送来了名帖，看他们的名字，感觉好像非常熟悉。士梅沉思良久，忽然记起了前世的事情，便问管理房舍的家人，某生还住在某村，又讲了某生的长相，一条条都和某生的实情相吻合。

不一会儿，两位老秀才来到，邵和他们拉着手亲切交谈，十分欢洽，好像是早就认识的朋友。谈话中问起高东海的情况，两位秀才说："已经死在监狱二十多年了，现在有一个儿子还在。这样的乡下普通百姓，您怎么认识他呢?"邵笑着说："是我的亲戚。"

原来，高东海本来是一位市井的无赖之徒，但是性情豪迈，轻视钱财而好义气，有个因欠下地租而卖女儿的，他曾倾尽钱财代为赎回。高东海曾和一个女人有私情，这女人因隐藏盗贼，被官家追捕甚急，逃到高家藏匿。官家知道了这件事，把高东海抓起来。他受尽了残酷的刑罚，最终也没有交出这个女人，后来就死在狱中。他死的那天，就是邵士梅诞生的日子。后来邵士梅到了某村，帮助了高的妻子。这件奇怪的事远近皆知。这件事是听高少宰说的，高少宰是和高东海的公子高冀良一块儿考取功名的同年。

顾　生

【原文】

江南顾生[1]，客稷下[2]，眼暴肿，昼夜呻吟，罔所医药。十馀日，痛少减。乃

合眼时[3]，辄睹巨宅：凡四五进，门皆洞辟[4]；最深处有人往来，但遥睹不可细认。一日，方凝神注之，忽觉身入宅中，三历门户，绝无人迹。有南北厅事[5]，内以红毡贴地。略窥之，见满屋婴儿，坐者、卧者、膝行者，不可数计。愕疑间，一人自舍后出，见之曰："小王子谓有远客在门，果然。"便邀之。顾不敢入，强之乃入。问："此何所？"曰："九王世子居。世子痁疾新瘥，今日亲宾作贺，先生有缘也。"言未已，有奔至者，督促速行。

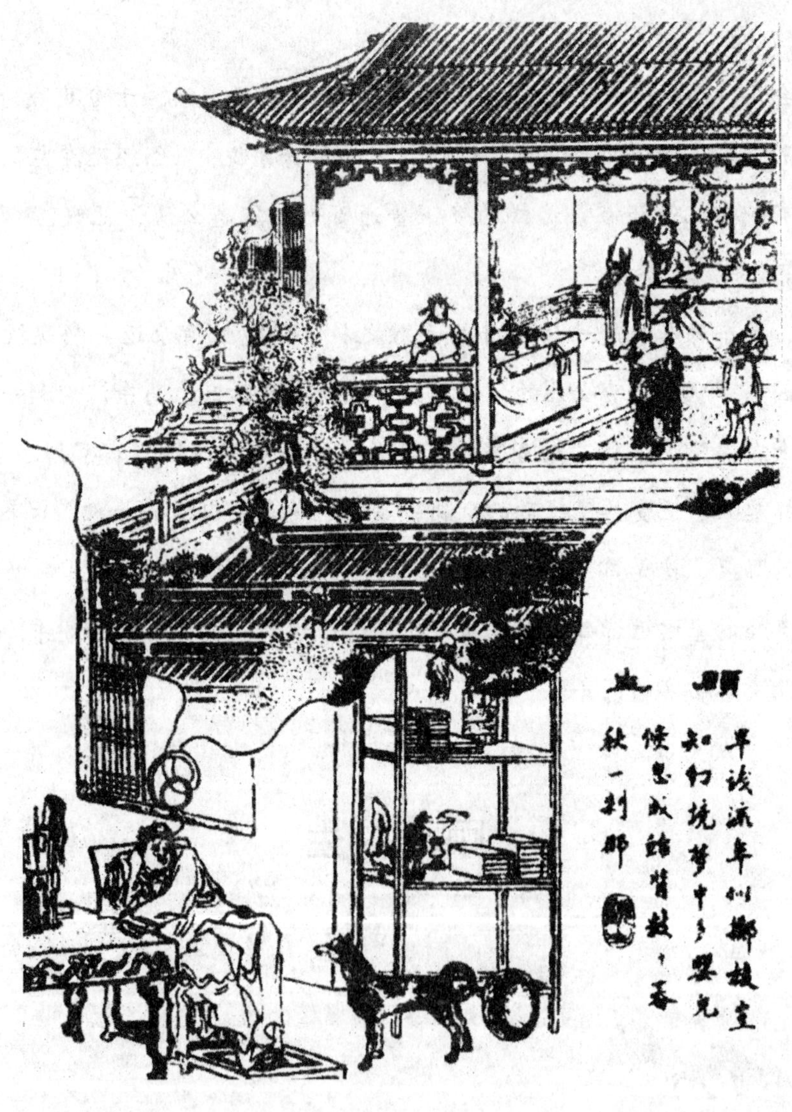

顾生

俄至一处，雕榭朱栏，一殿北向，凡九楹。历阶而升，则客已满座。见一少年北面坐，知是王子，便伏堂下。满堂尽起。王子曳顾东向坐。酒既行，鼓乐暴作，诸妓升堂，演“华封祝”[⑥]。才过三折[⑦]，逆旅主人及仆唤进午餐，就床头频呼之。耳闻甚真，心恐王子知，遂托更衣而出。仰视日中夕，则见仆立床前，始悟未离旅邸。心欲急返，因遣仆阖扉去。甫交睫，见宫舍依然，急循故道而入。路经前婴儿处，并无婴儿，有数十媪蓬首驼背，坐卧其中。望见顾，出恶声曰：“谁家无赖子，来此窥伺!”顾惊惧，不敢置辨，疾趋后庭，升殿即坐。见王子颔下添髭尺馀矣。见顾，笑问：“何往？剧本过七折矣。”因以巨觥示罚。移时曲终，又呈齣目[⑧]。顾点“彭祖娶妇[⑨]”。妓即以椰瓢行酒，可容五斗许。顾离席辞曰：“臣目疾，不敢过醉。”王子曰：“君患目，有太医在此，便合诊视。”东座一客，即离坐来，两指启双眦，以玉簪点白膏如脂，嘱合目少睡。王子命侍儿导入复室，令卧；卧片时，觉床帐香软，因而熟眠。居无何，忽闻鸣钲锽聒[⑩]，即复惊醒。疑是优戏未毕；开目视之，则旅舍中狗舐油铛也。然目疾若失。再闭眼，一无所睹矣。

【注释】

①江南：省名。清顺治二年（1645）置，治所在江宁府（今江苏南京市）。康熙六年（1667）分置为江苏、安徽两省。后仍称这两省为江南。

②稷下：战国齐国都城临淄（今山东淄博市临淄区）城的稷门，此指济南府城，即今山东济南市，蒲松龄诗有《稷下吟》可证。

③乃：才。

④洞辟：敞开。

⑤厅事：官府的办公处所。

⑥华封祝：即“华封三祝”，华封人祝帝尧长寿、富有、多子，后人因称“华封三祝”。此似指剧名，未详。

⑦折：元杂剧剧本结构的一个段落。折是音乐单元，即每折用一个宫调的若干

曲子联成一个整套，一韵到底，同时它也是故事发展的自然段落。

⑧齣目：犹言戏单。杂剧一折即一齣。

⑨彭祖：传说为颛顼帝之后。姓籛名铿，尧将其封于彭城。寿七百（或云八百）岁。因其道可祖，故称之为彭祖。

⑩鸣钲锽聒：谓锣鼓乱响。钲，锣。锽聒，谓钟鼓之声聒耳。锽，锽锽，钟鼓之音。

【译文】

江南有个顾生，旅居在临淄的一个旅店。一日，忽然得了眼病，暴肿，日夜呻吟，求医用药都无济于事。十几天后，疼痛才减轻了一点。他合上眼时，常能看见一座很大的房舍，有四五处院子，门都大开着，最深的院子里有人来来往往，但因为太远看得不太清楚。

有一天，顾生正聚精会神地看着，忽然觉得自己的身子已进入这座宅院，进了三个门，一个人也没看见。那里有南北两座厅堂，都是红毯铺地，粗粗一看，满屋都是婴儿，坐着的、卧着的、爬行的，不计其数。顾生正在惊愕时，有一个人从房后走出来，见了顾生说道："小五子说有远方的客人在门口，果然不错。"于是，邀他进去。顾生不敢到里面去，那人强拉着他进到了里面。顾生问："这是到了哪里？"那个人说："是九王世子居住的地方，九王世子患疟疾刚刚痊愈，今天亲朋们前来祝贺，先生你很有缘分啊！"话音未落，有人跑来催促顾生马上走。

不大一会儿，到了另一个地方，看见有雕花的亭台和朱红的栏杆，一座大殿坐北朝南，有几个大柱子。顾生沿台阶进去，客人已满座，看见一位少年坐在北面，心想这就是九王世子了，于是跪伏在地，一下子满屋的人都站了起来，王子拉着顾生的手让他坐在东面。饮过酒之后，鼓乐之声大作，歌妓们进入厅堂，演《华封祝》的戏文。刚演过三折，顾生听见旅店主人和仆役们喊他吃午饭，就在他睡觉的床头频频呼唤，顾生怕王子知道自己要退席，就说要去厕所，偷偷走了出来。抬头一看，日头已到了中午，他的仆人正站在窗前，这才知道自己始终没有离开旅店。他忙于返回王子那里去，就吩咐仆人带上门出去了。

刚一闭眼，就看到王子那里的宫殿依旧，就连忙按老路进去。路过满屋婴儿的地方，那里并没有婴儿，只有几十个蓬头驼背的老太太，有的坐着，有的卧着，一看见顾生，就恶声恶气地说："谁家的无赖子弟，到这里来偷看！"顾生惊恐万分，不敢辩解，急忙到后院去，进入大殿就落了座，只见王子下颌上已长出了一尺多长的胡子。王子笑着问顾生："到哪里去了，戏已经演过七折了。"并举起一个大杯罚顾生的酒。不一会儿这出戏演完了，又有人送上戏单，顾生点了《彭祖娶妇》。歌妓们用椰子壳劝酒，可以盛五斗酒，顾生站起来辞谢道："我有眼病，不敢饮酒过量。"王子说："你患眼病，正好有太医在这里，就让他给你诊治一番吧。"东边座上一个客人，就走到顾生身边来，用两个手指分开眼皮，用一根玉簪上了一点像油脂般的白色药膏，叮嘱他闭上眼睛，睡一小会儿。王子让侍女把他领到一个套间，让他躺在床上，顾生躺了不大一会儿，觉得床帐又柔软又有香味，就睡熟了。睡了一阵，忽然听到敲钟的响声，被惊醒了，以为是那出戏还没有演完呢，睁眼一看，原来是旅店的狗舔油锅发出的声音。但是眼病好了之后，再闭上双眼，却什么奇景也看不到了。

陈 锡 九

【原文】

陈锡九，邳人[①]。父子言，邑名士。富室周某，仰其声望，订为婚姻。陈累举不第，家业萧条，游学于秦[②]，数年无信。周阴有悔心。以少女适王孝廉为继室；王聘仪丰盛，仆马甚都[③]。以此愈憎锡九贫，坚意绝昏[④]；问女，女不从。怒，以恶服饰遣归锡九。日不举火，周全不顾恤。一日，使佣媪以榼饷女[9]，入门向母曰："主人使某视小姑姑饿死否。"女恐母惭，强笑以乱其词。因出榼中肴饵，列母前。媪止之曰："无须尔！自小姑入人家，何曾交换出一杯温凉水？吾家物，料姥姥亦

陈锡九

无颜啖噉得。"母大恚，声色俱变。媪不服，恶语相侵。纷纭间，锡九自外入，讯知大怒，撮毛批颊，挞逐出门而去。次日，周来逆女，女不肯归；明日又来，增其

人数，众口嗷嗷，如将寻斗。母强劝女去。女潸然拜母，登车而去。过数日，又使人来逼索离婚书，母强锡九与之。惟望子言归，以图别处。周家有人自西安来，知子言已死，陈母哀愤成疾而卒。

锡九哀迫中，尚望妻归；久而渺然，悲愤益切。薄田数亩，鬻治葬具。葬毕，乞食赴秦，以求父骨。至西安，遍访居人。或言数年前有书生死于逆旅，葬之东郊，今冢已没。锡九无策，惟朝丐市廛，暮宿野寺，冀有知者。会晚经丛葬处，有数人遮道，逼索饭价。锡九曰："我异乡人，乞食城郭，何处少人饭价？"共怒，捽之仆地，以埋儿败絮塞其口。力尽声嘶，渐就危殆。忽共惊曰："何处官府至矣！"释手寂然。俄有车马至，便问："卧者何人？"即有数人扶至车下。车中人曰："是吾儿也。孽鬼何敢尔！可悉缚来，勿致漏脱。"锡九觉有人去其塞，少定，细认，真其父也。大哭曰："儿为父骨良苦。今固尚在人间耶！"父曰："我非人，太行总管也[⑥]。此来亦为吾儿。"锡九哭益哀。父慰谕之。锡九泣述岳家离婚。父曰："无忧，今新妇亦在母所。母念儿甚，可暂一往。"遂与同车，驰如风雨。移时，至一官署，下车入重门，则母在焉。锡九痛欲绝，父止之。锡九啜泣听命。见妻在母侧，问母曰："儿妇在此，得毋亦泉下耶？"母曰："非也，是汝父接来，待汝归家，当便送去。"锡九曰："儿侍父母，不愿归矣。"母曰："辛苦跋涉而来，为父骨耳。汝不归，初志为何也？况汝孝行已达天帝，赐汝金万斤，夫妻享受正远，何言不归？"锡九垂泣。父数数促行[⑦]，锡九哭失声。父怒曰："汝不行耶！"锡九惧，收声，始询葬所。父挽之曰："子行，我告之：去丛葬处百馀步，有子母白榆是也。"挽之甚急，竟不遑别母。门外有健仆，捉马待之。既超乘[⑧]，父嘱曰："日所宿处，有少资斧，可速办装归，向岳索妇；不得妇，勿休也。"锡九诺而行。马绝驶[⑨]，鸡鸣至西安。仆扶下，方将拜致父母，而人马已杳。寻至旧宿处，倚壁假寐，以待天明。坐处有拳石碍股；晓而视之，白金也。市棺赁舆，寻双榆下，得父骨而归。合厝既毕，家徒四壁。幸里中怜其孝，共饭之。将往索妇，自度不能用武，与族兄十九往。及门，门者绝之。十九素无赖，出语秽亵。周使人劝锡九归，愿即送女去，锡九还。

初，女之归也，周对之骂婿及母，女不语，但向壁零涕[10]。陈母死，亦不使闻。得离书，掷向女曰："陈家出汝矣[11]！"女曰："我不曾悍逆，何为出我？"欲归质其故，又禁闭之。后锡九如西安，遂造凶讣，以绝女志。此信一播，遂有杜中翰来议姻[12]，竟许之。亲迎有日，女始知，遂泣不食，以被韬面[13]，气如游丝。周正无法，忽闻锡九至，发语不逊，意料女必死，遂舁归锡九，意将待女死以泄其愤。锡九归，而送女者已至；犹恐锡九见其病而不内，甫入门，委之而去。邻里代忧，共谋舁还；锡九不听，扶置榻上，而气已绝。始大恐。正遑迫间，周子率数人持械入，门窗尽毁。锡九逃匿，苦搜之。乡人尽为不平；十九纠十馀人锐身急难，周子兄弟皆被夷伤[14]，始鼠窜而去。周益怒，讼于官，捕锡九、十九等。锡九将行，以女尸嘱邻媪。忽闻榻上若息，近视之，秋波微动矣；少时，已能转侧。大喜，诣官自陈。宰怒周讼诬。周惧，啖以重赂，始得免。

锡九归，夫妻相见，悲喜交并。先是，女绝食奄卧，自矢必死。忽有人捉起曰："我陈家人也，速从我去，夫妻可以相见；不然，无及矣！"不觉身已出门，两人扶登肩舆。顷刻至官廨，见翁姑具在[15]，问："此何所？"母曰："不必问，容当送汝归。"一日，见锡九至，甚喜。一见遽别，心颇疑怪。翁不知何事，恒数日不归。昨夕忽归，曰："我在武夷[16]，迟归二日，难为保儿矣。可速送儿归去。"遂以舆马送女。忽见家门，遂如梦醒。女与锡九共述曩事，相与惊喜。从此夫妻相聚，但朝夕无以自给。

锡九于村中设童蒙帐[17]，兼自攻苦，每私语曰："父言天赐黄金，今四堵空空，岂训读所能发迹耶[18]？"一日，自塾中归，遇二人，问之曰："君陈某耶？"锡九曰："然。"二人即出铁索絷之。锡九不解其故。少间，村人毕集，共诘之，始知郡盗所牵。众怜其冤，醵钱赂役[19]，途中得无苦。至郡见太守[20]，历述家世。太守愕然曰："此名士之子，温文尔雅，乌能作贼！"命脱缧绁，取盗严梏之，始供为周某贿嘱。锡九又诉翁婿反面之由，太守更怒，立刻拘提。即延锡九至署[21]，与论世好，盖太守旧邳宰韩公之子，即子言受业门人也。赠灯火之费以百金[22]；又以二骡代步，使不时趋郡，以课文艺[23]。转于各上官游扬其孝[24]，自总制而下[25]，皆有馈遗。锡九乘骡而归，夫妻慰甚。一日，妻母哭至，见女伏地不起。女骇问之，始知周已被械在狱矣。女哀哭自咎，但欲觅死。锡九不得已，诣郡为之缓颊[26]。太守释令自赎，罚谷一百石，批赐孝子陈锡九。放归，出仓粟，杂糠秕而辇运之。锡九谓女曰：“尔翁以小人之心度君子矣。乌知我必受之，而琐琐杂糠覈耶[27]？”因笑却之。

锡九家虽小有，而垣墙陋蔽。一夜，群盗入。仆觉，大号，止窃两骡而去。后半年馀，锡九夜读，闻挝门声，问之寂然。呼仆起视，则门一启，两骡跃入，乃向所亡也。直奔枥下，咻咻汗喘。烛之，各负革囊；解视，则白镪满中。大异，不知其所自来。后闻是夜大盗劫周，盈装出，适防兵追急，委其捆载而去。骡认故主，径奔至家。周自狱中归，刑创犹剧；又遭盗劫，大病而死。女夜梦父囚系而至，曰：“吾生平所为，悔已无及。今受冥谴[28]，非若翁莫能解脱，为我代求婿，致一函焉。”醒而呜泣。诘之，具以告。锡九久欲一诣太行，即日遂发。既至，备牲物酹祝之，即露宿其处，冀有所见，终夜无异，遂归。周死，母子逾贫，仰给于次婿。王孝廉考补县尹[29]，以墨败[30]，举家徙沈阳[31]，益无所归。锡九时顾恤之。

异史氏曰：“善莫大于孝，鬼神通之，理固宜然。使为尚德之达人也者，即终贫，犹将取之，乌论后此之必昌哉？或以膝下之娇女，付诸颁白之叟[32]，而扬扬曰[33]：‘某贵官，吾东床也[34]。’呜呼！宛宛婴婴者如故，而金龟婿以谕葬归，其惨已甚矣；而况以少妇从军乎[35]？”

【注释】

①邳：州名，治所在今江苏邳州市境内。

②秦：地名，指今陕西省。

③都：华美。

④昏：古“婚”字。

⑤以榼饷女：以酒食赠女。榼，此指食盒。饷，赠送。

⑥太行总管：此指冥官。太行，山名，在今河北、山西交界处。

⑦数数：犹屡屡、一再。

⑧超乘：此谓跳上坐骑。

⑨绝驶：飞奔。

⑩但：此据二十四卷抄本，原作“偶”。

⑪出：休弃。

⑫中翰：清代内阁中书之称，也称“内翰”。

⑬韬面：蒙面。韬，藏。

⑭夷伤：创伤。

⑮翁姑：此据二十四卷抄本，原作“公姑”。下文“翁不知何事”，亦据二十四卷抄本。

⑯武夷：山名，在今福建崇安县西南。

⑰设童蒙帐：即做启蒙教师。童蒙，蒙昧无知的儿童。

⑱训读：讲解诵读，谓教小儿识字读书。发迹：此据二十四卷抄本，原作“发积”。

⑲醵钱：凑钱。醵，聚合。

⑳太守：明清指称知府。

㉑延：请。

㉒灯火之费：学习费用的委婉说法。

㉓文艺：此指八股文。

㉔游扬：传扬其事迹。

㉕总制：总督。总督别称制府、制军、制台。

㉖缓颊：此谓说情。

㉗糠覈：谷糠及米屑。覈，通“籺”“麧”，米麦的粗屑。

㉘冥谴：阴世的责罚。

㉙县尹：即县令、知县。

㉚墨：贪墨，贪污受贿。

㉛沈阳：即今辽宁沈阳市。

㉜颁白之叟：须发花白的老翁。颁白，通作“斑白”，也作“班白”，半白，花白。

㉝而扬扬曰：此据二十四卷抄本，“曰”原作“也”。

㉞东床：指女婿。

㉟“宛宛”四句：谓娇小的女儿依然娇小貌美，而做贵官的女婿却已死去而遵旨归葬；年轻守寡，其境况已十分悲惨了。又何况嫁给贪官污吏要随婿遭受流放的情景呢？此四句为针对但求贵婿而不计女婿品行的世俗丑态发出的感慨。宛宛，犹婉婉，柔美的样子。婴婴，指少女。金龟婿，任贵官之婿。金龟，黄金铸的官印，龟纽，汉为三公印饰，唐为三品以上官员的佩饰。谕葬，奉旨归葬，是封建皇帝给已故品位较高大臣的一种荣誉。谕，谕旨。皇帝施于臣下的文书。从军，即充军。明清时代处罚犯罪官员的一种徒刑。

【译文】

陈锡九，江苏邳州市人，父亲陈子言是县里的名士。有个姓周的富翁因为仰慕陈子言的声望，把大女儿许给陈锡九为妻。

陈子言屡次应试，都没有考中，家境渐渐衰落下来，再加他到陕西各地游学，一去几年未归，周家便暗暗产生了悔婚之意。这时，周家的小女儿嫁给王举人做续妻。王家给的彩礼很是丰厚，他家的仆人和车马出出进进也都格外排场，讲究。相比之下，对每况愈下的陈家更加厌嫌，就下决心要同陈家解除婚约。但是去和大女儿商量，大女儿却不同意。周翁很恼火，一财气，但用破旧的衣服和首饰做嫁妆，把她嫁给了陈锡九。陈锡九家里穷得有时连锅都揭不开，周翁却不肯拿出一点钱粮去接济。

有一天，周翁打发老妈子给女儿送去一盒吃食。老妈子一进门，就对陈母说：“我家主人叫我来看看小姑姑饿死了没有？”儿媳妇怕婆婆难为情，强颜欢笑打乱了老妈子的挖苦话。接着，从盒子里拿出食品，放在婆婆面前让她吃。老妈子从中阻拦道："可不能这么做！自从小姑姑进了他家门，连一杯温水都不曾换出来过，咱们家的东西，料她老东西也没脸吃下去！"陈母听了这话，气得语声和脸色都变了。老妈子却没有一点退让，反而用更难听的话辱骂陈母。正吵闹时，陈锡九从外面走了进来，问明原委后，立刻怒火上升，不由分说，左手揪住老妈子的头发，右手先就狠狠给了她一个巴掌。而后，连推带打把她赶了出去。

次日一早，周翁来接女儿，女儿不肯回去。隔了一天，周翁又来了，带了好几个人，看样子是专门来寻衅生事的。陈母怕惹人耻笑，狠着心解劝媳妇一番，媳妇才流着泪拜过婆婆上车走了。又过了几天，周家派人到陈家逼要休书，陈母又狠着心硬叫儿子写了一张交给来人。陈母走投无路只盼念丈夫早点回来，另做别的打算。不料偏是祸不单行，就在这时，周家有人从西安回来，说她丈夫已经死在外边。她听到这个消息，一气成病，不久也下世去了。

陈锡九在哀伤和窘迫之中，还希望妻子能够回来，但是过了好些天，依然没有踪影，心情更加悲愤。陈家原有几亩薄田，为了丧葬母亲，只得卖掉。后来，他便一路讨饭，到陕西去寻找父亲的尸骨。

他到了西安，几乎访遍了当地的住户。有人告诉他：几年以前有个读书人死在旅店，被埋在东郊，现在怕是连坟也找不到了。锡九没办法，白天在街市上讨吃要饭，夜里睡在野寺荒庙，希望能碰到知道父亲尸骨真正下落的人。

一天晚上，他经过一个乱葬岗子，突然从荒草里蹿出几个人挡住他的去路，口口声声向他索要饭钱。陈锡九说："我是个外乡人，每天在城内乞讨度日，欠了谁家的饭钱？"拦路人一听就发了怒，一拥而上，把他打倒在地，还用死孩子衣服里的烂棉花塞住他的嘴。就在他力竭声嘶，濒于死亡之际，只听拦路人吃惊地说："哪里的官长来了？"连忙一起松了手，悄悄地躲在一边。

一会儿，人夫车马喧喧嚷嚷走过来。车上有人问道："地上躺的是什么人？"话音未落，就有几个人把锡九扶到车前。车上的人一看，说："是我的儿子呀！孽鬼们怎么这样大胆！把他们都给我捆来，一个不准放走！"锡九觉得有人给他把烂棉花从嘴里拽出来，定神细看，原来是他的父亲，便失声痛哭起来，说：“儿为父亲的尸骨不知吃了多少苦，原来您还活在人间啊!”父亲说：“我的确已经离开人间了，阴曹地府派我做了太行总管，这次我是专门为儿来的。”锡九哭得更伤心了，父亲劝慰一番，他才止了哭声，流着泪把周家如何悔婚，如何逼要休书的事详细叙述了一遍。父亲说：“我儿不必忧愁，现在你媳妇在你母亲那里。你母亲十分想你，可以暂时到那里去一趟。”

锡九和父亲坐在一个车子上。车子像疾风骤雨，跑得很快。不大工夫，来到一座官府门前。锡九下了车，跟着父亲进了几道门，果然在一个屋子里见到了母亲。他哭得几乎要断了气，父亲叫他别哭了，他才抽抽泣泣站在一旁，听候父亲吩咐。这时，他忽然看见妻子站在母亲身边，便向母亲问：“儿媳妇既在这里，莫非她也死了吗?”

母亲说：“不是的。这是你父亲刚派人把她接来的，等你到家，就把她送回去了。”

锡九说：“儿就在这里服侍双亲吧，我不想回去了。”

母亲说：“你辛苦跋涉，不是为了寻找父亲的尸骨吗? 如今你不回去，当初的决心是为了什么呢? 况且你的孝行已经传到上帝那里，决定赐给你黄金万两，你们夫妻俩享受的日子正长，怎么说不想回去了?”锡九听完母亲的话，又流下泪水来。父亲几次催他，他哭得越发收拾不住。父亲生了气，说：“你不想走了?”锡九惧怕父亲，这才止住哭声，询问埋葬的地点。

父亲拉着他的手说：“你走，我告诉你。离乱葬岗一百多步，有大小两棵白榆树，那树旁边埋的就是我。”他们走得很仓促，没容得锡九向母亲拜别，已经来到门外。一个五大三粗的仆人牵着马候在那里，等他上了马，父亲又嘱咐道：“你往日住的地方，有一些路费，你要尽快整理一下行装早点回家。回去就向你岳父要媳妇，要不到手不要罢休!”

马跑得飞快，鸡刚打鸣，就到了西安。仆人扶他下了马，他刚想叫仆人回去代向父母致意，一转脸，仆人和马都不见了。他回到原来的住处，想靠墙迷糊一会儿，可是刚坐下就觉得有块拳头大的石头把他的大腿硌了一下，天亮一看，居然是一块白花花的银子。于是他便在街上买了棺材，雇了车子，到双白榆树下取了父亲的尸骨，昼夜兼程，赶回邳州市。

陈锡九把父母的尸骨合葬后，家里穷得只剩了四堵墙。幸亏街坊邻里可怜他是个孝子，就轮流管他饭吃。他想到周家去要妻子，又觉得自己生性文弱，怕惹不过人家，就叫了一个名叫陈十九的本家哥哥一起去了。这陈十九生就的光棍脾气，平素谁不怕他三分？他们来到周家门上，见看门人不让进去，早惹得陈十九破口大骂起来，不干不净的，简直难听死了。周翁无奈，教家人去好言相劝，说是愿意把女儿送过去，他们才回去了。

当初大女儿被强迫回了娘家，周翁当着她的面大骂她的丈夫和婆婆，女儿不言语，只是对着墙壁暗自落泪，陈母死了，也没让她知道；得了休书后，又把休书扔给她说："陈家把你休了！"女儿说："我在陈家并没有做下忤逆不孝的事，他们凭什么休我?"她想去陈家问个明白，父亲却把她关在屋子里，不许出门。后来陈锡九去了西安，周翁就假造她丈夫已死的"凶信"，企图断绝女儿的旧情。她万万没想到，丈夫的"凶信"刚刚传出去，有个叫杜中翰的就来求亲，而父亲竟然答应了。这件事是嫁期快到的前几天，她才听说的。她听了这个消息，便没明没夜地只是哭泣，也不吃，也不喝，用被子蒙着脸见天昏睡，渐渐只剩得一口气了。周翁正愁得没主意，忽然陈锡九前来要人，而且说话很不礼貌。他想着女儿没几天准死，就教人把女儿抬了送到陈家。意思是：等女儿一死，他好趁机发泄私愤。

就这样，陈锡九前脚到家，后脚，周家就把他的妻子送来了。来人怕锡九见妻子病危不肯收容，一进门，把人扔下就走。街坊邻居都替锡九担心，劝他把人还给周家，锡九不听。谁知刚把妻子扶到床上，就断了气。这下可真把他吓坏了。正在他手足无措，不知如何是好时，周翁的儿子带了几个手持棍棒的人闯进来，一时间，闹得鸡鸣狗叫，把门窗、家什砸了个稀巴烂。他们还到处搜寻躲藏起来的陈锡九，扬言要和他算账。乡邻们实在看不过，纷纷指责周翁的儿子。陈十九也召集了十几个人赶来，把周家弟兄打得连滚带爬，鼠窜而逃。

周家闹事没占了便宜，周翁更加恼怒，便告到官府。官府随即差人去拘捕陈锡九和陈十九等人。锡九临走，把妻子的尸体托付一个邻居大娘看管，正说着话，忽听床上有出气的声音，近前一看，妻子微微睁开了眼睛。又过了一会儿，已经会翻身了。陈锡九十分高兴，便跟着差人到官府，把事情的枝枝梢梢全都讲了出来。县官对周翁诬陷好人很是恼火，吓得周翁心惊胆战，叫人给县官送了好多礼物，才没有治他的罪。

陈锡九从官府回来，妻子已经完全恢复了神志，二人见面，悲喜交集，自然免不了各诉衷肠。

起先，陈锡九的妻子绝食昏睡，决心求死。忽然有人拉起她说："我是陈家的人，快跟我走，可以夫妻相见，不然，就来不及了。"不知不觉，她的身子已经出了门。有两个人把她扶到轿上，转眼来到一所官府，见公公和婆婆都在那里，就问："这是什么地方?"婆婆说："不必多问，瞅个适当的时候就把你送回去。"一天，她看见丈夫也来了，很是高兴，可是刚一见面，就又分别了，心里觉得很奇怪。公公不知道办什么事，常常几天不见回府。昨天晚上他突然回来，说："我在武夷山多耽搁了两天，难为儿媳了，现在立刻送你回去。"于是便派了车马送她回家。她一见到陈家门，忽然像做了一场梦，醒了过来。

二人扯了一阵往事，越扯越亲热。从此，夫妻二人欢欢乐乐地生活在一起。只是由于依然穷得不能自给自足，锡九才不得不在村里办个私塾，一面教书以谋生活，一面苦读以求上进。他常常自言自语："母亲说上天赐给我黄金万两，可如今家徒四壁，难道靠教书、苦读就能发这样的财吗?"

有一天，他从私塾回家，路上遇见两个差役问他说："你是陈锡九吗?"锡九连忙回答道："是的，我就是。"他的话刚说完，那两个差役便拿出铁链子把他捆了起来。陈锡九也弄不清是为了什么。过了一会儿，乡邻们都聚拢了来，他们一问差役，才知道是郡里的盗窃案牵连着他。乡邻们很同情锡九，觉得他冤枉，就凑了钱来贿赂差役，托他们在路上好生关照。

陈锡九到郡城见到太守，从头至尾叙述了自己的家世。太守一听显出惊讶的神色，说："这是名士的后人，看他温文尔雅的样子，哪会做贼呢？"说完，便命令手下的人除去锡九身上的铁链。

太守叫人把那贼盗带上堂来，经过严刑拷问，才供出是周翁花钱买通他，嘱他反咬陈锡九的。这时，陈锡九又接过话头，诉说了和岳父闹矛盾的由来。太守一听，更加气愤，立刻叫人把周翁捕来审问。他还请锡九到自己府上叙述世代交情。原来这位太守是邳州市旧县官韩公的儿子，是锡九父亲手里教出来的学生，太守赠给他一百两银子作为读书费用，还送他两头骡子做脚力，叫他经常到郡里来，以便考核他的文章。接着又向各位上司宣扬他的文才、孝行。结果，总督以下的官员都给他送了一些钱物。锡九骑着骡子回到家里，夫妻两个感到十分欣慰，总算可以过个舒心的日子了。

有一天，岳母哭哭啼啼找到门来，一见女儿就"扑通"跪在地下不肯起来。女儿大吃一惊，一问，才知道父亲被关在牢狱，受刑很重。女儿也哭着，说是自己的过错，直想去寻死。锡九不得已，只好到郡城去向太守求情。太守把周翁释放了，命令他自我赎罪，罚他出一百石谷子，批赠给孝子陈锡九。周翁回去后，从仓库里取出谷子，又掺了些秕糠，装上车送到陈家。锡九看了谷子，笑着对妻子说："你父亲也是以小人之心度君子之腹，他怎么知道我必定要收下，要小气地掺那么多秕糠呢？"说完，即刻叫来人拉回去了。

锡九家由于太守的照顾，虽然有点富裕，可是还没有力量去修复破旧的院墙。一天深夜，一群强盗跳墙而入，等仆人发觉大声叫嚷的时候，他们已经走了。一看，只丢了两头骡子。

半年以后的一个晚上，陈锡九正挑灯夜读，忽然听见有人敲门，可是问了几遍都没有人答应。他把仆人叫起来相跟了去看。一开门，有两头骡子跳了进来，跑到槽头，在那里直喘粗气。点灯一看，正是他家原来丢失的那两头。只见每头骡子驮了一只大皮袋子，解开一看，满满的尽是雪白的银子。大家都很奇怪，不知是从哪里来的。后来才听说，就是那天黑夜，一伙强盗劫了周家，满载而去。只是没走多远，就遇上巡逻的官兵，便扔下那两头驮了银钱的骡子跑了。骡子认得原来的主人家，径直跑了回来。

这时，周翁出狱不久，浑身刑伤还未痊愈，又遭到了抢劫，气得大病一场死去了。一天晚上，锡九的妻子刚刚睡下，忽然梦见她的父亲坐着一辆囚车走来，说："我生前的所作所为很是不好，现在后悔也来不及了。如今我在阴曹遭受刑罚，只有你公公可以解脱我，请替我求求你女婿，给他父亲写个求情的信吧！"妻子醒来，一想梦里的事，呜呜哭泣起来，锡九一问，妻子把梦情都告诉了他。锡九早就想到太行走一趟，当天就动了身。到了太行，他准备了三牲祭礼，向父母祝祷了一番，当夜就露天睡在山下，希望能再见父母一面。但一直到天亮也没有什么动静，于是便又返回家去了。

周翁一死，周家母子更加贫穷，全靠二女婿王举人周济过活。王举人是经过考核被补任为县官的，不久，因贪污受贿罢了官，全家都迁移到沈阳去了。周家母子失去了依靠，锡九只好经常照顾他们。

卷九

邵临淄

【原文】

临淄某翁之女[①]，太学李生妻也[②]。未嫁时，有术士推其造[③]，决其必受官刑。翁怒之，既而笑曰："妄言一至于此！无论世家女必不至公庭，岂一监生不能庇一妇乎？"既嫁，悍甚，捶骂夫婿以为常[④]。李不堪其虐，忿鸣于官。邑宰邵公准其词[⑤]，签役立勾[⑥]。翁闻之，大骇，率子弟登堂，哀求寝息[⑦]。弗许。李亦自悔，求罢。公怒曰："公门内岂作辍尽由尔耶[⑧]？必拘审！"既到，略诘一二言，便曰："真悍妇！"杖责三十，臀肉尽脱。

异史氏曰："公岂有伤心于闺闼耶？何怒之暴也！然邑有贤宰，里无悍妇矣。志之，以补'循吏传'之所不及者[⑨]。"

【注释】

①临淄：县名。明清属青州府，现为山东省淄博市临淄区。某翁：此从二十四卷抄本，原作"某公"。

② 太学：明清时国子监的代称。

③推其造：推算她的生辰八字。人的生辰年月日时，干支相配共得八个字，星

命术士称之为“造”，据以推断其人命运休咎。

④捶骂：底本作摇骂，此从二十四卷抄本。

⑤邑宰邵公：邵如岜，湖北天门人，康熙二十一年任临淄知县。

邵临淄

⑥签役立勾：发签牌给衙役，立予拘捕到案。签，签牌，官府交吏拘捕犯人的凭证。

⑦寝息：平息；停息。指免予拘审。寝，止息。

⑧作辍：犹动止。指官府之拘囚、不拘囚。

⑨循吏传：史书为奉职守法的官员作的传记。

【译文】

临淄县某翁的女儿，是太学生李某的妻子，在出嫁前，有个算命先生给她推算命运，说她一定受到官府的刑罚。某翁听了对算命先生很生气，随后又笑着说："这算命先生胡说到这种地步！且不用说世家大族的闺秀一定不会上公堂的，难道一个太学生还不能庇护自己的妻子吗？"

某翁女儿出嫁后，凶悍得厉害，指着丈夫的鼻子辱骂是常事，李生忍受不了她的暴虐，气愤得告到官府。县令邵公受理了他的状纸，发签叫差役立即把李妻传到公堂来。某翁听说后，非常吃惊，带着子弟到县衙哀求把官司压下来。县令不准许。李监生也后悔了，要求撤诉。县令邵公很生气，说："官府中处理案件难道能随你们想办就办想停就停吗？一定要拘捕审讯！"把李生的妻子带到后，稍稍盘问了几句，就说："真是个泼妇！"当堂打了三十大板，屁股上的肉都打烂了。

于去恶

【原文】

北平陶圣俞[①]，名下士[②]。顺治间[③]，赶乡试，寓居郊郭。偶出户，见一人负笈伥儴[4]，似卜居未就者[5]。略诘之，遂释负于道，相与倾语，言论有名士风。陶大说之，请与同居。客喜，携囊入，遂同栖止。客自言："顺天人，姓于，字去恶。"以陶差长[6]，兄之。于性不喜游瞩，常独坐一室，而案头无书卷。陶不与谈，则默卧而已。陶疑之，搜其囊箧，则笔研之外，更无长物。怪而问之，笑曰："吾辈读书，

于去恶

岂临渴始掘井耶[7]？”一日，就陶借书去，闭户抄甚疾，终日五十馀纸，亦不见其折叠成卷。窃窥之，则每一稿脱，则烧灰吞之。愈益怪焉。诘其故，曰：“我以此代读耳。”便诵所抄书，顷刻数篇，一字无讹。陶悦，欲传其术；于以为不可。陶疑其吝，词涉诮让[8]。于曰：“兄诚不谅我之深矣。欲不言，则此心无以自剖；骤言之，又恐惊为异怪。奈何？”陶固谓：“不妨。”于曰：“我非人，实鬼耳。今冥中以科目授官[9]，七月十四日奉诏考帘官[10]，十五日士子入闱，月尽榜放矣[11]。”陶问：“考帘官为何？”曰：“此上帝慎重之意，无论鸟吏鳖官[12]，皆考之。能文者以内帘用，不通者不得与焉。盖阴之有诸神，犹阳之有守令也[13]。得志诸公，目不睹坟典[14]，不过少年持敲门砖[15]，猎取功名，门既开，则弃去；再司簿书十数年[16]，即文学士，胸中尚有字耶！阳世所以陋劣幸进，而英雄失志者，惟少此一考耳。”陶深然之，由是益加敬畏。

一日，自外来，有忧色，叹曰：“仆生而贫贱，自谓死后可免；不谓迍邅先生[17]，相从地下。”陶请其故，曰：“文昌奉命都罗国封王[18]，帘官之考遂罢。数十年游神耗鬼[19]，杂入衡文[20]，吾辈宁有望耶？”陶问：“此辈皆谁何人？”曰：“即言之，君亦不识。略举一二人，大概可知：乐正师旷、司库和峤是也[21]。仆自念命不可凭，文不可恃，不如休耳[22]。”言已怏怏，遂将治任[23]。陶挽而慰之，乃止。至中元之夕[24]，谓陶曰：“我将入闱。烦于昧爽时，持香炷于东野[25]，三呼去恶，我便至。”乃出门去。陶沽酒烹鲜以待之。东方既白，敬如所嘱。无何，于偕一少年来。问其姓字，于曰：“此方子晋，是我良友，适于场中相邂逅。闻兄盛名，深欲拜识。”同至寓，秉烛为礼。少年亭亭似玉[26]，意度谦婉[27]。陶甚爱之，便问：“子晋佳作，当大快意。”于曰：“言之可笑！闱中七则[28]，作过半矣；细审主司姓名[29]，裹具径出[30]。奇人也！”陶扇炉进酒，因问：“闱中何题？去恶魁解否[31]？”于曰：“书艺、经论各一[32]，夫人而能之。策问[33]：‘自古邪僻固多[34]，而世风至今日，奸情丑态，愈不可名[35]，不惟十八狱所不得尽[36]，抑非十八狱所能容。是果何术而可？或谓宜量加一二狱，然殊失上帝好生之心。其宜增与、否与，或别有道以清其源[37]，尔多士其悉言勿隐[38]。’弟策虽不佳，颇为痛快。表：‘拟天魔殄灭[39]，赐群臣龙马天衣有差[40]。'次则'瑶台应制诗'[41]、'西池桃花赋'[42]。此三种，自谓场中无两矣!"言已鼓掌。方笑曰："此时快心，放兄独步矣[43]；数辰后[44]，不痛哭始为男子也。"天明，方欲辞去。陶留与同寓，方不可，但期暮至[45]。三日，竟不复来。陶使于往寻之。于曰："无须。子晋拳拳[46]，非无意者。"日既西，方果来。出一卷授陶，曰："三日失约，敬录旧艺百馀作，求一品题。"陶捧读大喜，一句一赞，略尽一二首，遂藏诸笥。谈至更深，方遂留，与于共榻寝。自此为常。方无夕不至[47]，陶亦无方不欢也。

一夕，仓皇而入，向陶曰："地榜已揭，于五兄落第矣!"于方卧，闻言惊起，泫然流涕。二人极意慰藉，涕始止。然相对默默，殊不可堪。方曰："适闻大巡环张桓侯将至[48]，恐失志者之造言也[49]；不然，文场尚有翻覆。"于闻之，色喜。陶询其故，曰："桓侯翼德，三十年一巡阴曹，三十五年一巡阳世，两间之不平，待此老而一消也。"乃起，拉方俱去。两夜始返，方喜谓陶曰："君不贺五兄耶？桓侯前夕至，裂碎地榜，榜上名字，止存三之一。遍阅遗卷[50]，得五兄甚喜，荐作交南巡海使卷[51]，旦晚舆马可到。"陶大喜，置酒称贺。酒数行，于问陶曰："君家有闲舍否？"问："将何为？"曰："子晋孤无乡土，又不忍恝然于兄[52]。弟意欲假馆相依。"陶喜曰："如此，为幸多矣。即无多屋宇，同榻何碍。但有严君，须先关白卷[53]。"于曰："审知尊大人慈厚可依。兄场闱有日，子晋如不能待，先归何如？"陶留伴逆旅，以待同归。次日，方暮，有车马至门，接于莅任。于起，握手曰："从此别矣。一言欲告，又恐阻锐进之志。"问："何言？"曰："君命淹蹇，生非其时。此科之分十之一；后科桓侯临世，公道初彰，十之三；三科始可望也。"陶闻，欲中止。于曰："不然，此皆天数。即明知不可，而注定之艰苦，亦要历尽耳。"又顾方曰："勿淹滞，今朝年、月、日、时皆良，即以舆盖送君归。仆驰马自去。"方忻然拜别。陶中心迷乱，不知所嘱，但挥涕送之。见舆马分途，顷刻都散。始悔子晋北旋，未致一字，而已无及矣。

三场毕[54]，不甚满志，奔波而归。入门问子晋，家中并无知者。因为父述之，父喜曰："若然，则客至久矣。"先是陶翁昼卧，梦舆盖止于其门，一美少年自车中出，登堂展拜。讶问所来，答云："大哥许假一舍，以入闱不得偕来。我先至矣[55]。"言已，请入拜母。翁方谦却，适家媪入曰："夫人产公子矣。"恍然而醒，大奇之。是日陶言，适与梦符，乃知儿即子晋后身也。父子各喜，名之小晋。儿初生，善夜啼，母苦之。陶曰："倘是子晋，我见之，啼当止。"俗忌客忤[56]，故不令陶见。母患啼不可耐[57]，乃呼陶入。陶呜之曰[58]："子晋勿尔！我来矣！"儿啼正急，闻声辍止，停睇不瞬，如审顾状。陶摩顶而去[59]。自是竟不复啼。数月后，陶不敢见之：一见，则折腰索抱；走去，则啼不可止。陶亦狎爱之。四岁离母，辄就兄眠；兄他出，则假寐以俟其归。兄于枕上教"毛诗"，诵声呢喃，夜尽四十馀行。以子晋遗文授之，欣然乐读，过口成诵；试之他文，不能也。八九岁，眉目朗彻，宛然一子晋矣。陶两入闱，皆不第。丁酉，文场事发[60]，帘官多遭诛遣，贡举之途一肃，乃张巡环力也。陶下科中副车[61]，寻贡[62]。遂灰志前途，隐居教弟。尝语人曰："吾有此乐，翰苑不易也[63]。"

异史氏曰："余每至张夫子庙堂[64]，瞻其须眉，凛凛有生气。又其生平喑哑如霹雳声[65]，矛马所至，无不大快，出人意表。世以将军好武，遂置与绛、灌伍[66]；宁知文昌事繁，须侯固多哉！呜呼！三十五年，来何暮也[67]！"

【注释】

①北平：旧府名。明洪武元年置，治所在北京大兴、宛平两县。永乐元年建为北京，改名顺天府。

②名下士：有盛名之士。

③顺治：清世祖年号（1644—1661）。

④侹儴：惶急不安。

⑤卜居：寻找住处。

⑥差长（掌）：谓年龄略大。

⑦临渴始掘井：喻事到临头才准备急需。

⑧词涉诮让：言语之间流露责怪之意。诮让，谴责。

⑨以科目授官：按科目考试，授予相应官职。科目，封建时代分科取士的项目。唐制，取士之科有秀才、明经、进士、俊士、明法、明字、明算等五十余科，又有大经、小经之目，故称科目。宋代分科较少。明清虽只设进士一科，但仍沿称科目。

⑩帘官：科举时代，乡、会试贡院内之官。考试期间，贡院至公堂后的内龙门，由监临封锁，门外挂帘。场中官员根据工作性质，分别住在帘内和帘外，于是有内外帘官之称。外帘官管事务；内帘官管阅卷，必须是科甲出身。

⑪月尽：月底。

⑫鸟吏鳖官：传说，古代帝王少皞氏即位，凤鸟来临，于是以鸟名其百官。周置天官冢宰，其属宫鳖人，掌取龟鳖蚌蛤之属。这里所说的“鸟”“鳖”，犹言屌、王八，实以粗话骂官场。

⑬守令：太守和县令，指州、县官员。

⑭坟典：即“三坟五典”，传说为我国最古的书名。

⑮敲门砖：科举时代，士人读书应试，以取功名。功名取得即弃所学，犹如用砖敲门，既入门，即弃砖，故称敲门砖。清代径称八股文为敲门砖。

⑯司簿书：管理官署中的文书簿册。

⑰迍邅（谆沾）先生：这是拟人化的说法，犹言“倒霉鬼”。迍邅，迟缓难行，喻命运不佳。

⑱文昌：神名，即梓潼帝君，掌管文昌府及人间功名禄位之事。都罗国：不详。《汉书·西域传》注谓有都卢国。《文献通考·乐考·散乐百戏》：缘橦之伎众，“汉武帝时谓之都卢。都卢，国名，其人体轻而善缘。”此或借以讽指“夤缘攀附之国”。

⑲游神：游食之神。喻奔走干禄，借八股而倖进的试官。秏（冒）鬼：秏乱不明的鬼，喻糊涂试官。秏，秏乱不明。

⑳杂入衡文：混杂进来审阅考卷。

㉑乐正师旷、司库和峤：乐正，官名，周时乐官之长。师旷，春秋时晋国的乐师，他辨音能力很强，但生而目盲。司库，主管钱库之官。和峤，晋人，家极富而性至吝，杜预说他有钱癖。这两个人，一个瞎眼，一个爱钱，由他们作试官，必然是盲目评文或贪财受贿。

㉒休：罢休。

㉓治任：犹言"治装"，整理行装，表示要离去。

㉔中元：旧时以农历七月十五日为中元节。

㉕炷：点香使燃。

㉖亭亭似玉：亭亭玉立的意思。亭亭，耸立的样子。

㉗意度：意态风度。

㉘闱中七则：清顺治三年颁科场条例，规定乡试第一场，试时文七篇。其中"四书"三题；"五经"各四题，考生可自选一经，故合称"七艺"或"七则"。

㉙主司：这里指主考官。

㉚裹具：包裹起文具。

㉛魁解（介）否：犹言是否高中。魁解，指乡试中式第一名。魁，经魁，明代科举以"五经"取士，每经各取一名为首叫"经魁"。因此取在前五名的称"五经魁"或"五魁"。解，唐制，进士由乡而贡曰解。明清乡试本称"解试"，因称乡试中了举人第一名为"解元"。魁、解，在这里是取得魁首、解元的意思。

㉜书艺、经论：指根据"四书""五经"所出的八股文试题。从"四书"里出题叫"书艺"；从"五经"里出题叫"经论"或"经义"。

㉝策问：提出有关史事或时政等问题，以简策发问的形式，征求对答，叫"策问"。这也是科举考试项目之一。康熙二年（1663年）乡试以策、论、表、判取士，共考二场。第一场，试策五道；第二场，试"四书"论一篇、经论一篇、表一道、判五条。

㉞邪僻：不正当的行为。僻，邪、不正。

㉟愈不可名：更不可名状。名，指称。

㊱ 十八狱所不得尽：意谓打入十八层地狱，也不能尽其罪。

㊲清其源：指从根本上杜绝邪僻。源，本源。

㊳多士：指应考的众生员。悉言：尽其所言。

㊴拟：拟稿。天魔：佛教所说的从天上降到人间破坏佛道的恶魔，旧时以之代指旁门邪道。

㊵龙马：指骏马。天衣：犹言“御衣”，指帝王所赐的冠带朝服。有差：分等级。

㊶瑶台应制诗：瑶台，神话传说中的神仙居处。应制诗，奉皇帝之命所作的诗。制，帝王的命令。

㊵西池：指神话传说中西王母所居的瑶池。桃花赋：西王母有蟠桃园，故赋其桃花。

㊸放兄独步：任您超群领先。放，放任。独步，出众、独一无二。

㊹数辰后：几天之后；意谓放榜之时。男子：男子汉，好汉。

㊺期：约定。

㊻拳拳：忠诚，重言诺。

㊼无夕：据二十四卷抄本，原作“无息”。

㊽大巡环：虚拟的官名；取巡回视察之意。张桓侯：三国时蜀汉名将张飞。张飞，字益德，死后谥号桓侯。

㊾造言：故意传播的流言。

㊿遗卷：没被录取者的试卷。

51交南：交州南部地区。今广东、广西属于古之交州。

52恝（荚）然：淡漠忘怀。

53关白：禀告，通禀。关，通。

54三场毕：此指乡试完毕。明清时，乡试和会试都连考三场，每场三天。

55“先是……我先至矣”数句：据二十四卷抄本补，原阙。

56俗忌客忤：旧时习俗，禁忌生人进入产妇卧室，以免冲犯。

㊲耐：据二十四卷抄本，原作“恧”。

㊳呜：抚弄；抚儿声。

㊴摩顶：以手抚其头顶。

㊵丁酉，文场事发：丁酉，指清顺治十四年（1657）。这一年江南、顺天、山东、山西、河南等地都发生乡试科场案。顺天府乡试房官张成璞、李振邺以及江南乡试主考及分考官，都遭杀戮；举人田耜等因贿买举人，也被杀。凡南北闱中式举人，都传京复试于太和门。

㊶副车：清代乡试有正副两榜。正榜取中的称举人，又称“公车”。副榜取中的，犹如备取生，称“副车”。

㊷寻贡：不久举为贡生。科举时代，取得“副车”资格的生员，可以贡入国子监读书。

㊸翰苑不易：做个翰林也比不上。翰苑，翰林院，此指在翰林院为官。

㊹张夫子：指张飞。

㊺喑哑：当作“喑噁”，怒声呵斥。

㊻置与绛、灌伍：把他同周勃、灌婴放在同等地位。绛，指汉初名将周勃，曾封为绛侯。灌，灌婴，也是汉初名将。这两个人都勇武无文。

㊼暮：晚，迟。

【译文】

顺天府的陶圣俞，是很有名望的读书人。顺治年间去参加举人考试，寄居在城郊。一天，偶然出去散步，看见一个人背着行李，好像没有找好住处。陶上前询问他是不是没找到房子，他便把行李放在路上，两人坦诚地谈了起来，举止言谈很有名士风度，陶很高兴认识他，便请他和自己一起住。客人很高兴，提着行李来到陶的屋里，两人就一块儿住。客人自己说：“我姓于，名去恶，顺天府人。”因为陶稍大几岁，以陶圣俞为兄。

于去恶性格沉稳不喜欢游览，经常一个人坐在屋子里，他的桌面上也没有书卷。陶不和他谈话的时候，他就默默地躺在床上，陶对他感到奇怪，查看他的书箱，除了笔砚之外，再没别的东西。陶便问他，他笑着说："我们读书，怎么能临渴才掘井呢?"

有一天，向陶借去书，关上门抄书，速度特别快，一天就抄了五十多页，也没见他折叠装订成册。陶偷偷一看，原来他抄完一篇，就烧成灰咽下去，陶越发感到奇怪了，问他这样做的原因。于回答说："我用这种办法代替读书。"于是当场背诵所抄的书，一会儿工夫背诵了好几篇文章，一个字都不差。陶圣俞听了非常高兴，要他把这种方法传授给自己，于去恶认为此法传授不得。

陶以为于吝惜，说些讽刺挖苦的话。于去恶说："兄长真是太不谅解我了。我若不说实话，没法向你表白心迹；若是突然说出来，又怕你惊怕而感到怪异。怎么办好呢?"陶坚持说："不碍事，你只管说。"于说："我不是活人，而是鬼。现在阴司以考试授官职，七月十四日奉上天之命考主持科考的官员，十五日一班考生进试场，月底发榜。"陶问："主持考试的官员怎么还要考呢?"于回答说："这是因为上天对考试很慎重，不论官职大小都得通过考试。文章写得好的才选用为出题评卷的考官，文章写不通顺的不能参加出题和阅卷。阴间有各种神灵，也和阳世间有太守、县令一样。岂不知阳世间那些得势之人，当了官之后，对三坟五典等文献古籍根本不看。年轻时读的书也只不过当作敲门砖，用来猎取功名罢了。当仕途大门被敲开后，就把砖丢了。再掌管处理文书档案十几年，即使是文学修养很高的人，胸中还能有几滴墨水呢？人世间之所以文章不通的人能侥幸考中，而文章好的反而落榜的主要原因就是少了对主考官的考核。"

陶圣俞非常赞同于去恶的观点，从此更加敬慕他了。

一天，于从外面回来，脸色很忧郁，叹息道："我活着的时候很贫贱，自己以为死后一定可以摆脱了，没想到这受穷的命运却紧紧缠绕，直到阴司还跟着我!"陶问什么原因。于去恶说："文昌帝君奉命到罗国封王去了。阴司里对主考官的考试也取消了。那些在阴司里游荡了几十年的游神闲鬼都来参加出题评卷，像我这样的人还有什么希望呢?”陶问:“他们都是些什么人?”于回答:“即使说了,你也不认识。稍微举一两个知名的人,你可以了解大致情况。一个是瞎子乐正师旷,一个是贪官司库和峤。我自己知道命运不好靠不住,靠着文才取胜,但目前又没人能欣赏,不如就此罢休!”说完闷闷不乐,便整顿行装准备离开。陶圣俞一边安慰一边挽留,于去恶才答应留下。

到了七月十五日这天晚上,于去恶对陶圣俞说:“我就要进考场了。麻烦你在天快亮时,拿着点燃的香插在东门外的荒野里,喊三声于去恶,我就来了。”说完出门走了。陶买了酒烧好了菜等着于去恶。东方快亮时,陶恭敬地按于的嘱咐办了。不一会儿,于去恶带一个年轻人来了。陶问他姓名。于说:“这是方子晋,我的好朋友。刚好我俩在考场不期而遇。听到你的盛名,很想来拜见你。”三个人一同来到陶的寓所,点上蜡烛,互相行了见面礼。

这个叫方子晋的青年人,似玉树亭亭而立,眉清目秀,面目英俊,态度谦和,陶圣俞非常喜欢他。便问:“子晋的佳作,一定很快人意?”于去恶说:“说来可笑,考场中的七道题目,他已经完成一半了,当他把主考官的姓名仔细看过以后,收起笔砚直接出了考场,真是个怪人啊!”

陶用扇子扇着火炉把酒温好,问道:“考场中出了什么题目?去恶能高中吗?”于回答:“八股文和经义题各一道,这是人人都能做的。策问的题目是:‘从古以来奸恶邪僻的事固然很多,而社会风气败坏到今天,各种奸情丑态更是用语言难以形容,不但在罪行名目上十八层地狱包容不尽,罪犯的数量也远远不是十八层地狱所能容纳得下。用什么办法可以解决犯罪的问题呢?有人说可以适当增加几层地狱。但这样做又难免违背上天好生之心。到底是增加呢,还是不增加呢?或者有别的办法可以正本清源呢?希望各位学士不要有顾虑,把想说的话都说出来。’小弟我的策论虽不算太高明,可我说得非常痛快。文章的题目是拟作《因天魔殄灭,请按功劳分级赐给群臣龙马天衣》。其次还有《瑶台应制诗》《西池桃花赋》。这三种,自认为在考场中是独一无二的了!”说完,自己快乐地鼓起掌来。

方子晋笑着说:“老兄的文章自然是独步一时的,过几天以后,你不痛哭流涕才算真正的男子汉。”

天明以后，方子晋要告辞离开。陶圣俞挽留他，要和他一起住在这里，方不答应，只是约好晚上再来。过了三天，居然没有再来。陶圣俞让于去恶把方公子找来。于去恶对陶说：“没有必要，子晋对你一片诚心，不是那种没情义的人。”太阳偏西了，方子晋果然来了。拿出一卷文稿交给陶圣俞，说：“两天失约，是因为我抄录一百多篇过去写的八股文，请你帮我品评一番。”陶圣俞捧读起来，非常高兴，读一句赞美一句。大约读完两篇，便收藏在书箱里。方子晋、于去恶、陶圣俞三人谈到深夜，方子晋便留宿在这里，他和于去恶睡在一张床上。从这以后，他每晚都来这里住宿，陶若见不到方子晋就不高兴。

一天晚上，方子晋慌里慌张地走进来对陶圣俞说：“地府的榜已经张贴出来，于五哥落榜了！”于去恶正在床上躺着，听到这话，吃惊地坐了起来，伤心地流着眼泪。方、陶两人竭力安慰解劝，他才勉强收住眼泪。但是三个人默默地互相对看，确实有几分尴尬难堪。方子晋打破沉寂，说：“刚才听说张桓侯要来巡视检查了，这话只怕是落榜人造的谣言。否则，这次考试恐怕会有反复。”于去恶听了，脸上有了喜色。陶问他们有关张桓侯的事情。于去恶说：“张桓侯每三十年到地府巡查一次，每三十五年到阳世巡查一次，阳间和阴间不合理的事，要等这位老大人来了才能消除。”便站起身来，拉着方子晋一起走了。

过了两晚上他们才回来，方子晋高兴地对陶说：“你还不祝贺于五哥呀？张桓侯前天晚上果然来了，把地府的榜文撕碎了，榜上的名字，只保留了三分之一，把落榜人的试卷全部复查一遍，看到五哥的试卷后非常高兴，把他推荐为‘交南巡海使’，早晚就会有车马来接他去上任。”陶听后非常高兴，摆酒为于去恶祝贺。喝了几杯酒之后，于问陶说：“你家有不住人的闲房子吗？”陶说：“要闲房子干什么？”于回答：“子晋孤苦无靠没有房子住，又舍不得离开你。我想让他借住在你家里，也好有个依靠。”陶高兴地说：“如果能这样，我太荣幸了。即使没房子，住在一张床上又有什么妨碍。只是我家有老父，必须先关照他老人家一声。”于去恶说：“我知道令尊大人慈祥宽厚可以依靠。你离考试还有一段日子，子晋如果不能长期等候，就让他先回去怎么样？”陶留子晋在客舍做伴，等考完试一道回来。

第二天黄昏时分，有车马来到门口，接于去上任。于去恶拉住陶的手说：“从此我们就要分别了，有一句话想说，又怕影响你锐意进取之心。”陶问：“有什么，尽管说。”于说：“你的命运有些不顺利，生的不是时候。这场考试你只有十分之一的希望。下一科张桓侯降临人间，公道才开始彰显出来，你有十分之三的希望，到第三科你才有希望。”陶听说后不想参加考试了。于说：“这样不行，这都是天命，即使明知道考不上，注定要经历的艰苦，也还是要经历的。”又回头对方子晋说：“不要再耽搁了，今天的年、月、日、时都很吉利，我这就用车马送你回去。我骑马自己去上任。”方子晋高兴地和陶兄告别。陶心中模糊不解，不知该说些什么好，只是挥泪送别。只见车马分头上路，一会工夫都不见了。他才后悔子晋去自己家而忘了让他捎个话，但已经来不及了。

陶圣俞三场考完，觉得不太满意，没等放榜就急匆匆赶回来，一进门就问子晋的情况，家里人都不知道是怎么回事。于是向父亲讲述了和方子晋的交情。父亲说：“如果是这样，客人早就来了。”原来，有一次陶翁在白天睡觉时，梦见有车盖停在门前，一个漂亮的少年从车中出来，走入大厅给他叩头。陶翁惊奇地问他从哪里来，他回答说：“大哥答应借给我一间房子，他因参加考试没有一同回来。我便先来了。”说完就请求拜见母亲。

陶翁正在谦让，刚好有个女仆进门报喜：“夫人生了一个少爷。”陶翁从恍惚中醒来，感到非常奇怪。陶圣俞所说的这个日子正好和陶翁的梦境相符，才知道陶翁的小儿子就是子晋的后身。父子两人都很欢喜，给他取名小晋，婴儿刚生下来，夜里总爱啼哭，陶母对此感到很苦恼。陶圣俞说：“倘若是子晋，我见了他，他就会不哭了。”当地风俗忌讳新生儿见生人，所以不让陶去见他。可是陶母实在忍受不了这孩子夜里的啼哭，就叫陶圣俞进去看看。陶圣俞呜呜地逗他说：“小晋不哭！我来啦！”小晋正哭得厉害，听到陶圣俞的声音马上停了哭，两眼一眨不眨地盯住陶生，好像在仔细端详。陶圣俞亲热地摸摸小晋脑袋后走了。

从这以后，小晋就没在夜里哭过，过了几个月，陶圣俞不敢见小晋，因为一见，他就弯腰叫抱，一离开就哭个不停。陶圣俞也喜爱逗小晋玩。小晋四岁离开母亲，就跟哥哥睡在一起，哥哥出门了，他就躺在床上等哥哥回来。哥哥经常在床上教他读《毛诗》，他呢呢喃喃跟着背，一晚上能背四十多行。哥哥把方子晋的遗作教他念，他读得特别高兴，只念一遍就能背下来。用别的文章去试，就不行了。到了八九岁，长得眉清目亮，简直又是一个方子晋了。

陶生两次乡试不中。顺治十四年，考场舞弊事被揭发出来，许多考官遭到杀头、充军的处罚，科考纪律肃整一番，这就是张桓侯巡视的结果。陶生在下一科中了副榜，不久举为贡生。便对仕途心灰意冷，隐居家中，教弟弟读书。经常对别人说："我有了教弟弟读书的乐趣，即使给我个翰林也不换。"

狂　生

【原文】

刘学师言[①]："济宁有狂生某，善饮；家无儋石[②]，而得钱辄沽，初不以穷厄为意。值新刺史莅任，善饮无对。闻生名，招与饮而悦之，时共谈宴。生恃其狎[③]，凡有小讼求直者[④]，辄受薄赂为之缓颊[⑤]；刺史每可其请[⑥]。生习为常，刺史心厌之。一日早衙，持刺登堂。刺史览之微笑。生厉声曰：'公如所请，可之；不如所请，否之。何笑也！闻之：士可杀而不可辱。他固不能相报，岂一笑不能报耶？'言已，大笑，声震堂壁。刺史怒曰：'何敢无礼！宁不闻灭门令尹耶[⑦]！'生掉臂竟下[⑧]，大声曰：'生员无门之可灭！'刺史益怒，执之。访其家居，则并无田宅，惟携妻在城堞上住[⑨]。刺史闻而释之，但逐不令居城垣。朋友怜其狂，为买数尺地，购斗室焉[⑩]。入而居之，叹曰：'今而后畏令尹矣！'"

异史氏曰："士君子奉法守礼，不敢劫人于市，南面者奈我何哉[⑪]！然仇之犹得而加者，徒以有门在耳；夫至无门可灭，则怒者更无以加之矣。噫嘻！此所谓‘贫贱骄人’者耶[12]！独是君子虽贫[13]，不轻干人。乃以口腹之累[14]，喋喋公堂，品斯下矣。虽然，其狂不可及[15]。”

狂生

【注释】

①刘学师：刘支裔，济宁人。举人。康熙二十二年任淄川县儒学教谕，三十五年卒于官。见乾隆《淄川县志》四。

②儋石（旦时）：又作“担石”，百斤之量。“无儋石”，常以喻口粮储备不足。

③狎：亲昵，熟悉。

④求直：要求胜诉；求官判己有理。

⑤缓颊：为人说情。

⑥可其请：答应他的请求。

⑦灭门令尹：即俗语“灭门知县”。形容临民官之威虐权势。灭门，灭绝全家。

⑧掉臂：甩动两臂。谓大摇大摆走路，表示傲视上官。

⑨城堞：城垛口。堞，城上短墙，又叫“女墙”“睥睨”。按，此当指城上望楼等可栖止处。

⑩斗室：喻极小之室。

⑪南面者：南向而治的统治者。泛指帝王以至临民官员。

⑫贫贱骄人者：指身虽贫贱而不屈于富贵之人。

⑬独是：但是，只是。

⑭ 口腹之累：饮食之累。指为生活所迫。

⑮狂不可及：谓疏狂任性，无人可及。

【译文】

刘学师说：济宁有个能饮酒的狂生，家里口粮都不足，但有一点钱就去买酒，根本不把穷困当一回事情。正巧新上任的知州大人酒量大得没人和他能对饮，听说狂生饮酒出名，找他来陪饮。由于狂生的确很能喝而喜欢他，经常在一起交谈饮酒。狂生仗着与知州的亲密关系，凡有小案件而且当事人想要胜诉，他常接受一点贿赂为人讲情，知州常常答应他的要求。狂生对这种事习以为常了，知州却开始从心里讨厌他。

一天，知州上早衙，狂生拿着名片到公堂来见。知州接过名片看了一下微笑着。狂生大声说："你若是答应就说声可以；不答应就说声不可以。笑什么啊！我听说：士可杀而不可辱。别的事情我没法报答你，难道笑一声也不能回报吗？"说完放声大笑，把大堂上的灰尘都震下来了。知州愤怒地说道："你怎敢这般无礼！难道没听说过灭绝全家的令尹吗？"狂生甩了甩袖子直接走到堂下，大声说："穷秀才没家可灭。"知州更生气了，把他抓了起来。查访他家住在哪儿，想抄他的家，原来他没有田产和房屋，只带着老婆住在城墙上。

知州听说穷到这步田地就放了他，只是赶走不让他在城墙上住了。朋友们可怜他疯疯癫癫，大家凑钱给他买了一小块地，建起一间小房子。他住进去以后，才感慨地说："现在才知道令尹的可怕了！"

澂　俗[1]

【原文】

澂人多化物类[1]，出院求食。有客寓旅邸，时见群鼠入米盎，驱之即遁。客伺其人，骤覆之，瓢水灌注其中[3]，顷之尽毙。主人全家暴卒，惟一子在。讼官，官原而宥之[4]。

【注释】

①澂：此据二十四卷抄本，题及正文首字底本皆作"徵"。

②澂人：未详所指。按，澂，“澄”的本字。春秋晋北澂地，汉置澄县，后魏改澄城，清代属同州府。又，云南有澂江府，在昆明东南。广东有澄海区，明嘉靖间置，属潮州府。三地中未知何指。物类：其他动物。

③瓢水：用瓢舀水。

④原而宥之：推其情而免其罪。原，推原。

【译文】

陕西澂城地方的人常常会幻化成动物，离开家院去寻觅食物。有个外地客人住在旅舍的时候，看到一群老鼠进了米缸，去赶就逃。这人等它们进缸，出其不意把盖盖上，舀水朝缸里灌，一刻工夫老鼠全死了。旅舍主人一家都突然死去，只有一个儿子幸存。向官府告状，官府了解了事情经过，赦免了外地客人。

凤　仙

【原文】

刘赤水，平乐人[①]，少颖秀[②]。十五入郡庠。父母早亡，遂以游荡自废[③]。家不中资，而性好修饰，衾榻皆精美。一夕，被人招饮，忘灭烛而去。酒数行，始忆之，急返。闻室中小语，伏窥之，见少年拥丽者眠榻上。宅临贵家废第，恒多怪异，心知其狐，亦不恐，入而叱曰：“卧榻岂容鼾睡[④]！”二人遑遽，抱衣赤身遁去。遗紫纨裤一，带上系针囊。大悦，恐其窃去，藏衾中而抱之。俄一蓬头婢自门罅入，向刘索取。刘笑要偿[⑤]。婢请遗以酒，不应；赠以金，又不应。婢笑而去。旋返曰：“大姑言：如赐还，当以佳偶为报。”刘问：“伊谁？”曰：“吾家皮姓，大

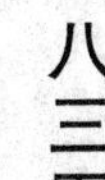

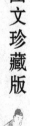

姑小字八仙，共卧者胡郎也；二姑水仙，适富川丁官人[⑥]；三姑凤仙，较两姑尤美，自无不当意者。”刘恐失信，请坐待好音。婢去复返曰：“大姑寄语官人：好事岂能猝合？适与之言，反遭诟厉；但缓时日以待之，吾家非轻诺寡信者[⑦]。”刘付之。过数日，渺无信息。薄暮，自外归，闭门声坐，忽双扉自启，两人以被承女郎，手

凤仙

捉四角而入，曰：“送新人至矣！”笑置榻上而去。近视之，酣睡未醒，酒气犹芳，赪颜醉态，倾绝人寰。喜极，为之捉足解袜，抱体缓裳。而女已微醒，开目见刘，四肢不能自主，但恨曰：“八仙淫婢卖我矣！”刘狎抱之。女嫌肤冰，微笑曰：“今夕何夕，见此凉人[8]！”刘曰：“子兮子兮，如此凉人何！”遂相欢爱。既而曰：“婢子无耻，玷人床寝，而以妾换裤耶！必小报之！”从此无夕不至，绸缪甚殷。袖中出金钏一枚，曰：“此八仙物也。”又数日，怀绣履一双来，珠嵌金绣[9]，工巧殊绝，且嘱刘暴扬之[10]。刘出夸示亲宾，求观者皆以资酒为贽，由此奇货居之。女夜来，作别语。怪问之，答云：“姊以履故恨妾，欲携家远去，隔绝我好。”刘惧，愿还之。女云：“不必。彼方以此挟妾，如还之，中其机矣[11]。”刘问：“何不独留？”曰：“父母远去，一家十馀口，俱托胡郎经纪，若不从去，恐长舌妇造黑白也[12]。”从此不复至。

逾二年，思念綦切。偶在途中，遇女郎骑款段马[13]，老仆鞚之[14]，摩肩过；反启障纱相窥，丰姿艳绝。顷，一少年后至。曰：“女子何人？似颇佳丽。”刘亟赞之。少年拱手笑曰：“太过奖矣！此即山荆也。”刘惶愧谢过。少年曰：“何妨。但南阳三葛，君得其龙[15]，区区者又何足道！”刘疑其言。少年曰：“君不认窃眠卧榻者耶？”刘始悟为胡。叙僚婿之谊[16]，嘲谑甚欢。少年曰：“岳新归，将以省觐，可同行否？”刘喜，从入萦山。山上故有邑人避乱之宅，女下马入。少间，数人出望，曰：“刘官人亦来矣。”入门谒见翁妪。又一少年先在，靴袍炫美。翁曰：“此富川丁婿。”并揖就坐。少时，酒炙纷纶[17]，谈笑颇洽。翁曰：“今日三婿并临，可称佳集。又无他人，可唤儿辈来，作一团圞之会[18]。”俄，姊妹俱出。翁命设坐，各傍其婿。八仙见刘，惟掩口而笑；凤仙辄与嘲弄；水仙貌少亚，而沉重温克，满座倾谈，惟把酒含笑而已。于是履舄交错[19]，兰麝熏人，饮酒乐甚。刘视床头乐具毕备，遂取玉笛，请为翁寿。翁喜，命善者各执一艺[20]，因而合座争取；惟丁与凤仙不取。八仙曰：“丁郎不谙可也，汝宁指屈不伸者？”因以拍板掷凤仙怀中。便串繁响[21]。翁悦曰：“家人之乐极矣！儿辈俱能歌舞，何不各尽所长？”八仙起，捉水仙曰：“凤仙从来金玉其音[22]，不敢相劳；我二人可歌‘洛妃’一曲[23]。”二人歌舞方已，适婢以金盘进果，都不知其何名。翁曰："此自真腊携来[24]，所谓'田婆罗'也[25]。"因掬数枚送丁前。凤仙不悦曰："婿岂以贫富为爱憎耶?"翁微哂不言。八仙曰："阿爹以丁郎异县，故是客耳。若论长幼，岂独凤妹妹有拳大酸婿耶?"凤仙终不快，解华妆，以鼓拍授婢，唱"破窑"一折[26]，声泪俱下；既阕[27]，拂袖径去，一座为之不欢。八仙曰："婢子乔性犹昔[28]。"乃追之，不知所往。刘无颜，亦辞而归。至半途，见凤仙坐路旁，呼与并坐，曰："君一丈夫，不能为床头人吐气耶?黄金屋自在书中[29]，愿好为之。"举足云："出门匆遽，棘刺破复履矣。所赠物，在身边否?"刘出之。女取而易之。刘乞其敝者。 然曰："君亦大无赖矣！几见自己衾枕之物[30]，亦要怀藏者?如相见爱，一物可以相赠。"旋出一镜付之曰："欲见妾，当于书卷中觅之；不然，相见无期矣。"言已，不见。怊怅而归。

视镜，则凤仙背立其中，如望去人于百步之外者。因念所嘱，谢客下帷[31]。一日，见镜中人忽现正面，盈盈欲笑，益重爱之。无人时，辄以共对。月馀，锐志渐衰，游恒忘返。归见镜影，惨然若涕；隔日再视，则背立如初矣：始悟为己之废学也。乃闭户研读，昼夜不辍；月馀，则影复向外。自此验之：每有事荒废，则其容戚；数日攻苦，则其容笑。于是朝夕悬之，如对师保[32]。如此二年，一举而捷。喜曰："今可以对我凤仙矣！"揽镜视之，见画黛弯长[33]，瓠犀微露[34]，喜容可掬，宛在目前。爱极，停睇不已。忽镜中人笑曰："'影里情郎，画中爱宠[35]'，今之谓矣。"惊喜四顾，则凤仙已在座右。握手问翁媪起居，曰："妾别后，不曾归家，伏处岩穴，聊与君分苦耳。"刘赴宴郡中，女请与俱；共乘而往，人对面不相窥。既而将归，阴与刘谋，伪为娶于郡也者。女既归，始出见客，经理家政。人皆惊其美，而不知其狐也。

刘属富川令门人，往谒之。遇丁，殷殷邀至其家，款礼优渥，言："岳父母近又他徙。内人归宁，将复。当寄信往，并诣申贺。"刘初疑丁亦狐，及细审邦族，始知富川大贾子也。初，丁自别业暮归，遇水仙独步，见其美，微睨之。女请附骥以行[36]。丁喜，载至斋，与同寝处。棂隙可入，始知为狐。女言："郎勿见疑。妾以君诚笃，故愿托之。"丁嬖之[37]，竟不复娶。刘归，假贵家广宅，备客燕寝[38]，洒扫光洁，而苦无供帐[39]；隔夜视之，则陈设焕然矣。过数日，果有三十馀人，赍旗采酒礼而至，舆马缤纷[40]，填溢阶巷[41]。刘揖翁及丁、胡入客舍，凤仙逆妪及两姨入内寝。八仙曰："婢子今贵，不怨冰人矣。钏履犹存否?"女搜付之，曰："履则犹是也，而被千人看破矣。"八仙以履击背，曰："挞汝寄于刘郎。"乃投诸火，祝曰："新时如花开，旧时如花谢；珍重不曾着，姮娥来相借[42]。"水仙亦代祝曰："曾经笼玉笋[43]，着出万人称；若使姮娥见，应怜太瘦生[44]。"凤仙拨火曰："夜夜上青天，一朝去所欢；留得纤纤影，遍与世人看。"遂以灰捻柈中，堆作十馀分，望见刘来，托以赠之。但见绣履满柈，悉如故款[45]。八仙急出，推柈堕地；地上犹有一二只存者，又伏吹之，其迹始灭。次日，丁以道远，夫妇先归。八仙贪与妹戏，翁及胡屡督促之，亭午始出[46]，与众俱去。

初来，仪从过盛，观者如市。有两寇窥见丽人，魂魄丧失[47]，因谋劫诸途。侦其离村，尾之而去。相隔不盈一矢[48]，马极奔，不能及。至一处，两崖夹道，舆行稍缓；追及之，持刀吼咤，人众都奔。下马启帘，则老妪坐焉。方疑误掠其母；才他顾，而兵伤右臂[49]，顷已被缚。凝视之，崖并非崖，乃平乐城门也；舆中则李进士母，自乡中归耳。一寇后至，亦被断马足而絷之。门丁执送太守，一讯而伏。时有大盗未获，诘之，即其人也。明春，刘及第[50]。凤仙以招祸，故悉辞内戚之贺。刘亦更不他娶。及为郎官[51]，纳妾，生二子。

异史氏曰："嗟乎！冷暖之态，仙凡固无殊哉！'少不努力，老大徒伤[52]'。惜无好胜佳人[53]，作镜影悲笑耳。吾愿恒河沙数仙人[54]，并遣娇女婚嫁人间，则贫穷海中，少苦众生矣。"

【注释】

①平乐：旧县名，三国时置，在今广西壮族自治区东部。明清时为广西平乐府治。又，汉置平乐故城在今山东省单县东。

②颖秀：聪明秀雅。

③ 自废：自暴自弃，不求上进。

④卧榻岂容鼾睡：曾慥《类说》引杨亿《谈苑》谓：宋开宝八年，宋军进围金陵。南唐主李煜请缓兵。宋太祖曰："江南有何罪，但天下一家，卧榻之侧，岂可许他人鼾睡?"此戏用其意。

⑤要（腰）偿：要挟酬报。

⑥ 富川：县名，汉置。在今广西平乐县东北。

⑦轻诺寡信：随便应许而不守信用。

⑧今夕何夕，见此凉人：《诗·唐风·绸缪》："今夕何夕，见此良人。子兮子兮，如此良人何。"这是一首欢庆新婚的诗。这里借用其意，并谐"良"为"凉"，以相戏谑。

⑨珠嵌金绣：上有珍珠嵌缀，且用金线绣成。

⑩暴（瀑）扬：公开展露。扬，宣扬。

⑪机：计谋。

⑫长舌妇：好说闲话的女人。

⑬ 款段马：慢行的马。款段，形容马行平稳舒缓。

⑭鞚：此谓"捉鞚"。

⑮南阳三葛，君得其龙：意指皮氏三姊妹，你得到的是其中最美的。南阳三葛，指三国时诸葛亮、诸葛瑾、诸葛诞兄弟三人。分别仕于蜀、吴、魏。南阳，郡名，治所在今河南省南阳市。相传诸葛亮曾躬耕南阳，时人称之为"卧龙"。这里以"龙"比喻杰出者。

⑰僚婿：姊妹之夫相称，叫"僚婿"，俗称"连襟"。

⑰酒炙纷纶：行酒上菜纷繁忙碌。纶，忙碌。

⑱团圞（峦）：团圆。

⑲履舄交错：意谓男女同席，人数众多。古时席地而坐，脱鞋就席，所以鞋子错杂。履，鞋。舄，古代的一种附有木底的复底鞋。

⑳执一艺：犹言献一艺。艺，技艺，这里指演奏乐器。

㉑ 串：串演。繁响：诸般乐器，响声繁杂；指合奏。

㉒金玉其音：珍视自己的歌声，不轻易歌唱。

㉓“洛妃”：戏曲名。洛妃，指洛水的女神洛嫔。

㉔真腊：古国名，见《明史·真腊传》。明后期改名为柬埔寨。

㉕ 田婆罗：波罗蜜，果汁甜美，核大如枣，可以炒食。

㉖“破窑”：戏曲名。

一折：杂剧一出叫一折。

㉗阕（却）：乐曲终了叫“阕”。

㉘乔性：个性乖戾。

㉙黄金屋自在书中：这是劝人读书上进的话，意思是读书做官就能够住上高堂大厦。

㉚几见：几曾见得。

㉛下帷：犹言闭门读书。

㉜师保：古时教导贵族子弟的官员，有师有保，统称“师保”这里是老师的意思。

㉝画黛：指妇女眉毛。黛，古时女子用以画眉的青黑色颜料。

㉞瓠犀：指妇女牙齿。瓠犀是瓠瓜的种子，因其洁白整齐，常用以比喻女子的牙齿。

㉟“影里情郎，画中爱宠”：语出《西厢记》第二本第四折《越调·斗鹌鹑》。崔莺莺怀念张生，曾说：“他做了个影儿里的情郎，我做了画儿里的爱宠。”

㊱附骥：本谓依附他人以成名，这里是追随、跟从的意思。骥，千里马。

㊲嬖：宠爱。

㊳燕寝：居息；居住。

㊴供帐：陈设的帷帐，也泛指陈设之物。

㊵缤纷：盛多杂乱。

㊶填溢：布满。

㊷“珍重不曾着”二句：李商隐《袜》诗：“常闻閟妃袜，渡水欲生尘。好借嫦娥着，清秋踏月轮。”此借用其意。姮（衡）娥：即“嫦娥”，传说中的月中女神。

㊸曾经笼玉笋：指曾被女子穿过。笼，罩。玉笋，喻女子的尖足。

㊹太瘦生：过于窄小。生，语助词。

㊺故款：原来的式样。款，款式。

㊻亭午：中午。

㊼魂魄丧失：指为美色所迷，心神不能自主。

㊽不盈一矢：不到一箭之地。盈，满。

㊾兵：兵器。

㊿及第：此指进士及第。

51郎官：指六部的郎中、员外郎之类的官员。

52“少不努力，老大徒伤”：《汉乐府·长歌行》：“少壮不努力，老大徒伤悲”的语。徒，空自。

53好胜：争强。

54恒河沙数：佛经中语，形容数量多得无法计算。恒河，印度著名大河。

【译文】

刘赤水是广西平乐人，从小聪明过人，十五岁就成了郡学的生员。他的父母去世得早，他因而游手好闲，不思上进。家产不及中等，但他生性喜爱装饰，被褥、床铺都十分华美。

一天晚上，他被人邀去喝酒，忘记灭烛就出门了。喝了几杯，才想起，连忙赶回家来。只听屋里有人窃窃私语，伏下身子窥看，见一个年轻人搂着个美人儿在床上睡觉。他的住所紧邻着富贵人家的空房子，怪事常不少，心里明白是狐狸，也不怕，进屋子大声呵斥道：“卧榻哪容别人睡觉！”两个人惊慌失措，抱了衣服光身逃跑了。留下一条女人的紫绫裤，腰带上还拴着针线荷包。刘赤水见了大喜，怕狐狸偷回去，就藏在被子里抱着。一会儿，一个蓬头散发的丫鬟从门缝里钻进来，向刘赤水要裤子。刘赤水笑着要报酬。丫头说送酒来，他不答应；又说送钱来，也不答应。丫鬟笑着走了，很快又回来说："大姑娘说：你肯赏脸还她裤子，她就报答给你个大美人。"刘赤水问："美人是谁?"丫鬟说："我们这家姓皮，大姑娘小名八仙；跟她一起睡在你床上的是胡郎；二姑娘叫水仙，嫁给本省富川县丁家小官人；三姑娘叫凤仙，比两个姐姐还要出挑得好，当然不会不合你心意的。"刘赤水怕她说话不算数，要立时等凤仙来。丫鬟再去请示，回来说："大姑娘叫传话给你：婚姻大事怎能够匆匆办成？刚才跟凤仙姑娘说了，反挨了她一顿臭骂。只请你宽缓几天等着，我家不是轻易许诺、不守信义的人。"刘赤水把裤子交还了丫头。

过了几天，不见一点音信。傍晚，刘赤水从外面回来，关上房门刚刚坐下，忽然两爿门扇自动打开，有两个人用被子托着一个少女，提着被子四角进来，嚷道："送新娘子来了！"笑着连人带被放在他床上就走了。刘赤水走近一看，那少女睡得美美地还没醒过来，身上还散发着酒的香气，红扑扑的脸，一副醉美人的模样，真是倾国倾城。刘赤水不禁狂喜，托起她的脚脱下袜子，抱起她的身子解开衣裳。这时少女已稍稍觉醒，睁开眼睛看见刘赤水，身子却动弹不得，只怨恨地说："八仙这个贱丫头卖了我了！"刘赤水亲昵地拥抱她。少女嫌他肌肤冰凉，就借《诗经·绸缪》"今夕何夕，见此良人"的诗句，微笑着说："今夕何夕，见此凉人！"刘赤水也借着原诗接下去答："子兮子兮，如此凉人何！"两个人便尽情绸缪了一番。完事之后，少女说："这丫头不害臊，弄脏了人家的卧床，倒把我拿来换裤子！我非得给她一点厉害尝尝！"从此以后，凤仙没有一个晚上不来，两人你欢我爱，感情很深。

一天，凤仙从袖里取出一枚金钏，说："这是八仙的东西。"又过了几天，她怀里揣一双绣鞋来，鞋上镶着珠子，绣着金线，手艺精巧无比。她嘱咐刘赤水到外面广为宣扬，刘赤水就拿出去向亲友炫耀。要求观看的人都送钱送酒作礼。从此绣鞋成了奇货可居的稀罕玩意。

一天凤仙夜间来，对刘赤水说要告别。刘赤水奇怪地问她怎讲，她答道："姐姐因为绣鞋的缘故怨恨我，想带全家搬到远方，隔绝我的相好。"刘赤水怕凤仙走，愿意把鞋还给八仙。凤仙说："不必这样。她正用这方法要挟我，如果还她，就中她计了。"刘赤水问："你为什么不独自留下？"她说："父母远离后，一家十多口人都托胡郎照管。我如果不跟了去，恐怕长舌妇要说长道短。"从此，凤仙就不再来。

时间过去了两年，刘赤水深深思念着凤仙。偶然有一回，他在半道上遇见一个女子骑一匹缓缓前行的马，老仆人牵着缰绳，擦肩而过，那女子回过头来，揭开面纱偷看，容貌艳丽非凡。一会儿，一个年轻人随后赶到，故意问："那女子是什么人呀？好像相当漂亮。"刘赤水赞不绝口，年轻人举手作揖，笑着说："太过奖了，她就是我的老婆。"刘赤水羞愧不安地向他赔礼，年轻人说："没关系。不过南阳诸葛三兄弟中，你好算是得了诸葛亮，我的老婆又哪里值得你夸奖！"刘赤水不明白他的话。年轻人说："你不认识那个偷睡你床榻的人了吗？"刘赤水这才明白他就是胡郎。两人一起叙说连襟之谊，互相嘲戏，很是欢洽。胡郎说："岳父最近回来了，我们想要前去拜望，你能一起去吗？"刘赤水很高兴，跟着他们一起进了萦山。

萦山山上过去就有城里人来避难盖的房屋。八仙下马，进了屋子。不多久，几个人出来张望，说："刘官人也来了。"两个女婿进门拜见岳父母。屋中又有一个年轻人先在了，一身穿戴华丽夺目。岳翁说："这是富川县的丁郎。"三连襟互相作揖各自坐下。一会儿，美酒佳肴交杂着上了桌，大家有说有笑十分融洽。岳翁说："今天三个女婿都来了，真是济济一堂。又没有外人，不妨把孩子们都叫来，做一个团圆会。"很快三姐妹都出来了。老翁吩咐安设座位，各自靠在自己丈夫身边。八仙见了刘赤水，只是掩着嘴笑；凤仙时不时和八仙取闹；水仙容貌比她俩稍差些，但稳重温和，满座人都在娓娓交谈，只有她端着酒含笑不语。这时座下鞋子交错，屋内芳香袭人，酒喝得非常快活。刘赤水看见床头陈列着各种乐器，就取了一枝玉笛，要为岳父奏曲祝寿。老翁很高兴，吩咐会弄乐器的各取一件献艺，因而满座的人都踊跃去拿，只有丁郎和凤仙没有动手。八仙说："丁郎不擅长乐器情有可原，你难道手指蜷曲了伸不直不成？”说着把一面拍板丢到凤仙怀里，凤仙就为满堂的乐器打起了拍子。老翁喜悦地说：“今天一家团圆真是其乐无比！孩儿们都能歌善舞，何不各尽所长？”八仙就站起身来，拉住水仙说：“凤仙从来吝惜金口，不敢劳驾她，我们姐妹俩不妨来一曲《洛神》。”二人载歌载舞才结束，正巧丫鬟托着金盘端来水果，大家都叫不出名来。老翁说：“这是从柬埔寨带来的，人称‘田婆罗’。”说完就捧起几个送到丁郎面前。凤仙不高兴地说：“对女婿难道用贫富作为爱憎标准吗？”老翁微微一笑，并不接话。八仙说：“阿爹因为丁郎远住外县，所以当他是客罢了。就是论起长幼来，难道凤妹妹独有个拳头大的酸丁女婿就稀罕不成！”凤仙始终不痛快，她除下漂亮的装束，把拍板递给丫鬟，唱起吕蒙正未发达时穷途末路的《破窑》一出戏文，边唱边流下了眼泪。一曲唱完，甩着袖子径自走了出去，真是“一人向隅，满座不欢”。八仙说：“这妮子臭脾气还不改！”就去追赶凤仙，却不知凤仙跑到哪儿去了。

刘赤水没脸再坐下去，也告辞回家。到半路上，看见凤仙坐在路边，叫他过去坐在一起。她说：“你一个男子汉，不能为自己妻子争气吗？书中自有黄金屋，希望你好自为之！”又举起脚来说：“匆忙出门，让荆棘把夹鞋都划破了。我给你的绣鞋，带在身边吗？”刘赤水拿了出来，凤仙接过换上。刘赤水向她讨破的，凤仙笑着说：“你也太无聊了。几时见到连自己老婆的东西，也要拿来藏在怀里的？你如果爱我，有一样东西可以送给你。”随即拿出一面镜子交给刘赤水说：“想见我，就应当从攻读的书本里找。不然，一辈子都甭想见面。”说完，人就不见了。

刘赤水惆怅地回到家里。取出那面镜子观望，只见凤仙背对着他站在镜中，就像望着一个离开自己百步之外的人。于是想起凤仙的嘱咐，闭门谢客，一心钻在屋里读书。有一天，发现镜里的凤仙突然现出了正面，甜蜜蜜的像是含着笑容。刘赤水更加钟爱她，没有人的时候，总是同她脉脉相对。一个多月后，原先的决心渐渐消退了，出外游玩，常常流连忘返。回得家来再看镜中的形象，已是一脸愁容，像要哭泣的样子。隔天再看，凤仙已同起初一样背他而立了。这才意识到是因为自己荒废学业的缘故。于是他关起门来钻研苦读，日夜不停，过了一个多月，凤仙的镜

影又朝外了。从此得到验证：凡是他因事荒废学习，凤仙的镜容就悲伤；一连几天刻苦攻读，镜容就笑吟吟的。于是他从早到晚让镜子高高挂着，像对着崇高的师长。这样过了两年，刘赤水一考就中了举人。他欣喜地说："如今可以对得起我的凤仙了！"一把揽住镜子打量，见凤仙画眉弯长，微露雪白的牙齿，笑容可掬，好像就在眼前。刘赤水喜爱极了，目不转睛看个没完。忽听镜中人笑着说："《西厢记》所谓'影里情郎'、'画中爱宠'，如今就是了。"刘赤水惊喜地四下张望，只见凤仙已出现在身旁。他紧握住她的手，打听岳父母的近况。凤仙说："我打从同你分手后，还没有回过家呢。我一直隐居在岩洞里，好帮你分担一些劳苦罢了。"

刘赤水到郡里去赴宴，凤仙要求同他一起去，两人同乘一辆车子前往，别人就在对面也看不见凤仙。后来快回家时，凤仙暗下同刘赤水商议，假说她是从郡里娶来的媳妇。这一次回来后，凤仙才出来见客，操持家务。人们都惊异她的美貌，并不知道她是狐类。

刘赤水算是富川县令的门生，前去拜谒。遇到了丁郎，殷勤地把刘赤水邀到家里，款待十分丰厚。丁郎说："岳父母最近又搬到别处去了，我的妻子回娘家探亲，就要回来了。我一定写封信去告诉岳父，一同上你家表示祝贺。"刘赤水起初怀疑丁郎也是狐类，等详细了解了他的籍贯族系，才知他是富川县大商人的儿子。当初丁郎黄昏时分从别墅回家，遇到水仙独个儿走着，丁郎看她长得动人，稍稍斜眼去瞅。水仙请求搭坐他的马，丁郎求之不得，将她载到书斋一同居住生活。水仙能从窗缝间进出自如，丁郎才知她是狐仙。水仙说："你不要对我起疑。我是因为你为人忠厚诚实，所以愿意把终身托付给你。"丁郎很宠爱她，竟然不再娶妻。

刘赤水回家以后，借了有钱人家的宽阔住宅，准备客人吃饭睡觉的地方，清扫得一尘不染。一时苦于没有账帏和摆设，过了一夜再看，已经陈设一新了。

过了几天，果然有三十多个人，带着彩帛、酒礼上门而来，车马众多，把街道巷口都堵满了。刘赤水出来迎接岳父及丁郎、胡郎，把他们让进客厅，凤仙把岳母和两个姐姐迎人卧室。八仙说："小妮子如今发达了，不再埋怨媒人了吧。我的金钏和绣鞋还在吗？"凤仙找出来交给她，说："鞋倒还是那双鞋，只是让千人传万人看的，看也看破了。”八仙拿着鞋敲打她后背，说：“你把鞋给了刘郎，该打！”说着就把绣鞋扔进火里，祝颂道：“新鞋犹如盛开花朵，旧鞋好比花时已过。珍重爱惜不曾穿着，最多借给月里嫦娥。”水仙也代为祝颂说：“曾经裹护美人金莲，穿出引得多少艳羡。月中嫦娥若得一见，也该爱怜过于纤纤。”凤仙拨弄着火堆接着祝道：“夜夜伴着月宫飞仙，如今弃去断却前缘。还应留得一痕弓弯，好让无数世人看遍。”说着将残灰捏弄在盘中，分作十几堆，看见刘赤水过来，便托着盘子交给他，只见满盘都是绣鞋，跟原先的款式一模一样。八仙急忙闪身过来，一把将盘子推翻在地，地上还留着一两只鞋，她伏下身子撮口急吹，这才都失去了踪影。

第二天，丁郎因为归路遥远，同水仙双双先回去了。八仙一个劲儿同凤仙嬉闹，岳翁和胡郎一再催促，到中午她才出闺房，随着大伙儿都离了刘家。当初一行人浩荡而来，随从人马太招摇，看热闹的人层层围观，如临集市。有两个强盗瞅见了美人，魂灵都飞到了爪哇国外，因而策划在车马回去的路上拦劫。这会儿侦察到美人已出村外，便跟踪着追去。两下相隔不到一箭之地，盗匪策马极力奔跑，却怎么也赶不上。前行到一处，两旁崖壁夹着小路，马车的速度稍稍放慢下来，这才追了上来。强盗提着刀大声恐吓，随从们都奔逃四散。盗匪跳下马来，打开车帘，却是一个老太太坐在那里。正怀疑错劫了美人的母亲，才向周围寻看，只觉右臂上着了兵器，转眼之间已被捆绑得严严实实，定睛一看，那里是什么崖壁，分明是平乐县的城门。车里的老妇是李进士的母亲，刚从乡下回来。另一个强盗晚来一步，也被砍断了马腿，束手就擒。守城门的军士将他们扭送到太守处，一审讯盗匪就供认了。当时正有大盗未被捉获，盘问下来，正是这两名案犯。

第二年春天，刘赤水中了进士。凤仙怕招祸，因此一概辞谢了娘家人贺喜的礼仪。刘赤水也不再娶别的女子。一直到他做了侍郎，才收了一房小妾，生下两个儿子。

异史氏说：可叹啊，炎凉的世态，仙界同人世竟没有两样！“少壮不努力，老大徒伤悲”，可惜没有争强好胜的佳人，来做镜中的悲容笑颜罢了。我愿有数不清的仙人，都派出爱女下嫁人间，那么在贫穷之海中，少苦些芸芸众生了。

佟客

【原文】

董生，徐州人[①]。好击剑，每慷慨自负[②]。偶于途中遇一客，跨蹇同行。与之语，谈吐豪迈。诘其姓字，云："辽阳佟姓[③]。"问："何往?"曰："余出门二十年，适自海外归耳。"董曰："君遨游四海，阅人綦多，曾见异人否[④]?"佟曰："异人何等?"董乃自述所好，恨不得异人之传。佟曰："异人何地无之，要必忠臣孝子，始得传其术也。"董又毅然自许；即出佩剑，弹之而歌[⑤]；又斩路侧小树，以矜其利[⑥]。佟掀髯微笑，因便借观。董授之。展玩一过，曰："此甲铁所铸[⑦]，为汗臭所蒸[⑧]，最为下品。仆虽未闻剑术，然有一剑，颇可用。"遂于衣底出短刃尺许，以削董剑，毳如瓜瓠[⑨]，应手斜断，如马蹄[⑩]。董骇极，亦请过手[⑪]，再三拂拭而后返之。邀佟至家，坚留信宿。叩以剑法，谢不知。董按膝雄谈[⑫]，惟敬听而已。

更既深，忽闻隔院纷拏[⑬]。隔院为生父居，心惊疑。近壁凝听，但闻人作怒声曰："教汝子速出即刑，便赦汝!"少顷，似加搒掠，呻吟不绝者，真其父也。生捉戈欲往。佟止之曰："此去恐无生理[⑭]，宜审万全[⑮]。"生皇然请教，佟曰："盗坐名相索[⑯]，必将甘心焉[⑰]。君无他骨肉，宜嘱后事于妻子；我启户，为君警厮仆。"生诺，入告其妻。妻牵衣泣。生壮念顿消，遂共登楼上，寻弓觅矢，以备盗攻。仓皇未已，闻佟在楼檐上笑曰："贼幸去矣。"烛之，已杳。逡巡出，则见翁赴邻饮，笼烛方归；惟庭前多编菅遗灰焉。乃知佟异人也。

异史氏曰："忠孝，人之血性[⑱]；古来臣子而不能死君父者[⑲]，其初岂遂无提戈壮往时哉[⑳]，要皆一转念误之耳。昔解缙与方孝孺相约以死，而卒食其言[㉑]；安知矢约归后，不听床头人呜泣哉?"

邑有快役某[22]，每数日不归，妻遂与里中无赖通。一日归，值少年自房中出，大疑，苦诘妻。妻不服。既于床头得少年遗物，妻窘无词，惟长跪哀乞。某怒甚，掷以绳，逼令自缢。妻请妆服而死，许之。妻乃入室理妆；某自酌以待之，呵叱频

佟客

催。俄妻炫服出，含涕拜曰：“君果忍令奴死耶？”某盛气咄之。妻返走入房，方将结带，某掷盏呼曰：“咍[23]，返矣！一顶绿头巾[24]，或不能压人死耳。”遂为夫妇如初。此亦大绅者类也，一笑。

【注释】

① 徐州：州名。清代治所即今江苏省徐州市。

②慷慨自负：意气激昂，自以为能。

③ 辽阳；即今辽宁省辽阳市。明代为辽东都指挥使司治所。后金一度于此建都，清初置辽阳府。

④异人：此指有奇技异能之人。

⑤弹之而歌：弹剑作歌。相沿为怀志莫伸的表示。

⑥矜：自负。

⑦ 甲铁：指废旧铠甲之铁。

⑧蒸：熏蒸，污染。

⑨毳（翠）：通“脆”。

⑩ 马蹄：此从二十四卷抄本，底本作“乌蹄”。

⑪过手：传玩；接过观赏。

⑫雄谈：高谈阔论。

⑬纷拏：谓互相争持，不可开交。同“纷挐”。纷，纷纭，杂乱貌。拏，搏持。挐，牵引。

⑭生理：活命的希望。

⑮万全：万无一失的办法。

⑯坐名：指名。

⑰必将甘心：谓必加残害，以快心意。甘心，称心，快意。

⑱血性：秉性，本性。

⑲死君父：为君父而死。

⑳提戈壮往：拿起武器，勇敢赴敌。

㉑“昔解缙与方孝孺”二句：解缙，字大绅，江西吉水人。方孝孺，字希直，

一字希古，浙江宁海人。尝从学于宋濂。

㉒快役：又称“快手”“捕快”，旧时州县官署掌缉捕、行刑等职事的差役。

㉓咍（咳）：叹词，常用以表示强忍、自宽。

㉔绿头巾：元明娼妓及乐人家男子着青碧头巾；后因指妻子有外遇，丈夫为“着绿头巾”。

【译文】

有个姓董的书生，是江苏徐州人，喜欢击剑，常以慷慨的豪侠自负。偶然在行途中遇到一个过客，两人骑着驴子走在一起。同那人搭话，谈吐豪放；问他姓名，说是辽阳人，姓佟。董生问他上哪儿去，佟客说：“我离家二十年了，才从海外回来。”董生说：“你闯荡四海，见识的人很多，有没有遇到过有奇特本领的人？”佟客问：“你说的是哪等样的奇人？”董生于是介绍了自己对剑术的爱好，只是憾恨得不到奇人的真传。佟客说：“奇特的高手哪儿没有？只是一定要是忠臣孝子，才能得到他们传授技艺。”董生又当仁不让地表示自己就是忠孝一流人物，当下拔出佩剑，用手指弹击着吟唱起来，还挥剑砍断路边的小树，夸耀刃口的锋利。

佟客捋着胡子微笑，顺便借他佩剑一观。董生递给了他。佟客端平了上下检视一遍，说：“这是用盔甲的熟铁锻打的，长期受汗臭熏染，最属差次的一种。我虽然不懂什么剑术，倒也有一把剑，很可以用用。”就从衣服下面取出尺把长的一口短剑，用来削董生的那把，脆得像削瓜条葫芦一般，随手斜断成马蹄铁似的碎片。董生大为震惊，也请过过手，把剑再三拂拭，这才交还原主。他把佟客邀到家里，坚持要留他住两夜。问他剑术，佟客推辞说一窍不通。董生按着膝盖高谈阔论，他只是恭听而已。

夜深了，忽然听得隔壁院子里一片纷乱。隔壁院子是董生父亲的住所，董生心里又惊又疑。他凑近墙壁凝神细听，只听得有人怒气冲冲地说：“叫你的儿子速速出来就死，就饶了你！”不多时，好像动手打起人来，不住声地呻吟的，当真是自

己的父亲。董生抓起一把戈，想要过去，佟客阻止他说："这一去怕没有活路，应当慎重考虑一个万全之策。"董生惊慌地向他讨教。佟客说："强盗指名道姓要找你，一定要达到目的才甘心。你没有其他的亲人，应当向妻子嘱咐一些后事。我去开门，为你叫起仆人来。"董生同意了，进内屋去告诉他的妻子。妻子拉住他衣服哭哭啼啼，董生的壮心顿时瓦解冰消。于是夫妻俩一起逃到楼上，寻找弓箭，用来防备强盗的进攻。正慌乱个没了，听得佟客在楼檐上笑着说："谢天谢地，强盗走了。"董生举灯照他，人已杳无踪影了。董生迟迟疑疑走出屋来，只见父亲去邻家饮酒，刚提着灯笼回来，只不过院子前有好些草把子烧剩的灰留在那儿。这才知道佟客就是个奇人。

异史氏说：忠孝，是人的一种刚强气质。自古以来做臣做子而不能为君为父献出生命的，最初难道就没有过提戈壮行的瞬间吗？主要都是一转念铸成的大错罢了。当年解缙与方孝孺约定，愿为建文帝死难，而终于违背了诺言，哪知道他立了誓回家后，不曾听到他老婆哭哭啼啼呢？本县有个当公差的某某，常常几天不回家，他妻子就同邻里的无赖子弟勾搭成奸。有天公差回家，正好遇上那无赖子弟从他妻子房里出来，他大为犯疑，一个劲地向妻子追问，妻子矢口否认。后来他在床头发现了奸夫留下的东西，妻子狼狈不堪，哑口无言，只是直挺挺地跪着哀求他宽恕。公差大发雷霆，丢下一根绳子，逼着妻子上吊。妻子请求穿戴打扮停当后再自杀，丈夫同意了。他妻子就进里屋去梳妆，公差独个儿喝着闷酒等她出来，骂骂咧咧的一次次催促。一会儿妻子穿红戴绿地出来了，含着眼泪向他下拜，说："郎君真这么狠心要奴家送命吗?"公差仗着一股怒气呵斥她。妻子转身走进里屋，刚要把绳结打上，公差把酒杯丢在地上，高声招呼说："喂喂，回来吧！一顶绿帽子，想来也未必压得死人。"于是夫妇和好如初。这也是解缙一类的人物，可发一笑。

辽 阳 军

【原文】

沂水某[①]，明季充辽阳军[②]。会辽城陷，为乱兵所杀；头虽断，犹不甚死。至夜，一人执簿来，按点诸鬼。至某，谓其不宜死，使左右续其头而送之。遂共取头按项上，群扶之，风声簌簌，行移时，置之而去。视其地，则故里也。沂令闻之，疑其窃逃。拘讯而得其情，颇不信；又审其颈无少断痕，将刑之。某曰："言无可凭信，但请寄狱中[③]。断头可假，陷城不可假。设辽城无恙，然后受刑未晚也。"令从之。数日，辽信至，时日一如所言，遂释之。

【注释】

①沂水：县名，明清属沂州，即今山东省沂水县。

②辽阳：明嘉熹宗天启元年（1621）三月壬戌辽阳陷于清兵，辽东经略使袁应泰等死难。

③寄狱：暂押在狱。

【译文】

山东沂水县某人，明末发配充军辽阳。正赶上聊城失守，他被入城的乱军砍杀，头虽然断了，人还没有完全死。到夜里，来了一人，手持簿册，一一对照着清点死鬼。点到某人说他命不该绝，吩咐手下人将他的头接好送走，于是几个人一起将断头捺在他脖子上，簇拥着扶他，只觉风声簌簌，走了好一阵子，放下他扬长而去。看那地方，原来是沂水老家。沂水县县官听说他回来了，怀疑是擅自潜逃，将他抓起来审讯得知了这些情形，却难以置信。又查视他的颈项，一点断痕也没有，于是准备处死他。某人说："我的话没有凭据，只求能暂时将我安顿在狱中。断头可以是假的，聊城失陷却不能假。倘若聊城没事，再处死我也不迟。"县官答应了他。过了几天，辽阳战报传来，城陷的时间同某人所说的完全相符，于是释放了他。

张 贡 士

【原文】

安邱张贡士[①]，寝疾[②]，仰卧床头。忽见心头有小人出，长仅半尺；儒冠儒服，作俳优状[③]。唱昆山曲[④]，音调清澈，说白自道名贯[⑤]，一与己同；所唱节末[⑥]，皆其生平所遭。四折既毕，吟诗而没[⑦]。张犹记其梗概，为人述之。

【注释】

①安邱张贡士：据青柯亭本附记，指张在辛。张在辛，字卯君，山东安丘市人，康熙二十五年拔贡。尝从邑人刘源渌讲学，又从郑簠学隶书。师事周亮工，传其印法，故于篆刻尤精，与同时长山王德昌八分书，新城王启磊画，并称"三绝"。

②寝疾：卧病在床。

③俳优：古代以乐舞作谐戏的艺人。后来泛指戏曲演员。此谓装扮举止如剧中人物。

④ 昆山曲：即昆曲。本为元末明初流行于昆山一带的戏曲。明代中叶，昆山艺人魏良辅融合弋阳、海盐故调及民间曲调，用以演唱传奇剧本，逐渐传播各地，明末清初达于极盛。

張貢士

平生閱歷寸心知誰譜崑腔絕妙詞嘗作康成年表讀黄梁原有夢醒時

张贡士

⑤说白：即“道白”，戏剧中人物的对话和独白。名贯：姓名乡贯；指剧中人物的自我介绍。

⑥节末：情节。

⑦ 四折：每剧四折是元杂剧的基本体制。明代和清初用南曲或南北合套演出的短剧，称“南杂剧”，也有一至四、五折不等，本文张在辛梦中所见当属此类中的末本戏。吟诗而没：指剧尾人物吟诗四句（下场诗）然后下场。

【译文】

山东安丘市有个姓张的贡士，病倒了仰卧在床上。忽然看见有个小人从心口钻出，身高只有半尺，读书人的帽子衣服，做出戏子的模样。唱的是昆曲，声调清越嘹亮，说白自报家门，姓名里贯完全与自己相同，所唱的内容情节，都是自己平生的经历。唱完四折，吟过下场诗，就不见了。张举人还能记得个大概，向人说起。高西园去访问张杞园先生，曾经详细打听过这件事；张杞园还能讲出曲词来，可惜不能记全。

高西园说：以前我读王士禛的《池北偶谈》，看见有一则记述心口小人的笔记，说的是安丘市张某的事。我一向同安丘市张卯君交好，猜想一定是他的族人。一天，同他相会时问起，才知就是卯君的亲历。询问此事的前后经过，他说当时病愈后，小人所唱的昆曲记忆犹新，一字不漏，都亲笔记下汇成一册；后来他的夫人觉得这些东西不吉利，付之一炬毁掉了。他每当茶余酒后，还能记得“尾声”一节，常举出来背诵给客人听。现在我一起记在这里，好让更多人见识这件奇事。那曲词是：“诗云子曰都休讲，不过是都都平丈（相传有个乡下的私塾老师教小学生读《论语》，大多念了别字。其中尤其可笑的，是把《八佾》篇中的“郁郁乎文哉”念作了“都都平丈我”）。全凭着佛留一百二十行（村学中有一本主要的启蒙课文叫作《庄农杂字》，开头一段写道：“佛留一百二十行，惟有庄农打头强。”最浅薄了）。”玩味这曲文的意思，很像是自叙平生不得意，晚年为农村人家作村塾教师，主人怠慢，因而做了这支曲。猜想起来，卯君的前身，大概是个宿世老夫子吧？卯君名在辛，对汉代隶书、印章篆刻十分在行。

爱　　奴

河间徐生[①]，设教于恩[②]。腊初归[③]，途遇一叟，审视曰："徐先生撤帐矣[④]。明岁授教何所？"答曰："仍旧。"叟曰："敬业姓施[⑤]。有舍甥延求明师，适托某至东疃聘吕子廉，渠已受贽稷门[⑥]。君如苟就[⑦]，束仪请倍于恩[⑧]。"徐以成约为辞。叟曰："信行君子也[⑨]。然去新岁尚远，敬以黄金一两为贽，暂留教之，明岁另议何如？"徐可之。叟下骑呈礼函[⑩]，且曰："敝里不遥矣。宅綦隘，饲畜为艰，请即遣仆马去，散步亦佳。"徐从之，以行李寄叟马上。行三四里许，日既暮，始抵其宅，沤钉兽镮[⑪]，宛然世家。呼甥出拜，十三四岁童子也。叟曰："妹夫蒋南川，旧为指挥使[⑫]。止遗此儿，颇不钝，但娇惯耳。得先生一月善诱，当胜十年。"未几，设筵，备极丰美；而行酒下食[⑬]，皆以婢媪。一婢执壶侍立，年约十五六，风致韵绝，心窃动之。席既终，叟命安置床寝，始辞而去。天未明，儿出就学。徐方起，即有婢来捧巾侍盥，即执壶人也。日给三餐，悉此婢；至夕，又来扫榻。徐问："何无僮仆？"婢笑不言，布衾径去。次夕复至。入以游语[⑭]，婢笑不拒，遂与狎。因告曰："吾家并无男子，外事则托施舅。妾名爱奴。夫人雅敬先生[⑮]，恐诸婢不洁，故以妾来。今日但须缄密，恐发觉，两无颜也。"一夜，共寝忘晓，为公子所遭，徐惭怍不自安。至夕，婢来曰："幸夫人重君，不然败矣！公子入告，夫人急掩其口，若恐君闻。但戒妾勿得久留斋馆而已。"言已，遂去。徐甚德之。然公子不善读，诃责之，则夫人辄为缓颊[⑯]。初犹遣婢传言；渐亲出，隔户与先生语，往往零涕。顾每晚必问公子日课[⑰]。徐颇不耐，作色曰："既从儿懒，又责儿工[⑱]，此等师我不惯作！请辞。"夫人遣婢谢过，徐乃止。自入馆以来，每欲一出登眺，辄锢闭之。一日，醉中怏闷，呼婢问故。婢言："无他，恐废学耳。如必欲出，但请以夜。”徐怒曰：“受人数金，便当淹禁死耶[19]！教我夜窜何之乎？久以素食为耻[20]，贽固犹在囊耳。”遂出金置几上，治装欲行。夫人出，脉脉不语[21]，惟掩袂哽咽，使婢返金，启钥送之。徐觉门户偪侧[22]；走数步，日光射入，则身自陷冢中出，四望荒凉，一古墓也。大骇。然心感其义，乃卖所赐金，封堆植树而去[23]。

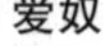

爱奴

过岁，复经其处，展拜而行。遥见施叟，笑致温凉[24]，邀之殷切。心知其鬼，而欲一问夫人起居，遂相将入村，沽酒共酌。不觉日暮，叟起偿酒价，便言："寒舍不远，舍妹亦适归宁，望移玉趾，为老夫祓除不祥[25]。"出村数武，又一里落，叩扉入，秉烛向客。俄，蒋夫人自内出，始审视之，盖四十许丽人也。拜谢曰："式微之族[26]，门户零落，先生泽及枯骨，真无计可以偿之。"言已，泣下。既而呼爱奴，向徐曰："此婢，妾所怜爱，今以相赠，聊慰客中寂寞。凡有所须，渠亦略能解意。"徐唯唯。少间，兄妹俱去，婢留侍寝。鸡初鸣，叟即来促装送行；夫人亦出，嘱婢善事先生。又谓徐曰："从此尤宜谨秘，彼此遭逢诡异，恐好事者造言也。"徐诺而别，与婢共骑。至馆，独处一室，与同栖止。或客至，婢不避，人亦不之见也。偶有所欲，意一萌，而婢已致之。又善巫，一挼挲而疴立愈[27]。清明归，至墓所，婢辞而下。徐嘱代谢夫人。曰："诺。"遂没。数日返，方拟展墓[28]，见婢华妆坐树下，因与俱发。终岁往还，如此为常。欲携同归，执不可。岁杪[29]，辞馆归，相订后期。婢送至前坐处，指石堆曰："此妾墓也。夫人未出阁时，便从服役，夭殂瘗此。如再过，以炷香相吊，当得复会。"

别归，怀思颇苦，敬往祝之，殊无影响。乃市榇发冢[30]，意将载骨归葬，以寄恋慕。穴开自入，则见颜色如生。肤虽未朽，衣败若灰；头上玉饰金钏，都如新制。又视腰间，裹黄金数铤，卷怀之。始解袍覆尸，抱入材内，赁舆载归；停诸别第，饰以绣裳，独宿其旁，冀有灵应。忽爱奴自外入，笑曰："劫坟贼在此耶！"徐惊喜慰问。婢曰："向从夫人往东昌[31]，三日既归，则舍宇已空[32]。频蒙相邀，所以不肯相从者，以少受夫人重恩，不忍离逷耳[33]。今既劫我来，即速瘗葬，便见厚德。"徐问："有百年复生者，今芳体如故，何不效之？"叹曰："此有定数。世传灵迹，半涉幻妄。要欲复起动履[34]，亦复何难？但不能类生人，故不必也。"乃启棺入，尸即自起，亭亭可爱。探其怀，则冷若冰雪。遂将入棺复卧，徐强止之。婢曰："妾过蒙夫人宠，主人自异域来，得黄金数万，妾窃取之，亦不甚追问。后濒危[35]，又无戚属，遂藏以自殉。夫人痛妾夭谢，又以宝饰入殓。身所以不朽者，不过得金宝之馀气耳。若在人世，岂能久乎？必欲如此，切勿强以饮食；若使灵气一散，则游魂亦消矣。”徐乃构精舍，与共寝处。笑语一如常人；但不食不息，不见生人。年馀，徐饮薄醉，执残沥强灌之[36]；立刻倒地，口中血水流溢，终日而尸已变。哀悔无及，厚葬之。

异史氏曰：“夫人教子，无异人世；而所以待师者何厚也！不亦贤乎！余谓艳尸不如雅鬼，乃以措大之俗莽[37]，致灵物不享其长年，惜哉！”

章丘朱生[38]，素刚鲠[39]，设帐于某贡士家。每谴弟子，内辄遣婢为乞免。不听。一日，亲诣窗外，与朱关说[40]。朱怒，执界方大骂而出[41]。妇惧而奔；朱追之，自后横击臀股，锵然作皮肉声。令人笑绝[42]！

长山某[43]，每延师，必以一年束金，合终岁之虚盈[44]，计每日得如干数；又以师离斋、归斋之日，详记为籍；岁终，则公同按日而乘除之[45]。马生馆其家，初见操珠盘来[46]，得故甚骇；既而暗生一术，反嗔为喜，听其复算不少校。翁大悦，坚订来岁之约。马辞以故。遂荐一生乖谬者自代。及就馆，动辄诟骂，翁无奈，悉含忍之。岁杪，携珠盘至。生勃然忿极，姑听其算。翁又以途中日，尽归于西[47]，生不受，拨珠归东[48]。两争不决，操戈相向[49]，两人破头烂额而赴公庭焉。

【注释】

①河间：府名，府治在今河北省河间市。

②设教：实施教化；此指坐馆执教。恩：旧县名，故治在山东省西北部马颊河西岸。现已撤销。

③腊初：农历十二月初。腊，腊月，农历十二月腊祭百神，故称“腊月”。

④撤帐：古称教书为“设帐”，称年终散馆为“撤帐”。

⑤敬业：此为施叟之名。

⑥受贽稷门：接受稷门的聘请。贽，指送给教师的聘金。稷门，战国时齐国都城临淄城西边南首门；这里代指临淄。

⑦苟就：犹言屈就；敬辞。

⑧束仪：犹言束脩。古时亲友之间互相赠献的一种礼物，后专指学生向老师致送的酬金。

⑨信行：行事遵守信义。

⑩礼函：致送聘金的函封；类似今之聘书。礼，贽币。

⑪沤钉兽镮：贵族府第的门饰。沤钉，门上水泡形的黄色铆钉。兽镮，铸有兽口衔环图像的门环。

⑫指挥使：官名，军卫之长官。明代内外各卫皆置指挥使等官。

⑬下食：添菜让客。下，布。

⑭游语：游词浮语，指轻浮的话语。

⑮雅敬：非常尊敬。

⑯缓颊：婉言代为讲情。

⑰日课：每天按照规定所学的课业。

⑱责：责成；要求。工：指精于所学。

⑲淹禁：约束。

⑳素食：无功而食。

㉑脉脉（末末）不语：相视不语。

㉒偪侧：同“逼仄”，狭窄。

㉓封堆植树：聚土为坟，植树为记。

㉔温凉：据二十四卷抄本，原作“温和”。

㉕祓（浮）除不祥：古时除灾求福的一种祭仪，一般于岁首行之。

㉖式微：衰微式，发语辞。微，衰落。

㉗挼挲（6若梭）：揉搓，按摩。疴（颗）：病。

㉘展墓：谒墓。

㉙岁杪：年终。

㉚市榇：买棺。市，买。榇，棺材。

㉛东昌：府名，府治在今山东省聊城市。

㉜舍宇：宅舍，这里指墓穴。

㉝离逿：远离。逿，远。

㉞动履：举步，指行走。

㉟濒危：指病危。濒，迫近。

㊱残沥：杯中剩酒。沥，清酒。

㊲措大：旧时对贫寒读书人的轻慢称呼。俗莽：庸俗鲁莽。

㊳章丘：县名，今山东省章丘市。

㊴刚鲠：刚正耿直。

㊵关说：讲情。

㊶界方：也称“戒方”，旧时塾师对学童施行体罚的界尺。

㊷笑绝：笑煞。

㊸长山：旧县名，在今山东省桓台县南。

㊹终岁之虚盈：指全年的实际天数。虚盈，指月小月大。

㊺乘除：计算。

㊻珠盘：算盘。

㊼以途中日，尽归于西：把塾师就馆时在路上的日数都算在塾师的账上，不给工资。西，西席，旧时对家塾教师的称呼。

㊽拨珠归东：拨动算盘珠，算在主人的账上。东，东家，旧时塾师对主人的称呼。

㊾操戈：指动武。操，持。戈，兵器。

【译文】

徐生是河北河间人，在山东东昌府恩县教私塾。农历十二月初回家，路上遇见一个老人，细细打量他说：“徐先生放假了。明年去哪儿教书？”徐生答：“还是老地方。”老人说：“敝人姓施。我有个外甥，想请高明的家庭教师。刚才托我到东疃去请吕子廉，他已经受了临淄的聘礼。你如果肯俯就，报酬愿比恩县多一倍。”徐生谢绝说已有成约。老人说：“你真是守信的君子。不过现在离明年还远，我敬以一两黄金为谢仪，请你暂且留下教书，明年的事以后再议，怎么样?”徐生答应了。老人下马送上银封，一边说：“我家不远了。那儿屋子小，多养牲畜很困难，请就把我的马打发走，我们散散步也不错。”徐生听从了他的话，把行李寄放到老人马上。

步行了大约三四里路，天色已晚，才到老人住所。只见大门上满布着浮沤钉，配着兽形的门镮，完全是大户人家的气派。老人叫出外甥向徐生行礼，原来是个十三四岁的孩子。老人说：“我妹夫蒋南川，生前任禁军指挥使。只留下这根独苗，不算愚笨，只是有些娇生惯养。能够得到你一个月的教育，肯定‘胜读十年书’。”没过多久，摆出筵席，酒菜准备得极其丰美；而斟酒、端盘的，都是丫头仆妇。一个丫鬟提着酒壶，站在客人边上服侍，年约十五六岁，风韵极为可爱，徐生暗暗动心。酒足饭饱，老人吩咐给客人安排床铺，徐生才告别主人，离座而去。

天没大亮，那公子就出来问学。徐生才起床，便有丫鬟前来递上手巾，侍候漱洗，正是昨晚提壶的那个。一日三餐，都是这个丫鬟端送服侍，到晚上，又来铺床。徐生问她：“怎么没见书童男仆?”丫鬟笑而不答，铺好被子就径自走了。第二天晚上又来，徐生用情话挑逗她，她只是笑，并没有拒绝的表示，徐生就同她亲热了一番。她这才告诉徐生说：“这一家没有男人，对外全借重施老舅。我叫爱奴。主母对你十分敬重，怕别的丫头不干净，所以派我来侍候。今天的事一定要保密，怕露了馅两方面都没脸。”

有一夜，两人睡在一床，不觉就天亮了，被公子劈头碰见。徐生羞惭无地，心里忐忑不安。到晚上，爱奴来了，说：“幸亏夫人敬重你，不然就糟了。公子进去告诉夫人，夫人急忙掩住他嘴不让说，像是怕被你听到。她只是告诫我不要在书房久留罢了。”说完就走了。徐生对夫人感激不尽。然而公子不肯好好读书，徐生责骂他，夫人就往往为儿子求情。起先还派丫鬟来传话，渐而亲自出场，隔着窗子同徐生交谈，往往声泪俱下。但她每天晚上又要向徐生询问儿子功课的进展。徐生很是受不了，发脾气说："又要纵容儿子不用功，又要要求儿子成绩好，这样的老师我当不了！另请高明吧！"夫人打发爱奴代为赔礼，徐生才息了怒。

徐生从进这户人家教书以来，每想出去看看风光散散心，门总是紧紧锁着。一天他喝醉了，心里烦闷，就把爱奴叫过来询问缘故。爱奴说："没有别的意思，怕影响教学罢了。如果你一定要外出，只好请用夜里的时间。"徐生大怒，说："收了人家一点金子，就该关禁闭闷死不成！叫我夜里往外跑，我能到哪里去？我光吃饭不干事，也惭愧好久了。那谢仪一直还在包里呢！"说着取出黄金放在桌上，打点行装就要走。夫人出来，脉脉无语，只是拿袖子遮住脸哽咽。她让爱奴送还那金锭，打开门锁，送出徐生。徐生觉得门口很窄小，走了几步，有阳光射进，这才看到自己是从一个凹陷的坟洞里出来。举目四望，一片荒凉，原来是一座古墓。他不禁大惊，然而内心感激这家的恩义，就把谢金兑了钱，给坟墓垒了土，种了树，这才离去。

过了年，徐生又经过墓地，在坟前行了跪拜之礼走了。远远望见姓施的老人过来，满面笑容地问寒问暖，殷勤地邀他去喝酒叙谈。徐生明知对方是鬼，但想问一问蒋夫人的近况，就同老人一起进村，打酒共饮，不知不觉天就昏黑了。老人离座付了酒钱，就说："舍下不远，我妹妹也正好回娘家，望你光临，为我消除不祥。"走出村子几步开外，又是一处村落。老人敲门进去，举烛为客人照路。一会儿，蒋夫人从内屋出来，徐生这才仔细看了看她，是个四十来岁的美妇人。夫人拜谢说："家族衰落，门户萧条。我们这些死去的人都沾了先生的恩泽，真不知怎么才能报答你。"说罢，眼泪就下来了。停了一会她唤来了爱奴，对徐生说："这个丫头我最疼爱，今天赠送给你，聊以安慰客中寂寞。你需要什么，她也大致能会意。"徐生连连答应。少停，老人和蒋夫人都告辞了，爱奴留下侍候徐生睡觉。次晨鸡叫头遍，老人就来帮着整理行装，送徐生上路。夫人也出来，叮嘱爱奴好好侍候先生。又对徐生说："从今后格外要小心保守秘密，彼此相逢离奇，怕好事者会飞短流长。"徐生应允，告别了二人，同爱奴共骑一马出发了。

到了教馆，徐生独自要了一间屋子，同爱奴生活在一起。有时客人来，爱奴不躲开，客人也看不见她。徐生偶尔想要些什么，才一动念，爱奴已经帮他办到了。她又擅长用巫术治病，一搓一摸，手到病除。清明节徐生回家，经过墓地，爱奴就同徐生分手下墓穴。徐生嘱咐她代向夫人致意，她说了声“好的”，就消失了。几天后徐生回程，在墓前刚想展拜，只见爱奴打扮得漂漂亮亮坐在树下，就同她一起上路。一年回家几次，每次都是如此。徐生想带她一起回家，她坚决不肯。

年底，徐生辞退了私塾的教职，卷起铺盖回家，同爱奴相订后会的日期。爱奴送他到以前自己坐等的地方，指着一堆乱石说：“这是我的墓地。夫人没有出嫁之前，我就跟着服侍她，我年轻轻的死了，就埋在这里。你如果再过这里，点上一炷香来慰问我，就能重新见面。”徐生同她分手回家，想得她很苦。他恭敬地前去祝祷，不见一点动静。就买了棺木，打开墓穴，想把她遗骸装回家去安葬，以寄托恋慕之情。墓穴打开后，他亲自进去，只见爱奴形容像活人一般。肌肤虽然没有朽烂，但衣服都腐坏得像灰一样了。头上的玉首饰、金项圈，全同新制作的一样。又看她腰问，裹着几锭黄金，徐生都取下来放进自己怀里。这才脱下衣服盖在遗体上，抱起来放入棺材，租了一辆车子装运回去。到家后将棺木停放在另外的住所里，给爱奴穿一身绣花衣裳。独自在棺木旁过夜，希望有灵验的效应。

忽然爱奴从门外进来，笑着说：“盗墓的贼在这里呢！”徐生惊喜地慰问她。爱奴说：“我前段日子跟着夫人去了东昌，三天后回来，不想墓穴已经空了。以前多次承你相邀，所以没有从命，是因为从小受夫人大恩，不忍心远离她罢了。如今你既然把我的尸骸劫了来，请你快快埋葬了，这就是你的大恩大德了。”徐生问：“古人有死了一百年还魂复活的，如今你的身体还同从前一样，为什么不仿效先例呢?”爱奴叹了一口气道：“这是命中注定的。人世间所传说的起死还生的灵异，大半是不真实的。要我重新到阳间活动，也不是什么难事。但终究不能同活人一模一样，所以不必多此一举。”说着她打开棺盖爬了进去，棺内的尸骸就自己起来，娉娉婷婷，令人爱怜。徐生探摸她的心口，却是冰一般凉。爱奴于是想重进棺内躺下，徐生硬扯住了她。爱奴说：“我受了夫人过分的宠爱，主人从国外回来，得了几万两黄金，我偷偷私拿了一些，也不怎么追问。后来我得病垂危，又没有什么亲戚，就把黄金藏起来作为自己的殉葬品。夫人为我的夭折十分伤心，又用贵重的首饰给我入殓。我的遗体所以没有朽坏，不过是受了金玉宝贝灵气的作用。假如我回到人世，尸身还能长久吗？你硬要留我下来的话，决不要强迫我进饮食。假如灵气一散，我的幽魂也要消失了。”

徐生于是建造了精美的房屋，同爱奴一起过活。爱奴能说能笑，同平常人一样，但不吃饭，不呼吸，不见生人。过了一年多，徐生喝了酒晕乎乎有点醉意，就拿剩下的酒强行灌给爱奴喝。她立刻跌倒在地，口中血水迸流，一天下来尸身就朽烂了。徐生哀痛万分，后悔莫及，只得隆重地安葬了她。

异史氏说：蒋夫人教育孩子，跟人世间没有两样，但她对待老师何等仁厚！不也很贤德吗！我以为艳尸不如雅鬼，竟因为秀才的粗俗鲁莽，使雅鬼过早地泯灭，太可惜了！

山东章丘市的朱生，一向性子刚直，在某贡士家教书。每当他责罚学生，主母总是派出侍女为孩子请求免罚，朱生不加理睬。一天，主母亲自出马到教馆窗外，向朱生说情。朱生发火了，操起一把戒尺，大骂着抢出门来。主母吓得跑，朱生紧追不舍，从她背后用戒尺向屁股上横抽，啪的一声皮肉上早已着了一下。这件事多么可笑！

山东邹平县的某某，每请家庭教师，总要把一年工资的总数，与当年的实际天数合计，算出每天酬金平均几何；又将老师何日离开学馆，何日回来，详细登记成册。年底，就当着老师的面逐日进行乘除计算。马生在他家教书，乍见这老头儿带了一把算盘来，知道了原因后很是吃惊；惊定后暗暗想出一个主意，转怒为喜，任凭对方精核细算，一点不做计较。老头大喜，坚持要签订明年的续约。马生借故推辞，却推荐了一个性子很坏的秀才代替自己。那秀才接受教职后，动不动就破口大骂，老头没奈何，只好一次次忍受下去。岁终，老头儿带了算盘来。秀才勃然大怒，气愤到了极点，暂且听他算下去。老头又把路途往返的日子全都划到老师头上，秀才不同意，把算盘珠子拨到东家份下。两人争吵不休，终于大打出手，结果双双头破血流，闹到官府去解决。

单父宰

【原文】

青州民某，五旬馀，继娶少妇。二子恐其复育，乘父醉，潜割睾丸而药糁之[①]。父觉，托病不言。久之，创渐平。忽入室，刀缝绽裂，血溢不止，寻毙。妻知其故，讼于官。官械其子[②]，果伏[③]。骇曰：“余今为‘单父宰’矣[④]！”并诛之。

邑有王生者，娶月馀而出其妻。妻父讼之。时淄宰辛公[⑤]，问王：“何故出妻？”答云：“不可说。”固诘之，曰：“以其不能产育耳。”公曰：“妄哉！月馀新妇，何知不产？”忸怩久之[⑥]，告曰：“其阴甚偏。”公笑曰：“是则偏之为害，而家之所以不齐也[⑦]。”此可与“单父宰”并传。一笑。

【注释】

①药糁（伞）之：撒上药粉。糁，粉末。

②械：用刑。

③伏：服罪。

④单（善）父宰：单父，春秋鲁邑名，明清为单县地，属山东兖州府。孔子弟子宓不齐（字子贱）尝为单父宰，弹琴，身不下堂，而单父理，见《史记·仲尼弟子列传》。又，单父谐音为“骟父”（儿子阉割父亲），此官自嘲为“单父宰”，是慨叹自己成了骟父之民的官宰。

⑤淄宰辛公：辛民，字先民，直隶大兴举人，顺治元年任淄川知县，三年升西安府同知。挂冠后，放迹山水，改名霜翊，字严公，著诗文以自娱。

⑥忸怩（扭尼）：羞惭貌。

⑦家不齐：家政不修。指夫妻失和，家庭破裂。不齐，犹言不妻，谓不能履行妻的职守。

单父宰

【译文】

山东益都地方某平民，五十多岁了，娶了个年轻妇人做后妻。他的两个儿子生怕后母再生育，趁老父喝醉酒，偷偷割掉他的睾丸，胡乱涂上一些药。做父亲地回醒过来后，假说自己有病，不敢把家丑张扬出来。时间久了，伤口渐渐愈合。忽然有一天进屋后，刀缝裂了开来，血流不止，不久就送了命。后妻知道了死因，告了官。县令逮捕了他的两个儿子，果然招认了罪状。县令震惊地说："我今天真成了'单父宰'了！"（原来春秋时宓子贱管理单父［今山东单县］，不花什么力气就将地方治理得很好，后人便将贤德的地方官称作"单父宰"，县令在这里取"单"与"骟"音同。）他把两个儿子都处死了。

县城有个姓王的秀才，新婚才一个月就休了妻。他的岳父告到官府，当时辛公任淄川县令，就问王生休妻的缘故。王生说："这是难以启齿的事。"辛公一再追问，他才说："是因为她不能生育。"辛公说："胡说八道，结婚才一个月出头，你怎么知道她不育？"王生忸怩了好久，终于开了口道："她的阴道很偏。"辛公笑道："原来因为'偏'，害得家也不能齐了。"这件事可以和"单父宰"同发一笑。

孙必振

【原文】

孙必振渡江①，值大风雷，舟船荡摇，同舟大恐。忽见金甲神立云中②，手持金字牌下示；诸人共仰视之，上书"孙必振"三字，甚真。众谓孙："必汝有犯天谴，请自为一舟，勿相累。"孙尚无言，众不待其肯可，视旁有小舟，共推置其上。

孙既登舟，回首，则前舟覆矣。

【注释】

①孙必振：字孟起，山东诸城市人。顺治十六年进士。

②金甲神：即“金刚力士”，省称“金刚”。传说中佛、道两教皆有的护法神。

【译文】

孙必振过长江，正碰上风雷大作，渡船颠簸摇晃，一船人都害怕万分。忽然看见金甲神人按立云头，手拿金字令牌朝下出示。大家一齐抬头望去，上面写着“孙必振”三字，很是分明。众人对孙必振说：“一定是你犯了天条要受惩罚，请你一个人上别的船去，不要连累了我们！”孙必振还来不及回话，船上人也不等他同意，看见旁边有只小船，就七手八脚把他推了上去。孙必振登上小船后，回头一望，刚才乘坐的渡船已经翻了。

邑　　人

【原文】

邑有乡人，素无赖[①]。一日，晨起，有二人摄之去。至市头，见屠人以半猪悬架上，二人便极力推挤之，遂觉身与肉合，二人亦径去。少间，屠人卖肉，操刀断割，遂觉一刀一痛，彻于骨髓。后有邻翁来市肉，苦争低昂[②]，添脂搭肉，片片碎割，其苦更惨。肉尽，乃寻途归[③]；归时，日已向辰[④]。家人谓其晏起[⑤]，乃细述所遭。呼邻问之，则市肉方归，言其片数、斤数，毫发不爽。崇朝之间[6]，已受凌迟一度[7]，不亦奇哉！

【注释】

①无赖：奸猾。无操守。

②苦争低昂：力争秤高、秤低。

③寻途：沿着旧路。寻，循，缘。

④向辰：接近辰时。辰时相当于早上七点至九点。

⑤晏起：起床晚。晏，晚。

⑥崇朝（昭）：终朝。从天亮到早饭之间。崇，终尽。

⑦凌迟：即剐刑。封建酷刑之一，对犯者碎割其肉至死。一度：一次。

【译文】

县城有个本地人，一贯品行不端。一天，早上起床，有两个人把他拉出去。到集市口，看见一个杀猪的把半爿猪肉挂在货架上，两个人就使劲把他推挤过去，他顿时觉得自己同猪肉爿合二而一，那两个人也径自走了。过了一会，杀猪的开始卖肉，举着屠刀将猪身斩开，这人就觉得一刀一痛。钻心彻骨。后来住在他家邻近的老头儿来买肉，一味计较秤杆高低，杀猪的只得不时地添膘搭肉，零斩碎割，受苦更惨。直到半爿猪肉卖完了，这人才得以脱身，辨认着路回家。回家时，已是上午八九点钟光景。家里人还以为他起床晚了，他于是把经历细说了一遍。喊来邻居老头儿询问，得知刚从市场上买肉回来，说起片数、斤数，分毫不差。一个早上，他已领受了一回千刀万剐的刑罚，这不也是一桩奇闻么！

元宝

【原文】

广东临江山崖巉岩[1]，常有元宝嵌石上[2]。崖下波涌，舟不可泊。或荡桨近摘之，则牢不可动；若其人数应得此，则一摘即落，回首已复生矣。

【注释】

①巉岩：险峻的山岩。

②元宝：马蹄形银锭。

【译文】

广东临江地方山崖峻峭，山石上常常嵌有元宝。山崖脚下波涛汹涌，船停靠不住。有人划小船靠近去摘，元宝嵌得很牢，掰不动；如果谁命中注定应该得到这元宝的，那就一摘就落。回头再看，已经重新生出新的元宝了。

研石

【原文】

王仲超言[①]：“洞庭君山间有石洞[②]，高可容舟，深暗不测，湖水出入其中。尝

噬石

秉烛泛舟而入，见两壁皆黑石，其色如漆，按之而软；出刀割之，如切硬腐[3]。随意制为研[4]，既出，见风则坚凝过于他石。试之墨，大佳。估舟游楫，往来甚众，中有佳石，不知取用，亦赖好奇者之品题也[5]。”

【注释】

①王仲超：未详。

②洞庭君山：君山又名湘山，在湖南省洞庭湖中，相传为女神湘君住处。

③硬腐：豆腐干。

④研：通“砚”。

⑤品题：称扬。

【译文】

王仲超说：洞庭湖君山之间有石洞，高度可容小船进入。洞深处漆黑一片，无法测知实情，湖水在洞口漫进漫出。我曾经拿着蜡烛荡小船进去，看见两边洞壁都是黑石，颜色像黑漆，揿上去手感柔软。拿出刀子来割，就像切硬豆腐一般，可以随自己的心意做成砚台。取出后，遇风就硬结超过别的石头。磨墨试试，非常理想。商船游艇，在君山来往的很多。山中有这样的好石头，却不懂得拿来利用，也要依靠有心人才能得到鉴别和赏识啊。

武　夷

【原文】

武夷山有削壁千仞[1]，人每于下拾沉香玉块焉[2]。太守闻之，督数百人作云梯[3]，将造顶以觇其异，三年始成。太守登之，将及巅，见大足伸下，一拇粗于捣衣杵，大声曰："不下，将堕矣！"大惊，疾下。才至地，则架木朽折，崩坠无遗。

【注释】

① 武夷山：在今福建省武夷山市西南，相传汉有武夷君居此山，故名。

②沉香：香木名。其木材及树脂可作薰香料。以其入水能沉，又名沉水香。

③云梯：一种安置在底架上，可以移动的高梯；古代常用作乘城之具。

【译文】

武夷山有一道悬崖峭壁，高七八百丈。人们常能在崖壁下拾到沉香和玉块。当地的太守听说了，就指挥几百名民工搭建云梯，想到山崖顶部去看看其中的奥妙。三年时间才告完工。太守登上云梯，快要攀到山顶时，看见一只硕大无比的脚伸挂下来，一个脚拇指足有捣衣棒那么粗。有个巨大的声音发出警告说："再不下去，就要摔死了！"太守大惊，忙不迭地逃下云梯。刚到地上，云梯的木架就一片片朽烂断裂，崩塌坠落，一点也没留下。

大鼠

【原文】

万历间[①]，宫中有鼠，大与猫等，为害甚剧。遍求民间佳猫捕制之，辄被啖食。适异国来贡狮猫[②]，毛白如雪。抱投鼠屋，阖其扉，潜窥之。猫蹲良久，鼠逡巡自穴中出[③]，见猫，怒奔之。猫避登几上，鼠亦登，猫则跃下。如此往复，不啻百次。众咸谓猫怯，以为是无能为者[④]。既而鼠跳掷渐迟[⑤]，硕腹似喘，蹲地上少休。猫即疾下，爪掬顶毛，口龁首领，辗转争持，猫声呜呜，鼠声啾啾。启扉急视，则鼠首已嚼碎矣。然后知猫之避，非怯也，待其惰也。彼出则归，彼归则复[⑥]，用此智耳。噫！匹夫按剑[⑦]，何异鼠乎！

【注释】

① 万历：明神宗朱翊钧年号，公元一五七三至一六一九年。

②狮猫：猫的一种，俗称狮子猫。长毛巨尾，较名贵。

③逡巡：犹豫不前。窥探警觉的样子。

④无能为：无本领。无所作为。

⑤跳掷：跳跃。

⑥“彼出则归”二句：讲的是用运动战术敝敌制胜。此化用其意。

⑦匹夫按剑：指庸人斗狠，勇而无谋。匹夫，庸人。按剑，怒貌。

【译文】

明代万历年间，宫中出了老鼠，有猫那般大，造成了十分严重的危害。朝廷到处征求民间好猫来捕捉，都被大鼠咬死作了美餐。正好外国进贡了一只波斯猫，周身毛色雪白。宫人将它抱着放进闹鼠害的房间，关上房门，暗中偷看。

大鼠

那白猫蹲在地上好久，老鼠迟迟疑疑从洞中钻出来，见到猫，怒冲冲直扑上去。白猫逃上了桌子，大鼠也跳上去，猫儿便一跃而下。这样蹿上跳下，不少于百把次。大家都说这猫胆小，以为是不中用的了。后来老鼠蹦跳渐渐慢下来了，大肚子好像喘不过气来，蹲在地上稍事休息。那白猫立刻飞快窜下，用爪子抱住老鼠的头，一口咬住它的脖子，撕扭在一起翻来滚去，白猫呜呜怒嘶，老鼠啾啾尖叫。连忙打开门来细看，只见老鼠头已经被咬碎了。这才明白猫儿的躲逃，不是害怕，而是等待老鼠筋疲力尽。敌进我退，敌退我进，用了这个计谋罢了。哎！靠匹夫之勇按剑逞能，跟大鼠有什么两样！

张　不　量

【原文】

贾人某，至直隶界[①]，忽大雨雹[②]，伏禾中。闻空中云："此张不量田，勿伤其稼。"贾私意张氏既云"不良"，何反祐护[③]。雹止，入村，访问其人，且问取名之义。盖张素封，积粟甚富。每春贫民就贷，偿时多寡不校[④]，悉内之[⑤]，未尝执概取盈[⑥]，故名"不量"，非不良也。众趋田中，见稞穗摧折如麻[⑦]，独张氏诸田无恙。

【注释】

①直隶：清代直隶省，即今河北省。

②大雨（玉）雹：冰雹下得很大。雨，降。

③祐护：赐福庇护。祐，福。

④不校：不计较。校，通“较”。

⑤内：通“纳”。接受。

⑥执概取盈：意谓躬操斗斛，务取足数。概，量取谷物时刮平斗斛的尺状工具，俗称“斗趟子”。

⑦棵穗：犹“棵穗”。指禾秆及禾穗。

张不量

【译文】

有一个商人到河北地界，突然大颗的冰雹从天而降，连忙趴倒在稻田中。只听得半空中发话道："这是张不量的田地，不要伤害他的庄稼。"商人暗想这姓张的既然叫作"不良"，怎么神人反而庇护起来？冰雹停后，就进村访求其人，并且打听这个名号的来历。原来姓张的是个财主，家里储藏了很多粮食。每到春天青黄不接的时候，穷人向他借粮，偿还时还多还少毫不计较，一概收受下来，从不用升斗复核，所以人称"不量"，并不是"不良"。村里人赶到田中，只见稻穗被雹子打断，乱七八糟，只有张家的田里安然无恙。

牧　竖

【原文】

两牧竖入山至狼穴[①]，穴有小狼二，谋分捉之。各登一树，相去数十步。少顷，大狼至，入穴失子，意甚仓皇[②]。竖于树上扭小狼蹄耳故令嗥；大狼闻声仰视，怒奔树下，号且爬抓。其一竖又在彼树致小狼鸣急；狼辍声四顾，始望见之，乃舍此趋彼，跑号如前状。前树又鸣，又转奔之。口无停声，足无停趾，数十往复，奔渐迟，声渐弱；既而奄奄僵卧[③]，久之不动。竖下视之，气已绝矣。今有豪强子[④]，怒目按剑，若将搏噬[⑤]；为所怒者，乃阖扇去[⑥]。豪力尽声嘶，更无敌者，岂不畅然自雄[⑦]？不知此禽兽之威，人故弄之以为戏耳[⑧]。

【注释】

①牧竖：牧童。竖，童仆。

②仓皇：慌乱。惊惶失措。

③奄奄：气息微弱的样子。

④豪强子：强梁霸道的人。

⑤搏噬：攫而食之。搏，攫取。

⑥阖扇：关门。扇，指门扇。

⑦畅然自雄：得意地自命为英雄。

⑧弄之：捉弄他。

【译文】

两个牧童进山见到狼窝，窝里有两只小狼，两人商量好各捉一只，分别爬上树，相距几十步。没多少时候，老狼回来了，进窝发现狼崽丢了，显得十分惊慌。牧童在树上扭掐小狼的蹄子和耳朵，故意让它惨叫，老狼听到叫声抬头寻找，怒冲冲地奔到树下，一边嗥叫，一边用爪子在树身上爬抓。另一个牧童又在那边的树上弄得小狼急叫，老狼停住嗥叫左右张望，才发现了目标，于是放下这头奔往那头，也像这里一样又抓又嗥。这边树上小狼再次哀鸣起来，老狼又奔转回来。嘴不停地嗥，脚不停地跑，几十个来回，渐渐步子慢了，嗥声弱了，到后来奄奄一息躺倒在地，好久也不动弹。牧童爬下树来一看，已经断气了。

如今有使气逞强自以为好汉的，瞪着眼，按着剑，一副拼个你死我活、恨不得把对方吞下肚子的神气；而被他所怨恨的对手，却关上房门躲了起来。那“好汉”声嘶力竭叫骂不休，再没有人出来较量，岂不得意扬扬自觉威风？不知道这只是老狼式的威风，人家故意作弄他作为取笑罢了。

富　翁

【原文】

富翁某，商贾多贷其资。一日出，有少年从马后，问之，亦假本者[①]。翁诺之。既至家[②]，适几上有钱数十[③]，少年即以手叠钱，高下堆垒之[④]。翁谢去，竟不与资。或问故，翁曰："此人必善博[⑤]，非端人士也[⑥]。所熟之技，不觉形于手足矣。"访之果然。

【注释】

①假本：借本钱。

②既至家：此从二十四卷抄本，底本无"家"字。

③适：恰遇。凑巧。

④ 高下堆垒之：摞成高低不等的几叠。

⑤善博：好赌博。

⑥端人：正派人，规矩人。

【译文】

某富翁，商人们常向他借钱。一天外出，有个青年人跟在马后，问下来，也是来求借本钱的。富翁同意了。到家，正巧桌上有几十枚铜板，那青年就用手把铜钱叠起来，高高低低垒成几堆。富翁顿时拒绝借贷，把他打发走了，终于没有借钱给他。有人问是什么缘故，富翁说："这小子一定是赌场老手，不是正派人。他习惯的垒钱手法，不知不觉就在动作中露出来了。"打听下来，果真是汶么回事。

王司马

【原文】

新城王大司马霁宇镇北边时[①]，常使匠人铸一大杆刀[②]，阔盈尺，重百钧。每按边[③]，辄使四人扛之。卤簿所止[④]，则置地上，故令北人捉之，力撼不可少动。司马阴以桐木依样为刀，宽狭大小无异，贴以银箔[⑤]，时于马上舞动。诸部落望见，无不震悚。又于边外埋苇薄为界[⑥]，横斜十馀里，状若藩篱，扬言曰："此吾长城也。"北兵至，悉拔而火之。司马又置之。既而三火，乃以炮石伏机其下[⑦]，北兵焚薄，药石尽发，死伤甚众。既遁去，司马设薄如前。北兵遥望皆却走，以故帖服若神。后司马乞骸归，塞上复警。召再起；司马时年八十有三，力疾陛辞[⑦]。上慰之曰："但烦卿卧治耳[⑨]。"于是司马复至边。每止处，辄卧幛中[⑩]。北人闻司马至，皆不信，因假议和，将验真伪。启帘，见司马坦卧[⑪]，皆望榻伏拜，挢舌而退[⑫]。

【注释】

①"新城王大司马"句：王象乾，见卷一《四十千》注。镇北边：从明代万历二十年至天启、崇祯间，王象乾四度总督宣大、蓟辽军务，力主款抚，边境以安。史称"居边镇二十年，始终以抚西部成功名"。

②大杆刀：长柄大刀。

⑧按边：巡视边防。按，巡行。

④卤簿：扈从仪仗。汉以前仅帝王驾出用卤簿，以后下及王公大臣。卤，护卫所用大盾。簿，谓扈从先后有序，皆载之簿籍。

⑤银箔：此从二十四卷抄本，底本作“银薄”。银纸。

⑥苇薄：苇帘；以绳编芦苇为之。薄，帘、席。

⑦炮石：古代炮车用机括发石。本句谓在炮石下埋以机括和火药，燃发后杀伤敌人，仿佛后世之地雷。

⑧“后司马乞骸归”数句：天启中，王象乾以继母艰去官。天启七年，明思宗即位，象乾即家以兵部尚书兼右副都御史总督宣大行边。次年（即崇祯元年）春陛辞赴任，时年八十三岁。事竟，复以疾乞休。崇祯三年，卒于家，年八十五。

⑨烦卿卧治：意谓借助众望，不劳而治。卧治，安卧治事，即不劳而治。

⑩幛：通“帐”。指军中营帐。

⑪坦卧：坦然高卧。安卧。

⑫挢（矫）舌：翘舌不能出声。形容惊讶或畏惧。

【译文】

明朝兵部尚书王霁宇是山东新城人，他镇守北部边境时，曾经命令工匠铸一柄大刀，刀身一尺多阔，重三千斤。每次巡行边境，总让四个人抬着它。仪仗停下，就把大刀放在地上，故意叫满人去提抓，用尽吃奶的力气还是纹丝不动。王尚书暗下用桐木依照式样做一把刀，尺寸大小一模一样，表面贴上银箔，经常在马上舞弄。各部落满人见了，无不惊惧。他又在边境上用苇草插在地上作为界线，曲曲弯弯绵亘十几里，形状好像篱笆，扬言说：“这是我筑的长城！”清兵前来，全都拔出，付之一炬。王尚书又照样设置。这样接连被烧了三回，他就用火药地雷安上机关埋在苇草下，清兵烧苇，地雷全数爆炸，死伤了很多人。活着的士兵逃走后，王尚书重新设起苇墙。清兵远远望见都退了回去。因为这些缘故，对王尚书服服帖帖，像神明那样敬畏。

后来王尚书告老还乡，边境上又传来了警报。朝廷召他再度出山。那时王尚书已经八十三岁了，勉强支撑着病体，向皇上辞别。皇上安慰他说："只需你坐镇指挥就行了。"于是王尚书又来到边防。每停驻一地，总是躺在帐中。清人听说王霁宇来了，都不大相信，就假装议和，来探真伪。打开帘帐，看见王司马安然躺着，都向着床榻跪拜行礼，一个个伸出舌头，乖乖地退了下去。

岳　神

扬州提同知[①]，夜梦岳神召之[②]，词色愤怒。仰见一人侍神侧，少为缓颊。醒而恶之。早诣岳庙，默作祈禳。既出，见药肆一人，绝肖所见。问之，知为医生。及归，暴病。特遣人聘之。至则出方为剂，暮服之，中夜而卒。或言：阎罗王与东岳天子，日遣侍者男女十万八千众[③]，分布天下作巫医[④]，名"勾魂使者"[⑤]。用药者不可不察也！

【注释】

① 同知：府州佐贰官，此指府同知。

②岳神：即下文"东岳天子"，指泰山神"东岳天齐仁圣大帝"。传说主宰人之生死，为百鬼之主帅。

③侍者：指供神役使的鬼卒。

④ 巫医：巫师和医师。古代巫与医相通，故常因类连称。

⑤勾魂使者：追摄罪人灵魂的差役（鬼卒）。

【译文】

扬州副长官姓提，夜间梦见泰山岳神召他前去，恶狠狠地斥骂他。抬头看见岳神边有个侍从在帮着说好话，岳神才稍稍平和了些。提某醒来，觉得很不吉利。一早就到岳神庙去，暗暗祈祷消灾。出得庙来，看见药铺子里有一个人，容貌同梦中

岳神

见到的极其相像。上前打听，得知那人是个医生。回家后，提某突然得了病，就特意派人请那医生来。医生来到后开了药方，提某当晚服下，半夜就一命呜呼了。有人说：阎罗王同东岳大帝，每天都派出十万八千名男女侍从，分布天下做神巫、医生，名叫“勾魂使者”。看病服药的不能不注意啊！

小　梅

【原文】

蒙阴王慕贞[①]，世家子也。偶游江浙，见媪哭于途，诘之。言：“先夫止遗一子，今犯死刑，谁有能出之者？”王素慷慨，志其姓名，出橐中金为之斡旋[②]，竟释其罪。其人出，闻王之救已也，茫然不解其故；访诣旅邸，感泣谢问。王曰：“无他，怜汝母老耳。”其人大骇曰：“母故已久。”王亦异之。抵暮，媪来申谢，王咎其谬诬。媪曰：“实相告：我东山老狐也。二十年前，曾与儿父有一夕之好，故不忍其鬼之馁也[③]。”王悚然起敬，再欲诘之，已杳。

先是，王妻贤而好佛，不茹荤酒；治洁室，悬观音像，以无子，日日焚祷其中。而神又最灵，辄示梦，教人趋避[④]，以故家中事皆取决焉。后有疾，綦笃，移榻其中；又别设锦裀于内室而扃其户，若有所伺。王以为惑，而以其疾势昏瞀[⑤]，不忍伤之。卧病二年，恶嚣[⑥]，常屏人独寝。潜听之，似与人语；启门视之，又寂然。病中他无所虑，有女十四岁，惟日催治装遣嫁。既醮，呼王至榻前，执手曰：“今诀矣[⑦]！初病时，菩萨告我命当速死；念不了者，幼女未嫁，因赐少药，俾延息以待。去岁，菩萨将回南海，留案前侍女小梅，为妾服役。今将死，薄命人又无所出[⑧]。保儿，妾所怜爱，恐娶悍怒之妇，令其子母失所。小梅姿容秀美，又温淑，即以为继室可也。”盖王有妾，生一子，名保儿。王以其直荒唐，曰：“卿素敬者神，今出此言，不已亵乎[10]？”答云：“小梅事我年馀[10]，相忘形骸[11]，我已婉求之矣。”问：“小梅何处？”曰：“室中非耶？”方欲再诘，闭目已逝。

小梅

王夜守灵帏[12]，闻室中隐隐啜泣[13]，大骇，疑为鬼。唤诸婢妾启钥视之，则二八丽者，缞服在室[14]。众以为神，共罗拜之。女敛涕扶掖[15]。王凝注之，俯首而已。王曰：“如果亡室之言非妄[16]，请即上堂，受儿女朝谒[17]；如其不可，仆亦不敢妄想，以取罪过。”女面见然出[18]，竟登北堂[19]。王使婢为设坐南向，王先拜，女亦答拜；下而长幼卑贱，以次伏叩，女庄容坐受；惟妾至，则挽之。自夫人卧病，婢惰奴偷[20]，家久替。众参已[21]，肃肃列侍[22]。女曰：“我感夫人盛意，羁留人间，又以大事相委，汝辈宜各洗心[23]，为主效力，从前愆尤[24]，悉不计校；不然，莫谓室无人也！”共视座上，真如悬观音图像，时被微风吹动。闻言悚惕[25]，哄然并诺。女乃排拨丧务[26]，一切井井[27]。由是大小无敢懈者。女终日经纪内外[28]，王将有作，亦禀白而行；然虽一夕数见，并不交一私语。既殡，王欲申前约，不敢径告，嘱妾微示意。女曰：“妾受夫人谆嘱[29]，义不容辞；但匹配大礼，不得草草。年伯黄先生[30]，位尊德重，求使主秦晋之盟[31]，则惟命是听。”时沂水黄太仆[32]，致仕闲居，于王为父执[33]，往来最善。王即亲诣，以实告。黄奇之，即与同来。女闻，即出展拜。黄一见，惊为天人，逊谢不敢当礼[34]；既而助妆优厚[35]，成礼乃去。女馈遗枕履，若奉舅姑，由此交益亲。合卺后，王终以神故，亵中带肃，时研诘菩萨起居[36]。女笑曰：“君亦太愚，焉有正直之神[37]，而下婚尘世者？”王力审所自[38]。女曰：“不必研穷[39]，既以为神，朝夕供养，自无殃咎[40]。”女御下常宽[41]，非笑不语；然婢贱戏狎时，遥见之，则默默无声。女笑谕曰：“岂尔辈尚以我为神耶？我何神哉！实为夫人姨妹，少相交好；姊病见思，阴使南村王姥招我来。第以日近姊夫，有男女之嫌；故托为神道[42]，闭内室中，其实何神。”众犹不信。而日侍边傍，见其举动，不少异于常人，浮言渐息。然即顽奴钝婢，王素挞楚所不能化者，女一言无不乐于奉命。皆云：“并不自知。实非畏之；但睹其貌，则心自柔，故不忍拂其意耳。”以此百废具举。数年中，田地连阡[43]，仓廪万石矣。

又数年，妾产一女。女生一子——子生，左臂有朱点，因字小红。弥月[44]，女使王盛筵招黄。黄贺仪丰渥，但辞以耄[45]，不能远涉；女遣两媪强邀之，黄始至。抱儿出，袒其左臂，以示命名之意。又再三问其吉凶。黄笑曰：“此喜红也，可增一字，名喜红。”女大悦，更出展叩[46]。是日，鼓乐充庭，贵戚如市。黄留三日始去。忽门外有舆马来，逆女归宁。向十馀年，并无瓜葛，共议之，而女若不闻。理妆竟，抱子于怀，要王相送，王从之。至二三十里许，寂无行人，女停舆，呼王下骑，屏人与语，曰：“王郎王郎，会短离长，谓可悲否?”王惊问故，女曰：“君谓妾何人也?”答曰：“不知。”女曰：“江南拯一死罪，有之乎?”曰：“有。”曰：“哭于路者吾母也；感义而思所报，乃因夫人好佛，附为神道，实将以妾报君也。今幸生此襁褓物，此愿已慰。妾视君晦运将来[47]，此儿在家，恐不能育，故借归宁，解儿危难。君记取：家有死口时，当于晨鸡初唱，诣西河柳堤上，见有挑葵花灯来者，遮道苦求，可免灾难。”王曰：“诺。”因讯归期。女云：“不可预定。要当牢记吾言[48]，后会亦不远也。”临别执手，怆然交涕。俄登舆，疾若风；王望之不见，始返。

经六七年，绝无音问。忽四乡瘟疫流行，死者甚众，一婢病三日死。王念曩嘱，颇以关心。是日与客饮，大醉而睡。既醒，闻鸡鸣，急起至堤头，见灯光闪烁，适已过去。急追之，止隔百步许，愈追愈远，渐不可见，懊恨而返。数日暴病，寻卒。王族多无赖，共凭凌其孤寡[49]，田禾树木，公然伐取，家日凌替[50]。逾岁，保儿又殇，一家更无所主。族人益横，割裂田产，厩中牛马俱空；又欲瓜分第宅，以妾居故，遂将数人来，强夺鬻之。妾恋幼女，母子环泣，惨动邻里。方危难间，俄闻门外有肩舆入，共觇，则女引小郎自车中出。四顾人纷如市，问：“此何人?”妾哭诉其由。女颜色惨变，便唤从来仆役，关门下钥。众欲抗拒，而手足若痿[51]。女令一一收缚，系诸廊柱，日与薄粥三瓯。即遣老仆奔告黄公，然后入室哀泣。泣已，谓妾曰：“此天数也。已期前月来，适以母病耽延，遂至于今。不谓转盼间已成丘墟[52]!”问旧时婢媪，则皆被族人掠去，又益欷歔。越日，婢仆闻女至，皆自遁归，相见无不流涕。所絷族人，共噪儿非慕贞体胤[53]，女亦不置辨。既而黄公至，女引儿出迎。黄握儿臂，便捋左袂，见朱记宛然，因袒示众人，以证其确。乃细审失物，登簿记名，亲诣邑令。令拘无赖辈，各笞四十，械禁严追[54]；不数日，田地马牛，悉归故主。黄将归，女引儿泣拜曰：“妾非世间人，叔父所知也。今以此子委叔父矣[55]。”黄曰：“老夫一息尚在，无不为区处[56]。”黄去，女盘查就绪，托儿于妾，乃具馔为夫祭扫[57]，半日不返。视之，则杯馔犹陈，而人杳矣。

异史氏曰：“不绝人嗣者，人亦不绝其嗣，此人也而实天也[58]。至座有良朋，车裘可共；迨宿莽既滋，妻子陵夷，则车中人望望然去之矣[59]。死友而不忍忘，感恩而思所报，独何人哉！狐乎！倘尔多财，吾为尔宰[60]。”

【注释】

① 蒙阴：县名，明清属山东省青州府。王慕贞：未详。

②斡（握）旋：扭转；调解。

③鬼之馁：此从青柯亭刻本，底本作“儿之馁”。鬼魂挨饿。指无后嗣，祭享无人。

④趋避：指趋吉避凶。

⑤ 昏瞀（冒）：昏乱；神志不清。瞀，紊乱，错乱。

⑥恶嚣：厌恶喧闹。

⑦今诀矣：此从二十四卷抄本，底本作“今决矣”。诀，诀别。

⑧薄命人：王妻自称，意谓自己福运单薄。无所出：谓未曾生育。

⑨不已亵乎：岂不太亵渎神明么。已，太，过分。

⑩小梅事我年馀：此从二十四卷抄本，底本无“小梅”二字。

⑪相忘形骸：此从青柯亭本，底本作“相忘形体”。谓二人相得，不分彼此。形骸，躯体。

⑫灵帏：灵幛。遮隔灵床的帐幔。

⑬啜泣：饮泣，抽泣。

⑭缞（崔）服：服丧三年者之服：白衣，胸前披麻。

⑮扶掖：自肋下搀扶。

⑯亡室：亡妻。

⑰朝谒：拜见。

⑱靦（免）然：羞惭貌。

⑲北堂：堂屋；正房。

⑳婢惰奴偷：奴婢们懈怠苟且。偷，苟且，偷懒。

㉑参：参拜。

㉒肃肃：恭敬貌。又严整貌。

㉓洗心：洗涤邪恶之心；犹言改过自新。

㉔愆（千）尤：过失，罪过。

㉕悚（耸）惕：惶恐戒惧。

㉖排拨：安排指挥。

㉗井井：有条不紊的样子。

㉘经纪：经管。

㉙谆嘱：恳切嘱托。

㉚年伯：对于与父同年登科者的尊称。明清泛称父辈友人。

㉛秦晋之盟：春秋时秦、晋两国世为婚姻，后因以“秦晋”称两姓联姻之好。

㉜沂水黄太仆：未详，疑出虚构。

㉝父执：父亲的挚友。泛指父辈至交。

㉞逊谢：谦逊推辞。

㉟助妆：赠助妆奁之费；指赠送婚礼贺仪。

㊱起居：日常生活。

㊲正直之神：古人认为神有聪明正直而始终如一的品格。

㊳所自：来历。

㊴研穷：犹言追根究底。

㊵殃咎：灾患。

㊶御下常宽：对待下人常很宽容。御，驾驭，对待。

㊷神道：神术或神意。

㊸连阡：阡陌相连；谓地产增多。

㊹弥月：指婴儿出生满月之庆。

㊺耄（冒）：年高。

⑯展叩：相见叩谢。

㊼晦运：不吉利的命运。

㊽要当：一定要。

㊾凭凌：侵夺。

㊿凌替：衰落。

51痿（委）：筋肉萎缩，偏枯之疾。此谓瘫软无力。

52转盼间：犹转眼间。形容短暂。

53体胤：亲生骨肉。胤，嗣。

54械禁：桎梏手足而禁闭之。

55委：委托。遗累。

56区处：安排料理。

57祭扫：致祭，扫墓。

58“此人”句：意谓上述情况虽属人事，实由天意。

59“至座有良朋”五句：分别刻画主人盛时和衰后朋友的不同态度。座有良朋，即李邕所谓“座上客常满，樽中酒不空”。车裘可共，即子路所谓“愿车马，衣轻裘，与朋友共，敝之而无憾”。二句写主人家势盛时，有美酒车裘供客，朋友亦乐与共享富贵。“迨宿莽既滋”以下三句，则写主人死后，家势衰落，昔日朋友不仅莫肯顾恤遗属，抑且去之唯恐不远、不速。宿莽既滋，墓草萌出新芽，指主人死后经年。车中人，乘高车的人，指有地位的朋友。望望然去之，不高兴地离开，唯恐遗属有所告求。陵夷，此从青柯亭本，底本作“凌夷”。

60宰：管家。

【译文】

山东蒙阴县王慕贞，大户人家出身。偶然出游江浙一带，见一个老妇人在路上啼哭，上前询问缘故。老妇人说：“我那过世的丈夫只留下一个儿子，如今犯了死罪，有谁能解救他哟！”王慕贞一向慷慨，记下她儿子的姓名，拿出行囊里的银子为他上下打点，竟然得以无罪开释。那人出了狱，听说王慕贞搭救了自己，却茫然不明白其中缘由，便到旅店拜访，流泪感恩，开言动问。王慕贞说：“没别的，我只是可怜你母亲年老罢了。”那人大吃一惊，说：“我母亲去世已经多年了！”王慕贞也感到事有蹊跷。到晚上，老妇人来了，千恩万谢的，王慕贞责备她说了假话。老妇人说：“实言相告，我是东山的老狐。二十年前同这孩子的父亲有过一夜的恩爱，所以不忍心让他断了子嗣。”王慕贞听了肃然起敬，还想细问，那老妇却已不见了。

在这之前，王慕贞的妻子，人很贤惠，而笃信佛教，不沾荤酒。她收拾了一间净室，挂一帧观音像；因为婚后无子，所以天天在里面烧香祈祷。而菩萨又特别灵验，常常托梦指点，教人趋吉避凶，所以家中事无大小，都要听菩萨的意旨决定。后来王妻生了病，病势十分沉重。她就把床搬进净室，又在卧室中另外备下一床锦被，把门锁严了，好像等谁来睡似的。王慕贞很觉困惑，但因为妻子病得昏昏沉沉，也不忍心违拗她伤她的心。王妻在病床上躺了两年，讨厌声音闹，常常不要别人在跟前，独个儿睡。暗暗偷听，好像她在同谁说话，开门看看，却又寂无旁人。王妻在病中没有其他的牵挂，她有个十四岁的女儿，只是每天催促王慕贞操办嫁妆，把女儿嫁出去。待到女儿出嫁了，王妻把丈夫唤到床前，拉着他的手说道：“如今和你永别了！当初得病时，观音菩萨就告诉我，说我命定活不长久。我放心不下的，是年轻的女儿还没有出嫁，所以菩萨赐给我一些药，让我维持生命等着。去年，菩萨要回南海，把她香案前的侍女小梅留下服侍我。如今我要离开人世了，命薄福薄，又没能为你生个儿子。保儿是我所疼爱的，只怕你日后再娶个妒妇进门，会让她娘儿俩无处容身。小梅长得很漂亮，性格又温柔娴静，你就娶她做继妻吧！”原来王慕贞有个小妾，生了一个男孩？叫保儿。王慕贞觉得妻子的话太离奇，就说：“你平时一向崇敬菩萨，如今说这样的话，不是太亵渎神明了吗？”王妻答道：“小梅服侍我一年多，彼此知心，亲密无间，我已经向她好言相求过了。”王慕贞问：“那么小梅在哪儿呢？”王妻说：“不就在屋子里吗！”王慕贞刚想再问，王

妻已经闭上眼睛咽气了。

到晚上，王慕贞在妻子的床帏前守灵，听得空关的卧室里隐隐传出抽泣的声音，不由大为惊恐，以为有鬼。叫来丫鬟下人打开锁一看，只见一个十五六岁的美貌女子，穿着丧服在屋里。众人以为是神，都团团下拜，女子收住眼泪，一一扶起。王慕贞注视着她，她只是低头不语。王慕贞说："如果我亡妻的话不假，那就请你现在到堂上去，接受儿女辈请安拜见；假如你不同意，那么我也不敢存什么痴心妄想，来自招不是。"女子红着脸走出屋子，竟上了北堂。王慕贞忙叫丫鬟安了个朝南的座位，让她坐下，自己先拜，那女子也回拜。然后长幼卑贱，按着次序跪下叩头，女子神情庄重，端坐受礼。只有当王慕贞的小妾前来叩拜时，她起身扶住，不使行礼。

自从王妻卧床久病以来，男女下人乘机偷懒耍滑，家道衰落已久。众人参拜完毕，恭恭敬敬站在两旁侍候。小梅开言道："我有感于王夫人的盛意，逗留在人间，夫人又把家中大事委托给我。你们这些人应当各自洗心革面，为主人效力，从前一切过犯，可以一概不追究。不然，可别说家里没有主妇！"大家一齐放眼望去，只见她在座位上，真像那帧挂着的观音图像，被微风时时吹动着的样子。听了这番话个个心生敬畏，闹哄哄地齐声领命。小梅于是安排分派治丧事务，一切井井有条。从此大大小小没敢偷懒的。

小梅整天里里外外一把抓，王慕贞要做什么，也要告诉过她才去施行。不过虽然一晚上要见几次面，并不讲一句私情的话。王妻入土以后，王慕负想提出前约，不敢直说，托小妾向小梅略做暗示。小梅说："我接受王夫人的谆谆托付，义不容辞；但结婚是隆重的礼仪，不能马虎。年伯黄先生，地位尊贵，德望隆重，请他主婚，我就唯命是从。"当时沂水县的黄公，曾官太仆，退休赋闲在家，是王慕贞的父辈，来往特别密切。王慕负就亲自登门拜访，把实情告诉了。黄公觉得稀罕，就一起前来。小梅听说，马上出来行跪拜礼。黄公一见，惊为天仙，避让着不敢受礼。后来他资助了丰厚的嫁妆，婚礼完毕才走。小梅送黄公亲手做的枕头、鞋子，像对待公婆一样，从此两家交往更加亲密。

喝过交杯酒后，王慕贞总因把小梅当作神，亲近中不忘庄重，还常常细问菩萨起居。小梅笑道："你也太傻了。哪里有正大光明的女神会同尘世中的凡人结婚的？"王慕贞就一个劲儿打听她的来历。小梅说："你也不要刨根究底。既然把我当神，日夜供养着，自然没有祸殃。"小梅待下人常很宽仁，说话总是笑容满面；然而婢仆互相戏谑，远远望见小梅，便会默默无声。小梅笑着开导他们说："难道你们还以为我是神吗？我哪里是什么神哟！我其实是王夫人的姨妹，从小要好。姨姐生病想念我，悄悄请南村王姥邀我前来。只是因为与姨姐夫接近，要避男女的嫌疑，所以假托为神，在内室深居不出。其实哪是神！"大家还是不相信。但每天在小梅身边服侍，看见她的举止行动，跟平常人没有一点两样，神啊仙啊的流言才渐渐止息下来。不过即使是再顽劣的奴仆，再蠢笨的丫鬟，王慕贞一向责打也不能使他们听话的，小梅一句话，没有一个不乐意听命。他们都说："自己也说不出所以然来。实在并不是害怕女主人；但一看到她脸，心就自然软了，所以再也不忍心违拗她的意志。"因此，百废并举，几年中间，王家土地阡陌连片，仓库中堆积了万石粮食。

又过了几年，小妾生了个女儿，小梅生了个儿子。儿子初出娘胎，左臂上就有一颗红色的痣，所以小名叫小红。满月时，小梅叫王慕贞备下丰盛的宴席，招请黄公。黄公送来了丰厚的贺礼，但以年老不能远行为由，辞谢不来。小梅派两个老妈子硬去邀请，黄公才来赴宴。小梅抱出儿子，把他左边的小手臂袒露出来，向黄公解释命名的意思，又再三向黄公请教这红痣究竟是吉是凶。黄公笑呵呵地说："这是喜红呢！我看孩子名字上可以加一个字，就叫'喜红'。"小梅高兴极了，又特意出来向黄公叩拜致谢。这天，满院子鼓乐喧天，贵客临门，热闹得如同集市一般。黄公留住三天才走。

忽一天，门外有车马到来，接小梅回娘家省亲。过去十几年间，并没有沾亲带故的娘家人来看过她，大家都在议论纷纷，而小梅却好像充耳不闻。她梳妆打扮停当，把儿子抱在怀里，要王慕贞相送一程，王慕贞应允了。行了约莫二三十里路，静悄悄没一个过路人，小梅停住车，叫王慕贞下马，屏退从人，同他密语，说道：

“王郎，王郎！相会短，离别长，你说可悲不可悲？”王慕贞大惊，问是何意。小梅说：“你说我到底是什么人？”王慕贞答说不知道。小梅说：“你在江南曾经救了一个人的死罪，有没有这回事？”王慕贞说：“有的。”小梅说：“那个在路上啼哭的，就是我的母亲。她深为你的义气感动，想有所报恩，就借夫人信佛依托为神，实际上是要用我来报答你。如今有幸生下襁褓里的孩儿，这心愿已经得到慰藉。我见你坏运道即将临头，这孩子留在家里恐怕不能养育，所以借回娘家，消他的灾难。你记住了，一旦家里死了人，必须在鸡叫头遍时到西河的杨柳堤上去，看到有人挑着葵花灯走来，你拦路苦苦哀求，可以消灾免祸。”王慕贞说：“好的。”就问小梅什么时候回来。小梅说：“这还不能预定。总之你一定要牢记我的话，后会之期也不会太远了。”两人临别手握着手，心情悲怆，泪流满面。不久小梅上了车，风驰电掣而去。王慕贞到望不见了，才回家。

一连过了六七年，小梅没一点消息。忽然四乡瘟疫流行，死了好多人，王家一个丫鬟病了三天死了。王慕贞想到小梅当年的嘱咐，很是关心。这一天同客人一起喝酒，大醉而睡。醒来后，听到鸡叫，急忙起身赶到堤头，只见灯光闪烁，刚已过去。连忙追赶，只离开一百来步。谁知越追越远，渐渐灯火就看不到了，只得懊丧悔恨地返回家来。几天后染上急病，不多时便一命呜呼了。王家族中大多是无赖，都来欺侮孤儿寡妇，公然抢收庄稼，砍伐树木，家境一天天衰败下来。过了一年，保儿又夭折了，一家更没了主，族人越加蛮横，田产也给瓜分了，牲口棚里的牛马也给抢夺一空了，还打主意想把房屋也分了。因为王慕贞的小妾还住在屋里，他们就带了一帮人来，强行要把她抢去卖掉。小妾放不下年幼的女儿，母女俩抱成一团痛哭，左邻右舍见此惨状无不伤心。

正在危急之际，不一会听到门外有轿子进来。大家看时，却是小梅带着小儿郎从车上下来。她四下扫视，人乱哄哄的像在集市上，就问：“这些是什么人？”小妾哭着把事由诉说了一遍。小梅顿时沉下脸来，就吩咐跟来的仆人，把门关了，挂上一把大锁。那些族里的人想要抗拒，而手脚好像瘘了似的。小梅命令一个个捆绑起来，缚在走廊的柱子上，每天给三茶缸薄粥。当下就派老仆人奔去报告黄公，然后进内室哀哭。哭罢，对小妾说：“这是命中注定！我前一个月就打算回来，正遇上母亲生病耽搁，才一直拖到今天。想不到转眼之间，好端端一个家竟成了丘墟！”又问早先那些婢仆，才知道都被族里人抢拉走了，又添了一阵叹息。过了一天，下人们听说女主人回来了，都一个个自己逃了回来，相见之下无不泪流满面。

被绑的族中无赖们，纷纷叫嚷说小梅带来的儿郎不是王慕贞亲生的，小梅也不同他们搭理。后来黄公来了，她就带着喜红出门迎接。黄公握住喜红手臂，就把左边袖管捋上去，只见一颗红痣清清楚楚，就袒露着给大家看，证明他确是王慕贞的儿子。然后仔细盘点被掠走的财物，造册登记，亲自去拜访了县令。县令将无赖们捉来，各责打四十板子，铐押起来严厉追赃。不几天，田地牲口，全都物归原主。

黄公就要回去了，小梅领着喜红哭着拜谢，说：“我不是这个世上的人，这是叔父早就知道的。今天就把这孩子交给您了。”黄公说：“只要老夫一口气还在，没有不为小喜红操心出力的。”黄公走后，小梅将家产盘查停当，把喜红托给小妾照看。于是她准备了酒食到丈夫墓上祭扫，好半天不回来。跑去看，杯盘中祭品还陈列着，人已经不知去向了。

异史氏说：不断人后嗣的，人也不断他后嗣，这看起来是人为的，其实有天意在。至于座中有好朋友，坐车穿衣可以不分彼此；等墓地上长出荒草，妻子儿女每况愈下，车里的人就远远望一眼再也不管走了。朋友去世而不忍心忘却，受人恩德而一心想报答，还只有谁呢？狐仙吗？假如你钱多，我做你管家。

药　僧

【原文】

济宁某，偶于野寺外，见一游僧，向阳扪虱[1]；杖挂葫芦，似卖药者。因戏曰：

“和尚亦卖房中丹否[2]？”僧曰：“有。弱者可强，微者可巨，立刻见效，不俟经宿。”某喜，求之。僧解衲角[3]，出药一丸，如黍大[4]，令吞之。约半炊时，下部暴长；逾刻自扪，增于旧者三之一。心犹未足，窥僧起遗[5]，窃解衲，拈二三丸并吞之。俄觉肤若裂，筋若抽，项缩腰橐[6]，而阴长不已。大惧，无法。僧返，见其状，惊曰：“子必窃吾药矣！”急与一丸，始觉休止。解衣自视，则几与两股鼎足而三矣。缩颈蹒跚而归[7]，父母皆不能识。从此为废物，日卧街上，多见之者。

【注释】

①向阳扪虱：在向阳处捉虱子。

②房中丹：指增进性功能的一类丹药。

③衲：僧衣。即百衲衣。

④黍（鼠）：黏米，俗称“黄米子”。

⑤遗：入厕。

⑥项缩腰橐（驼）：此从青柯亭刻本，底本作“顶缩腰橐”。橐，通“驼”，谓腰背弯曲。

⑦蹒跚（盘珊）：跛行貌。

【译文】

山东济宁某人，有一回在野外的寺庙里，看见一个游方和尚，晒着太阳捉虱子。和尚的锡杖上挂着一只葫芦，好像是卖药的。某人于是开玩笑说：“和尚也卖风流药吗?”和尚说：“有。性功能弱的可以增强，生殖器小的可以变大，立竿见影，不待隔夜。”某人欣然向他要药。和尚解开袈裟的衣角，取出一粒药丸，像黄米般大小，叫他吞下。大约烧熟半顿饭的工夫，某人下身勃然壮大，过了一些时间自己摸摸，比原来长出了三分之一。他还不满足，趁和尚起身小便的当儿，偷偷解开架裟，捞了两三粒药丸一股脑儿咽了下去。顿时觉得下身仿佛皮肤开裂，筋抽得紧紧地，缩颈收腰佝偻成一团，而阳具还在不停地扩伸。这下慌了神，却眼睁睁地无法制止。和尚回来见此情景，吃惊道："你一定偷吃我的药了！"急忙给他服下一丸药，才觉得止住了疯长。某人解开衣服自己检视，生殖器与两条大腿几乎已鼎足而三了。他缩着脖子，蹒跚而归，父母都认不出他了。从此他成了废人，每天躺在街上，很多人都见到过他。

于中丞

【原文】

于中丞成龙[①]，按部至高邮[②]。适巨绅家将嫁女，装奁甚富，夜被穿窬席卷而去[③]。刺史无术[④]。公令诸门尽闭，止留一门放行人出入，吏目守之[⑤]，严搜装载。又出示，谕阖城户口各归第宅[⑥]，候次日查点搜掘，务得赃物所在。乃阴嘱吏目：设有城门中出入至再者[⑦]，捉之。过午得二人，一身之外，并无行装。公曰："此真盗也。"二人诡辨不已。公令解衣搜之，见袍服内着女衣二袭[⑧]，皆奁中物也。盖恐次日大搜，急于移置，而物多难携，故密着而屡出之也。

又公为宰时[⑨]，至邻邑。早旦，经郭外，见二人以床舁病人，覆大被；枕上露发，发上簪凤钗一股[⑩]，侧眠床上。有三四健男夹随之，时更番以手拥被[⑪]，令压身底，似恐风入。少顷，息肩路侧，又使二人更相为荷[⑫]。于公过，遣隶回问之，云是妹子垂危，将送归夫家。公行二三里，又遣隶回，视其所入何村。隶尾之，至一村舍，两男子迎之而入。还以白公。公谓其邑宰："城中得无有劫寇否[⑬]？"宰曰："无之。"时功令严[⑭]，上下讳盗，故即被盗贼劫杀，亦隐忍而不敢言[⑮]。公就馆舍[⑯]，嘱家人细访之，果有富室被强寇入家，炮烙而死[⑰]。公唤其子来，诘其状。

子固不承。公曰："我已代捕大盗在此，非有他也。"子乃顿首哀泣，求为死者雪恨。公叩关往见邑宰，差健役四鼓出城[18]，直至村舍，捕得八人，一鞫而伏。诘其病妇何人，盗供："是夜同在勾栏[19]，故与妓女合谋，置金床上，令抱卧至窝处始

于中丞

瓜分耳[20]。”共服于公之神[21]。或问所以能知之故，公曰：“此甚易解，但人不关心耳。岂有少妇在床，而容入手衾底者？且易肩而行[22]，其势甚重；交手护之，则知其中必有物矣。若病妇昏愦而至[23]，必有妇人倚门而迎；止见男子，并不惊问一言，是以确知其为盗也。”

【注释】

①于中丞成龙：于成龙，字北溟，山西永宁州（今离石区）人。崇祯时副贡。顺治末，授广西罗城知县。康熙间，历官直隶巡抚，擢兵部尚书，总督江南江西。二十三年，兼摄江苏、安徽两省巡抚事，未几，卒于官。谥清端

②按部：谓巡视属下州县。高邮：明清时州名，属扬州府，州治即今江苏省高邮市。

③穿窬（鱼）：穿壁逾墙。指偷窃行为。注：“穿，穿壁；窬，窬（踰）墙。”

④刺史：知州的别称。

⑤吏目：官名。明清州置吏目，职掌缉捕、守狱及文书等事。

⑥谕阖城户口：此从二十四卷抄本，底本“阖”作“阁”。

⑦再：两次。

⑧二袭：两身。衣裳一套叫一袭。

⑨宰：知县。本段记述于成龙初任广西罗城县知县时事。于在罗城七年，政绩卓著，被举卓异。

⑩凤钗：股端镌作凤头状的发钗。又叫凤头钗。

⑪更番：轮换。拥：推而塞之。

⑫二人：此从二十四卷抄本，底本作“一人”。

⑬劫寇：被劫失盗之事。

⑭功令：此从二十四卷抄本，原作“公令”。朝廷考核官员的有关条例。

⑮隐忍：隐瞒、忍耐。

⑯馆舍：驿馆。

⑰炮烙：指强盗逼财所施烧灼之刑。

⑱四鼓：四更天。谓天未明。

⑲勾栏：此从青柯亭本，底本作“钩栏”。指妓院。

⑳窝处：窝藏赃物之所。藏匿罪犯或赃物的主家，称为“窝主”或“窝停主人”。

㉑神：神明；明察。

㉒易肩：指换人扛抬。

㉓昏愦：昏迷不醒。谓病重。

【译文】

巡抚于成龙，视察到江苏高邮。正好有个大户人家要嫁女儿，嫁妆很丰厚，半夜里被小偷光顾，席卷一空，当地长官束手无策。于公命令关闭各道城门，只留一个门放行人出入，由吏目把守，严加搜查装载的货物。又出告示叫全城百姓各回本宅，等候第二天挨门检查，一定要把赃物寻个水落石出。随后他暗中吩咐吏目：假如有在城门口进出几次的，就抓起来。午后，捉来两名嫌疑犯，一身穿着之外，并没有什么行李。于公说：“这是真的小偷！”两人花言巧语，不停地为自己辩护。于公下令解开他们的衣服搜身，看见外衣里面套着两身女人衣服，都是嫁妆中的物品。原来小偷害怕第二天大搜查，急于转移赃物，但东西太多难以携带，所以暗中穿在身上，一次次混出城去。

又于公任县官时，有事到邻县去。一清早经过城外，看见两个人用担架抬着病人，盖一条大被子；枕头上只露出一绺头发，头发上簪一支凤钗，病人侧身躺在担架上。有三四个健壮的男人夹护着担架，不时轮流用手围裹被子，将它塞在病人身下，像是怕风吹进去。不多会儿，担架在路旁歇下，又叫两个人换着抬。于公轿过，派公差回身询问，说是妹子生病垂危，要送还夫家去。于公走了两三里路，又派公差返回，看那些人进了哪个村子。公差尾随在后，到一处村宅，有两个男人把他们迎了进去。回来禀报了于公。于公问邻县县令："城中莫非有强盗抢劫案件不成?"县令说："没有。"当时对官吏的考核要求十分苛刻，衙门上下忌讳盗案发生，所以即使被强盗抢劫杀害了人命，也含冤隐忍，不敢说出其相。于公住进客馆，嘱咐自己的仆人细细访查，果然有个富翁被强盗闯入家中，受炮烙而死。于公叫那家的儿子来，向他了解情况。富翁子一个劲地否认。于公说："我已经代抓了大盗在此，没有别的用意。"富家子这才叩头哀哭，请求为死去的父亲报仇雪恨。于公亲到官廨去见邻县县令，请他派遣身强力壮的衙役在四更时分出城，直奔村宅，一举捕得八名强盗，一审就招供了。问那担架上的病妇是谁，强盗招道："那天晚上大家都在妓院里，所以同妓女合谋，将抢来的金银放在担架上，让她抱着躺下，到窝藏地点才瓜分。"

大家都钦佩于公料事如神。有人请教他所以能洞察此案的原因，于公说："这很容易明白，只是一般人不注意罢了。哪有年轻妇人躺着，而允许大男人用手探到身下塞被子的道理?况且抬担架走路要换几次肩，势必很重；大家七手八脚围护着，可知其中一定有什么东西藏着了。假如抬送的真是个病得不省人事的妇人，担架到了，一定有夫家的妇女站在门口迎接扶持；只看见男人，连句吃惊的问话也没有，这就确知他们是强盗了。"

皂　隶

【原文】

万历间，历城令梦城隍索人服役[1]，即以皂隶八人书姓名于牒[2]，焚庙中；至夜，八人皆死。庙东有酒肆，肆主故与一隶有素。会夜来沽酒，问："款何客?"

答云："僚友甚多[3]，沽一尊少叙姓名耳。"质明，见他役，始知其人已死。入庙启扉，则瓶在焉，贮酒如故。归视所与钱，皆纸灰也。令肖八像于庙[4]。诸役得差，皆先酬之乃行[5]；不然，必遭笞谴。

【注释】

①历城：县名，明清为山东济南府附郭之县。

②皂隶：指县署衙役。明制，官府衙役服皂色盘领衫。牒：简牒；指录名纸札。

③僚友：指同署供职的衙役。僚，服侍执役的人。

④令：指历城知县。

⑤酬：报谢。酹奠致谢。

【译文】

明代万历年间，山东历城县令梦见城隍神向他要人以供使唤，就在文书上写了本县八个公差的姓名，送到城隍庙里烧化了。到了夜里，这八个人都死了。城隍庙东面有一所酒店，店老板以前跟其中的一名公差交情不错。就在这夜那公差来打酒，老板问他："你招待什么客人？"公差答道："同事人数很多，买瓶酒介绍认识一下罢了。"天刚亮，见到别的公差，才知道那人已经死了。进城隍庙打开内门，只见酒瓶在那儿，装的酒跟原来一样。回店查看那公差给的钱，都是锡箔灰。县令在城隍庙里画了八公差像，县里的差人接受公干，都先祭祀他们才去执行。不然，一定会遭到打屁股的责罚。

绩　女

【原文】

绍兴有寡媪夜绩[1]，忽一少女推扉入，笑曰："老姥无乃劳乎[2]？"视之，年十八九，仪容秀美，袍服炫丽。媪惊问："何来？"女曰："怜媪独居，故来相伴。"媪疑为侯门亡人[3]，苦相诘。女曰："媪勿惧。妾之孤[4]，亦犹媪也。我爱媪洁，故相就。两免岑寂[5]，固不佳耶[6]？"媪又疑为狐，默然犹豫。女竟升床代绩，曰："媪无忧，此等生活，妾优为之[7]，定不以口腹相累[8]。"媪见其温婉可爱，遂安之。

夜深，谓媪曰："携来衾枕，尚在门外，出溲时，烦捉之[9]。"媪出，果得衣一裹。女解陈榻上，不知是何等锦绣，香滑无比。媪亦设布被，与女同榻。罗衿甫解[10]，异香满室。既寝，媪私念：遇此佳人，可惜身非男子。女子枕边笑曰："姥七旬，犹妄想耶？"媪曰："无之。"女曰："既不妄想，奈何欲作男子？"媪愈知为狐，大惧。女又笑曰："愿作男子何心，而又惧我耶？"媪益恐，股战摇床。女曰："嗟乎！胆如此大，还欲作男子！实相告：我真仙人[11]，然非祸汝者。但须谨言，衣食自足。"媪早起，拜于床下。女出臂挽之，臂腻如脂，热香喷溢；肌一着人，觉皮肤松快。媪心动，复涉遐想。女哂曰："婆子战栗才止，心又何处去矣！使作丈夫，当为情死。"媪曰："使是丈夫，今夜那得不死！"由是两心浃洽[12]，日同操作。视所绩，匀细生光；织为布，晶莹如锦，价较常三倍。媪出，则扃其户；有访媪者，辄于他室应之。居半载，无知者。

后媪渐泄于所亲，里中姊妹行皆托媪以求见。女让曰[13]："汝言不慎，我将不能久居矣。"媪悔失言，深自责；而求见者日益众，至有以势迫媪者。媪涕泣自陈。女曰："若诸女伴，见亦无妨；恐有轻薄儿，将见狎侮。"媪复哀恳，始许之。越日，老媪少女，香烟相属于道。女厌其烦，无贵贱，悉不交语；惟默然端坐，以听朝参而已。乡中少年闻其美，神魂倾动，媪悉绝之。

有费生者，邑之名士，倾其产，以重金啗媪。媪诺，为之请。女已知之，责曰："汝卖我耶?"媪伏地自投。女曰："汝贪其赂，我感其痴[14]，可以一见。然而缘分尽矣。"媪又伏叩。女约以明日。生闻之，喜，具香烛而往，入门长揖。女帘内与语，问："君破产相见，将何以教妾也?"生曰："实不敢他有所干。只以王嫱、西子，徒得传闻；如不以冥顽见弃[15]，俾得一阔眼界，下愿已足。若休咎自有定数，非所乐闻[16]。"忽见布幕之中，容光射露，翠黛朱樱[17]，无不毕现，似无帘幌之隔者。生意炫神驰，不觉倾拜。拜已而起，则厚幕沉沉[18]，闻声不见矣。悒怅间，窃恨未睹下体[19]；俄见帘下绣履双翘[20]，瘦不盈指。生又拜。帘中语曰："君归休！妾体惰矣!"媪延生别室，烹茶为供。生题《南乡子》[21]一调于壁云："隐约画帘前，三寸凌波玉笋尘[22]；点地分明莲瓣落，纤纤[23]，再着重台更可怜。花衬凤头弯[24]，入握应知软似绵；但愿化为蝴蝶去，裙边，一嗅馀香死亦甘[25]。"题毕而去。女览题不悦，谓媪曰："我言缘分已尽，今不妄矣。"媪伏地请罪。女曰："罪不尽在汝。我偶堕情障[26]，以色身示人[27]，遂被淫词污亵[28]，此皆自取，于汝何尤[29]。若不速迁，恐陷身情窟，转劫难出矣[30]。"遂襆被出。媪追挽之，转瞬已失。

【注释】

①绍兴：县名，明清为绍兴府治。即今浙江省绍兴市。绩：析理丝麻，搓纺成线。

②姥（母）：对老妇的尊称。

③侯门亡人：谓贵家出逃的姬妾之类。

④孤：孤独无依。

⑤岑寂：孤寂。

⑥固：岂。反。

⑦优为：擅长。

⑧不以口腹相累：谓不须寡媪供给饮食。

⑨捉：提。

⑩罗衿：罗衣衣襟。衿，同“襟”。

⑪仙人：狐精的婉称。

⑫浃洽：融洽。

⑬让：斥责。

⑭痴：钟情。

⑮冥顽：愚钝。

⑯“若休咎”二句：谓一生祸福已由命定，自己不屑置念。

⑰翠黛朱樱：翠眉朱唇。

⑱沉沉：重垂貌。

⑲下体：下身。

⑳绣履双翘：指旧时女子尖足绣鞋翘起的鞋尖。

㉑《南乡子》：本唐教坊曲名，后为词牌名，有单调、双调两体。此为双调，始自冯延巳词，宋代苏轼、陆游、辛弃疾等皆有此体词作。

㉒“隐约”二句：谓身隔画帘，隐约看到绩女所着尖小绣鞋。凌波玉笋，指旧时裹足女子所着弓鞋，实兼咏足。

㉓“点地”二句：写绩女细步走动，足迹像莲花瓣轻柔地洒落地面。莲瓣，指足印。相传南齐潘妃行于金筒莲花铺成的地面上，被赞为“步步生莲纤纤，谓步履轻柔、细巧。”

㉔“再着”二句：谓如改穿高底绣鞋，鞋面复瓣花儿衬着凤鸟，就更加惹人爱怜。重台，本作“重抬”，此从二上十四卷抄本。谓重台履，即古之高底鞋。凤头：鞋面绣饰；鞋头绣凤鸟为饰者称凤头鞋。

㉕“入握”四句：想象女足香软，表示如有缘亲近，死也甘心。

㉖情障：谓因情爱而造成业障。此处犹言“情网”。

㉗色身：眼力能见之身，俗谓肉胎凡身。

㉘污亵：玷污。

㉙尤：怨恨。

㉚转劫：历劫。劫，梵语“劫波”音译之省。

【译文】

浙江绍兴有个寡老太，晚上纺纱织布，忽然一个少女推门进来，哭着说：“老阿婆不觉太辛苦吗！”看那少女，十八九岁年纪，容态秀美，衣妆华艳。老太惊问：“闺女从哪儿来？”少女道：“我可怜阿婆孤单单的，所以来做个伴儿。”老太怀疑她是从大户人家偷跑出来的，盘问不止。少女说：“阿婆别怕，我也是孤单单的一个人，同你一样。我喜爱阿婆清洁，所以来接近你，两人都除了寂寞，岂不好吗？”老太又怀疑她是狐狸，默默地犹豫着。少女竟上床，代她转动纺车，说：“阿婆不用担心，这种活我最内行，一定不会添一张嘴加重你的负担。”老妇见她温柔和顺，讨人喜爱，就安下心来让她留下。夜深了，少女对老太说：“我带来枕头被子，还在门外，你出去解手时，麻烦你提进来。”老太出门，果然有一包衣被。少女打开铺在床上，不知是什么锦绣，香滑无比。老太也铺开布被，与少女同睡一床。少女刚解开衣服，满屋子都是异香。睡下后，老太私下想：遇到这样一个美人儿，可惜自己不是男子。少女在枕边笑着说：“阿婆七十岁了，还胡思乱想吗？”老太说：“没有的事。”少女说：“既然没有胡思乱想，为什么想做男子？”老太益发断定她是狐狸，大为恐惧。少女又笑着说：“既然愿做男身了，怎么想的又怕起我来了？”老太更怕，两条腿抖得床都摇动了。少女说：“唉！胆这么小，还想做男子！实话实说吧：我真是仙人，不过不是祸害你的。只是你一定要保密，今后吃穿是不用愁的。”说话间老妇早已起身，拜倒在床下。少女伸出手臂挽她起来，手臂像油脂一般滑腻，溢发着温暖和馨香；肌肤一碰到人，只觉皮肤松快。老太动了心，又不着边际地胡想起来。少女嗤笑道："老婆子打抖刚停，魂灵儿又飞到哪儿去了！假如你做男人，肯定要为情而死。"老太说："假如我是男人，今夜哪能不送命！"

从此后两人感情融洽，每天在一起劳作。看少女所纺的纱，匀细光洁，织成布匹，亮闪闪的像是锦缎，可卖三倍的价。老太出外，就把房门锁上；有人上门，老太总在别的房间里接待，所以少女住了半年，没人发觉。后来老太渐渐对亲近的人露了点口风，街坊中的老姐妹们都托老太介绍求见。少女责备说："你说话不谨慎，我在这里要呆不长久了。"老太后悔漏了嘴，深深感到内疚，但求见的人一天天增多，甚至有仗势施加压力的。老太老泪纵横向少女诉说苦衷。少女说："若是你的老姐妹，见见也没什么，只怕遇上轻薄的无赖，就要被戏弄欺侮。"老太又苦苦恳求，少女才同意了。过了一天，求见的老婆子、大姑娘，焚香点烛．一路络绎不绝。少女颇觉厌烦，对来人无分贵贱，都不搭理，只是默默端坐，听任她们参拜罢了。

乡里的青年子弟风闻少女美艳，神魂颠倒，老太一概谢绝。有个姓费的秀才，是绍兴城的名士，化了全部家产，用重金贿赂老太，老太经不住诱惑，为他求情。少女已经知道来意，责备说："你出卖我了！"老太跪拜在地承认了不是。少女说："你贪图他贿赂，我感念他痴心，可以见他一面。可是我们的缘分到头了。"老太又伏地叩头。少女约定第二天会面。费生得到佳音，喜不自胜，单了香烛前去，进门向少女一揖到地。少女在帘内同他交谈，问道："你倾家荡产来见我，不知对我有什么要求?"费生说："实在不敢有别的请求，只是因为王昭君、西施这样的美人，只不过听到些传闻。倘若仙子不嫌弃我愚陋无知，让我开开眼界，我的心愿就满足了。至于人生祸福自有定数，不是我想请教的。"话刚说完，忽然看见布帘子中露出少女的芳容，黛眉朱唇，无不毕现，就像没有帘幕阻隔似的。费生目迷心眩看出了神，情不自禁拜倒在地。拜完起身，已见厚厚的帘子严严实实，只闻其声而不见其形了。悒郁惆怅之间，暗恨没有见到少女的下半身，一动念间，就见帘下呈现出一双穿着绣鞋的纤足，细瘦得还不及一根手指的长度。费生又倒身下拜。帘中传语道："你回去吧！我身子疲倦了。"老太请费生到另一间屋里，烹茶招待他。费生写了一首《南乡子》题在墙壁上：

画帘隔却倩影，时现时隐，
难忘小小金莲，尖尖玉笋。
宛如一双荷瓣，轻点芳尘，
纤足动人，
再衬高底绣鞋，更觉销魂。
绣鞋弯弯如钩，描花刺凤。
梦想一握软玉，享尽温存。
但愿身化蝴蝶，追随卿卿，
围绕红裙，
一嗅伊人芳馨，死也甘心。

费生写毕自去。少女读了，十分不快，对老妇说："我说你我缘分已到尽头，现在看来真没有说错。"老妇俯伏在地请罪。少女说："也不全是你的过错。我偶然堕入情魔，向人显示了色身，才受到淫词侮辱。这都是自作自受，有什么可责怪你的？我如果不从速离开，怕陷入情网，再历一次劫就难以解脱了。"于是打点衣被行装出门。老妇追出去挽留，转眼间已不见了身影。

红　毛　毡

【原文】 

红毛国，旧许与中国相贸易[①]。边帅见其众，不许登岸。红毛人固请："赐一毡地足矣。”帅思一毡所容无几，许之。其人置毡岸上，仅容二人；拉之，容四五人；且拉且登，顷刻毡大亩许，已数百人矣。短刃并发，出于不意，被掠数里而去。

【注释】

①红毛国：指荷兰。据《明史·和兰传》及《清史稿·邦交志》，自明万历中，荷兰海商始借船舰与中国往来。迄崇祯朝，先后侵扰澎湖、漳州、台湾、广州等地，强求通商，但屡遭中国地方官员驱逐，不许贸易；惟台湾一地，荷兰人以武力据守，始终不去。清顺治间，荷兰要求与清政府建交，至康熙二年遣使入朝。其后清廷施行海禁。二十二年，荷兰以助剿郑成功父子功，首请开海禁以通市，清廷许之，乃通贸易。本篇所记，系据作者当时传闻，时、地未详。

【译文】

红毛国即荷兰，过去允许他们同中国互通贸易。镇守边境的主帅见他们人数众多，便禁止上岸。荷兰人坚持请求说：“只要开恩给我们一块毯子大小的地方就够了。”主帅想一块毯子占不了多大地方，就同意了。那人拿毯子铺在岸上，只能容两个人。把毯子拉扯拉扯，便可以容四五个人。边拉边登岸，顷刻间毯子已有一亩来大，登上几百个人了。他们一齐掣出短刀，突然袭击，好几里地面被他们抢掠一番，才走了。

抽　肠

【原文】

莱阳民某昼卧[①]，见一男子与妇人握手入。妇黄肿[②]，腰粗欲仰，意象愁苦[③]。男子促之曰："来，来！"某意其苟合者，因假睡以窥所为。既入，似不见榻上有人。又促曰："速之！"妇便自坦胸怀，露其腹，腹大如鼓。男子出屠刀一把，用力刺入，从心下直剖至脐，蚩蚩有声[④]。某大惧，不敢喘息。而妇人攒眉忍受[⑤]，未尝少呻。男子口衔刀，入手于腹，捉肠挂肘际；且挂且抽，顷刻满臂。乃以刀断之，举置几上，还复抽之。几既满，悬椅上；椅又满，乃肘数十盘，如渔人举网状，望某首边一掷。觉一阵热腥，面目喉膈覆压无缝。某不能复忍，以手推肠，大号起奔。肠堕榻前，两足被絷，冥然而倒。家人趋视，但见身绕猪脏；既入审顾，则初无所有。众各自谓目眩，未尝骇异。及某述所见，始共奇之。而室中并无痕迹，惟数日血腥不散。

【注释】

①莱阳：县名，明清属山东登州府。即今山东省莱阳县。

②妇黄肿：此从二十四卷抄本，底本作"妇黄瘇"。

③意象：心绪和表情。

④蚩蚩：象声词。今通作"嗤嗤"。

⑤攒眉：皱眉。

【译文】

山东莱阳居民某甲睡午觉，看见一个男子和女人手拉手进来了。女人又黄又肿，腰身粗得像要朝天仰倒一般，一副愁眉苦脸的模样。男子不住催促她说："来呀！来呀！"某甲以为是通奸的，就假装睡着来偷看他们的作为。男子进屋后，好像没看见床上有人，又催道："快些啊！"女人就自己袒开前胸，露出腹部，肚子大得像鼓。男子掏出一把屠刀，用力刺进去，从心口下一直剖开到肚脐处，发出嗤嗤的切割声。某甲恐惧万分，大气也不敢出。而女人却皱着眉忍受着，哼都不哼一下。男子嘴咬住刀，把手伸进腹腔，掏出肠子挂在臂肘上，一边挂一边抽，一刻工夫手臂便挂满了。他于是用刀把下端割断，举起那一大挂放在桌上，回头继续抽起肚肠来。桌上放满了，就挂在椅子上；椅子又放满了，就在臂肘上盘几十圈，像渔夫撒网那样，向某甲头边甩了过来。某甲只觉一阵热气夹着腥臭兜头而来，脸、喉、胸部都被肠子满满压住，不留一丝缝隙。他再也忍受不住，用手推开肠子，大叫着起来狂奔。肠滑落到床下，他两只脚被绊住，顿时失去知觉跌扑在地。家里人赶来一看，只见他身上绕着猪肠子；再在屋里仔细看，却什么也没有了。大家都以为自己看花了眼，也并不怎么惊讶：直到某甲讲了他所看到的，才都奇怪起来。而屋子里并没有痕迹，只是血腥味好几天不散。

张 鸿 渐

【原文】

张鸿渐，永平人[①]。年十八，为郡名士。时卢龙令赵某贪暴，人民共苦之。有范生被杖毙[2]，同学忿其冤，将鸣部院[3]，求张为刀笔之词[4]，约其共事。张许之。妻方氏，美而贤，闻其谋，谏曰："大凡秀才作事，可以共胜，而不可以共败：胜

张鸿渐

则人人贪天功[5]，一败则纷然瓦解[6]，不能成聚。今势力世界，曲直难以理定；君又孤，脱有翻覆，急难者谁也[7]！"张服其言，悔之，乃婉谢诸生[8]，但为创词而

去[9]。质审一过，无所可否。赵以巨金纳大僚，诸生坐结党被收[10]，又追捉刀人[11]。

张惧，亡去。至凤翔界[12]，资斧断绝。日既暮，踟蹰旷野，无所归宿。欻睹小村，趋之。老妪方出阖扉，见生，问所欲为。张以实告，妪曰："饮食床榻，此都细事；但家无男子，不便留客。"张曰："仆亦不敢过望，但容寄宿门内，得避虎狼足矣。"妪乃令入，闭门，授以草荐，嘱曰："我怜客无归，私容止宿，未明宜早去，恐吾家小娘子闻知，将便怪罪。"妪去，张倚壁假寐。忽有笼灯晃耀，见妪导一女郎出。张急避暗处，微窥之，二十许丽人也。及门，见草荐，诘妪。妪实告之，女怒曰："一门细弱[13]，何得容纳匪人[14]！"即问："其人焉往？"张惧，出伏阶下。女审诘邦族，色稍霁，曰："幸是风雅士，不妨相留。然老奴竟不关白[15]，此等草草，岂所以待君子。"命妪引客入舍。俄顷，罗酒浆，品物精洁；既而设锦裀于榻。张甚德之，因私询其姓氏。妪曰："吾家施氏，太翁夫人俱谢世，止遗三女。适所见，长姑舜华也。"妪去。张视几上有《南华经》注[16]，因取就枕上，伏榻翻阅。忽舜华推扉入。张释卷，搜觅冠履。女即榻捺坐曰："无须，无须！"因近榻坐，腆然曰："妾以君风流才士，欲以门户相托[17]，遂犯瓜李之嫌[18]。得不相遐弃否[19]？"张皇然不知所对，但云："不相诳，小生家中，固有妻耳。"女笑曰："此亦见君诚笃，顾亦不妨。既不嫌憎，明日当烦媒妁。"言已，欲去。张探身挽之，女亦遂留。未曙即起，以金赠张曰："君持作临眺之资[20]；向暮，宜晚来，恐傍人所窥。"张如其言，早出晏归，半年以为常。

一日，归颇早，至其处，村舍全无，不胜惊怪。方徘徊间，闻妪云："来何早也！"一转盼间，则院落如故，身固已在室中矣，益异之。舜华自内出，笑曰："君疑妾耶？实对君言：妾，狐仙也，与君固有夙缘。如必见怪，请即别。"张恋其美，亦安之。夜谓女曰："卿既仙人，当千里一息耳[21]。小生离家三年，念妻孥不去心，能携我一归乎？"女似不悦，曰："琴瑟之情，妾自分于君为笃[22]；君守此念彼，是相对绸缪者，皆妄也！"张谢曰："卿何出此言。谚云：'一日夫妻，百日恩义。'后日归念卿时，亦犹今日之念彼也。设得新忘故，卿何取焉？"女乃笑曰："妾有褊心：于妾，愿君之不忘；于人，愿君之忘之也。然欲暂归，此复何难：君家咫尺耳。”遂把袂出门，见道路昏暗，张逡巡不前。女曳之走，无几时，曰：“至矣。君归，妾且去。”张停足细认，果见家门。逾垝垣入[23]，见室中灯火犹荧。近以两指弹扉。内问为谁，张具道所来。内秉烛启关，真方氏也。两相惊喜，握手入帷。见儿卧床上，慨然曰：“我去时儿才及膝，今身长如许矣！”夫妇依倚，恍如梦寐。张历述所遭。问及讼狱，始知诸生有瘐死者[24]，有远徙者[25]，益服妻之远见。方纵体入怀，曰：“君有佳偶，想不复念孤衾中有零涕人矣！”张曰：“不念，胡以来也？我与彼虽云情好，终非同类；独其恩义难忘耳。”方曰：“君以我何人也？”张审视，竟非方氏，乃舜华也。以手探儿，一竹夫人耳[26]。大惭无语。女曰：“君心可知矣！分当自此绝矣[27]，犹幸未忘恩义，差足自赎[28]。”

过二三日，忽曰：“妾思痴情恋人，终无意味。君日怨我不相送，今适欲至都，便道可以同去。”乃向床头取竹夫人共跨之，令闭两眸，觉离地不远，风声飕飕。移时，寻落。女曰：“从此别矣。”方将订嘱，女去已渺。怅立少时，闻村犬鸣吠，苍茫中见树木屋庐，皆故里景物，循途而归。逾垣叩户，宛若前状。方氏惊起，不信夫归；诘证确实，始挑灯呜咽而出。既相见，涕不可仰[29]。张犹疑舜华之幻弄也；又见床卧一儿，如昨夕，因笑曰：“竹夫人又携入耶？”方氏不解，变色曰：“妾望君如岁[30]，枕上啼痕固在也。甫能相见，全无悲恋之情，何以为心矣！”张察其情真，始执臂欷歔，具言其详。问讼案所结，并如舜华言。方相感慨，闻门外有履声，问之不应。盖里中有恶少甲，久窥方艳，是夜自别村归，遥见一人逾垣去，谓必赴淫约者，尾之入。甲故不甚识张，但伏听之。及方氏亟问，乃曰：“室中何人也？”方讳言：“无之。”甲言：“窃听已久，敬将以执奸也。”方不得已，以实告。甲曰：“张鸿渐大案未消，即使归家，亦当缚送官府。”方苦哀之，甲词益狎逼。张忿火中烧，把刀直出，剁甲中颅。甲踣，犹号；又连剁之，遂死。方曰：“事已至此，罪益加重。君速逃，妾请任其辜。”张曰：“丈夫死则死耳，焉肯辱妻累子以求活耶！卿无顾虑，但令此子勿断书香[31]，目即瞑矣。”天明，赴县自首。赵以钦案中人[32]，姑薄惩之。寻由郡解都，械禁颇苦。

途中遇女子跨马过，一老妪捉鞚，盖舜华也。张呼妪欲语，泪随声堕。女返辔，手启障纱[33]，讶曰："表兄也，何至此?"张略述之。女曰："依兄平昔，便当掉头不顾；然予不忍也。寒舍不远，即邀公役同临，亦可少助资斧。"从去二三里，见一山村，楼阁高整。女下马入，令妪启舍延客。既而酒炙丰美，似所夙备。又使妪出曰："家中适无男子，张官人即向公役多劝数觞，前途倚赖多矣。遣人措办数十金为官人作费，兼酬两客，尚未至也。"二役窃喜，纵饮，不复言行。日渐暮，二役径醉矣。女出，以手指械，械立脱；曳张共跨一马，驶如龙。少时，促下，曰："君止此。妾与妹有青海之约[34]，又为君逗留一晌，久劳盼注矣。"张问："后会何时?"女不答，再问之，推堕马下而去。既晓，问其地，太原也。遂至郡，赁屋授徒焉。托名宫子迁。居十年，访知捕亡浸怠，乃复逡巡东向。既近里门，不敢遽入，俟夜深而后入。及门，则墙垣高固，不复可越，只得以鞭挝门。久之，妻始出问。张低语之。喜极，纳入，作呵叱声，曰："都中少用度，即当早归，何得遣汝半夜来?"入室，各道情事，始知二役逃亡未返。言次，帘外一少妇频来，张问伊谁，曰："儿妇耳。"问："儿安在?"曰："赴郡大比未归[35]。"张涕下曰："流离数年，儿已成立，不谓能继书香，卿心血殆尽矣!"话未已，子妇已温酒炊饭，罗列满几。张喜慰过望。居数日，隐匿屋榻，惟恐人知。一夜，方卧，忽闻人语腾沸，捶门甚厉。大惧，并起。闻人言曰："有后门否?"益惧，急以门扇代梯，送张夜度垣而出；然后诣门问故，乃报新贵者也[36]。方大喜，深悔张遁，不可追挽。

张是夜越莽穿榛，急不择途；及明，困殆已极。初念本欲向西，问之途人，则去京都通衢不远矣。遂入乡村，意将质衣而食。见一高门，有报条粘壁上[37]；近视，知为许姓，新孝廉也。顷之一翁自内出，张迎揖而告以情。翁见仪容都雅，知非赚食者，延入相款。因诘所往，张托言："设帐都门，归途遇寇。"翁留诲其少子。张略问官阀，乃京堂林下者[38]；孝廉，其犹子也。月馀，孝廉偕一同榜归[39]，云是永平张姓，十八九少年也。张以乡谱俱同[40]，暗中疑是其子；然邑中此姓良多，姑默之。至晚解装，出"齿录"[41]，急借披读[42]，真子也。不觉泪下。共惊问之，乃指名曰："张鸿渐，即我是也。"备言其由。张孝廉抱父大哭。许叔侄慰劝，始收悲以喜。许即以金帛函字[43]，致告宪台[44]，父子乃同归。方自闻报，日以张在亡为悲[45]；

忽白孝廉归，感伤益痛。少时，父子并入，骇如天降，询知其故，始共悲喜。甲父见其子贵，祸心不敢复萌。张益厚遇之，又历述当年情状，甲父感愧，遂相交好。

【注释】

①永平：府名，府治在今河北省卢龙县。

②杖毙：杖刑毙命。

③鸣部院：鸣冤于部院。部院，指巡抚衙门。

④ 为刀笔之词：撰写讼状。刀笔，古时称主办文案的官吏为刀笔吏；后世也称讼师为刀笔，是说其笔利如刀。

⑤贪天功：喻指贪他人之功为已有。

⑥ 瓦解：喻崩溃之势如屋瓦散脱，各自分离。

⑦急难：急人之难；此指兄弟相助。

⑧婉谢：据二十四卷抄本，原作“宛谢”。

⑨创词：起草讼词。创，草创。

⑩坐结党：治以结党之罪。收：逮捕入狱。

⑪捉刀人：捉刀，握刀。后称代人作文字者为捉刀人。

⑫凤翔：府名，治所在今陕西省凤翔县。

⑬细弱：指老、幼、妇女。

⑭匪人：不是亲近的人。

⑮关白：禀告。

⑯《南华经》：即《庄子》。唐天宝元年二月号庄子为南华真人，始称《庄子》为《南华真经》。

⑰ 以门户相托：托付家事，支撑门户。指招男入赘。

⑱瓜李之嫌：此谓私相会见，处身嫌疑。

⑲遐弃：远弃。

⑳临眺：登高望远；指游览。

㉑千里一息：千里之遥，呼吸之间即可到达。息，气息、呼吸。

㉒自分（份）：自认为。

㉓垝（鬼）垣：倒塌的垣墙。

㉔瘐（羽）死：病死狱中。瘐，囚徒病叫“瘐”。此据二十四卷抄本，原作“瘦”。

㉕远徙：流放到边远地区。徙，流刑。

㉖竹夫人：夏天置于床上的取凉用具，竹制，圆柱形，中空，周围有洞，可以通风。

㉗分（份）当：自应；本应该。

㉘差足自赎：勉强可以赎罪。自赎，将功折罪。

㉙涕不可仰：哭泣得不能仰视。仰，抬头。

㉚望君如岁：农业收成。此谓盼您如盼年岁丰登。

㉛勿断书香：意谓令其子继承父业，读书上进。书香，古人以芸香草藏书辟蠹，故有书香之称。此用指读书的家风。

㉜钦案：钦命审办的案件。钦，旧时对皇帝行事的敬称。

㉝障纱：犹言面纱。

㉞青海：古称仙海，中有海心山，传说为求仙访道之地。

㉟郡：指太原府治。明清时的太原市，在今太原市西南。大比：乡试。

㊱报新贵者：向新贵人报喜的人。新贵，新任高官的人；此指新登科第的人。

㊲报条：向科举考中者报喜的纸帖。

㊳京堂林下者：退休的京官。清代都察院、通政司及诸卿寺的堂官，均称京堂。林下，僻静之处，指退隐之地。此指退隐。

㊴同榜：科举时代同榜取中的人叫“同榜”或“同科”。

㊵乡、谱：指籍贯和姓氏。乡，乡里，乡贯。谱，姓谱，记录族姓世系的簿籍。

㊶齿录：也称“同年录”。科举时代，凡同登一榜者，各具姓名、年龄、籍贯、三代，汇刻成帙，称“齿录”。

㊷披读：翻阅。

㊸金帛函字：礼品及书信。

㊹宪台：东汉称御史府为宪台，后乃以之通称御史。此为封建时代下属对上司的称呼。

㊺在亡：在逃。

【译文】

张鸿渐是河北永平人，十八岁成为郡中名士。当时卢龙县令赵某贪婪而残暴，百姓都受他的苦。有个姓范的秀才被赵某一顿板子打死，县学的同学为他死得冤枉愤愤不平，准备向巡抚告状，请张鸿渐起草讼状，约他联名上诉。张鸿渐同意了。他的妻子方氏，美丽贤惠，听说他们的计划，便劝告丈夫说：“大抵秀才做事，可以同享胜利，而不能共度失败。胜利了人人贪天之功以为己有，一旦失败就乱哄哄土崩瓦解，不能团结在一起。如今是讲势力的世界，是非曲直难以根据公道判定。你又无依无靠，假如车翻船覆，谁能救你急难呢！”张鸿渐对这番话心悦诚服，后悔自己的许诺，于是委婉地谢绝了秀才们的邀约，仅仅起草了状词便撒手不问了。巡抚讯问核查了一番，不表示可否。而赵某用重金贿赂大官，结果秀才们反以结党的罪名被捕入狱。又追查讼状的执笔者，张鸿渐害怕，便逃跑了。

到陕西凤翔地界，盘缠用光了。天黑以后，张鸿渐在旷野里徘徊，没地方过夜。忽然见到一个小村子，急忙跑过去。有个老妇人正出来关门，看见张鸿渐，问他要做什么，张鸿渐以实情相告。老妇人说：“吃饭睡觉这都问题不大，只是家里没有男人，不便留客。”张鸿渐说：“我也不敢有过分的奢望，只要允许我在门内寄宿，能够躲避虎狼就够了。”老妇人就叫他进来，关上了门，拿来草垫交给他，叮嘱道：“我可怜你没有去处，私自让你留下过夜。天不亮你就得早早离开，怕我家

小娘子知道就要怪罪下来。”老妇人走了，张鸿渐靠着墙壁，和衣而睡。

忽然有灯笼火晃晃耀耀，只见老妇人领一个女郎出来。张鸿渐急忙躲到暗处，偷眼看去，是个二十左右的美人儿。她走到门边，看见草垫，就向老妇人发问，老妇人如实禀告。女郎生气地说：“一家弱女子，哪能让不三不四的人进来！”当下问：“那人到哪儿去了？”张鸿渐惶恐，出来跪伏在台阶下。女郎问明籍贯家世，脸色才和气了些，说：“还好是读书人，不妨留宿。不过老奴才竟然不禀告明白，这样随随便便，哪里是对待君子的样子！”吩咐老妇人把客人领进屋子。一会儿工夫，摆上了酒菜，样样精美洁净。饭后又在床上铺设了锦被。张鸿渐很是感激，就私下向老妇人打听女郎的姓名。老妇人答道：“我家姓施，老太爷、老夫人都去世了，只留下三个女儿。刚才你见到的，是大小姐舜华。”

老妇人走后，张鸿渐看见桌上有本《南华经注》，就拿到枕头旁，躺在床上翻看。忽然舜华推门进来。张鸿渐放下书本，寻找鞋帽，舜华近床来按他坐下，说：“不用，不用！”接着她靠着床坐下，不好意思地说：“我看你是个风流才子，想把一家一计托付给你，就犯了瓜田李下的嫌疑前来。你能不嫌弃我吗？”张鸿渐惊慌得不知该怎么回答，只说：“不能欺骗你，我家里已经有了妻子了。”舜华笑着说：“这也可见你诚实厚道，但有了妻子也不要紧。你既然不嫌弃，明天便可以办提亲的事。”说完，要走。张鸿渐探出身子拉住她，舜华也就留了下来。天没亮，她就起了床，拿出银两送给张鸿渐说：“你拿着作为观赏游玩的花费。到天黑了要晚点来，不然怕被别人看见。”张鸿渐遵从她的嘱咐，每天早出晚归。这样过了半年，习以为常。

一天，张鸿渐回来得相当早，到了原先的地方，村舍什么也没有，这一惊非同小可。正在徘徊无计之时，只听得老妇人说：“怎样回来得这样早！”一转眼，院落像原来一样，自己已置身在屋子里了，张鸿渐更觉惊奇。舜华从里屋出来，笑着说：“你怀疑我了吧？实话对你说：我是狐仙，跟你本来就有一段旧缘分。如果你一定要见怪，就请立时分手吧！”张鸿渐爱恋她的美貌，也就安下心来。夜间，他对舜华说：“你既然是仙人，应当是千里路一呼吸间就可到的。我离家已经三年，想念妻子儿女，心里撇不下，你能带我回家一次吗？”舜华像是不高兴了，说：“说到夫妻恩爱之情，我自认为与你是很深厚的了。你伴着这边想着那边，可见对我情意缠绵的样子，都是假的！”张鸿渐向她道歉，说：“你怎么说这样的话！俗话说：‘一夜夫妻百夜恩。’以后我回去想念你，也像今日想念她一样。假如我得到新欢就忘记旧情，你又能看中我些什么呢！”舜华于是笑了起来，说：“我这人心眼儿小：对自己，希望你念念不忘；对别人，却愿你忘掉。然而，你想要暂时回家，这又有什么难的！你的家就近在眼前罢了。”于是拉着他的袖口便出了门，只见道路昏暗，张鸿渐迟疑着不敢前进。舜华拽着他放开步子，走不多时，说：“到了。你回家去吧，我暂且走了。”

张鸿渐站定脚仔细辨认，果然看见了自家的大门。他跳过坏墙进了院子，看到室内灯火还在闪亮。他走近用两个手指弹了弹门，里边问是谁，张鸿渐细细说了从哪里来。屋里人拿着灯烛开门，果真是妻子方氏。两人又惊又喜，握着手进了床帐。张鸿渐看见儿子躺在床上，感慨地说：“我走的时候儿子才到我膝盖，现在长得这么高了。”夫妻俩偎依在一起，恍恍惚惚像在梦中。张鸿渐一一述说遭遇，又问到那一场官司引起的大狱，才知道秀才们有在牢里病死的，有发配远方的，这就更加佩服妻子的远见卓识。方氏投入丈夫的怀抱，说：“你有了称心的人，想来不再想念冷被窝里孤零零为你流泪的人了！”张鸿渐说：“不想，为什么回来呢？我同她虽然感情融洽，毕竟不是同类，只是她对我有恩有义，我难以忘记罢了。”方氏说：“你以为我是谁？”张鸿渐细细一看，竟不是方氏，而是舜华；用手探摸儿子，是个取凉用的竹夫人罢了。大为惭愧，不发一语。舜华说：“可以知道你的心了！我们的缘分应当从此结束了，还幸好你没忘记恩义，勉强可以借此弥补。”过了两三天，舜华忽然说：“我想自己一厢情愿地迷恋着你，终究没有意思。你每天埋怨我不送你回家，现在我正好要到京城去，顺路可以同你一起去。”说着，从床上拿过竹夫人，两人一起骑上。叫张鸿渐闭上双眼，只觉得离开地面不远，耳旁风声飕飕作响，过了一段时间，随即落地。舜华说：“从此相别了！”张鸿渐正想叮嘱几句，舜华一去已经不见人影了。

张鸿渐惆怅地站了一会儿，听到村子里狗叫，苍茫中见到树木、房屋，都是故园的景物，于是顺着路途回家。跳过破墙敲门，情形完全同前回一样。方氏吃惊地起身，不相信是丈夫归来，盘问下来证实了，才点亮灯，呜咽着出来开门。见到张鸿渐，哭得抬不起头来。张鸿渐还疑心是舜华用幻术作弄人，又看见床上躺着一个孩子，跟那天晚上一般模样，于是笑着说："竹夫人又带进来了吗？"方氏摸不着头脑，变了脸色说："我盼望你回来，度日如年，枕头上的泪痕还在呢。刚能见面，你却一点没有悲伤爱恋的心情，你的心是什么做的！"张鸿渐觉察妻子情真意实，这才拉着她的手臂抽泣起来，详尽地叙述了全部遭遇。问起妻子诉讼案的结果，全同舜华说的一模一样。

两人正在互相感慨，听得门外有脚步声，问是谁，却不吱声。原来村子里有个无赖子弟某甲，暗中垂涎方氏的美貌已久。这天晚上从外村回来，远远望见一个人跳墙入院，心想一定是约好来通奸的，就尾随着进来。某甲以前不太人识张鸿渐，只趴在窗下偷听。等方氏一再追问，才反问道："屋子里是什么人？"方氏瞒着说："没什么人。"某甲说："我偷听得很久了，打算捉一捉奸呢！"方氏无奈，说了实话。某甲说："张鸿渐大案还没有了结，就算是他回来了，也应当绑起来扭送官府！"方氏苦苦哀求他，某甲的话更加下流嚣张。张鸿渐怒火中烧，拿着刀开门直出，向某甲砍去，正中头顶。某甲跌倒在地，还大声嚎叫，又连砍几刀，才结果了性命。方氏说："事情已经到了这个地步，你的罪更加重了。你快逃吧，让我来承担罪责。"张鸿渐说："大丈夫死就死罢了，哪肯屈辱妻子连累儿女以求活命呢！你不要担心，只要让这孩子不要断了我们家读书的传统，我死也瞑目了。"天亮后，他去县里自首。县官赵某因为他是皇帝批示过的要案中的人犯，暂且给了点不重的责罚。接着从郡里押送到都城，披枷戴锁，折磨得很苦。

半路上，张鸿渐遇到一个女郎骑马而过，一个老妇人牵着辔头，原来是舜华。张鸿渐招呼老妇人想说话，眼泪随声掉了下来。舜华勒转马头。用手撩开面纱，惊讶地说："是表兄呀，怎么到这步田地？"张鸿渐简述了缘由。舜华说：照表兄平日的行为，就该掉头不管。但我不忍心。我家不远，便请公差一同去，也可以稍微助你一点盘缠。”一行人跟着舜华走了大约两三里路，见到一个山村，楼阁高大而齐整。舜华下马入内，吩咐老妇人打开屋子请来客进入。随后摆出丰盛美味的酒肉，好像早就准备停当似的。又让老妇人出来说道：“家里正赶上男人不在，张官人就请公差多喝几杯，前头路上要依仗的事儿多着呢。派人张罗几十两银子，给官人作费用，顺带着酬谢两位客人，还没有到。”两个公差暗暗欢喜，放怀痛饮，不再说赶路的话。天色渐渐昏黑下来，两个公差一口气喝醉了。舜华从里屋出来，用手向枷具一指，枷锁立刻脱落。她拉着张鸿渐同骑上一匹马，像龙一般腾空飞驶。一会儿，又催促张鸿渐下马，说：“你就留在这里吧。我和妹妹约好了去青海仙境，又为你逗留了一阵，让她要盼望多时了。”张鸿渐问：“什么时候再见?”舜华不答；再问时，把他推下马，径自走了。

天亮以后，张鸿渐打听在什么地方，得知是太原。于是就到县城里，租了屋子以教书为业，改名宫子迁。住了十年，了解到追捕逃犯的事情渐渐松下来了，才又走走停停向东而行。走近村口，不敢马上进村，等到夜深之后才进入。到家门口，院墙已变得又高又坚固，不能再从墙上翻越了，只好用马鞭敲门。敲了很久，妻子方氏才出来讯问。张鸿渐压低声音告诉她，方氏高兴极了，开门让他进来，故意大声叱责道：“在都城缺少用度，就应当早早回来，怎么派你半夜来家?”进到屋内，夫妻俩各自诉说别后的光景，张鸿渐才知道两个公差都逃跑了，没有回来。说话中间，门帘外有个少妇时时进来，张鸿渐问妻子她是谁，答说：“是儿媳妇。”又问：“那么儿子在哪里?”方氏答：“到郡里去参加举人考试，还没回来。”张鸿渐流下了眼泪，说：“我在外边流落这些年，儿子已长大成人，没想到能继承书香门第，你的心血几乎耗尽了！”话没说完，儿媳妇已经烫了酒，做好了饭菜，摆满了一桌子。张鸿渐欣慰之情，出乎望外。

一连住了几天，张鸿渐都躲在屋里，躺在床上，唯恐被人发现。一天夜里，正睡着，忽然听到人声鼎沸，敲门声很响。夫妻俩大为惊恐，都坐了起来。只听得有人说：“有后门吗?”两人更加害怕。方氏急忙用门扇代替梯子，送丈夫翻墙出去，然后走到大门边问什么事，原来是来报儿子中举的。方氏大喜，非常后悔丈夫逃

跑，没法追回。

张鸿渐这一夜越草莽，穿树丛，慌不择路，到了天亮，已是筋疲力尽。原本打算向西逃跑，一问路上的人，却离开京城大道不远了。于是他进了一个乡村，想用身上的衣服换些食物。看见一座高大的院门，有报科考中式的告示贴在院墙上，走近细看，才知这家姓许，家里有人新中了举人。一会儿，有个老翁从院里出来，张鸿渐迎上去行礼，向他说明来意。老翁见张鸿渐仪容风流儒雅，知道不是骗吃白食的，就请进屋子，款待一番。顺便问他要往何处去，张鸿渐托词说："在京城教书，回家路上遭到了强盗。"老翁留他教自己的小儿子。张鸿渐大略地问了许家的官阶门第，得知老翁是告老回乡的京官，新考中的举人是他的侄子。

一个多月后，许举人带着同榜的另一名举人一起回家来，说是永平人，姓张。那人是位十八九岁的年轻人。张鸿渐因为他的家乡和姓氏都跟自己相同，暗下怀疑是自己的儿子，但永平姓张的很多，所以暂且不作声。到晚上，许举人打开行装，拿出这一榜举人的履历册，张鸿渐急忙借来展读，一看果真是自己的儿子，不觉流下泪来。大家都吃惊地问他原因，他就指着上面的名字说："张鸿渐，就是我啊。"详尽地说了全部因由。张举人抱着父亲大哭。许家叔侄安慰劝说，这才收住眼泪，高兴起来。许老翁当下备了礼物，写一封信给御史，为张鸿渐开释；父子两人才一同回家。

方氏自从得到儿子中举的喜报后，每天为丈夫逃亡在外而悲伤。忽然听得下人禀告举人回家来了，感伤更添凄婉。不多时，父子俩一同进门，方氏吃惊得好像他们是从天而降的一般。问知缘故，才一起悲喜交集。某甲的父亲看见张鸿渐的儿子中了举人，不敢再起祸害的念头。而张鸿渐格外厚待他。又一一讲述了当年事情的经过。某甲的父亲感愧交加，于是两家互相和好。

太　医

【原文】

万历间，孙评事少孤①，母十九岁守节。孙举进士，而母已死。尝语人曰："我必博诰命以光泉壤②，始不负萱堂苦节③。"忽得暴病，綦笃。素与太医善④，使人招之；使者出门，而疾益剧。张目曰："生不能扬名显亲，何以见老母地下乎!"遂卒，目不瞑。

无何，太医至，闻哭声，即入临吊。见其状，异之。家人告以故，太医曰："欲得诰命，即亦不难。今皇后旦晚临盆矣，但活十馀日，诰命可得。"立命取艾⑤，灸尸一十八处。炷将尽，床上已呻；急灌以药，居然复生。嘱曰："切记勿食熊虎肉。"共志之；然以此物不常有，颇不关意。既而三日平复，仍从朝贺⑥。

过六七日，果生太子，召赐群臣宴。中使出异品⑦，遍赐文武，白片朱丝⑧，甘美无比。孙啖之，不知何物。次日，访诸同僚，曰："熊膰也⑨。"大惊失色；即刻而病，至家遂卒。

【注释】

①孙评事：未详。

②"我必博诰命"句：谓孙立志使亡母受到封赠。诰命，帝王的封赠命令。分言之，明清官五品以上授诰命（本身之封曰诰授；曾祖父母、祖父母、父母及妻，存者曰诰封，殁者曰诰赠）；六品以下之封赠曰敕命。此"诰命"系泛指封赠。

③萱堂：母亲的代称。诗意谓于母亲所居之北堂种植谖草（即萱草，一名忘忧

草)，使之忘忧。后因以萱堂为母亲或母亲住处的代称。

④太医：官名。明清属太医院，主医药之事。

⑤艾（爱）：艾炷。用干艾卷制的灸用药物。

⑥ 朝贺：群臣入朝，列班向皇帝贺喜的仪式。

⑦中使：太监。

⑧白片朱丝：指熊掌切片。熊掌掌心有脂如玉，并筋络煮熟后皆为白色，肌肉断面则呈红色纹理，故称。

⑨熊膰：当作"熊蹯（番）"，即熊掌。蹯，兽足。

【译文】

明代万历年间，有个大理院评事姓孙，从小死了父亲，母亲十九岁当了寡妇，一直苦守着没有再嫁。儿子中了进士，而母亲却去世了。他曾对人宣言说："我一定要为老人家博得朝廷追赠的诰命，让老人家在地下风光风光，这才不辜负慈母苦苦守节的心志。"

忽然，孙评事得了暴病，病势十分沉重。他向来与太医交情亲密，忙派人去招请。派去的人出了门，而他的病情更加恶化，他张大眼睛说："我活着的时候不能扬名耀亲，死了怎么去见地下的老母！"就咽了气，眼不闭。

没多会儿太医到了，听到哭声，赶紧进屋吊唁。看到孙评事死不瞑目的模样，很是诧异。家人把缘故说了，太医道："要想得到赠诰，也不是难事。如今皇后娘娘早晚就要临盆了，只要活十来天，诰命就能到手。"立时吩咐取艾绒来，点燃了，在尸身上灸热了十八个部位。艾绒还未烧尽，床上已经传来病人的呻吟声，急忙将汤药灌进口内，孙评事竟然复活过来。太医叮嘱道："切记不要吃熊肉和虎肉！"孙评事同家人都记住了，不过因为这两样东西并不常见，所以也不怎么太放在心上。

三天以后，孙评事身体康复了，便仍然参加入朝行礼。又过了六七天，果然皇后诞生了太子，宫中召集大臣们赐宴。太监端出珍贵的食品，一个个分给文武百官

太医

品尝，白片红丝，味美无比。孙评事吃了，也不知是什么食物。第二天，向同事们打听，说是熊掌。孙评事大惊失色，马上旧病复发，回到家里就死了。

牛　飞

邑人某，购一牛，颇健。夜梦牛生两翼飞去，以为不祥，疑有丧失[①]。牵入市损价售之[②]。以巾裹金，缠臂上。归至半途，见有鹰食残兔，近之甚驯。遂以巾头絷股[③]，臂之[④]。鹰屡摆扑，把捉稍懈，带巾腾去。此虽定数，然不疑梦[⑤]，不贪拾遗[⑥]，则走者何遽能飞哉[⑦]？

【注释】

①疑有丧失：担心牛会死亡、逃失。

②损价：减价。

③絷股：捆住鹰腿。

④臂之：以臂架（或挽）鹰。

⑤ 疑梦：因梦生疑，惑于梦兆。指因梦卖牛一事。

⑥拾遗：拾取他人失物。指途中之鹰。

⑦“则走者”句：谓留得牛在，是不会飞掉的。走者，指牛。

【译文】

乡里某人，买了一头牛，很是健壮。夜里得梦，那头牛生出一对翅膀，飞走了，觉得不吉利，怀疑这头牛保不住，便牵到牲口市场上折价脱了手。这人用手巾将银两包起来，缠在手臂上回家。走到半路上，见到一只老鹰正在啄食一只没啃完的死兔子，走近它，还是乖乖的不飞走。这人就用手巾的一端结住老鹰腿，架在手臂上戴着走。老鹰一次次挣扎扑腾翅膀，把捉稍一放松，它便带着手巾连同银子飞腾而去。这虽然说是命中注定，然而如果不对梦境无端猜疑，不贪图路上的外快，那么四只脚的牛怎么会不翼而飞呢？

王 子 安

【原文】

王子安，东昌名士[1]，困于场屋。入闱后，期望甚切。近放榜时，痛饮大醉，归卧内室。忽有人白："报马来[2]。"王踉跄起曰："赏钱十千！"家人因其醉，诳而安之曰："但请睡，已赏矣。"王乃眠。俄又有入者曰："汝中进士矣！"王自言："尚未赴都[3]，何得及第？"其人曰："汝忘之耶？三场毕矣[4]。"王大喜，起而呼曰："赏钱十千！"家人又诳之如前。又移时，一人急入曰："汝殿试翰林[5]，长班在此[6]。"果见二人拜床下，衣冠修洁。王呼赐酒食，家人又绐之，暗笑其醉而已。久之，王自念不可不出耀乡里，大呼长班；凡数十呼，无应者。家人笑曰："暂卧候，寻他去。"又久之，长班果复来。王捶床顿足，大骂："钝奴焉往[7]！"长班怒曰："措大无赖[8]！向与尔戏耳，而真骂耶？"王怒，骤起扑之，落其帽。王亦倾跌。妻入，扶之曰："何醉至此！"王曰："长班可恶，我故惩之，何醉也？"妻笑曰："家中止有一媪，昼为汝炊，夜为汝温足耳。何处长班，伺汝穷骨？"子女皆笑。王醉亦稍解，忽如梦醒，始知前此之妄。然犹记长班帽落；寻至门后，得一缨帽如盏大[9]，共疑之。自笑曰："昔人为鬼揶揄[10]，吾今为狐奚落矣。"

异史氏曰："秀才入闱，有七似焉。初入时，白足提篮[11]，似丐。唱名时[12]，官呵隶骂，似囚。其归号舍也[13]，孔孔伸头，房房露脚，似秋末之冷蜂。其出场也，神情惝怳[14]，天地异色，似出笼之病鸟。迨望报也[15]，草木皆惊[16]，梦想亦幻。时作一得志想，则顷刻而楼阁俱成；作一失志想，则瞬息而骸骨已朽。此际行坐难安，则似被絷之猱[17]。忽然而飞骑传人[18]，报条无我，此时神色猝变，嗒然若死，则似饵毒之蝇[19]，弄之亦不觉也。初失志，心灰意败，大骂司衡无目[20]，笔墨无灵[21]，势必举案头物而尽炬之；炬之不已，而碎踏之；踏之不已，而投之浊流[22]。从此披发入山，面向石壁[23]，再有以‘且夫’、‘尝谓’之文进我者[24]，定当操戈逐之。无何，

王子安

日渐远，气渐平，技又渐痒[25]；遂似破卵之鸠，只得衔木营巢，从新另抱矣[26]。如此情况，当局者痛哭欲死[27]；而自旁观者视之，其可笑孰甚焉。王子安方寸之中[28]，顷刻万绪，想鬼狐窃笑已久，故乘其醉而玩弄之。床头人醒[29]，宁不哑然失笑哉？顾得志之况味，不过须臾；词林诸公[30]，不过经两三须臾耳[31]。子安一朝而尽尝之，则狐之恩与荐师等[32]。”

【注释】

①东昌：明清府名，治所在今山东省聊城市。

②报马：也称“报子”，为科举中试者报喜的人；因骑马快报故称“报马”。

③都：京城。明清时进士考试在京城北京举行，故云“尚未赴都，何得及第”。

④三场：指礼部会试的三场考试。

⑤殿试翰林：指殿试及第，授官翰林。殿试，举人赴京参加会试录取后，再参加复试、殿试，考中的称“进士”。殿试由皇帝主持，在殿廷上举行，前三名赐进士及第。其中第一名称“状元”，授职翰林院修撰，第二、三名授职翰林院编修。

⑥长班：又称“长随”，明清时官员随身使唤的公役。

⑦钝奴：犹言“蠢才”。钝，笨。

⑧措大：旧时对贫寒读书人的轻慢称呼。无赖：憎骂语。此处斥其强横无理。

⑨缨帽：红缨帽，清代的官帽，帽顶披红缨。盏：杯子。

⑩昔人为鬼揶揄：指晋代罗友仕途失意，被鬼揶揄。揶揄，戏弄。

⑪白足提篮：科举场规有搜挟带之条。清初规定，考生入场携带格眼竹柳考篮，只准带笔墨、食具等物。顺治时规定士子穿拆缝衣服，单层鞋袜。入场时，诸生解衣等候，左手执笔砚，右手执布袜，赤脚站立，等候点名、搜检。

⑫唱名：即点名入场。乡试入场前，先期告知士子点名入场的分路和次序，士子齐集后由差役持点名牌导入，官呵吏骂，如对囚犯。

⑬号舍：乡试贡院甬道两侧为考生的号舍。号门之内有小巷，巷北有号舍五六

十间至百间。号舍为考生日间考试、夜间住宿之所，无门，搭木板于墙供书写之用，故考试时考生伸头露脚。

⑭惝恍（敞谎）：神志模糊，失意迷惘。

⑮望报：盼望报录人。报，科举时代向考中者报告喜信的人。

⑯草木皆惊：形容情绪紧张。此为成语“草木皆兵”的化用，意谓但有风吹草动，都以为是报马到来。

⑰猱（挠）：猿猴。

⑱飞骑（季）传人：报马传送喜报给别人。飞骑，指报马。

⑲饵毒：服毒。饵，吃。

⑳司衡无目：考官瞎眼。司衡，主持衡文评卷官员。

㉑笔墨无灵：谓自己文思失灵，不能下笔有神。

⑳浊流：对清流而言。古称德行高洁之士为“清流”。此谓把案头物投之浊流，意思是摒弃八股文，不再应科举。

㉓披发入山，面向石壁：指遁入深山，出家修道。面壁，佛教用语，面对石壁默坐静修的意思。相传印度僧人达摩来中国，曾在嵩山少林寺修身养性，面壁而坐，终日默然。

㉔“且夫”“尝谓”之文：指八股文。“且夫”“尝谓”是八股文常用的套语。

㉕技又渐痒：意谓又揣摩八股，跃跃欲试，准备下届应考。技痒，长于某种技艺的人，一遇机会，就急欲表现，如像身上发痒不能自忍。

㉖抱：孵卵，俗称“抱窝”。

㉗当局者：当事人，指落榜士子。

㉘方寸：指心。

㉙床头人醒：谓其妻旁观，比较清醒。床头人，指妻子。

㉚词林诸公：指翰林院的诸位先生。词林，翰林院的别称。

㉛经两三须臾：经历二三次短暂的得志况味；指经历乡试、会试或殿试考中的喜悦。

㉜荐师：科举时代，乡试或会试主考官以下，设同考官若干人，分房阅卷。同考官在认可的试卷上批一“荐”字，荐给主考官，由主考官核批录取。被录取者称荐举其试卷的官员为“房师”或“荐师”。

【译文】

王子安是山东聊城地方的名士，科举场中一直不得意。应试后，等待佳音，希望很是热切。临近发榜时，他痛饮一顿，酩酊大醉，回家一头躺倒在卧室里。忽然有人来说：“报喜的来了！”王子安跌跌撞撞起来，嚷道：“快给十贯赏钱！”家里人因为他醉了，哄他安心躺下说：“你只管睡下，已经赏过了。”王子安就继续睡觉。不久又有人进来说：“你中了进士了！”王子安自言自语地说：“我还没有进京赴考，怎么会中进士?”那人说：“你忘了吗? 礼部的三场考试早考过了。”王子安大喜，一骨碌起来喊道：“赏十贯钱！”家人又像前一回那样哄他。又过了一会儿，一个人急匆匆进屋说：“你殿试得了翰林，服侍的跟班在这里。”王子安定睛一看，果真有两个人鲜衣亮帽，跪拜在床前。王子安连忙呼唤赏酒食，家人又哄骗他，暗暗笑他醉糊涂了。过了好久，王子安想不可不出外向乡里居民炫耀一番，于是大呼跟班。连声吆喝了几十遍，没承应的。家人笑着说：“你暂时躺下等着，我们找他去。”又有好一阵工夫，跟班果真又来了。王子安擂着床板跺着脚，大骂道：“蠢奴才！死到哪儿去了！”跟班发火道：“你这个穷酸秀才真是无赖！我刚才跟你开玩笑罢了，你真骂起人来了?”王子安怒不可遏，从床上猛地跳起来向他扑去，打落了他的帽子。他自己也立脚不住，跌倒在地。他妻子进来，扶起他说：“怎么醉得这个地步了！”王子安说：“跟班可恶，我所以惩罚他，哪里醉了?”王妻笑着说：“家里就只有一个黄脸婆，白天替你烧饭，晚上为你焐脚罢了，哪来跟班伺候你这穷骨头啊?”子女们都笑起来。王子安的醉意也退了一些，一下子如梦初醒，才知道刚才都是幻觉。不过他还记得打落了跟班的帽子，寻到门背后，找到一顶缨帽，只有酒杯大小，大家都疑惑不解。王子安自嘲道：“前人被鬼奚落，如今我却让狐狸耍了。”

异史氏说：秀才参加考试，有七像：刚进考场，赤脚提着装笔墨砚台的篮子，像乞丐。点名的时候，考官呵斥，公差叱骂，像囚犯。对号进考舍，间间伸头，房房露脚，像深秋蜂巢里的蜜蜂。出考场，神情恍惚，天地变色，像出笼的病鸟。等盼望报信人到来，风吹草动都惊心，胡思乱想也像真，时而想到榜上有名，仿佛顷刻登上楼阁；时而想到名落孙山，又仿佛一眨眼间躯骨都已朽烂。这时坐立不安，就像被拘囚的猴子。忽然飞骑向人报捷，录取榜上无我，这时神色骤变，灰心丧气半死不活，就像服食了毒药的苍蝇，拨弄也毫无知觉。刚落第，心如死灰，万念俱休，大骂主考官瞎了眼睛，笔墨不灵，势必将书桌上的文章付之一炬，烧了还不够，又踩得稀烂，踩了还不足，再丢入浊流。从此披发遁入深山，面向石壁呆坐，再有人拿“且夫”“尝谓”这一类时文送来给自己的，非得拿枪把他赶跑不可。不久，时光渐渐流逝，心气渐渐平复，又开始技痒，就像斑鸠破了蛋，只得衔来树枝，营建新巢，重新抱窝。像这样的情形，当事者痛哭欲绝，而从旁观者看来，哪有比这更可笑的。王子安内心世界中，顷刻之间思绪万端，想来鬼狐暗中讪笑已久，所以趁他喝醉作弄他。床上人醒，哪能不哑然失笑！然而得意的快感，不过一刹那；翰林诸公，不过经历了两三个刹那罢了。王子安一天内尽数尝到了，那么狐狸的恩情跟赏识荐拔的恩师也不相上下了。

刁　姓

【原文】

有刁姓者，家无生产，每出卖许负之术①——实无术也——数月一归，则金帛盈橐。共异之。

会里人有客于外者，遥见高门内一人，冠华阳巾[②]，言语啁嗻[③]，众妇丛绕之。近视，则刁也。因微窥所为。见有问者曰：“吾等众人中，有一夫人在[④]，能辨之乎?”盖有一贵人妇微服其中[⑤]，将以验其术也。里人代为刁窘。刁从容望空横指曰：“此何难辨。试观贵人顶上，自有云气环绕。”众目不觉集视一人，觇其云气。刁乃指其人曰：“此真贵人!”众惊以为神。

里人归，述其诈慧[⑥]。乃知虽小道[⑦]，亦必有过人之才；不然，乌能欺耳目、赚金钱，无本而殖哉[⑧]！

【注释】

①许负之术：指相术。许负，汉初河内温地老妇，善相术，曾为周亚夫相，皆中。

②华阳巾：道士所着之头巾。其式上下皆平。创始者，或谓三国魏之韦节，或谓南朝梁之陶隐居（弘景），其说不一。

③ 啁嗻：本指声音细碎刺耳。此谓异腔别调，使人难解。

④夫人：封建时代妇女封号。明清一品、二品官员之妻封夫人。

⑤微服：为隐蔽身份而改着地位低下者的服装。

⑥诈慧：诡诈的小聪明。

⑦小道：相对于儒家大道而言，习指其他学说和技能。此处犹言“小小骗术”。

⑧无本而殖：不须资本而滋生财利。殖，滋生，繁殖。

【译文】

有个姓刁的，家里不从事生产，每次外出靠相面算命赚钱，实际上并没有这方面的本领。他隔几个月回来一次，金银财帛总是满包，大家都感到奇怪。正逢上里中有人在外乡做客，远远看见高门大屋里有个人，戴着道士的方巾，嘴里夹七夹八

地说个不停，一大群妇女密匝匝地围着他。走近一看，原来是姓刁的，于是暗暗偷看他的表演。只见有个问事地说："我们这伙人中，有一个官太太在，你能辨出她吗?"原来有个贵妇人穿着平常人的衣服杂在人堆里头，准备来试试姓刁的本事。里中人不禁代他捏一把汗。姓刁的从容不迫，朝天用手指横划一道道："这有什么难认的！你们看贵人的头顶上，自有云气环绕着。"大家情不自禁地把视线集中到一个妇人身上，想看看她的"云气"，姓刁的乘机指着那人说道："这位太太真是贵人！"众人惊奇万分，都说他是神人。里中人回来，讲述了他骗人的小聪明。这才知道虽然是小术，也一定要有超过常人的才智，不然的话，怎么能够掩人耳目赚骗银钱，没有本钱而发财致富呢！

农　妇

【原文】 

邑西磁窑坞有农人妇[①]，勇健如男子，辄为乡中排难解纷[②]。与夫异县而居。夫家高苑[③]，距淄百馀里；偶一来，信宿便去[④]。妇自赴颜山[⑤]，贩陶器为业。有赢馀，则施丐者。一夕与邻妇语，忽起曰："腹少微痛，想孽障欲离身也[⑥]。"遂去。天明往探之，则见其肩荷酿酒巨瓮二，方将入门。随至其室，则有婴儿绷卧。骇问之，盖娩后已负重百里矣。故与北庵尼善，订为姊妹。后闻尼有秽行[⑦]，忿然操杖，将往挞楚，众苦劝乃止。一日，遇尼于途，遽批之[⑧]。问："何罪?"亦不答。拳石交施，至不能号，乃释而去。

异史氏曰："世言女中丈夫，犹自知非丈夫也，妇并忘其为巾帼矣[⑨]。其豪爽自快，与古剑仙无殊[⑩]，毋亦其夫亦磨镜者流耶[⑪]?"

【注释】

①磁窑坞：集镇名，在淄川西南乡。

②排难解纷：为人排除危难，调解争执。语出《战国策·赵策》三。

③高苑：旧县名。在淄川县东北，明清属青州府。今为山东省高青县之一部分。

④信宿：再宿。

⑤颜山：又名颜神山、神头山或凤凰山。在益都县西南一百八十里，博山县西南三里。旧属益都县，今属淄博市博山区，山下即颜神镇。

⑥孽障：即“业障”，佛教谓过去作恶导致的后果。此处作为对腹中胎儿的昵称。

⑦秽行：习指男女关系混乱。

⑧批：批颊，打嘴巴。

⑨巾帼（国）：妇女的头巾和发饰。衍为妇女代称。

⑩剑仙：指技能超凡入化的剑客。

⑪磨镜者：指唐人小说中女剑客聂隐娘的丈夫。聂隐娘，唐贞元中魏博大将聂锋之女。十岁时被一女尼携去，授以剑术，五年送归。偶一磨镜少年及门，隐娘禀于父而嫁之。夫妇初事魏博，后事陈许，终渐不知所之，而此磨镜少年始终未见有他艺能，是一个带有神秘色彩的人物。此谓农妇之夫似之。

【译文】

城西磁窑坞有个农家妇女，像男人那样力大健壮，常常为乡里人解决困难，消除纠纷。农妇同她的丈夫分居在不同的县境。丈夫住在高苑，离开临淄有一百多里路，偶然来一次，住上两夜就走。农妇自己到颜山，以贩卖陶器为生。赚到了多余的钱，就施舍给要饭的人。一天晚上和邻妇聊天，忽然起身说："肚子有点痛，大概是小讨债鬼要从身子里出来了。"说着就走了。天亮邻妇去看望她，只见她肩上扛着两口酿酒的大瓮，正要进门。邻妇跟她到了里屋，有个婴儿用布包着躺在那儿。吃惊地问她，才知道分娩后已经扛着大瓮走了一百多里路了。

农妇

农妇以前同北庵的尼姑很要好，结成了姐妹。后来听说尼姑生活不正派，就气愤地拿起棍子，要去揍她，众人苦苦劝说才罢休。一天，在路上碰到那尼姑，马上就给她一个耳光。尼姑问："我有什么罪?"农妇也不答话，拳石交加，打得尼姑叫不出声来，才放了她，径自走了。

异史氏说：世人所说的"女中丈夫"，还明知自己不是男人。而这个农妇连自己是女性也已经忘记了。她的豪爽洒脱，同古时剑侠聂隐娘没有什么不同。莫非她的丈夫，也是磨镜少年之流的人物吗?

金陵乙

【原文】 

金陵卖酒人某乙，每酿成，投水而置毒焉[①]；即善饮者，不过数盏，便醉如泥。以此得"中山"之名[②]，富致巨金。

早起，见一狐醉卧槽边；缚其四肢，方将觅刃，狐已醒，哀曰："勿见害，请如所求。"遂释之，辗转已化为人[③]。时巷中孙氏，其长妇患狐为祟，因问之。答云："是即我也。"乙窥妇娣尤美[④]，求狐携往。狐难之。乙固求之。狐邀乙去，入一洞中，取褐衣授之，曰："此先兄所遗，着之当可去。"既服而归，家人皆不之见；袭衣裳而出[⑤]，始见之。大喜，与狐同诣孙氏家。

见墙上贴巨符，画蜿蜒如龙[⑥]，狐惧曰："和尚大恶[⑦]，我不往矣!"遂去。乙逡巡近之，则真龙盘壁上，昂首欲飞。大惧亦出。盖孙觅一异域僧，为之厌胜[⑧]，授符先归，僧犹未至也。

次日，僧来，设坛作法[⑨]。邻人共观之，乙亦杂处其中。忽变色急奔，状如被捉；至门外，踣地化为狐[⑩]，四体犹着人衣。将杀之。妻子叩请。僧命牵去，日给饮食，数月寻毙。

金陵乙

【注释】

①投水而置毒：酒中掺水，并且放进有害人体的药物。

②“中山”：指中山酒，又名千日酒，是一种酒力很大的陈酿。

③辗转：犹言“转侧间”，形容为时不久。

④妇娣：指长妇的弟妻。兄妻为姒，弟妻为娣，统称娣姒，即俗言妯娌。

⑤袭：穿着。

⑥画：笔画。蜿蜒：本作蛇蜒，此从二十四卷抄本。

⑦大恶：太凶。很厉害。

⑧厌（压）胜：古代迷信，陈设相克器物，并通过符咒以镇压邪魅，叫厌胜。

⑨坛：祭坛。平地筑土以供祭祀的高台。

⑩踣（薄）地：僵仆在地。

【译文】

南京某乙是个卖酒的，每次把酒酿好，都掺水放进毒药。就是酒量好的人，喝不过几杯，也会醉烂如泥。因此得了传说中让人沉醉千日的“中山”酒之名，发起财来，捞进大笔的金银。一天早上起来，看见一只狐狸醉倒在酒槽边上，就将它四肢捆绑起来。正想要找刀，狐狸醒了，哀求道：“请不要杀我，你想要什么都行。”某乙就解开了它。一翻身，已经变成了人。当时巷子里孙家，大媳妇被狐狸作怪迷了，某乙就问起这件事，狐狸回答说：“那就是我。”某乙偷看过妇人的妯娌长得更美，就要狐狸带他去孙家。狐狸感到为难。某乙坚持要去，狐狸便邀他到一个洞里，取出一件褐色的衣服交给他，说：“这是我死去的哥哥留下的，穿上它大概可以去成。”某乙穿了回家，家里人都看不见他；披上平时穿的衣服出来，家人才看见了。

某乙大喜，同狐狸一起到了孙家。只见墙壁上贴着一张大符，画得弯弯曲曲好像是龙。狐狸害怕了，说："和尚太可恶，我不去了！"就走了。某乙迟疑着走近前去，只见一条活生生的龙盘在墙上，抬着头像要飞起来，大为恐惧，也逃了出去。原来孙家找到一个外国来的和尚，为他降妖，给了一道符篆他先回，和尚还没有到。第二天，那和尚来了，设立神坛作法。街坊邻里都来观看，某乙也混在人堆里。忽然他面色大变，拔腿就跑，样子像是被人追捕；逃到门外，倒地变成一只狐狸，身上还穿着人衣。和尚要杀他，老婆孩子叩头求饶。和尚命令牵他回去，每天给吃给喝，几个月就死了。

郭 安

孙五粒[①]，有僮仆独宿一室，恍惚被人摄去[②]。至一宫殿，见阎罗在上，视之曰："误矣，此非是。"因遣送还。既归，大惧，移宿他所；遂有僚仆郭安者[③]，见榻空闲，因就寝焉。又一仆李禄，与僮有夙怨，久将甘心[④]，是夜操刀入，扪之，以为僮也，竟杀之。郭父鸣于官。时陈其善为邑宰[⑤]，殊不苦之[⑥]。郭哀号，言："半生止此子，今将何以聊生！"陈即以李禄为之子。郭含冤而退。此不奇于僮之见鬼，而奇于陈之折狱也。

济之西邑有杀人者[⑦]，其妇讼之。令怒，立拘凶犯至，拍案骂曰："人家好好夫妇，直令寡耶[⑧]！即以汝配之，亦令汝妻寡守。"遂判合之。此等明决[⑨]，皆是甲榜所为[⑩]，他途不能也[⑪]。而陈亦尔尔，何途无才！

【注释】

①孙五粒：孙秠，后改名珀龄，字五粒。孙之獬子，孙琰龄兄，山东淄川人。明崇祯六年举人，清顺治三年进士。历工科、刑科给事中，礼科都给事中，太仆寺

少卿，迁鸿胪寺卿，转通政使司左通政使。

②摄：捉拿，拘捕。

③僚仆：同一主家的仆人。

④久将甘心：谓久欲报复，以求快意。

⑤陈其善：辽东人，贡士，顺治四年任淄川县知县。九年，入朝为拾遗。

⑥殊不苦之：谓对李禄很宽容，不使受刑罚之苦。

郭安

⑦济之西邑：指济南府西境某县。

⑧直：径直；竟然。

⑨明决：反语。讽其糊涂判案。

⑩皆是甲榜所为：意谓都是进士出身的官员所干的事。王阮亭所举新城令陈凝，字端菴，浙江德清人，进士，顺治五年至八年任新城知县。

⑪他途：此指甲榜之外，其他出身选官者。

【译文】

孙五粒有个僮仆独自在一间屋子里过夜，朦胧中觉得被人捉去，到一所宫殿里，看见阎罗王坐在上面，打量着他说："错了，不是这个人。"于是仍将他发送回家。回来后，越想越怕，就搬到别的地方去住。于是另一个仆人郭安，看见床铺空着，就在上边睡了。又有个叫李禄的仆人，同僮仆积有旧怨，早就想出出心头的恶气，这天夜里提刀进来，摸到郭安，以为是僮仆，竟把他杀了。郭安的父亲到官府去告状。当时陈其善当县官，对凶手一点不为难。郭安父亲号啕大哭，说："半辈子只生了这个儿子，今后靠谁养老活命！"陈其善就判决让李禄做他儿子。郭安父亲带着满肚子的冤屈下了公堂。这件事情，僮仆见蔻并不算奇怪，奇怪的倒是陈县官对案子的审决。

济南府西部的小城有凶手杀了人，被害人的妻子到官府控告。县官大怒，立即捉了凶犯来，拍着桌子骂道："人家好端端的一对夫妻，你就一下子让女方成了寡妇！我这就把你配给她，也让你的老婆尝尝守寡的味道！"于是将这两人判成了一对。这种明断，都是进士所为，其他出身的人是做不来的。而陈其善也如此这般，哪条道没有才子！

折　　狱

【原文】

邑之西崖庄，有贾某被人杀于途；隔夜，其妻亦自经死[①]。贾弟鸣于官。时浙江费公祎祉令淄[②]，亲诣验之。见布袱裹银五钱馀，尚在腰中，知非为财也者。拘两村邻保审质一过[③]，殊少端绪，并未搒掠，释散归农；但命约地细察[④]，十日一关白而已。逾半年，事渐懈。贾弟怨公仁柔[⑤]，上堂屡聒。公怒曰："汝既不能指名，欲我以桎梏加良民耶！"呵逐而出。贾弟无所伸诉，愤葬兄嫂。

一日，以逋赋故[⑥]，逮数人至。内一人周成，惧责，上言钱粮措办已足[⑦]，即于腰中出银袱[⑧]，禀公验视。验已，便问："汝家何里？"答云："某村。"又问："去西崖几里？"答云："五六里。""去年被杀贾某，系汝何亲[⑨]？"答云："不识其人。"公勃然曰："汝杀之，尚云不识耶！"周力辨，不听；严梏之，果伏其罪。先是，贾妻王氏，将诣姻家，惭无钗饰[⑩]，聒夫使假于邻。夫不肯；妻自假之，颇甚珍重。归途，卸而裹诸袱，内袖中；既至家，探之已亡。不敢告夫，又无力偿邻，懊恼欲死。是日，周适拾之，知为贾妻所遗，窥贾他出，半夜逾垣，将执以求合。时溽暑，王氏卧庭中，周潜就淫之。王氏觉，大号。周急止之，留袱纳钗[⑪]。事已，妇嘱曰："后勿来，吾家男子恶，犯恐俱死！"周怒曰："我挟勾栏数宿之资，宁一度可偿耶？"妇慰之曰："我非不愿相交，渠常善病，不如从容以待其死。"周乃去，于是杀贾，夜诣妇曰："今某已被人杀，请如所约。"妇闻大哭，周惧而逃，天明则妇死矣。公廉得情[⑫]，以周抵罪。共服其神，而不知所以能察之故。公曰："事无难辨，要在随处留心耳。初验尸时，见银袱刺万字文，周袱亦然，是出一手也。及诘之，又云无旧[⑬]，词貌诡变[⑭]，是以确知其真凶也。"

异史氏曰：“世之折狱者[15]，非悠悠置之[16]，则缧系数十人而狼藉之耳[17]。堂上肉鼓吹[18]，喧阗旁午[19]，遂颦蹙曰[20]：‘我劳心民事也。’云板三敲[21]，则声色并进，难决之词[22]，不复置念；专待升堂时，祸桑树以烹老龟耳[23]。呜呼！民情何由得哉！余每曰：‘智者不必仁，而仁者则必智；盖用心苦则机关出也[24]。’‘随在留心’之言，可以教天下之宰民社者矣[25]。”

折狱

邑人胡成，与冯安同里，世有郤[26]。胡父子强，冯屈意交欢，胡终猜之[27]。一日，共饮薄醉，颇倾肝胆。胡大言[28]：“勿忧贫，百金之产不难致也。”冯以其家不丰，故嗤之。胡正色曰：“实相告：昨途遇大商[29]，载厚装来，我颠越于南山眢井中矣[30]。”冯又笑之。时胡有妹夫郑伦，托为说合田产，寄数百金于胡家，遂尽出以炫冯。冯信之。既散，阴以状报邑。公拘胡对勘[31]，胡言其实，问郑及产主皆不讹。乃共验诸眢井。一役缒下，则果有无首之尸在焉。胡大骇，莫可置辨，但称冤苦。公怒，击喙数十[32]，曰：“确有证据，尚叫屈耶！”以死囚具禁制之[33]。尸戒勿出，惟晓示诸村，使尸主投状。逾日，有妇人抱状[34]，自言为亡者妻，言：“夫何甲，揭数百金作贸易，被胡杀死。”公曰：“井有死人，恐未必即是汝夫。”妇执言甚坚。公乃命出尸于井，视之，果不妄。妇不敢近，却立而号。公曰：“真犯已得，但骸躯未全。汝暂归，待得死者首，即招报令其抵偿[35]。”遂自狱中唤胡出，呵曰：“明日不将头至，当械折股[36]！”押去终日而返，诘之，但有号泣。乃以梏具置前作刑势，却又不刑，曰：“想汝当夜扛尸忙迫，不知坠落何处，奈何不细寻之？”胡哀祈容急觅。公乃问妇：“子女几何？”答曰：“无。”问：“甲有何戚属？”“但有堂叔一人。”慨然曰：“少年丧夫，伶仃如此，其何以为生矣！”妇乃哭，叩求怜悯。公曰：“杀人之罪已定，但得全尸，此案即结；结案后，速醮可也。汝少妇，勿复出入公门。”妇感泣，叩头而下。公即票示里人[37]，代觅其首。经宿，即有同村王五，报称已获。问验既明，赏以千钱。唤甲叔至，曰：“大案已成；然人命重大，非积岁不能成结。侄既无出，少妇亦难存活，早令适人。此后亦无他务，但有上台检驳，止须汝应声耳。”甲叔不肯，飞两签下[38]；再辩，又一签下。甲叔惧，应之而出。妇闻，诣谢公恩。公极意慰谕之。又谕：“有买妇者，当堂关白。”既下[39]，即有投婚状者，盖即报人头之王五也。公唤妇上，曰：“杀人之真犯，汝知之乎？”答曰：“胡成。”公曰：“非也。汝与王五乃真犯耳。”二人大骇，力辨冤枉。公曰：“我久知其情，所以迟迟而发者，恐有万一之屈耳。尸未出井，何以确信为汝夫？盖先知其死矣。且甲死犹衣败絮，数百金何所自来？”又谓王五曰：“头之所在，汝何知之熟也！所以如此其急者，意在速合耳。”两人惊颜如土，不能强置一词。并械之，果吐其实。盖王五与妇私已久，谋杀其夫，而适值胡成之戏也。乃释胡。冯以诬告，重笞，徒三年。事结，并未妄刑一人。

异史氏曰[40]："我夫子有仁爱名[41]，即此一事，亦以见仁人之用心苦矣。方宰淄时，松才弱冠[42]，过蒙器许[43]，而驽钝不才，竟以不舞之鹤为羊公辱[44]。是我夫子有不哲之一事[45]，则某实贻之也[46]。悲夫！"

【注释】

①自经：自缢；上吊。

②费公祎祉：费祎祉字支峤，浙江鄞州区人，顺治十五年（公元1658年）为淄川县令。

③邻保：犹言邻居、近邻。

④约地：指乡约、地保之类的乡中小吏。

⑤仁柔：犹言心慈手软，不够果断。

⑥逋赋：拖欠赋税。

⑦钱粮：田赋所征钱和粮的合称。清代则专指田赋税款，粮食也折钱缴纳。

⑧银袱：包裹银钱的包袱。

⑨何亲：据二十四卷抄本，原作"何物"。

⑩钗饰：妇女的首饰。钗，两股笄。

⑪留袱纳钗：自己留下包袱，把钗饰给了王氏。纳，交付。

⑫廉：考察。情：指案情。

⑬无旧：无旧交。

⑭词貌诡变：言词搪塞，神态异常。

⑮折狱：断案。折，判断。狱，讼案。

⑯悠悠置之：谓长期搁置，不加处理。悠悠，安闲自在，此谓漫不经心。

⑰缧（雷）系：囚禁。狼藉之：把他们折磨得不成样子。狼藉，折磨、作践。

⑱肉鼓吹：喻拷打犯人的声响。鼓吹，击鼓奏乐。后蜀李匡远为盐亭令，一天不对犯人施刑，就心中不乐。闻笞挞之声，曰："此我一部肉鼓吹。"见《外史梼杌》。

⑲喧阗旁午：哄闹。喧阗，哄闹声。旁午，交错，纷繁。

⑳嚬蹙：皱眉蹙容；谓装出一副忧心的样子。

㉑云板三敲：此指打点退堂。云板，报时报事之器，俗谓之"点"。板形刻作云朵状，故名。旧时官署或权贵之家皆击云板作为报事的信号。

㉒难决之词：难以判断的官司。词，词讼，诉讼。

㉓祸桑树以烹老龟：比喻胡乱判案，滥施刑罚，使众多无辜者牵累受害。传说三国时，吴国永康有人入山捉到一只大龟，以船载归，要献给吴王孙权。夜间系舟于大桑树。舟人听见大龟说：我既被捉，将被烹煮，但是烧尽南山之柴，也煮我不烂。桑树说：诸葛恪见识广博，假使用我们桑树去烧你，你怎么办呢？孙权得龟，焚柴百车，龟依然如故。诸葛恪献策，砍桑树烧煮，果然把龟煮烂。这里以桑树与老龟比喻诉讼的两造。

㉔机关：计谋或计策。此指弄清案情的线索和办法。

㉕宰民社者：理民的地方官。民社，人民与社稷。

㉖世有郤：世代不和睦。郤，通"隙"，嫌隙。

㉗猜：猜疑；不信任。

㉘大言：说大话。

㉙大商：据二十四卷抄本，原作"大高"。

㉚颠越：陨坠。眢（渊）井：无水的井；枯井。

㉛对勘：查对核实。

㉜击喙（会）：掌嘴，打嘴巴。

㉝死囚具：为死刑囚犯所用的刑具。

㉞有妇人抱状：有个妇人抱持状纸，亲诣公堂。按清制，妇女不宜出入公门，有诉讼之事，得委派亲属或仆人代替。此妇女抱状自至，甚为蹊跷。

㉟招报：公开判决。招，揭示其罪。报，断狱，判决。

㊱械折（舌）股：夹断你的腿。械，刑具，此指夹棍之类的刑械。

㊲票示：持官牌传令。票，旧时称官牌为“票”。

㊳签：旧时官吏审案时，公案上置签筒，用刑时就拔签掷地，衙役则凭签施刑。

㊴既下：据二十四卷抄本，原作“即下”。

㊵“异史氏曰”一段：据二十四卷抄本补，底本阙。

㊶我夫子：指费祎祉。夫子，旧时对老师的专称。

㊷松：蒲松龄自称。弱冠：古时男子二十岁成人，初加冠，因体弱未壮，故称“弱冠”；后来也以称一般少年。

㊸器许：器重和赞许。

㊹竟以不舞之鹤为羊公辱：意谓自己无能，辜负了赏识者的厚望。蒲松龄以自己科举受挫，有付费祎祉的器许，故有此喻。

㊺不哲：不明智。

㊻贻：留给。

【译文】

淄川县的西崖庄，有个商人，被人杀死在路上；隔了一夜，他的妻子也悬梁自尽了。死者的弟弟到县里鸣冤告状。当时浙江的费祎祉在淄川担任县官，亲自领人到现场去验尸。看见一幅棉布包袱皮包着五钱多银子，仍然缠在死者的腰上，知道这个案子不是图财害命。传来两村的邻居和地保，审问一遍，一点头绪也没问出来，对谁也没有拷打，就统统放回去务农；只是命令地保仔细侦察，十天向县里禀告一次情况就行了。

过了半年，这件事情也就逐渐松懈了。死者的弟弟埋怨县官太仁慈，优柔寡断，一次又一次地上堂吵闹不休。县官生气地说：“你既然不能指出凶手的姓名，想叫我把脚镣和手铐加给良民吗？”呵斥一顿，把他赶下了大堂。他没有地方可以申诉，一气之下，把兄嫂埋葬了。

一天，因为拖欠赋税的缘故，抓来了好几个人。其中有个名叫周成的人，害怕受到责罚，就对县官说，他的税银已经筹办够了，马上从腰里掏出一个银包袱，呈给县官察看。县官察看完了以后，就问他：“你家住在哪个村子？”他回答说：“我家住在某某村子。”县官又问他：“离西崖庄有几里路？”回答说：“五里路。”县官说：“去年被杀的商人，是你什么人？”他说：“我不认识那个人。”县官勃然大怒说：“是你杀死的，还说不认识吗？”周成极力辩解，县官根本不听；严刑拷打，他果然招供服罪了。

当初，商人的妻子王氏，要去亲戚家里串门，因为头上没有钗环，心里很羞愧，就嘀嘀咕咕地叫丈夫到邻家去借一支。丈夫不肯去借；妻子就自己去借了一支，很珍重地戴在头上。回来的时候，从头上卸下来，包在包袱里，塞在袖筒里藏着；到家以后，一摸袖筒，已经丢失了。她不敢告诉丈夫，又没有力量偿还邻家，心里很懊恼，懊恼得想要寻死。

这一天，周成恰好拣到了那支头钗，知道是商人妻子王氏丢失的，就在暗中窥测，看见商人外出以后，半夜从墙头上爬过去，拿着头钗进行要挟，要奸污王氏。当时正是闷热的伏天，王氏睡在院庭里，他便偷偷地靠上去进行奸污。王氏发觉了，大声喊叫。他急忙制止，留下包袱，还给了头钗。奸污完了以后，王氏嘱咐他说：“以后你不要来了，我家男子脾气很凶，犯在他的手里，恐怕你我都得死掉。”周成怒冲冲地说：“我带给你的东西，足够到妓院里住上好几夜，难道发生一次关系就算偿还我了吗？”王氏安慰他说：“我不是不愿和你好，我家男子时常闹病，不如从从容容地等他死了以后再说。”周成一听就走了。于是就杀死了商人，晚上到王氏家里说：“现在商人已经被人杀死了，请按原先约定的办吧。”王氏一听，放声大哭，周成害怕惊动四邻，赶紧逃跑，天亮一看，王氏已经悬梁自尽了。

县官审明了真实情况，就判周成给商人偿命。大家都佩服县官断得很神明，但却不知用什么办法察得那么清楚。姓费的县官说：“这个案子没有什么难以辨别的，

关键在于随处留心罢了。当初验尸的时候，我看见包银子的包袱皮上绣着万字文，周成的包袱皮上也绣着万字文，两个包袱皮是出于一人之手。等到一审问，他又说从前不认识商人，言词诡诈，脸色诡变，所以就确知他是真正的杀人凶手了。”

异史氏说：“世上有些判决诉讼案件的官员，不是长期放在一旁不闻不问，就是拘捕几十人，搞得乱七八糟。在堂上拷打人犯，好像敲击肉鼓，大声喊喝，吵吵嚷嚷，乱乱哄哄，他竟一次又一次地皱眉蹙额地说：‘我为民事，真是劳尽了心血。’等到云板敲击三声，歌声女色一齐来到面前的时候，难以判决的案件，再也不放在心上了；专等升堂的时候，期望犯人的自我暴露而已。唉！这样的断案，怎能得到民情呢！我常说：‘有智慧的人不必具有贤德的品行，而有贤德的人，那就一定要有智慧；因为费尽苦心，才能想出巧妙的计策。’‘随处留心’这句话，可以教育天下所有的县官和所有的地方官员了。

淄川有个名叫胡成的人，和冯安住在同一个村里，两家世世代代都有私仇。胡成父子很强横，冯安屈心下意地和胡成结交朋友，胡成始终心有疑忌。一天，两个人在一起喝酒，有点醉醺醺的时候，谈得很密切。胡成吹牛说：“你不要忧虑贫困，送给你百金，不是太难的。”冯安认为他的家业不丰富，这是吹大牛，所以就用鼻子嗤他一声。胡成脸色一本正经地说：“实话告诉你，‘昨天我在路上遇见一个大商人，车上装着丰富的货物，我把他大头朝下扔进南山的枯井里去了。’冯安还是耻笑他。当时胡成有个名叫郑伦的妹夫，托他做个说合人，要买某家的田产，把好几百金寄存在胡成家里，他就全部拿出来，在冯安面前炫耀一番。冯安真就相信了。散席以后，偷偷地写了状子，告到县里。

姓费的县官把胡成抓到堂上审问，和冯安当堂对质，胡成说家中的几百金是妹夫托他买田的。又审问郑伦和卖地的主人，三个人的口供完全一致。于是就一起去察看南山的枯井。一个衙役拽着绳子下到井底，井底下果然有个无头的死尸。胡成大吃一惊，无话可以争辩，只能喊冤叫苦。县官很生气，叫人打他几十个嘴巴子，说：“你杀人确有证据，还喊冤叫屈呢！”就给他带上死囚的刑具，押在死囚牢里。然后下令：井里的死尸不要抬出来，晓喻各个村庄，叫死尸的主人到县里递状子认尸。

过了一天，有个妇人抱着状子上了大堂，说她是死人的妻子。喊冤说："我丈夫名叫何甲，扛着数百金，出门做买卖，被胡成杀死了。"县官说："枯井里倒是有个死人，恐怕未必就是你的丈夫。"妇人坚信不疑地说，就是她的丈夫。县官就叫人把死尸从井里抬出来，一看，果然不错。她不敢靠近死尸，却站在远处哭号。

县官说："真正的凶犯已经抓到了，只是死者的躯体没有全部拿到。你暂且回去，等拿到死者头颅的时候，就招你来，叫胡成给你丈夫偿命。"于是就从狱中把胡成招呼出来，呵斥他说："明天不把人头拿来，就用夹棍夹断你的两条腿！"叫衙役把他押出去，找了一天，晚上回来问他找没找到人头，他只是悲哀地哭泣。于是就把刑具放在他的面前，做出一副将要动刑的样子。但又不动刑，说："你当天晚上扛尸的时候，想必很忙迫，不知人头掉到什么地方去了，怎不仔细找找呢？"胡成哀求县官容缓期限，他出去尽快地寻找。

县官又问那个妇人："你有几个子女？"妇人回答说："我没儿没女。"县官又问："何甲有什么亲属？"妇人说："只有一位堂叔。"县官感慨地说："年轻轻的丧失了丈夫，这样孤苦伶仃，你今后怎么生活呢！"那个妇人一听就哭了，给县官磕头，请求怜悯她。县官说："杀人的罪犯已经判定了，只要得到全尸，这个案子就算结束；结案以后，你可以急速改嫁。你是一个年轻女人，再不要出入公门了。"妇人感动得眼泪直流，叩头下了大堂。

县官马上发出传票，指示村里的人，替官府寻找人头。过了一夜，就有一个同村人，名叫王五的，向官府报告，说他已经找到了人头。当堂审问，察看清楚以后，赏给王五五千钱。把何甲的堂叔唤上公堂，说："大案已经完结了；但人命重大，没有一年的工夫不能结束。你侄儿既然没有留下儿女，年轻轻的侄媳妇也就很难生存下去，应该早早地叫她嫁人。此后也没有别的事情，只有上司的检查批驳，只需你作她随叫随到的应身好了。"何甲的堂叔不愿做她的应身，县官就给他扔下两个朱签；他还要争辩，又扔下一个朱签。何甲的堂叔害怕了，就服从命令，出了公堂。妇人听到这个消息，便去感谢县官的恩德。县官尽心尽意地安慰她。又发出告示："有买媳妇的人，要当堂报告。"那个妇人下去以后，就有一个投状求婚的，县官一看，原来就是那个找到人头的王五。县官又把妇人唤上大堂，问道："真正的杀人凶手，你知道吗?"妇人回答说："胡成。"县官说："不是胡成。你和王五才是真正的凶犯。"两个人大吃一惊，极力辩白，说他们冤枉。县官说："我早就知道内中的详情，所以拖拖拉拉的没有给你挑明，是怕万一冤屈了好人。尸体没有抬出枯井的时候，你怎能确信是你的丈夫呢?这是你在此以前就知丈夫死在枯井里了。而且何甲死的时候还穿着破破烂烂的衣服，几百金的钱财从什么地方来的呢?"又对王五说："人头在什么地方，你怎么那样熟悉呢！你所以这样急急忙忙地献出人头，用心在于急速和妇人成亲罢了。"两个人惊得目瞪口呆，面如土色，一句强词夺理的话也说不出来。一并严刑拷问，果然吐露了真情。原来王五和妇人已经私通很久了，就谋杀了她的丈夫，恰巧赶上胡成吹大牛，就造成了冤案。于是就释放了胡成。冯安因为诬告不实，狠狠地打了一顿板子，罚了三年劳役。案子结束了，没对一个人胡乱动刑。

异史氏说："我的老师费祎祉，很有仁爱的名声，就拿这个案子来说，也可以看出仁人用心之苦了。他刚到淄川担任县官的时候，我蒲松龄才二十来岁，过分受到他的器重和赞许，但我才短力弱，竟然是个有名无实的人，辜负了老师的器重。我的老师一辈子办了一件很不聪明的事情，那就是蒲松龄给他留下了实实在在的笑柄。可悲呀!"

义 犬

【原文】

周村有贾某[①]，贸易芜湖[②]，获重资。赁舟将归，见堤上有屠人缚犬，倍价赎之，养豢舟上。舟人固积寇也[③]，窥客装，荡舟入莽[④]，操刀欲杀。贾哀赐以全尸，盗乃以毡裹置江中。犬见之，哀嗥投水，口衔裹具，与共浮沉。流荡不知几里，达浅搁乃止[⑤]。

义犬

犬泅出，至有人处，狺狺哀吠[⑥]。或以为异，从之而往，见毡束水中，引出断其绳。客固未死，始言其情。复哀舟人，载还芜湖，将以伺盗船之归。登舟失犬，心甚悼焉。抵关三四日，估楫如林[⑦]，而盗船不见。

适有同乡估客将携俱归，忽犬自来，望客大嗥，唤之却走。客下舟趁之。犬奔上一舟，啮人胫股，挞之不解。客近呵之，则所啮即前盗也。衣服与舟皆易，故不得而认之矣。缚而搜之，则裹金犹在。呜呼！一犬也，而报恩如是。世无心肝者[8]，其亦愧此犬也夫！

【注释】

①周村：集镇名。明清属山东省长山县，今属淄博市周村区。

②芜湖：县名，明清属太平府。今为安徽省芜湖市。

③积寇：积年盗匪，即惯匪。

④荡舟入莽：把船划到蒹葭、芦苇丛生的僻处。荡舟，划船。

⑤浅搁：即搁浅。船或他物阻滞于浅滩，不能进退。

⑥狺狺（银银）：犬吠声。

⑦估楫：商船。

⑧无心肝：即俗言“没良心”。心肝，犹言肝胆，喻真挚情意。

【译文】

周村有一个商人，在芜湖做买卖，挣了很多钱。他租了一条船，将要登船回乡的时候，看见河堤上有一个屠夫，用绳子捆着一条狗，像要屠杀的样子，他就加上一倍的价钱，买了那条狗，牵到船上豢养着。船夫原先是个江湖的惯盗，看见客人的行装很丰富，把船荡进草木浓密的地方，操起一把钢刀，要杀死商人。商人向他哀求，请他开恩，赏赐一个全尸，强盗就用毡子把他裹起来。扔到江里去了。

那条狗看见主人被扔进了大江，哀号着跳进水里；用嘴衔着裹人的毡子，随波逐流，一沉一浮地向前游去。不知往前漂流了多少里路，到达一个浅滩才停下来。那条狗泅到岸上，来到有人的地方，不停地汪汪哀叫着。有一个船夫看它叫得很奇怪，就跟它来到江边，看见毡子里捆着一个人，搁在浅水里，就从水里拉出来，砍断了绳子。商人原来没有淹死，就从头到尾说了被害的情况。还哀求那个船夫，把他载回芜湖，想要侦候贼船的归来。

他上船以后，那条狗突然丢失了，心里很悼念。回到芜湖三四天，商船的桅杆多得像一片树林子，却见不到那条贼船。恰好有个同乡的商人，要带他一道回家，那条狗忽然自己跑回来了，望着商人大声嗥叫。召唤它，它却抹身往回跑。商人就下船去撵它。它跑上一只船，咬住了一个人的小腿，打它也不松口。商人来到跟前呵斥它，这才看清楚，被它咬住的那个人，就是先前的强盗。强盗换了衣服，也换了船只，所以商人认不出来了。商人把他捆起来，搜了他的船，抢去的钱包袱还在船上。唉！一条狗，竟能这样的报恩。世上那些没有心肝的家伙，看见这条狗，岂不臊死了！

杨大洪

【原文】

大洪杨先生涟[1]，微时为楚名儒[2]，自命不凡。科试后[3]，闻报优等者，时方食，含哺出问[4]："有杨某否?"答云："无。"不觉嗒然自丧[5]，咽食入鬲[6]，遂成病块[7]，噎阻甚苦。众劝令录遗才[8]；公患无资，众醵十金送之行[9]，乃强就道。夜梦人告之云："前途有人能愈君疾，宜苦求之。"临去，赠以诗，有"江边柳下三弄笛[10]，抛向江心莫叹息"之句。明日途次，果见道士坐柳下，因便叩请。道士笑曰："子误矣，我何能疗病？请为三弄可也。"因出笛吹之。公触所梦，拜求益切，且倾囊献之。道士接金，掷诸江流。公以所来不易，哑然惊惜[11]。道士曰："君未能恝然耶[12]？金在江边，请自取之。"公诣视果然。又益奇之，呼为仙。道士漫指

曰："我非仙，彼处仙人来矣。"赚公回顾，力拍其项曰："俗哉！"公受拍，张吻作声，喉中呕出一物，堕地堛然[13]，俯而破之，赤丝中裹饭犹存[14]，病若失。回视道士已杳。

杨大洪

异史氏曰：“公生为河岳，没为日星[15]，何必长生乃为不死哉！或以未能免俗[16]，不作天仙，因而为公悼惜。余谓天上多一仙人，不如世上多一圣贤，解者必不议予说之偵也[17]。”

【注释】

①大洪杨先生涟：杨涟，字文孺，别字大洪，湖北应山人。明万历三十五年进士，历擢兵科给事中。万历四十八年（即泰昌元年），神宗、光宗相继去世，杨涟与御史左光斗等协心建议，扶幼主熹宗正位，于时并称“杨左”。天启间，拜左副都御史，激扬讽刺，尝劾魏忠贤二十四大罪，魏党恨之入骨。天启五年，被魏党诬陷下狱，拷讯残酷，死狱中。

②微时：指做官前地位卑微之时。

③科试：明清时各省学政周历各府州，考试欲应乡试的生员，称科试。

④含哺（补）：口中含饭。哺，口中所含食物。

⑤嗒然自丧：自感灰心沮丧。

⑥鬲：通“膈”。胸腹间的隔膜。

⑦病块：因积食不化所致胸腹闷满结块之症，即痞证。

⑧录遗才：指参加录遗考试，以取得参加乡试资格。明清时，秀才参加科试。考在一、二等及三等前十名者，得录名参加乡试，称录科。其在三等十名以下，及因故未试之秀才与在籍贡、监生等，得再参加录科考试，取中者亦得参加乡试。录科考试未取及因故未参加者，可以参加录遗考试，其名列前茅者，亦可参加乡试。

⑨醵（聚）：此从二十四卷抄本，原作“鐻”。凑钱。

⑩三弄笛：三度吹笛或吹奏三阕。

⑪哑（亚）：叹词。表惊讶，惋惜。

⑫恝（戛）然：淡然。恝，无愁貌。

⑬塥（必）然：犹言“噼的一声”。塥，本义为土块，《聊斋》常借作象声

词用。

⑭赤丝：指血丝。此借谓杨连不论生前死后，其浩然正气及天纬地。

⑮“公生为河岳”二句：受人景仰。

⑯未能免俗：行事未能摆脱俗例。此指杨涟不忘功名而且爱惜金钱，无异于常人。

⑰“解者”句：谓洞达事理的人必不认为作者的见解是颠倒是非。傎，同“颠”，谓颠倒事理。

【译文】

杨先生名涟字大洪，没有发迹的时候，是湖北有名的书生，是个自命不凡的人物。在科试以后，听见有人传报名列前茅的优等生，他当时正在吃饭，含着一口饭出来问道：“有杨大洪吗?”回答说：“没有。”他不觉垂头丧气，咽下去的一口饭，横在心口窝上，竟然郁成一个病块，噎得很痛苦。大家都劝他，把他的名字列进了“遗才录”；他忧虑回家没有路费，大家给他凑了十吊钱，给他送行，他才勉强上了大道。夜里做梦，有人在梦里告诉他说：“在前面的道路上，有人能治好你的病，你应该苦苦向他哀求。”临别的时候，送他一首诗，其中有“江边柳下三弄笛，抛向江心莫叹息”的句子。

第二天，他正在往前赶路，果然看见一个道士坐在一棵大柳树下，所以就去磕头，请道士给他治病。道士笑着说：“你搞错了，我怎能治病呢？我可以给你弄笛三声。”说完就拿出一支短笛吹起来。正好触到梦境上，磕头礼拜，求得更加恳切，而且把口袋里所有的金钱都献给了道士。道士接过金钱，随手扔进了大江。他认为那些金钱来得很不容易，哑口无言，心里却感到惊讶，实在有点惋惜。道士说：“你做不到无动于衷吗？金钱就在江边上，请你自己取回来吧。”他到那里一看，金钱果然放在江边上。他越发感到神奇，把道士叫作神仙。道士随便用手一指说：“我不是神仙，那里来了一位神仙。”骗他回头看望的时候；用力在他脖子上拍了一下说："你真庸俗啊！"他受了拍击，一张嘴，发出一声响嗝儿，从咽喉里呕出一个东西，落到地上，砰的一声。他低头一看，已经摔破了，红红的血丝裹着一团饭，还完整地包在里边，噎堵的病症似乎消失了。回头看看道士，已经无影无踪了：

异史氏说："杨大洪活着的时候如同江河山岳，死后成为日月星辰，何必要求长生不死呢！有人说他没有免除人间的庸俗，做不了天上的神仙，因而替他惋惜；我认为，天上多一位神仙，不如人间多一位圣贤，了解人情世故的人，一定不会议论我说得颠三倒四。"

查牙山洞

【原文】

章丘查牙山[①]，有石窟如井，深数尺许。北壁有洞门，伏而引领望见之。会近村数辈，九日登临[②]，饮其处，共谋入探之。三人受灯，缒而下。

洞高敞与夏屋等[③]；入数武，稍狭，即忽见底。底际一窦，蛇行可入[④]。烛之，漆漆然暗深不测。两人馁而却退[⑤]；一人夺火而嗤之，锐身塞而进。幸隘处仅厚于堵，即又顿高顿阔，乃立，乃行。顶上石参差危耸[⑥]，将坠不坠。两壁嶙嶙峋峋然[⑦]，类寺庙山塑[⑧]，都成鸟兽人鬼形：鸟若飞，兽若走，人若坐若立，鬼罔两示现忿怒[⑨]；奇奇怪怪，类多丑少妍。心凛然作怖畏。喜径夷，无少陂[⑩]。逡巡几百步，西壁开石室[⑪]，门左一怪石鬼，面人而立，目努，口箕张，齿舌狞恶；左手作拳，触腰际；右手叉五指，欲扑人。心大恐，毛森森似立。遥望门中有爇灰，知有人曾至者，胆乃稍壮[⑫]，强入之。见地上列碗盏，泥垢其中；然皆近今物，非古窑也[⑬]。傍置锡壶四，心利之，解带缚项系腰间[⑭]。即又旁瞩[⑮]，一尸卧西隅，两肱及股四布以横。骇极。渐审之，足蹑锐履[⑯]，梅花刻底犹存[⑰]，知是少妇。人不知何里，毙不知何年。衣色黯败，莫辨青红；发蓬蓬似筐许，乱丝粘着髑髅上[18]；目、鼻孔各二；瓠犀两行[19]，白巉巉，意是口也。存想首颠当有金珠饰，以火近脑，似有口气嘘灯，灯摇摇无定，焰纁黄[20]，衣动掀掀。复大惧，手摇颤，灯顿灭。忆路急奔，不敢手索壁，恐触鬼者物也。头触石，仆，即复起；冷湿浸颔颊，知是血，不觉痛，抑不敢呻；坌息奔至窦，方将伏，似有人捉发住，晕然遂绝。

众坐井上俟久，疑之，又缒二人下。探身入窦，见发罥石上，血淫淫已僵。二人失色，不敢入，坐愁叹。俄井上又使二人下；中有勇者，始健进，曳之以出。置山上，半日方醒，言之缕缕[21]。所恨未穷其底极；穷之，必更有佳境。后章令闻之[22]，以丸泥封窦[23]，不可复入矣。

康熙二十六、七年间，养母峪之南石崖崩[24]，现洞口；望之，钟乳林林如密笋[25]。然深险，无人敢入。忽有道士至，自称钟离弟子[26]，言："师遣先至，粪除洞府。"居人供以膏火，道士携之而下，坠石笋上，贯腹而死。报令，令封其洞。其中必有奇境，惜道士尸解[27]，无回音耳。

【注释】

①查牙山：乾隆《章丘县志》作"杈枒山"，在县东界。

②九日登临：重九登高。

③高敞：本作高厰，此从青柯亭本。夏屋：大屋。

④蛇行：全身贴地爬行。

⑤馁：气馁。失去勇气。

⑥顶上石参差危耸：底本无"耸"字，从青柯亭本补。

⑦嶙嶙峋峋：怪石重叠高耸的样子。

⑧ 山塑：山墙下的塑像。山，山墙的省称。寺庙两山墙下多塑众鬼神像。

⑨"鬼罔两"句：谓鬼怪之类，神色愤怒。罔两，即魍魉，山精水怪之类。鬼罔两，犹言鬼怪。示现，谓表情、神色。

⑩径夷：道路平坦。无少陂（坡）：没一点斜坡。陂，斜坡。

⑪西壁：此从二十四卷抄本，原作“四壁”。

⑫胆乃稍壮：底本无“胆”字，从青柯亭本补。

⑬古窑：古代陶瓷器皿。

⑭项：此从二十四卷抄本，原作“顶”。指锡壶颈部。

⑮即又旁瞩：此从二十四卷抄本，“又”原作“有”。

⑯锐履：谓尖足女鞋。

⑰梅花刻底：指纳有梅花的鞋底。粗线刺纳使其图案鲜明，叫作刻。

⑱髑髅（独娄）：死人的头骨。

⑲瓠犀：瓠籽。喻洁白细密的牙齿。

⑳焰纁黄：谓灯光暗淡。纁黄，黄中透红之色。

㉑言之缕缕：谓叙述详尽。

㉒章令：章丘知县。

㉓丸泥：泥团。

㉔养母峪：未详其地。大约在淄川或博山县境。

㉕钟乳：又名石钟乳。石灰岩顶部下垂的檐冰状物。系由熔岩水分挥发后凝成，以其状如钟乳，故名。林林：繁密；纷纭众多貌。

㉖钟离：钟离权。传说复姓钟离，名权，号云房，为道教八仙之一。全真道奉为“正阳祖师”。

㉗尸解：道教称修道成功者假托为尸以解化登仙，曰尸解。此处作为“死”的婉称。

【译文】

章丘市有个查牙山，山上有个石窟，好像一口井，有好几尺深。北面的井壁上有一个洞门，趴在井沿上，抻着脖子向里望，可以望见洞口。邻村的几个人，九月

初九重阳节，登高的时候，来到石窟跟前饮酒。大家一起商量，要进去探察探察。三个人接受大家的委托，拿着灯火，用绳子缒到井底。洞门像高屋大厦房门那么宽敞；往里走了几步，稍微狭窄一点，就看见井底了。井底边上有个小洞，可以爬进去。拿灯一照，黑洞洞的，深不可测。两个人一看就气馁了，返身就往回走；一个人夺下灯火，耻笑他们胆小，挺身塞进了石孔，往里爬行。幸而狭窄的地方只有大墙那么厚，再往里爬，马上就忽然高了，忽然开阔了，于是就站起来，迈步往里走。洞顶上的石棚，七高八矮，参差不齐，有的大头朝下，很危险地倒立着，眼看就要掉下来了，但却没有掉下来。两面的墙壁上嶙嶙峋峋，类似大庙里的塑像，都是鸟兽和人鬼的形状：鸟儿像要起飞，兽类像要奔走，人类有坐着的，有站着的，鬼怪都瞪着两只眼睛，显出一副愤怒的面孔；千奇百怪，大抵丑的多，美的少。

他心里打了一个冷战，有点害怕了。幸喜道路平坦，没有一点坡坡坎坎。他犹犹豫豫地往前走了几百步，看见西边的墙壁上开了一道门，门里有个石头屋子，门左有个石头鬼怪，面对来人站在门旁，瞪着眼睛，张着簸箕大嘴，牙齿和舌头狰狞可怕；左手握着拳头，触在腰上；右手又开五指，像要扑入的样子。他心里很害怕，浑身冒凉风，毛发全都竖起来了。站在远处往门里一望，看见门里有烧剩的灰烬，知道有人曾经来过，胆子就稍微壮了一些，硬着头皮进了门里。看见地下摆着饭碗和酒杯，里面尽是泥土，但却都是现代的东西，不是出于古窑的古董。旁边放着四把锡酒壶，心里认为有利可图，就解下带子，捆上酒壶的脖子，系在腰上。马上又往旁边一看，一具死尸躺在西墙角上，平伸着两只胳膊和两条腿，直挺挺地横在地下。他心里很惊讶。慢慢来到跟前一看，脚上穿着尖尖的小鞋，刻在鞋底上的梅花仍然完好无损，知道是个少妇。不知她是哪个村的人，也不知死于何年何月。衣服已经发黑腐烂了。辨不出什么颜色；乱蓬蓬的头发，好像一筐乱丝，粘在干枯无肉的头骨上；眼睛和鼻子，各有两个窟窿，两行牙齿，白馋馋的，料想就是嘴巴了。他心里一想，女尸的头上应该有金珠首饰，就拿着灯火靠近脑袋，好像死人在用嘴吹灯，灯火摇摆不定，火焰变成了红黄色，衣服也一掀一掀地摆动起来。他又吓得要死，手上一打战，灯火突然熄灭了。

他记着来时的道路，急忙往外奔跑，两只手不敢摸索墙壁，害怕碰着那些鬼物。脑袋撞到石壁上；一个跟头跌倒了，马上又爬起来；又冷又湿的东西，顺着脸颊流到下颏，知道是血水，不觉得疼痛，更不敢呻吟；上气不接下气地跑到石壁下的小洞，刚要趴下往外爬，好像有人抓住了头发，脑子一晕就昏过去了。

大家坐在井上等了很久，心里很疑惑，又用绳子缒下两个人。两个人把身子探进小洞，往里一看，看见他的头发挂在石头上，脸上流着鲜血，已经死了。两个人大惊失色，不敢进去救人，坐在洞口上长吁短叹地发愁。过了一会儿，井上又缒下两个人；其中有个勇敢的，这才大着胆子进了洞子，把他拉了出来。放到山上，缓了半天才苏醒过来，把他见到的东西，一件一件地说给大家听。他所遗憾的，没有达到最底下；如果到了最底下，必然更有佳境。后来，章丘市的县官听到这个消息，用泥巴封住了洞口，再也进不去了。

康熙二十六七年的时候，养母峪南边的石崖崩塌了，出现一个洞口；往洞子里一望，密麻麻的钟乳林，活像一片密笋。但是又深又险，没人敢进去。忽然来了一个道士，自称他是汉钟离的徒弟，说是："师父打发我先到这里，给他打扫洞府。"居民供给他灯油，道士便带着油灯跳下洞子，摔在石笋上，石笋穿透肚子死掉了。报给县官，县官叫人封了那个洞子。洞子里一定会有奇特的妙境，可惜道士扔下躯壳成仙了，听不到回信了。

安期岛

【原文】

长山刘中堂鸿训①，同武弁某使朝鲜②。闻安期岛神仙所居③，欲命舟往游。国中臣僚佥谓不可④，令待小张。盖安期不与世通，惟有弟子小张，岁辄一两至。欲至岛者，须先自白。如以为可，则一帆可至；否则飓风覆舟。逾一二日，国王召见。入朝，见一人佩剑，冠棕笠，坐殿上；年三十许，仪容修洁。问之，即小张也。刘因自述向往之意，小张许之。但言：“副使不可行。”又出，遍视从人，惟二人可以从游。遂命舟导刘俱往。

安期岛

水程不知远近，但觉习习如驾云雾，移时已抵其境。时方严寒，既至，则气候温煦，山花遍岩谷。导入洞府，见三叟趺坐[5]。东西者见客入，漠若罔知；惟中坐者起迎客，相为礼。既坐，呼茶。有僮将盘去。洞外石壁上有铁锥，锐没石中[6]；僮拔锥，水即溢射，以盏承之；满，复塞之。既而托至，其色淡碧。试之，其凉震齿。刘畏寒不饮。叟顾僮颐示之[7]。僮取盏去，呷其残者[8]；仍于故处拔锥，溢取而返，则芳烈蒸腾，如初出于鼎。窃异之。问以休咎，笑曰："世外人岁月不知，何解人事?'，问以却老术⑨，曰："此非富贵人所能为者。"刘兴辞[10]，小张仍送之归。既至朝鲜，备述其异。国王叹曰："惜未饮其冷者。此先天之玉液[11]，一盏可延百龄。"

刘将归，王赠一物，纸帛重裹，嘱近海勿开视。既离海，急取拆视，去尽数百重，始见一镜；审之，则鲛宫龙族，历历在目。方凝注间，忽见潮头高于楼阁，汹汹已近[12]。大骇，极驰；潮从之，疾若风雨。大惧，以镜投之，潮乃顿落。

【注释】 

①长山刘中堂鸿训：刘鸿训，字默承，号青岳，明代山东长山县人。万历四十年举人，四十一年进士，由庶吉士授编修。于泰昌元年（1620）冬奉使颁诏朝鲜，会辽阳失陷，间关自海道达登州复命。天启末，以忤魏忠贤，斥为民。崇祯间，尝以礼部尚书兼东阁大学士，进文渊阁大学士，主政府。崇祯七年，卒于代州戍所。

②武弁：武官。即下文"副使"。

③ 安期岛：传说中仙人安期生所居的海岛。安期生，战国后期方士，据说为琅邪人，卖药于东海边，曾见秦始皇。后流传为道家仙人名。汉武帝时，方士李少君建言遣使入海，求蓬莱仙人安期生之属。

④佥（千）：皆。

⑤趺坐：即"结跏趺坐"，俗谓盘腿打坐。

⑥锐没石中：锥尖插在石孔中。

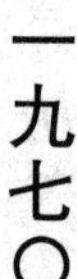

⑦颐示：用下巴动作示意。示，底本作视，此从二十四卷抄本。

⑧呷（瞎）：吸饮。

⑨ 却老术：即俗言“返老还童”的方术。

⑩兴辞：起身告辞。

⑪玉液：相传为仙人饮料，服之可益寿长生。又叫玉浆。

⑫汹汹：波浪翻滚的样子。

【译文】

长山县的刘鸿训，是明朝末年的大学士，奉朝廷命令，同他的武官出使朝鲜。听说安期岛是神仙居住的地方，就想乘船前去游览。朝鲜国的文武大臣都认为不可以，叫他等待小张。因为安期岛和人间不通往来，只有岛上一个徒弟小张，一年总要来上一两趟。想去安期岛的人，必须告诉小张。如果小张认为可以，就能一帆风顺地到达；否则会遇上飓风把船颠覆。

过了一两天，国王召见刘鸿训。他进了朝房，看见一个人，佩着宝剑，戴着棕毛编制的帽子，坐在殿上；大约三十来岁，身材高大，仪容整洁。他一打听，原来就是小张。刘鸿训就把自己向往安期岛的心愿对小张说了，小张点头应允。但对他说：“你的副使不能跟去。”说完又出了朝房，看遍了他的随从人员，只有两个人可以跟去游览。于是就上了大船，领着刘鸿训和两个随从人员，一起开赴安期岛。

海上的路程，不知有多远，只觉清风习习，好像腾云驾雾，不一会儿就到了安期岛。当时正是严寒的冬天，到达以后，觉得气候很温暖，山花开遍了山岩和沟谷。小张把他领进洞府，看见三个老头儿在盘腿打坐。东西两侧的两个老头儿，看见客人进了洞府，置若罔闻，态度很冷淡；只有坐在中间的老头儿，站起来迎接客人，互相以礼相见。

坐下以后，老头儿就喊人献茶。有个童子，端着茶盘出去了。在洞府门外的石壁上，有一把铁锥，锥尖插在石头里；童子伸手拔出铁锥，就喷出一股泉水，童子就用杯子接着；接满了杯子，又用铁锥塞住了。然后放进茶盘，托到他跟前。水色浅绿。尝一尝，凉得直打牙帮骨。刘鸿训怕凉不敢喝。老头儿看一眼童子，用下颏示意。童子拿走杯子，把杯子里的剩水一口喝掉了；仍在原来的地方，拔下铁锥，接了满满一杯水，重新端回来，浓香四溢，热气蒸腾，好像刚从开水锅里盛出来的。他心里感到很奇怪。

他向老头儿打听个人的吉凶祸福，老头儿笑着说："我是世外之人，岁月都不知道，怎能知道人间的事情？"他又打听不老的方法，老头儿说："这不是你们富贵之人所能做到的。"他便站起来告辞，仍由小张把他送回陆地。他回到朝鲜，详详细细地说了冷水热茶的奇怪现象。国王叹息着说："可惜没喝那杯最凉的水。那是老天的琼浆玉液，喝一杯就能延长寿命一百岁。"

刘鸿训将要回国的时候，国王赠给他一件东西，纸包绢裹，包了很多层，嘱咐他，在靠近大海的地方，不要打开观看。他上了船，离开了海边，急忙拿出那件东西，要拆开看看，剥去好几百层，才看见一面镜子；往镜子里一看，海底的龙宫龙族，清清楚楚地看在眼睛里。他正在专心注目地看着，忽然看见高于楼阁的浪头，汹涌澎湃，已经逼近船尾了。他大吃一惊，极力往前行驶，浪头紧紧跟在后边，好像一阵疾风暴雨。他吓得要死，把镜子扔进了大海，浪头立刻落下去了。

沅　俗

李季霖摄篆沅江[①]，初莅任，见猫犬盈堂，讶之。僚属曰："此乡中百姓，瞻仰风采也[②]。"少间，人畜已半；移时，都复为人，纷纷并去。一日，出谒客[③]，肩舆在途。忽一舆夫急呼曰："小人吃害矣[④]！"即倩役代荷，伏地乞假。怒诃之，役不听，疾奔而去。遣人尾之。役奔入市，觅得一叟，便求按视。叟相之曰："是汝吃害矣。"乃以手揣其肤肉[⑤]，自上而下力推之；推至少股，见皮内坟起[⑥]，以利刃破之，取出石子一枚，曰："愈矣。"乃奔而返。后闻其俗有身卧室中，手即飞出，入人房闼[7]，窃取财物。设被主觉[8]，絷不令去，则此人一臂不用矣[9]。

【注释】

①李季霖：李鸿霔，字季霖，号厚馀。其先长山人，曾祖徙新城。顺治十一年举人，康熙三年进士。历内阁中书舍人，刑部浙江司员外郎，以丁父忧去官。康熙二十五年起复，旋任湖南沅江市知县。沅江旧俗，官廨所需皆取给里民，鸿霔尽革之。又躬行垧野以劝农，设义学训课其民。因其为政清而和，近境苗部咸戒其党不为边隅患。未几，卒于官。僚友交赙助之，乃得归葬。

②瞻仰风采：瞻望风度、容色。是“见面”“认识”的敬辞。

③谒客：拜访客人。

④吃害：遭受伤害。

⑤揣：用手触摸、探测。肤肉：皮肉。

⑥坟（奋）起：隆起，鼓起。

⑦房闼：卧房，寝室。闼，房门。

⑧设被主觉：此从二十四卷抄本，“觉”，原作“觅”。

⑨不用：不听使用；不受支配。

【译文】

有个名叫李季霖的官员，到湖南去代理沅江市的知县。刚一到任的时候，看见猫狗挤满了大堂，使他很惊讶。属下的官吏说：“这是乡下的老百姓，都来瞻仰你的风采。”过了一会儿，堂上就人畜各半了；又过了一会儿，全部恢复了人形，纷纷攘攘地离开了大堂。

一天，他去拜会一位客人，轿夫抬着轿子走在路上。忽然有个轿夫急切地喊叫：“小人受害了！”就请求别的衙役替他抬轿，并且跪在地下请假。他气横横地呵

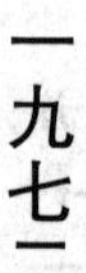

斥那个衙役，那个衙役不听，站起来就急慌慌地往前跑去。他派人尾随着。那个衙役跑进市里，找到一个老头儿，就要求老头儿给他看看。老头把他端相了一会儿说："你是被人暗算了。"就用手按摩他的皮肉，从上而下，用力推挤；推到小腿上，看见皮下鼓起一个大包，用刀子破开皮肤，从里面取出一枚石子，说："好了。"那个衙役就跑步往回走。

他后来听说，当地还有一个恶习，有的人躺在卧室里，手就飞出去，飞进人家的房门，偷盗人家的财物。假设被主人发觉了，捆住那只手，不让它回去，那个人的一只胳膊就作废了。

云萝公主

【原文】

安大业，卢龙人[①]。生而能言，母饮以犬血，始止。既长，韶秀，顾影无俦[②]；慧而能读。世家争婚之。母梦曰："儿当尚主[③]。"信之。至十五六，迄无验，亦渐自悔。一日，安独坐，忽闻异香。俄一美婢奔入，曰："公主至。"即以长毡贴地，自门外直至榻前。方骇疑间，一女郎扶婢肩入；服色容光，映照四堵。婢即以绣垫设榻上，扶女郎坐。安仓皇不知所为，鞠躬便问："何处神仙，劳降玉趾？"女郎微笑，以袍袖掩口。婢曰："此圣后府中云萝公主也。圣后属意郎君，欲以公主下嫁[④]，故使自来相宅[⑤]。"安惊喜，不知置词；女亦俛首：相对寂然。安故好棋，楸枰尝置坐侧[⑥]。一婢以红巾拂尘，移诸案上，曰："主日耽此，不知与粉侯孰胜[⑦]？"安移坐近案，主笑从之。甫三十馀着[⑧]，婢竟乱之，曰："驸马负矣[⑨]！"敛子入盒，曰："驸马当是俗间高手，主仅能让六子。"乃以六黑子实局中[⑩]，主亦从之。主坐次，辄使婢伏座下，以背受足；左足踏地，则更一婢右伏。又两小鬟夹侍之；每值

安凝思时，辄曲一肘伏肩上。局阑未结[11]，小鬟笑云："驸马负一子。"进曰："主惰，宜且退。"女乃倾身与婢耳语。婢出，少顷而还，以千金置榻上，告生曰："适主言宅湫隘[12]，烦以此少致修饰，落成相会也。"一婢曰："此月犯天刑[13]，不宜建造；月后吉。"女起；生遮止，闭门。婢出一物，状类皮排[14]，就地鼓之；云气突出，俄顷四合，冥不见物，索之已杳。母知之，疑以为妖。而生神驰梦想，不能复舍。急于落成，无暇禁忌；刻日敦迫[15]，廊舍一新。

先是，有滦州生袁大用[16]，侨寓邻坊[17]，投刺于门；生素寡交，托他出，又窥其亡而报之[18]。后月馀，门外适相值，二十许少年也。宫绢单衣[19]，丝带乌履，意甚都雅。略与倾谈，颇甚温谨。悦之，揖而入。请与对弈，互有赢亏。已而设酒留连，谈笑大欢。明日，邀生至其寓所，珍肴杂进，相待殷渥。有小僮十二三许，拍板清歌，又跳掷作剧[20]。生大醉，不能行，便令负之。生以其纤弱，恐不胜。袁强之。僮绰有馀力，荷送而归。生奇之。次日，犒以金，再辞乃受。由此交情款密，三数日辄一过从[21]。袁为人简默[22]，而慷慨好施。市有负债鬻女者，解囊代赎，无吝色。生以此益重之。过数日，诣生作别，赠象箸、楠珠等十馀事[23]，白金五百，用助兴作。生反金受物，报以束帛[24]。后月馀，乐亭有仕宦而归者[25]，橐资充牣[26]。盗夜入，执主人，烧铁钳灼，劫掠一空。家人识袁，行牒追捕[27]。邻院屠氏，与生家积不相能[28]，因其土木大兴，阴怀疑忌。适有小仆窃象箸，卖诸其家，知袁所赠，因报大尹[29]。尹以兵绕舍，值生主仆他出，执母而去。母衰迈受惊，仅存气息，二三日不复饮食。尹释之。生闻母耗，急奔而归，则母病已笃，越宿遂卒。收殓甫毕，为捕役执去。尹见其少年温文，窃疑诬枉，故恐喝之。生实述其交往之由。尹问："何以暴富？"生曰："母有藏镪，因欲亲迎，故治昏室耳[30]。"尹信之，具牒解郡。邻人知其无事，以重金赂监者，使杀诸途。路经深山，被曳近削壁，将推堕之。计逼情危[31]时方急难，忽一虎自丛莽中出，啮二役皆死，衔生去。至一处，重楼叠阁，虎入，置之。见云萝扶婢出，凄然慰吊[32]："妾欲留君，但母丧未卜窀穸[33]。可怀牒去，到郡自投，保无恙也。"因取生胸前带，连结十馀扣，嘱云："见官时，拈此结而解之，可以弭祸。"生如其教，诣郡自投。太守喜其诚信，又稽牒知其冤，销名令归。至中途，遇袁，下骑执手，备言情况。袁愤然作色，默不一语。生曰："以君风采，何自污也？"袁曰："某所杀皆不义之人，所取皆非义之财。不然，即遗于路者，不拾也。君教我固自佳，然如君家邻，岂可留在人间耶！"言已，超乘而去[34]。生归，殡母已，杜门谢客[35]。忽一日，盗入邻家，父子十馀口，尽行杀戮，止留一婢。席卷资物，与僮分携之。临去，执灯谓婢："汝认之，杀人者我也，与人无涉。"并不启关，飞檐越壁而去。明日，告官。疑生知情，又捉生去。邑宰词色甚厉。生上堂握带，且辨且解。宰不能诘，又释之。

既归，益自韬晦[36]，读书不出，一跛妪执炊而已。服既阕[37]，日扫阶庭，以待好音。一日，异香满院。登阁视之，内外陈设焕然矣。悄揭画帘，则公主凝妆坐[38]，急拜之。女挽手曰："君不信数，遂使土木为灾[39]，又以苫块之戚[40]，迟我三年琴瑟：是急之而反以得缓，天下事大抵然也。"生将出资治具。女曰："勿复须。"婢探椟[41]，有肴羹热如新出于鼎[42]，酒亦芳冽[43]。酌移时，日已投暮，足下所踏婢，渐都亡去。女四肢娇惰，足股屈伸，似无所着。生狎抱之。女曰："君暂释手。今有两道，请君择之。"生揽项问故，曰："若为棋酒之交，可得三十年聚首；若作床笫之欢，可六年谐合耳。君焉取？"生曰："六年后再商之。"女乃默然，遂相燕好。女曰："妾固知君不免俗道，此亦数也。"因使生蓄婢媪，别居南院，炊爨纺织，以作生计。北院中并无烟火，惟棋枰、酒具而已。户常阖，生推之则自开，他人不得入也。然南院人作事勤惰，女辄知之，每使生往谴责，无不具服。女无繁言[44]，无响笑[45]，与有所谈，但俯首微哂[46]。每骈肩坐，喜斜倚人。生举而加诸膝，轻如抱婴。生曰："卿轻若此，可作掌上舞[47]。"曰："此何难！但婢子之为，所不屑耳。飞燕原九姊侍儿，屡以轻佻获罪，怒谪尘间，又不守女子之贞[48]；今已幽之[49]。"阁上以锦裀布满[50]，冬未尝寒，夏未尝热。女严冬皆着轻縠[51]；生为制鲜衣[52]，强使着之。逾时解去，曰："尘浊之物，几于压骨成劳[53]！"一日，抱诸膝上，忽觉沉倍曩昔，异之。笑指腹曰："此中有俗种矣。"过数日，颦黛不食，曰："近病恶阻[54]，颇思烟火之味[55]。"生乃为具甘旨。从此饮食遂不异于常人。一日曰："妾质单弱，不任生产。婢子樊英颇健，可使代之。"乃脱衷服衣英[56]，闭诸室。少顷，闻儿啼。

启扉视之，男也。喜曰：“此儿福相，大器也[57]！”因名大器。绷纳生怀，俾付乳媪，养诸南院。女自免身[58]，腰细如初，不食烟火矣。忽辞生，欲暂归宁。问返期，答以“三日”。鼓皮排如前状，遂不见。至期不来；积年馀，音信全渺，亦已绝望。生键户下帏[59]，遂领乡荐。终不肯娶；每独宿北院，沐其馀芳。一夜，辗转在榻，忽见灯火射窗，门亦自辟，群婢拥公主入。生喜，起问爽约之罪。女曰：“妾未愆期[60]，天上二日半耳。”生得意自诩，告以秋捷[61]，意主必喜。女愀然曰：“乌用是傥来者为[62]！无足荣辱，止折人寿数耳。三日不见，入俗幛又深一层矣[63]。”生由是不复进取。过数月，又欲归宁。生殊凄恋。女曰：“此去定早还，无烦穿望[64]。且人生合离，皆有定数，撙节之则长，恣纵之则短也。”既去，月馀即返。从此一年半岁辄一行，往往数月始还，生习为常，亦不之怪。又生一子。女举之曰：“豺狼也！”立命弃之。生不忍而止，名曰可弃。甫周岁，急为卜婚。诸媒接踵，问其甲子[65]，皆谓不合。曰：“吾欲为狼子治一深圈，竟不可得，当令倾败六七年，亦数也。”嘱生曰：“记取四年后，侯氏生女，左胁有小赘疣，乃此儿妇。当婚之，勿较其门地也[66]。”即令书而志之。后又归宁，竟不复返。

生每以所嘱告亲友。果有侯氏女，生有疣赘。侯贱而行恶，众咸不齿，生竟媒定焉。大器十七岁及第，娶云氏，夫妻皆孝友。父钟爱之。可弃渐长，不喜读，辄偷与无赖博赌，恒盗物偿戏债[67]。父怒，挞之，卒不改。相戒提防，不使有所得。遂夜出，小为穿窬[68]。为主所觉，缚送邑宰。宰审其姓氏，以名刺送之归。父兄共絷之，楚掠惨棘[69]，几于绝气。兄代哀免，始释之。父忿恚得疾，食锐减。乃为二子立析产书，楼阁沃田，尽归大器。可弃怨怒，夜持刀入室，将杀兄，误中嫂。先是，主有遗袴，绝轻耎，云拾作寝衣。可弃斫之，火星四射，大惧奔出。父知，病益剧，数月寻卒。可弃闻父死，始归。兄善视之，而可弃益肆。年馀，所分田产略尽，赴郡讼兄。官审知其人，斥逐之。兄弟之好遂绝。又逾年，可弃二十有三，侯女十五矣。兄忆母言，欲急为完婚。召至家，除佳宅与居；迎妇入门，以父遗良田，悉登籍交之[70]，曰：“数顷薄产，为若蒙死守之[71]，今悉相付。吾弟无行，寸草与之，皆弃也。此后成败，在于新妇：能令改行，无忧冻馁；不然，兄亦不能填无底蘂也[72]。"侯虽小家女，然固慧丽，可弃雅畏爱之，所言无敢违。每出，限以晷刻；过期，则诟厉不与饮食。可弃以此少敛。年馀，生一子。妇曰："我以后无求于人矣。膏腴数顷，母子何患不温饱？无夫焉，亦可也。"会可弃盗粟出赌，妇知之，弯弓于门以拒之[73]。大惧，避去。窥妇入，逡巡亦入。妇操刀起。可弃反奔，妇逐斫之，断幅伤臀，血沾袜履。忿极，往诉兄，兄不礼焉，冤惭而去。过宿复至，跪嫂哀泣，乞求先容于妇，妇决绝不纳。可弃怒，将往杀妇，兄不语。可弃忿起，操戈直出。嫂愕然，欲止之。兄目禁之。俟其去，乃曰："彼固作此态，实不敢归也。"使人觇之，已入家门。兄始色动，将奔赴之，而可弃已坌息入[74]。盖可弃入家，妇方弄儿，望见之，掷儿床上，觅得厨刀；可弃惧，曳戈反走，妇逐出门外始返。兄已得其情，故诘之。可弃不言，惟向隅泣，目尽肿。兄怜之，亲率之去，妇乃内之。俟兄出，罚使长跪，要以重誓[75]，而后以瓦盆赐之食。自此改行为善。妇持筹握算，日致丰盈，可弃仰成而已[76]。后年七旬，子孙满前，妇犹时捋白须，使膝行焉。

异史氏曰："悍妻妒妇，遭之者如疽附于骨[77]，死而后已，岂不毒哉！然砒、附，天下之至毒也[78]，苟得其用，瞑眩大瘳[79]，非参、苓所能及矣[80]。而非仙人洞见脏腑[81]，又乌敢以毒药贻子孙哉！"

章丘李孝廉善迁[82]，少倜傥不泥[83]，丝竹词曲之属皆精之。两兄皆登甲榜[84]，而孝廉益佻脱。娶夫人谢，稍稍禁制之。遂亡去，三年不返，遍觅不得。后得之临清勾栏中[85]。家人入，见其南向坐，少姬十数左右侍，盖皆学音艺而拜门墙者也。临行，积衣累笥，悉诸妓所贻。既归，夫人闭置一室，投书满案。以长绳絷榻足，引其端自棂内出，贯以巨铃，系诸厨下。凡有所需，则蹑绳；绳动铃响，则应之。夫人躬设典肆[86]，垂帘纳物而估其直[87]；左持筹，右握管[88]；老仆供奔走而已：由此居积致富。每耻不及诸姒贵[89]。锢闭三年，而孝廉捷。喜曰："三卵两成[90]，吾以汝为毈矣[91]，今亦尔耶？"

又，耿进士崧生，亦章丘人。夫人每以绩火佐读[92]：绩者不辍，读者不敢息也。或朋旧相诣，辄窃听之：论文则瀹茗作黍；若恣谐谑，则恶声逐客矣。每试得平等[93]，不敢入室门；超等，始笑逆之。设帐得金[94]，悉内献，丝毫不敢隐匿。故东主馈遗，恒面较锱铢。人或非笑之，而不知其销算良难也。后为妇翁延教内弟。是年游泮，翁谢仪十金。耿受榼返金。夫人知之曰："彼虽周亲[95]，然舌耕谓何也[96]？"追之返而受之。耿不敢争，而心终歉焉，思暗偿之。于是每岁馆金，皆短其数以报夫人。积二年馀，得如干数。忽梦一人告之曰："明日登高，金数即满。"次日，试一临眺，果拾遗金，恰符缺数，遂偿岳。后成进士，夫人犹呵谴之。耿曰："今一行作吏[97]，何得复尔？"夫人曰："谚云：'水长则船亦高。'即为宰相，宁便大耶？"

【注释】

①卢龙：县名，今河北省卢龙县。

②无俦：无人能比。俦，匹、侣。

③ 尚主：娶公主为妻。

④下嫁：谓以贵嫁贱。

⑤ 相（象）宅：察看宅地。

⑥楸枰：棋盘。因多用楸木制成，故名。

⑦粉侯：对帝王之婿的美称。三国时，魏国何晏面如傅粉，娶魏公主，得赐爵列侯。后世因称皇帝的女婿为"粉侯"。

⑧着（招）：下围棋放棋子一枚叫一"着"。

⑨驸马：汉武帝时置驸马都尉，掌管皇帝出行时所设的副车。魏晋以后帝婿例加驸马都尉称号，因称帝婿为"驸马"。

⑩实局中：放在棋盘上。局，棋盘。

⑪局阑未结：棋终未结算胜负。局，这里指一盘棋。

⑫湫（秋）隘：低湿狭小。

⑬犯天刑：此为星相家择日的迷信术语。意谓主凶兆。天刑，犹言天罚。

⑭皮排：可以鼓动吹火的皮囊，古称"橐籥"。

⑮刻日敦迫：规定日期，极力督促。敦，促。迫，逼。

⑯滦州：州名，治所在今河北省滦县。

⑰邻坊：犹言邻街。坊，城市街市里巷。

⑱又窥其亡而报之：又伺他外出而去回访他；仍是有意不相会面。亡，出外，不在家。

⑲官绢：丝绢，官中所用之绢；名贵之物。

⑳跳掷：跳跃。掷，腾跃。

㉑过从：往来。

㉒简默：沉默寡言。

㉓象箸：象牙筷子。楠珠：伽南香木制作的成串念珠，为念佛记数用具。事：件，样。

㉔束帛：帛五匹为一束。

㉕乐亭：县名，今河北省乐亭县。

㉖充牣（刃）：满盈，充实。

㉗行牒：官府发出公文。

㉘积不相能：素不相容；一向不和睦。积，久。

㉙大尹：对县令的敬称。古时县令也称县尹。

㉚昏：同“婚”。

㉛计逼情危：诡计即将施行，情势极为危急。

㉜慰吊：慰问。吊，慰问不幸者。

㉝未卜窀穸（谆西）：未择墓地；指没有安葬。窀穸，墓穴。

㉞超乘（圣）：跳跃上车。此指飞身上马。

㉟杜门：此从铸雪斋抄本，稿本作“柴门”。

㊱韬晦：隐匿声迹，不自炫露。韬，掩蔽。

㊲服既阕（确）：服丧期满以后。阕，尽。

㊳凝妆：盛妆。

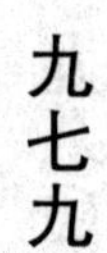

㊴土木：指兴建宅舍。

㊵苫（山）块之戚：指丧亲之悲。苫块，“寝苫枕块”的略语，见《墨子·节葬》。苫，草荐。块，土块。古时居父母之丧，以草荐为席，以土块为枕。

㊶椟（独）：木柜，木匣。

㊷鼎：古代炊器。

㊸芳冽：芳香清醇。

㊹繁言：多话。

㊺响笑：出声的笑。

㊻哂（审）：微笑。

㊼掌上舞：谓体态轻盈，能舞于掌上。

㊽不守女子之贞：赵飞燕与宫奴赤凤私通。因而说她不守女子之贞。

㊾幽：囚禁。

㊿穮：疑是“褾”字之讹。褾，同“表”。锦褾，指锦面帷幕。

(51)縠（胡）：丝织的皱纱。

(52)鲜衣：新衣。

(53) 劳：痨。

(54)恶（厄）阻：肠胃不佳，不思饮食。此指怀孕厌食。

(55)烟火之味：指人间饮食。道家以屏除谷食作为修养成仙之道，称尘世的熟食为“烟火”。

(56)衷服：贴身内衣。

(57)大器：宝器，喻大才。

(58)免身：分娩。免，通“娩”。

(59)键户下帏：指闭门苦读。键户，闩门。下帏，放下室内悬挂的帷幕。

(60)愆（千）期：过期。

(61)秋捷：考中举人。乡试于秋季举行，称“秋闱”。

(62)傥（躺）来者：无意得来的东西，指功名富贵。

(63)俗幛：佛教名词，指妨碍修道的世俗贪欲。幛，同“障”。

(64)穿望：急切地想望。穿，犹言望眼欲穿。

(65)甲子：指生辰八字。星命术士以人出生的年、月、日、时为四柱，配合干支，合为八字，用以推算命运好坏。

(66)门地：犹言“门第”。

(67)戏债：赌债。戏，博戏，指赌博。

(68)穿窬：穿壁踰墙，指偷窃行为。窬，通“踰”，翻越。

(69)惨棘：严刻峻急，指楚掠严酷。棘，通“急”。

(70)登籍：造册登记。

(71)若：你。蒙死：冒死。

(72)无底壑：此犹俗称“无底洞”，言欲壑难填。

(73)弯弓：拉弓。

(74)坌（笨）息：气息喷溢。气急败坏的样子。

(75)要（邀）以重誓：逼着对方发个重誓。要，要挟。

(76)仰成：仰首等待成功，比喻坐享其成。

(77)疽：一种毒疮。

(78)砒、附：砒霜和附子，都是毒药.

(79)瞑（眠）眩大瘳（抽）意谓药性发作而使人愦瀎昏乱，才可以彻底治愈疾病。瞑眩，饮烈性药而引起的头晕目眩。瘳，病愈。

(80)参、苓：人参、茯苓，均为滋补温和之药。

(81)洞见腑脏：喻看透本质。

(82)章丘：县名，今山东省章丘市。

(83)倜傥：据铸雪斋抄本；稿本作“通傥”。不泥：不羁。泥，拘泥。

(84)登甲榜：指会试中式。科举时代，会试之榜称为甲榜。

(85)临清：州名，治所在今山东临清市。

(86)躬设典肆：亲自开设当铺。

(87)纳物：指收受典当的物品。

(88)左持筹，右握管：意谓左手打算盘，右手持笔记账。筹，筹码，代指算盘。管，毛笔。

(89)姒（四）：嫂；弟之妻称兄之妻为姒妇。

(90)三卵两成：指李氏兄弟三人只有两人登甲榜。

(91)毈（段）此借喻善迁科举无成。

(92)绩火：绩麻的灯火。

(93)平等：明清时岁试或科试按成绩分为六等，给予赏罚。平等，谓处于不赏不罚这一等级。

(94)设帐：设帐授徒。此指为塾师。

(95)周亲：最亲近的人。此据青柯亭刻本，底本作“固亲”。

(96)舌耕：旧时指教书谋。

(97)一行作吏：一经为官。

【译文】

安大业，是河北卢龙人。刚一生下来就能说话，母亲给他喝了狗血，才止住了。长大以后，面目清秀，顾形望影，没有能和他比美的；而且头脑聪明，读书读得很好。官僚世家争着和他通婚。母亲做梦，有人在梦里告诉她说：“你儿子应该婚配一位公主。”母子二人都相信了。一直长到十五六岁，始终没有应验，也就逐渐后悔了。

一天，安大业独自坐在书房里，忽然闻到一阵奇异的浓香。过了不一会儿，有个漂亮的使女跑进来说：“公主来了。”马上就用长毡铺地，从门外一直铺到床前。他正在惊疑的时候，看见一位女郎，扶着使女的肩头进了书房：耀眼的服饰，漂亮的容貌，映得四壁生光。使女就把一个绣花坐垫放在床上，扶着女郎坐下了。安大业惊慌失措，不知如何是好，就向女郎躬身施礼，问道：“你是何处的神仙，敢劳大驾光临寒舍？”女郎只是笑盈盈地用袍袖遮着嘴巴。使女说：“这是圣后府里的云萝公主。圣后喜爱郎君，要把公主嫁给你，所以叫公主自己来选择女婿。”

安大业又惊又喜，不知怎样回答才好；公主也低着脑袋；两人面对面地坐着，默默不语。安大业一向喜好下围棋，曾把棋盘放在座位的旁边。一个使女用红巾拂去棋盘上的灰尘，把它移到书桌上，说：“公主天天酷爱下围棋，不知和驸马比较起来，谁占优势？”安大业就把座位移到书桌跟前，公主笑盈盈地跟他下棋。刚刚下了三十多个棋子，使女就抓乱了棋盘，说：“驸马输了！”就把棋子拣到盒子里，说：“驸马是人间的高手，公主只能让你六个棋子。”说完就在棋盘上摆上六个黑子，公主完全听从使女的摆布，也就和他重新下起来。

公主坐着的时候，就让使女趴在她的座位底下，用脊背承托她的脚；她左脚踏在地上的时候，就更换一个使女，趴在她的右脚底下。还有两个小丫鬟，站在两旁服侍着；每当安大业沉思凝想的时候，小丫鬟就弯起胳膊肘，趴在他的肩头上。到棋局将残，还没结束的时候，小丫鬟就笑着说：“驸马输了一个子。”并且进一步说：“公主已经乏了，应该回去休息。”公主就侧过身子和一个丫鬟耳语了几句，那个丫鬟就出了书房，去了不一会儿又返回来，拿来千金，往床上一放，告诉安大业说：“刚才公主说了，你的房子狭窄而又简陋，请你收下这笔钱，稍微修饰修饰，落成以后就来相会。”另一个丫鬟说：“这个月凶神在位，不宜动土修建，如果动土修建，冲犯了凶神，将会遭到灾难的，一个月以后，才是吉星高照的日子。”

公主站起来要走；安大业挡在前边不让她走，并且关上了房门。丫鬟从怀里掏出一件东西，形状像个皮排，就地往里吹气；突然从皮排里冒出一股云气，顷刻之间就绕满了四周，昏昏沉沉的，什么东西也看不见，再去寻找公主，已经无影无踪了。母亲知道这个情况以后，怀疑公主是个妖怪。安大业却心往神驰，梦里也想念公主，再也不能舍弃了。他急于落成新房，没有工夫禁忌应不应该动土；选定一个日子，督促工匠，很快就把房舍修建一新。

在此以前，栾州有个书生，名叫袁大用，侨居卢龙县，和他住邻居，曾经登门投递名帖，要求和他见一面。他一向寡居，很少交朋友，就借口外出了，没有会见；但是又趁袁大用没在家的时候前去回拜。一个多月以后，恰巧在门外碰上了，原来是个二十来岁的年轻人。穿一身宫绢的单衣，腰系丝带，脚蹬乌靴，神态很潇洒。略微谈了几句话，性格温厚，语言很谨慎。他很高兴，便拱手作揖，把袁大用请进了书房。邀请和客人下围棋，双方互有输赢。下完围棋以后，摆酒设宴款待客人，谈谈笑笑，喝得很痛快。

第二天，袁大用把他请到自己的寓所，山珍海味，荤素杂进，殷勤相待，情义很深厚。袁大用只有一个十二三岁的小书僮，打着拍板，清唱歌曲。还蹦蹦跳跳地演出一些节目。他喝得酩酊大醉，不能自己往回走，袁大用就让书童把他背着送回去。他看书僮细小而又瘦弱，怕他背不动。袁大用硬叫书童把他背回去。书童把他背起来以后，力气绰绰有余，一直把他背到家里。他感到很惊奇。第二天，他用金钱犒赏书童，书童一再推辞，最后才收下了。从此，两个人的交情很亲密，隔不了三几天，不是袁大用过来探望他，就是他去看望袁大用。

袁大用的为人，随随便便，沉默寡言，但却慷慨，喜好施舍。市上若有因为负债而出卖儿女的，他便解开钱袋子，替人赎回儿女，脸上毫无吝啬的表情。因此，安大业更加敬重他。过了几天，他来到安大业家里，向安大业告别，赠送一双象牙筷子和南珠等十几件礼物，还送了五百两银子，用来帮助修建房舍。安大业退还了银子，留下礼物，回送了五匹丝绸。

过了一个月以后，乐亭县有个做官的，辞官回乡，口袋里装满了金银。一天晚上，强盗闯进家里，把主人捆起来，用烙铁烧烤，把财物抢劫一空。家人认识强盗就是袁大用，就报告官府，官府发出公文，到处追捕袁大用。安大业的邻院姓屠的，和安大业积有私仇，两家互不相容。因为安家大兴土木，姓屠的心里很疑惑，暗中忌妒他。恰好家安的小仆人偷出一双象牙筷子，卖给了姓屠的。姓屠的知道这是袁大用送给安大业的，因此就报给了卢龙县的县官。县官领兵围住安大业的房子，正赶上主仆二人外出了，就把他母亲抓走。母亲年迈体衰，受了惊吓，便气息奄奄，两三天没有吃饭，也没有喝水，县官就把她释放了。

安大业听到母亲被抓的消息以后，急忙跑回家里，看见母亲已经病得很沉重，过了一宿就死了。他刚把母亲盛殓起来，就被衙役抓走了。县官看他年纪很轻，而且温文尔雅，心中怀疑这是诬告不实，冤枉了好人，就故意叱喝吓唬他。他如实交代了和袁大用交往的底里根由。县官问他："你用什么办法突然发财了呢？"他说："那是母亲窖藏的银子，因为要娶媳妇，所以拿出来修建结婚用的房子。"县官信以为真，就备下公文，往永平府押送。

那个姓屠的邻居，知道他无罪了，就拿出很多钱，贿赂两个解差，叫在路上杀死他。路过深山的时候，解差把他拽到悬崖峭壁上，要推下去摔死他。他无计可想，情况危急，正在危难的时候，忽然从草莽中跳出一只猛虑，咬死了两个衙役，把他叼走了。叼到一个地方，只见楼阁连着楼阁，重重叠叠，连成一片。猛虎把他叼进门里，放在地上。他看见云萝公主扶着使女，从楼里出来，很凄惨地安慰他说："我想把你留下，但是母亲的丧事还没有择日下葬。你可以揣着公文，自己到府里投案，保你无灾无难。"说完，抓起他胸前的丝带，一连结了十几个环扣，嘱咐他说："你见官的时候，要拈弄这些环扣，把它解开，便可以消除灾难。"他遵从公主的指示，就到永平府里投案。知府喜爱他的忠诚老实，又查阅案卷，知道他受了冤枉，就销去罪案，放他回家了。

他走在半路上，遇见了袁大用，便下了坐骑，互相拉着手，把自己的遭遇全部告诉了对方。袁大用气得脸色煞白，一句话也没说。他问袁大用："你是一位很有风采的人，为什么做贼自污呢？"袁大用说："我所杀掉的，都是不仁不义的人；我所抢劫的；都是不义之财。不然的话，就是扔在路边上，我也不去拣它。你对我的教育，固然很好，但像你家那个姓屠的邻居，怎能把他留在人间呢？"说完，飞身上马，扬鞭而去了。

他回到家里，把母亲安葬完了以后，关起大门，不再会见客人。忽然有一天晚上，强盗进了邻家，屠家父子十多口，全被杀死，只留下一个使女。把金钱财宝全部包起来，和童子分头携带。临走的时候，拿着灯烛对使女说："你好好认认：杀人的是我，和别人没有关系。"说完，并没有打开大门，就飞檐走壁地走了。第二天，使女向官府报告。县官怀疑安大业知情，又把他抓上公堂。县官的言辞和脸色都很严厉。他上了大堂以后，握着胸前的丝带，一边辩白，一边解开丝带上的环扣，县官无话可以审问，又把他释放了。他回家以后，更加隐迹藏踪，刻苦读书，不再出门会客，只有一个瘸老太太给他烧饭而已。三年服满以后，天天打扫院庭，等待云萝公主的好消息。

一天，满院都是奇异的浓香。他登上楼阁一看，里里外外的陈设都焕然一新了。悄悄揭起门上的画帘，看见公主盛妆坐在屋里。急忙进去参拜，公主拉着他的手说："你不相信命运，竟在不宜动土的时候大兴土木，招来了灾难；又苦苦地守孝，把我们夫妻的聚会推迟了三年：这是性急求快，反而推迟了，天下的事情，大抵都是这个样子。"他要拿钱准备酒菜。公主说："再也不需拿钱了。"使女打开柜子，拿出肉菜羹汤，热气腾腾，好像刚从锅里拿出来的，酒也喷射着浓烈的芳香。喝了一会儿，日落西山，天色逐渐昏黑，踩在公主脚下的使女，都逐渐躲开了。公主四肢娇懒，两腿屈屈伸伸的，好像无着无落的样子。安大业把她亲昵地抱在怀里。公主说："你暂且放手。现在有两条道路，请你自己选择。"安大业搂着她的脖子，问她两条什么道路。她说："如果做个下棋饮酒的知交，可以得到三十年的团聚；如果在床榻之上追求欢乐，只有六年的和谐而已。你选取哪条路呢?"安大业说："六年以后再商量吧。"公主一听，没再说话，就做了亲密的伴侣。

公主说："我本来知道你免不了人间的俗道。这也是命里注定的。"因而就让安大业蓄养丫鬟仆妇，叫她们分出去住在南院里，做饭，纺织，操持日常生活。北院里没有烟火，只有棋盘、酒具而已。院门时常关闭着，安大业伸手一推就推开了，别人谁也进不来。但是南院的丫鬟仆妇，谁干活勤快，谁懒惰，她总是知道得清清楚楚，时常叫安大业去谴责偷懒的，没有不服的。她没有多余的话语，也不大声发笑，和她言谈的时候，她只是低着脑袋微笑着。和她并肩坐在一起时，她喜好斜着身子倚着安大业。把她抱起来放在膝盖上，她身子很轻，好像抱个婴儿似的。安大业说："你这样轻盈，可以在掌上舞蹈。"她说："这没有什么难的！只是那是奴婢的事情，我不愿意罢了。赵飞燕原先是九姐的侍女，因为一次又一次地犯了轻佻之罪，九姐很生气。把她贬到人间，她又不遵守女子的贞操，现在已被囚禁了。"

阁楼上布满了锦垫，冬天没有冷过，夏天没有热过。不管酷夏还是寒冬，公主总是穿着轻轻地绉纱；安大业给她缝制了鲜艳的衣服，强迫她穿上，她穿过一个时辰就脱掉，说："尘世上肮脏的东西，压在骨头上，几乎压出病来了！"一天，安大业把她抱在膝盖上，忽然觉得沉甸甸的，比往常沉了一倍，感到很奇怪。她笑盈盈地指着肚子说："这里有凡间的俗种了。"

过了几天，她皱着眉头不吃东西，说："我近来病得很恶心，很想吃点人间的饭菜。"安大业就给她准备了好吃的。从此以后，她的饮食就和凡人没有什么不同了。一天，她对安大业说："我的体质很单薄，胜任不了生孩子。使女樊英很健壮，叫她替我分娩吧。"说完就脱下贴身的内衣，给樊英穿上，把她关在屋子里。过了不一会儿，听见了婴儿的哭声。开门进去一看。是个男孩。她高兴地说："这个孩子一脸福相，是个大器之材！"因而就起名叫作大器。把孩子包起来，送到安大业的怀里，叫他交给奶妈子，在南院里扶养。她从分娩以后，腰肢仍像从前那么纤细，又不吃人间的烟火食物了。

一天，她忽然向安大业告别，要暂时回趟娘家。问她回来的日期，她回答说："三天。"又和从前一样，叫使女吹一个皮排，吹出一团烟雾，她便不见了。到了三天的期限，她没有回来；过了一年多，音信渺茫，安大业也就绝望了。他关上大门，刻苦读书，竟然考中了举人。但却始终不肯再娶；一个人住在北院，沐浴公主的余香。一天晚上，他正在床上翻来覆去地睡不着觉，忽然看见灯火射在纱窗上，门也自动开了，一群使女拥簇着公主进了屋里。他一看就高兴了，爬起来责问责违约的过错。公主说："我没有超过约定的日期。在天上只住了两天半。"他很得意地夸耀自己，把考中举人的喜事告诉了公主，料想公主一定很高兴。公主却脸色凄惨地说："这种无足轻重的东西，没有什么用处。没有值得夸耀的地方，只能折损你的寿命而已。三天没有见到你，你掉在贪图功名的深渊里，又深了一层。"他从此以后，就不再进取了。

过了几个月，公主又要回娘家。他心里很难受，恋恋不舍地。公主说："这次回去一定要早早回来，不劳你望眼欲穿了。况且人生的悲欢离合，都有定数的，有节制就长，恣意放纵就短。”回去以后，一个多月就回来了。从此以后，一年半载就回去一次，往往好几个月才回来，他习以为常，也就不再责怪了。又生了一个儿子。公主抱起来说：“这是一个豺狼！”立刻叫人把他扔掉。安大业心里不忍，她就留下了。起名叫作可弃。刚满一周岁，就急急忙忙地给他择亲。媒婆一个接一个地跑来做媒，一问对方的生辰八字，都认为不合适。她说：“我要给狼子治下一个坚固的圈，竟然没有得到，活该叫他败坏六七年，也是命该如此。”又嘱咐安大业说：“你要记住，四年以后，有家姓侯的，生养一个女儿，左肋上有个小瘤子，就是这个儿子的媳妇。应该和她订婚，不要计较人家的门第。”说完就让安大业写到本本上，免得遗忘。

后来，公主又回了娘家，竟然再也没有回来。安大业时常把她嘱托的事情告诉亲戚朋友，让他们替可弃寻找媳妇。果然侯家个女儿，生下来左肋上就有个小瘤子。姓侯的地位低贱，品行又很恶劣，大伙儿谁也不把他当人看待，安大业竟然托媒人，给儿子订了亲事。

大器十七岁考中举人，娶云氏做妻子，夫妻二人对父亲很孝顺，对弟弟很友爱。父亲很喜爱他们。可弃逐渐长大了，不喜欢读书，总是偷偷地和村里的无赖赌博，经常偷东西偿还输掉的债务。父亲火儿了，狠狠地打他。他却始终不改。于是就互相告诫，要提防他，叫他什么也偷不到手。他就在晚上出去，爬墙头，挖窟窿，偷了一些东西，被失主发觉了，把他捆起来送给县官。县官审问明白他的姓名以后，用名帖把他送回家里。父亲和哥哥一起动手把他捆起来，狠狠地打了一顿，几乎断气了。哥哥替他哀求，才把他放了。父亲在气恨之下得了重病，饭量很快就减少了。于是就给两个儿子立了分家书，楼阁和良田，统统归了大器。可弃又恨又气，晚上拿着刀子进了哥哥的寝室，要杀死哥哥，却误中了嫂子。

从前，公主遗下一条裤子，很柔软，云氏拣过来作了一件睡衣。可弃举刀砍到睡衣上，火星四射，他大吃一惊，赶紧逃走了。父亲知道这个消息以后，病情越来越重，挺了几个月，很快就死了。可弃听到父亲死了，这才回到家里。哥哥很亲热地看待他，他却越来越放肆。过了一年多，他所分到的田产，几乎全部败坏光了，就到永平府里控告哥哥霸占了田产。知府审问明白他的为人以后，把他痛斥一顿，赶出了大堂。兄弟的情谊，从此就断绝了。

又过了一年，可弃已经二十三岁，侯家的女儿也十五岁了。哥哥想起母亲的遗言，就想快快给他完婚。招呼他回到家里，腾出一所好房子给他居住；迎娶新娘子进门以后，把父亲遗下的良田，全部登记造册，交给了弟妹，说："几顷薄田，我为你蒙受死亡的威胁，一直守到今天，现在统统交给你。我弟弟没有德行，给他一寸草，也都是白扔。从今以后，家业的成败，完全在于新娘子：能叫他改正恶行，就不用担心冻饿；不然的话，哥哥不能填满他的无底洞啊。"侯氏虽然是小家小户的女儿，但是天资很聪明，人很漂亮，可弃很怕她，又很爱她，她发出话来，可弃不敢违背。可弃每次外出，她都拍着日影，限定回来的时间；超过限定的时间，她就严加辱骂，不给饭吃，可弃的恶行，从此便稍微收敛了一些。过了一年多，侯氏生了一个儿子。她说："我以后没有求人的事情了。家有几顷肥沃的良田，我们母子愁什么温饱呢？没有丈夫，也是可以的。"恰巧可弃偷米出去赌博，她知道以后，在门口弯弓搭箭，不让他进门。可弃吓得要死，远远地逃避了。偷看媳妇进了大门，他又胆战心惊地走了进来。媳妇看他进来了，伸手操起一把菜刀。可弃抹回身子就往外跑，媳妇追出去砍了一刀，砍掉一幅衣襟，砍伤了屁股，鲜血淋漓，袜子鞋子都被玷污了。可弃气愤到了极点，前去告诉哥哥，哥哥不理他，他怀着冤屈，很惭愧地走了。

过了一宿，他又回来，跪在嫂子面前，悲哀地哭泣着，请求嫂子去向媳妇说说人情。嫂子前去一说，侯氏决心和他断绝关系，不再收容他。可弃一听就火儿了，要回去杀死媳妇，哥哥也不说话。他气愤地站起来，操起一把扎枪，径直跑出去了。嫂子吃了一惊，想要拉住他。哥哥用眼神儿阻止了妻子。等他跑出去以后，才说："他本来是故作姿态，实际不敢回去。"派人跟去偷偷地察看，他已经进了家门。哥哥这才吓得变了颜色，刚要跑去劝架，可弃已经上气不接下气地进来了。

原来可弃跑进家门的时候，媳妇正在哄孩子，一眼望见他，把孩子扔到床上，随手就摸起一把老菜刀；可弃一看就害怕了，倒施着扎枪，抹身就往外走，媳妇把他赶出门外才返回去。哥哥已经得到了实情，故意问他。他不说话，只是向着墙角流眼泪，两只眼睛全都哭肿了。哥哥可怜他，亲自把他领回去，媳妇才把他收下了。等哥哥出去以后，媳妇罚他直溜溜地跪在地上，要他发了重誓，然后用瓦盆赐给他吃的。从此他就改恶为善了。媳妇亲自操持家务，筹划家里的生产和生活，日子一天比一天富裕起来，可弃只是依赖媳妇吃饭而已。后来，他七十来岁的时候，子孙已经满堂了，媳妇还时常薅着他的白胡子，叫他跪下走路。

异史氏说："刁悍的妻子，嫉妒的媳妇，谁若遇上她，如同附在骨头上的毒疮，死而后已，岂不狠毒啊！但是砒霜和附子，是天下最毒的毒药，倘若使用得当，以毒攻毒，不是人参、茯苓所能比得上的。而且不是神仙看透了五脏六腑，又怎敢留下毒药贻害子孙呢！"

章丘有个名叫李善迁的举人，年纪很轻，性格很豪放，从不拘泥小节，丝竹制成的管弦乐器，填词谱曲之类的东西，他都很精通。两个哥哥都考中了进士，他却越来越轻佻。娶个夫人谢氏，对他稍微禁制一点，他就出门逃走，三年没有回来，到处也找不着他。后来在临清市的妓院里找到了。家人走进妓院的时候，看见他面南而坐，十几个年轻的美女围在身旁侍候着，都是拜他为师，向他学习音乐技艺的。他临走的时候，积攒的衣服装满了竹箱子，都是那些美女赠送的。他到家以后，夫人把他禁闭在一间房子里，书本放满了桌子。用一条长长的绳子拴在床腿上，把另一头从窗棂子里引出来，穿上一个大铃铛，系在厨房里。他需要什么东西的时候，只要踩踩绳子；绳子一动，铃铛一响，夫人就答应。夫人亲自掌管设在门外的当铺，挂起门帘，把典当的东西送进门里，由她自己估算价值。她左手拿着算盘，右手握着笔管；只有一个年老的仆人为她奔走而已：由于这样的囤积货物，便发财致富了。她时常耻于没有两位嫂子的地位高贵。把丈夫禁锢了三年，孝廉竟然考中了进士。她高兴地说："三个鸟卵孵出了两只鸟，我以为你是一个寡蛋呢，现在不也孵出鸟了吗?"

又有一个进士叫耿崧生的，是章丘人。他的夫人时常点起一盏灯，坐在灯旁纺线陪他读书。夫人不停止防线，他读书也不敢停。有的时候，亲朋旧友前来看望他，夫人就偷看听声：若是讨论文章，她就给客人煮茶做饭；若是任意乱谈，她就恶声恶气地下达逐客令。他每次参加科试或岁试，若是得个一般的成绩，回家就不敢进入内室；得到超等的成绩，她才笑着迎接丈夫。他设账教学得到的薪金，统统交给夫人，一丝一毫也不敢隐藏。所以主人发给薪金的时候，一个小钱他也非常计较。有人笑他不像样子，却不知他少了一个小钱，就很难向夫人报账。后来，他被岳父请去教育内弟。这一年，内弟考中了秀才，岳父送他十金作为谢礼。他收下了礼盒，退还了谢金。夫人听到以后说："他虽然是至近的亲戚，但你教书是为了什么呢？"就回到娘家，把谢金追了回来。他不敢强争，心里却始终抱着歉意，想要暗地偿还给岳父。从此每年的薪金就向夫人少报一点。积攒了二年多，还缺几吊钱。晚上忽然做了一个梦，梦里有人告诉他说："你明天登高，短缺的金钱就足了。"第二天，他试着出去登高望远，果然拣到几吊钱，恰好符合短缺的数目，于是就偿还给岳父。后来，他考中了进士，夫人仍然呵斥谴责他。他说："现在已经作了高官，你怎么还是这个样子呢？"夫人回答说："俗语说，'水涨船也高'。你就是做了宰相，难道就比我大了吗？"

鸟 语

【原文】

中州境有道士[1]，募食乡村。食已，闻鹂鸣[2]；因告主人使慎火。问故，答曰："鸟云：'大火难救，可怕！"'众笑之，竟不备。明日，果火，延烧数家，始惊其神。好事者追及之，称为仙。道士曰："我不过知鸟语耳，何仙也！"适有皂花雀鸣树上[3]，众问何语。曰："雀言：'初六养之，初六养之；十四、十六殇之[4]。'想此家双生矣[5]。今日为初十，不出五六日，当俱死也。"询之，果生二子；无何，并死，其日悉符。

鸟语

邑令闻其奇，招之，延为客。时群鸭过，因问之。对曰：“明公内室[6]，必相争也。鸭云：‘罢罢！偏向他[7]！偏向他！’”令大服，盖妻妾反唇[8]，令适被喧聒而出也。因留居署中，优礼之。时辨鸟言，多奇中[9]。而道士朴野，肆言辄无所忌[10]。令最贪，一切供用诸物，皆折为钱以入之。一日，方坐，群鸭复来，令又诘之。答曰："今日所言，不与前同，乃为明公会计耳[11]。"问："何计?"曰："彼云：'蜡烛一百八，银朱一千八[12]。'"令惭，疑其相讥。道士求去，令不许。逾数日，宴客，忽闻杜宇[13]。客问之，答曰："鸟云：'丢官而去。"'众愕然失色。令大怒，立逐而出。未几，令果以墨败[14]。呜呼！此仙人儆戒之，惜乎危厉熏心者[15]，不之悟也！

齐俗呼蝉曰"稍迁"，其绿色者曰"都了"。邑有父子，俱青、社生[16]，将赴岁试[17]，忽有蝉集襟上。父喜曰："稍迁[18]，吉兆也。"一僮视之，曰："何物稍迁，都了而已[19]。"父子不悦。已而果皆被黜。

【注释】 

①中州：古豫州处九州中间。后世河南省为古豫州之地，故相沿称为中州。

②鹂：黄鹂。一种善鸣的小鸟。

③皂花雀：麻雀之一类，翎羽呈暗褐色，较常见者颜色为深。

④"初六养之"三句：据下文，初六是小儿生日，因二子孪生，故重言"初六养之"；十四日、十六日则分别为二子殇日。

⑤双生：孪生。一产双胎。

⑥明公：对位尊者的敬称。明，贤明。

⑦偏向：偏袒。偏护一方。

⑧反唇：争吵。

⑨奇中（众）：预言与实况贴合得出人意料。

⑩肆言：任情直言。

⑪会计：计算。合计。

⑫银朱：矿物名，为正赤色粉末。可入药，亦可作颜料，供官府朱批用。

⑬杜宇：杜鹃鸟的别名。

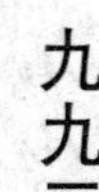

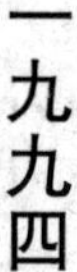

⑭以墨败：因贪赃而丢官。墨，贪污受贿；不廉洁。

⑮危厉熏心：本谓履凶险之事，使人忧苦。危、厉同义，谓凶险。熏心，谓忧苦如受熏灼。此句谓县令醉心于贪欲，遂不顾蹈危履险。

⑯青、社生：指被黜降为青衣的生员及被罚"发社"的生员。明清儒学生员的襕衫法定用玉色布帛。又岁、科两试（主要是岁试）行六等黜陟法，其考在五等者，附生降青衣，青衣发社；考在六等者，廪膳生十年以上及入学未及六年者，皆发社。发社，谓罚往社学肄业。

⑰岁试青衣及发社生员，经岁试考列一、二、三等者，可补廪膳生、增生或恢复附生资格。下文"稍迁"即指此。

⑱稍迁：意谓"稍见（或逐步）升迁"。因与蝉名谐音，故其父喜为吉兆。

⑲都了：意谓"全部了结""一切落空"。因与绿蝉之名谐音，其兆不吉，故父子闻言不悦。

【译文】 

中州境内有个道士，在乡村募化吃的。吃完了，听见黄鹂鸣叫，就告诉主人，要小心火灾。问他为什么，他回答说："鸟说，'大火难救，可怕!"'大家一笑了之，竟然没有防备。第二天，果然起了大火，延续烧了好几家，这才惊讶道士是神仙。有个爱管事的人追上了道士，把他称为仙人。道士说："我不过懂得鸟语罢了，什么仙人哪!"当时正好有个皂花雀在树上鸣叫着，大家询问皂花雀说的什么话。道士说："雀说，'初六养一个，初六养一个，十四、十六死了。'料想那户人家生了双胞胎。今天是初十，不出五六天，两个孩子就都死了。"打听一下，那户人家果然生了双胞胎。过了不久，两个都死了。死的日子，一个十四，一个十六，完全符合道士说的。

县官听见这件怪事，把他请去，当作上宾对待。当时有一群鸭子走过去，县官询问鸭子说的什么。道士说；"明公的妻妾，一定在互相争斗。鸭子说，'罢罢，偏向她！偏向她！”’县官口服心服。原来妻妾二人在争争吵吵，县官被吵得聒耳才躲出来的。就把道士留在官署里，以厚礼相待。时常让他辨别鸟语，道士说得出奇的准确。但是道士直率粗野，时常任意说话，总是毫无顾忌。县官最贪婪，地方上供给衙门的许多物品，他都折成钱，揣进他的腰包。一天，正在坐着，那群鸭子又来了，县官又问鸭子说什么。道士回答说：“今天所说的，和前些天不一样，是为明公算账来了。”县官问道：“算什么？”道士说：“鸭子说，‘蜡烛一百八，银朱一千八。”’县官很惭愧，怀疑道士讥笑他。道士请求离开官署，县官不允许。过了几天，县官宴请客人的时候，忽然听见了杜鹃的叫声。客人询问杜鹃说的什么，道士回答说：“杜鹃鸟说，‘丢官而去。’”大家惊得脸上失去了血色。县官勃然大怒，立刻把他赶出去了。过了不久，县官的贪赃受贿果然败露，罢官而去。

山东民间把蝉叫“稍迁”，绿色的蝉叫“都了”。某县父子二人，都是考试成绩最末等的秀才。要去参加岁试的时候，忽有一只蝉落在衣襟上。父亲高兴地说：“稍迁，是个喜兆。”一个书童看了一眼说：“哪是稍迁，都了而已。”父子听了，都不痛快。岁试的结果，都被废除了秀才功名。

天　宫

【原文】

郭生，京都人[①]。年二十馀，仪容修美。一日，薄暮，有老妪贻尊酒。怪其无因。妪笑曰：“无须问。但饮之，自有佳境。”遂径去。揭尊微嗅，洌香肆射[②]，遂饮之。

忽大醉，冥然罔觉。及醒，则与一人并枕卧。抚之，肤腻如脂，麝兰喷溢，盖女子也。问之，不答。遂与交。交已，以手扪壁，壁皆石，阴阴有土气[③]，酷类坟家。大惊，疑为鬼迷，因问女子："卿何神也?"女曰："我非神，乃仙耳。此是洞府[4]。与有夙缘，勿相讶，但耐居之[5]。再入一重门，有漏光处，可以溲便。"既而女起，闭户而去。久之，腹馁；遂有女僮来，饷以面饼、鸭臛[6]，使扪啖之。黑漆不知昏晓。无何，女子来寝，始知夜矣。郭曰："昼无天日，夜无灯火，食炙不知口处；常常如此，则姮娥何殊于罗刹[7]，天堂何别于地狱哉!"女笑曰："为尔俗中

天宫

人，多言喜泄[8]，故不欲以形色相见。且暗中摸索，妍媸亦当有别，何必灯烛！”居数日，幽闷异常，屡请暂归。女曰：“来夕与君一游天宫，便即为别。”次日，忽有小鬟笼灯入，曰：“娘子伺郎久矣。”从之出。星斗光中，但见楼阁无数。经几曲画廊，始至一处，堂上垂珠帘，烧巨烛如昼。入，则美人华妆南向坐，年约二十许；锦袍炫目；头上明珠，翘颤四垂；地下皆设短烛，裙底皆照：诚天人也。郭迷乱失次[9]，不觉屈膝。女令婢扶曳入坐。俄顷，八珍罗列[10]。女行酒曰：“饮此以送君行。”郭鞠躬曰：“向觌面不识仙人，实所惶悔；如容自赎，愿收为没齿不二之臣[11]。”女顾婢微笑，便命移席卧室。室中流苏绣帐[12]，衾褥香软。使郭就榻坐。饮次，女屡言：“君离家久，暂归亦无所妨。”更尽一筹[13]，郭不言别。女唤婢笼烛送之。郭不言，伪醉眠榻上，抗之不动[14]。女使诸婢扶裸之。一婢排私处曰：“个男子容貌温雅，此物何不文也！”举置床上，大笑而去。女亦寝，郭乃转侧。女问：“醉乎？”曰：“小生何醉！甫见仙人，神志颠倒耳。”女曰：“此是天宫。未明，宜早去。如嫌洞中怏闷，不如早别。”郭曰：“今有人夜得名花，闻香扪干，而苦无灯烛，此情何以能堪？”女笑，允给灯火。漏下四点，呼婢笼烛，抱衣而送之。入洞，见丹垩精工[15]，寝处褥革棕毡尺许厚[16]。郭解履拥衾，婢徘徊不去。郭凝视之，风致娟好，戏曰：“谓我不文者，卿耶？”婢笑，以足蹴枕曰：“子宜僵矣[17]！勿复多言。”视履端嵌珠如巨菽[18]。捉而曳之，婢仆于怀，遂相狎，而呻楚不胜。郭问：“年几何矣？”答云：“十七。”问：“处子亦知情乎[19]？”曰：“妾非处子，然荒疏已三年矣。”郭研诘仙人姓氏，及其清贯、尊行[20]。婢曰：“勿问！即非天上，亦异人间。若必知其确耗，恐觅死无地矣。”郭遂不敢复问。次夕，女果以烛来，相就寝食，以此为常。一夜，女入曰：“期以永好；不意人情乖沮[21]，今将粪除天宫，不能复相容矣。请以卮酒为别。”郭泣下，请得脂泽为爱[22]。女不许，赠以黄金一斤、珠百颗。

三盏既尽，忽已昏醉。既醒，觉四体如缚，纠缠甚密，股不得伸，首不得出。极力转侧，晕堕床下。出手摸之，则锦被囊裹，细绳束焉。起坐凝思，略见床棂[23]，始知为己斋中。时离家已三月，家人谓其已死。郭初不敢明言，惧被仙谴，然心疑怪之。窃间一告知交[24]，莫有测其故者。被置床头，香盈一室；拆视，则湖绵杂香屑为之[25]，因珍藏焉。后某达官闻而诘之，笑曰："此贾后之故智也[26]。仙人乌得如此？虽然，此事亦宜慎秘[27]，泄之，族矣[28]！"有巫尝出入贵家，言其楼阁形状，绝似严东楼家[29]。郭闻之，大惧，携家亡去。未几，严伏诛，始归。

异史氏曰："高阁迷离，香盈绣帐；雏奴蹀躞，履缀明珠[30]：非权奸之淫纵，豪势之骄奢，乌有此哉？顾淫筹一掷，金屋变而长门；唾壶未干，情田鞠为茂草[31]。空床伤意，暗烛销魂。含颦玉台之前，凝眸宝幄之内[32]。遂使糟丘台上，路入天宫；温柔乡中，人疑仙子[33]。伧楚之帷薄固不足羞，而广田自荒者，亦足戒已[34]！"

【注释】

①京都：此指明朝京城北京。

②冽香：清醇的香气。

③阴阴：潮冷。

④洞府：神仙居处。暗示系地下宫室。

⑤耐居之：耐心住在这里。

⑥鸭臛：鸭汤。臛，肉羹。

⑦"则姮娥"句：谓昏暗中妍媸不辨。姮娥，即嫦娥，此作天仙、丽人代称。罗刹，恶魔名，此指丑妇。

⑧多言喜泄：多嘴多舌，爱泄露隐秘。

⑨迷乱失次：神智迷乱，举止失措。失次，行为颠倒。

⑩八珍：古代八种珍奇食品后来泛指丰美菜肴。

⑪没齿不二：终身不怀异心。没齿，老掉牙齿。

⑫流苏：用彩色丝线编织的繐子。此指绣帐垂饰。

⑬更尽一筹：一更已尽。筹，更筹，古代夜间报更的竹签。

⑭抌（胆）：推搡。通"抌"。

⑮丹垩精工：用红土白粉涂饰得十分精致。

⑯褥革棕毡：毛皮褥子和棕榈软垫。

⑰僵：犹俗言“挺尸”。睡眠的谑称。

⑱巨菽：大颗豆粒。

⑲处子：即处女。未婚少女。

⑳清贯、尊行：此问女子乡籍及排行。清、尊，敬词。贯，籍贯；行，排行。

㉑人情乖沮：人事与初愿相违。人情，犹言人事。乖沮，背离、违碍。沮，通“阻”。

㉒脂泽：妇女所用脂粉、香膏之类化妆品。

㉓略见床棂：隐约望见卧榻和窗棂。

㉔窃间：瞅机会。

㉕湖绵：湖州（今江苏吴兴）向产优质丝绵，称湖绵。香屑：香料细末。

㉖贾后之故智：贾后的旧花招。贾后，指晋惠帝后贾南风，性荒淫放恣。尝私洛南盗尉部某小吏，使人纳之麓箱中，车载入宫，诈云天上，供以好衣美食，与共寝处数夕，复赠以众物，放出。后小吏被疑盗窃，拘审对簿，事始暴露。

㉗慎秘：小心保密。

㉘族：灭族。

㉙严东楼：严世蕃，别号东楼，江西分宜人。明嘉靖间权奸严嵩之子。官至工部左侍郎。世蕃性阴狠，凭借父势，招权纳贿无厌。复豪奢淫纵，其治第京师，连三四坊，日与宾客纵倡乐，至居母丧亦然。嘉靖四十一年，以御史邹应龙劾，谪戍雷州，未至而返。旋被南京御史林润劾以大逆，于嘉靖四十四年被诛。

㉚“高阁”四句：姬妾居住的画阁林立使人目迷，处处绣帐香气盈溢；年轻的丫鬟服役奔走，鞋上缀着耀眼的珍珠。迷离，模糊、隐约；形容高阁众多难辨。雏奴，幼婢。蹀躞，趋走给役的样子。

㉛“顾淫筹一掷”四句：谓权奸纵欲，不过图欢乐于一时，众多姬妾，难免转眼陷入被遗弃的境地。淫筹，据说严世蕃以白绫汗巾为秽巾，每与妇人合，即弃其

一，终岁计之，谓之淫筹。金屋变而长门，谓由受宠变为失宠。金屋，喻极华丽之屋。长门，汉宫名。汉武帝为太子时，帝姑长公主欲以其女阿娇配帝。帝曰："若得阿娇作妇，当柞金屋贮之。"是为陈皇后。后因无子及为巫蛊诅咒，罢居长门宫。唾壶，严世蕃以美婢口承痰唾，谓之香唾壶。情田鞠为茂草，即前婢子所谓"荒疏"。此借为隐喻。

㉜"空床"四句：写姬妾遭冷落后失意伤怀的种种心绪情态。空床伤意，暗烛销魂，谓孤灯长夜，空床独守，令人伤心欲绝。凝眸宝幄，含颦玉台，谓晓愁理妆，夜难成寐。玉台，谓玉镜台，即玉饰妆台；宝幄，精美的床帐。

㉝"遂使"四句：承上文，谓因姬妾难耐孤寂，遂使权奸于纵酒荒淫之余，为姬妾引人入府开方便之门；而郭生之流陶醉于美色迷人之境不知底里，竟误把这些姬妾当作天官仙女。天官，喻豪华府第。糟丘，谓纵酒荒淫。温柔乡，喻美色迷人之境。注并见前。

㉞"伧楚"三句：谓卑污如严世蕃之类，其家中男女淫乱固不足增其羞；而一般盛蓄姬妾而任其闲旷者，则应视此为戒。伧楚，魏晋南北朝时吴人对楚人的鄙称，意谓楚人荒陋鄙贱。严家江西分宜，于古为楚地，故借以鄙称之。帷薄，"帷薄不修"之省广田自荒，广置田亩，任其荒芜；喻盛蓄姬妾，而让她们独守空房。

【译文】

有个姓郭的书生，北京人。二十多岁，身材修长，容貌很漂亮。一天，黄昏时候，有个老太太送给他一壶酒。他感到奇怪，觉得送得没有因由。老太太笑着说："你不需要打听。只要喝下去，自然会有美妙的境界。"说完就走了。他揭开壶盖，稍微一闻，酒香四射，于是就喝下去了。忽然酩酊太醉，昏沉沉地失去了知觉。等到醒来的时候，感到和一个人睡在一个枕头上。伸手一摸，细腻的皮肤好像光滑的香脂，兰麝的幽香充满了屋子，原来是个女子。问她是谁，她不回答，于是就和她做爱。完了以后，伸手摸摸墙壁，墙壁都是石头，阴沉沉的有一股土气，很像一座坟墓。

他大吃一惊，怀疑被鬼迷惑了，就问女子："你是什么神呢?"女子说："我不是神，是个仙女。这是我的洞府。我和你前世有缘，你不要惊讶，只请耐心地住下去。再进一道重门，有漏亮的地方，可以大小便。"她说完就爬起来，关上房门走了。他等了很久，肚子饿了的的时候，就来了一个女僮，给他送来面饼、鸭汤，叫他摸索着吃下去。

屋里黑漆漆的。不知黑夜和白天。过了不久，女子又来睡觉，才知到了晚上。他说："白天没有阳光，晚上没有灯火，吃饭不知嘴在什么地方；就是嫦娥仙子也和恶鬼没有什么区别，天堂和地狱又有什么两样呢?"女子笑着说："因为你是尘世上的俗人，喜好多言，喜好泄露秘密，所以不想叫你看见我的样子。况且在暗中摸索，丑俊也能区别出来，何必点灯呢!"

他在暗室里住了几天，特别憋闷，一次又一次地请求暂时放他回家。女子说："明天晚上和你到天宫里游览一次，马上就和你告别。"第二天，忽然有个小丫鬟，挑着灯笼进了暗室，说："娘子等候郎君已经很久了。"他就跟着丫鬟出了暗室。在满天星斗的闪光之下，只见楼阁重重。经过几道弯弯曲曲的画廊，才来到一个地方，堂上垂着珠帘，点着很大的蜡烛，照耀如同白昼。进了堂门，看见一个美人，穿着华丽的服装面南而坐，约有二十来岁；锦绣的袍服，光彩耀眼；头上缀着明珠，翠翅颤颤巍巍地垂在四周；地下点着短小的蜡烛，裙子底下全都照得清清楚楚：真是一位天仙。他神魂迷乱，举止失措，不知不觉地屈膝在地。

女子叫丫鬟把他扶起来坐了下来。顷刻之间，龙肝、凤髓、猩唇、熊掌等珍馐美味，摆了满桌子。女子向他敬酒说："请你喝了这一杯，我就送你回去。"他向女子鞠了一躬说："从前对面相见，不认识你是一位仙人，心里诚惶诚恐，悔恨莫及；如果容许我自己赎罪，希望收下我，做个一辈子没有二心的人。"女子看着使女微微一笑，就让使女把酒席移到卧室里。卧室里的绣账上挂着流苏，被子褥子芳香而又柔软。叫他坐在绣床上。在喝酒的时候，女子一次又一次地说："你离家已经很久，暂时回去也无妨。"一更已经过去了，他也不说告别。女子招呼丫鬟，挑着灯

笼往回送他。他不说话，躺在床上装醉，推他一下也不动弹。女子叫丫鬟们把他扶起来脱得光光的，一个丫头拨弄他的私处说："这个男人，容貌温文尔雅，这个东西怎么不斯文呀！"丫鬟们把他抬起来放在床上，嘻嘻哈哈地走了。

女子也上床就寝，他就把身子翻了过来。女子问他："你醉了吗？"他说："小生怎能喝醉呢？是刚一见到仙人，神志颠倒了。"女子说："这里是天宫。天不亮的时候，应该早早地离开。如果嫌恶洞府里憋闷，就不如早早地告别。"他说："现在有人晚上有幸得到一朵名花，闻着她的异香，摸着她的芳体，却苦于没有灯烛，不能看到她的仙姿，这种情形谁能受得了呢？"女子一听就笑了，允许给他一盏灯火。睡到四更，女子就招呼使女，挑着灯笼，抱着衣服，把他送回洞府。

他进了洞府，看见墙上涂着很精致的红色装饰，睡觉的地方，铺着皮褥子、棕毡子，有一尺来厚。他脱了鞋子，围着被子坐在床上，有个使女，走来走去的不肯离开洞府。他注目一看，风韵很美。挑逗她说："说我那个东西不斯文的，是你吗？"使女媚然一笑，用脚踢着他的枕头说："你应该挺尸睡觉了，不要再说话了。"他低头一看，看见她的鞋尖上嵌着一颗珠子，有豆粒那么大小。捉住她的脚，往前一拽，使女就扑在他的怀里，两个人就势做起爱来。使女呻吟着，有些禁受不起。他问使女："多大年纪了？"使女笑着回答说："十七岁了。"他又问："处女也知做爱吗？"使女说："我不是处女，但是已经荒疏三年了。"他盘问仙女的姓名，以及她的籍贯和身世。使女说："你不要问了！这里既不是天上，也不同于人间。如果一定要知道这里的准确情况，怕你寻死也没有地方了。"他于是再也不敢动问了。

第二天晚上，女子果然拿来了灯烛，睡在一起，吃在一处，天天都是这个样子。一天晚上，女子进来说："我期望永远和你相好；想不到世事不如人愿，现在将要清扫天宫，再也不能相容了。请你喝上一杯酒.从此永别了。"他流下了眼泪，请求得到一点香脂作为爱情的纪念。女子不答应，送给他一斤黄金，一百颗珠子。他喝完了三杯酒，忽然昏昏沉沉地醉倒了。

醒过来以后，觉得四肢好像被绳子捆住了，而且缠得很密，腿也伸不开，脑袋也伸不出来。他极力翻转身子，昏昏沉沉地掉到了床下。伸出手来一摸，是用锦被包裹的，外面缠了几道细绳。坐起来专注地一想，影影绰绰地看见了床铺和窗棂；才知道是在自己的书房里。他当时已经离家三个月了，家人认为他已经死在外面。他起初不敢明说自己的遭遇，害怕受到神仙的谴责，但是心里疑惑，感到很奇怪。找机会告诉了自己的知心朋友，谁也猜不透什么缘故。把被子放在床上，香气充满了屋子；拆开一看，是湖州丝绵掺杂香末做成的，因此就珍藏起来了。

后来，有个显贵的官员，听到消息，就问他当时的情况，然后笑着说："这是贾后的老办法，仙人怎能这样呢？虽然如此，这件事情也应该谨慎地保守秘密，一旦泄露出去，会有全家被杀的危险！"

有个巫婆，时常出入富贵人家，说这个楼台亭阁的形状，很像严东楼的家宅。他一听，吓得魂飞天外，携家带口逃走了。不久，严东楼因罪被杀，他才搬回来。

异史氏说："高大的楼阁恍惚迷离，兰麝的浓香充满绣帐；年轻的使女跑来跑去，鞋上点缀着豆粒大的明珠：不是淫欲无度的有权的奸臣，生活糜烂的豪强势要人家，谁能这样呢？只是一旦失宠，金屋就变成了冷宫；唾壶未干，情田养起了茂盛的荒草。她在空床之上伤心失意，更在幽暗的灯光之下神魂迷茫。梳妆镜前频频皱眉，宝帐之内两眼呆直。竟使醉酒之人，直路进入天宫；温柔乡里，怀疑美人是个仙子。卑鄙的家伙，奸淫别人的妇女，自己的女人也勾结别的男人，固然不值得羞耻，但是自己荒废了很多的情田，也是值得警戒的！"

乔　女

【原文】

平原乔生，有女黑丑：壑一鼻[①]，跛一足。年二十五六，无问名者[②]。邑有穆生，四十馀，妻死，贫不能续，因聘焉[3]。三年，生一子。未几，穆生卒，家益索[4]；大困，则乞怜其母。母颇不耐之。女亦愤不复返，惟以纺织自给。有孟生丧

喬女
阿承醜女竟知名
何意傾心有孟生
禦侮存孤報知己
居然節義一身并
乔女

耦，遗一子乌头，裁周岁，以乳哺乏人，急于求配；然媒数言，辄不当意。忽见女，大悦之，阴使人风示女。女辞焉，曰："饥冻若此，从官人得温饱，夫宁不愿？然残丑不如人，所可自信者，德耳；又事二夫，官人何取焉！"孟益贤之，向慕尤殷，使媒者函金加币而说其母[5]。母悦，自诣女所，固要之[6]；女志终不夺。母惭，愿以少女字孟；家人皆喜，而孟殊不愿。居无何，孟暴疾卒，女往临哭尽哀。

孟故无戚党[7]，死后，村中无赖悉凭陵之，家具携取一空，方谋瓜分其田产。家人亦各草窃以去[8]，惟一妪抱儿哭帷中。女问得故，大不平。闻林生与孟善，乃踵门而告曰："夫妇、朋友，人之大伦也[9]。妾以奇丑，为世不齿，独孟生能知我；前虽固拒之，然固已心许之矣。今身死子幼，自当有以报知己。然存孤易[10]，御侮难；若无兄弟父母，遂坐视其子死家灭而不一救，则五伦中可以无朋友矣。妾无所多须于君[11]，但以片纸告邑宰；抚孤，则妾不敢辞。"林曰："诺。"女别而归。林将如其所教；无赖辈怒，咸欲以白刃相仇。林大惧，闭户不敢复行。女听之数日，寂无音；及问之，则孟氏田产已尽矣。女忿甚，锐身自诣官。官诘女属孟何人，女曰："公宰一邑，所凭者理耳。如其言妄，即至戚无所逃罪；如非妄，即道路之人可听也。"官怒其言戆[12]，诃逐而出。女冤愤无以自伸，哭诉于搢绅之门。某先生闻而义之，代剖于宰。宰按之，果真，穷治诸无赖，尽反所取。

或议留女居孟第，抚其孤；女不肯。扃其户，使媪抱乌头，从与俱归，另舍之。凡乌头日用所需，辄同妪启户出粟，为之营办；己锱铢无所沾染，抱子食贫[13]，一如曩日。积数年，乌头渐长，为延师教读；己子则使学操作。妪劝使并读，女曰："乌头之费，其所自有；我耗人之财以教己子，此心何以自明？"又数年，为乌头积粟数百石，乃聘于名族，治其第宅，析令归。乌头泣要同居[14]，女乃从之；然纺绩如故。乌头夫妇夺其具，女曰："我母子坐食，心何安矣。"遂早暮为之纪理，使其子巡行阡陌[15]，若为佣然。乌头夫妻有小过，辄斥谴不少贷[16]；稍不悛[17]，则怫然欲去[18]。夫妻跪道悔词，始止。未几，乌头入泮，又辞欲归。乌头不可，捐聘币[19]，为穆子完婚。女乃析子令归。乌头留之不得，阴使人于近村为市恒产百亩而后遣之。

后女疾求归。乌头不听。病益笃，嘱曰："必以我归葬[20]！"乌头诺。既卒，阴以金啗穆子，俾合葬于孟。及期，棺重，三十人不能举。穆子忽仆，七窍血出[21]，自言曰："不肖儿[22]，何得遂卖汝母！"乌头惧，拜祝之，始愈。乃复停数日，修治穆墓已，始合厝之[23]。

异史氏曰："知己之感，许之以身[24]，此烈男子之所为也。彼女子何知，而奇伟如是？若遇九方皋，直牡视之矣[25]。"

【注释】

①壑一鼻：鼻翼的一侧有缺损。

②问名：议婚；俗言提亲。旧时婚制有六礼，第一纳采；第二问名：男方具书派人到女家，问女之名，女家具告女之出生年月及母之姓氏。后因作议婚代称。

③聘：娶为妻子。

④索：萧索；衰败。

⑤函金加币：封送银两缯帛，作为彩礼。币谓缯帛，纳采所用礼品。函，谓用拜盒装盛。说（税）：劝说。

⑥固要（腰）之：一再迫使女儿改嫁。要，强迫。

⑦戚党：亲族戚属。

⑧草窃：乱窃；谓乘机窃掠。

⑨大伦：伦常之大端。

⑩存孤：保全、抚育孤儿。

⑪须：期待。

⑫戆（撞）：刚直而愚。

⑬食贫：居贫。贫穷自守。

⑭要：苦求。

⑮巡行阡陌：谓督理稼穑之事。

⑯斥谴：斥责，责罚。贷：宽容。

⑰不悛（圈）：不悔改，不停止。

⑱怫（扶）然：生气的样子。

⑲捐聘币：代纳聘礼。捐，捐助，出资助人。

⑳归葬：谓送还穆姓坟茔安葬。

㉑七窍：人体眼、耳、口、鼻共七处孔穴，称七窍。

㉒不肖儿：不孝之子。不肖，谓不类其父。

㉓合厝（措）：合葬。夫妻同葬一个墓穴。

㉔“知己之感”二句：感戴知己，以身相许。即“士为知己者死”（豫让语，见《战国策·赵策》一）之意，故下言“此烈男子所为”。

㉕“若遇”二句：谓若使乔女得遇慧识明鉴、不拘皮相之士，简直要把她当义烈男子看待。九方皋，春秋时善相马的人，能识骏马于牝牡骊黄之外，伯乐称赞他“所观在天机，得其精而忘其粗，存其内而忘其外”。后常以九方皋喻善识贤才之士。牡，雄马，喻男子。

【译文】

平原的乔生，有个女儿又黑又丑：豁一个鼻孔，瘸一条腿。二十五六岁了，也没有向她求婚的。平原县有个姓穆的书生，四十多岁了，死了妻子，家里很穷，无钱续娶大家的女儿，就娶了乔女。过门三年，生了一个儿子。不久，穆生去世了，家业更加零落，生活很困难，就哀求她的母亲，希望得到怜悯。她母亲很不耐烦。她就气愤地回到家里，不再向母亲求借，只是纺线织布，自给自足。

有个姓孟的书生死了老婆，撇下一个儿子名叫乌头，刚到一周岁，因为没人抚养，急于娶老婆；但是媒人提了好几个对象，总是不中意。他忽然看见了乔女，心里很爱慕，暗中派人给她透露一点口风。乔女辞谢说：“我忍饥挨饿到了这种地步，嫁给官人可以得到温饱，怎能不愿意呢？但我残缺丑陋，很不如人，所能自信的，

只是品德罢了。又去服侍第二个丈夫，官人对我有什么可取的呢！”孟生越发认为她是一位贤良的女子，想望得更加殷切，就打发媒人带着钱匣子，匣子里装着加倍的聘金，去向她母亲讨好。母亲很高兴，亲自来到女儿家里，很固执地要求女儿嫁给孟生；但是终于没有办法逼她改变不嫁的意志。母亲很惭愧，愿把小女儿许给孟生；孟生的家人都很高兴，孟生却很不愿意。

过了不久，孟生突然得病死了。乔女前去吊丧，哭得很悲痛。孟生从来没有亲戚，死了以后，村里的无赖之徒，都来欺负他家的人，家里的东西被拿得空空的，正在谋划瓜分他的田产。家人也各个乘机掠夺一些东西逃走了，只有一个老太太抱着孩子，坐在床上哭泣。乔女打听到这些情况以后，心里很不平。听说林生和孟生是好朋友，她就登门对林生说：“夫妻、朋友，是人们之间最大的道德关系。我因为奇丑无比，世上的人拿我不当人待，只有孟生能够知道我的一颗心；他前些天提媒，我虽然坚决地给以拒绝，但心里已经答应了。他现在离开了人世，儿子很小，我自然应该报答知己的恩情。但是扶养孤儿容易，抵御外人的欺凌却是很难的，要是没有兄弟，没有父母，我们就袖手旁观，看着他的儿子被人逼死，家业被人抢先，谁也不敢拯救，那么五伦之中就可以没有朋友这个伦常了。我需要你帮忙的事情并不多，只求你写一张状子，到县官那里告状；抚养孤儿的责任，我是不敢推辞的。”林生说：“我一定帮忙。”她这才告别往回走。

林生按照她的嘱托。将要写状子；无赖们一听就火儿了，都要和他白刀子进去红刀子出来。林生吓破了胆子，关上大门，再也不敢出门了。她听了好几天，静得没有一点消息，等她去询问林生的时候，孟家的田产已被分光了。她气愤到了极点，挺身而出，亲自去找县官告状。县官问她是孟生的什么人，她说：“你是一县之长，凭理断决官司。假若我是妄告不实，就是至近的亲属也逃脱不了罪行；假若不是妄告不实，就是一个行路人，你也应该听听。”县官恼火她的话语刚直，就呵斥她，把她赶出了大堂。

她满肚子冤气，没有地方可以申诉，就到一个官员的门前去哭诉。那位先生一听，认为她很有义气，就替她向县官剖明是非。县官经过审查，果然是真的，就狠狠惩办了那些无赖，被掠夺的东西统统还了回来。有人和她商量，叫她住在孟生的宅子里，以便抚养孟家的孤儿，她不肯。锁上孟家的大门，让老太太抱着乌头，和她一起回到家里，叫他们住在另外一间房子里。凡是乌头每天所需要的东西，总和老太太一道去打开大门，取出粮食，替他们经营管理；自己一分一厘也不沾染，抱着儿子，过着贫穷的生活，完全和从前一个样子。

过了几年，乌头逐渐长大，就给他聘请老师，教他读书；自己的儿子，却叫他学习劳动。老太太劝他，叫她儿子和乌头一起读书，她说："乌头的学费，是他自己有的；我耗费人家的钱财，用来教育自己的儿子，我的这颗心，怎能向人解释明白呢?"又过了几年，给乌头积攒了几百石粮食，给他聘娶了名门贵族的姑娘做媳妇，修理他的老宅子，才和他分开另过，叫他搬回去。乌头哭哭啼啼地要和她住在一起，她同意了；但是仍然纺线织布，和从前一个样子。乌头夫妇夺走了她的纺车，她说："我们母子坐吃现成的，心里怎能安静呢?"于是就早起晚睡，给乌头经管家业，叫他儿子在地里巡察，好像一个佣人。

乌头夫妇有了小的过错，她就呵斥谴责，一点也不饶恕；稍有一点不肯悔改的表现，她就变了脸色要离开。夫妻二人跪在面前，一再表白悔改，她才留下。不久，乌头考中了秀才，她又辞行，想要回去。乌头不答应，并且捐出一笔聘金，给她儿子娶了媳妇。她叫儿子分开另过，叫儿子搬回去。乌头留也留不住，偷偷地派人在近村买了一百亩地，然后把她儿子打发走了。后来，她身染重病，要求回去。乌头不听。她的病情越来越沉重，就嘱咐乌头说："我死了以后，一定把我送回去，和穆生合葬!"乌头答应了。等她死了以后，乌头却用金钱引诱她的儿子，叫她儿子同意把她和孟生葬在一起。到了出灵的时候，棺材很重，三十个人也抬不起来。她的儿子忽然跌倒在地，七窍流血，自己说："不肖的儿子，怎敢卖掉你的母亲!"乌头害怕了，跪在地下向她祷告，她的儿子才好了。于是又把灵柩停了好几天，修完了穆生的坟墓，才抬去合葬。

异史氏说："感谢知己的恩情，宁可用自己的身体给以报答，这是刚毅的男子所能办到的。她是一个女子，有什么智慧，竟能这样出奇的伟大呢？假若遇上九方皋，能把她看成一匹雄马了。”

蛤

【原文】

东海有蛤[①]，饥时浮岸边，两壳开张；中有小蟹出，赤线系之，离壳数尺，猎食既饱[②]，乃归，壳始合。或潜断其线[③]，两物皆死。亦物理之奇也[④]。

【注释】

①蛤（革）：蛤蜊。即海蚌。

②猎食：捕捉食物。

③潜：暗暗地，偷偷地。

④物理之奇：超出常理的奇特现象。物理，事物的常理。

【译文】

东海有一种蛤蜊，饿了的时候就浮到岸边，张开两扇壳；从壳里出来一个小蟹，用红线系着，离壳好几尺，找食吃饱就回去，壳才合上。有人偷偷割断那条红线，蛤蜊和小蟹就都死了。

刘夫人

【原文】

廉生者，彰德人[①]。少笃学[②]；然早孤，家綦贫。一日他出，暮归失途。入一村，有媪来谓曰："廉公子何之？夜得毋深乎？"生方皇惧，更不暇问其谁何，便求假榻[③]。媪引去，入一大第。有双鬟笼灯，导一妇人出，年四十馀，举止大家[④]。媪迎曰："廉公子至。"生趋拜。妇喜曰："公子秀发[⑤]，何但作富家翁乎[⑥]！"即设筵，妇侧坐，劝釂甚殷，而自己举杯未尝饮，举箸亦未尝食。生惶惑，屡审阀阅。笑曰："再尽三爵告君知。"生如命已。妇曰："亡夫刘氏，客江右[⑦]，遭变遽殒。未亡人独居荒僻[⑧]，日就零落。虽有两孙，非鸱鸮，即驽骀耳[⑨]。公子虽异姓，亦三生骨肉也[⑩]；且至性纯笃，故遂腼然相见。无他烦，薄藏数金，欲倩公子持泛江湖，分其赢馀[⑪]，亦胜案头萤枯死也[⑫]。"生辞以少年书痴，恐负重托。妇曰："读书之计，先于谋生[⑬]。公子聪明，何之不可？"遣婢运资出，交兑八百馀两。生皇恐固辞。妇曰："妾亦知公子未惯懋迁[⑭]，但试为之，当无不利。"生虑重金非一人可任，谋合商侣[⑮]。妇曰："勿须。但觅一朴悫谙练之仆[⑯]，为公子服役足矣。"遂轮纤指一卜之，曰："伍姓者吉。"命仆马囊金送生出，曰："腊尽涤盏，候洗宝装矣[⑰]。"又顾仆曰："此马调良[⑱]，可以乘御，即赠公子，勿须将回。"生归，夜才四鼓，仆系马自去。明日，多方觅役，果得伍姓，因厚价招之。伍老于行旅[⑲]，又为人戆拙不苟[⑳]，资财悉倚付之。往涉荆襄，岁杪始得归[㉑]，计利三倍。生以得伍力多，于常格外，另有馈赏，谋同飞洒[㉒]，不令主知。甫抵家，妇已遣人将迎，遂与俱去。见堂上华筵已设；妇出，备极慰劳。生纳资讫，即呈簿籍；妇置不顾。少顷即席，歌舞鞺鞳[㉓]，伍亦赐筵外舍，尽醉方归。因生无家室，留守新岁。次日，又

求稽盘[24]。妇笑曰："后无须尔，妾会计久矣。"乃出册示生，登志甚悉，并给仆者，亦载其上。生愕然曰："夫人真神人也！"过数日，馆谷丰盛[25]，待若子侄。

刘夫人

一日，堂上设席，一东面，一南面；堂下一筵西向。谓生曰："明日财星临照[26]，宜可远行。今为主价粗设祖帐[27]，以壮行色。"少间，伍亦呼至，赐坐堂下。一时鼓钲鸣聒。女优进呈曲目，生命唱"陶朱"[28]。妇笑曰："此先兆也，当得西施作内助矣[29]。"宴罢，仍以全金付生[30]，曰："此行不可以岁月计，非获巨万勿归也。妾与公子，所凭者在福命，所信者在腹心。勿劳计算，远方之盈绌[31]，妾自知之。"生唯唯而退。往客淮上[32]，进身为鹾贾[33]，逾年，利又数倍。然生嗜读，操筹不忘书卷，所与游皆文士；所获既盈，隐思止足[34]，渐谢任于伍[35]。桃源薛生与最善[36]；适过访之，薛一门俱适别业，昏暮无所复之，阍人延生入，扫榻作炊。细诘主人起居[37]，盖是时方讹传朝廷欲选良家女，犒边庭，民间骚动[38]。闻有少年无妇者，不通媒妁，竟以女送诸其家，至有一夕而得两妇者。薛亦新昏于大姓，犹恐舆马喧动，为大令所闻[39]，故暂迁于乡。初更向尽，方将拂榻就寝，忽闻数人排阖入[40]。阍人不知何语，但闻一人云："官人既不在家，秉烛者何人?"阍人答："是廉公子，远客也。"俄而问者已入，袍帽光洁，略一举手[41]，即诘邦族[42]。生告之。喜曰："吾同乡也。岳家谁氏?"答云："无之。"益喜，趋出，急招一少年同入，敬与为礼。卒然曰："实告公子：某慕姓。今夕此来，将送舍妹于薛官人，至此方知无益。进退维谷之际[43]，适逢公子，宁非数乎!"生以未悉其人，故踌躇不敢应[44]。慕竟不听其致词，急呼送女者。少间，二媪扶女郎入，坐生榻上。睨之，年十五六，佳妙无双。生喜，始整巾向慕展谢；又嘱阍人行沽，略尽款洽[45]。慕言："先世彰德人；母族亦世家，今陵夷矣。闻外祖遗有两孙，不知家况何似[46]。"生问："伊谁?"曰："外祖刘，字晖若，闻在郡北三十里[47]。"生曰："仆郡城东南人，去北里颇远；年又最少，无多交知。郡中此姓最繁，止知郡北有刘荆卿，亦文学士，未审是否，然贫矣。"慕曰："某祖墓尚在彰郡，每欲扶两榇归葬故里，以资斧未办，姑犹迟迟[48]。今妹子从去，归计益决矣。"生闻之，锐然自任。二慕俱喜。酒数行，辞去。生却仆移灯，琴瑟之爱，不可胜言。次日，薛已知之，趋入城，除别院馆生。生诣淮，交盘已[49]，留伍居肆[50]；装资返桃源，同二慕启岳父母骸骨，两家细小，载与俱归。入门安置已，囊金诣主。前仆已候于途。从去，妇逆见，色喜曰："陶朱公载得西子来矣！前日为客，今日吾甥婿也[51]。"置酒迎尘[52]，倍益亲爱。生服其先知，因问："夫人与岳母远近[53]？"妇云："勿问，久自知之。"乃堆金案上，瓜分为五；自取其二，曰："吾无用处，聊贻长孙。"生以过多，辞不受。凄然曰："吾家零落，宅中乔木，被人伐作薪；孙子去此颇远，门户萧条，烦公子一营办之。"生诺，而金止受其半。妇强内之。送生出，挥涕而返。生疑怪间，回视第宅，则为墟墓。始悟妇即妻之外祖母也。既归，赎墓田一顷，封植伟丽[54]。

刘有二孙，长即荆卿；次玉卿，饮博无赖，皆贫。兄弟诣生申谢，生悉厚赠之。由此往来最稔[55]。生颇道其经商之由，玉卿窃意冢中多金，夜合博徒数辈，发墓搜之，剖棺露胔[56]，竟无少获，失望而散。生知墓被发，以告荆卿。荆卿诣生同验之，入圹，见案上累累，前所分金具在。荆卿欲与生共取之。生曰："夫人原留此以待兄也。"荆卿乃囊运而归，告诸邑宰，访缉甚严[57]。后一人卖坟中玉簪，获之，穷讯其党，始知玉卿为首。宰将治以极刑；荆卿代哀，仅得赊死。墓内外两家并力营缮[58]，较前益坚美。由此廉、刘皆富，惟玉卿如故。生及荆卿常河润之[59]，而终不足供其博赌。一夜，盗入生家，执索金资。生所藏金，皆以千五百为箇[60]，发示之。盗取其二，止有鬼马在厩[61]，用以运之而去。使生送诸野，乃释之。村众望盗火未远，噪逐之；贼惊遁。共至其处，则金委路侧，马已倒为灰烬。始知马亦鬼也。是夜止失金钏一枚而已。先是，盗执生妻，悦其美，将就淫之。一盗带面具，力呵止之，声似玉卿。盗释生妻，但脱腕钏而去。生以是疑玉卿，然心窃德之。后盗以钏质赌[62]，为捕役所获，诘其党，果有玉卿。宰怒，备极五毒[63]。兄与生谋，欲以重贿脱之，谋未成而玉卿已死。生犹时恤其妻子。生后登贤书[64]，数世皆素封焉。呜呼！"贪"字之点画形象，甚近乎"贫"。如玉卿者，可以鉴矣！

【注释】

①彰德：明清府名，治所在今河南省安阳市。

②笃学：勤学。

③假榻：借宿。

④举止大家：举止风度像大家妇女。

⑤秀发：颖异。指人的才具器宇不凡。

⑥富家翁：富翁，财主。

⑦江右：长江下游西部地区；又称江西。

⑧未亡人：旧时寡妇自称。

⑨非鸱鸮即驽骀：意谓两孙非凶顽即无能，都不堪委任。鸱鸮，即猫头鹰，古人视为恶禽，喻奸邪凶恶之人。驽和骀皆劣马，喻庸才。

⑩ 三生骨肉：隔代骨肉至亲。暗指廉生将成为刘夫人甥婿。

⑪赢馀：本作"赢馀"，从青本改。

⑫案头萤枯死：谓勤奋好学，而清贫至死。案头萤，书案照读之萤；喻清贫好学之士。

⑬"读书之计"二句：谓若志在读书，亦须先事谋生。

⑭懋迁：贸易。

⑮谋合商侣：打算同其他商人合伙经营。

⑯朴悫（却）谙练：朴厚谨慎，熟悉商务。朴，朴实，厚道。悫，诚实，谨慎。谙练，熟悉。

⑰"腊尽"二句：谓于年底预备酒筵，等候廉生归来，为之洗尘。涤盏，洗杯款客。洗装，犹言洗尘，指宴请远至之人。

⑱调（条）良：驯顺易驭。

⑲老于行旅：谓久惯于出门经商。老，谓经时久，历事多。行旅，来往的旅客；此谓经商往来。

⑳戆拙不苟：耿直固执，凡事不肯马虎。

㉑岁杪：年终。

㉒飞洒：指将破格馈赏伍姓之款，杂摊于其他支出项下报账。

㉓歌舞鞺鞳（汤榻）：歌舞齐作，鼓乐轰鸣。鞺鞳，钟鼓声。

㉔稽盘：查验账目，清点财物。

㉕馆谷：本谓居其馆，食其谷，此指主人对客人居住饮食的招待供应。

㉖财星临照：财神星位临照，是商贾宜利之兆。财星，又名财宝星，是财神的星位。道教奉赵玄坛为财神，据说他能驱役雷电，禳除灾瘟，买卖求财，使之宜利。

㉗主价（介）：犹言店主和伙计，指廉生和伍某。价，本指宾主间的传话人，此指联系内外的店伙。祖帐，为远行者祖祭所设的帐幕，即借指饯行筵席。祖，路神；古代为远客饯行要祭祀路神，祈祐平安。

㉘陶朱：指敷衍陶朱公致富故事的戏文。陶朱公，即春秋时越国大夫范蠡。

㉙西施作内助：西施，注已见前。据《吴越春秋》：越灭吴后，西施复归范蠡，与之同泛五湖而去。内助，妻子。

㉚全金：全部资金，包括上次经商带回的所有本金和利润。

㉛盈绌：犹言盈亏，指盈利或亏本。

㉜淮上：淮河沿岸。当时淮河为盐运水道，以扬州为盐运集散中心。

㉝鹾贾：盐商。

㉞止足：谓知足而止。

㉟谢任：卸任；把责任转付他人。

㊱桃源：县名，属湖南，以境内有桃花源，故称。

㊲起居：举止。近况。

㊳“盖是时”至“得两妇者”数句：背景未详，疑为明末天启、崇祯间事。

㊴大令：对知县的敬称。

㊵排闼：推门。闼，门扇。

㊶举手：拱手。相见之礼。

㊷邦族：谓籍贯姓氏。

㊸进退维谷：进退无路，进退两难。

㊹踌躇：此从二十四卷抄本，底本作“筹躇”。

㊺略尽款洽：略表殷勤相待之意。款洽，殷勤。

㊻何似：如何。

㊼郡北：指彰德府城之北。

㊽迟迟：迁延。

㊾交盘：移交盘点。

㊿居肆：留守、主持店务。

51甥婿：外孙女婿。

52迎尘：迎接客人，为之洗尘。

53远近：谓族属亲疏。

54封植伟丽：谓经培土植树，墓田十分壮观。封植，犹言"封树"。古代士以上的葬礼，聚土为坟叫封，植树为记叫树。

55稔：熟惯。

56露胔（自）：露出腐尸。胔，腐肉。

57访缉：访查捉拿。

58营缮：营造修缮。

59河润：犹言"济助"。后因以"河润"比喻施惠于人。

60以千五百为箇（个）：谓以一千两或五百两白银铸为一锭。箇，量词，此指一锭。

61鬼马：指刘夫人先前赠廉生之马。

62质赌：典押为赌本。

63五毒：五种酷刑，指械、镣、棍、拶、夹棍之类五种刑罚。或谓四肢及身备受楚毒。

64登贤书：指乡试中式。贤书，举贤书；此指乡试榜录。周制：乡大夫等以时献贤能之书（举荐贤能者之名籍）于王，王受之，登于天府。后因称乡试中式为登贤书。

【译文】

廉生是彰德府人。年轻时酷爱学习，但是父母早丧，家里很清贫。有一天，廉生出门，晚上回家时迷了路。走进一座村庄，有个老妇人过来对他说："廉公子要到哪里去？夜不是很深了吗？"廉生正在惶恐害怕，顾不上问她是谁，就向老妇人借宿。

老妇人把他领进一幢很大的宅院，两个丫鬟提着灯笼，领着一位贵夫人从里面走出来接待客人。她有四十多岁，一举一动无不透出大家风度。老妇人对夫人说："廉公子来了。"夫人高兴地说："公子仪容俊秀，文才出众，哪能只做个富翁呢！"马上摆设了宴席，夫人坐在侧位，非常殷勤地给廉生劝酒。但她多次举杯却不曾喝酒，拿起筷子却没吃东西。

廉生有些纳闷惶惑，一再询问她的家世。夫人说："再喝三杯，我就告诉你。"廉生干了三杯。夫人说："我死去的丈夫姓刘，客居在江西时，在一次大变故中突然去世。我一个人独居在荒凉偏僻的山村，家境一天天败落下来。虽然有两个孙子，不是败家子，就是反应迟钝的人。公子虽然不是刘氏子孙，但也有些亲戚关系，而且为人淳朴忠厚，所以才厚着脸皮同公子见面，没有别的事情麻烦，我存了些银两，想请公子拿着它到江湖上做个生意，分得些红利，比伏在案头苦读八股文要好得多。"廉生推辞说自己年轻是个书呆子，恐怕辜负了重托。夫人说："读书所用的精力要比谋生耗费得多。凭公子的聪明才智，怎么会不行呢？"就让丫鬟把钱拿出来，当面交给他八百多两银子。廉生害怕没把握赚到钱，坚决推辞。夫人说："我也知道公子不善于做买卖搞贩运，只试着做一下看看，不会不顺利的。"廉生担心这么多钱的大买卖不是一个人可以顺利拿下来的，想找个商人合伙经营。夫人说："不需要。只要找一个诚实质朴，懂得经营精明强干的仆人，让他跑腿就足够了。"于是捏着纤细的指头一算，说："找个姓伍的人保证吉利。"让仆人备好马，用袋子装上银子，送廉生出门，对廉生说："腊月底我洗净杯盘，在家里给公子接风洗尘。”又看着仆人说：“这匹马已经调教好了，可以骑也可以驾车，就送给公子，不用牵回来了。”廉生回到家里已经四更天了，仆人拴了马自己回去了。

第二天，廉生多方寻找要雇的伍姓的人，果然碰上了一个姓伍的，便用高工资雇佣了他。伍某对搞贩运做买卖很有经验，为人憨厚耿直，对主人的经营一丝不苟，廉生便把钱物都交给他。他们到江汉一带做生意，年终才回来，一算赢利三倍多。廉生因为伍某出力很多，除了正常工资外，另外给他赏钱，准备将这项开支列入各项账目中，不让夫人知道。刚刚到家，夫人已经派人迎接，便和来人一起到夫人家。见厅堂上已经摆好丰盛的筵席，夫人出来，再三表示慰劳。廉生交上本利银两之后，又呈上账簿，夫人放在一边，根本就不看。一会儿，众人入席，歌舞音乐，好不热闹。她让伍某在另一间屋子喝酒，一直达到酒足饭饱才回去。由于廉生没有家室，留在夫人家里守岁。

第二天，廉生又要求夫人看账，夫人笑着说：“以后不必这么麻烦了，我早把账算好了。”就拿出了账簿给廉生看，登记的项目非常全面，就连廉生赏给伍某的钱也记载在上面。廉生惊奇地说：“夫人真是神人啊！”廉生在这里住了几天，夫人招待得优厚丰盛，就像对待自己的儿子侄子一样。

这一天，夫人又在厅堂里设筵席，一桌摆在东面，一桌摆在南面。厅堂下的一桌摆在西面。夫人对廉生说：“明天是财星临照的好日子，适合到远处去做生意。今天给你们主仆二人略备酒宴送行，用来给出门人增色。”一会儿，把伍某也喊来了。请他在堂下就座。

霎时间，钟声鼓声喧闹地响成一片。女艺人呈上剧目单，廉生点唱《陶朱富》。夫人笑着说：“真是个好兆头，应当找个西施作贤内助。”宴会结束后，夫人仍然把全部的金钱交付廉生，说：“这次出门不限定日期，不赚到上万两银子不要回来。我和公子靠的是福气和天命，信任的是心腹相通、肝胆相照的人，不用再记账目，你们在远方是赚钱还是赔本，我自然会知道。”廉生答应着，小心谨慎地退了下去。

廉生带伍某到淮扬一带做买卖，当上了盐商，一年之后，又赢利好几倍。但廉生读书的嗜好没改变，在做生意的同时还是丢不下书本。和他交往的人，大多数都

是文人学士。当赢利相当丰厚时，便暗里考虑不想再扩大经营了，逐渐把经营的事交给伍某。

桃源县有个薛生，和廉生关系最好。当他去拜访薛生时，薛生一家刚好都去别墅了，天色晚了，不便再到别处住宿，看门人把廉生请到内室，扫床做饭招待他。廉生询问薛生的情况。原来，这时正谣传朝廷要选良家女去慰劳守边战士，弄得民情骚动。老百姓如果听说谁家青年还未婚，不用通过媒人，就直接把姑娘送到他家去，甚至有的人一晚上就得到了两个姑娘做妻子。薛生也和一个大户人家的女儿刚刚结婚，怕车马喧闹，惊动地方长官，所以暂时迁到乡间别墅。

一更将近的时候，廉生正准备铺床睡觉，忽然听到好几个人推门进来。守门人说些什么听不清楚，只听见一个人说："官人既然不在家，点着蜡烛夜读的是谁？"守门人说："是廉公子，从远处来的客人。"不一会儿，问话的人已经进屋了，穿戴得光艳整洁，拱手见礼后，就详细地询问他的籍贯姓名，廉生告诉了。他高兴地说："我们是同乡。你的岳父姓什么？"廉生回答："还没有。"这人更高兴了，走出去又叫了一个青年人一同进来，恭敬地和廉生行礼见面，仓促地说："实话告诉公子，我姓慕。今晚到这里来是送我妹妹给薛公子，现在才知道薛公子已经结婚了。正在进退两难，刚好遇见了公子，这是天意呀！"廉生因没见到姑娘长得什么样，所以犹豫不敢答应。

慕某不管他表不表态，急忙招呼送女子的人。一会儿，两个老太婆扶着姑娘进来了，让她坐在廉生的床上。廉生从侧面偷看，十五六岁，长得十分漂亮，没人能比得上。廉生很高兴，才整好衣帽向慕生表示谢意，又叫看门人买酒买菜，稍微表示款待的意思。

慕某说："祖上是彰德府人，母亲也是大姓家族，现在已经败落了。听说外祖父留下两个孙子，也不知家境如何。"廉生问："姓什么？"慕某说："外祖父姓刘，字晖若，听说住在府城北面三十里的地方。"廉生说："我是府城东南人，离府城北很远。我年轻，交往不多。府城中姓刘的最多，我只知道府城北乡有个刘荆卿，也是读书人，不知是不是刘晖若的后人。但是这刘氏家境已经贫穷下来了。"慕某说：

“我家的祖坟还在彰德，常想把父母的棺椁搬回老家，安葬在祖坟里，因为盘缠没有筹办好，所以迟迟未动。现在妹子跟你回去，我们回故乡的念头更坚定了。”廉生听了他的话，爽快地答应为慕某筹集盘缠。慕家兄弟都非常高兴。

喝了几巡酒以后，慕家兄弟便告辞回家了。廉生打发走仆人，把灯移开，然后尽情享受新婚夫妻的男欢女爱，这欢爱是语言无法表述的。

第二天，薛生知道了廉生喜结良缘的事，急忙赶回城里，清理了另外一所宅院让廉生夫妇住下。廉生很快回到淮扬，办完盘点货物的手续以后，留伍某在店里照看生意，带着银两返回桃源县，和两个大舅子一起启运岳父母的灵柩，两家男女老少，乘车一起返回故里。进家安顿好之后，装好银子去看刘夫人。以前送他出门的那个仆人早已在路上等他。廉生跟着仆人来到刘夫人家，夫人高兴地迎接他，说：“陶朱公带着西施回来了！以前你是客人，现在你是我的外孙女婿啦！”便给他摆酒洗尘，比以前更加亲热。廉生非常佩服夫人能未卜先知，便问：“夫人和我岳父母是什么关系？”夫人说：“不用问，时间长了自然会知道。”便把廉生交回的银两堆在桌上，分成五等份。她拿了两份，说：“我要钱也没用，暂且留这五分之二给我大孙子。”廉生认为自己得五分之三太多了，推辞不接受。夫人凄戚地说：“我家境败落，宅院中的树木被人砍伐下来烧了，孙子离这里又远，门前萧条冷落，麻烦你替我收拾一下这破旧的门庭。”廉生答应了，只收下夫人给他银子的一半。但夫人还是强迫他全收下。送出廉生后，夫人流着泪回去。廉生正奇怪。回头看夫人的宅院，原来是年久失修的坟堆。才知道夫人就是妻子的外祖母。

廉生回家后，赎买了刘夫人坟墓周围一顷土地，修整坟墓，栽植树木，非常壮观。刘夫人有两个孙子，长孙是刘荆卿；次孙刘玉卿，是个喝酒赌博的无赖。两个人都很穷。兄弟俩到廉生家感谢他修了刘家的祖坟。廉生送给他俩很多礼物，从此来往很密切。廉生详细地向他们讲述了经商的事。刘玉卿暗想坟中一定有很多银子，夜里和几个赌徒掘墓搜寻，打开棺材露出了祖母的尸骨，也没找到一点银两，几个赌徒失望地分散走了。

廉生听说刘夫人的墓被人挖开，把这事告诉了刘荆卿，两人一同去查看，走进墓穴，看见桌上有银子堆得高高的，上次夫人留下的两份银子全在。刘荆卿想和廉生对半分这些银子。廉生说："夫人原来留下这些银子是等你来拿的。"刘荆卿便用口袋装上银子运回家，然后向县令报案，县令派人追查盗墓贼。后来有一个人出卖从墓中盗出的玉簪，被抓获，彻底审问追查出同伙，才知道刘玉卿是盗墓人的首犯。县令要把他处以死刑。刘荆卿代弟哀求县令，最终只免一死。

刘荆卿和廉生两家合力将夫人的墓修葺好，比以前更加坚固壮美。从此刘荆卿、廉生两家更富裕起来。只有刘玉卿还像以前一样穷，刘荆卿和廉生经常周济他，但终究满足不了他赌博的巨大耗损。

一天夜里，盗贼闯入廉生家，抓住他索要金钱。廉生的藏银都以一千五百两铸成一个银锭。廉生打开藏金地窖给他们看，盗贼拿走两锭，当时马厩中只有夫人送的那匹马，盗贼便用它们驮着银子离开。让廉生做人质，送到郊外才放了他。村民们看见盗贼的火把还不远，呐喊着追了上去，盗贼害怕，惊慌逃走。众人追到跟前一看，两个银锭掉在路边，马倒在地上成为灰烬。这才知道是鬼马。

这一夜，廉生只丢了一只金钏。先前，盗贼抓住了廉生的妻子，看她长得漂亮，就要奸污她。一个戴面具的盗贼极力呵斥制止，听声音好像是刘玉卿。盗贼放了廉生妻子，脱下了她手腕上的一只金钏。廉生怀疑那蒙面人是刘玉卿，但心里还是暗暗感激他。后来有个盗贼拿金钏押赌，被捕役抓住，盘查他的同伙，果然有刘玉卿。县令这次发怒了，用五种毒刑拷打他。刘荆卿和廉生合计，想要用重金把刘玉卿赎出监狱，没等事情办妥，刘玉卿已经死了。廉生还时常周济刘玉卿的老婆孩子。廉生后来中了举人，几代人都很富有。

唉！"贪"字的笔画形状和"贫"字非常接近。刘玉卿似的人，足可引以为借鉴了。

陵县狐

【原文】

陵县李太史家[1]，每见瓶鼎古玩之物，移列案边，势危将堕。疑厮仆所为，辄怒谴之。仆辈称冤，而亦不知其由，乃严扃斋扉[1]，天明复然。心知其异，暗觇之[3]。一夜，光明满室，讶为盗。两仆近窥，则一狐卧椟上，光自两眸出，晶莹四射。恐其遁，急入捉之。狐啮腕肉欲脱，仆持益坚，因共缚之。举视，则四足皆无骨，随手摇摇若带垂焉。太史念其通灵[4]，不忍杀；覆以柳器[5]，狐不能出，戴器而走。乃数其罪而放之，怪遂绝。

【注释】

①陵县李太史：未详。

②严扃斋扉：牢锁书房门户。扉，门扇。

③觇（掺）：窥视。

④通灵：智能通神。具有灵性。

⑤柳器：用杞柳枝条编制的容器。

【译文】

陵县李翰林家里，常常有收藏的玉瓶、铜鼎等古玩物摆在桌子边缘上，快要掉下来了。李翰林怀疑是小厮和仆人干的，常常生气地责骂他们。仆人们都说冤枉，

但也不知是什么原因，于是把书斋的门窗牢牢关闭锁上，天亮一看，还是那种危险的样子。李翰林心里明白这怪异现象肯定有来由，又暗中观察。

一天夜里，满书房通亮，吃惊地以为是盗贼。两个仆人靠近窗子往里偷看，原来一只狐狸卧在书案上，光亮是从它的两只眼睛里放出来的，亮晶晶的射向四面。怕它逃跑了，急忙冲进屋子把它抓住。狐狸咬仆人手腕上的肉想逃脱，仆人把它抓得更紧了，并和其他仆人一起用绳子捆住。举起来一看，它的四只腿脚都没骨头，随手摇来摇去像垂着的带子一样。李翰林可怜它通灵性，不忍心杀，用柳条筐把它罩住，狐狸无法出来，戴着柳条筐一起乱跑，于是一条条数落它的罪过。然后放了，从此，书斋中的怪现象再也没出现。

王货郎

【原文】

济南业酒人某翁[1]，遣子小二如齐河索贯价[2]。出西门，见兄阿大。——时大死已久。二惊问："哥那得来?"答云："冥府一疑案，须弟一证之。"二作色怨讪[3]。大指后一人如皂状者[4]，曰："官役在此，我岂自由耶!"但引手招之，不觉从去，尽夜狂奔，至泰山下[5]。忽见官衙，方将并入，见群众纷出。皂拱问："事何如矣?"一人曰："勿须复人，结矣[6]。"皂乃释令归。大忧弟无资斧。皂思良久，即引二去，走二三十里，入村，至一家檐下，嘱云："如有人出，便使相送；如其不肯，便道王货郎言之矣。"遂去。二冥然而僵。既晓，第主出[7]，见人死门外，大骇。守移时，微苏；扶入饵之，始言里居，即求资送。主人难之。二如皂言。主人惊绝，急赁骑送之归[8]。偿之，不受；问其故，亦不言，别而去。

【注释】

① 业酒人：以卖酒为业之人，即酒店主人。

②小二：山东方言指称次子。如：往。索贯（士）价：追讨酒债。索，讨还。贳价，赊酒钱。贳，赊欠。

③作色怨讪：变脸怒骂。作色，脸上变色，指生气恼恨。讪，骂詈。

④如皂状者：像是衙役样子的人。皂，皂隶，衙门的差役。

⑤泰山：此据铸雪斋抄本，原作“太山”。

⑥结：结案。

⑦第主：宅院主人。第，宅第，宅舍。

⑧急赁骑送之归：此从铸雪斋抄本，原衍一“之”字。

王货郎

【译文】

济南城中有个卖酒老头，让儿子小二去齐河讨还酒债。小二刚出城西门，碰上哥哥阿大。当时，阿大早已死了。小二吓了一跳，忙问他怎么又回到了人世。

阿大说："阴曹地府中发生了一件疑案，要你去对证。"小二听了，又气又恼，很是埋怨牵连自己。阿大无可奈何地指指身后一个衙役打扮的人说："官差在此，由得了我吗！"只见那人一抬手，小二就身不由己地跟了去，狂奔了一夜，来至泰山下。忽然一座官衙呈现在跟前，正要进去，就见许多人从中纷纷走了出来。衙役拱手打听案子怎么样了。一个人说："别去了，案子已经了结。"衙役就放了小二要他回去。小二的哥哥担心路途遥远，弟弟没有路费。衙役想了很久，没说什么，就自己领着小二走了。

走了有二三十里远，来到了一个村子里，停在一户人家的房檐下，吩咐说："如果有人出来，就要求他送你回家，如果不肯，你就告诉他是王货郎交代的。"说完就离开了。小二也昏晕僵倒在地。

天亮了，主人出来，见有人死在自己门前，大吃一惊。小心守护了一段时间，竟又活转来。忙扶进家中灌汤灌水，这才说出话来。告诉了自己家住何处，并要求资助回家。主人表示很为难。小二就把衙役交代的话说了一遍。主人听了，惊骇到了极点，赶快租了匹马送小二回家。到家后，偿还钱，他不要。问他原因，也不说，就离开了。

罢　　龙[1]

胶州王侍御[2]，出使琉球[3]。舟行海中，忽自云际堕一巨龙，激水高数丈。龙半浮半沉，仰其首，以舟承颔；睛半含，嗒然若丧[4]。阖舟大恐，停桡不敢少动。

舟人曰："此天上行雨之疲龙也。"王悬敕于上[5]，焚香共祝之。移时，悠然遂逝。舟方行，又一龙堕，如前状。日凡三四。又逾日，舟人命多备白米，戒曰[6]："去清水潭不远矣。如有所见，但糁米于水[7]，寂无哗。"俄至一处，水清澈底。下有群龙，五色，如盆如瓮，条条尽伏。有蜿蜒者，鳞鬣爪牙，历历可数。众神魂俱丧，闭息含眸，不惟不敢窥，并不能动。惟舟人握米自撒。久之，见海波深黑，始有呻者。因问掷米之故，答曰："龙畏蛆，恐入其甲。白米类蛆，故龙见辄伏，舟行其上，可无害也。"

【注释】

①罢龙：疲惫之龙。罢，通"疲"。

②胶州：州名，明初置，治所在今山东省胶县。侍御：清代指称御史。详《丁前溪》注。

③琉球：古国名。在我国台湾省东北，今称琉球群岛。清末为日本侵占，改为冲绳县。

④嗒（ta 踏）然若丧：本为茫然自失之意，见《庄子·齐物论》，此处形容极度疲惫之状。

⑤敕：皇帝的诏书，即圣旨。

⑥戒：告诫，警告。

⑦糁（三）米于水：把米撒入水中。糁，纷散，撒。

【译文】

胶州人王侍御，奉命出使琉球国，正在海上行进时，突然从云中掉下一条巨龙，激起了几丈高的水柱。那龙半浮半沉，昂起头，把下巴支在船上，眼睛半闭，气息奄奄，像死了一样。船上的人恐慌极了，停止了一切操作，半点也不敢动。船夫说："这是在天上行云播雨后坡惫不堪的龙。"

王侍御忙把皇帝的诏书高挂在上，焚香祈祷。过了一段时间，大约是恢复了体力，那龙竟悠然离去。船于是又能前行，但刚要走，就见又是一条巨龙掉了下来，情形和前面的那条一样。一天中竟有三四次。

又过了几天，船夫要求多准备白米，并告诫说："离清水潭近了。如果看到什么，就把米撒入水中，千万安静，不要吵嚷。"说着就到了那个地方，水清极了，透彻见底。下面全是龙，五颜六色，有的粗如脸盆，有的粗如水缸，一条条的都盘伏着。也有随波游动的，鳞甲爪牙，历历可见。

所有的人都吓得魂飞魄散，闭着眼，止住呼吸，不但不敢看，甚至连动也不敢动。只有船夫把米撒入水中。过了很长时间，海水又成了深黑色，知道已过了清水潭，这才发出担惊受怕的呻吟声。问船夫撒米的缘故。船夫说："龙怕蛆钻进鳞甲里。白米就很像蛆，因而龙看到它就不再动了。这时在它的上方行船，可以避免危险。"

真　生

【原文】

长安士人贾子龙[①]，偶过邻巷，见一客风度洒如[②]。问之则真生，咸阳僦寓者也[③]。心慕之。明日，往投刺[④]，适值其亡[⑤]；凡三谒，皆不遇。乃阴使人窥其在舍而后过之，真走避不出；贾搜之始出。促膝倾谈，大相知悦。贾就逆旅，遣僮行沽[⑥]。真又善饮，能雅谑[⑦]，乐甚。酒欲尽，真搜箧出饮器，玉卮无当[⑧]，注杯酒其中，盎然已满；以小盏挹取入壶，并无少减。贾异之，坚求其术。真曰："我不愿相见者，君无他短，但贪心未静耳[⑨]。此乃仙家隐术，何能相授。"贾曰："冤哉！

我何贪。间萌奢想者，徒以贫耳。”一笑而散。由是往来无间，形骸尽忘[10]。每值乏窘，真辄出黑石一块，吹咒其上，以磨瓦砾，立刻化为白金，便以赠生；仅足所用，未尝赢馀。贾每求益，真曰[11]：“我言君贪，如何，如何！”贾思明告必不可得，将乘其醉睡，窃石而要之[12]。一日，饮既卧，贾潜起，搜诸衣底。真觉之，曰：“子真丧心[13]，不可处矣！”遂辞别，移居而去。

真生

后年馀，贾游河干，见一石莹洁，绝类真生物。拾之，珍藏若宝。过数日，真忽至，瞲然若有所失[14]。贾慰问之。真曰："君前所见，乃仙人点金石也。曩从抱真子游[15]，彼怜我介[16]，以此相贻。醉后失去，隐卜当在君所。如有还带之恩[17]，不敢忘报。"贾笑曰："仆生平不敢欺友朋，诚如所卜。但知管仲之贫者，莫如鲍叔[18]，君且奈何？"真请以百金为赠。贾曰："百金非少，但授我口诀，一亲试之，无憾矣。"真恐其寡信。贾曰："君自仙人，岂不知贾某宁失信于朋友者哉！"真授其诀。贾顾砌上有巨石[19]，将试之。真掣其肘，不听前。贾乃俯掬瓻半置砧上曰[20]："若此者，非多耶？"真乃听之。贾不磨瓻而磨砧；真变色欲与争，而砧已化为浑金。反石于真。真叹曰："业如此，复何言。然妄以福禄加人，必遭天谴。如逭我罪[21]，施材百具[22]、絮衣百领，肯之乎？"贾曰："仆所以欲得钱者，原非欲窖藏之也。君尚视我为守财卤耶[23]？"真喜而去。

贾得金，且施且贾[24]；不三年，施数已满。真忽至，握手曰："君信义人也！别后被福神奏帝，削去仙籍；蒙君博施，今幸以功德消罪。愿勉之，勿替也[25]。"贾问真："系天上何曹？"曰："我乃有道之狐耳。出身綦微[26]，不堪孽累[27]，故生平自爱，一毫不敢妄作。"贾为设酒，遂与欢饮如初。贾至九十馀，狐犹时至其家。

长山某，卖解信药[28]，即垂危，灌之无不活；然秘其方，即戚好不传也。一日，以株累被逮[29]。妻弟饷食狱中，隐置信焉。坐待食已，而后告之。甲不信。少顷，腹中溃动，始大惊，骂曰："畜产速行！家中虽有药末，恐道远难俟；急于城中物色薜荔为末[30]，清水一盏，速将来[31]！"妻弟如其教。迨觅至，某已呕泻欲死，急投之，立刻而安。其方自此遂传。此亦犹狐之秘其石也。

【注释】

①长安：地名，即今陕西西安市。

②风度洒如：风度潇洒。如，然。

③咸阳僦寓者：在咸阳赁屋而居者。咸阳，地名，即今陕西咸阳市。僦，

租赁。

④投刺：投递名片，请求谒见。刺，名片。

⑤亡：外出。

⑥遣僮行沽：打发仆人买酒。

⑦雅谑：雅言戏谑。

⑧玉卮无当：无底的玉酒杯。卮，酒器。无当，无底。当，底。

⑨静：通“净”。《诗·大雅·既醉》：“其告维何，笾豆静嘉。”

⑩形骸尽忘：谓彼此亲密无间，如同一人。形骸，人的形体，躯壳。

⑪真曰：此据铸雪斋抄本，原作“贾曰”。

⑫要：强迫，要挟。

⑬丧心：精神失常，犹今言“疯了”。此指行为不端。

⑭睇（体）然：失意相视的样子。睇，或作“睼”

⑮抱真子：未详。《抱朴子》一书内有关于炼金术的载闻。抱朴子，晋葛洪号，亦其所著书名。书分内、外两篇，内篇二十卷，论神仙、炼丹及符箓等事，为“神仙”家言。

⑯介：有节操。

⑰ 还带之恩：归还珍贵失物之恩。

⑱知管仲之贫者，莫如鲍叔：管仲，名夷吾，字仲；鲍叔，字叔牙，皆春秋齐国人。管仲深为鲍叔所知。

⑲砌上：阶上。

⑳瓻：同“砖”。砧：捣衣石。此指垫在砖下的石头。

㉑逭（换）：逃避，躲过。

㉒材：棺材。

㉓守财卤：即守财奴。卤，通“虏”，奴。讽讥富有钱财而十分吝啬的人。

㉔且施且贾：一边施舍，一边经商。

㉕替：懈怠。

⑳蓁微：甚为低微。蓁，甚。

㉗不堪孽累：担当不起罪孽牵累。

㉘解信药：即解砒药。信，信石，砒石的别称。为中药的一种，有剧毒，呈粉末状。生者称砒黄，俗称黄信；经炼制者称砒霜，俗称白信。因砒石性猛如貔（皮），故名，又因信州所产最佳，又称信石。

㉙株累：别人有罪而受到牵连。

㉚薜荔：又名木莲，木本植物，果实形似莲房，可入药。

㉛将来：犹言拿来。

【译文】

长安有个读书人叫贾子龙，偶然到邻街去，碰见一个客人，风度潇洒脱俗。打听了一下，这人姓真，从咸阳来，借住在这儿。心里很倾慕，第二天，便正式去拜访。刚好他出去了。接连去了三次，都没见上。贾子龙于是暗中让人盯着，等他确实在家的时候去拜访。真生躲避不出，贾子龙就闯进去找，真生这才和他见面。

两人促膝一谈，竟非常投缘。贾子龙就让客店里的小跟班去买酒。真生海量，能说能侃，两人喝得高兴极了。酒将要完的时候，真生从箱子中拿出一个酒器，玉做的，没有底。真生往里倒了一杯酒，就满满的了。然后用小杯从里往出取，装满了酒壶，但酒器中的酒却并不见少。贾子龙惊奇极了，就非要学这招不可。真生说："我之所以不想见你，是因为虽然你没有其他短处，但贪心还未根除。这毕竟是仙家的隐术，怎么能教给你呢？"贾子龙说道："冤枉！我怎么贪心，偶尔生出过分的想法，是因为穷罢了。"听了这话，两人哈哈大笑，尽兴而散。

从此以后，两人你来我往，亲密无间。每到用度难支的时候。真生就拿出一块黑石头，对它使咒用法，然后用它去磨瓦砾，这些瓦砾立刻就变成了白银。真生就将这些白银送给贾子龙。每次都是刚够用，从来没有多余的。贾子龙每当要求多来一点时，真生就说："我说你贪，怎么样，怎么样！"贾子龙暗想：明着求是肯定不

行，想趁他醉了睡着的时候，把黑石头偷出来要挟他。

一天，两人喝了酒睡下，贾子龙悄悄爬起来，在真生的身上搜寻，不想被真生发觉了，说："你真是昏了头，丢了良心，没法和你相处了。"就立刻和他分手，搬到别的地方去了。

一年以后，贾子龙偶然到河边去玩，看到有块石头晶莹光洁，极像真生的黑石头，就捡了起来，像宝贝似的珍藏起来。没几天，真生突然来了，神情懊丧，就像失去了什么。贾子龙安慰他，问怎么回事。真生说："你以前见过的那块石头，是仙人的点金石。我从前和抱真子相从的时候，抱真子喜欢我的坦诚正直，就把它赠送给了我。没想到有次醉酒后把它丢了。应在你这里。假如能够还给我，大恩大德，绝不敢不报。"

贾子龙笑了，说："我平生从不敢欺骗朋友，的确像占卜所说的那样。可是，最了解管仲贫困的是他的朋友鲍叔。你怎样做呢？"真生便说将用百金酬赠。贾子龙说："一百金真不少了。但要是教我口诀，让我亲自试一下，我才会没有遗憾的。"

真生怕贾子龙不守信用。贾子龙说："你是仙人，难道还不了解我，怎么能够失信于朋友呢！"真生就把口诀教给了他。

贾子龙见台阶上有一块巨石，就准备拿它来试。真生见了，拉着他的胳膊阻止。贾子龙不听，继续往前走，并弯腰从地上拾起半块砖，放在那巨石上，说："这个怎么样，不多吧？"真生觉得还可以，就由他去了。谁知贾子龙不磨砖，而磨了那块巨石。真生吃惊，脸色都变了，待到要阻拦时。巨石已经变成纯金了。

贾子龙把点金点金石还给了真生。真生感慨万端，叹口气说："已经如此，还能说什么。可是随心所欲地把福禄给人，是必然要受到上天惩罚的。如果要躲过我的罪，得施舍一百副棺木和一百件棉衣，你肯这样做吗？"贾子龙说："我之所以想要钱，并不想把它藏起来占为已有，你怎么还认为我是守财奴呢？"听了这话，真生高兴地离开了。

贾子龙有了这些钱以后，一边施舍一边经商，不到三年，应施舍的都已够数了。真生突然到来，握着贾子龙的手说："你真是一个守信义的人啊！那次分别后，福神将我告到天帝那里，削去了我的仙籍。多亏你大力施舍，使我能以功抵罪。希望你能继续如此。"贾子龙问真生属于天上的哪一仙职？真生说："我只不过是一只得道的狐仙罢了。出身微贱，受不了罪孽牵连，所以生平很知自爱，不敢有一丝一毫的胡作非为。"贾子龙为他摆上酒菜，又像以前那样欢快地畅饮起来。

贾子龙九十多岁时，真生仍时不时地到他家中来。长山县某人，专卖解毒药，人即使要死了，喝了他的药，必定救活。但他对药方极为保密，就是亲戚好友也不传。一天，他因受连累入狱，妻弟给他送饭，暗中在饭里放了毒。坐着等他吃了，然后告诉他。他不信。结果时间不长，肚子里就闹腾起来，才大惊，大骂道："畜生养的快跑！家里虽然有药，只怕路远难等，赶快到城中去找薜荔碾成末，要一杯清水，快去拿来！"妻弟如法去办。等找到时，他已经上吐下泻快要完了，赶快把药灌下，立刻就好。自此，这药方才传了出来。这和狐仙藏那石头是一样的。

布　商

【原文】

布商某，至青州境，偶入废寺，见其院宇零落，叹悼不已。僧在侧曰："今如有善信[①]，暂起山门[②]，亦佛面之光。"客慨然自任。僧喜，邀入方丈[③]，款待殷勤。既而举内外殿阁[④]，并请装修；客辞以不能。僧固强之，词色悍怒。客惧，请即倾囊，于是倒装而出，悉授僧。将行，僧止之曰："君竭资实非所愿，得毋甘心于我乎[⑤]？不如先之。"遂握刀相向。客哀之切，弗听；请自经，许之。逼置暗室而迫促之。适有防海将军经寺外[⑥]，遥自缺墙外望见一红裳女子入僧舍，疑之。下马入寺，前后冥搜[⑦]，竟不得。至暗室所，严扃双扉，僧不肯开，托以妖异。将军怒，

斩关入[8]，则见客缢梁上。救之，片时复苏，诘得其情。又械问女子所在，实则乌有，盖神佛现化也[9]。杀僧，财物仍以归客？客益募修庙宇，由此香火大盛。赵孝廉丰原言之最悉[10]。

布商

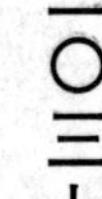

【注释】

①善信：做善事的诚意。

② 山门：佛寺的大门。

③方丈：佛寺长老和住持说法之处。

④举：列举。

⑤ 得毋甘心于我乎：意谓该不是想报复我以快心意吧。甘心，称心，快意。

⑥防海将军：未详。康熙年间，曾设“山东青州海防道”；疑指此类官员。

⑦冥搜：到处搜索。

⑧关：指门扇。

⑨现化：现身变化。佛教称佛力广大，能现种种化身于世间。

⑩赵孝廉丰原：赵丰原，字于京，号香坡，又号客亭，历城（今山东济南市历城县）人，康熙三十二年（1693）由举人选任城武教谕。官至河南府知府。

【译文】

某布商到青州府境时，偶然进入一座废庙，见房屋零落凋敝，很是感慨伤怀。有位和尚在旁说道：“你如果有善念，暂且把山门修起来，也算是给佛面增光了。”布商一口应承。和尚很高兴，请他到方丈内殷勤款待。又要求他装修内外大殿，布商说自己能力达不到。和尚却不依不饶，口气强硬，脸色强悍。布商害怕，就把所有的钱都拿了出来给了和尚。将要走，和尚拦住说：“你把钱全拿出来并不是自愿的，对我你难道能甘心吗？不如先打发了你。”说着拿刀就逼了过来。布商苦苦哀求，和尚不理，布商就要求吊死，和尚同意了，逼着布商到暗室，催着他上吊。

就在这时，恰巧有位海防将军路过这里，远远地从墙垣残破处望见一位红衣女子进到和尚卧室中。觉得可疑，就下马来到寺中。前后严密搜索，找不到踪影。搜到暗室时，门户紧闭，和尚不开，借口说有妖异。将军大怒，手起刀落，破门而入，看见有人吊在梁上，忙救下来。不大工夫，布商醒了过来。将军询问后得知详情，就将和尚抓起来，又审讯女子的下落。其实没有，原来是神佛显灵。于是杀了和尚，将财物还给布商。

布商越发全力修庙，因此庙中香火大盛。赵丰原举人讲这件事最清楚。

彭二挣

【原文】

禹城韩公甫自言[①]："与邑人彭二挣并行于途，忽回首不见之，惟空蹇随行[②]。但闻号救甚急，细听则在被囊中[③]。近视囊内累然，虽则偏重，亦不得堕。欲出之，则囊口缝纫甚密；以刀断线，始见彭犬卧其中[④]。既出，问何以入，亦茫不自知。盖其家有狐为祟，事如此类甚多云。"

【注释】

①禹城：县名，今属山东省。

②空蹇（简）：无人骑坐的驴。蹇，跛，一般指驴，亦指驽劣之马。

③被囊：即被袋，今称行李袋，俗以之搭于驴背。

④犬卧：像犬一样伏卧。

【译文】

禹城县人韩公甫亲自对人说：曾和同乡人彭二挣一块在路上走着，一回头，竟

不见了彭二挣，只剩驴跟着走。听见喊救命的声音很急，但就是看不到人。仔细一听，原来是从被囊中发出的。近前一看，被囊鼓鼓的，虽然有些偏重，但也掉不下来。他打算弄出来，但囊口缝得严严实实，用刀挑开，才看见彭二挣像狗一样地卧在里面。等到出来后，问他是怎么进去的，他茫茫然不知道。原来他家有妖狐作怪，诸如此类的事很多。

何　　仙

长山王公子瑞亭[①]，能以乩卜[②]。乩神自称何仙，乃纯阳弟子[③]，或谓是吕祖所跨鹤云。每降，辄与人论文作诗。李太史质君师事之[④]，丹黄课艺[⑤]，理绪明切；太史揣摩成[⑥]，赖何仙力居多焉，因之文学士多皈依之[⑦]。然为人决疑难事，多凭理，不甚言休咎。

辛未[⑧]，朱文宗案临济南[⑨]，试后，诸友请决等第[⑩]。何仙索试艺[⑪]，悉月旦之[⑫]。座中有与乐陵李忭相善者[⑬]，李固好学深思之士，众属望之[⑭]，因出其文，代为之请。乩注云："一等[⑮]。"少间，又书云："适评李生，据文为断。然此生运数大晦[⑯]，应犯夏楚[⑰]。异哉！文与数适不相符，岂文宗不论文耶？诸公少待，试一往探之。"少顷，又书云："我适至提学署中，见文宗公事旁午[⑱]，所焦虑者殊不在文也。一切置付幕客六七人，粟生、例监[⑲]，都在其中，前世全无根气[⑳]，大半饿鬼道中游魂[㉑]，乞食于四方者也。曾在黑暗狱中八百年[㉒]，损其目之精气，如人久在洞中，乍出则天地异色，无正明也。中有一二为人身所化者，阅卷分曹[㉓]，恐不能适相值耳。"众问挽回之术，书云："其术至实，人所共晓，何必问？"众会其意，以告李。李惧，以文质孙太史子未[㉔]，且诉以兆[㉕]。太史赞其文，因解其惑。李以太史海内宗匠[㉖]，心益壮，乩语不复置怀。后案发[㉗]，竟居四等。太史大骇，取其文复阅之，殊无疵摘[㉘]。评云："石门公祖[㉙]，素有文名，必不悠谬至此[㉚]。是必幕中醉汉，不识句读者所为。"于是众益服何仙之神，共焚香祝谢之。乩书曰：

"李生勿以暂时之屈，遂怀惭怍。当多写试卷，益暴之[31]，明岁可得优等。"李如其教。久之署中颇闻，悬牌特慰之。次岁果列优等，其灵应如此。

异史氏曰："幕中多此辈客，无怪京都丑妇巷中，至夕无闲床也。呜呼！"

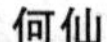

何仙

【注释】

①长山：旧县名，在今山东邹平县境。

②乩（鸡）卜：扶乩问卜。扶乩为旧时迷信问卜的一种方术。由二人扶一丁字架，下设沙盘，谓神降临时木架划出字迹，能为人决疑，预言祸福。

③纯阳：吕纯阳，即吕洞宾，唐末道士，名嵒，或名岩，以字行，号纯阳子，自称回道人。全真道奉为北五祖之一。通称"吕祖"。又相传为八仙之一。

④李太史质君：李质君，名斯义，康熙二十七年（1688）进士，改庶吉士，擢御史，官至福建巡抚。

⑤丹黄课艺：谓评改其习作文章。丹黄，古时校点书籍时所用的两种颜色；点校时用朱笔书写，改错时则用雌黄涂抹。此指评改作文，圈赞用朱，删改用黄。艺，文艺，指八股文。

⑥揣摩成：指考中进士，入翰林。揣摩，此谓研习艺业，考虑时务之急需，以迎合君主与当权者所好。

⑦皈（归）依：佛教本称身心归向佛、法，此指信仰、依赖。

⑧辛未岁：当指清圣祖康熙三十年（1691）。

⑨朱文宗：指朱雯，浙江石门人。进士。康熙三十年（1691）出任山东提学使。文宗，文章宗匠。此指主考的提学使。

⑩等第：指生员岁、科试的等第。清初沿明制，顺治九年（1652）题准岁考生员有六等黜陟法，四等以下有罚或黜革。

⑪试艺：考试时所作文章。据"朱文宗案临济南"一语，知此指岁试。清制，学政到任第一年为岁考。

⑫月旦：品评。

⑬乐陵：县名，今属山东省。

⑭众属望之：谓众人寄望于他，众望所归之意。

⑮一等：据清初岁考生员六等黜陟法，文理平通者列为一等。

⑯运数大晦：运气很坏。运数，命运，运气。晦，倒霉。

⑰夏（甲）楚：皆木名，古用作刑具。夏，即“榎”，同“槚”，楸树。按清初岁考六等黜陟法，考四等者，廪免责停饩，增、附、青、社俱扑责，不许科考，乡试年只准录遗。犯夏楚，指岁考四等。

⑱旁午：繁杂。

⑲粟生、例监：粟生，指廪生。例监，科举制度中监生名目之一。明清时代，以捐纳取得监生资格者曰例监。

⑳根气：犹根器，指禀赋。

㉑饿鬼道：佛教迷信谓人生死轮回的六道之一

㉒黑暗狱：传说中的地狱之一。

㉓阅卷分曹：清制，乡试负责考务的官员分为内帘官和外帘官。头场考毕，其试卷由外帘封送内帘后，正、副主考按房签、卷签分送各房官案前，然后依例主考同考官校阅试卷，是谓“分曹”。房官取其当意者加以圈评，向主考推荐。

㉔孙太史子未：孙子未，名勷，字子未，一字予未，号莪山，又号诚斋。本长洲（今江苏苏州市）人，李姓，德州（今山东德州市）孙继领以为己子，遂改姓孙。康熙二十四年（1685）进士，改庶吉士，授检讨。官至大理寺少卿，终于通政司参议。

㉕且诉以兆：且将文章与运数不相符的预兆告知。

㉖宗匠：文宗巨匠，指学问文章为海内所宗仰的人。

㉗案发：公布岁考判定的名次。

㉘疵摘：缺点，毛病。

㉙公祖：明清时代士绅对知府以上官员的尊称

㉚悠谬：犹荒谬，荒诞无稽。

㉛益暴之：谓将试官错判的试卷多写而广传，就更加暴露出试官的荒唐混账了。

【译文】

长山县的王瑞亭公子，懂得扶乩问卜。所请的乩神自称何仙，是吕洞宾的弟子。也有人说是吕洞宾所骑的那只仙鹤。每次降临，就同人们谈文作诗。李质君翰林，像对老师一样的侍奉何仙。无论是道家仙理，还是应试科目、诗书数术等，无不谈得深切入理，清晰明白。李翰林学业有成，多半是借了何仙的力量。因此，那些文学之士都信奉他。但是，何仙为人们决断疑难之事，多依据人情事理，很少预言吉凶祸福。

康熙三十年，主考官朱雯到济南主持考试。考试结束后，诸学友请何仙指点考试结果，何仙要了大家的考卷，然后一一评点。在场的人中有和乐陵县人李忭熟悉，李忭本是一个好学深思的人，大家都寄希望于他，就拿了他的文章，代请何仙决断。何仙评点说："一等。"稍后，又批写："刚才评李生，只是就文章而言。但他气数太差，注定考四等而受教鞭之罚。奇怪！文章和气数如此不相吻合，难道说主考官竟然是不论文章的吗？各位稍等一下，让我去探看探看。"

过了一会儿，又批写道："我刚才到学署看了一下，见主考官事务繁杂，心思全然不在文章上。所有一切应试事务全交给手下六七个幕僚。他们中有的是捐粮捐出个国子监学生名号的，前生丝毫没有根基，多半都是些饿鬼道中的游魂、走南跑北要饭吃的材料。在地狱的黑暗界里待了八百年，眼神的精气大亏损，就像人在洞中待久了，突然出来，觉得天地都变了色，根本就分不清真正的光色。其中也有一两个前生是人的，但分头阅卷只怕难以恰好落在他们手中。"

众人忙问如何挽救，何仙说："办法很清楚，大家都知道，何必再问。"众人会意，就转告李忭。李忭很害怕，就将自己的文章拿给孙子未翰林评定。孙翰林充分肯定，李忭释去心中疑虑。由于孙翰林是举国知名的文章大家，所以李忭胆气更壮，不再把乩语放在心上。

后来发榜，李忭竟然只得了个四等。孙翰林大吃一惊，忙把李忭的文章拿来再

看，依然是无可挑剔。于是就提笔写道："石门县的朱雯主考官，向来有文名，必不会荒谬至此，必定是幕僚中醉汉，不懂得句读者干的。"

由此，人们更加信服何仙的神明，焚香祷告，叩拜礼谢。何仙又乩示说："李生也不要因这一时的委屈而失意，多抄试卷，扩大影响，明年可得优等。"李忭照吩咐行事。时间一长，传到学署中，特别贴出文告安慰他。第二年果然得了优等。竟是如此灵验！

神　女

【原文】

米生者闽人[①]，传者忘其名字、郡邑。偶入郡，醉过市廛，闻高门中箫鼓如雷。问之居人，云是开寿筵者，然门庭殊清寂。听之笙歌繁响，醉中雅爱乐之，并不问其何家，即街头市祝仪[②]，投晚生刺焉[③]。或见其衣冠朴陋，便问："君系此翁何亲？"答言："无之。"或言："此流寓者侨居于此，不审何官，甚贵倨也[④]。既非亲属，将何求？"生闻而悔之，而刺已入矣。无何，两少年出逆客，华裳炫目，丰采都雅，揖生入。见一叟南向坐，东西列数筵，客六七人，皆似贵胄[⑤]；见生至，尽起为礼，叟亦杖而起[⑥]。生久立，待与周旋[⑦]，而叟殊不离席。两少年致词曰："家君衰迈，起拜良艰，予兄弟代谢高贤之见枉也[⑧]。"生逊谢而罢。遂增一筵于上，与叟接席。未几，女乐作于下。座后设琉璃屏，以幛内眷。鼓吹大作，座客不复可以倾谈。筵将终，两少年起，各以巨杯劝客，杯可容三斗；生有难色，然见客受，亦受。顷刻四顾，主客尽釂，生不得已，亦强尽之。少年复斟；生觉惫甚，起而告退。少年强挽其裾。生大醉逷地[⑨]，但觉有人以冷水洒面，恍然若寤。起视，宾客尽散，惟一少年捉臂送之，遂别而归。后再过其门，则已迁去矣。

自郡归，偶适市，一人自肆中出，招之饮。视之不识；姑从之入，则座上先有里人鲍庄在焉。问其人，乃诸姓，市中磨镜者也[10]。问："何相识？"曰："前日上寿者，君识之否？"生言："不识。"诸言："予出入其门最稔[11]。翁，傅姓，不知其何省、何官。先生上寿时，我方在墀下，故识之也。"日暮，饮散。鲍庄夜死于途。鲍父不识诸，执名讼生[12]。检得鲍庄体有重伤，生以谋杀论死，备历械梏；以诸未获，罪无申证[13]，颂系之[14]。年馀，直指巡方[15]，廉知其冤[16]，出之。

神女

家中田产荡尽，衣巾革褫[17]，冀其可以辨复[18]，于是携囊入郡。日将暮，步履颇殆，休于路侧。遥见小车来，二青衣夹随之。既过，忽命停舆。车中不知何言，俄一青衣问生："君非米姓乎？"生惊起诺之。问："何贫窭若此？"生告以故。又问："安之？"又告之。青衣去，向车中语；俄复返，请生至车前。车中以纤手搴帘，微睨之，绝代佳人也。谓生曰："君不幸得无妄之祸[19]，闻之太息[20]。今日学使署中，非白手可以出入者[21]，途中无可解赠，……"乃于髻上摘珠花一朵，授生曰："此物可鬻百金，请缄藏之。"生下拜，欲问官阀，车行甚疾，其去已远，不解何人。执花悬想，上缀明珠，非凡物也。珍藏而行。至郡，投状，上下勒索甚苦；出花展视，不忍置去[22]，遂归。归而无家，依于兄嫂。幸兄贤，为之经纪，贫不废读。

过岁，赴郡应童子试[23]，误入深山。会清明节，游人甚众。有数女骑来，内一女郎，即曩年车中人也。见生停骖[24]，问其所往。生具以对。女惊曰："君衣顶尚未复耶[25]？"生惨然于衣下出珠花，曰："不忍弃此，故犹童子也[26]。"女郎晕红上颊，既嘱坐待路隅。款段而去[27]。久之，一婢驰马来，以裹物授生，曰："娘子言：今日学使之门如市；赠白金二百，为进取之资[28]。"生辞曰："娘子惠我多矣！自分掇芹非难[29]，重金所不敢受。但告以姓名，绘一小像，焚香供之，足矣。"婢不顾，委地下而去。生由此用度颇充，然终不屑夤缘[30]。后入邑庠第一。以金授兄；兄善居积，三年旧业尽复。

适闽中巡抚为生祖门人，优恤甚厚，兄弟称巨家矣。然生素清鲠[31]，虽属大僚通家，而未尝有所干谒[32]。一日，有客裘马至门[33]，都无识者。出视，则傅公子也。揖而入，各道间阔[34]。治具相款，客辞以冗，然亦不竟言去。已而肴酒既陈，公子起而请间[35]；相将入内，拜伏于地。生惊问何事。怆然曰："家君适罹大祸，欲有求于抚台[36]，非兄不可。"生辞曰："渠虽世谊，而以私干人，生平所不为也。"公子伏地哀泣。生厉色曰："小生与公子，一饮之知交耳，何遂以丧节强人[37]！"公子大惭，起而别去。越日，方独坐，有青衣人入，视之，即山中赠金者。生方惊起，青衣曰："君忘珠花耶？"生曰："唯唯，不敢忘。"曰："昨公子，即娘子胞兄也。"

生闻之，窃喜，伪曰："此难相信。若得娘子亲见一言，则油鼎可蹈耳[38]；不然，不敢奉命。"青衣出，驰马而去。更半复返，扣扉入曰："娘子来矣。"言未几，女郎惨然入，向壁而哭，不作一语。生拜曰："小生非卿，无以有今日。但有驱策，敢不惟命！"女曰："受人求者常骄人，求人者常畏人。中夜奔波，生平何解此苦，只以畏人故耳，亦复何言！"生慰之曰："小生所以不遽诺者[39]，恐过此一见为难耳。使卿夙夜蒙露，吾知罪矣！"因挽其袪[40]，隐抑搔之。女怒曰："子诚敝人也[41]！不念畴昔之义，而欲乘人之厄[42]。予过矣[43]！予过矣！"忿然而出，登车欲去。生追出谢过，长跪而要遮之。青衣亦为缓颊。女意稍解，就车中谓生曰："实告君：妾非人，乃神女也。家君为南岳都理司[44]，偶失礼于地官[45]，将达帝听[46]；非本地都人官印信[47]，不可解也。君如不忘旧义，以黄纸一幅，为妾求之。"言已，车发遂去。生归，悚惧不已。乃假驱祟，言于巡抚。巡抚谓其事近巫蛊[48]，不许。生以厚金赂其心腹，诺之，而未得其便。既归，青衣候门，生具告之，默然遂去，意似怨其不忠。生追送之曰："归语娘子，如事不谐，我以身命殉之！"既归，终夜辗转，不知计之所出。适院署有宠姬购珠[49]，生乃以珠花献之。姬大悦，窃印为之嵌之[50]。怀归，青衣适至。笑曰："幸不辱命。但数年来贫贱乞食所不忍鬻者，今还为主人弃之矣！"因告以情。且曰："黄金抛置，我都不惜。寄语娘子：珠花须要偿也。"

逾数日，傅公子登堂申谢，纳黄金百两。生作色曰："所以然者，为令妹之惠我无私耳；不然，即万金岂足以易名节哉！"再强之，声色益厉。公子惭而去，曰："此事殊未了！"翼日，青衣奉女郎命，进明珠百颗，曰："此足以偿珠花否耶？"生曰："重花者，非贵珠也。设当日赠我万镒之宝[51]，直须卖作富家翁耳；什袭而甘贫贱[52]，何为乎？娘子神人，小生何敢他望，幸得报洪恩于万一，死无憾矣！"青衣置珠案间[53]，生朝拜而后却之。越数日，公子又至。生命治肴酒。公子使从人入厨下，自行烹调，相对纵饮，欢若一家。有客馈苦糯[54]，公子饮而美之，引尽百盏，面颊微赪[55]，乃谓生曰："君贞介士[56]，愚兄弟不能早知君，有愧裙钗多矣[57]。家君感大德，无以相报，欲以妹子附为婚姻，恐以幽明见嫌也[58]。"生喜惧非常，不知所对。公子辞而出，曰："明夜七月初九，新月钩辰[59]，天孙有少女下嫁[60]，吉期也，可备青庐[61]。”次夕，果送女郎至，一切无异常人。三日后，女自兄嫂以及婢仆大小，皆有馈赏。又最贤，事嫂如姑。

数年不育，劝纳副室，生不肯。适兄贾于江淮，为买少姬而归。姬，顾姓，小字博士，貌亦清婉，夫妇皆喜。见髻上插珠花，甚似当年故物；摘视，果然。异而诘之，答云："昔有巡抚爱妾死，其婢盗出鬻于市，先人廉其值，买而归。妾爱之。先父无子，生妾一人，故所求无不得。后父死家落，妾寄养于顾媪之家。顾，妾姨行，见珠，屡欲售去，妾投井觅死，故至今犹存也。"夫妇叹曰："十年之物，复归故主，岂非数哉。"女另出珠花一朵，曰："此物久无偶矣！"因并赐之，亲为簪于髻上。姬退，问女郎家世甚悉，家人皆讳言之。阴语生曰："妾视娘子，非人间人也；其眉目间有神气。昨簪花时得近视，其美丽出于肌里，非若凡人以黑白位置中见长耳。"生笑之。姬曰："君勿言，妾将试之。如其神，但有所须，无人处焚香以求，彼当自知。"女郎绣袜精工，博士爱之，而未敢言，乃即闺中焚香祝之。女早起，忽检箧中，出袜，遣婢赠博士。生见而笑。女问故，以实告。女曰："黠哉婢乎！"因其慧，益怜爱之；然博士益恭，昧爽时，必薰沐以朝[62]。后博士一举两男，两人分字之[63]。生年八十，女貌犹如处子。生抱病，女鸠匠为材[64]，令宽大倍于寻常。既死，女不哭；男女他适，女已入材中死矣。因并葬之。至今传为"大材冢"云。

异史氏曰："女则神矣，博士而能知之，是遵何术欤？乃知人之慧，固有灵于神者矣！"

【注释】

①闽：福建省的简称。因秦设闽中郡而得名。

②市：买。祝仪：贺礼。

③晚生刺：自称晚生的名帖。晚生，旧时后辈对前辈的谦称。

④贵倨：自贵做人。

⑤ 贵胄：指贵族子弟。胄，后代。

⑥杖而起：扶着拐杖站起为礼。

⑦周旋：揖让应酬。

⑧枉：枉驾；光临。

⑨逿（荡）地：倒地。逿，跌倒。

⑩磨镜者：磨镜人。古时用铜镜。镜用久发黯，需磨洗使之发亮。

⑪稔：熟悉。

⑫执名：犹言“指名”。

⑬申证：明证。申，明白。

⑭颂（容）系：关押在狱，不加刑具。颂，宽容。

⑮直指：汉代官名。朝廷直接派往地方检查吏治及司法的官员，也称直指使者或“绣衣直指”。明清时，则有巡按御使分至各地巡察。巡方：巡行地方考察。

⑯廉：考察，查访。

⑰衣巾革褫：褫夺衣冠；指革除功名。旧时生员犯罪，须先由学官报请革除功名，然后才能逮捕动刑。

⑱辨复：革除功名的生员，经辨明无罪，恢复功名，称“辨复”。

⑲无妄之祸：此据铸雪斋抄本；无妄，原作“无望”。意外的灾祸。

⑳太息：叹息。

㉑白手：空手。

㉒置去：指卖掉。置，弃置。

㉓应童子试：参加初级考试。这里指米生放弃“辨复”，欲重新考取生员资格。

㉔停骖（餐）：此谓停马。骖，本指一车三马中的边马。

㉕衣顶：此指生员冠服，代指生员资格。

㉖童子：即“童生”。明清时代，未取得生员资格的读书人，不论年龄大小，都称“童生”或“儒童”。

㉗款段：马走得很慢。

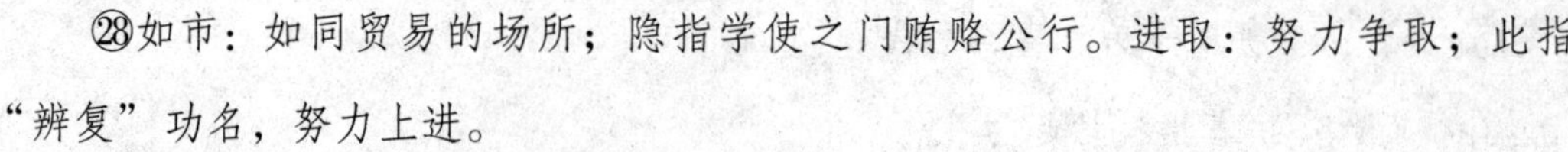

㉘如市：如同贸易的场所；隐指学使之门贿赂公行。进取：努力争取；此指“辨复”功名，努力上进。

㉙掇芹：科举时代称考取秀才为掇芹。

㉚夤（银）缘：攀附以升，喻攀附权要，以求仕进。此指贿赂学使，准予辨复。

㉛清鲠：清正耿直，不苟随俗。

㉜干谒：干求拜见；指请托。

㉝裘马：衣轻裘、策肥马，形容阔绰。

㉞间（jian 建）阔：远隔。指久别之情。

㉟请间：请避开他人，单独谈话。间，隙。

㊱抚台：对巡抚的敬称。

㊲丧节：丧失品节。强人：逼人。

㊳油鼎可蹈：烹人的油锅也可以下去；喻不计生死。

㊴遽诺：立即应允。

㊵袪（区）：袖。

㊶敝人：薄德之人，心术不正的人。

㊷乘人之厄：犹言乘人之危。厄，危难。

㊸过：错。

㊹南岳都理司：道教神名。道教崇奉五岳，谓每岳皆有岳神，各领仙官、玉女几万人治理其地。南岳衡山岳神，叫司天王。都理司，当系司天王的属官。

㊺地官：道教所信奉的神。道教以天官、地官、水官为三官。传说天官赐福，地官赦罪，水官解厄。

㊻帝：指天帝。

㊼本地都人官：此指该省巡抚。都，总领。印信：官印。

㊽巫蛊（古）：巫师使用邪术加害于人。

㊾院署：指巡抚衙门。院，抚院。巡抚例兼都察院右副都御史衔，故称“抚

院”。

㊿嵌：盖印。

51万镒（yi义）之宝：价值万金的宝物。镒，古时一镒为一金，一金为二十四两。

52“什袭”句：意谓珍藏珠花，甘心贫贱，而不忍变卖。什袭，层层包裹，指珍藏。

53案间：据铸雪斋抄本，原作“案”。

54苦糯：一种米酒。

55赪（撑）：赤色。

56贞介士：坚贞耿介的读书人。

57裙钗：代指女子。此谓神女。

58幽明：幽为阴，明为阳。这里指人神隔绝。

59新月钩辰：谓新月与钩辰星同现；为佳期之兆。钩辰，星名，在河汉之中。

60天孙：星名，即织女星。

61青庐：古时婚俗，以青布幔为屋，于此交拜迎妇，称“青庐”。

62薰沐：薰香沐浴，清除浊秽，表示虔敬。朝：拜见。

63字：养育。

64鸠匠：召集工匠。鸠，集。材：棺材。

【译文】

有个姓米的书生，是福建人，给他立传的人忘了他的名字，也忘了住在哪府哪县。他偶然来到府城，醉醺醺地路过闹市，听见一座高大的门楼里面，管弦伴着锣鼓，响声如雷。他询问当地的居民，居民告诉他，里面是在开寿筵，但是门庭冷冷落落，很寂静。他仔细一听，笙歌响得很杂乱。他在沉醉之中，很喜欢玩乐，没问这是什么人家，就在街头买了一份寿礼。用晚生的名帖送了进去。有人看他衣帽很

朴素，就问他："你是这家老头儿的什么亲戚呢?"他说："不是亲戚。"有人说："这是一户没有固定住址的人家，在此侨居，不知是个什么官员，很高贵，也很傲慢。既然不是他的亲戚，又有什么要求呢?"他一听这话，感到很后悔，但是名帖已经递进去了。

不一会儿，两个年轻人出来迎接客人。年轻人穿着光彩夺目的衣服，风度都很文雅，打躬作揖，把他请了进去。他看见一个老头儿面南而坐，东西两侧摆着好几桌酒筵，有六七位客人，都像贵族的后代。大家看他进来了，都站起来和他见礼，老头儿也拄着拐杖站了起来。他站了很长时间，等着应酬老头儿，可是老头儿根本没有离开席位。两个年轻人向他致辞说："家父年老体衰，动身施礼很困难，我们兄弟二人代替老父感谢高贤的屈驾光临。"他谦让了一会儿，也就坐下了。于是增加了一桌酒席，和老头儿的酒桌挨在一起。

喝了不一会儿，女乐队就在席前奏乐。座位的后面摆着一架琉璃屏风，遮挡着内眷。席前鼓乐大作，座上的客人再也不能倾心交谈了。酒宴快要结束的时候，两个年轻人站起来，各个都用大杯子向客人劝酒。大杯子可以装下三斗酒，他一看就现出为难的神色；但是看见其他客人接受了，他也只好接受。顷刻之间，往四外一看，主人客人全都干杯了；他迫不得已，也勉强干了杯。年轻人又给他斟酒。他感到疲惫不堪，就站起来告退。年轻人硬是拉着他的袖子不让走。他喝得酩酊大醉，再也支持不住，就倒在地下。只觉得有人往他脸上洒凉水，他突然醒过来了。站起来一看，宾客全都散净了，只有一个年轻人抓着他的胳膊往外送他，于是就告别了年轻人，回到了住处。

后来，再一次路过那个门楼的时候，院里的人家已经搬走了。他从府里回来，偶然来到一个市镇，从酒店里出来一个人，招呼他进去喝酒。他抬头一看，不认识；只好暂且跟着那个人进了酒店，看见同村一位名叫鲍庄的人，已经坐在酒桌上。他问鲍庄，那个人是谁。鲍庄告诉他，那个人姓诸，是市上一位磨镜子的手艺人。他问姓诸的："你怎么认识我呢?"姓诸的说："前天上寿的老头儿，你认识吗?"他说："不认识。"姓诸的说："我经常出入老头儿的门庭，很熟悉。老头儿姓傅，只是不知哪个省的人氏，也不知是个什么官员。先生上寿的时候，我正在台阶底下磨镜子，所以认识你。”一直喝到天黑，三个人才散伙儿。

就在这天晚上，鲍庄死在半路上。鲍庄的父亲不认识姓诸的，就指名控告米生。验尸的时候，发现鲍庄身上受了重伤，就判决米生犯了谋杀罪，判处死刑，受尽了酷刑；因为没抓到姓诸的手艺人，向上级报案没有佐证，就把米生押在监狱里。押了一年多，巡察御史到了这个地方，察明米生是个冤案，就把他释放了。

他家里的田产已经荡尽，但是对于被革除的秀才功名，还希望能够恢复，于是就带着钱包进了府城。走到天快黑的时候，脚步很疲乏，就坐在路旁休息。远远看见来了一辆小车子，两个使女把车子夹在中间，一边一个，跟着往前走。从他面前过去以后，车里的人忽然命令停下车子。车里的人不知说了些什么话。不一会儿，一个使女回来对他说：“你是不是姓米呀？”他很惊讶地站起来，答了一声是。使女问他：“你怎么这样贫寒呢？”他就把自己的遭遇告诉了使女。使女又问她：“你要去什么地方呢？”他又把想要恢复秀才功名的打算告诉了使女。使女跑回去，把情况告诉了车里的人；很快又返回来，请他到车前去回话。车里的人用纤细的手撩起了车帘，他略微瞥了一眼，是个绝代佳人。她对米生说：“你不幸遭受了意想不到的灾难，我听了以后，深深为你叹息。现在的学使衙门，不是空手可出入的，半路上没有可以解囊相送的东西，……”于是就从发髻上摘下一朵珠花，送给他说：“出卖这件东西，可以得到百金，请你收藏起来吧。”米生向她躬身施礼，想要问问她家的官阶门第，她的车子走得很快，已经跑出很远了，不知是个什么人。他拿着珠花空想了一会儿，看见花朵上缀着明珠，知道不是平凡的东西。他把珠花珍重地藏起来，迈步往前走。到了府里，向学使衙门投递请求恢复秀才功名的诉状，上上下下，苦苦向他勒索；他拿出珠花看了一会儿，不忍卖掉它，恢复秀才功名的打算也就作罢了。

他回来也没有家，只能依靠兄嫂，幸亏哥哥有德，给他安排生活，他在贫寒之中也没放弃读书。过了一年，到府里参加童生的考试，重新考秀才，走错了道路，进了深山。恰巧赶上清明节，游人很多。有好几个女子骑马来到面前，其中有一位

女郎，就是去年小车里的送花人。她看见了米生，勒住缰绳停住马，问他到什么地方去。他把重考秀才的打算告诉了女郎。女郎惊讶地说："你秀才的衣帽还没恢复啊？"他很凄惨地从衣服里边掏出珠花说："我不忍卖掉这朵花，所以还是一个童生。"女郎一听，两朵红晕立刻升上脸颊。接着，女郎嘱咐他坐在路旁等候着，自己骑着马缓慢地走了。

他等了很长时间，一个使女飞马跑来，送他一个包裹说："我家娘子说：'现在的学使衙门，门庭若市，送给你二百两银子，做你求取功名的费用。'"他辞谢说："娘子给我的恩惠太多了！我自己预料，考一名秀才是不难的. 这么多的银子我可不敢接受。只要求把娘子的姓名告诉我，回去画一幅肖像。焚香供奉着，就心满意足了。"使女没有理他，把银子放在地上就走了。

从此以后，他的生活用度很充足，但却始终不肯巴结那些当权的。后来，他考中了全县的第一名秀才。把女郎赠送的银子交给了哥哥；哥哥善于经营，三年的工夫，从前失掉的家业全都恢复了。事也凑巧，福建省的巡抚大人是他父亲的门徒，对他的周济很优厚，哥俩堪称世家大户了。但他一向清正耿直，虽然和巡抚大人是世交，却从来没有因为有所请求而去拜访他。

一天，有一位客人，轻裘快马来到门前。家人都不认识。他出去一看，原来是傅公子。互相作揖，请进书房，互相倾吐久别的心情。他准备酒菜款待客人。客人推托还有繁杂的事情，没有时间喝酒，但也不说马上就走。过了一会儿，酒菜摆上来以后，公子站起来，请求避开第三者。两个人一道进了内室。公子跪在地下给他磕头。他很惊讶地问道："你有什么事情？"公子很悲痛地说："我父亲正在遭受大难，想要请求巡抚大人帮忙，不找哥哥是办不到的。"他推辞说："巡抚虽然是我的世交，但是因为私人的事情而去向人求情，我是生来做不到的。"公子跪在地下，痛哭流涕地向他哀求。他声色俱厉地说："小生和公子，只是喝过一次酒的交情罢了，你怎能逼着人家丧失气节呢！"公子很惭愧，爬起来告别走了。

过了一天，他一个人正在书房里坐着，有个使女进了房门。他抬头一看，就是山里向他赠送银子的使女。他很惊讶，刚刚站起来，使女就说："你忘掉珠花了吗?”他说:“是是,我不敢忘记!”使女说:“昨天向你求助的公子,就是娘子的亲哥哥。”他一听,心里暗自高兴,但却说假话:“这是难以相信的。如果见到娘子,她亲自说上一句话,就是赴汤蹈火,我也在所不辞;不然的话,绝不敢从命。”使女立刻出了书房,快马扬鞭,跑回去了。

在五更将尽的时候,使女又返回来了,敲开他的房门,进来说:“娘子来了!”话还没有说完,女郎凄凄惨惨地进了书房,面对墙壁流着眼泪,一句话也不说。他躬身施礼说:“小生不是遇到娘子,绝没有今天。只要有所差遣,不敢不听从命令!”女郎说:“受到别人求助的人,常常很傲慢;向人求助的人,往往对人很畏惧。半夜里长途奔波,生来哪里知道这样的辛苦,只是畏惧傲慢的人罢了,还有什么说的!”米生安慰她说:“小生所以没有答应马上帮忙,是怕错过这个机会,再就难以见面了。使你黑夜踏着露水奔波,我已经知罪了!”说完就拉住她的袖口,偷偷在她手腕上挠了一下。女郎气愤地说:“你实在是个坏人!你不思念从前的恩义,而要趁着人家有危难的时候,达到你的目的。我错了!我错了!”很气愤地走出书房,上了车子就要走。

米生急忙追出去,向她承认错误,直溜溜地跪在地上挡住她的车子。使女也帮他说情。女郎的态度才稍微缓和下来,就在车上对米生说:“实话告诉你,我不是凡人,而是神女。我父亲担任南岳衡山的都司理,偶然对地官有失礼的行为,地官就要报给上帝;没有本地最高长官的印信,就不能解除这个危难。你若不忘过去的恩义,拿一张黄表纸,为我去请求巡抚,盖上巡抚的大印。”说完,启动车子就走了。

米生回到书房,总是害怕办不成这件事情。就假借驱邪的名义。向巡抚提出请求。巡抚认为这是迷信活动,没有答应。他便拿出很多金钱去贿赂巡抚的心腹,心腹虽然答应了,但却没有得到方便的机会。他回来的时候,使女正在家里等着呢。他把情况告诉了使女,使女就默默地走了,看那神态,似乎恨他不够忠心。他追了出去,一边送着一边说:“你回去告诉娘子:如果办不妥这件事情,我宁可献出自己的身家性命!”

他回来以后，翻来覆去地折腾了一宿，也没想出什么办法。恰巧巡抚最宠爱的一个小老婆要买珠子，他就把珠花献上去了。小老婆非常高兴，就偷出大印，给他盖到黄表纸上。他揣回家里，使女恰好也来了。他笑着说，幸而没有辱没你们的使命。但是多少年来宁可受穷讨饭也不忍出卖的珠花，今天为了你的主人，我甘愿舍弃了！”就把实际情况告诉了使女，并且说：“就是扔掉了黄金，我都不可惜；请你转告娘子：献出去的珠花，是需要偿还的！”

过了几天，傅公子前来登堂道谢，很恭敬地送他一百两黄金。他变了脸色说：“我所以肯于帮忙，是你妹妹无私地帮助过我；不然的话，就是万两黄金，怎能叫我改变名节呢！”傅公子再三要他收下，他更加声色俱厉地给以拒绝。傅公子很惭愧地出了房门，说：“这件事情不算完！”第二天，使女奉女郎的命令，给他送来一百颗明珠，说：“这些明珠完全可以偿还珠花了吧？”他说：“我珍重珠花，并不是看重那颗珠子。假设当年送给我二十万两黄金，卖出去也只能当个富翁罢了，我包又包裹又裹地珍藏着，甘心受穷，为的什么呢？娘子是个神女，我不敢有别的希望，只希望借此机会报答万分之一的洪恩，就死而无憾了！”使女把明珠放在桌子上，他朝拜之后，全部退了回去。

过了几天，傅公子又来了。他便叫人准备酒菜。公子叫他的随从人员下了厨房，自行烹调，互相放量地豪饮，欢欢乐乐的好像一家人。有个客人送他一坛子“苦糯”酒，公子喝得很甜，干了一百盅，脸上才稍微有些红晕。他对米生说：“你是一位正直的书生，我兄弟二人很愚笨，不能早早了解你，比起妹妹，真是惭愧。我父亲感激你的大恩大德，没有别的可以报答，想把妹子许你为婚，又怕阴阳路隔，怕你嫌弃。”他心里很高兴，又特别的忐忑不安。不知怎样回答才好。公子向他告辞，走出书房，说：“明天晚上是七月初九，一弯新月对着北极星的时候，织女有个小女儿下嫁人间，是吉日良辰，你应该准备洞房。”

第二天晚上，果然把女郎送来了，一切都和常人没有什么两样。三天以后，女郎拿出礼品，从哥哥嫂子到丫鬟仆人，大大小小都有一定的赏赐。她又很贤惠，把嫂子当成婆婆一样看待。婚后好几年也不生育，就劝米生娶个小老婆，米生不同意。恰巧哥哥到江淮一带做买卖，给弟弟买回一位很年轻的小老婆。小老婆姓顾，小名叫博士，相貌也很清秀，夫妻二人都很喜爱她。看她发髻上插着一朵珠花，很像当年舍弃的东西；摘下来一看，真是那朵珠花。感到很奇怪，就问她从哪里得来的。博士说："从前有个巡抚的爱妾死了，她的丫鬟偷出这朵花到市上出卖，死去的父亲认为价钱很便宜，就买回来了。我很喜爱它。我父亲没有儿子，只生我一个人，所以凡是我的要求，没有得不到的。后来父亲去世，家业衰落了，把我寄养在顾老太太家里；顾老太太，是我的姨娘，她看见了珠花，一次又一次地想要卖出去，我投井寻死吓唬她，才保存到今天。"

夫妻叹息着说："失掉十年的东西，又物归原主，难道不是天数吗！"女郎又拿出另一朵珠花说："这朵花很久没有配对的了！"因而都赏给了博士，并且亲手插在她的发髻上。博士退出来以后，详详细细地打听女郎的家世，家人都避讳，谁也不说。博士就私下对米生说，我看娘子，不是人间的凡人；她的眉目之间，有一股神气。昨天给我插花的时候，使我得到机会，在她跟前一看，她的美丽出于肌肉之内，不像一般的凡人，只是黑白搭配得适中而已。"米生一听就笑了。博士说："你不要告诉她，我要试试她：如果她是神仙，只要对她有所要求，在无人的地方焚香祷告，向她提出要求，她马上就会知道的。"

女郎绣制的袜子很精巧，博士很喜爱，但是不敢当面向她要，就在闺房里焚香祈祷，提出了要求。第二天早晨，女郎早早地爬起来，忽然翻检小箱子，拿出一双绣袜，打发使女送给博士。米生一看就笑了。女郎问她笑什么，他把实情告诉了女郎。女郎说："这个丫头真狡猾！"因她很聪明，女郎更加喜爱她；博士对女郎也更加恭敬，每天麻麻亮的时候，一定要熏香沐浴，恭恭敬敬地去朝见女郎。

后来，博士一胎生了两个男孩，两个人分头养育着。米生活到八十岁的时候，女郎的容貌仍然像个处女。米生病卧在床，女郎就召集木匠作棺材，叫比平常的棺材宽大一倍。米生死了以后，女郎也不哭泣；等人们不在的时候，她就跳进棺材里死了。因此就和米生一起合葬。至今还流传着"大材坟墓"的传说。

异史氏说："女郎是个神女，博士能够认出来，她是遵循什么样的法术呢？岂

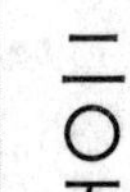

知一个聪明人，本来是和神仙一样聪明的!”

湘裙

【原文】

晏仲，陕西延安人[①]。与兄伯同居，友爱敦笃[②]。伯三十而卒，无嗣；妻亦继亡。仲痛悼之，每思生二子，则以一子为兄后。甫举一男，而仲妻又死。仲恐继室不恤其子，将购一妾。邻村有货婢者，仲往相之，略不称意[③]，情绪无聊，被友人留酌，醺醉而归。途中遇故窗友梁生[④]，握手殷殷，邀过其家。醉中忘其已死，从之而去。入其门，并非旧第，疑而问之。答云：“新移此耳。”入而谋酒，则家酿已竭[⑤]，嘱仲坐待，挈瓶往沽。仲出立门外以俟之。见一妇人控驴而过，有童子随之，年可八九岁[⑥]，面目神色，绝类其兄。心恻然动，急委缀之，便问：“童子何姓?”答言：“姓晏。”仲益惊，又问：“汝父何名?”答言：“不知。”言次，已至其门，妇人下驴入。仲执童子曰：“汝父在家否?”童诺而入。顷之，一媪出窥，真其嫂也。讶叔何来。仲大悲，随之而入。见庐落亦复整顿，因问：“兄何在?”曰：“责负未归[⑦]。”问：“跨驴何人?”曰：“此汝兄妾甘氏，生两男矣。长阿大，赴市未返；汝所见者阿小。”坐久，酒渐解，始悟所见皆鬼。以兄弟情切，即亦不惧。嫂温酒治具。仲急欲见兄，促阿小觅之。良久，哭而归曰：“李家负欠不还，反与父闹。”仲闻之，与阿小奔而去，见有两人方捽兄地上。仲怒，奋拳直入，当者尽踣。急救兄起，敌已俱奔。追捉一人，捶楚无算，始起。执兄手[⑧]，顿足哀泣；兄亦泣。既归，举家慰问，乃具酒食，兄弟相庆。居无何，一少年人，年约十六七。伯呼阿大，令拜叔。仲挽之，哭向兄曰：“大哥地下有两男子，而坟墓不扫；弟又子少而鳏，奈何?”伯亦凄恻。嫂谓伯曰：“遣阿小从叔去，亦得。”阿小闻之，依叔肘

下，眷恋不去。仲抚之，倍益酸辛。问：“汝乐从否?”答云：“乐从。”仲念鬼虽非人，慰情亦胜无也，因为解颜。伯曰：“从去，但勿娇惯，宜啖以血肉，驱向日中曝之，午过乃已。六七岁儿，历春及夏，骨肉更生，可以娶妻育子；但恐不寿耳[9]。”言间，门外有少女窥听，意致温婉。仲疑为兄女，便以问兄。兄曰：“此名湘裙，吾妾妹也。孤而无归，寄养十年矣。”问：“已字否?”伯云：“尚未。近有媒议东村田家。”女在窗外小语曰：“我不嫁田家牧牛子。”仲颇有动于中，而未便明言。既而伯起，设榻于斋，止弟宿。

湘裙

仲雅不欲留，而意恋湘裙，将设法以窥兄意，遂别兄就榻。时方初春，气候犹寒，斋中夙无烟火，森然起栗。对烛冷坐，思得小饮，俄而阿小推扉入，以杯羹斗酒置案上。仲喜极，问："谁之为？"答云："湘姨。"酒将尽，又以灰覆盆火，掷床下。仲问："爷娘寝乎？"曰："睡已久矣。""汝寝何所？"曰："与湘姨共榻耳。"阿小俟叔眠，乃掩门去。仲念湘裙惠而解意[10]，益爱慕之；又以其能抚阿小，欲得之心益坚，辗转床头，终夜不寝。早起，告兄曰："弟孑然无偶，烦大哥留意也。"伯曰："吾家非一瓢一担者[11]，物色当自有人。地下即有佳丽，恐于弟无所利益。"仲曰："古人亦有鬼妻，何害？"伯似会意，便言："湘裙亦佳。但以巨针刺人迎[12]，血出不止者，便可为生人妻，何得草草。"仲曰："得湘裙抚阿小，亦得。"伯但摇首。仲求之不已，嫂曰："试捉湘裙强刺验之，不可乃已。"遂握针出门外，遇湘裙，急捉其腕，则血痕犹湿。盖闻伯言时，早自试之矣。嫂释手而笑，反告伯曰："渠作有意乔才久矣[13]，尚为之代虑耶？"妾闻之怒，趋近湘裙，以指刺匡而骂曰[14]："淫婢不羞！欲从阿叔奔去耶[15]？我定不如其愿！"湘裙愧愤，哭欲觅死，举家腾沸。仲乃大惭，别兄嫂，率阿小而出。兄曰："弟姑去；阿小勿使复来，恐损其生气也。"仲诺之。

既归，伪增其年，托言兄卖婢之遗腹子。众以其貌酷类，亦信为伯遗体[16]。仲教之读，辄遣抱一卷就日中诵之。初以为苦，久而渐安。六月中，几案灼人，而儿戏且读，殊无少怨。儿甚惠[17]，日尽半卷，夜与叔抵足，恒背诵之。叔甚慰。又以不忘湘裙，故不复作"燕楼"想矣[18]。

一日，双媒来为阿小议姻，中馈无人[19]，心甚燥急[20]。忽甘嫂自外入曰："阿叔勿怪，吾送湘裙至矣。缘婢子不识羞，我故挫辱之。叔如此表表[21]，而不相从，更欲从何人者？"见湘裙立其后，心甚欢悦。肃嫂坐[22]；具述有客在堂，乃趋出。少间复入，则甘氏已去。湘裙卸妆入厨下，刀砧盈耳矣[23]。俄而肴胾罗列，烹饪得宜。客去，仲入，见湘裙凝妆坐室中，遂与交拜成礼。至晚，女仍欲与阿小共宿。仲曰："我欲以阳气温之，不可离也。"因置女别室，惟晚间杯酒一往欢会而已。湘裙抚前子如己出，仲益贤之。

一夕，夫妻款洽，仲戏问："阴世有佳人否？"女思良久，答言："未见。惟邻女葳灵仙，群以为美；顾貌亦犹人，要善修饰耳[24]。与妾往还最久，心中窃鄙其荡也。如欲见之，顷刻可致。但此等人，未可招惹。"仲急欲一见。女把笔似欲作书，既而掷管曰："不可，不可！"强之再四，乃曰："勿为所惑。"仲诺之。遂裂纸作数画若符，于门外焚之。少时，帘动钩鸣，吃吃作笑声。女起曳入，高髻云翘，殆类画图。扶坐床头，酌酒相叙间阔。初见仲，犹以红袖掩口，不甚纵谈；数盏后，嬉狎无忌，渐伸一足压仲衣。仲心迷乱，不知魂之所舍。目前唯碍湘裙；湘裙又故防之，顷刻不离于侧。葳灵仙忽起，搴帘而出；湘裙从之，仲亦从之。葳灵仙握仲，趋入他室。湘裙甚恨，而无可如何，愤然归室，听其所为而已。既而仲入，湘裙责之曰："不听我言，后恐却之不得耳。"仲疑其妒，不乐而散。次夕，葳灵仙不召自来。湘裙甚厌见之，傲不为礼；仙竟与仲相将而去。如此数夕。女望其来，则诟辱之，而亦不能却也。月馀，仲病不起，始大悔，唤湘裙与共寝处，冀可避之；昼夜防稍懈，则人鬼已在阳台[25]。湘裙操杖逐之，鬼忿与争，湘裙荏弱，手足皆为所伤。仲寝以沉困。湘裙泣曰："吾何以见吾姊矣！"又数日，仲冥然遂死。

初见二隶执牒入，不觉从去。至途患无资斧，邀隶便道过兄所。兄见之，惊骇失色，问："弟近何作？"仲曰："无他，但有鬼病耳。"实告之。兄曰："是矣。"乃出白金一裹，谓隶曰："姑笑纳之。吾弟罪不应死，请释归，我使豚儿从去[26]，或无不谐。"便唤阿大陪隶饮。反身入家，遍告以故。乃令甘氏隔壁唤葳灵仙。俄至，见仲欲遁。伯揪返骂曰："淫婢！生为荡妇，死为贱鬼，不齿群众久矣[27]；又祟吾弟耶！"立批之，云鬓蓬飞，妖容顿减。久之，一妪来，伏地哀恳。伯又责妪纵女宣淫，呵詈移时，始令与女俱去。伯乃送仲出，飘忽间已抵家门，直抵卧室，豁然若寤，始知适间之已死也。伯责湘裙曰："我与若姊，谓汝贤能，故使从吾弟；反欲促吾弟死耶！设非名分之嫌[28]，便当挞楚！"湘裙惭惧啜泣，望伯伏谢。伯顾阿小喜曰："儿居然生人矣！"湘裙欲出作黍，伯辞曰："弟事未办，我不遑暇。"阿小年十三，渐知恋父；见父出，零涕从之。父曰："从叔最乐，我行复来耳。"转身遂逝，自此不复通闻问矣。后阿小娶妇，生一子，亦年三十而卒。仲抚其孤，如

侄生时。仲年八十，其子二十馀矣，乃析之[29]。湘裙无所出。一日，谓仲曰："我先驱狐狸于地下可乎[30]？"盛妆上床而殁。仲亦不哀，半年亦殁。

异史氏曰："天下之友爱如仲，几人哉！宜其不死而益之以年也。阳绝阴嗣，此皆不忍死兄之诚心所格[31]；在人无此理，在天宁有此数乎？地下生子，愿承前业者，想亦不少；恐承绝产之贤兄贤弟，不肯收恤耳[32]！"

【注释】

①陕西延安：清代府名，治所即今陕西延安市。

②敦笃：淳厚，诚挚。

③ 略：颇。

④窗友：同窗学友。

⑤家酿已竭：自家酿制的酒已经喝完。竭，尽。

⑥可：约，大概。

⑦责负：索债。责，索取。负，欠债。

⑧执兄手：此据铸雪斋抄本，原无"手"字。

⑨不寿：不能长寿。

⑩惠：通"慧"。聪明。

⑪一瓢一担：家当一担可装，食具唯有一瓢，极言贫苦之状，因指贫寒人家。

⑫人迎：中医切脉部位。在左手寸部。

⑬乔才：坏坯子。此为戏骂语。

⑭匡：通"眶"，眼眶。

⑮奔：私奔。旧指女子无媒妁而往就所爱男子。

⑯遗体：旧称自身为父母遗体。因借指儿女。

⑰惠：通"慧"。

⑱不复作"燕楼"想：意谓不再作蓄妓娶妾之想。燕楼，即燕子楼，在江苏徐

州市。唐代贞元年间，镇守徐州的张建封，为家妓关盼盼筑楼于此。

⑲中馈无人：谓无妻子。

⑳燥急：焦急。燥，焦。

㉑表表：品德卓异。

㉒肃：敬，敬请。

㉓刀砧盈耳：耳中充满切菜剁肉的声音。砧，案板。盈，满。

㉔要：主要。

㉕阳台：传说中的台名，此指二人合欢之处。

㉖豚儿：谦称自己的儿子。

㉗不齿群众：被众人鄙视，瞧不起。

㉘名分（奋）之嫌：依封建礼教，大伯不得过问弟媳之事。名分，名义地位及所应守之本分。

㉙析：分家产，俗谓分家。

㉚先驱狐狸于地下：首先死去的委婉说法。狐狸居荒坟之中，为其驱狐清圹，即先进入坟墓。

㉛“阳绝”二句：谓在阳间绝后而至阴间生子，这都是乃弟对死去的兄长友爱之诚感通了上天所致。绝，绝嗣，无子接代。嗣，后嗣，子息。

㉛“恐承”二句：恐怕继承绝后产业的兄弟，不肯收留顾恤。绝产，绝嗣之人的产业。按封建宗法制度，无子绝嗣者，当由兄弟之子承继其产业。

【译文】

晏仲，陕西延安人。和哥哥晏伯同居，兄弟间的友爱很敦厚。晏伯三十岁死了，没有儿子；妻子也相继去世。晏仲很悲痛地哀悼兄嫂，常想生育两个儿子，好把一个儿子继承哥哥的香烟。刚生了一个男孩，他自己的妻子又死了。晏仲害怕后老婆不贤惠，就想买个小老婆。

邻村有出卖使女的，他前去相看一下，不大称心，被朋友留下喝酒，醉醺醺地往回走。半道上遇见老同学梁生，亲切地握手，请到他家去。竟然忘了梁生已死，就跟他去了。进了他家的大门，并不是旧房子，问他怎么不是从前的老房子。梁生回答说："新搬到这里。"进屋就打算喝酒，家里的存酒已经喝光，嘱咐晏仲坐在家里等着，他拿起瓶子出去买酒。

晏仲站在门外等着他。看见一个妇人骑着驴子路过门前，有个八九岁的男孩跟在后边。面目神色，很像他哥哥。心里忽然悲痛起来，急忙跟在后边，就问："孩子，你姓什么？"童子回答说："姓晏。"晏仲吃了一惊，又问他父亲的姓名。童子回答说："不知道。"说话的时候，已经来到他家，妇人下驴进了门里。晏仲拉着男孩问道："你父亲在家吗？"男孩说进去问问。不一会儿，一个老太太出来看他，真是他嫂子。嫂子惊讶地询问叔叔从什么地方来的。晏仲很悲痛，跟随嫂嫂进了门里。看见房舍也还整齐。就问："哥哥在哪里？"嫂子说："讨债没回来。"又问："骑驴的是谁？"嫂子说："这是你哥哥的小老婆甘氏，生两个男孩了。老大名叫阿大，去城里没回来；你看见的是阿小。"

坐的时间长了，酒劲儿逐渐消失，才恍然大悟，他所看见的都是鬼。因为兄弟情深意切，也就不什么害怕。嫂子温酒准备饭菜。晏仲急着要见哥哥，催促阿小出去寻找。阿小出去很长时间，哭着回来说："老李家欠债不还，反倒和父亲打起来了。"晏仲一听，就和阿小一起跑去。看见两个人正在地上揪扯哥哥。晏仲火儿了，抡起拳头打进去，那些人全都打倒在地。急忙救起哥哥，敌人全跑了。追上去抓住一个，捶打了无数老拳，他才起来。拉着哥哥的手，跺着脚，悲痛地哭起来；哥哥也哭了。回到家里，全家向他问好，于是准备了酒饭，庆贺兄弟重逢。

忽然进来一个年轻人，大约十六七岁。晏伯喊他阿大，叫他拜见叔叔。晏仲拉着他，哭着对哥哥说："大哥在阴间有两个儿子，你的坟墓却无人祭扫；弟弟又没有妻子，怎么办？"晏伯心里也很悲痛。嫂子说："打发阿小跟叔叔去，也很好。"阿小一听，依在叔叔肘下，依依不舍，不愿意离开。晏仲摸抚他的头顶，问他："你愿意跟我去吗？"阿小回答说："愿意跟你去。"晏仲一想，鬼虽然不是人，感情上的安慰也比没有强多了，所以脸上绽出了笑容。晏伯说："跟去以后，不要娇惯他，应该给他吃些有血有肉的食物，赶他到太阳底下晒晒，过了中午就不要晒了。六七岁的孩子，经历春天到夏天，会生出骨肉，可以娶妻生子；只怕寿命不长。"

说话的时候，有个少女在门外偷看偷听，形态温柔而又美丽。安仲怀疑是哥哥的女儿，所以就问哥哥。哥哥说："她名叫湘裙，我小老婆的妹妹，孤身一人，无家可归，在我家寄养十年了。"晏仲又问："已经许配人家了吗？"晏伯说："还没有。近来有个媒人给东村的老田家提媒。"湘裙在窗外小声说："我不嫁田家的放牛娃。"晏仲很动心，但却不便明说。酒足饭饱，晏伯站起来，在书房里设床，留弟弟住宿。晏仲本不愿意留下，心里恋着湘裙，要设法探探哥哥的意思，就告别哥哥，到床上就寝。当时正是初春，气候还很寒冷，书房平日没有烟火，冷森森的，他就冷清地坐起来，想要喝点酒。过了不一会儿，只见阿小推开房门走进来，端来小菜斗酒放在桌子上。晏仲问他："谁叫你送来的？"他回答说："湘姨。"酒快喝完了，阿小又在火盆里盖上一层灰，放在床底下。晏仲问他："你爹妈睡了吗？"他说："已经睡下很久了。"又问："你睡在哪里？"他说："和湘姨睡在一个床上。"

阿小等叔叔躺下睡觉了，才关上房门走出去。晏仲想念湘裙贤惠而又能了解他的心意，更加爱慕她；而且又能抚育阿小，要得到湘裙的心情更加坚定了。在床上翻来覆去，一宿也没睡着。早晨起来，告诉哥哥说："弟弟独身一人，没有老婆，希望大哥留心找一找。"晏伯说："我家不是只有一瓢水一担粮的穷人。寻找媳妇应该自然有人。阴间即使有合适的佳人，恐怕对弟弟没有什么好处。"晏仲说："古人也有鬼妻，有什么害处呢？"晏伯明白了他的意思，就说："湘裙也很好。但是须用大针刺她的人迎穴，如果出血不止，就可以做生人的妻子，不能草率。"晏仲说："得到湘裙抚育阿小，也很好。"晏伯摇摇头。晏仲一个劲儿地要求。嫂子说："把湘裙抓来，硬给她刺一下试试，不行就拉倒。"说完就拿着一根大针走出门外，遇上了湘裙，急忙抓住她的手腕，看见腕子上的血痕还是湿的。原来她听见晏伯说话的时候，已经自己试过了。嫂子撒手笑起来，回去告诉晏伯说："她装模作样的已

经很久了，你还替她犯愁吗?”小老婆听到消息就恼了，跑到湘裙跟前，用指头戳着她的眼眶子骂道：“淫荡的丫头不害羞！想跑去跟着阿叔吗？我一定不叫你称心如愿!”湘裙羞愧气愤，哭啼啼想要寻死上吊，全家好像一锅开水。晏仲感到很惭愧，告别兄嫂，领着阿小走出了房门。哥哥说：“弟弟暂且回去；别让阿小再回来，恐怕损伤他的生气。”晏仲答应了。

到家以后，虚增了他的家岁，借口是哥哥卖掉丫鬟的遗腹儿子。大家看他相貌很像晏伯，也就相信他是晏伯留下的儿子。晏仲教他读书，总叫他抱着一本书在太阳底下诵读。开始的时候很苦，天长日久逐渐安逸了。六月天，桌子烤人，阿小边玩边读书，毫无怨言。阿小很聪明，一天读完半卷书，晚上和叔叔睡在一起，天天背书。叔叔心里很慰帖。又因为不忘湘裙，所以没有再结婚的想法。

一天，两个媒人来给阿小做媒。无人料理家务事，他心里很急躁。嫂子甘氏忽然从外面走进来说：“叔叔不要见怪，我把湘裙送来了。因为丫头不识羞耻，所以我就挫折凌辱她。像叔叔这样不同寻常的人，不愿嫁给你，还想嫁给什么人呢?”看见湘裙站在嫂子身后，心里很高兴。恭敬地请求嫂子坐下；告诉嫂子堂上有客人，就跑出去了。过了一会儿又进来，看见甘嫂已经走了。湘裙卸妆下了厨房，在案板上的切菜声，充满了耳朵。不一会儿，菜、肉罗列，煎、炒、烹、炸很合口味。客人走了，宴仲进了内室，看见湘裙盛妆坐在屋子里。就和她互相交拜成亲。到了晚上，湘裙仍然要和阿小住在一起。晏仲说：“我要用阳气温育他，不能离开。”因而叫湘裙住在另外一间房子里，只是晚上前去喝酒欢会而已。

湘裙抚养前妻的孩子像自己亲生的一样，晏仲更认为她很贤惠。一天晚上，夫妻正在亲热的时候，晏仲戏问：“阴间有佳人吗?”湘裙沉思半天，回答说：“没有见过。只有一个名叫葳灵仙的邻女，大家认为漂亮；看她的相貌也像一般人，只是善于修饰罢了。和我交往的时间最长，我从心里看不起她的淫荡。如果想要见她，顷刻之间可以招来。但是这种人，不可招惹她。”晏仲急着想要见她一面。湘裙执笔想要写封书信，想了一下，扔下笔管说：“不可，不可!”晏仲再三再四地强烈要求，她才说：“你不要被她迷惑了。”晏仲点头答应了。于是就扯下一张纸，画了几条道道，像画符一样，在门外烧掉了。

不一会儿，帘钩响动，听见了哧哧地笑声。湘裙起身把她拉进来，高高的发髻，松蓬蓬地翘立着，很像画上的美人图。扶她坐到床头上，一边喝酒，一边叙谈久别的心情。她刚一看见晏仲，还用红袖遮着嘴，不太说话；喝了几杯以后，毫无顾忌地嬉笑亲热，逐渐伸出一只脚压在晏仲的衣服上。晏仲心迷意乱，不知魂灵跑到哪里去了。眼前只碍着湘裙，湘裙又故意提防他们，一刻也不肯离开身旁。葳灵仙忽然站起来，撩起门帘走出去了；湘裙跟了出去，晏仲也跟了出去。葳灵仙拉着晏仲，进了另外一个屋子。湘裙恨死了，但也没有办法，气愤地回到屋里，听凭他们爱干什么就干什么吧。

过了一会儿，晏仲回来了，湘裙责备他说："不听我的话，恐怕以后推不掉她了。"晏仲怀疑她嫉妒，不欢而散。第二天晚上，葳灵仙不请自来。湘裙很厌恶见到她，神态傲慢，对她毫无礼貌；葳灵仙竟和晏仲手拉手地走了。这样一连好几个晚上。湘裙看见葳灵仙来了，就辱骂她，但也不能赶走她。过了一个多月，晏仲病重不能起床了，才很后悔，招呼湘裙和他睡在一起，希望躲开葳灵仙；白天黑夜的防备，稍微松懈一点，人鬼又欢会了。湘裙拿着棒子驱赶，女鬼气冲冲地和她争斗，湘裙软弱，手脚都被女鬼打伤。晏仲病势逐渐沉重。湘裙哭着说："我有什么面目见我姐姐呀！"又过了几天，晏仲就昏昏沉沉的死了。

刚死的时候，他看见两个衙役拿着公文走进来，不知不觉地跟去了。走在半道上，担心没有路费，邀请衙役顺路经过哥哥的住所。哥哥看见他，大惊失色，问道："弟弟近来做什么了？"晏仲说："没有别的，只有鬼病罢了。"就把实情告诉了哥哥。哥哥说："这就是了。"马上拿出一包银子，对衙役说："请二位暂且笑纳。我弟弟罪不该死，请求放他回去，我叫儿子跟你们去，也许没有不妥的。"就招呼阿大陪着衙役喝酒。抹身回到家里，把情况告诉了家人，就叫甘氏隔墙召唤葳灵仙。不一会儿，葳灵仙来了，看见晏仲就要逃窜。晏伯把她揪回来骂道："下贱的女人！活着做荡妇，死后作贱鬼，不齿于人类已经很久了；又害死了我弟弟！"立刻打她嘴巴子，打得云鬟蓬飞，妖容顿时减色。打了很长时间，来了一个老太太，跪在地上，悲悲切切地恳求。晏伯又责备老太太纵女宣淫，呵斥辱骂了半天，才叫她和女儿一起回去了。

晏伯立刻把晏仲送出来，飘飘忽忽，眨眼已到家门，径直到达卧室，忽然苏醒过来，才知自己刚才已经死了。晏伯责备湘裙说："我和你姐姐，认为你贤惠能干，才叫你嫁给我弟弟；你反倒想要催促我弟弟死掉吗！假设没有名分上的嫌疑，就该把你狠打一顿！"湘裙又惭愧，又害怕，抽抽噎噎地哭着，望着晏伯，跪在地下谢罪。晏伯看着阿小，高兴地说："儿子居然是个活人了！"湘裙想要出去做饭，晏伯说："弟弟的事情没有办完，我没有工夫吃饭。"阿小已经十三岁，渐渐知道依恋父亲了；看见父亲出了大门，流着眼泪跟着。父亲说："跟着叔叔最快乐，我很快还回来。"抹身就无影无踪，以后再也没有互通音讯。

后来，阿小娶了媳妇，生了一个儿子，也是三十岁去世。晏促抚养他的孤儿。和侄儿活着的时候一样。晏仲八十岁，阿小的儿子二十岁，才分家另住。湘裙没有生儿养女。一天，她对晏仲说："我先走一步，在地下驱赶狐狸可以吗？"穿上华丽的服装，上床死去了。晏仲也不悲伤，半年也死了。

异史氏说："天下兄弟间的友爱，像晏仲的，有几个人呢！他应该不死，应该延年益寿。阳世绝后，阴间有了后人，这都是不忍死了哥哥的诚心所感应的；在人间没有这个道理，在天上难道有这个气数吗？阴间生了儿子，愿意继承生前事业的，想来也不少；恐怕继承遗产的贤兄贤弟，不肯收养罢了！"

三　生

【原文】

湖南某，能记前生三世。一世为令尹[①]，闱场入帘[②]。有名士兴于唐被黜落[③]，

愤懑而卒，至阴司执卷讼之。此状一投，其同病死者以千万计④，推兴为首，聚散成群。某被摄去，相与对质。阎王便问：“某既衡文⑤，何得黜佳士而进凡庸？”某

三生

辨言：“上有总裁⑥，某不过奉行之耳。”阎罗即发一签，往拘主司。久之，勾至。阎罗即述某言。主司曰：“某不过总其大成；虽有佳章，而房官不荐⑦，吾何由而见之也？”阎罗曰：“此不得相诿⑧，其失职均也，例合笞⑨。”方将施刑，兴不满志，戛然大号⑩；两墀诸鬼，万声鸣和。阎罗问故，兴抗言曰⑪：“笞罪太轻，是必

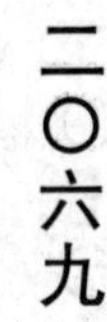

掘其双睛，以为不识文之报。”阎罗不肯，众呼益厉。阎罗曰：“彼非不欲得佳文，特其所见鄙耳。”众又请剖其心。阎罗不得已，使人褫去袍服，以白刃劙胸[12]，两人沥血鸣嘶。众始大快，皆曰：“吾辈抑郁泉下，未有能一伸此气者；今得兴先生，怨气都消矣。”哄然遂散。

某受剖已，押投陕西为庶人子。年二十馀，值土寇大作，陷入贼中。有兵巡道往平贼[13]，俘掳甚众，某亦在中。心犹自揣非贼，冀可辨释。及见堂上官，亦年二十馀，细视，乃兴生也。惊曰：“吾合尽矣！”既而俘者尽释，惟某后至，不容置辨，竟斩之。某至阴司投状讼兴。阎罗不即拘，待其禄尽[14]。迟之三十年，兴始至，面质之。兴以草菅人命[15]，罚作畜。稽某所为，曾挞其父母，其罪维均。某恐来生再报，请为大畜。阎罗判为大犬，兴为小犬。

某生于北顺天府市肆中[16]。一日，卧街头，有客自南中来[17]，携金毛犬，大如狸。某视之，兴也。心易其小，龁之。小犬咬其喉下，系缀如铃；大犬摆扑嗥窜。市人解之不得，俄顷俱毙。并至冥司，互有争论。阎罗曰：“冤冤相报，何时可已？今为若解之。”乃判兴来世为某婿。某生庆云[18]，二十八举于乡[19]。生一女，娴静娟好，世族争委禽焉[20]。某皆弗许。偶过临郡[21]，值学使发落诸生[22]，其第一卷李姓——实兴也。遂挽至旅舍，优厚之。问其家，适无偶，遂订姻好。人皆谓某怜才，而不知有夙因也[23]。既而娶女去，相得甚欢。然婿恃才辄侮翁，恒隔岁不一至其门。翁亦耐之。后婿中岁淹蹇[24]，苦不得售[25]，翁为百计营谋，始得志于名场[26]。由此和好如父子焉。

异史氏曰：“一被黜而三世不解，怨毒之甚至此哉[27]！阎罗之调停固善；然墀下千万众，如此纷纷，勿亦天下之爱婿，皆冥中之悲鸣号动者耶[28]？”

【注释】

① 令尹：明清指知县。秦汉后一县长官称县令，元代改称县尹，后因以令尹作为知县的别称。

②闱场入帘：做乡试同考官。宋以后科举制度，凡乡会试同考官名帘官。入帘，指任负责阅卷的内帘官。

③黜落：除其名使其落榜。黜，免去。

④其同病死者：谓同因黜落怨怼而死者。

⑤衡文：审阅评定文章优劣。

⑥总裁：官名。明代直省主考、清代会试主司（主试官），均称“总裁”。

⑦房官不荐：清科举制度，乡试分三场考试。头场考毕，其试卷由外帘封送内帘后，监试请主考官升堂分卷。正主考掣房签，副主考掣第几束卷签，分送各房官案前。然后分头校阅试卷。房官可取其当意者向主考推荐，正副主考就各房荐卷批阅，再合观二三场，互阅商校，确定取中名额。因此，房官不荐，则不能取中。房官，为乡会试的同考官。因分房批阅考卷，故称房考官，简称房官。

⑧相诿：互相推诿。

⑨例合笞：依例应受笞刑。

⑩戛然大号：指声屈鸣冤。戛然，象声词。大号，大叫。

⑪抗言：高声而言。

⑫劙（离）胸：剖胸剜心。劙，浅割。

⑬兵巡道：官名。明代各省下均分为数道，由按察司副使、按察佥事等官员分别巡察，称作按察分司，有分巡道、兵巡道、兵备道等。清废副使、佥事等官，仍设分巡诸道，简称巡道。

⑭禄：禄命。古指人一生应享禄食（俸禄）的运数。古时迷信认为人一生兴衰贵贱，都是命中注定的。

⑮草菅（尖）人命：谓轻易杀人。草菅，草茅，喻轻贱。

⑯顺天府：府名，治所在今北京市。

⑰南中：泛指我国南部，即今川黔滇一带，也指岭南地区。

⑱庆云：县名，今属山东省。

⑲举于乡：即乡试中举。

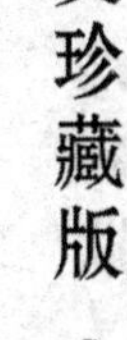

⑳委禽：致送订婚彩礼，谓求婚。

㉑临郡：即邻郡。临，借作“邻”。

㉒学使发落诸生：此指学使到任第一年，对生员进行的岁考。发落诸生，即指岁考毕，学使为试卷定等拆发，分别赏罚。诸生，明清指生员。下文“第一卷”，即一等卷中的第一名。

㉓夙因：即“宿因”，前世因缘。

㉔中岁淹蹇：中年困顿。

㉕不得售：不得售其才，意即考试不得中。售，卖，引申为考试得中。

㉖名场：争逐功名之场，即科举时代的考场。

㉗怨毒：怨恨。毒，痛恨。

㉘“然墀下”四句：谓天下士人因试官失职而被黜落者甚多，只有申冤冥间，阎罗使士子成为试官之爱婿而为之营谋，才能得志于名场。这是对当世岳丈为子婿营谋科举功名的讥讪。墀下，丹墀之下。墀，丹墀，古时官殿台阶。

【译文】

湖南有个人，能记得前生的三世。第一世做令尹，考进士的时候，他是阅卷的考试官。有个名叫兴于唐的名士，被他废免而落第，气愤郁闷而死掉，到了阴间，拿着试卷，到阎王那里告他一状。这个状子投了上去，那些同病死掉的鬼魂，千千万万，推举兴于唐做首领，散鬼聚集成群。他被冤鬼抓去，到阎王殿上打官司。

阎王问他：“你既然是衡量文章的考官，为什么废免有才能的，而选拔平庸之辈呢？”他辩白说：“上面有总裁，我不过是奉命行事罢了。”阎王又发出一个捕人的签票，前去拘捕主考。把主考捕来了，阎王就把某人的话说了一遍。主考说：“我不过是总其大成；虽有好的文章，各房阅卷的考官不推荐上来，我怎能见到呢？”阎王说：“你们不要互相推诿，都是一样的失职，照例应该打棍子。”

刚要施刑，兴于唐不满意，大喊大叫起来；两边台阶下的冤鬼，万声和鸣，也都喊起来。阎王问他们为何喊叫，兴于唐大声说："打棍子的惩罚太轻了，一定要挖掉他们的双眼，作为不识文章好坏的报应。"阎王不肯，大家喊得更厉害。阎王说："他们不是不想得到好文章，只是他们的见识浅陋罢了。"大家又请求挖他们的心。阎王不得已，叫人剥掉他们的袍服，用刀子豁开胸脯，两个人流着鲜血，大声嚎叫。群鬼这才大快人心，都说："我们在阴间忧愁苦闷，没有能申冤出这一口气的；今天亏得兴于唐先生，怨气都消了。"一哄而散。

某人受完开胸的刑罚，押解到陕西，投生为平民的儿子。二十多岁的时候，赶上当地强盗作乱，陷入贼窟之中。有巡防兵前去扫平了贼巢，俘虏了很多人，他也在俘虏群里。心里还在揣想，自己不是强盗，希望可以辩白而得到释放。等他到了官府，看见大堂上的官员，也二十多岁，仔细看看，原来是兴于唐。惊讶地说："我该完了！"过了一会儿，把俘虏全部放掉，只有他最后来到大堂，不容分辨，立刻砍了脑袋。他到阴间递了状子，控告兴于唐。阎王没有马上拘捕，等待兴于唐寿禄完结的时候，晚了三十年，才到达阴间，就当面对质。兴于唐因为草菅人命，罚他作畜生。检查某人的所作所为，曾经打骂爹娘，罪过和兴于唐平等。他害怕后世再一次遭到报复，请求托生大牲畜。阎王判他托生大狗，兴于唐托生小狗。他托生在顺天府的市井之中。

一天，他趴在街头上，从南方来了一个客人，领着一条金毛犬，有狸猫那么大。他一看，原来是兴于唐。他想小狗容易欺负，就去咬它。小狗咬他脖子下边的咽喉，像是吊着一个铃铛。大狗摇头扑跳，嗥叫着逃窜，市上的人拉也拉不开。两个狗都死了，一起到了阎王殿，各说各的理。

阎王说："冤冤相报，什么时候才能结束？现在就给你们解除仇恨。"于是就判决兴于唐来世做他的姑爷。他托生在庆云县，二十八岁考中举人。生了一个女儿，文雅秀丽，世家大族争着求婚，都没有答应。偶然路过沂州府，赶上提学使发落秀才，考第一的卷子姓李，就是兴于唐。于是就拉到旅店，优厚地接待。询问李生的家境，恰好没有妻子，就定了亲。人们都说他爱才，却不知那是前生的缘分。后来把女儿娶过去，互亲互爱很和谐。但是女婿依仗才高，总是欺负岳父，经常一年不登岳父的家门。岳父也忍耐着。后来，女婿中年倒霉，苦苦考不上举人，岳父千方百计地为他谋划，他才考中了举人，又考中了进士。两个人从此和好，像父子一样了。

异史氏说："一世被废免，三世解不开疙瘩，怨恨就是这样严重！阎王的调解固然很好，但是台阶下千千万万的冤鬼，如此乱纷纷的，难道天下称心如意的女婿，不也都是阴间悲鸣号哭的冤鬼吗？"

长　亭

【原文】

石太璞，泰山人[①]，好厌禳之术。有道士遇之，赏其慧[②]，纳为弟子。启牙签[③]，出二卷——上卷驱狐，下卷驱鬼。乃以下卷授之，曰："虔奉此书，衣食佳丽皆有之。"问其姓名，曰："吾汴城北村元帝观王赤城也[④]。"留数日，尽传其诀。石由此精于符箓[⑤]，委贽者踵接于门[⑥]。

一日，有叟来，自称翁姓，炫陈币帛[⑦]，谓其女鬼病已殆，必求亲诣。石闻病危，辞不受贽，姑与俱往。十馀里，入山村，至其家，廊舍华好。入室，见少女卧縠幛中[⑧]，婢以钩挂幛。望之，年十四五许，支缀于床[⑨]，形容已槁。近临之，忽开目云："良医至矣。"举家皆喜，谓其不语已数日矣。石乃出，因诘病状。叟曰："白昼见少年来，与共寝处，捉之已杳；少间复至，意其为鬼。"石曰："其鬼也，驱之匪难[⑩]；恐其是狐，则非余所敢知矣。"叟云："必非必非。"石授以符，是夕宿于其家。夜分，有少年人，衣冠整肃。石疑是主人眷属，起而问之。曰："我鬼也。翁家尽狐。偶悦其女红亭，姑止焉。鬼为狐祟，阴骘无伤[⑪]，君何必离人之缘而护之也[⑫]？女之姊长亭，光艳尤绝。敬留全璧[⑬]，以待高贤。彼如许字[⑭]，方可为

之施治；尔时我当自去。”石诺之。是夜，少年不复至，女顿醒。天明，叟喜，以告石，请石入视。石焚旧符，乃坐诊之。见绣幕有女郎，丽若天人，心知其长亭也。诊已，索水洒幛。女郎急以碗水付之，蹀躞之间[15]，意动神流。石生此际，心殊不在鬼矣。出辞叟，托制药去，数日不返。鬼益肆，除长亭外，子妇婢女，俱被淫惑。又以仆马招石，石托疾不赴。明日，叟自至。石故作病股状，扶杖而出。叟拜已，问故，曰：“此鳏之难也！曩夜婢子登榻，倾跌，堕汤夫人泡两足耳[16]。”叟问：“何久不续？”石曰：“恨不得清门如翁者[17]。”叟默而出。石走送曰：“病瘥当

长亭

自至，无烦玉趾也[18]。"又数日，叟复来，石跛而见之。叟慰问三数语，便曰："顷与荆人言[19]，君如驱鬼去，使举家安枕，小女长亭，年十七矣，愿遣奉事君子。"石喜，顿首于地。乃谓叟："雅意若此，病躯何敢复爱。"立刻出门，并骑而去。入视祟者既毕，石恐背约，请与媪盟。媪遽出曰："先生何见疑也?"即以长亭所插金簪，授石为信。石朝拜之，乃遍集家人，悉为祓除[20]。惟长亭深匿无迹；遂写一佩符，使人持赠之。是夜寂然，鬼影尽灭，惟红亭呻吟未已，投以法水，所患若失。石欲辞去，叟挽止殷恳。至晚，肴核罗列，劝酬殊切。漏二下，主人乃辞客去。石方就枕，闻叩扉甚急；起视，则长亭掩入，辞气仓皇[21]，言："吾家欲以白刃相仇[22]，可急遁!"言已，径返身去。石战惧无色，越垣急窜。遥见火光，疾奔而往，则里人夜猎者也。喜。待猎毕，乃与俱归。心怀怨愤，无之可伸，思欲之汴寻赤城。而家有老父，病废已久，日夜筹思，莫决进止。

忽一日，双舆至门，则翁媪送长亭至，谓石曰："曩夜之归，胡再不谋[23]?"石见长亭，怨恨都消，故亦隐而不发。媪促两人庭拜讫。石将设筵，辞曰："我非闲人，不能坐享甘旨[24]。我家老子昏髦[25]，倘有不悉[26]，郎肯为长亭一念老身，为幸多矣。"登车遂去。盖杀婿之谋，媪不之闻；及追之不得而返，媪始知之，颇不能平，与叟日相诟谇[26]。长亭亦饮泣不食。媪强送女来，非翁意也。长亭入门，诘之，始知其故。

过两三月，翁家取女归宁。石料其不返，禁止之。女自此时一涕零。年馀，生一子，名慧儿，买乳媪哺之。然儿善啼，夜必归母。一日，翁家又以舆来，言媪思女甚。长亭益悲，石不忍复留之。欲抱子去，石不可，长亭乃自归。别时，以一月为期，既而半载无耗。遣人往探之，则向所僦宅久空。又二年馀，望想都绝；而儿啼终夜，寸心如割。既而石父病卒，倍益哀伤；因而病惫，苦次弥留[28]，不能受宾朋之吊。方昏愦间，忽闻妇人哭入。视之，则缞绖者长亭也。石大悲，一恸遂绝。婢惊呼，女始辍泣，抚之良久，始渐苏。自疑已死，谓相聚于冥中。女曰："非也。妾不孝，不能得严父心，尼归三载[29]，诚所负心。适家人由海东经此，得翁凶问[30]。妾遵严命而绝儿女之情[31]，不敢循乱命而失翁媳之礼[32]。妾来时，母知而父不知也。”言间，儿投怀中。言已，始抚之，泣曰：“我有父，儿无母矣！”儿亦噭啕[33]，一室掩泣。女起，经理家政，柩前牲盛洁备[34]，石乃大慰。而病久，急切不能起。女乃请石外兄款洽吊客[35]。丧既闭，石始杖而能起，相与营谋斋葬[36]。葬已，女欲辞归，以受背父之谴。夫挽儿号，隐忍而止。未几，有人来告母病，乃谓石曰：“妾为君父来，君不为妾母放令去耶？”石许之。女使乳媪抱儿他适，涕洟出门而去[37]。去后，数年不返。石父子渐亦忘之。

一日，昧爽启扉，则长亭飘入。石方骇问，女戚然坐榻上，叹曰：“生长闺阁，视一里为遥；今一日夜而奔千里，殆矣！”细诘之，女欲言复止。请之不已，哭曰：“今为君言，恐妾之所悲，而君之所快也。迩年徙居晋界，僦居赵缙绅之第。主客交最善，以红亭妻其公子。公子数逋荡[38]，家庭颇不相安。妹归告父；父留之，半年不令还。公子忿恨，不知何处聘一恶人来，遣神绾锁，缚老父去。一门大骇，顷刻四散矣。”石闻之，笑不自禁。女怒曰：“彼虽不仁，妾之父也。妾与君琴瑟数年，止有相好而无相尤。今日人亡家败，百口流离，即不为父伤，宁不为妾吊乎[39]！闻之忭舞[40]，更无片语相慰藉，何不义也！”拂袖而出。石追谢之，亦已渺矣。怅然自悔，拚已决绝[41]。过二三日，媪与女俱来，石喜慰问。母子俱伏。惊而询之，母子俱哭。女曰：“妾负气而去，今不能自坚，又欲求人，复何颜矣！”石曰：“岳固非人；母之惠，卿之情，所不忘也。然闻祸而乐，亦犹人情，卿何不能暂忍？”女曰：“顷于途中遇母，始知絷吾父者，盖君师也。”石曰：“果尔，亦大易。然翁不归，则卿之父子离散；恐翁归，则卿之夫泣儿悲也。”媪矢以自明，女亦誓以相报。石乃即刻治任如汴，询至元帝观，则赤城归未久。入而参之[42]，便问：“何来？”石视厨下一老狐，孔前股而系之[43]，笑曰：“弟子之来，为此老魅。”赤城诘之，曰：“是吾岳也。”因以实告。道士谓其狡诈，不肯轻释。固请，乃许之。石因备述其诈，狐闻之，塞身入灶，似有惭状。道士笑曰：“彼羞恶之心，未尽亡也。”石起，牵之而出，以刀断索抽之。狐痛极，齿龈龈然[44]。石不遽抽，而顿挫之，笑问曰：“翁痛之，勿抽可耶？”狐睛睒闪[45]，似有愠色。既释，摇尾出观而去。

石辞归。三日前，已有人报叟信，媪先去，留女待石。石至，女逆而伏。石挽之曰："卿如不忘琴瑟之情，不在感激也。"女曰："今复迁还故居矣，村舍邻迩，音问可以不梗。妾欲归省，三日可旋。君信之否？"曰："儿生而无母，未便殇折。我日日鳏居，习已成惯。今不似赵公子，而反德报之，所以为卿者尽矣。如其不还，在卿为负义，道里虽近，当亦不复过问，何不信之与有？"女次日去，二日即返。问："何速？"曰："父以君在汴曾相戏弄，未能忘怀，言之絮絮；妾不欲复闻，故早来也。"自此闺中之往来无间，而翁婿间尚不通吊庆云[46]。

异史氏曰："狐情反复，谲诈已甚。悔婚之事，两女而一辙[47]，诡可知矣。然要而婚之，是启其悔者已在初也[48]。且婿既爱女而救其父，止宜置昔怨而仁化之[49]；乃复狎弄于危急之中[50]，何怪其没齿不忘也[51]！天下有冰玉之不相能者[52]，类如此。"

【注释】

①泰山：汉置郡名。此指泰安府，治所在今泰安市。此从铸雪斋抄本，原作"太山"。

② 赏：赏识。

③牙签：指图书函套上的牙签。因以象牙制作，故称。

④汴城：汴州城，即今河南开封市。元：本作"玄"，为避康熙帝玄烨名讳，改作"元"。

⑤符篆：也称"符字""丹书""墨策"。道家秘密使用的文书，为一种笔画屈曲、似字非字的图形。道教谓可用来"驱鬼""镇邪""治病"。

⑥委贽：古人始相见，必执贽为礼；"贽"因地位不同而有别。此泛指致送礼品。

⑦炫：夸耀。

⑧縠（斛）幛：薄纱帐。縠，绉纱。幛，通"帐"。

⑨ 支缀：气息微弱之状，言卧于床上，仅有气息。

⑩匪：通"非"。

⑪阴骘（至）：犹阴德。

⑫离人之缘：谓破坏别人情缘。

⑬全璧：完璧。此谓不予玷污，保其贞洁。

⑭许字：许嫁。字，古指女子出嫁。

⑮蹀躞之间：谓往来之间。蹀躞，小步行走之状。

⑯汤夫人：也称“汤婆子”，铜制或锡制的一种扁壶，冬日充以热水放入被中暖足用。泡两足：烫得两足起泡。

⑰清门：高雅寒素之家。

⑱无烦玉趾：犹言不劳前来。玉趾，敬词，脚步之意。

⑲荆人：谦称其妻。

⑳祓（弗）除：本为古时除凶去秽的一种仪式，此指道家驱邪去灾的迷信行为。

㉑辞气仓皇：言辞慌促，声调反常。

㉒欲以白刃相仇：谓欲加害于他。

㉓胡再不谋：为什么不商量一下。胡，何。

㉔甘旨：香甜可口的美味。

㉕老子：犹言老头子，指其丈夫。昏髦：犹惛耄，年老糊涂。

㉖不悉：不全，不周到之处。

㉗诟谇：诮责、埋怨。

㉘苫次弥留：居丧病重。苫次，居丧期间。留，病危。

㉙尼归：受阻不归。尼，受外力阻止。

㉚凶问：凶信。即死亡的消息。问，音信。

㉛严命：古代尊称父亲为严君，故称父命为严命。

㉜乱命：本指父亲将死神志昏乱时的遗命，此借指不合事理的父命。

㉝噭啕（叫桃）：啼哭不止。

㉞柩前牲盛（成）洁备：摆在灵柩前面肉食祭品洁净而周全。牲盛，牲祭、供

设。牲，指三牲（牛、羊、猪）祭品。盛，盛器，碗、盘之类。

㉟外兄：表兄。

㊱斋葬：祭祀殡葬。斋，祭。

㊲涕洟（夷）：一把眼泪，一把鼻涕。

㊳数（朔）逋荡：犹言常外出嫖赌放荡，不顾家室。数，屡屡。逋荡，游荡（放纵）。

㊴吊：此谓对受灾祸的人表示慰问。

㊵忭（下）舞：欢欣鼓舞。

㊶拚（盼）：舍弃，抛却。

㊷参：参拜。

㊸孔前股而系之：把他的小腿穿透，用绳拴系着。前股，俗称“小腿”，于狐为后肢。

㊹龈龈然：咬牙出声，表示愤恨的样子。龈，牙根。

㊺狐睛睒（闪）闪：谓狐睛闪闪发亮。形容愤怒的眼神。睒闪，山东方言，闪闪。

㊻不通吊庆：谓不相往来。吊，吊死问疾。庆，贺喜祝福。

㊼一辙：如出一辙。谓前后作法一样。

㊽“然要”二句：谓要挟而与其女婚配，是使其在嫁女之初已怀悔恨之心。要，要挟，以不正当手段相胁迫。

㊾止宜置昔怨而仁化之：言只应放弃昔日的怨恨而以仁爱之心感化他。

㊿狎弄：戏弄，耍弄。

51没齿不忘：犹言终身不忘。

52冰玉之不相能：谓翁婿感情不相投合。冰玉，冰清玉润的略语，为岳父和女婿的代称。

【译文】

石太璞，泰山人，喜好驱神赶鬼的法术。有个道士遇上了他，欣赏他聪明，收为徒弟。打开书套的牙签，拿出两本书，上卷是驱狐，下卷是驱鬼，就把下卷送给他说："虔诚地学会这本书，穿衣吃饭和漂亮妻子都有了。"询问道士的姓名，道士说："我是汴梁城北村玄帝观的王赤城。"留住了几天，全部传授了他的口诀。

从此以后，石太璞精通道家的符箓，拿着礼物托他驱神赶鬼的人接连不断。一天，来了一个老头儿，自称姓翁，拿出耀眼的钱财布匹，说他女儿鬼病缠身，已经病危，一定请他亲自去一趟。石太璞听说病危，不收他的礼物，和他一起去看看。走了十几里，进了一个山村，到了他家，房舍很华丽。进了屋里，看见一个少女躺在绸纱的帐子里，丫鬟用钩子挂起了幔帐。远处一望，大约十四五岁，瘦得剩了一把骨头，支撑在床上，形态容颜已经枯槁。来到跟前，少女忽然睁开眼睛说："良医到了。"全家都很高兴，说她已经好几天不说话了。

石太璞就出了绣房，询问病情。老头儿说："白天看见来了一个少年，和她睡在一起，前去捉拿，早已无影无踪；过一会儿又来了，料想是个鬼。"石太璞说："他若是鬼，赶走并不难；恐怕是个狐狸，我就无能为力了。"老头说："肯定不是狐狸，肯定不是狐狸。"石太璞送给他一道符，这天晚上就住在他家。

半夜，有个少年走进来，衣帽很整齐。石太璞怀疑他是主人的家属，站起来问他是谁。少年说："我是鬼。老头儿全家都是狐狸。我偶然爱上他女儿红亭，暂时住在这里。鬼给狐狸灾祸，不伤害阴德，你何必分离别人的因缘而保护狐狸呢？红亭的姐姐长亭，光彩照人，尤其漂亮。恭而敬之地保全这块完整的宝玉，等待你这高雅的贤士。他们如果把长亭许配给你，才可以给他们治疗；那时候我会自己走开的。"石太璞答应了。

这天晚上，少年没有再来，红亭忽然苏醒过来。天亮以后，老头儿很高兴，把情况告诉了石太璞，请石太璞进去看病。石太璞烧了昨天那道符，坐下来诊脉。看

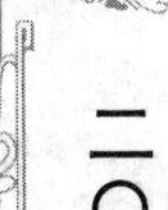

见绣幕里有个女郎，美得像天仙，心里就知道她是长亭。诊完脉讨水洒在绣花的纱幛上。女郎急忙递给他一碗水，来来去去，神态很风流。石太璞在这个时候，一颗心根本不在鬼了。出来告辞了老头儿，借口回家制药去。好几天也没回来。

鬼更加放肆起来，除了长亭以外，儿子媳妇和丫鬟仆妇，都被淫乱了。又打发仆人牵马去请石太璞，石太璞托病不去他家。第二天，老头儿亲自来请。石太璞故意装作腿上有病的样子，拄着棍子走出来。老头参拜完了，问他的病因。他说："这是光棍儿的难处啊。前天晚上丫鬟上床，跌倒了，登掉了温脚的热水瓶，两只脚烫出了大疤。"老头儿问他："为什么长时间没有续弦呢?"石太璞说："很遗憾。找不到你老人家这样的高门。"老头儿一声没吭就走了。他一瘸一拐地送出来说："病好以后，我该自己去，不再劳动你的脚步。"

过了几天，老头儿又来了；石太璞一瘸一拐地出来相见。老头安慰他几句，就说："刚才和老伴儿说了，你如果把鬼赶出去，使我们全家安枕无忧，女儿长亭，十七岁了，愿意打发来侍奉你。"石太璞高兴了，马上跪下磕头。就对老头儿说："你有这样的好心，哪敢继续爱惜我的病体呢。"立刻出了家门，和老头一道骑马走了。进屋看完了病人，害怕老头儿背负婚约，要求和老太太当面订婚。老太太走出来说："先生怎么还有疑心呢?"随手拔下插在长亭头上的金钗，送给他作为信物。石太璞高兴地拜谢了老太太，就把全家人召集起来，统统给他们除灾去邪。只有长亭藏得很严没出来；就画了一道符，叫人拿去送给她。

这天晚上，寂静无声，只有红亭不住地呻吟，给她喝点法水，病患就像消失了。石太璞想要告辞回家，老头儿诚恳地挽留。到了晚上，摆上酒菜，劝酒劝得很诚恳。打完二更，主人才辞别客人走了。石太璞刚要躺下睡觉，听到一阵紧急地敲门声；爬起来一看，原来是长亭推门跑进来，慌慌张张地说："我家要用刀子杀你，你应急速逃跑!"说完就抹回身子跑了。

石太璞吓得战战兢兢，面无血色，急忙跳墙逃跑。远远看见了火光，疾速跑上前去，原来是村里人晚上打猎。他很高兴，等到猎人打完猎，跟他们一起回到家里。心里怀着怨愤，没有地方可以申冤，想去汴梁城寻找师父惩治那些狐狸。无奈家里有年迈的父亲，病瘫在床上。日夜筹思，去不去没有定下来。

一天，有两辆车子来到门前，原来是老头儿家里的老太太把长亭送来了，对石太璞说："你前几天夜里跑回来，怎不再商量商量呢?"石太璞看见了长亭，怨恨全都消失了，所以隐在心里，不肯说出来。老太太催促两个人在院子里拜了天地。石太璞想要摆酒设宴，老太太说："我不是闲人，不能坐下来享受珍馐美味。我家老头子糊涂，倘有不周到的地方，郎君肯为长亭想到老身，那就极为幸运了。"上车就走了。

原来杀害女婿的阴谋，老太太没听说；老头儿没有追上石太璞，返回来以后，老太太才知道。心里不能平静，和老头儿天天互相责骂；长亭也饮泣吞声，不吃饭。老太太硬把女儿送来，不是老头儿的意思。长亭进了门，他一问，才知道这个原因。过了两三个月，岳父家派人来接女儿回去住娘家。石太璞料想不会让她回来，就不让她回去。长亭从这个时候开始，时常落泪。过了一年多，生了一个儿子，名叫慧儿，买个奶妈子哺育着，但是儿子好哭，晚上一定要回到母亲怀抱里。

一天，岳父家又派来车子，说岳母很想女儿。长亭更加悲痛，石太璞不忍再留住不放。她想抱着儿子去娘家，石太璞不同意，长亭就自己回去了。临别的时候，约定一个月的期限，回去以后，半年也没有音信。派人前去探望，从前那所租用的房子空闲很久了。又过了两年多，盼望啊，想念哪，全都断绝了；但是儿子终夜啼哭，心里像刀割的一样。不久父亲病逝了，更加悲伤；因而得了重病，躺在居丧的草垫上苟延残喘，不能接受给父亲吊唁的宾朋。正在昏昏沉沉的时候，忽然听见有个妇人哭着走进来。睁眼一看，披麻戴孝的原来是长亭。石太璞很悲痛，大哭了一场就死了。丫鬟惊讶地呼唤，长亭才止住哭声，抚摸很长时间，才渐渐苏醒过来。他说："我怀疑自己已经死了，这是和你在阴间相会。"长亭说："不是。我不孝，不能得到严父的欢心，回家三年不让回来，实在是负心。刚才全家由东海路过这里，才得到公公的凶信。我遵守父命而断绝了儿女情肠，却不敢顺从乱命而丢弃公公儿媳的礼仪。我来的时候，母亲知道，父亲不知道。"说话的时候，儿子投进她的怀里。说完了，才抚摸儿子，流着眼泪说："我有父亲，儿子没有母亲了!"儿子

也号咷痛哭，全家淹没在哭泣之中。

长亭站起来，经营家务，灵前供上又多又洁净的祭品，石太璞心里才感到安慰。但是病了很长时间，急切之间不能起来。长亭就请来石太璞的外兄，招待吊丧的客人。办完了丧事，石太璞才能拄着棍子走动，和长亭一起筹划安葬。安葬完了，长亭想要回去，接受背叛父亲的谴责。丈夫拉着她，儿子号咷痛哭，她才极力忍耐留下来。

不久，有人前来告诉她，说她母亲病了。她对石太璞说："我是为你父亲回来的，你不能为我母亲放我回去吗？"石太璞允许她回去。长亭叫奶妈子把儿子抱到别的地方，流着眼泪出门走了。去了以后，好几年没有回来，石太璞父子也就渐渐把她忘了。一天，天亮开了房门，看见长亭飘飘然地走进来。石太璞惊讶地刚要问她，长亭满面愁容地坐在床上，叹口气说："生在闺阁之中，把一里看成遥远的路程；现在一天一夜奔波了一千里路，累死了！"详细问她为什么，她话到舌尖又咽回去了。再三再四地问她，她才流着眼泪说："现在说给你听，恐怕我所悲痛的，正是你所快意的。近年搬到山西境内，租用赵官人的房子住着。主人和客户处得很好，把红亭嫁给他的公子做妻子。公子总是随心所欲地放荡，家庭很不安静。妹妹回家告诉父亲；父亲把妹妹留在家里，半年不让她回去。公子满肚子愤恨，不知从哪里请来一个恶人，打发一个带着铁锁链的神将，把老父捆去了；全家吓得要死，顷刻之间，四处逃散了。"

石太璞听到这个消息，禁不住笑起来。长亭气恨地说："他虽然不仁，也是我的父亲。我和你恩爱夫妻好几年，只有好处没有过错。今天家败人亡，百口流离失所，就是不为父亲悲伤，难道不为我哀悼吗？一听就乐得手舞足蹈，更没有半句话安慰我，怎么这样不义呀！"一甩袖子就往外走。石太璞追出去认错，已经无影无踪了。心情沉痛地悔恨自己，认为她已毫不顾惜的绝情了。

过了两三天，岳母和长亭一起来了，石太璞很高兴地慰问她们。母女二人都跪在地下。惊讶地询问她们，母女又都哭了。长亭说："我赌气走了，现在自己不坚定，又要求人，还有什么脸面呢！"石太璞说："岳父固然没有人情；岳母的恩惠，你的情爱，我是不能忘的。听到别人的灾难而快乐，也还是人的常情，你为什么不能暂时忍耐一下呢？”长亭说：“刚才在路上遇见母亲，才知道捆我父亲的人，是你的老师。”石太璞说：“真要这样，也很容易。但是岳父不回来，那是你家父子离散；恐怕岳父回来以后，你的丈夫又要流泪，儿子也要悲泣了。”老太太指着自己的眼睛发誓，长亭也发誓报答恩情。石太璞就立刻整顿行装，到了汴梁，一路问到玄帝观，听说王赤城回来没有多长时间。进观参拜师父。师父问他：“你来这里干什么？”他看见厨房里有一只老狐狸，前腿穿了一个窟窿，用绳子拴着，就笑着说：“弟子来到这里，为的是这个老鬼。”王赤诚问他原因，他说：“它是我的岳父。”就把实情告诉了师父。道士说它狡猾而又奸诈，不肯轻易放掉。他一再请求，王赤城才点头答应。石太璞就把它的奸诈详细说了一遍，狐狸一听，把身子缩进了灶炕里，有惭愧地形态。道士说：“它的羞耻之心，没有完全丧失。”石太璞站起来，把它牵出去，用刀子割断绳子，往外抽拽。狐狸很疼痛，咬着牙关，露着牙龈。石太璞不肯一下子抽出来，而是一顿一顿的，笑着问道：“岳父疼痛吗，不抽出来可以吗？”狐狸眼睛一眨一眨的，像有愤怒的脸色。把它放了，它摇着尾巴出了玄帝观，走了。

石太璞别了师父往回走。三天以前已经有人报告了老头儿的消息，老太太先回去，留下女儿等候石太璞。石太璞回到家中，长亭迎出去跪下了。石太璞把她拉起来说：“你若不忘夫妻的情谊，不在于感激。”长亭说：“我家又搬回老房子里去了，村舍邻近这里，音信可以不受阻挡了。我想回去探望父亲，三天可以回来，你相信我吗？”石太璞说：“儿子生下来就没有母亲，也没有夭折；我天天打光棍儿，已经习惯了。我现在不像赵公子，反而以德报怨，可以说为你尽到心了。你如果不回来，在你是忘恩负义，道路虽然很近，我也不去过问，有什么信与不信呢？”长亭第二天回了娘家，住了两天就回来了。问她：“为什么这样快呢？”她说：“父亲因为你在汴梁戏弄过他，总是记在心里不忘，絮絮叨叨的；我不想再听下去，所以早早回来了。”从此以后，闺阁中的往来没有间断过，岳父和女婿之间还是互不问候。

异史氏说；“狐性反复无常，极其狡猾诡诈。悔婚的事情，两个女儿如出一辙，可以看出它的诡诈。但用要挟的手段去订婚，萌发悔婚的念头还是最初造成的。而且女婿既然喜爱长亭而去救她的父亲，只应该放弃从前的怨恨，而用仁德感化他；却在危急之中又戏耍他，怎能怪他没齿不忘呢！天下有些互不相容的岳父和女婿，都类似这个样子。”

席方平

【原文】

席方平，东安人[1]。其父名廉，性戆拙[2]。因与里中富室羊姓有郤[3]，羊先死；数年，廉病垂危，谓人曰：“羊某今贿嘱冥使榜我矣[4]。”俄而身赤肿，号呼遂死。席惨怛不食，曰：“我父朴讷[5]，今见陵于强鬼，我将赴地下，代伸冤气耳。”自此不复言，时坐时立，状类痴，盖魂已离舍矣[6]。

席觉初出门，莫知所往，但见路有行人，便问城邑。少选[7]，入城。其父已收狱中。至狱门，遥见父卧檐下，似甚狼狈。举目见子，潸然流涕，便谓：“狱吏悉受赇嘱[8]，日夜榜掠，胫股摧残甚矣！”席怒，大骂狱吏：“父如有罪，自有王章，岂汝等死魅所能操耶！”遂出，抽笔为词[9]。值城隍早衙[10]，喊冤以投。羊惧，内外贿通，始出质理。城隍以所告无据，颇不直席[11]。席忿气无所复伸，冥行百馀里，至郡，以官役私状，告之郡司[12]。迟之半月，始得质理。郡司扑席，仍批城隍复案[13]。席至邑，备受械梏，惨冤不能自舒[14]。城隍恐其再讼，遣役押送归家。役至门辞去。席不肯入，遁赴冥府，诉郡邑之酷贪。冥王立拘质对[15]。二官密遣腹心与席关说[16]，许以千金。席不听。过数日，逆旅主人告曰：“君负气已甚，官府求和而执不从，今闻于王前各有函进，恐事殆矣。”席以道路之口[17]，犹未深信。俄有皂衣人唤入。升堂，见冥王有怒色，不容置词[18]，命笞二十。席厉声问："小人何罪？"冥王漠若不闻。席受笞，喊曰："受笞允当[19]，谁教我无钱也！"冥王益怒，命置火床。两鬼捽席下，见东墀有铁床，炽火其下，床面通赤。鬼脱席衣，掬置其上，反复揉捺之。痛极，骨肉焦黑，苦不得死。约一时许，鬼曰："可矣。"遂扶起，促使下床着衣，犹幸跛而能行。复至堂上，冥王问："敢再讼乎？"席曰："大怨未伸，寸心不死，若言不讼，是欺王也。必讼！"王曰："讼何词？"席曰："身

席方平

所受者，皆言之耳。”冥王又怒，命以锯解其体。二鬼拉去，见立木高八九尺许，有木板二，仰置其下，上下凝血模糊。方将就缚，忽堂上大呼“席某”，二鬼即复押回。冥王又问：“尚敢讼否？”答曰：“必讼！”冥王命捉去速解。既下，鬼乃以二板夹席，缚木上。锯方下，觉顶脑渐闢，痛不可禁，顾亦忍而不号。闻鬼曰：“壮哉此汉！”锯隆隆然寻至胸下。又闻一鬼云：“此人大孝无辜，锯令稍偏，勿损其心。”遂觉锯锋曲折而下，其痛倍苦。俄顷，半身闢矣。板解，两身俱仆。鬼上堂大声以报。堂上传呼，令合身来见。二鬼即推令复合，曳使行。席觉锯缝一道，痛欲复裂，半步而踣。一鬼于腰间出丝带一条授之，曰：“赠此以报汝孝。”受而束之，一身顿健，殊无少苦。遂升堂而伏。冥王复问如前；席恐再罹酷毒，便答：“不讼矣。”冥王立命送还阳界。

隶率出北门，指示归途，反身遂去。席念阴曹之暗昧尤甚于阳间，奈无路可达帝听。世传灌口二郎为帝勋戚[20]，其神聪明正直，诉之当有灵异。窃喜两隶已去，遂转身南向。奔驰间，有二人追至，曰：“王疑汝不归，今果然矣。”捽回复见冥王。窃意冥王益怒，祸必更惨；而王殊无厉容，谓席曰：“汝志诚孝。但汝父冤，我已为若雪之矣。今已往生富贵家，何用汝鸣呼为[21]。今送汝归，予以千金之产、期颐之寿[22]，于愿足乎[23]？”乃注籍中，嵌以巨印，使亲视之。席谢而下。鬼与俱出，至途，驱而骂曰：“奸猾贼！频频翻复，使人奔波欲死！再犯，当捉入大磨中，细细研之！”席张目叱曰：“鬼子胡为者！我性耐刀锯，不耐挞楚。请反见王，王如令我自归，亦复何劳相送。”乃返奔。二鬼惧，温语劝回。席故蹇缓[24]，行数步，辄憩路侧。鬼含怒不敢复言。约半日，至一村，一门半闢，鬼引与共坐；席便据门阈[25]。二鬼乘其不备，推入门中。惊定自视，身已生为婴儿。愤啼不乳，三日遂殇[26]。魂摇摇不忘灌口，约奔数十里，忽见羽葆来[27]，旛戟横路[28]。越道避之，因犯卤簿[29]，为前马所执[30]，絷送车前。仰见车中一少年，丰仪瑰玮[31]。问席：“何人？”席冤愤正无所出，且意是必巨官，或当能作威福[32]，因缅诉毒痛[33]。车中人命释其缚，使随车行。俄至一处，官府十馀员，迎谒道左，车中人各有问讯。已而指席谓一官曰：“此下方人，正欲往愬[34]，宜即为之剖决。”席询之从者，始知车中即上帝殿下九王，所嘱即二郎也。席视二郎，修躯多髯[35]，不类世间所传。

九王既去，席从二郎至一官廨，则其父与羊姓并衙隶俱在。少顷，槛车中有囚人出[36]，则冥王及郡司、城隍也。当堂对勘[37]，席所言皆不妄。三官战栗，状若伏鼠。二郎援笔立判；顷之，传下判语，令案中人共视之。判云："勘得冥王者：职膺王爵，身受帝恩。自应贞洁以率臣僚，不当贪墨以速官谤[38]。而乃繁缨棨戟[39]，徒夸品秩之尊[40]；羊狠狼贪[41]，竟玷人臣之节。斧敲斲，斲入木，妇子之皮骨皆空[42]；鲸吞鱼，鱼食虾，蝼蚁之微生可悯[43]。当掬西江之水，为尔湔肠[44]；即烧东壁之床，请君入瓮[45]。城隍、郡司，为小民父母之官[46]，司上帝牛羊之牧[47]。虽则职居下列，而尽瘁者不辞折腰[48]；即或势逼大僚，而有志者亦应强项[49]。乃上下其鹰鸷之手[50]，既罔念夫民贫；且飞扬其狙狯之奸[51]，更不嫌乎鬼瘦。惟受赃而枉法，真人面而兽心[52]！是宜剔髓伐毛[53]，暂罚冥死；所当脱皮换革，仍令胎生[54]。隶役者：既在鬼曹，便非人类。只宜公门修行，庶还落蓐之身[55]；何得苦海生波，益造弥天之孽[56]？飞扬跋扈，狗脸生六月之霜[57]；隳突叫号，虎威断九衢之路[58]。肆淫威于冥界[59]，咸知狱吏为尊；助酷虐于昏官，共以屠伯是惧[60]。当以法场之内[61]，剁其四肢；更向汤镬之中[62]，捞其筋骨。羊某：富而不仁，狡而多诈。金光盖地，因使阎摩殿上尽是阴霾[63]；铜臭熏天，遂教枉死城中全无日月[64]。馀腥犹能役鬼，大力直可通神[65]。宜籍羊氏之家[66]，以偿席生之孝。即押赴东岳施行[67]。"又谓席廉："念汝子孝义，汝性良懦，可再赐阳寿三纪[68]。"因使两人送之归里。

席乃抄其判词，途中父子共读之。既至家，席先苏；令家人启棺视父，僵尸犹冰，俟之终日，渐温而活。及索抄词，则已无矣。自此，家道日丰，三年间良沃遍野；而羊氏子孙微矣[69]，楼阁田产，尽为席有。里人或有买其田者，夜梦神人叱之曰："此席家物，汝乌得有之！"初未深信；既而种作，则终年升斗无所获，于是复鬻于席。席父九十馀岁而卒。

异史氏曰："人人言净土[70]，而不知生死隔世，意念都迷，且不知其所以来，又乌知其所以去；而况死而又死，生而复生者乎？忠孝志定，万劫不移，异哉席生，何其伟也！"

【注释】

① 东安：旧府县名“东安”者甚多，此或指山东沂水县南旧东安城。

②戆（状）拙：心直口快而不识利害顾忌。

③郤（隙）：嫌隙；仇恨。

④冥使：阴间的官吏。搒：搒掠、拷打。

⑤朴讷（呐）：老实巴交，不会说话。朴，质木无文。讷，口笨。

⑥舍：指躯体。迷信认为肉身是灵魂的宅舍。

⑦少选：同“少旋”；一会儿。

⑧赇（求）嘱：同“贿嘱”。赇，贿赂。

⑨抽笔为词：提笔撰写讼状。词，指讼词。

⑩ 城隍：迷信传说的守护城池的主神；这里指县邑城隍。早衙：旧时官府的主官，每天上下午坐堂两次，处理政务或案件，叫作“坐衙”。早衙，指上午坐堂问事。

⑪不直席：认为席方平投诉无理。

⑫郡司：府的长官。

⑬复案：重审。案，考察。

⑭不能自舒：谓冤屈无处可伸。舒，伸。

⑮冥王：迷信传说中的阎王。

⑯腹心：心腹之人，贴身的亲信。

⑰道路之口：道路上的传闻。

⑱置词：说话；申辩。

⑲允当：公允、恰当。这里是反语。

⑳灌口二郎：宋朱熹《朱子语录》谓蜀中灌口二郎庙所祀者，当是秦蜀郡守李冰之次子。《西游记》《封神演义》称二郎神为杨戬，疑从李冰次子故事演变而来。

为帝勋戚：传说杨戬是玉帝的外甥。勋戚，有功于王业的亲戚。

㉑何用汝鸣呼为：哪里用得着你去喊冤。

㉒期（机）颐之寿：百岁的寿数。

㉓足：据铸雪斋抄本补，原阙。

㉔蹇（简）缓：行路艰难迟缓。

㉕门阈（愉）：门槛。

㉖殇：夭亡。

㉗羽葆：以鸟羽为饰的仪仗。

㉘旛戟：长旓、棨戟等仪仗。旛，长幅下垂的旌旗。戟，即后文所说的“棨戟”，附有套衣的木戟，用作仪仗。横路：遮路。

㉙卤（鲁）簿：古时帝王或贵官出行时的仪仗队。

㉚前马：仪仗队的前驱。

㉛丰仪瑰玮：丰姿仪态奇伟不凡。

㉜作威福：指当权者专行赏罚，独揽威权。

㉝缅诉：追诉。

㉞愬（素）：同“诉”，诉冤。

㉟修躯多髯：身材高大，胡须很多。修，长。髯，络腮胡。

㊱槛车：囚车。

㊲对勘：对质审讯。勘，审问。

㊳贪墨：同“贪冒”，谓贪以败官。以速官谤：《左传·庄公二十二年》：“敢辱高位，以速官谤。”速，招致。官谤，居官不称职而受到责难。

㊴繁（盘）缨：古时天子、诸侯的马饰繁，通“鞶”，马腹带。缨，马颈饰。棨戟：有缯衣或涂漆的木戟，用为仪仗。唐制，三品以上官员，得门列棨戟。

㊵品秩：官阶品级。

㊶羊狠狼贪：比喻冥王的凶狠与贪婪。很，通“狠”。

㊷“斧敲”三句：意谓层层敲剥、勒索，妇孺的脂膏、骨髓被压榨一空。斫

(啄)，砍削，此借作名词之“凿”。

㊸“鲸吞”三句：意谓鲸吞、鱼食，以强凌弱，细弱小民受害最烈，实堪怜悯。鲸，鲸鲵，喻凶恶之人。

㊹“当掬”二句：意谓当用长江之水，清洗冥王之污肠。指涤刷其罪。西江，西来之江，指长江。

㊺“即烧”二句：意谓以其人之道还治其人之身，叫冥王也受酷刑。东壁之床，指上文“东墀有铁床”而言，即火床。请君入瓮，比喻以其人之道还治其人之身。

㊻父母之官：封建时代称地方官为“父母官”。指县令。

㊼司上帝牛羊之牧：职掌代替天帝管理人民之事。解除民困。

㊽“尽瘁”句：意谓应当尽瘁事国，屈己奉公。尽瘁，竭尽心力

㊾强项：不低头，喻刚直不阿。东汉董宣为洛阳令，杀湖阳公主恶奴，光武帝大怒，令小黄门挟持董宣向公主叩头谢罪。董宣两手据地，终不肯俯首。光武帝称之为“强项令”。

㊿上下其鹰鸷之手：意谓枉法作弊，颠倒是非鹰鸷，鹰和鸷，都是猛禽，比喻凶狠。

51飞扬：意谓任意施展。狙（局）狯之奸：狡猾的奸谋。

52人面而兽心：此指品质恶劣，外貌像人，内心狠毒，有如恶兽。

53剔髓伐毛：犹言脱胎换骨，涤除污垢，使之改恶从善。原为修道者之。此指致死的酷刑。

54“所当”二句：意谓罚其转世胎生，但不得为人。

55“只宜公门”二句：意谓只有在衙门内洁身向善，或可转世为人。公门，衙门。修行，修身行善，指不枉法害民。落蓐之身，指人身。落蓐，指人的降生。蓐，产蓐。

56“何得苦海”二句：意谓怎能在苦深如海的世俗之中，兴风作浪，作孽多端。苦海，佛家语，谓人间烦恼，苦深如海。弥天之孽，天大的罪孽。弥，满，

广大。

57“飞扬”二句：意谓隶役恣肆蛮横，满面杀气，迫害无辜。狗脸：指隶役的面孔。生六月之霜，谓狗脸布满杀气，将使无辜受冤。相传战国时，邹衍事燕惠王，被人陷害下狱。邹衍在狱仰天而哭，时正炎夏，忽然降霜。

58“嚎（恢）突”二句：谓隶役狐假虎威，骚扰百姓，使道路侧目。

59肆：滥施。淫威：无节制的威权。

60屠伯：宰牲的能手，喻指滥杀的酷吏。伯，长也。

61法场：刑场。

62汤镬：汤锅，古代烹囚的刑具。

63“金光”二句：意谓贿赂公行，致使官府昏暗不明，公理不彰。金光，喻金钱的魔力。阎摩殿，阎王殿。阴霾，昏暗的浊雾。

64“铜臭”二句：意同上句。谓收买官府，遂使阴间世界，暗无天日。

65“馀腥”二句：谓小额金钱可以役使鬼吏；而巨额金钱则可买通神灵。馀腥，钱的馀臭。大力，指巨额金钱的威力。

66籍：没收。

67东岳：泰山。迷信传说，东岳泰山之神总管天地人间的生死祸福，并施行赏罚。

68纪：古代以十二年为一纪。

69微：衰微，败落。

70净土：佛教认为西天佛土清净自然，是“极乐世界”，因称为“净土”。

【译文】

席方平，东安人。他父亲名叫席廉，是个憨厚的老实人。因为和同村的一个姓羊的富户有私仇，姓羊的先死了；过了几年，他病危的时候，告诉家人说：“姓羊的现在贿赂阴间的鬼差，叫他们用鞭子打我呢。”过了不一会儿，浑身红肿，呼疼

喊痛地死了。席方平悲痛得吃不下饭，说："我父亲忠厚老实，现被强鬼欺凌；我要到阴间去，替我父亲申冤。"从此就不再说话，有时坐着，有时站着，像个傻子的样子，灵魂早已离开躯壳了。

他感到刚一出门的时候，不知往什么地方去，只要看见路上有行人，就打听通往县城的道路。走了不一会儿，进了县城。当时父亲已经押到狱里去了。他到了狱门，老远就望见父亲躺在房檐底下，似乎很狼狈。老头儿抬头看见了儿子，泪流满面。就对儿子说："管理监狱的官吏统统收了贿赂，受了姓羊的嘱托，日夜拷打我，两条腿受了严重的摧残！"他一听就火儿了，大骂管理监狱的官吏："我父亲如果有罪，自有王法惩治他，怎能容许你们这些鬼物操纵呢！"说完就出了狱门，提笔写了一张状子。赶上城隍放早衙，他便喊冤投了状子。

姓单的害怕了，里里外外进行贿赂，城隍也被买通了，才出来审问。城隍说他告得没有凭证，对他毫不理睬。他的冤气没有地方申诉，摸黑走了一百多里，到了府城，写了一张城隍衙役徇私舞弊的状子，向府官告状。拖了半个月，才得到审理。府官把他痛打一顿，仍然批回由城隍复审。被押回县城，受尽了刑罚，凄惨的冤情，不让他申诉。城隍怕他再去上告，打发两个衙役把他押送回家。衙投把他送到门口就告别回去了。他不肯进门，私自逃到阎王殿，控告府里和县里的贪官酷吏。阎王立刻拘捕两个官员，审理他们的案子。两个官员秘密打发心腹干将，向他说人情，许给他千金的贿赂，他不听。

过了几天，旅店的主人告诉他说："你赌气赌得也太过火儿，官府向你求和，你却固执不听，现在听说两个官员都向阎王献了金钱，只怕你的事情危险了。"他认为那是道听途说，还没有深信。过了不一会儿，有两个衙投把他招呼进去了。他上了阎王殿，看见阎王满面怒容，不容他说话，立刻命令打他二十棍子。他厉声质问阎王："小人犯了什么罪？"阎王冷着脸子不说话，好像没有听见。他挨完二十棍子，大喊大叫地说："我挨棍子活该，谁叫我没有钱呢！"

阎王更火了，命令小鬼把他扔到火床上。两个小鬼把他揪下去，他看见东面的台阶上有一张铁床，床下烈焰腾腾，把床面烧得通红。两个小鬼扒掉他的衣服，把他抬起来，扔到火床上，用手摁着，翻来覆去地揉搓。他痛得要死，骨肉烙得焦黑，却苦于不能立刻死掉。大约烙了一个时辰，小鬼说：“可以了。”就把他扶起来，催他下床穿上衣服，还算侥幸，一瘸一拐的还能走路。又回到阎王殿上，阎王问他：“你还敢告状吗?”他说：“我的大冤没有申雪，只要寸心不死，若说不告状，那是欺骗阎王。我一定要告!”“你告什么呢?”他说：“凡是本身受到的冤枉，都写到状子上。”阎王又火儿了，命令两个小鬼，把他身子锯成两半儿。

两个小鬼把他拉出去，他看见殿下竖着一棵八九尺高的木桩子，还有两块木板，靠在桩子底下放着，上上下下，全都凝结着模模糊糊的鲜血。两个小鬼刚要把他捆到桩子上，忽然听见殿上大声呼喊“席方平”。两个小鬼又把他押了回来。阎王又问他：“你还敢告状吗?”他回答说：“一定要告状!”阎王就命令小鬼，快把他抓去锯成两半儿。

他下殿以后，小鬼用板子把他夹起来，捆在木桩上。锯子刚刚拉下去，他感到头顶上逐渐破成了两半儿，疼得实在禁受不了，但却咬牙忍受着，一声也不号叫。他听见两个小鬼说：“此人真是一个硬汉子!”锯声隆隆地响着，很快就锯到了胸下。又听一个小鬼说：“这个人很孝顺，是个无罪之人，叫锯子稍微偏一点，不要伤害他的心脏。”他就觉得锯齿拐弯拉下去，更是加倍的痛苦。顷刻之间，把身子锯成两半儿了。小鬼解开板子以后，两个半拉身子全都倒在地下。小鬼上了大殿，大声向阎王回报。殿上立刻传下命令，叫把两半儿的身子合起来，上殿去见阎王。两个小鬼立即把两半儿的身子推合到一起，拽着叫他往前走。他觉得身上的一道锯缝，痛得又要裂开似的，一抬脚就跌倒了。一个小鬼从腰里掏出一条丝带，交给他说：“把这条带子送给你，酬劳你的孝行。”他伸手接过来，往腰上一捆，身体立刻健壮，一点痛苦也没有了。于是就上了大殿，跪在地下。阎王又问他敢不敢告状了；他害怕受到更毒的酷刑，就说：“不告了。”阎王立刻打发两个小鬼把他送回阳界。

两个鬼役把他领出北城门，给他指出回家的道路，抹身就回去了。他站在门外一想，阴曹地府的暗无天日比阳间还要严重，怎奈没有道路去到上帝那里告状。世

上传说，住在灌口的二郎神，是玉皇大帝很有功勋的亲戚，也是一位聪明正直的神仙，向他告状，一定很有灵验。心里暗自高兴，往前奔走的时候，有两个人追上来说："阎王怀疑你不能回家，你果然没有回家。"又揪住他，叫他回去见阎王。

他心里暗自一想，这回阎王更火儿了，必然会受到更加惨毒的酷刑：但是阎王没有半点严厉的脸色，对他说："我知道你很孝顺。但是你父亲的冤枉，我已经给你昭雪了，现在已经托生到富贵人家，你喊冤告状有什么用呢？现在把你送回去，送给你千金的家业，百岁的寿命，你的心愿满足了吧？"说完就写在生死簿上，盖上巨大的官印，叫他亲眼看看。他谢了恩就下了大殿。两个小鬼和他一起出了阎王殿，送到半路上，驱赶着骂道："奸猾的贼子！一次又一次的反复无常，叫人跑来跑去的，想要把人折腾死！再若犯了，应该抓回去，塞进大磨里，把你研成细细的碎末！"他瞪着眼睛斥责它们说："鬼东西，怎敢胡为！我生来禁得起刀劈锯拉，禁不起鞭打。我请求回去面见阎王，阎王如果叫我自己回去，又何必劳动你们送我呢。"说完，抹身就往回跑。两个小鬼害怕了，就暖言暖语地把他劝了回来。他故意慢慢走，走几步就坐在路旁歇歇。小鬼憋着一肚子火气，再也不敢说话了。大约走了半天，到了一个村庄，有个大门半开半闭，小鬼拉着他，一起坐下歇歇脚，他就坐在门坎上。两个小鬼乘他没有防备的时候，把他推进门里去了。他吃了一惊，定神一看，身子已经变成了婴儿。气得他光哭不吃，三天就死了。

他的魂魄飘飘荡荡的，也没忘了灌口，大约往前奔波了几十里，忽然看见来了一位官员的仪仗队，旗帜戟钺横满了道路。他越过横道，想要躲避一下，因而冲撞了仪仗队，被队前的骑兵把他抓起来，用绳子捆送到车前。他抬头一看，看见车子里坐着一位年轻人，气度奇异而又雄伟。年轻人问他："你是什么人？"他满肚子冤气没有地方申述，猜想这个年轻人必定是个大官，也许能够赏罚公平，就从头到尾控诉他所遭受的酷刑。车里的年轻人叫人给他解开绳子，叫他跟着车子一起走。

往前走了不会儿，来到一个地方，府里的十几住官员，都站在道旁迎请那个年轻人。车里的年轻人对每个人都打了招呼。然后指着席方平对一位官员说："这是下界的一个人，正要前去找你告状，你就给他剖明是非，给予判决吧。"他询问年轻人的随从人员，才知车里的人是玉皇大帝的九王殿下，殿下所嘱托的人就是二郎神。席方平看看二郎神，身材魁梧，有很多胡子，不像世上传说的样子。九王走了以后，他跟着二郎神来到一座官署里，看见他的父亲和姓羊的以及衙役都在那里。过了不一会儿，从木笼囚车里提出几个犯人，就是阎王、府官和城隍。二郎神当堂审问，叫他们当堂对质，席方平控告的全都不是假的。三个鬼官吓得战战兢兢，活像老鼠见猫的样子。二郎神立刻提笔判决；顷刻之间，判决书传了下来，叫案子里的四个人都看看。判决书说：

"察得阎王，荣受王爵的职位，身受玉帝的皇恩。应该坚贞自洁，给官僚们做个表率；不该贪赃枉法，招来人们的攻击。你竟然旗锣伞扇，徒夸职位的尊严；羊一般的狠毒，狼一般的贪婪，竟然玷污了臣子的气节；斧头敲砍，入木三分，妇人孩子的皮骨都被你敲空；鲸吞鱼，鱼吃虾，不怜惜蝼蚁的微小生命。应该捧来西江之水，给你洗刷肠子；马上烧红东墙下的铁床，请君入瓮。城隍、府官，是小民的父母官，是代替上帝治理人民的官员。你们虽然官小职微，但有鞠躬尽瘁的品德，就不会辞于折腰；即或是大官僚们以权势相逼，有志气的也应该硬着脖子顶回去。你们却像一群恶鹰，通同作弊，既不念人民的贫穷；又任意敲诈，像猕猴似的奸猾，更不嫌乎鬼瘦。只知贪赃枉法，真是人面兽心！应该剔除骨髓，刮去皮毛，暂在阴间处以死刑；该叫他们脱皮换骨，仍叫他们胎生。至于衙役：既然在阴曹地府当鬼差，就不是人类。只应在官署里随时随地的行善救人，才有希望转还人身；怎能苦海生波，造成更多的弥天大罪呢？你们飞扬跋扈，六月的热天，狗脸上也生出一层冰霜；四处奔突，暴跳如雷，狐假虎威，截断四通八达的道路；在阴曹地府大肆淫威，都知道狱吏是个大人物；帮助残酷暴虐的昏官，大家都害怕你们这些刽子手。应该拉到法场之上，剁掉他们的四肢；再向汤锅之中，捞取他们的筋骨。羊某人：为富不仁，狡猾多诈。你金银盖地，就让阎罗殿上尽是阴霾；你铜臭熏天，竟叫枉死城中全无日月。剩下的腥味还能使役小鬼，力量大得可以直通神明。应该抄没羊某人的家产，用它奖赏席方平的大孝。以上判决，押赴东岳，立即执行。"

又对席廉说："念你儿子孝义，你的性格又很懦弱，可以再赐你阳寿三十六

年。”说完就打发两个人，把父子二人送回故乡。席方平就抄下那个判决词，在路上父子二人一同阅读。到家以后，席方平首先复活了；叫家人打开棺材看看父亲，父亲的僵尸还冷冰冰的，等到天黑，才逐渐温暖复活了。及至摸索抄来的判决词，已经丢失了。从此以后，他家的日子一天比一天富裕，三年的工夫，良田遍野；而羊家的子孙，一天比一天衰落，楼阁房舍，田园产业，全部归了席方平。村里有人想买羊家田产的，夜里就梦见神人呵斥他说：“这是席家的东西，你怎能占有呢！”起初还不大相信；等种上庄稼以后，一年到头也收不到一升一斗的粮食，于是又卖给了席方平。席方平的父亲，九十多岁才离开人世。异史氏说：“人人都谈论洁净的佛国，却不知生死是隔世的，心里想念的东西都是模糊不清的，而且不知它是怎么来的，又怎知它是怎么去的；而何况死了又死，生了又生呢？立定忠孝的意志，遭受万种浩劫也不变心，不同寻常的席方平啊，他是多么伟大呀！”

素　秋

【原文】

俞慎，字谨庵，顺天旧家子[1]。赴试入都，舍于郊郭。时见对户一少年，美如冠玉[2]。心好之，渐近与语，风雅尤绝。大悦，捉臂邀至寓所，相与款宴。问其姓氏，自言金陵人，姓俞名士忱，字恂九。公子闻与同姓，又益亲洽，因订为昆仲[3]；少年遂以名减字为忱[4]。明日，过其家，书舍光洁；然门庭踧落[5]，更无厮仆。引公子入内，呼妹出拜，年约十三四，肌肤莹澈，粉玉无其白也。少顷，托茗献客，家中亦无婢媪。公子异之，数语遂出。由是友爱如胞。恂九无日不来寓所，或留共宿，则以弱妹无伴为辞。公子曰：“吾弟留寓千里，曾无应门之僮，兄妹纤弱，何以为生矣？计不如从我去，有斗舍可共栖止，如何？”恂九喜，约以闱后。试毕，

恂九邀公子去，曰：“中秋月明如昼，妹子素秋，具有蔬酒，勿违其意。”竟挽入内。素秋出，略道温凉，便入复室，下帘治具。少间，自出行炙[⑥]。公子起曰：“妹子奔波，情何以忍！”素秋笑入。顷之，搴帘出，则一青衣婢捧壶；又一媪托拌进烹鱼。公子讶曰：“此辈何来？不早从事，而烦妹子？”恂九微哂曰：“素秋又弄怪矣。”但闻帘内吃吃作笑声，公子不解其故。既而筵终，婢媪撤器，公子适嗽，误

素秋

堕婢衣；婢随唾而倒，碎碗流炙。视婢，则帛剪小人，仅四寸许。恂九大笑。素秋笑出，拾之而去。俄而婢复出，奔走如故。公子大异之。恂九曰：“此不过妹子幼时，卜紫姑之小技耳[⑦]。”公子因问：“弟妹都已长成，何未婚姻？”答云：“先人即

世[8]，去留尚无定所，故此迟迟。”遂与商定行期，鬻宅，携妹与公子俱西。

既归，除舍舍之；又遣一婢为之服役。公子妻，韩侍郎之犹女也[9]，尤怜爱素秋，饮食共之。公子与恂九亦然。而恂九又最慧，目下十行，试作一艺[10]，老宿不能及之[11]。公子劝赴童试。恂九曰：“姑为此业者，聊与君分苦耳。自审福薄，不堪仕进；且一入此途，遂不能不戚戚于得失，故不为也。”居三年，公子又下第[12]。恂九大为扼腕，奋然曰：“榜上一名，何遂艰难若此！我初不欲为成败所惑，故宁寂寂耳。今见大哥不能发舒，不觉中热[13]，十九岁老童，当效驹驰也。”公子喜，试期送入场[14]，邑、郡、道皆第一[15]。益与公子下帷攻苦。逾年科试，并为郡、邑冠军。恂九名大噪，远近争婚之，恂九悉却去。公子力劝之，乃以场后为解[16]。无何，试毕，倾慕者争录其文，相与传颂；恂九亦自觉第二人不屑居也。榜既放，兄弟皆黜。时方对酌，公子尚强作噱[17]；恂九失色，酒盏倾堕，身仆案下。扶置榻上，病已困殆。急呼妹至，张目谓公子曰：“吾两人情虽如胞，实非同族。弟自分已登鬼箓[18]。衔恩无可相报，素秋已长成，既蒙嫂氏抚爱，媵之可也[19]。”公子作色曰：“是真吾弟之乱命也[20]！其将谓我人头畜鸣者耶[21]！”恂九泣下。公子即以重金为购良材[22]。恂九命舁至，力疾而入[23]，嘱妹曰：“我没后，即阖棺，无令一人开视。”公子尚欲有言，而目已瞑矣。公子哀伤，如丧手足。然窃疑其嘱异，俟素秋他出，启而视之，则棺中袍服如蜕[24]；揭之，有蠹鱼径尺[25]，僵卧其中。骇异间，素秋促入，惨然曰：“兄弟何所隔阂？所以然者，非避兄也；但恐传布飞扬[26]，妾亦不能久居耳。”公子曰：“礼缘情制[27]，情之所在，异族何殊焉？妹宁不知我心乎？即中馈当无漏言，请勿虑。”遂速卜吉期，厚葬之。

初，公子欲以素秋论婚于世家，恂九不欲。既殁，公子以商素秋，素秋不应。公子曰：“妹子年已二十矣，长而不嫁，人其谓我何？”对曰：“若然，但惟兄命。然自顾无福相，不愿入侯门，寒士而可。”公子曰：“诺。”不数日，冰媒相属，卒无所可[28]。先是，公子之妻弟韩荃来吊，得窥素秋，心爱悦之，欲购作小妻[29]。谋之姊，姊急戒勿言，恐公子知。韩去，终不能释，托媒风示公子，许为买乡场关节[30]。公子闻之，大怒诟骂，将致意者批逐出门[31]，自此交往遂绝。适有故尚书之孙某甲，将娶而妇忽卒，亦遣冰来。其甲第云连[32]，公子之所素识，然欲一见其人，因与媒约，使甲躬谒[33]。及期，垂帘于内，令素秋自相之。甲至，裘马驺从，炫耀闾里；人又秀雅如处子。公子大悦，见者咸赞美之，而素秋殊不乐。公子不听，竟许之，盛备奁装[34]，计费不赀，素秋固止之，但讨一老大婢，供给使而已。公子亦不之听，卒厚赠焉。既嫁，琴瑟甚敦。然兄嫂常系念之，每月辄一归宁。来时，奁中珠绣，必携数事，付嫂收贮。嫂未知其意，亦姑从之。甲少孤，有寡母溺爱过于寻常，日近匪人[35]，渐诱淫赌，家传书画鼎彝[36]，皆以鬻偿戏债[37]。而韩荃与有瓜葛，因招饮而窃探之，愿以两妾及五百金易素秋。甲初不肯；韩固求之，甲意似摇，然恐公子不甘。韩曰："我与彼至戚，此又非其支系[38]，若事已成，彼亦无如何；万一有他，我身任之。有家君在，何畏一俞谨庵哉!"遂盛妆两姬出行酒，且曰："果如所约，此即君家人矣。"甲惑之，约期而去。至日，虑韩诈谖[39]，夜候于途，果有舆来，启帘照验不虚，乃导去，姑置斋中。韩仆以五百金交兑俱明。甲奔入，伪告素秋，言："公子暴病相呼。"素秋未遑理妆，草草遂出。舆既发，夜迷不知何所，遑行良远[40]，殊不可到。忽见二巨烛来，众窃喜其可以问途。无何，至前，则巨蟒两目如灯。众大骇，人马俱窜，委舆路侧。将曙复集，则空舆存焉。意必葬于蛇腹，归告主人，垂首丧气而已。

数日后，公子遣人诣妹，始知为恶人赚去，初不疑其婿之伪也。取婢归，细诘情迹[41]，微窥其变。忿甚，遍愬郡邑[42]。某甲惧，求救于韩。韩以金妾两亡，正复懊丧，斥绝不为力。甲呆憨无所复计，各处勾牒至，俱以赂嘱免行。月馀，金珠服饰，典货一空。公子于宪府究理甚急[43]，邑官皆奉严令，甲知不可复匿，始出，至公堂实情尽吐。蒙宪票拘韩对质。韩惧，以情告父。父时已休致[44]，怒其所为不法，执付隶。既见诸官府，言及遇蟒之变，悉谓其词枝[45]；家人搒掠殆遍，甲亦屡被敲楚[46]。幸母日鬻田产，上下营救，刑轻得不死，而韩仆已瘐毙矣[47]。韩久困囹圄，愿助甲赂公子千金，哀求罢讼。公子不许。甲母又请益以二姬，但求姑存疑案，以待寻访；妻又承叔母命，朝夕解免，公子乃许之。甲家綦贫，货宅办金，而急切不能得售，因先送姬来，乞其延缓。

逾数日，公子夜坐斋头，素秋偕一媪，蓦然忽入。公子骇问："妹固无恙耶？"笑曰："蟒变乃妹之小术耳。当夜窜人一秀才家，依于其母。彼自言识兄，今在门外。请入之也。"公子倒屣而出[48]，烛之，非他，乃周生，宛平之名士也[49]，素以声气相善。把臂入斋，款洽臻至。倾谈既久，始知颠末[50]。初，素秋昧爽款生门，母纳入，诘之，知为公子妹，便欲驰报。素秋止之，因与母居。慧能解意，母悦之。以子无妇，窃属意素秋，微言之[51]。素秋以未奉兄命为辞。生亦以公子交契[52]，故不肯作无媒之合，但频频侦听。知讼事已有关说[53]，素秋乃告母欲归。母遣生率一媪送之，即嘱媪媒焉。公子以素秋居生家久，窃有心而未言也；及闻媪言，大喜，即与生面订为好。先是，素秋夜归，将使公子得金而后宣之。公子不可，曰："向愤无所泄，故索金以败之耳。今复见妹，万金何能易哉！"即遣人告诸两家，顿罢之[54]。又念生家故不甚丰，道赊远[55]，亲迎殊艰，因移生母来，居以恂九旧第；生亦备币帛鼓乐[56]，婚嫁成礼。一日，嫂戏素秋："今得新婿，曩年枕席之爱，犹忆之否？"素秋笑，因顾婢曰："忆之否？"嫂不解，研问之，盖三年床笫，皆以婢代。每夕，以笔画其两眉，驱之去，即对烛独坐，婿亦不之辨也。益奇之，求其术，但笑不言。

次年大比[57]，生将与公子偕往。素秋曰："不必。"公子强挽之而去。是科，公子中式，生落第归，隐有退志。逾年，母卒，遂不复言进取矣。一日，素秋告嫂曰："向问我术，固未肯以此骇物听也。今远别，行有日矣，请秘授之，亦可以避兵燹。"惊而问之。答曰："三年后，此处当无人烟。妾荏弱不堪惊恐，将蹈海滨而隐。大哥富贵中人，不可以偕，故言别也。"乃以术悉授嫂。数日，又告公子。留之不得，至于泣下，问："往何所？"即亦不言。鸡鸣早起，携一白须奴，控双卫而去[58]。公子阴使人尾送之[59]，至胶莱之界[60]，尘雾幛天，既晴，已迷所往。三年后，闯寇犯顺[61]，村舍为墟。韩夫人剪帛置门内，寇至，见云绕韦驮高丈馀[62]，遂骇走，以是得保无恙焉。

后村中有贾客至海上，遇一叟似老奴，而髭发尽黑，猝不能认[63]。叟停足笑曰："我家公子尚健耶？借口寄语：秋姑亦甚安乐。"问其居何里，曰："远矣，远矣！"

匆匆遂去。公子闻之，使人于所在遍访之，竟无踪迹。

异史氏曰：“管城子无食肉相[64]，其来旧矣。初念甚明，而乃持之不坚。宁知糊眼主司[65]，固衡命不衡文耶？一击不中[66]，冥然遂死，蠹鱼之痴，一何可怜！伤哉雄飞，不如雌伏[67]。”

【注释】

①旧家：犹言世家。

②冠玉：装饰于帽上之玉。此用以比喻美男子。

③订为昆仲：结为兄弟。

④以名减字为忱：指减去原名的“士”字，单名为忱。

⑤踧（促）落：犹言冷落。

⑥行炙：端送菜肴。

⑦卜紫姑之小技：此指其剪帛为人之幻术。

⑧即世：去世。

⑨侍郎：明清时，中央各部的副长官。犹女：侄女。

⑩艺：制艺，指八股文。

⑪老宿：老成有名望的人。此指宿儒。

⑫下第：落榜。

⑬中热：躁急心热，指热心功名仕进。

⑭试期：此指“童子试”试期。

⑮邑、郡、道皆第一：在童试中，县试、府试、院试都获得第一。

⑯场后：此指参加乡试以后。

⑰强作噱（决）：意谓强作笑语，表示旷达。噱，谈笑，大笑。

⑱已登鬼箓：意谓必死。鬼箓，死者名册。

⑲媵之：收之为姬妾。媵，指姬妾婢女，这里作动词。

⑳乱命：病重昏迷时的遗言；谓其主张荒谬

㉑人头畜鸣：意思是，外貌是人但行为像畜牲。

㉒良材：上等棺木。

㉓力疾：竭力支撑着病体。

㉔蜕（退）：蝉蛇之类脱下的皮。

㉕蠹鱼：蛀蚀书籍的小虫。银粉细鳞，形似鱼，故名。

㉖传布飞扬：传播声扬。

㉗礼缘情制：礼法因人情而制定。

㉘卒无所可：始终没有称心的。可，可意、中意。

㉙小妻：妾。

㉚买乡场关节：意谓代公子行贿，买通关节，使之乡试中式。乡场，乡试。

㉛致意者：转达意向的人，指媒者。批逐：掌嘴驱逐。批，批颊。

㉜甲第：旧时显贵者的宅第。云连：与云相接，形容高大众多。

㉝躬谒：亲自来见。

㉞奁（连）装：犹妆奁，陪送嫁妆。

㉟匪人：行为不正的人。

㊱鼎彝：鼎和彝都是古代青铜器，这里指珍贵的古玩。

㊲戏债：赌债。

㊳支系：宗族的分支；此指同族。

㊴诈谖（宣）：欺诈。

㊵逴（绰）行：远行。

㊶情迹：事情的经过。

㊷遍愬郡邑：向府、县都提出诉讼。愬，同“诉”，诉讼。

㊸宪府：旧时称御史为“宪府”。此专指朝廷委驻各行省的高级官吏衙门。如清代称巡抚、布政使和按察使为“三大宪”。

㊹休致：官吏年老去职。清制，自陈衰老，经朝廷允许休致的，称自请休致；

老不称职，谕旨令其休致的，称勒令休致。

㊺词枝：意谓胡扯乱编

㊻敲楚：扑责。楚，刑杖。

㊼瘐毙：病死狱中。

㊽倒屣（喜）：古人席地而坐，客人来，急于出迎，把鞋子倒穿。形容热情欢迎。

㊾宛平：旧县名，在今北京市南部。

㊿颠末：事情的原委。

(51)微言之：婉转含蓄地说明心意。

(52)交契：交情很好。契，意气相合。

(53)关说：调解说情。

(54)罢之：指罢讼。

(55)赊远：遥远。

(56)币帛：作纳聘之礼。鼓乐：供迎亲之用。

(57)大比：明清科举制度，每三年举行一次乡试，叫“大比”。

(58)卫：驴的别称。

(59)尾送：据铸雪斋抄本，原作“委送”。

(60)胶莱之界：胶州、莱州一带，今山东省东北部沿海地区。

(61)闯寇犯顺：指明末农民起义军李自成率众造反，反对明朝统治。李自成称李闯王。闯寇，是作者对闯王的蔑称。犯顺，以逆犯顺，谓造反作乱。

(62)韦驮：佛教天神，居四天王三十二神将之首，佛教列为护法神。其塑像一般穿古武将服，手持金刚杵，威武高大。

(63)“猝不”以下及“异史氏曰”中个别阙字，均据铸雪斋抄本补。

(64)管城子无食肉相：意谓文墨之士没有做官的福相。

(65)糊眼：谓眼睛昏眊，喻无辨识能力。主司：主管官员，此指科场试官。

(66)一击不中：汉张良曾使力士操铁锥，击秦始皇于博浪沙，没有击中而失败。

这里借喻俞忱乡试未中。

㊼“伤哉雄飞”二句：意谓可悲的是，俞忱奋然参加乡试，被黜而死，倒不如周生落第归隐，竟可仙去。雄飞，喻奋发。雌伏，喻退让不争。

【译文】

俞慎，字谨庵，顺天府官僚人家的后代。进京赶考，住在城郡。时常看见对门有个少年，容貌很漂亮。心里喜爱他，逐渐靠上去说话，那个少年极其风流儒雅。心里很高兴，拉着胳膊请到寓所，摆下酒席，热情地款待。问他姓甚名谁，他说：“金陵人，姓俞，名叫士忱，字恂九。”公子听说和他自己同姓，更加亲热，定为同性兄弟；少年就把名字减掉一个士字，叫俞忱。

第二天，到他家里看望，书房光明洁净；门庭却很冷落，更没有书童、仆人。把公子领进书房，招呼妹妹出来拜见。妹妹大约十三四岁，肌肤晶莹透彻，粉脂白玉也没有她洁白。坐了一会儿，托着茶盘向客人献茶，家里似乎没有丫鬟仆妇。公子很惊异，说了几句话就出来了。从这以后，友爱像同胞兄弟一样。恂九没有一天不到寓所来；要留他住宿，他总以小妹无伴儿而告辞。公子说：“弟弟住在千里之外，没有应付门面的童子，兄妹都很纤弱，怎么生活呢？不如跟我走，我家有房子，可以共同居住，怎么样？”恂九很高兴，约定考试以后动身。

考试结束以后，恂九把公子请到家里说：“中秋佳节，月明如昼，妹子素秋准备了蔬菜薄酒，不要违背她的心意。”就把他拉进屋里。素秋出来了，寒暄了几句，就进了厨房，放下门帘，准备酒菜。不一会儿，自己出来送酒送菜。公子站起来说：“妹妹跑来跑去的，于心何忍！”素秋笑盈盈地进去了。时间不长，撩起门帘走出来，却是一个丫鬟捧着酒壶，一个老太太托着盘子送来烧制好了的一条鱼。公子惊讶地说：“这些人是从哪里来的？她们怎么不早早前来干活，而要劳动妹妹？”恂九微笑着说：“妹妹又弄神弄鬼了。”只听门帘里边发出哧哧的笑声，公子不晓得什么缘故。

酒宴结束以后，丫鬟和老太太往下撤餐具，正赶上公子咳嗽一声，不当心把痰吐到丫鬟的衣服上；丫鬟随着痰唾倒在地上，碗打了，洒了一地菜汤。看看那个丫鬟，是用丝绸剪的小人，只有四寸来长。恂九哈哈大笑。素秋笑盈盈地跑出来，把她捡走了。不一会儿，那个丫鬟又跑出来，和刚才一样地跑来跑去。公子感到很奇怪。恂九说："这不过是妹妹小时候紫姑送给她的小技罢了。"公子问他："弟弟和妹妹都已长大成人，为何还没结婚?"恂九回答说："父母去世了，去留还没有一定的地方，所以拖下来了。"于是就和他商定了动身的日期，卖了房子，携带妹妹，和公子一道西行。到家以后，腾出房子给他们居住，又打发一个使女服侍他们。

公子的妻子，是韩侍郎的侄女，尤其疼爱素秋，饮食都在一起。公子和恂九也是这样。而且恂九又很聪明，目下十行，试着写一篇八股文，很有修养的老学究也赶不上他。公子劝他去考秀才。恂九说："我暂时写写这个八股文，是和你略微分担一点痛苦罢了。自己知道福分浅薄，不能进入仕途；而且一旦进入追名求利的道路，就不能不患得患失，所以不走那条路。"

住了三年，公子又没考上举人。恂九很失望，振奋起来说："榜上留下一个名字，怎么就这样艰难！我当初不想被成败所迷惑，所以宁愿寂寞一生；现在看见大奇不能得志，不觉心里发热，十九岁的老童生，应该效仿小马驹的奔驰。"公子很高兴，到了考期，把他送进考场，县考府考，都考中第一名，中了秀才。更和公子放下帐幕刻苦读书。第二年参加科试，府里县里都考第一。恂九声名大震，远近争着向他许亲，他一概谢绝。公子极力劝他结婚，才答应乡试以后再说。

不久，乡试结束了，羡慕他的人争着抄录他的文章，互相传诵；他自己也觉得不屑于名列第二。可是发榜以后，哥俩都没考上举人。当时正坐在一起喝酒，公子还能勉强说说笑话；恂九却面无血色，酒杯掉在地上，身子跌在桌子下面。扶起来躺在床上，已经病危了。急忙把妹妹喊来，他睁开眼睛对公子说："我们两个人的情谊虽然和兄弟一样，其实不是一个家族。弟弟自料已经写进了录鬼簿。哥哥的恩情不能报答，素秋已经长大成人，既然蒙受嫂嫂的疼爱，可以给你做妾。"公子变了脸色说："我弟弟真是乱了人伦！那不是说我长着人头的畜生吗!"恂九一听就流

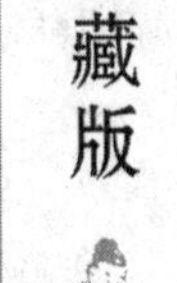

下了眼泪。公子花了很多钱，给他买了一口好棺材。恂九叫人把他抬到棺材跟前，奋力爬了进去。嘱咐妹妹说："我死了以后，赶快盖上棺材，不让任何人打开看望。"公子还想和他说话。他已经闭上了眼睛。公子很悲痛，如同死了亲兄弟。心里却疑惑他的遗嘱很奇怪，等素秋出去了，打开一看，看见棺材里的帽子袍服如同金蝉脱壳；掀起来看看，有一只蛀虫，一尺多长，直挺挺地躺在棺材里。正在惊异，素秋忽然走进来，悲痛地说："兄弟之间有什么隔阂呢？所以对你保密，不是躲避哥哥，只怕传扬出去，我也不能久住了。"公子说："失礼是因为情不自禁，情义这样深厚，他不是人类，和人有什么差别呢？妹妹难道不知我的心吗？就是你嫂嫂，我也不能泄露一个字，请你不要担心。"于是就迅速选择一个好日子，厚礼埋葬了。

当初，公子要把素秋许给官宦人家，恂九不同意。恂九死后，公子和素秋商量，素秋不答应。公子说："妹妹已经二十岁了，长大成人而不出嫁，外人会怎样议论我呢？"素秋说："要是这样，只能听从哥哥的意见。但我自料没有福相，不愿嫁进侯门，贫寒的读书人就可以了。"公子说："可以。"

过了不几天，做媒的一个接一个，都不认可。前几天，公子的妻弟韩荃来给恂九吊丧，偷眼看见了素秋，心里很爱慕，想要买她做小老婆。和他姐姐商量，姐姐急忙警告他，不要再说这种话，害怕公子知道。韩荃回去以后，始终不肯放弃，托媒人风言风语地告诉公子，答应在乡试的时候花钱给他走后门。公子一听，勃然大怒，臭骂一顿，把转达这个意思的媒人打了嘴巴，赶出门去，从此就和妻弟断绝了交往。

某甲，是从前一个尚书的孙子，将要娶亲的时候，未婚妻忽然死了，也打发媒人来提媒。某甲的宅子，云彩似的连成一片，公子从前是熟习的，只是想要看看某甲那个人，因而和媒人约定，叫某甲亲自前来进见。到了那一天，在内室挂上门帘，叫素秋亲自相看。某甲来了，穿着皮袍，骑着大马，跟着很多随从，炫耀于邻里之间。人又清秀文雅，好像一个处女。公子很高兴，见到的人都赞美他，素秋却很不痛快。公子不听素秋的，竟把妹妹许给了那个人。备下丰厚的嫁妆，不计觉花钱多少。素秋一再制止他，只要一个年老的仆妇，供她使用就行了。公子也不听，终于陪送了很多嫁妆。嫁过去以后，夫妻感情很亲昵。哥哥嫂子却时常想念她，每月总要回一趟娘家。回来的时候，嫁妆里的珍珠刺绣，一定带回几件，交给嫂子收藏起来。嫂子不晓得什么意思，也就暂时听之任之。

某甲从小失去父亲，寡母过分地溺爱，天天接近坏人，引诱他又嫖又赌，家传的书画和铜鼎古玩，都拿出去卖掉，偿还嫖赌的债务。韩荃和他有瓜葛，有一天请他喝酒，私下用话试探他，愿用两个小老婆和五百两银子换素秋。某甲起初不愿意；韩荃一再向他恳求，某甲心里动摇了，但却害怕公子不肯罢休。韩荃说："我和他是至亲，这又不是他的亲妹子，要是生米做成熟饭，他也对我无可奈何；万一有别的变化，我自己承担责任。我祖父还活在世上，何必害怕一个俞谨庵呢！"于是就让两个小老婆盛装而出，向他敬酒，并说："真如约定的那样，这两个就是你家的人了。"某甲被他迷惑了，定下一个日期就走了。

到了约定那一天，某甲担心韩荃欺骗他，夜里在路上等着，真就来了一辆轿车，撩开帘子看看，确实是他的两个小老婆，就领回家去，暂时放在书房里。韩荃的仆人拿出五百两银子，交代明白了。某甲急忙跑进寝室，欺骗素秋说："公子突然得了急病，招呼你回去。"素秋来不及梳妆打扮，草草收拾一下就出来了。

车子启动以后，茫茫黑夜，不知往哪里走。岔道很多，走了很远，也没到达。忽然看见来了两盏很大的灯笼，大家暗自高兴，认为可以问问道路。等来到跟前，原来是一条大蟒，两只眼睛像灯笼一样。大家吓得要死，人马全都逃窜了，把轿车扔在路旁；天快亮的时候又集合回来，看见只剩一辆空空的车子。料想素秋必定葬进了大蟒的肚子，就回去告诉了主人，主人只能垂头丧气而已。

几天以后，公子派人去看望妹妹，才知被坏人骗去了。起初没有怀疑是她女婿设的骗局。把陪嫁的使女接回来，详细追问情况，稍微看出了其中的变故，很气愤，就到府里县里去告状。某甲害怕了，求救于韩荃。韩荃因为金钱和小老婆全都丧失了，正在懊丧，把他赶出去，不给他出力。某甲痴痴呆呆地正在没有办法可想，各处捕人的拘票到了，只好暗中行贿，哀求不去。拖了一个多月，金银珠宝，服装首饰，典当一空。公子在府里追得很急，县里的官员都接到了严格的命令，某甲知道再也藏不住了，这才出面，到公堂全部招供了实情。府里发出传票，逮捕韩荃上堂对质。韩荃害怕了，把情况告诉了祖父。祖父已经退休，对他的不法行为很气愤，捆起来交给了衙役。及至见到官府，说到遇蟒的怪事，都说他的供词支吾搪塞；家人几乎被打遍，某甲也一次又一次地被拷打。幸亏母亲天天出售田产，上下营救，才从轻处理，没有判处死刑，韩家的仆人却在狱中病死了。韩荃长期押在监狱里，愿意帮助某甲千金，拿去贿赂公子，哀求免诉。公子不答应。某甲的母亲又请求再加上那两个小老婆，只求暂且当作疑案存起来，等待寻访素秋的下落。妻子又受到娘家婶娘的委托，早晚都哀求免诉，公子才答应了。

某甲很穷，卖了房子筹办金钱，但在急切之中卖不出去，所以先把两个小老婆送来，哀求延缓期限。过了几天，公子晚间坐在书房里，素秋和一个老太太，突然进来了。公子惊讶地问道："妹妹原来没有遇害呀？"素秋笑着说："遇上的一只大蟒，是妹妹的一点小术罢了。当天晚上逃进一个秀才家里，依靠他的母亲。他也认识哥哥，现今在门外呢。"公子穿倒了鞋子迎出去，却是宛平县的周生，一向很要好，拉着胳膊请进书房，极为亲切。谈了很长时间，才知道始末根由。

前些日子，天刚亮的时候，索秋敲叩周生的家门，母亲把她请进去，盘问她，知道她是公子的妹妹，就要派人快去报信。素秋制止了，就和母亲住在一起。母亲很喜爱她，因为儿子没有媳妇，心里暗暗归向素秋，稍微露了一点口风。素秋以没有哥哥的意见为借口，推辞了。周生也因为他是公子的朋友，所以不愿做无媒的结合，但却总是探听消息。知道告状之事已经被人通了关节，素秋就告辞母亲要回去。母亲打发周生领一个老太太送她，就嘱咐老太太做媒。

公子因为素秋在周家住了很长时间，也有这个想法；等到听见老太太做媒的一番话，很高兴，就和周生当面订了婚约。起先，素秋夜里回来的时候，想叫公子得钱以后再宣布她回来了；公子不同意，说："从前的气愤没有地方发泄，所以要钱，叫他们倾家荡产。现在又看见了妹妹，万金怎能换来呢！"就派人告诉了两家，再不追究了。又想到周生家境不富裕，路途又远，叫周生亲自迎娶很困难，就把周生的母亲搬到这里来，住在恂九住过的老房子里；周生也准备了钱财绸缎和鼓乐，举行了婚礼。

一天，嫂子跟素秋开玩笑："现在有了新女婿，当年枕席上的恩爱，还记得吗?"素秋笑着看着使女说："记得吗?"嫂子不明白，细细地问她，原来三年的性生活，都是使女代替的。每天晚上，拿笔勾画使女的两道眉毛，把她赶去，就是面对灯烛坐着。女婿也认不出来。嫂子更加惊奇，要求学到她的法术，她只笑不说话。

第二年是大比之年，周生要和公子一同前去赶考。素秋说："不必去了。"公子硬把周生拉去了。这一次乡试，公子考中了举人，周生落第回到家里。过了一年，母亲去世，再也不说进取的话了。

一天，素秋对嫂子说："你从前想要学到我的法术，本来不愿把这种吓人的事情叫别人听到。现在将要永远分别了，秘密地传授给你，也可用它避免兵灾。"嫂子惊讶地问她为什么。她回答说："三年以后，这个地方就荒无人烟了。我生来性格柔弱，受不了惊吓，要去海边上隐居。大哥是富贵中人，不能一起隐居。所以说要分别了。"就把她的法术全部教给了嫂子。

过了几天，又向公子告别。公子挽留她，留也留不住，竟至流下了眼泪。问她："往什么地方去?"她也不告诉。鸡叫就早早地起来，带一个白胡子老奴才，骑两头驴子走了。公子暗中派人跟在后面送她，送到胶州和莱阳的交界之处，尘雾遮天，天晴以后，迷失去向，不知往什么地方去了。

三年以后，李闯王进犯顺天府，村舍夷为平地。韩夫人用丝绸剪了一个东西放在门里，李闯王的大兵来了，看见云雾围绕一个一丈多高的韦驮，都吓跑了，用这个法术，才保佑没有受到灾害。后来，村里有个商人到了海边上，遇见一个老头儿，像是白胡子老奴才，胡子头发却是全黑的，仓促之间没能认出来。老头儿停下脚步笑着说："我家公子还健在吗?借你的贵口，转告一句话：秋姑也很安乐。"问他们住在哪里，老头儿说："很远，很远!"就匆匆忙忙地走了。公子听到这个消息，派人访遍了那个地方，竟然毫无踪迹。

异史氏说："读书人没有肉食的福相，由来已久了。起初想得很明白，但却不能坚持下去。难道如同糊着眼睛的主考官，本来就衡量命运不衡量文章吗？一次没有考中，就愚昧地死去，蛀虫的痴傻，多么可怜！哀悼他的奋发有为，不如一生无所作为，老老实实地趴在家里。"

贾　奉　雉

【原文】

贾奉雉，平凉人[①]。才名冠一时，而试辄不售。一日，途中遇一秀才，自言郎姓，风格洒然，谈言微中[②]。因邀俱归，出课艺就正[③]。郎读罢，不甚称许，曰："足下文[④]，小试取第一则有馀[⑤]，闱场取榜尾则不足[⑥]。"贾曰："奈何？"郎曰："天下事，仰而跂之则难[⑦]，俯而就之甚易[⑧]，此何须鄙人言哉！"遂指一二人、一二篇以为标准，大率贾所鄙弃而不屑道者。闻之笑曰："学者立言，贵乎不朽，即味列八珍，当使天下不以为泰耳[⑨]。如此猎取功名，虽登台阁，犹为贱也[⑩]。"郎曰："不然。文章虽美，贱则弗传[⑪]。君欲抱卷以终也则已；不然，帘内诸官，皆以此等物事进身[⑫]，恐不能因阅君文，另换一副眼睛肺肠也。"贾终默然。郎起笑曰："少年盛气哉！"遂别去。是秋入闱复落，邑邑不得志[⑬]，颇思郎言，遂取前所指示者强读之。未至终篇，昏昏欲睡，心惶惑无以自主。又三年，闱场将近，郎忽至，相见甚欢。出所拟七题，使贾作之。越日，索文而阅，不以为可，又令复作；作已，又訾之。贾戏于落卷中[⑭]，集其葛茸泛滥、不可告人之句[⑮]，连缀成文，俟其来而示之。郎喜曰："得之矣！"因使熟记，坚嘱勿忘。贾笑曰："实相告：此言不由中，转瞬即去，便受榎楚[⑯]，不能复忆之也。"郎坐案头，强令自诵一过；因使袒背，以笔写符而去，曰："只此已足，可以束阁群书矣[⑰]。"验其符，濯之不下，深入肌理。至场中，七题无一遗者[18]。回思诸作，茫不记忆，惟戏缀之文，历历在心。然把笔终以为羞；欲少窜易[19]，而颠倒苦思，竟不能复更一字。日已西坠，直录而出。郎候之已久，问："何暮也？"贾以实告，即求拭符；视之，已漫灭矣。回忆场中文，遂如隔世[20]。大奇之，因问："何不自谋？"笑曰："某惟不作此等想，故能不读此等文也。"遂约明日过诸其寓。贾诺之。郎既去，贾取文稿自阅之，大

贾奉雉

非本怀，怏怏不自得，不复访郎，嗒丧而归。未几，榜发，竟中经魁[21]。又阅旧稿，一读一汗，读竟，重衣尽湿，自言曰："此文一出，何以见天下士矣！"方惭怍间，郎忽至，曰："求中既中矣，何其闷也？"曰："仆适自念，以金盆玉碗贮狗矢[22]，真无颜出见同人。行将遁迹山丘，与世长绝矣。"郎曰："此亦大高，但恐不能耳。果能之，仆引见一人，长生可得，并千载之名，亦不足恋，况傥来之富贵乎[23]！"贾悦，留与共宿，曰："容某思之。"天明，谓郎曰："吾志决矣！"不告妻子，飘然遂去。

渐入深山，至一洞府。其中别有天地。叟坐堂上，郎使参之，呼以师。叟曰："来何早也？"郎曰："此人道念已坚，望加收齿。"叟曰："汝既来，须将此身并置度外[24]，始得。"贾唯唯听命。郎送至一院，安其寝处，又投以饵[25]，始去。房亦精洁；但户无扉，窗无棂，内惟一几一榻。贾解履登榻[26]，月明穿射矣[27]；觉微饥，取饵啖之，甘而易饱。窃意郎当复来。坐久寂然，杳无声响，但觉清香满室，脏腑空明，脉络皆可指数[28]。忽闻有声甚厉，似猫抓痒，自牖睨之，则虎蹲檐下。乍见，甚惊；因忆师言，即复收神凝坐[29]。虎似知其有人，寻入近榻，气咻咻，遍嗅足股。少顷，闻庭中嗥动，如鸡受缚，虎即趋出。又坐少时，一美人入，兰麝扑人[30]，悄然登榻，附耳小言曰："我来矣。"一言之间，口脂散馥。贾瞑然不少动。又低声曰："睡乎？"声音颇类其妻，心微动。又念曰："此皆师相试之幻术也。"瞑如故。美人笑曰："鼠子动矣！"初，夫妻与婢同室，狎亵惟恐婢闻，私约一谜曰："鼠子动，则相欢好。"忽闻是语，不觉大动，开目凝视，真其妻也。问："何能来？"答云："郎生恐君岑寂思归，遣一妪导我来。"言次，因贾出门不相告语，偎傍之际，颇有怨怼。贾慰藉良久，始得嬉笑为欢。既毕，夜已向晨[31]，闻叟谯呵声[32]，渐近庭院。妻急起，无地自匿，遂越短墙而去。俄顷，郎从叟入。叟对贾杖郎，便令逐客。郎亦引贾自短墙出，曰："仆望君奢[33]，不免躁进；不图情缘未断，累受扑责。从此暂去，相见行有日也。"指示归途，拱手遂别。

贾俯视故村，故在目中。意妻弱步[34]，必滞途间。疾趋里馀，已至家门，但见房垣零落，旧景全非，村中老幼，竟无一相识者，心始骇异。忽念刘、阮返自天台[35]，情景真似。不敢入门，于对户憩坐。良久，有老翁曳杖出。贾揖之，问："贾某家何所?"翁指其第曰："此即是也。得无欲问奇事耶？仆悉知之。相传此公闻捷即遁[36]；遁时，其子才七八岁。后至十四五岁，母忽大睡不醒。子在时，寒暑为之易衣；迨殁[37]，两孙穷踧[38]，房舍拆毁，惟以木架苫覆蔽之[39]。月前，夫人忽醒，屈指[40]百馀年矣。远近闻其异，皆来访视，近日稍稀矣。"贾豁然顿悟，曰："翁不知贾奉雉即某是也。"翁大骇，走报其家。时长孙已死；次孙祥至，五十馀矣。以贾年少，疑有诈伪。少间，夫人出，始识之。双涕霪霪[41]，呼与俱去。苦无屋宇，暂入孙舍。大小男妇，奔入盈侧，皆其曾、玄[42]，率陋劣少文。长孙妇吴氏，沽酒具藜藿；又使少子杲及妇，与己共室，除舍舍祖翁姑。贾入舍，烟埃儿溺，杂气熏人。居数日，懊惋殊不可耐。两孙家分供餐饮，调饪尤乖[43]。里中以贾新归，日日招饮；而夫人恒不得一饱。吴氏故士人女，颇娴闺训[44]，承顺不衰。祥家给奉渐疏，或嘑尔与之[45]。贾怒，携夫人去，设帐东里。每谓夫人曰："吾甚悔此一返，而已无及矣。不得已，复理旧业，若心无愧耻，富贵不难致也。"居年馀，吴氏犹时馈饷，而祥父子绝迹矣。

是岁，试入邑庠[46]。邑令重其文，厚赠之，由此家稍裕。祥稍稍来近就之。贾唤入，计曩所耗费，出金偿之，斥绝令去。遂买新第，移吴氏共居之。吴二子，长者留守旧业；次杲颇慧，使与门人辈共笔砚[47]。贾自山中归，心思益明澈，遂连捷登进士第[48]。又数年，以侍御出巡两浙[49]，声名赫奕[50]，歌舞楼台，一时称盛。贾为人鲠峭[51]，不避权贵，朝中大僚，思中伤之。贾屡疏恬退[52]，未蒙俞旨[53]，未几而祸作矣。先是，祥六子皆无赖，贾虽摈斥不齿[54]，然皆窃馀势以作威福，横占田宅，乡人共患之。有某乙娶新妇，祥次子篡娶为妾[55]。乙故狙诈，乡人敛金助讼，以此闻于都。当道交章攻贾[56]。贾殊无以自剖，被收经年。祥及次子皆瘐死。贾奉旨充辽阳军[57]。时杲入泮已久，为人颇仁厚，有贤声。夫人生一子，年十六，遂以属杲，夫妻携一仆一媪而去。贾曰："十馀年富贵，曾不如一梦之久。今始知荣华之场，皆地狱境界，悔比刘晨、阮肇，多造一重孽案耳[58]。"

数日抵海岸，遥见巨舟来，鼓乐殷作[59]，虞候皆如天神[60]。既近，舟中一人出，笑请侍御过舟少憩。贾见惊喜，踊身而过，押隶不敢禁[61]。夫人急欲相从，而相去已远，遂愤投海中。漂泊数步，见一人垂练于水，引救而去。隶命篙师荡舟[62]，且追且号，但闻鼓声如雷，与轰涛相间，瞬间遂杳。仆识其人，盖郎生也。

异史氏曰："世传陈大士在闱中[63]，书艺既成，吟诵数四，叹曰：'亦复谁人识得！'遂弃去更作[64]，以故闱墨不及诸稿[65]。贾生羞而遁去，此处有仙骨焉[66]。乃再返人世，遂以口腹自贬[67]，贫贱之中人甚矣哉[68]！"

【注释】

①平凉：县名，在今甘肃省东部。

②谈言微中（众）谓言谈隐约委婉，但切中事理。

③课艺：制艺的习作。

④足下：称呼对方的敬辞。

⑤小试：参加府、县及学政的考试称小试，也称"小考"或"小场"。此指岁试或科试。

⑥闱场：也称"大场"，指乡试或会试。闱，考场，乡试称"秋闱"，会试称"春闱"。榜尾：指榜上最后一名。

⑦仰而跂之：谓仰首高攀。跂，踮起脚尖。

⑧俯而就之：降格屈从。

⑨"学者"四句：意谓读书人为传世而立不朽之言，即使他享受高俸也不算过分。

⑩"如此"三句：指以贾奉雉所鄙弃的文章猎取功名，纵然取得高官，也是可耻的。台阁，指宰相之类的重臣。

⑪贱则弗传：意谓当世重官位，如果政治地位低下，文章也就不能传世。

⑫物事：东西；这里指陋劣的八股文。进身：发迹；升官。

⑬邑邑：忧郁不乐。此据铸雪斋抄本，原作"邑"。

⑭落卷：落选的考卷。

⑮蓦（踏）茸泛滥：形容文辞格调低下，语意浮泛。蓦茸，此据铸雪斋抄本，原作“蓦冗”。蓦茸，犹“阘茸”，卑下。

⑯榎（甲）楚：“榎”和“楚”都是古时学校的体罚用具。

⑰束阁群书：把群书束之高阁；意谓不用读书。

⑱七题：即“七艺”。乡试第一场试时文七篇：四书三题，经书四题。

⑲窜易：更改。

⑳隔世：间隔一个世代；谓时间久远。

㉑经魁：明清科举分五经取士，每科乡试及会试，于五经中各取其第一名，明代称之为五经魁首，清代称“经魁”。此指乡试经魁。

㉒以金盆玉碗贮狗矢：此喻名贵而实劣。

㉓傥来：不意而得。此谓意外得来的富贵，如过眼烟云。

㉔“须将此身”句：意谓不仅功名富贵，连自已的存在也应置于心意之外。

㉕饵：糕饼。

㉖屦（具）：麻鞋，草鞋。

㉗穿射：照射。

㉘指数（暑）：指示点数。

㉙收神：集中意念。凝坐：端坐。

㉚兰麝：兰花与麝香，指脂粉香气。

㉛夜已向晨：《诗·小雅·庭燎》：“夜如何其，夜向晨。”指天将晓。

㉜谯呵：大声斥责。谯，同“诮”，责问。

㉝望君奢：对您期望过高。奢，过分。

㉞弱步：步履孱弱，指行走缓慢。

㉟刘、阮返自天台：相传东汉永平年间，剡县人刘晨、阮肇入天台山樵采，遇二仙女，留住半年，及至还乡，子孙已历七世。

㊱闻捷：听到科举考中。

㊲迨殁：及至其子死去。

㊳穷踧（促）：贫困。踧，同“蹙”。

㊴苫（善）覆：用草苫盖。

㊵屈指：计算。

㊶霪（银）霪：雨落不停；形容泪流不断。

㊷曾、玄：曾孙或玄孙。此据铸雪斋抄本，原避讳作“曾、元”。

㊸调饪尤乖：饭菜做得更差。凋饪，调味烹饪。乖，不合意。

㊹娴：熟悉。

㊺嘑尔与之：谓供给食饮，极不尊敬。嘑，呼。尔，你。对祖父母径呼为“你”，为大不敬。

㊻试入邑庠：考入县学为生员。

㊼共笔砚：一同学习。

㊽连捷：指乡试、会试连续考中。

㊾以侍御出巡两浙：以御史衔巡察两浙地区。侍御，清代称御史为侍御。两浙，浙东和浙西。

㊿赫奕：显耀、盛大。

51鲠峭：耿直。

52屡疏恬退：屡次上疏皇帝，要求辞官。恬退，淡泊，安于退让。

53俞旨：皇帝许可的旨意。

54摈斥不齿：意谓断绝关系，不视为孙辈。摈斥，弃绝。

55篡娶：强娶。

56当道：当权的人。道，指仕路。

57充辽阳军：发配到辽阳充军。辽阳，古县名，清为辽阳州，在今辽宁省辽阳市南部。

58孽案：指人间经历。孽，佛家语。

59殷作：大作。

⑥⓪虞候：指巨舟上的侍从人员。

⑥①押隶：解差。

⑥②篙师：船夫。

⑥③陈大士：名际泰，临川人，与艾南英等以文名天下。明崇祯年间进士，年已六十八岁。

⑥④更作：重做。

⑥⑤闱墨不及诸稿：科场应试的文章不如平日的习作。

⑥⑥仙骨：道家语，指升仙的资质。

⑥⑦以口腹自贬：为生活所迫而贬抑自己；指贾奉雉随俗应举，违心而行。口腹，指饮食。

⑥⑧中（种）人：害人。中，伤害。

【译文】

贾奉雉，甘肃平凉人。才子的名声冠绝一时，但在考场上总是考不中。一天，他在路上遇见一个秀才，自己说是姓郎，风度潇洒，说话中肯。因而就请他一起回到家里，拿出自己的八股文请他指正。郎生读完以后，不大赞赏，说："足下的文章，小考取个第一名是有余的，乡试取个榜尾却是不足的。"贾奉雉问他："应该怎么办呢?"他说："天下的事情，踮起脚向前仰望很困难，低头相就是很容易的，这何必我来明说呢!"说完就给指出一两个人的一两篇文章，作为今后作文的标准。这一两个人都是贾奉雉看不起的、不值一提的人，所以听完就笑着说："有学问的人下笔立言，贵在千古不朽，如果作的文章真有不朽价值，即使摆出山珍海味，天下人也不认为那是一种奢侈。用那种文章去猎取功名，纵然登上宰相的宝座，人格也是微贱的。"郎生说："不对。即使文章作得很漂亮，地位低贱就传不出去。你想抱着书本终了自己的一生，那就罢了；不然的话，那些考试官们，都是用这种文章爬上来的，恐怕不能因为阅读你的文章，就另换一副眼镜和另换一副五脏六腑的。"

贾奉雉终于无话可说了。郎生站起来笑着说："你年轻气盛啊！"说完就告别走了。

这年秋天，贾奉雉参加乡试，又名落孙山，心里闷沉沉的，很不得志，一遍又一遍地思念郎生的言论，就拿起郎生从前指出的文章，勉强地阅读。一篇文章还没读到结尾，就昏昏欲睡，心里疑惧不安，拿不定主意了。又过了三年，在接近乡试的时候，郎生忽然来了，两个人一见面，心里很高兴。郎生就拿出自己拟定的七个题目，叫他做文章。过了一天，把他写出来的文章要来一看，认为不行，还叫他重做；他做完以后，郎生又说了许多坏话，认为不行。他开个玩笑，就在落榜的考卷里，集中那些冗杂的、很坏的、不可告人的句子，连缀起来，拼成文章，等郎生来的时候给他看看。郎生一看就高兴地说："这就妥了！"叫他牢牢记在心里，一再嘱咐他，叫他千万不要忘了。他笑着说："实话告诉你吧：这不是从心里发出来的，转眼就忘了，就是挨一顿棍子，也是再也想不起来的。"郎生坐在桌子上，逼着他背诵一遍：接着就让他脱掉上农，露出脊背，用笔画了一道符，向他告别说："只有这篇文章就足够了，可以把所有的书都捆起来，扔进高阁吧。"他看看那道符，洗也洗不掉，已经深入到肌肉里面去了。

乡试的时候，他到了考场上，郎生的七个题目一个也没遗漏。回想做过的许多文章，都模模糊糊地记不起来了，唯独那篇开玩笑拼凑的文章，清清楚楚地记在心里。但若提笔写在考卷上，终究认为是个耻辱；想要稍微修改一下，但是颠来倒去地苦苦思索，竟然一个字也改动不了。拖到夕阳西下的时候，只好直接抄出来，交卷出了考场。郎生已在场外等他很久了，问他："怎么这么晚才出来呢？"他就把实话告诉了郎生，马上要求把符咒给他擦下去；脱下衣服一看，符咒已向四周漫延消失了。再想想考场里的文章，就像隔了一世似的。他感到很奇怪。于是就问郎生："你为什么不参加考试呢？"郎生笑着说："我唯独没有这种想法，所以能够不读这种文章。"说完就邀请贾奉雉明天到他寓所去，贾奉雉答应了。

郎生走了以后，他拿起文稿自己一看，根本不是出于自己的心意，心里闷闷不乐，很不得意，再也不去拜访郎生，便垂头丧气地回到家里。不久发榜，竟然考中了第一名举人。再看看从前那篇稿子，一读一身汗。读完以后，两层衣服全被汗水湿透了。便自言自语地说："这篇文章一旦传播出去，有什么脸面见天下的读书人呢！"正在羞愧难当的时候，郎生忽然来了，说："你追求的东西既然到手了，还有什么烦闷的呢？"他说："我刚才自己一想，用金盆玉碗盛着狗屎，真是没有脸面出去会见同人。我不久就要进山隐居，和尘世永别了。"郎生说："这也很高明，只怕你做不到。若是真能做到，我给你引见一个人，可以长生不老，就是流芳千古的美名，也不足以留恋，何况偶然得来的富贵呢！"他一听就高兴了，留下郎生，一同住在书房里，说："容我再想想。"天亮以后，他对郎生说："我的决心下定了！"没有告诉妻子，就跟着郎生飘飘然地走了。

慢慢地进了深山，来到一个洞府，洞子里另有一番天地。有一个老头儿坐在堂上，郎生叫他参拜老头儿，称呼老头儿为师父。老头儿问他："为什么来得这么早啊？"郎生禀告师父说："此人学道的决心已经下定了，希望师父收下他。"老头儿说："你既然来了，必须把此身置之度外，才能修仙得道。"他连声答应，郎生把他送到另外一个院落，给他安排了住处，又送来一些吃的东西，才走了。

他四外一看，房子也还精致干净；只是门上没有门扇，窗上没有窗棂，屋里只有一张矮桌和一张矮床。他脱下鞋子上了床，看见月光已经射进屋里。觉得稍微有点饿了，拿起糕点吃了几口，味道很美，又很容易吃饱。他心里暗想，郎生当然还能回来，可是坐了很长时间，静悄悄的，什么声音也没有。只觉屋里充满了清香，五脏六腑空空的，而且很明亮，身上的脉络都能看得清清楚楚的。忽然听见一阵很吓人的声音，好像猫儿抓痒似的。从窗口往外一看，原来一只老虎蹲在房檐底下。乍一看见的时候，很惊讶；想起师父的教导，马上又凝神静坐。老虎似乎知道屋里有人，很快就进了屋里，来到床前，呼哧呼哧地喘着粗气，嗅遍了他的两脚和大腿。过了不一会儿，听见院子有扑打翅膀的嗥叫声，好像小鸡被人捆上了，老虎马上就奔了出去。

又坐了不会儿，一个美人进了屋里，散发着扑鼻的幽香，悄悄地上了矮床，扒在他的耳朵上小声说："我来了。"说话的时候，嘴上散发着唇膏的浓香。他闭着眼睛，一动不动地坐着。美人又低声问他："你睡了吗？"声音很像他的妻子，心里微

微地动了一下。但是又一转念说："这都是师父试验我的幻术。"仍然闭着眼睛一动不动。美人笑着说："老鼠动起来了！"当初，夫妻二人和使女住在一个屋子里，夫妻欢爱时唯恐使女听到，就在背后约定一句哑谜。今天忽然听见这句话，心里起了很大的波动，睁开眼睛仔细一看，真是妻子。便问道："你怎能来到这里呢？"妻子回答说："郎生怕你寂寞想回家，打发一个老太太把我领来了。"说话的时候，因为贾奉雉出门没有告诉她，她偎傍着他，很有怨恨的样子。贾奉雉安慰她很长时间，她才喜笑颜开，欢欢乐乐地合房。完了以后，已经天快亮了，听见老头儿谴责呵斥的声音，由远而近，逐渐进了院子。妻子急忙爬起来，没有地方可以躲藏，就从矮墙上跳出去逃走了。过了不一会儿，郎生跟着老头儿进了屋里。老头儿当着他的面，用拐杖痛打郎生，叫郎生把他赶走。郎生也领着他从矮墙上跳出去，说："我对你的希望过急了，免不了急躁冒进；没想到你的情缘未断，累我受了责打。因此，你就暂且回去吧，很快有相会的日子。"说完，向他指出一条回家的道路，就拱手告别了。

他站在山上，往下看看从前的村子，原来就在眼皮底下。料想妻子的脚步很弱，必然停在半路上。急忙往前赶了一里多地，已经到了家门，只见房倒墙塌，完全不是从前的景物，村子里的老老少少，竟然没有一个认识的，这才吃了一惊。忽然想到东汉的刘晨和阮肇到天台山上采药。被两个仙女留住了半年，回家的时候，子孙已经传了十代，今天和那个情景很相似。他不敢进门，就坐在对门休息一会儿。

坐了很长时间，有个老头儿拖着拐杖出了大门。他向老头作了个揖，问道："贾奉雉的家住在什么地方？"老头儿指着对面的宅子说："这就是。你是不是想要打听他家的怪事呀？我完全知道。人们代代相传，此公听到考中举人的捷报就逃遁了；逃遁的时候，他的儿子才七八岁。后来，儿子长到十四五岁，母亲忽然大睡不醒。儿子在世的时候，寒来暑往，还给她换换衣服；等儿子死了以后，两个孙子很穷，房舍已经拆毁了，只是搭起一个木架，上边苫着草帘遮蔽着。一个月以前，夫人忽然醒过来，屈指一算，已经一百多年了。远远近近，听见这件怪事以后，都来访问看望，最近几天才有些消停了。”贾奉雉突然醒悟，说：“老人家，你不知道吧？贾奉雉就是我呀。”老头儿大吃一惊。赶紧到他家里报信。

当时他的大孙子已经去世；二孙子贾祥，也五十多岁了。贾祥看他很年轻，怀疑他是假冒祖父。过了一会儿，夫人出来了，才认定他是贾奉雉。两个人双双落泪，招呼他一起进了屋里。苦于没有房子可住，只好暂时进在孙子的房子里。大大小小的男人和妇女，都跑了进来，身边站得满满的，都是他的曾孙和玄孙，大抵都是一些没有文化的粗人。大孙子媳妇吴氏，给他买了酒，用粗劣的饭菜给他接风；又叫小儿子贾果和他媳妇，搬到自己屋里，腾出房子给爷爷公公和奶奶婆婆住着。贾奉雉搬进腾出来的寝室，烟尘拌着孩子的屎臊气，杂味熏人。住了几天，悔恨叹惜，实在忍受不了。两家孙子轮流供应饮食，做得很不合口味。村里的人因为他刚刚回到家里，天天请他喝酒；而夫人却常常吃不上一顿饱饭。

吴氏从前是书香人家的女儿，很文静，懂得闺训，对贾奉雉承颜顺志，始终不变。贾祥供给的东西越来越少，有时还要打个招呼，才能送来一点。贾奉雉很生气，就带着夫人搬出去，到东村去设账教学。他常对夫人说：“对于这次返回故乡，我很后悔，但是已经不可挽回了。迫不得已，还得重操旧业，要是心里不怕羞耻，富贵是不难达到的。”

过了一年多，吴氏还时常送吃的，贾祥父子却脚不登门了。这一年，他考中了秀才，县官器重他的文才，赠送了很多钱，从此家境才稍微富裕一点。贾祥这才稍微有些向他靠近。他把贾祥招呼进来，计算从前耗费的东西，拿出金钱偿还给他，然后把他斥责一顿，赶出了去，断绝了关系。于是就买了新房子，让吴氏搬来住在一起。吴氏有两个儿子，大儿子留在原处看守老家业；二儿子贾果很聪明，叫他和学生们一起读书。

贾奉雉从山里回来以后，心里更加清如水明如镜。过了不久，考中了举人，第二年又进士及第。又过了几年，担任巡察御史，巡视江浙一带地方，声名显赫，歌舞楼台，盛极一时。他的为人耿直不阿，不避权贵，朝里的大官僚，总想攻击陷害他。他一次又一次地上本告退，没有得到皇上的批准，过了不久，灾难就临头了。

在这以前，贾祥的六个儿子都是无赖之徒，贾奉雉虽然弃绝了他们，不收录他们，但是他们都窃取他的余势，作威作福，横行不法，霸占田产，乡下人都把他们看成祸患。某乙娶了新媳妇，贾祥的儿子给夺去做了小老婆。某乙本来是个狡猾奸诈的家伙，乡下人又凑钱帮他打官司，因此就把消息传进了都城。于是那些当权的大官僚，纷纷上表攻击贾奉雉。他没有办法给自己洗脱，在狱里押了一年多。贾祥和他的二儿子，都病死在狱里。他奉皇帝的圣旨，发配到辽阳去充军。

当时贾果考中秀才已经很久了，为人很仁义，很厚道，很有贤德的声望。贾奉雉的夫人生了一个儿子，十六岁了，就把儿子嘱托给贾果，夫妻二人只带一个仆人和一个仆妇走了。他对夫人说："十几年的荣华富贵，还没有做梦的时间长。现在我才知道，荣华富贵的场所，都是地狱的境界，后悔比刘晨、阮肇多造了一层罪孽。"

走了几天，来到海边上，看见远处来了一条大船，鼓乐如同雷鸣，侍卫官都像天神一样。来到跟前，从船里出来一个人，笑呵呵地邀请巡察御史到船上去休息一会儿。贾奉雉一见那个人，又惊又喜，纵身跳上了大船，解差不敢制止他。夫人心急火燎地想要跟过去，但相距已经很远了，就气愤地跳进了大海。往前漂泊了几步，看见有个人向水中垂下一条白练，把她提起来救走了。解差命令船夫急速荡桨，一边追着一边呼喊，只听鼓声如同雷鸣，和海涛互相轰响，眨眼之间就无影无踪了。仆人识那个人，他就是郎生。

异史氏说："世上相传，有个名叫陈大士的人，在考场上写完了应考的八股文，吟诵了四遍，叹口气说：'又有谁能识货'！就扔了这一篇。重新提笔写作，所以考中的文章赶不上扔掉的稿子。贾奉雉感到羞耻而逃走，他是具有仙骨的。他再次返回人间的时候，竟然为了生活，降低了自己的身份，不能自以为清高了，可见贫贱对人的伤害，是多么可怕呀！"

胭脂

【原文】

东昌卞氏[①]，业牛医者[②]，有女小字胭脂，才姿惠丽。父宝爱之，欲占凤于清门[③]，而世族鄙其寒贱，不屑缔盟[④]，以故及笄未字。对户龚姓之妻王氏，佻脱善谑[⑤]，女闺中谈友也。一日，送至门，见一少年过，白服裙帽，丰采甚都。女意似动，秋波萦转之[⑥]。少年俯其首趋而去。去既远，女犹凝眺[⑦]。王窥其意，戏之曰："以娘子才貌，得配若人，庶可无恨。"女晕红上颊，脉脉不作一语[⑧]。王问："识得此郎否?"女曰："不识。"王曰："此南巷鄂秀才秋隼，故孝廉之子。妾向与同里，故识之。世间男子无其温婉，今衣素，以妻服未阕也[⑨]。娘子如有意，当寄语使委冰焉。"女无言，王笑而去。

数日无耗，心疑王氏未暇即往，又疑宦裔不肯俯拾[⑩]。邑邑徘徊，萦念颇苦，渐废饮食，寝疾惙顿[⑪]。王氏适来省视，研诘病因。答言："自亦不知。但尔日别后，即觉忽忽不快，延命假息，朝暮人也[⑫]。"王小语曰："我家男子，负贩未归，尚无人致声鄂郎。芳体违和[⑬]，非为此否?"女赪颜良久。王戏之曰："果为此者，病已至是，尚何顾忌?先令其夜来一聚，彼岂不肯可?"女叹息曰："事至此，已不能羞。若渠不嫌寒贱，即遣媒来，疾当愈；若私约，则断断不可!"王颔之，遂去。王幼时与邻生宿介通，既嫁，宿侦夫他出，辄寻旧好。是夜宿适来，因述女言为笑，戏嘱致意鄂生。宿久知女美，闻之窃喜，幸其有机之可乘也。将与妇谋，又恐其妒，乃假无心之词[⑭]，问女家闺闼甚悉。次夜，逾垣入，直达女所，以指叩窗。内问："谁何?"答以"鄂生"。女曰："妾所以念君者，为百年，不为一夕。郎果爱妾，但宜速倩冰人；若言私合，不敢从命。"宿姑诺之，苦求一握纤腕为信[⑮]。

女不忍过拒，力疾启扉。宿遽入，即抱求欢。女无力撑拒，仆地上，气息不续。宿急曳之。女曰："何来恶少，必非鄂郎；果是鄂郎，其人温驯，知妾病由，当相怜恤，何遂狂暴如此！若复尔尔[16]，便当鸣呼，品行亏损，两无所益！"宿恐假迹败露，不敢复强，但请后会。女以亲迎为期。宿以为远，又请。女厌纠缠，约待病愈。宿求信物[17]，女不许。宿捉足解绣履而出。女呼之返，曰："身已许君，复何吝惜？但恐'画虎成狗'[18]，致贻污谤。今亵物已入君手[19]，料不可反。君如负心，但有一死！"宿既出，又投宿王所。既卧，心不忘履，阴揣衣袂[20]，竟已乌有。急起篝灯[21]，振衣冥索[22]。诘之，不应。疑妇藏匿，妇故笑以疑之。宿不能隐，实以情告。言已，遍烛门外，竟不可得。懊恨归寝，犹意深夜无人，遗落当犹在途也。早起寻之，亦复杳然。

先是，巷中有毛大者，游手无籍[23]。尝挑王氏不得，知宿与洽，思掩执以胁之。是夜，过其门，推之未扃，潜入。方至窗外，踏一物，耎若絮帛，拾视，则巾裹女舄。伏听之，闻宿自述甚悉，喜极，抽息而出。逾数夕，越墙入女家，门户不悉，误诣翁舍。翁窥窗，见男子，察其音迹，知为女来者。心忿怒，操刀直出。毛大骇，反走。方欲攀垣，而卞追已近，急无所逃，反身夺刀；媪起大呼，毛不得脱，因而杀之。女稍痊，闻喧始起。共烛之，翁脑裂不能言，俄顷已绝。于墙下得绣履，媪视之，胭脂物也。逼女，女哭而实告之；但不忍贻累王氏[24]，言鄂生之自至而已。天明，讼于邑。邑宰拘鄂。鄂为人谨讷[25]。年十九岁，见客羞涩如童子。被执，骇绝。上堂不知置词，惟有战慄。宰益信其情真，横加梏械[26]。生不堪痛楚，以是诬服[27]。既解郡，敲扑如邑。生冤气填塞，每欲与女面相质；及相遭，女辄诟詈，遂结舌不能自伸，由是论死。往来复讯，经数官无异词。

后委济南府复案[28]。时吴公南岱守济南[29]，一见鄂生，疑其不类杀人者，阴使人从容私问之，俾得尽其词。公以是益知鄂生冤。筹思数日，始鞫之。先问胭脂："订约后，有知者否？"答："无之。""遇鄂生时，别有人否？"亦答："无之。"乃唤生上，温语慰之。生自言："曾过其门，但见旧邻妇王氏与一少女出，某即趋避，过此并无一言。"吴公叱女曰："适言侧无他人，何以有邻妇也？"欲刑之。女惧曰："虽有王氏，与彼实无关涉。"公罢质[30]，命拘王氏。数日已至，又禁不与女通，立刻出审，便问王："杀人者谁？"王对："不知。"公诈之曰："胭脂供言，杀卞某汝悉知之，胡得隐匿？"妇呼曰："冤哉！淫婢自思男子，我虽有媒合之言，特戏之耳。彼自引奸夫入院，我何知焉！"公细诘之，始述其前后相戏之词。公呼女上，怒曰："汝言彼不知情，今何以自供撮合哉？"女流涕曰："自己不肖，致父惨死，讼结不知何年，又累他人，诚不忍耳。"公问王氏："既戏后，曾语何人？"王供："无之。"公怒曰："夫妻在床，应无不言者，何得云无？"王供："丈夫久客未归。"公曰："虽然，凡戏人者，皆笑人之愚，以炫己之慧，更不向一人言，将谁欺？"命梏十指[31]。妇不得已，实供："曾与宿言。"公于是释鄂拘宿。宿至，自供："不知。"公曰："宿妓者必非良士！"严械之。宿自供："赚女是真。自失履后，未敢复往，杀人实不知情。"公怒曰："逾墙者何所不至！"又械之。宿不任凌藉[32]，遂以自承。招成报上[33]，无不称吴公之神。铁案如山，宿遂延颈以待秋决矣。

然宿虽放纵无行，故东国名士[34]。闻学使施公愚山贤能称最[35]，又有怜才恤士之德，因以一词控其冤枉，语言怆恻。公讨其招供，反复凝思之，拍案曰："此生冤也！"遂请于院、司[36]，移案再鞫。问宿生："鞋遗何所？"供言："忘之。但叩妇门时，犹在袖中。"转诘王氏："宿介之外，奸夫有几？"供言："无有。"公曰："淫乱之人岂得专私一个？"供言："身与宿介，稚齿交合，故未能谢绝；后非无见挑者，身实未敢相从。"因使指其人以实之，供云："同里毛大，屡挑而屡拒之矣。"公曰："何忽贞白如此[37]？"命搒之。妇顿首出血，力辨无有，乃释之。又诘："汝夫远出，宁无有托故而来者？"曰："有之。某甲、某乙，皆以借贷馈赠，曾一二次入小人家。"盖甲、乙皆巷中游荡子，有心于妇而未发者也。公悉籍其名[38]，并拘之。既集，公赴城隍庙，使尽伏案前。便谓："曩梦神人相告，杀人者不出汝等四五人中。今对神明，不得有妄言。如肯自首，尚可原宥；虚者，廉得无赦[39]！"同声言无杀人之事。公以三木置地[40]，将并加之；括发裸身[41]，齐鸣冤苦。公命释之，谓曰："既不自招，当使鬼神指之。"使人以毡褥悉障殿窗，令无少隙；袒诸囚背，驱入暗中，始授盆水，一一命自盥讫；系诸壁下，戒令"面壁勿动，杀人者，

当有神书其背”。少间，唤出验视，指毛曰：“此真杀人贼也！”盖公先使人以灰涂壁，又以烟煤濯其手：杀人者恐神来书，故匿背于壁而有灰色；临出，以手护背，而有烟色也。公固疑是毛，至此益信。施以毒刑，尽吐其实[42]。判曰：宿介：蹈盆成括杀身之道，成登徒子好色之名[43]。只缘两小无猜，遂野鹜如家鸡之恋[44]；为因一言有漏，致得陇兴望蜀之心[45]。将仲子而逾园墙，便如鸟堕；冒刘郎而至洞口，竟赚门开[46]。感帨惊尨，鼠有皮胡若此？攀花折树，士无行其谓何[47]！幸而听病燕之娇啼，犹为玉惜；怜弱柳之憔悴，未似莺狂[48]。而释幺凤于罗中，尚有文人之意；乃劫香盟于袜底，宁非无赖之尤[49]！蝴蝶过墙，隔窗有耳；莲花瓣卸，堕地无踪[50]。假中之假以生[51]，冤外之冤谁信[52]？天降祸起，酷械至于垂亡；自作孽盈[53]，断头几于不续。彼逾墙钻隙，固有玷夫儒冠；而僵李代桃，诚难消其冤气[54]。是宜稍宽笞扑，折其已受之惨；姑降青衣[55]，开其自新之路。若毛大者：刁猾无籍，市井凶徒。被邻女之投梭，淫心不死；伺狂童之入巷，贼智忽生[56]。开户迎风，喜得履张生之迹；求浆值酒，妄思偷韩掾之香[57]。何意魄夺自天，魂摄于鬼[58]。浪乘槎木，直入广寒之宫；径泛渔舟，错认桃源之路[59]。遂使情火息焰，欲海生波[60]。刀横直前，投鼠无他顾之意；寇穷安往，急兔起反噬之心[61]。越壁人入家，止期张有冠而李借[62]；夺兵遗绣履，遂教鱼脱网而鸿离[63]。风流道乃生此恶魔，温柔乡何有此鬼蜮哉[64]！即断首领，以快人心。胭脂：身犹未字，岁已及笄。以月殿之仙人，自应有郎似玉；原霓裳之旧队，何愁贮屋无金[65]？而乃感关雎而念好逑，竟绕春婆之梦[66]；怨摽梅而思吉士，遂离倩女之魂[67]。为因一线缠萦[68]，致使群魔交至。争妇女之颜色，恐失‘胭脂’；惹鸷鸟之纷飞，并托‘秋隼’[69]。莲钩摘去，难保一瓣之香；铁限敲来，几破连城之玉[70]。嵌红豆于骰子，相思骨竟作厉阶；丧乔木于斧斤，可憎才真成祸水[71]！葳蕤自守，幸白璧之无瑕；缧绁苦争，喜锦衾之可覆[72]嘉其入门之拒，犹洁白之情人；遂其掷果之心，亦风流之雅事[73]。仰彼邑令[74]，作尔冰人。”

案既结，遐迩传诵焉。自吴公鞫后，女始知鄂生冤。堂下相遇，腼然含涕，似有痛惜之词，而未可言也。生感其眷恋之情，爱慕殊切；而又念其出身微[75]，且日登公堂，为千人所窥指，恐娶之为人姗笑，日夜萦回[76]，无以自主。判牒既下，意始安帖。邑宰为之委禽，送鼓吹焉。

异史氏曰："甚哉！听讼之不可以不慎也！纵能知李代为冤，谁复思桃僵亦屈？然事虽暗昧，必有其间[77]，要非审思研察，不能得也。呜呼！人皆服哲人之折狱明[78]，而不知良工之用心苦矣[79]。世之居民上者，棋局消日[80]，䌷被放衙[81]，下情民艰，更不肯一劳方寸[82]。至鼓动衙开，巍然坐堂上，彼哓哓者直以桎梏静之[83]，何怪覆盆之下多沉冤哉[84]！"

愚山先生，吾师也。方见知时[85]，余犹童子。窃见其奖进士子[86]，拳拳如恐不尽。小有冤抑，必委曲呵护之[87]，曾不肯作威学校，以媚权要。真宣圣之护法[88]，不止一代宗匠衡文无屈士已也[89]。而爱才如命，尤非后世学使虚应故事者所及。尝有名士入场，作"宝藏兴"文[90]，误记"水下"[91]；录毕而后悟之，料无不黜之理。作词曰："宝藏在山间，误认却在水边。山头盖起水晶殿，瑚长峰尖，珠结树颠；这一回崖中跌死撑船汉[92]！告苍天：留点蒂儿[93]，好与朋友看。"先生阅文至此而和之曰[94]："宝藏将山夸，忽然见在水涯。樵夫漫说渔翁话[95]。题目虽差，文字却佳，怎肯放在他人下。尝见他，登高怕险；那曾见，会水淹杀[96]？"此亦风雅之一斑[97]、怜才之一事也。

【注释】

①东昌：府名，府治在今山东省聊城市。

②牛医：治牛病的兽医。

③占凤：择婿。清门：指不操贱业的无官爵人家。

④缔盟：指缔结婚约。

⑤佻脱善谑：轻佻而爱开玩笑。

⑥秋波萦转：犹言上下打量。萦，缠绕。

⑦凝眺：注目远望。

⑧脉脉（莫莫）：含情不语。

⑨妻服未阕（却）：为亡妻服丧，尚未满期。服，按丧礼规定所穿的丧服。阕，完了。丧服期满称“服阕”。

⑩宦裔：官宦人家的后代，指鄂秋隼为故孝廉之子。俯拾：俯就，指降低身份与之联姻。

⑪寝疾：卧病。惙（绰）顿：犹言有气无力。惙，心忧气短。

⑫“延命”二句：意谓气息奄奄，朝不保夕，濒于死境。

⑬芳体：对妇女身体的敬称。违和：不舒服；称他人患病的婉辞。

⑭无心之词：漫不经心的话语。

⑮为信：表示诚信。

⑯尔尔：如此。

⑰信物：作为凭信的物件。

⑱画虎成狗：喻私订终身不成，反贻人笑柄。

⑲亵物：贴身之物。此指绣履。

⑳阴揣衣袂：暗地摸摸衣袖。揣，摸索。袂，衣袖，古时衣袖肥大可以藏物。

㉑篝灯：以笼罩灯；此指点灯。

㉒振衣：抖擞衣服。

㉓游手无籍：犹言无业游民。

㉔贻累王氏：给王氏留下干系。

㉕谨讷：拘谨不善言谈。讷，拙于言辞。

㉖横加梏桎：滥施刑罚。

㉗诬服：蒙冤被迫服罪。诬，冤屈。

㉘复案：再次审察，犹言复审。

㉙吴公南岱：江南武进人，进士。顺治时任济南知府。

㉚罢质：停止审讯。

㉛梏十指：指拶指之刑。拶指是旧时的一种酷刑，用绳穿五根小木棍，夹犯人手指，用力收绳，作为刑罚。

㉜不任凌藉：不堪折磨。凌藉，凌虐。

㉝招成：招供既成。

㉞东国：指齐鲁地区。古代齐、鲁等国，因皆位于我国东方，故称东国。

㉟施公愚山：施闰章号愚山，安徽宣城人，诗人，清初顺治进士。康熙时举博学鸿词，官至侍读。顺治十三年曾任山东提学佥事。贤能称最：最称贤能。

㊱院、司：指部院和臬司。部院，即巡抚，一省的军政长官。臬司，也称按察使，省级最高司法官员。

㊲贞白：贞节、清白。

㊳籍其名：记录下他们的名字。籍，登记。

㊴廉得：查出。廉，查访。

㊵ 三木：古时加在犯人颈、手、足上的木制刑具。

㊶括发裸身：把头发束起来，把上衣剥下来；这是动刑前的准备。

㊷吐其实：吐露实情；如实招供。

㊸“蹈盆成括”二句：意谓宿介因好色而招致杀身之祸。盆成括，复姓盆成，名括，战国时人。登徒，复姓。子，男子的通称。登徒子为宋玉《登徒子好色赋》中的人物，性好色，不择美丑。后因以“登徒子”代指好色之人。

㊹“只缘”二句：意谓只因宿介与王氏稚齿交合，所以现在仍然私通。家鸡野鹜，本指自家与外人的两种不同的书法风格。“遂野鹜如家鸡”，则借以喻指宿介把野花当作家花，把情妇当作正妻。

㊺“为因一言”二句：意谓只因王氏一句话泄漏了胭脂爱慕鄂生的心思，以致引起宿介竟欲骗奸胭脂的邪念。得陇望蜀，喻贪心不足。

㊻“将（羌）仲子”四句：谓宿介踰墙而到卞家，并赚得胭脂“力疾启扉”。将，请。鸟堕，形容轻捷。刘郎，指刘晨。此用刘晨和阮肇在天台山遇见仙女的故事，喻宿介冒充鄂生追求胭脂。

㊼“感帨（税）惊尨（茫）”四句：意谓宿介至卞家干出此等勾当，真是无仪无物，不要脸皮。感，通“撼”。帨，佩巾。尨，多毛的狗。这两句诗是写女方

告诫前来幽会的男方，叫他不要撼动佩巾，不要惊得狗叫。此云“感帨惊尨”是写其粗暴，毫无顾忌。鼠有皮，此用以谴责宿介，谓其如有脸皮何能干出此等样事。攀花折树，喻凌辱妇女。岂敢爱之，畏我父母。士无行，谓读书人没有品行。

㊽“幸而听病燕”四句：意谓幸而宿介尚能怜惜胭脂的病情及私衷，收敛其狂暴之想。病燕、弱柳，均喻指胭脂。玉惜，犹言“惜玉”，旧时以玉比女子之美，因称爱护美女为“惜玉”。莺狂，喻过分放肆。

㊾“而释幺（夭）凤”四句：意谓宿介放过胭脂，还有点文人的善意；但他强取绣履作为订盟之信物，实在无赖之极。幺凤，鸟名，有五色彩羽，似燕而小，暮春来集桐花，因也称桐花凤。这里以之比喻少女胭脂。罗，网。劫盟，以暴力威胁对方，与之订盟。香盟，指男女相爱之盟。

㊿“蝴蝶过墙”四句：意谓宿介逾墙劫盟的谈话被毛大窃听，而所劫的绣履又丢失不见。蝴蝶过墙，原指邻家的春色对蜂蝶之引诱，此用以喻指宿介逾墙偷情。莲花卸瓣，指胭脂的绣履被宿介强夺。莲花，取义于“步步生莲花”，隐指女鞋，用南齐东昏侯令潘妃步行于贴地莲花之上的故事。

51假中之假以生：宿介假冒鄂生，毛大又假冒宿介，是假中之假。生，发生，指案件发生。

52冤外之冤：指鄂生因宿介受冤，宿介又因毛大受冤。

53自作孽盈：《尚书·太甲》：“天作孽，犹可违；自作孽，不可逭。”

54“彼逾墙”四句：意谓宿介逾墙至卞家的非礼行为，当然有失读书人的身份；而以他代毛大受死刑，诚然蒙冤太大。玷，玷污。儒冠，古时读书人所戴的帽子，代指读书人的身份。僵李代桃：古乐府《鸡鸣》：“桃生露井上，李树生桃傍。虫来啮桃根，李树代桃僵。”后用为以此代彼或代人受过。此指宿介代毛大受刑。

55姑降青衣：这是对生员的一种降级惩罚。生员着蓝衫，降为“青衣”则由蓝衫改着青衫，称为“青生”，姑且保留其生员资格。

56“被邻女”四句：意谓毛大“挑王氏不得，知宿与洽，思掩执以胁之”。邻女投梭，《晋书·谢鲲传》谓谢鲲挑逗邻女，邻女方织，以梭投之，折鲲两齿。后以“投梭”比喻妇女拒绝男子的挑诱。狂童，男女相爱的昵称，此指宿介。

(57)“开户迎风”四句：意谓毛大巧逢宿介私会王氏，听到宿介自述与胭脂之事，因而妄想偷骗胭脂。

(58)“何意魄夺”二句：意谓毛大鬼迷心窍，神志昏乱。魄夺自天，意谓上天夺其魂魄。魄，灵魂，神智。

(59)“浪乘槎（查）木”四句：意指毛大直入卞家，误诣翁舍。浪，轻率。乘槎木，意指登天。

(60)“遂使情火”二句：指毛大骗奸的念头顿消，竟欲杀人自保。情火，情欲的火焰，指毛大企图污辱胭脂的恶念。欲海，佛家语，喻情欲深广如海，可使人沉溺。欲海生波，指恣意作恶。

(61)“刀横直前”四句：意谓卞翁操刀直出，毛大急无所逃、反身夺刀杀死卞翁。

(62)“越壁入人家”二句：指毛逾墙进入卞家，原想冒名骗奸。张有冠而李借，明田艺蘅《留青日札·张公帽赋》：“俗谚云：张公帽摄在李公头上。”这里指毛大企图冒名顶替。

(63)“夺兵遗绣履”二句：指毛大夺刀杀人，丢下绣履，自己逃脱而使鄂生、宿介等被捕。兵，兵刃。鱼脱网而鸿离。鸿，鸿雁。离，同“罹”。

(64)“风流道”二句：指责毛大是男女情爱场合中的恶魔和鬼蜮。风流道，指男女风情之道。温柔乡，喻女色迷人之境。

(65)“以月殿之仙人”四句：意谓胭脂美如月宫仙女，不愁觅得如意郎君。月殿之仙女，谓美如月宫仙女。

(66)“而乃感关雎”二句：意谓胭脂兴起寻找，配偶之念，竟然成为一场春梦；指胭脂对鄂生的爱恋落空。

(67)“怨摽（鳔）梅”二句：意为梅子熟透了，引起自己青春不嫁的哀怨，以致忧郁成疾；指胭脂钟情鄂生，相思成病。

(68)一线缠萦：指胭脂怀春情思。一线，细微。

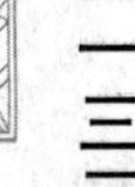

(69)“争妇女之颜色”四句：意谓为了争夺胭脂，宿介、毛大都冒充鄂生。颜色，容貌。“恐失胭脂”，双关语。胭脂一名燕支，地在匈奴，产胭脂草

(70)“莲钩摘去”四句：意谓宿介强取绣履，未能保住而丢失；毛大闯入闺门，几乎破坏少女的贞操。一瓣之香，本指一炷香，焚香敬礼的意思。这里的“一瓣”，语意双关，实指“莲花卸瓣”之瓣，即一只绣鞋。铁限，铁门限。

(71)“嵌红豆”四句：均为指责胭脂之词。意谓胭脂怀春之思，竟然成为致祸的根源，以致卞翁丧生。红豆，相思树所结之子，子大如豌豆，微扁，色鲜红，或半红半黑。古时以红豆象征相思，称为“相思子”。骰，俗称“色子”，旧时赌具的一种，用兽骨做成，正方形小立体，六面分刻一至六点，投掷为戏。

(72)“葳蕤（威矮）自守”四句：谓胭脂在群魔交至之时能够严正自守，保持了自己的清白；在囚禁于官府之时能够争辩申冤，勉可折赎自己的过错。

(73)“嘉其入门之拒”四句：谓胭脂爱慕鄂生，但持之以礼，拒绝苟合，应该遂其纯洁的心愿，成全一件风流美事。掷果之心，指胭脂爱慕鄂生的心愿。掷果，晋潘岳貌美，洛阳妇女见到他，向他投掷果子，以表示爱慕。

(74)仰：公文中上级命令下级的惯用套语，期望、责成的意思。

(75)微：卑微。

(76)萦回：盘绕；形容反复考虑。

(77)间：间隙，破绽。

(78)哲人：贤明而有智慧的人。

(79)良工之用心苦矣：优秀技艺家是煞费苦心的。喻哲人断案细心苦思。

(80)棋局消日：以下棋消磨光阴，而荒废政事。

(81)绌被放衙：谓好逸贪睡废政。绌，同“绸”。放衙，官吏退衙、散值。

(82)方寸：指心。

(83)“彼哓哓（消消）者”句：对争辩者竟以刑罚恫吓，不准他们说话。哓哓，争辩声。静之，使之肃静。

(84)覆盆：覆置的盆，喻不见天日，沉冤莫白。

⑧⑤见知：被赏识。

⑧⑥奖进：奖励提拔。

⑧⑦呵护：呵禁作威者，护持受冤者。

⑧⑧宣圣之护法：孔子的护法者，即保护儒教的人。宣圣，指孔子，唐时曾追谥孔子为文宣王。护法，佛家语，保护佛法的人。

⑧⑨宗匠：指学术上有重大成就、为众所推崇的人物。

⑨⓪“宝藏（葬）兴”：此为考场试题。

⑨①误记“水下”：误记是水下的宝藏；指与《中庸》所说的山间宝藏不合。

⑨②“山头盖起水晶殿”四句：这几句都是说，错误地把山间当作水下，因而出了笑话。水晶殿，本是海中的龙宫，怎能盖在山上？珊瑚、珍珠都生长在海里，怎能长在山峰和树颠？撑船汉如在山间行舟，势必跌死崖下。

⑨③留点蒂儿：意谓留点面子。蒂，花果与枝茎相连的部分。

⑨④和（贺）：应和。这是指作词应答。

⑨⑤樵夫漫说渔翁话：山上砍柴的人空自说些水中打鱼的人的话；指文不对题。漫，空自。

⑨⑥那曾见，会水淹杀：意谓真正能文者，不会被黜；暗示将留点面子。渰，通“淹”。

⑨⑦一斑：比喻事物的一点或一小部分。

【译文】

东昌府有个姓卞的，以兽医为业，有个女儿名叫胭脂，才智敏捷，姿容秀丽。父亲像珍宝一样地喜爱她，想要把她许给书香人家，世家大户却嫌她家境贫寒，地位低贱，不愿和她缔结婚约，所以到了盘发插笄的年龄，还没有许人。

对门龚家的媳妇王氏，举止轻佻，好开玩笑，是胭脂闺房里一位聊天的朋友。一天胭脂把王氏送到门口，看见一个年轻人从门前路过。那个年轻人穿着白衣，系着白裙，戴着白帽，风度很潇洒。胭脂似乎动了心，眼神绕着年轻人转动着。年轻人低着脑袋，赶紧走过去了。过去很远了，胭脂还在专注地眺望着。王氏看透了她的心思，戏耍她说：“以娘子的才华相貌，能够许配那个人，真可说是没有遗憾了。”胭脂一听，两朵红晕飞上脸颊，脉脉含情，一句话也没说。王氏问她：“你认识这位郎君吗?”她说：“不认识。”王氏说：“此人是住在南巷的一位秀才，名叫鄂秋隼，是已经去世了的鄂孝廉的儿子。我从前和他住在一条胡同里，所以认识他。世上的男子，没有比他再温秦和顺的。他现在穿了一身素，是他妻子死了，给妻子服丧没有满期。娘子如果对他有意，我该转告他，让他托媒向你求亲。”胭脂没有说话，王氏笑咧咧地走了。

过了好几天也没有消息，她怀疑王氏没有工夫马上前去传话，又怀疑官宦人家的后代不肯低就。心里闷闷不乐，在闺房里踱来踱去，想得好苦；逐渐地废弃了饮食，竟至卧倒在床，病得疲惫不堪。恰好王氏来看她，就问她得病的原因。她回答说：“我也不知什么原因。只是那天分手以后，就觉得心里恍恍惚惚的，身上很不舒服，苟延残喘，恐怕是个朝不保夕的人了。”王氏对她小声地说：“我家男人出门做买卖没有回来，还没有人向鄂郎转达你的心事。你芳体不舒服，是不是为的这个事情呢?”她一听这话，脸上红了很长时间。王氏又戏耍她说：“真若为了这个，已经病成这个样子了，还顾忌什么呢?先叫他晚上来一趟，和你欢聚一次，他难道会不答应吗?”胭脂叹息着说：“事情已经到了这种程度，就不能害羞了。只要他不嫌我出身微贱，马上打发媒人来求婚，我的病立刻就会痊愈；若是私自约会，那是断然不行的!”王氏点点头就走了。

王氏从小和邻居一个名叫宿介的秀才通奸，出嫁以后，宿介看她丈夫外出就来找她重温旧好。这天晚上，宿介恰巧来了，她就把胭脂说的当作笑话告诉了宿介，并且开个玩笑，嘱咐宿介向鄂生转告。宿介很早以前就知道胭脂很漂亮，听到这话，心里暗自高兴，庆幸有机可乘。他想和王氏商量商量，又怕她嫉妒，就假借无心的言谈，把胭脂绣房的住处问得清清楚楚。第二天晚上，他从墙上爬进去，径直到达胭脂的绣房，弹指敲窗。屋里问道：“谁呀?”他的回答是“鄂秋隼”。胭脂说："我日日夜夜地想念你，为的是白头偕老，不是一夜的欢聚。郎君真若爱我，只应急速托媒求亲；若说私下欢会，我不敢从命。"宿介只好暂且答应了，但却苦苦要求握一下她的纤细的手腕，作为婚约的信誓。胭脂不忍过分拒绝，极力支撑着病体，下地开了房门。宿介突然进了屋子，就抱住她求欢。胭脂没有力量抗拒，仆倒在地，喘得上气不接下气。宿介赶紧把她拽起来了。她说："哪里来的恶劣少年，一定不是鄂郎，真是鄂郎的话，他的为人温柔和顺，知道我的病因，应该怜恤我，怎能这样狂暴呢！再若这个样子，我立刻大喊大叫，叫你丧失品德，对你对我都没有好处！"

宿介害怕暴露他的假象，再也不敢强求，只是请求后会的日期。胭胭答复他，结婚的日期就是后会的日期。宿介认为太远了，又一次提出要求。胭脂讨厌他的纠缠，约定病好以后再来相会。宿介要求一件信物，胭脂不答应。宿介抓住她的一只脚，扒下一只绣鞋拿走了。胭脂把他招呼回来，说："我的终身已经许给你了，还有什么吝啬的？只怕'画虎不成，反类其犬'，以致留下被人诽谤的坏名声。现在，绣鞋已经拿在你的手里，料想不能反悔了。你如果忘恩负义，我只有一死！"

宿介出来以后，又到王氏家里投宿。他躺下以后，心里忘不了那只绣鞋，偷偷地往袖子里一摸，竟然已经没了。他急忙爬起来点灯，抖抖衣服，上下穷搜，也没找到。他询问王氏，王氏不应声。他怀疑王氏给藏起来了，王氏故意笑眯眯地疑惑他。宿介再也不能隐瞒了，就把实情告诉了王氏。说完以后，拿着灯火找遍了门外，直到最后也没找到。他满腹懊恼地回去就寝，暗自希望深夜无人走动，丢失的东西还在路上。早早起来出去寻找，也还是无影无踪。

先前，这条小巷里有个名叫毛大的人，游手好闲，没有户口，也没有固定的职业。曾经挑逗过王氏，没有得手。他知道王氏和宿介是相好的，就想捉奸，以便威胁王氏这天晚上，他来到王氏门外，伸手一推门，门没有插上，就蹑手蹑脚地进了院子。刚刚来到窗外，踩着一个东西，软得好像一团棉絮，捡起来一看，原来是一块方头巾包着一只女鞋。扒着窗户往里听声，听见宿介讲得很详细。他高兴极了，抽身就出了王氏的大门。

过了几个晚上，他跳墙进了胭脂家，因为不熟悉门户，走错了地方，摸到了老头儿的寝室。老头儿扒窗偷着往外一看，看见一个男子，观察他的行迹，知道是为女儿来的。老头儿心里很气愤，操起一把刀，径直走了出来。毛大大吃一惊，抹身就往外跑。刚要爬墙跳出去，老头儿已经追到跟前，急得无处可以逃走，就抹回身子夺下老头儿的刀子；老太太也起来大喊大叫，他脱不了身子，就把老头儿杀死了。

胭脂的病体稍微好了一点，听到喧闹的声音才爬起来。一起拿灯一照，老头儿脑骨迸裂，再也说不出话来，不一会儿就气绝身亡了。在墙根底下拣到一只绣花鞋，老太太一看，是胭脂的绣鞋。老太太追问女儿，女儿痛哭流涕地把实情告诉了母亲；只是不忍心连累王氏，就说是鄂秋隼自己来的。天亮以后，到县里告状。县官就拘捕了鄂秋隼。鄂秋隼为人谨慎，语言也很迟钝，已经十九岁了，见人还羞答答的像个孩子。他被绳子捆起来，吓得要死。上了大堂，不知怎么才能为自己辩白，只是浑身打战。县官越发相信他是杀人的凶犯，横加拷打。书生受不了刑罚的痛苦，就屈打成招了。押解到府里以后，又是非刑拷打，和县里完全一样。他冤气塞满胸膛，常想和胭脂当面对质；但是等到对面相遇的时候，胭脂总是辱骂他，他的舌头就打了结，不能给自己申冤，所以就被判了死刑。来回反复审问，经历好几个官员，都没有不同的判决词。最后，委派济南府给予复审。

当时吴南岱担任济南府的知府，一见鄂生，就怀疑不像一个杀人犯，暗地派人从从容容地询问他，让他把心里话统统说了出来。因此，吴南岱更知鄂秋隼受了冤枉。想了好几天，才开堂审问。首先审问胭脂：“你订了婚约以后，有知道的人吗?”胭脂说：“没有。”又问：“你遇见鄂秋隼的时候，还有别人吗?”胭脂仍然回答说：“没有。”于是就把鄂秋隼招呼上来，暖言暖语地安慰他。他说：“我曾经从胭脂门前路过，只见从前的邻妇王氏和一个少女，从门里走出来，我就赶紧躲开了，过此以后，并没说过一句话。”吴南岱呵斥胭脂说：“你刚才说是身边没有别人，怎么还有一个邻妇呢?”说完就要动刑。胭脂很畏惧地说：“虽然身旁有个王氏，但是实在和她没有关联。”吴南岱就停止审问，派人去拘捕王氏。

过了几天，王氏捕到了。吴南岱禁止她和胭脂通风，立刻升堂提审，就问王氏，说："杀人的凶手是谁？"王氏回答说："不知道。"吴南岱诈她说："胭脂的供词，说是杀害卞老头儿的人你完全知道，你怎敢隐瞒呢？"王氏叫喊说："冤枉啊！淫乱的丫头，是她自己想汉子，我虽然有过做媒的说法，只是戏耍她罢了。她自己招引奸夫，把奸夫领进院子，我怎能知道呢！"吴南岱详详细细地审问，她才说了前后相戏的话。吴南岱把胭脂唤上大堂，很生气地说："你说王氏不知情，她现在为什么供认给你撮合呢？"胭脂流着眼泪说："我自己不肖，以致父亲被人凄惨地害死，打官司不知哪一年才能结案，再去连累别人，心里实在不忍。"吴南岱审问王氏："你戏耍胭脂以后，曾对什么人说过？"王氏说："什么人也没说过。"吴南岱怒冲冲地说："夫妻躺在床上，应是无话不说，你怎敢说是没有说过呢？"王氏说："我丈夫出外做买卖，很久没有回来了。"吴南岱说："虽然如此，凡是戏耍人的，都是耍笑别人愚蠢，以炫耀自己的聪明，没告诉任何一个人，你想骗谁呢？"说完就命令衙役，给她十个指头动刑。王氏迫不得已，如实作了招供："曾和宿介说过。"吴南岱就放了鄂秋革，派人去拘捕宿介。

把宿介拘来以后，宿介说："杀人的事情我不知道。"吴南岱说："嫖妓女的家伙肯定不是一个好书生！"于是就严刑拷打。宿介自己招供说："欺骗胭脂是真的。自从丢了绣鞋以后，再也没敢去，杀人的事情，实在不知道。"吴南岱愤怒地说："跳墙的家伙没有什么干不出来的事情！"又给他动刑。宿余受不了酷刑的折磨，也就自己招认了。招认立案，报给了上司，没有不称赞吴南岱断案如神的。

铁案如山，宿介就抻着脖子等待秋后处决了。但宿介虽然是个放纵无行的人，过去也是山东的名士。他听说学使施愚山是个最有紧德的人，又有怜才恤士的美德，就写了一张状子，控诉自己的冤枉，文辞写得悲悲切切。施愚山要来他的招供，翻来覆去地沉思苦想，一拍桌子说："这个书生是冤枉了！"就请示巡抚和按察使，把案子移过来重审。施愚山审问宿介："绣鞋丢在什么地方？"宿介招供说："忘了丢在什么地方。但是在敲叩王氏房门的时候，还在袖子里。"转而审问王氏，除了宿介之外，你还有几个奸夫？"王氏招供说："没有，"施公说："一个淫乱之人，怎能仅仅私通一个人呢？”王氏招供说：“我和宿介，是从小就私通的，所以没能断绝往来；后来也不是没有挑逗的人，我实在不敢跟他们胡来。”施公就让她指出挑逗的人，以证实她的供词。她说：“同巷的毛大，一次又一次地挑逗我，都被我拒绝了。”施公说：“你怎么忽然这样贞节清白了呢？”就喊人用棍子揍她。她磕头磕得鲜血直流，极力辩白没有第二个奸夫，施公才叫停止拷打。又问她：“你丈夫出了远门，难道没有借故到你家中串门的吗？”王氏说：“有来串门的。某甲、某乙，都是因为借贷或者赠送东西，曾到小人家里来过一两次。”

某甲和某乙，都是小巷里的浪荡公子，有心于王氏，却没有表露出来。施公统统记下他们的名字，和毛大一起抓了来。到齐以后，施公来到城隍庙，叫他们统统跪在神案的前边。就对他们说：“我前天做梦，神仙在梦中告诉我，杀人的凶手，不出你们四五个人。现在对着神明，不许说假话。如果肯于投案自首，还可以赦罪；说假话的，查清以后，绝不饶恕！”他们同声回答，都说没有杀人。施公把三副刑具放在地上，要对他们一起动刑；束起他们的头发，扒光他们的衣服，他们一齐喊冤叫苦。施公就命令放了他们，对他们说：“既然不肯自己招供，得叫庙里的鬼神给指出来。”

施公叫人用毡子把佛殿的窗户全部挡起来，一点也不许露光；叫几个囚犯光着脊梁，然后赶进黑暗的大殿里；送进去一盆水，一个一个的命令他们自己洗完手，在墙下站着，并警告他们说：“面对墙壁，不许动弹。杀人的凶手，自然会有神仙在他背上写字。”过了不一会儿，把他们招呼出来验视，指着毛大说：“这个人是真正的杀人贼！”原来施公先叫人把白灰涂在墙壁上，又用煤烟和的水叫他们洗手：杀人的毛大，害怕神仙在他背上写字，所以把脊背靠在墙壁上，沾上了白灰；临出来的时候，用手护着脊背，又抹上了煤烟。施公本来就怀疑是毛大，到此就更加相信了。给以严刑拷问，毛大完全吐出了杀人的真情。于是就判决说：

“宿介：重蹈成盆括杀身的道路，成就了登徒子好色的丑名。只因为两小无猜，就像野鸭子恋上了家鸡；因为一句话泄露了胭脂的秘密，竟使宿介产生了得陇望蜀的邪心。他像将仲子似的爬过墙头，便像鸟儿似的落在地上；冒充鄂郎而到达门口，竟然骗开了闺门。动人佩巾，惊动狗叫，老鼠还有脸皮，你怎能这样没有礼貌？攀花折树，不能不说他文人无行！幸而听到病燕的娇啼，还能怜香惜玉；可怜憔悴的弱柳，不似抓雀的狂鹰。而且在网罗之中释放了幺凤，还有文人的气概；至于从袜底劫去一只绣鞋作为定亲的信物，岂不是无耻之尤！蝴蝶飞过大墙，隔窗有耳；莲花谢了，落地无踪。因而生出了假中之假。谁能相信冤外还有冤枉？天降灾难，萧墙祸起，残酷的刑罚，几乎置于死地；自己作孽多端，几乎掉了不能再续的头颅。他爬过墙头，钻头觅缝，本来就玷辱了儒生的名誉；又去冒名顶替，实在难以消除人家的冤气。这应该稍加宽容，免于责打，折扣他已经受过的酷刑；暂且降为最末等的秀才，给他开辟一条改过自新的道路。像毛大这个家伙：刁猾无业，市井上的凶徒。调戏邻女曾被拒绝，而淫心不死：看见狂妄无知的家伙进了小巷，贼子便忽然产生了智慧。人家是等待鄂秋隼，他却高兴地踏着鄂生的足迹钻了进来；希望要求豆浆而得到美酒，妄想得到胭脂的爱恋。没想到老天夺去他的魂魄，鬼物摄取了他的灵魂。大胆地乘船破浪，径直进入广寒宫殿；渔夫泛舟于小径，认错了进入桃源的道路。竟使情火熄灭了烈焰，欲海生起了狂波。老头儿横刀直前，没有投鼠忌器的打算；穷寇无路可逃，情急的兔子起了反咬一口的狠心。跳过大墙进了别的人家，只期望张冠李戴；夺刀时丢了绣鞋，竟使鱼儿脱网，鸿雁遭到了苦难。风流道上竟然生出这样一个恶魔，温柔乡里哪有这样的鬼蜮！马上砍掉他的脑袋，以便大快人心。胭脂：本身还没有许配人家，却已到了盘发的年龄。以月殿仙女的容貌，自然应该有个美似宋玉的郎君；原本属于月殿的舞女。何愁嫁不到一个好丈夫。你却因为听到“关关雎鸠”的声音，就想追求一个好配偶，竟然如同一场春梦萦绕心头一场空；你看见梅子落地，就怨恨年华已大，害怕过了出嫁的年岁，就成了离魂的倩女。为了缠绕胭脂这条线，竟使群魔交替而来。争夺漂亮的女色，都怕失掉‘胭脂’；惹得凶鹰纷飞，都假托‘秋隼’的名字。被扒去一只绣鞋，难保这一花瓣的清香：棍棒打来，几乎砸破价值连城的璧玉。把红豆镶在色子里，相思骨竟然作了恶端；父亲丧命于斧下，可心人成了真正的祸水！自己守住了处女的身份，庆幸洁白的美玉没有瑕疵；在囚禁之中苦苦斗争，庆幸锦被可以遮蔽。赞赏她

坏人进门以后能够抗拒，仍是一位洁白的有情人；让她达到掷果的心愿，也是一件风流雅事。希望东昌县的知县，做你的媒人。”

结案以后，远近都传颂这段佳话。自从吴南岱审讯以后，胭脂才知道鄂秋隼受寸冤枉。在堂下相遇的时候，羞愧得满眼含泪，好像有痛惜的话语，但又说不出来。鄂秋隼对她的眷恋深情很感激，心里也恳切地爱慕她；但又想到他出身微贱，而且天天登上公堂，被千目所视，千手所指，害怕娶过来被人讥笑，日夜萦绕在心头，自己也拿不定主意。判决书下来以后，心里才安帖下来。县官替他送了聘礼，便敲锣打鼓地送过来成亲了。

异史氏说：“可怕呀！听讼词的官员不能不慎重啊！即使能知道鄂秋隼是冤枉的，谁又能想到宿介也是冤枉呢？但是事情虽然模糊不清，必定还有它的漏洞，不是缜密地思索和审察，不能得出公正的判决。唉！人们都佩服贤明而有智慧的官员断案如神，却不知一个好工匠是用尽了苦心的。世上有些做官的，不是整天下棋消磨时间，就是睡在绸被里，叫衙门里的人懒懒散散的值班，下面的民情，人间的疾苦，他是决不肯操心的。等到擂鼓升堂问案的时候，他威风凛凛，高高地坐在大堂之上，对那些喊冤叫屈的，直接动用刑具给以镇压，怎能奇怪在黑暗的统治下有很多难以辩白的冤案呢！”

施愚山先生，是我的老师。刚见到他的时候，我还是个童生。看见他的劝勉读书人，诚诚恳恳，唯恐尽不到心意；秀才们受到一点冤屈，他必定给以呵斥，给以保护，从来不在学校里作威作福，以讨好有权有势的人物。真是孔夫子的护法人，不仅仅是一个时代的宗师，衡量文章没有屈才屈士的时候。而且爱才如命。尤其不是后世那些虚应陈规的学使所能比得上的。曾经有个出名的秀才，进场参加岁试，作文的题目是《中庸》里的一句话“宝藏兴焉”。宝藏埋在山里，他误写为“水下”；誊清以后才省悟过来，自料没有不废除他秀才的道理。就在考卷上写了一首词说：“宝藏在山间，误认却在水边，山头盖起水晶殿。瑚长蜂尖，珠结树颠。这一回崖中跌死撑船汉！告苍天：留点蒂儿，好与友朋看。”施愚山先生把文章读到这里，和了一首说：“宝藏将山夸，忽然见在水涯。樵夫漫说渔翁话。题目虽差，文字却佳，怎肯放在他人下。尝见他，登高怕险；那曾见，会水淹杀。”这也是风流雅事一桩，是他爱才的一件事情。

阿　纤

【原文】

奚山者，高密人[①]。贸贩为业，往往客蒙沂之间[②]。一日，途中阻雨，及至所常宿处，而夜已深，遍叩肆门，无有应者，徘徊庑下[③]。忽二扉豁开，一叟出，便纳客入。山喜从之。絷蹇登堂[④]，堂上迄无几榻。叟曰：“我怜客无归，故相容纳。我实非卖食沽饮者。家中无多手指[⑤]，惟有老荆弱女，眠熟矣。虽有宿肴[⑥]，苦少烹鬻[⑦]，勿嫌冷啜也。”言已，便入。少顷，以足床来置地上[⑧]，促客坐；又携一短足几至。拔来报往[⑨]，蹀躞甚劳。山起坐不自安，曳令暂息。少间，一女郎出行酒。叟顾曰：“我家阿纤兴矣[⑩]。”视之，年十六七，窈窕秀弱，风致嫣然。山有少弟未婚，窃属意焉。因问叟清贯尊阀[⑪]，答云：“士虚，姓古。子孙皆夭折，剩有此女。适不忍搅其酣睡，想老荆唤起矣。”问：“婿家阿谁？”答言：“未字。”山窃喜。既而品味杂陈，似所宿具。食已，致恭而言曰[⑫]：“萍水之人[⑬]，遂蒙宠惠，没齿所不敢忘。缘翁盛德，乃敢遽陈朴鲁[⑭]：仆有幼弟三郎，十七岁矣。读书肄业，颇不顽冥[⑮]。欲求援系[⑯]，不嫌寒贱否？”叟喜曰：“老夫在此，亦是侨寓。倘得相托，便假一庐，移家而往，庶免悬念。”山都应之，遂起展谢[⑰]。叟殷勤安置而去。鸡既唱，叟已出，呼客盥沐。束装已，酬以饭金。固辞曰：“客留一饭，万无受金之理；矧附为婚姻乎[⑱]？”

既别，客月馀，乃返。去村里馀，遇老媪率一女郎，冠服尽素。既近，疑似阿纤。女郎亦频转顾，因把媪袂，附耳不知何辞。媪便停步，向山曰：“君奚姓乎？”

山唯唯。媪惨然曰："不幸老翁压于败堵，今将上墓。家虚无人，请少待路侧，行即还也。"遂入林去，移时始来。途已昏冥，遂与偕行。道其孤弱，不觉哀啼；山亦酸恻。媪曰："此处人情大不平善，孤孀难以过度[19]。阿纤既为君家妇，过此恐迟时日，不如早夜同归。"山可之。既至家，媪挑灯供客已，谓山曰："意君将至，储粟都已粜去；尚存二十馀石，远莫致之[20]。北去四五里，村中第一门，有谈二泉者，是吾售主。君勿惮劳，先以尊乘运一囊去[21]，叩门而告之，但道南村古姥有数石粟，粜作路用，烦驱蹄躈一致之也[22]。"即以囊粟付山。山策蹇去，叩户，一硕腹男子出，告以故，倾囊先归。俄有两夫以五骡至。媪引山至粟所，乃在窖中。山下为操量执概[23]，母放女收[24]，顷刻盈装，付之以去。凡四返而粟始尽。既而以金授媪。媪留其一人二畜，治任遂东。行二十里，天始曙。至一市，市头赁骑，谈仆乃返。既归，山以情告父母。相见甚喜，即以别第馆媪，卜吉为三郎完婚。媪治奁装甚备。阿纤寡言少怒，或与语，但有微笑；昼夜绩织，无停晷[25]。以是上下悉怜悦之。嘱三郎曰："寄语大伯：再过西道，勿言吾母子也。"居三四年，奚家益富，三郎入泮矣。

一日，山宿古之旧邻，偶及曩年无归，投宿翁媪之事。主人曰："客误矣。东邻为阿伯别第，三年前，居者辄睹怪异，故空废甚久，有何翁媪相留？"山甚讶之，而未深信[26]。主人又曰："此宅向空十年，无敢入者。一日，第后墙倾，伯往视之，则石压巨鼠如猫，尾在外犹摇。急归，呼众共往，则已渺矣。群疑是物为妖。后十馀日，复入视[27]，寂无形声；又年馀，始有居人。"山益奇之。归家私语，窃疑新妇非人，阴为三郎虑；而三郎笃爱如常。久之，家人纷相猜议。女微察之，夜中语三郎曰："妾从君数载，未尝少失妇德；今置之不以人齿[28]，请赐离婚书，听君自择良偶。"因泣下。三郎曰："区区寸心，宜所夙知。自卿入门，家日益丰，咸以福泽归卿[29]，乌得有异言？"女曰："君无二心，妾岂不知；但众口纷纭，恐不免秋扇之捐[30]。"三郎再四慰解，乃已：山终不释，日求善扑之猫，以觇其意。女虽不惧，然蹙蹙不快。一夕，谓媪小恙，辞三郎省侍之[31]。天明，三郎往讯，则室内已空。骇极，使人于四途踪迹之，并无消息。中心营营，寝食都废。而父兄皆以为幸，交慰藉之，将为续婚；而三郎殊不怿[32]。俟之年馀，音问已绝。父兄辄相诮责，不得已，以重金买妾；然思阿纤不衰。

又数年，奚家日渐贫，由是咸忆阿纤。有叔弟岚，以故至胶[33]，迂道宿表戚陆生家。夜闻邻哭甚哀，未遑诘也。既返，复闻之，因问主人。答云："数年前，有寡母孤女，僦居于此。于是月前，姥死，女独处，无一线之亲，是以哀耳。"问："何姓?"曰："姓古。尝闭户不与里社通[34]，故未悉其家世。"岚惊曰："是吾嫂也!"因往款扉。有人挥涕出，隔扉应曰："客何人？我家故无男子。"岚隙窥而遥审之，果嫂，便曰："嫂启关，我是叔家阿遂。"女闻之，拔关纳入，诉其孤苦，意凄怆悲怀。岚曰："三兄忆念颇苦，夫妻即有乖迕[35]，何遂远遁至此?"即欲赁舆同归。女怆然曰："我以人不齿数故，遂与母偕隐；今又返而依人，谁不加白眼[36]？如欲复还，当与大兄分炊；不然，行乳药求死耳[37]!"岚既归，以告三郎。三郎星夜驰去。夫妻相见，各有涕洟。次日，告其屋主。屋主谢监生，窥女美，阴欲图致为妾，数年不取其直，频风示媪，媪绝之。媪死，窃幸可谋，而三郎忽至。通计房租以留难之。三郎家故不丰，闻金多，颇有忧色。女曰："不妨。"引三郎视仓储，约粟三十馀石，偿租有馀。三郎喜，以告谢。谢不受粟，故索金。女叹曰："此皆妾身之恶幛也[38]!"遂以其情告三郎。三郎怒，将讼于邑。陆氏止之，为散粟于里党，敛资偿谢，以车送两人归。

三郎实告父母，与兄析居。阿纤出私金，日建仓廪，而家中尚无儋石[39]，共奇之。年馀验视，则仓中盈矣。不数年，家中大富；而山苦贫。女移翁姑自养之；辄以金粟周兄，狃以为常[40]。三郎喜曰："卿可云不念旧恶矣。"女曰："彼自爱弟耳。且非渠，妾何缘识三郎哉?"后亦无甚怪异。

【注释】

①高密：县名，在今山东省。

②客：客居。蒙沂：指蒙阴、沂水，均县名，在山东省中南部山区。

③庑下：屋檐下。庑，堂周的廊檐。

④絷蹇：拴驴。蹇，蹇卫，驽钝的驴子。

⑤手指：借计人口。

⑥宿肴：存余的菜肴。

⑦烹鬵烹煮器具。鬵，大釜，炊器。

⑧足床：矮凳。

⑨拔来报（赴）往：一趟一趟地跑来跑去。

⑩兴：起，起床。

⑪清贯尊阀：籍贯和门第。清、尊，都是敬辞。

⑫致恭：致敬；道谢。

⑬萍水之人：偶然相逢的人。萍水，如浮萍随水，漂泊不定⑭朴鲁：诚朴鲁钝。指真实朴直的心意。

⑮顽冥：愚笨。

⑯援系：攀附求亲。

⑰展谢：申谢。

⑱矧（审）：何况。

⑲孤孀：孤儿寡妇。孀，寡妇。过度：度日。

⑳致：运送。

㉑尊乘：您的坐骑。乘，这里指奚山所乘的驴子。

㉒蹄躈：牲口。

㉓操量执概：用斗斛量粟。量，指斗、斛之类的量具。概，量粟时刮平斗斛溢粟的用具。

㉔母放女收：母亲往里装，女儿用容器接。

㉕无停晷（轨）：没有停止的时刻。晷，时间。

㉖信：据铸雪斋抄本，原作“言”。

㉗入视：据二十四卷抄本，原作“人试”。

㉘置之不以人齿：把我置于非人地位。齿，并列。

㉙福泽：犹言幸福。归卿：归功于您。

㉚秋扇之捐：秋凉之后，扇子即弃置不用；比喻妇女年老色衰而被遗弃。

㉛省（醒）侍：探望，侍候。

㉜怿（易）：喜悦。

㉝胶：胶州，在山东省东部。

㉞里社：乡邻。通：交往。

㉟乖迕：不和睦。

㊱白眼：目不正视，露出眼白；表示鄙夷或厌恶。

㊲乳药：服毒药。

㊳恶幛：佛教名词，指造成的恶果。幛，同“障”。

㊴儋（旦）石：也作“担石”，形容少量米粟。

㊵狃以为常：习以为常。狃，习。

【译文】

有个叫奚山的，是山东高密人。以跑买卖为职业，时常客居在沂水蒙山之间。

一天，途中因雨受阻，等走到他经常借宿的地方，已经夜深了，敲遍所有店铺的门，没有应声的。只好在廊檐下徘徊。忽然两扇门豁然洞开，一个老人出来，就请奚山进屋。奚山高高兴兴跟老人进去。拴好驴，上了客堂，堂上并没有桌子和卧榻。老人说：“我同情你无处投宿，所以接待你。我实在不是开饭馆的，家里没什么人，只有老妻弱女，已经睡熟了。虽然有隔夜菜肴，苦于没有热过，请不要嫌吃冷的啊。”说完就进了里屋。一会儿，把矮脚床搬来，放在地上，催奚山坐下；又进去带来一只矮桌：进进出出，步子又跨不大，很是辛劳。奚山站起身来，有点不过意，拉住老人让他歇一歇。不大会儿，一个姑娘出来倒酒，老人回头看着说：“我家阿纤起来了。”奚山看姑娘，年纪十六七岁，身材窈窕，长得秀气文弱，风韵美好。奚山有个小弟弟尚未婚配，心里看中了阿纤。便问老人尊姓大名。老人回答说："我姓古，叫士虚。儿孙都夭折了，只剩这个女儿。刚才舍不得搅了她的好睡，想必是我家老太婆喊她起来的了。"奚山又问："女婿是谁?"回答说："没有许配人家。"奚山暗暗高兴。一忽儿各样菜都摆好了，像是早已做好了的。奚山吃完，表示感谢，就说："萍水相逢之人，就蒙老伯如此厚爱，所受恩惠，没齿不敢忘记。只因老人家德高，才敢仓促讲句鲁莽的老实话：我有个年幼的弟弟叫三郎，十七岁了。读书学习，不是很笨。想攀婚姻，不知嫌不嫌我家贫贱?"老人高兴地说："我在这里，也是侨居。倘若能够相托，就借一居所，全家搬过去，或许可免了挂念。"奚山都答应下来，就又站起来表示感谢。老人殷勤安排好枕被才离开。鸡叫头遍，老人已经出来，喊奚山盥洗。奚山整装完毕，取出饭钱酬谢。老人坚决推辞，说："留客人吃顿饭，万万没有收钱的道理；何况又攀了亲昵!"

告别后，奚山在外一个多月才回还。在离村一里多的路上，遇到一个老妇人领着个姑娘，穿戴一身白。走近后，觉得有点像阿纤。姑娘也频频回头看，便拉住老妇人的衣袖，附耳不知说了些什么。老妇人就停下步子，对奚山说："你姓奚吗?"奚山点头称是。老妇人神情凄惨地说："我家老头子不幸被断墙压死，现在要去上坟。我家里空荡荡的没有人，请你在路旁稍等会儿，我们去一下就回来。"母女俩就进入树林里去了，过了一段时间才回来。路已经昏暗了，奚山就与她们一同走。讲起她们孤弱，母女俩不觉伤心得哭起来；奚山听了也心酸难过。老妇人说："这地方人情很不善良，寡妇难以过日子。阿纤既然是你家媳妇，错过这个机会恐怕耽搁了日子，不如趁今夜赶个早，一同到你家去。"奚山同意这个主意。

到了阿纤家，老妇人点灯供奚山吃喝完了，对他说："我心想你快要来了，储存的粮都已卖去，还剩二十几石，路远没能送去。朝北四五里，村中第一家有个谈二泉，是我的卖主。你不怕劳累的话，先用你的驴运一袋粮去，叫开门后，告诉他，只说南村古姥姥家有几石粮，卖掉作路费，烦他赶牲口来跑一趟。"就把一袋粮交付给奚山。奚山赶驴前去，敲了门，一个大肚子男人出来，将情况给他说了，倒下一袋粮就先回来。

过不久，有两个脚夫赶着五头骡子到来。古姥姥领奚山到储粮的地方，原来在地窖里。奚山下地窖替他们秤粮，母女俩放的放，收的收，很快装满，交付给脚夫运走。一共四个来回粮食才运完。随后谈二泉把银子交给古姥姥。古姥姥留下他一个脚夫两头骡子，打点行装就朝东上路。走了二十里，天才亮。到一个集市上，在街头雇了马，谈二泉的仆人才回去。

回家以后，奚山将情由告诉了父母，相见很是喜欢，随即另外安顿住房让母女住下，选好日子替奚三郎完婚。古姥姥嫁妆办得很齐备。

阿纤寡言少语，难得发火；有人与她说话，只是微微一笑；昼夜纺纱织布，没有停的时候，因此上上下下都喜欢她。阿纤嘱咐三郎说："请转言大伯：再过西边那一路，不要讲起我们母女俩的事。"

阿纤母女住了三四年，奚家日益富足，三郎考取了秀才。

一天，奚山投宿在古姥姥的老邻居家，偶然谈到前几年无处投宿，住在古家的事。房东说："你错了。东邻是我伯父的别宅，三年前，住在里面的人常常看见怪事，所以房子空废了很久，有什么老夫妻俩相留？"奚山很惊讶，也没有深谈。房东又说："这座住宅从前空废了十年，没有人敢进去。一天，房子后墙倒塌，我伯父去看，就见石头压住一只像猫那么大的老鼠，尾巴露在外面还在摇摆。伯父急忙回家，招呼许多人一同去，已经不见了。大家疑心就是这家伙作怪。过了十多天，再进去试试，寂静无声，什么也没有。又过了一年多，才有人住进去。"奚山更觉得奇怪。回到家里私下里讲了，暗暗怀疑新娶的弟媳不是人类，心中替三郎忧虑；但是三郎还像往常一样，深深爱着阿纤。久而久之，家里人议论纷纷，都有所猜疑。阿纤有点觉察，夜里对三郎说："我嫁给你几年了，未曾有过一点过错；现在不把我当人看待，请赐我一张离婚书，听你自便去选择好的配偶吧。"说着便掉下眼泪。三郎说："我的一片心意，你应该早就知道，从你进门，家里日益富裕，大家都认为是你的福气好，哪有什么别样的话？"阿纤说："你没有二心，我怎么不明白；只是众口纷纭，怕总有一天会像秋扇一样被抛弃。"三郎再三安慰劝解，才罢。

奚山终究放心不下，天天寻求善捕鼠的猫，用来观察阿纤的反应。阿纤尽管不

怕，但是眉头紧皱，心中不快。一天傍晚，说她母亲有点小病，辞别三郎去看望伺候母亲。天亮时，三郎去探问，屋子里已经没人了。三郎大惊，派人到各条路上去打听她们的踪迹，都没有消息。他思前想后，没法平静，觉也睡不好，饭也吃不下；可他父亲、兄长都认为是件幸运的事，相互前来安慰，要替他再娶；可三郎非常不高兴。

等了一年多，有关阿纤的音讯已绝，他父兄不时责备他，不得已，用重金买了小妾，但对阿纤仍思念不已。又过几年，奚家一天天贫穷下来，大家因此又都想起阿纤来了。三郎有个堂弟奚岚，因为有事到胶州，绕道投宿表亲陆生家。夜里听到邻家哭得很悲伤，没来得及问一声就起程了。办完事返回，夜里又听到哭声，便问主人。主人告诉他说："几年前，有寡母孤女，租房子住在这里。上个月姥姥死了，女的独自住着，没有一个亲人，所以哀伤罢了。"奚岚问："姓什么？"回答说："姓古。经常闭门不出，不与邻里来往，所以不清楚她的家世。"奚岚惊奇地说："是我嫂子啊！"就去敲门。有人擦着眼泪出来，隔着门应声说："你是谁？我家没有男人。"奚岚从门缝里窥看，远远辨认，果真是嫂嫂。就说："嫂嫂，开门，我是你叔公家的阿岚呀。"阿纤一听，拔下门闩请他进来，诉说了自己的孤苦，看上去很是凄惨悲伤。奚岚说："三哥想念嫂嫂想得好苦。你们夫妻俩即使有点不和睦，何必就远走他乡到这里呢？"就想雇车一同回家。阿纤凄惨地说："我因为被人看不起的缘故，就与母亲一同避开；今天又回去依附人，谁不白眼相加？如要我再回家，当与大哥分家；不然，就服毒药以求一死罢了！"

奚岚回家后，把情况告诉了三郎。三郎连夜赶去。夫妻相见，痛哭流涕。第二天，三郎把他俩的夫妻关系告诉房主。房主姓谢，是个监生，看阿纤漂亮，心想把她弄到手做小老婆，几年不收她房租；多次向古姥姥旁敲侧击提过这意思，古姥姥拒绝了。古姥姥一死，谢监生暗暗高兴可以动阿纤脑筋了，想不到三郎突然来到。就把历年全部房租总计来留难他们。三郎家本来已不富裕，听租金数目大，很犯愁。阿纤说："不碍事。"说着领三郎看粮仓储存，大约有三十多石粮食，偿还租金有余。三郎高兴起来，告诉谢监生。谢监生不收粮食，故意要银子。阿纤叹口气说："这都是我的罪过啊！"就把谢监生的念头告诉了三郎。三郎愤怒起来，要向县衙起诉。表亲陆生劝止他，替他们在邻居中出售粮食，收了银子偿还谢监生，用车子送他俩回家。

三郎把实情告诉了父母，与哥哥分家。阿纤拿出私房钱，天天造粮仓，可家里还没有一石粮食，大家感到惊奇。一年后查看，粮仓满满的了。不几年，家里大为富裕；而奚山却为贫穷所困扰。阿纤请公公、婆婆到自己家来供养他们；还拿出银子、粮食周济奚山，习以为常。三郎高兴地说："你可说是不念旧恶了。"阿纤回答说："他自以为是爱护弟弟罢了。再说不是他，我怎么会认识你呢？"以后也没有发生什么怪异。

瑞　　云

【原文】

瑞云，杭之名妓[①]，色艺无双[②]。年十四岁，其母蔡媪，将使出应客。瑞云告曰："此奴终身发轫之始[③]，不可草草。价由母定，客则听奴自择之。"媪曰："诺。"乃定价十五金，遂日见客。客求见者必以贽[④]：贽厚者，接以弈，酬以画；薄者，留一茶而已。瑞云名噪已久，自此富商贵介[⑤]，日接于门。

馀杭贺生[⑥]，才名夙著，而家仅中赀。素仰瑞云，固未敢拟同鸳梦[⑦]，亦竭微贽，冀得一睹芳泽。窃恐其阅人既多，不以寒畯在意[⑧]；及至相见一谈，而款接殊殷。坐语良久，眉目含情，作诗赠生曰："何事求浆者，蓝桥叩晓关？有心寻玉杵，端只在人间[⑩]。"生得之狂喜。更欲有言，忽小鬟来白"客至"[⑩]，生仓猝遂别。既归，吟玩诗词，梦魂萦扰。过一二日，情不自已，修贽复往。瑞云接见良欢。移坐近生，悄然谓："能图一宵之聚否？"生曰："穷踧之士[⑪]，惟有痴情可献知己。一

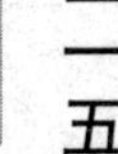

丝之贽[12]，已竭绵薄。得近芳容，意愿已足；若肌肤之亲，何敢作此梦想。”瑞云闻之，戚然不乐，相对遂无一语。生久坐不出，媪频唤瑞云以促之，生乃归。心甚邑邑，思欲罄家以博一欢[13]，而更尽而别，此情复何可耐？筹思及此，热念都消，由是音息遂绝。

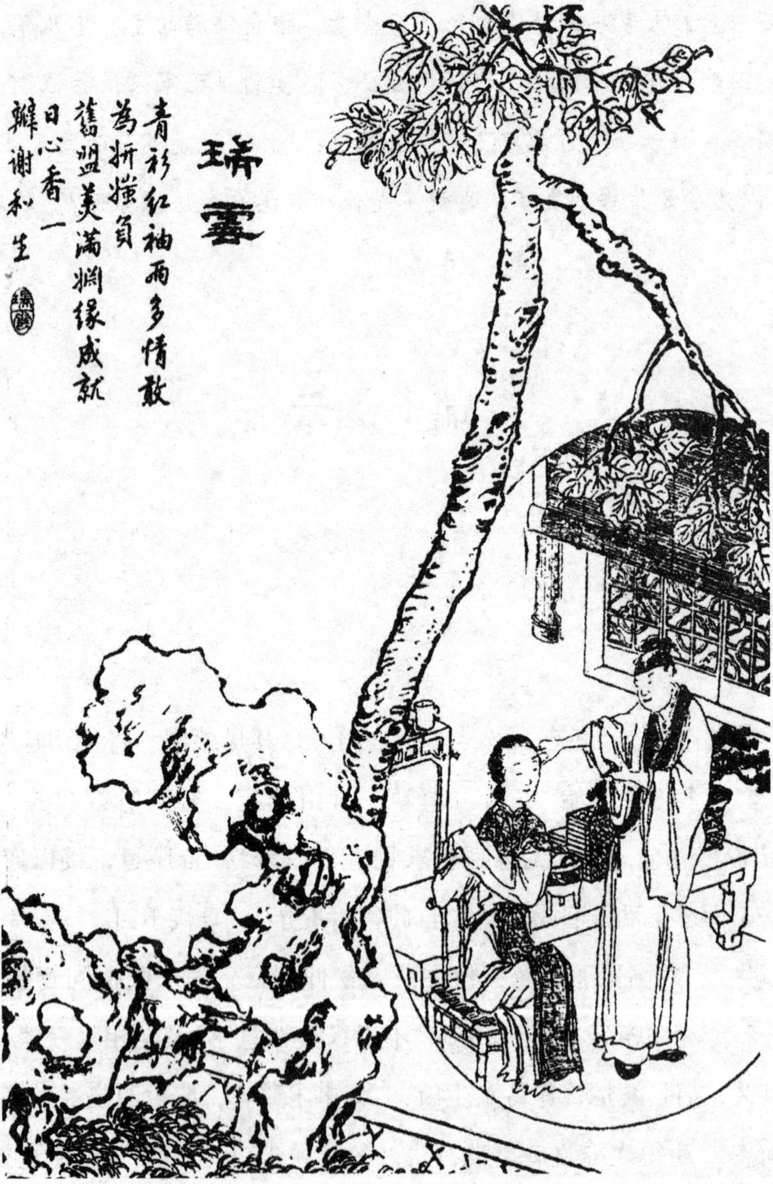

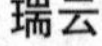

瑞云

瑞云择婿数月，更不得一当，媪颇恚，将强夺之，而未发也。一日，有秀才投贽，坐语少时，便起，以一指按女额曰："可惜，可惜！"遂去。瑞云送客返，共视额上有指印黑如墨，濯之益真。过数日，墨痕渐阔；年馀，连颧彻準矣[14]。见者辄笑，而车马之迹以绝[15]。媪斥去妆饰，使与婢辈伍。瑞云又荏弱[16]，不任驱使，日益憔悴。贺闻而过之[17]，见蓬首厨下，丑状类鬼。起首见生，面壁自隐。贺怜之，便与媪言，愿赎作妇。媪许之。贺货田倾装[18]，买之而归。入门，牵衣揽涕[19]，不敢以伉俪自居，愿备妾媵，以俟来者[20]。贺曰："人生所重者知己：卿盛时犹能知我，我岂以衰故忘卿哉！"遂不复娶。闻者共姗笑之，而生情益笃。

居年馀，偶至苏，有和生与同主人[21]，忽问："杭有名妓瑞云，近如何矣？"贺以适人对。又问："何人？"曰："其人率与仆等[22]。"和曰："若能如君，可谓得人矣。不知价几何许？"贺曰："缘有奇疾，姑从贱售耳。不然，如仆者，何能于勾栏中买佳丽哉！"又问："其人果能如君否？"贺以其问之异，因反诘之。和笑曰："实不相欺：昔曾一觐其芳仪，甚惜其以绝世之姿，而流落不偶[23]，故以小术晦其光而保其璞[24]，留待怜才者之真鉴耳[25]。"贺急问曰："君能点之，亦能涤之否？"和笑曰："乌得不能，但须其人一诚求耳[26]。"贺起拜曰："瑞云之婿，即某是也。"和喜曰："天下惟真才人为能多情，不以妍媸易念也[27]。请从君归，便赠一佳人。"遂与同返。既至，贺将命酒。和止之曰："先行吾法，当先令治具者有欢心也[28]。"即令以盥器贮水，戟指而书之[29]，曰："濯之当愈。然须亲出一谢医人也。"贺笑捧而去，立俟瑞云自靧之[30]，随手光洁，艳丽一如当年。夫妇共德之，同出展谢，而客已渺，遍觅之不得，意者其仙欤？

【注释】

①杭：指浙江杭州。

②色艺：容貌和才艺。

③发轫（刃）：喻事情的开端；这里指妓女初次应客。轫，止住车轮转动的闸

木；车启行时须先去轫，称“发轫”。

④贽（志）：见面的赠礼。

⑤贵介：尊贵；指贵家子弟。

⑥馀杭：旧县名，明清时属杭州府。

⑦鸳梦：喻男女欢合。鸳，鸳鸯，雌雄偶居不离，古称“匹鸟”。

⑧寒畯：贫穷的读书人。

⑨“何事求浆者”四句：此诗化用裴铏《传奇》裴航与云英的爱情故事。叩晓关，清晨叩门。端，端的、确实。

⑩客至：据铸雪斋抄本，原无“至”。

⑪穷蹙（促）：穷困。蹙，通“蹙”。

⑫一丝之贽：微薄之礼。丝，重量的微小单位。

⑬罄家：拿出全部家产。博：取得。

⑭连颧（拳）彻準（准）：谓墨痕漫延至左右颧骨及上下鼻梁。颧，颧骨。準，鼻梁。

⑮车马之迹：指来访的贵客。

⑯荏弱：柔弱，怯懦。

⑰过之：探望她。过，访。

⑱货田倾装：变卖田地，竭尽所有。倾装，犹言倾囊。

⑲揽涕：挥泪。

⑳“愿备妾媵”二句：谓自惭形秽，只愿权充姬妾，等待贺生另娶正妻。

㉑与同主人：和他同住一处。主人，指旅居的房东。

㉒率（帅）与仆等：与我略同。率，大致。等，相等。

㉓不偶：不遇。

㉔晦其光而保其璞：谓遮掩其光彩，保护其纯真。晦，使其晦暗。光，指玉石的光泽。璞，未雕琢的玉石，比喻天真、本色。

㉕鉴：鉴别，鉴赏。

㉖一诚求：言诚求一次就可以了。

㉗妍媸：美丑。易念：改变心意。

㉘治具者：准备酒食之人；指瑞云。

㉙戟指而书之：指书写符篆，施行法术。戟指，屈指如戟形，施法术时所做的手势。

㉚醴（绘）：洗脸。

【译文】

瑞云是杭州城有名的妓女，容貌才艺，盖世无双。

她长到十四岁时，妓院的老鸨蔡婆子准备叫她出来接客。瑞云请求说："这是我一生道路的开始，不能随随便便。出的价由你定，留宿的客就要听我自己选择。"蔡婆子说："好。"于是定过夜价十五两银子。

瑞云就天天与嫖客见面。求见的客一定要带见面礼：礼厚的，陪他下盘棋，送他一幅画；礼薄的，留他喝杯茶而已。瑞云的名声早已远近传扬，从这时开始，富商显贵，每日接踵上门来。

余杭县一个姓贺的书生，素有才华，很有名气，只是家境不太富裕。他一向倾慕瑞云，本不敢梦想同效鸳鸯，听得她见客了，也竭力筹措了一份薄礼，希望能一睹芳容。他暗自担心瑞云看的人多了，不把穷书生放在眼里；等到见面一谈，她却接待得很殷勤，坐着说了好久话，眉目之中含情脉脉。还作了一首诗送给他，诗中写道："何事求浆者，蓝桥叩晓关？有心寻玉杵，端只在人间。"诗里用了唐传奇"裴航遇仙"的典故：裴航在蓝桥驿讨茶水喝，看上了美丽的少女云英，向她祖母求亲，老妇人非要他找到玉杵臼为聘不可；裴航最后找到了玉杵臼，娶了云英。贺生得到这首诗，高兴得发狂。再想说些话，忽然小丫头来告诉"客到"，贺生匆忙之中就告别了。

回家以后，吟赏玩味着诗中的句子，梦萦魂绕。过了一两天，情不自禁，又置办了礼金，再去见瑞云。瑞云接见他很欢喜。她把座椅移到贺生身旁，悄悄地问："你能想法子来与我欢聚一夜吗?"贺生说："我一个穷得没办法的书生，只有一腔痴情能献给知己。一点见面礼已竭尽微力了。能在你身边，已经心满意足；至于肌肤相亲，哪敢有这种梦想。"瑞云听了，闷闷不乐，相对而坐，就连一句话也没有了。贺生坐了好久不出来，蔡婆子三番五次呼唤瑞云催他走，贺生只好回家。他心里十分郁闷，想倾家荡产来求得一夜之欢，可是五更过后还是要分别，那情景又怎么忍受得了?想到这里，热烈的念头全都消失，从此就断了音讯。

瑞云挑选意中人，一连几个月再得不到一个适当的人。蔡婆子很窝火，准备强迫她接客，只是还没有说出来。一天，有个秀才送了礼金，坐下谈了一会儿，就站起来，用一只手指在瑞云额头上按一下，说道："可惜，可惜!"说完就走了。瑞云送客回来，大家看到她额头留着手指印，黑得像墨汁，越洗越明显。过了几天，黑迹渐渐扩大；一年多后，从脸颊到鼻梁黑成一片。见到的人就笑，门前车马也因此绝迹了。蔡婆子斥责了她，卸去妆饰品，叫她与丫头们在一起。瑞云身子又虚弱，受不了驱使，一天比一天憔悴。

贺生听说，来探望她，见她蓬着头在厨房里干活，丑得像鬼。瑞云抬头看见贺生，脸对墙壁遮掩自己。贺生同情她，就与蔡婆子说，愿赎她做妻子。蔡婆子答应了。贺生把田地卖了，倾其所有，把瑞云买回家来。瑞云一进门，拉住贺生的衣角，擦不完的眼泪，还不敢以夫妻身份自居，愿意做个小妾，好等日后再娶正妻。贺生说："人生最可贵的是知己：你走红时还能把我作为知己，我怎能因为你色衰落难的缘故忘掉你呢!"就此不再娶别的女人。听说的人都讥笑他，可他对瑞云的爱更深厚了。

过了一年多，贺生偶然到苏州，与一个姓和的秀才同在一个主人家做客，和秀才忽然问贺生说："杭州有个名妓瑞云，现在怎么样了?"贺生用"嫁人了"作为回答。和秀才又问："嫁了个什么样的人?"贺生回答说："那人大致与我差不多。"和秀才说："真能像你，可说得着个好丈夫了。不知身价多少?"贺生说："因为她有怪病，姑且贱卖了。不然，像我这样的人，怎能从妓院里买漂亮的女人呢!"和

秀才又问："她嫁的男人果真能像你一样吗?"贺生因为他问得奇怪，就反问他。和秀才笑着说："实不相瞒，以前曾见过她一面，很可惜她以绝代的姿容而流落在妓院之地，命运不济，所以用小法术把她的光彩隐蔽起来，保持了她美玉般的纯洁，留着等候爱才的人去真正赏识她罢了。"贺生急忙问道："你能把她点黑，也能给她洗掉吗?"和秀才笑着说："怎么不能，不过必须娶她的人诚心诚意来求一下才行。"贺生连忙起身下拜，说："瑞云的丈夫，就是我呀。"和生高兴地说："天下只有真正的才子才能多情，不因美丑而动摇爱心。请让我随你一同回去，就送还你一个绝代佳人。"

于是，两个人一起返回余杭。到达后，贺生要喊瑞云备酒，和秀才制止他说："先来施展我的法术，应当先让准备酒菜的人有高兴的心情呀。"就叫贺生打了盆清水来，并拢中指和食指在水面上画了几下，说："用这盆水洗脸就能好。但是她必须亲自出来谢一下医生啊!"贺生笑着，捧着盆进去，立等瑞云洗脸，手到之处光亮洁白，艳丽完全如同当年。夫妻俩都感激和秀才的恩德，一起出来拜谢，客人却不见了，到处寻找都找不到，想来是神仙吧?

仇大娘

【原文】

仇仲，晋人，忘其郡邑。值大乱，为寇俘去。二子福、禄俱幼；继室邵氏[①]，抚双孤[②]，遗业幸能温饱[③]。而岁屡祲[④]，豪强者复凌藉之[⑤]，遂至食息不保[⑥]。仲叔尚廉利其嫁，屡劝驾[⑦]，而邵氏矢志不摇。廉阴券于大姓[⑧]，欲强夺之；关说已成，而他人不之知也。里人魏名，夙狡狯[⑨]，与仲家积不相能[⑩]，事事思中伤之。因邵寡，伪造浮言以相败辱。大姓闻之，恶其不德而止。久之，廉之阴谋与外之飞语[11]，邵渐闻之，冤结胸怀，朝夕陨涕[12]，四体渐以不仁[13]，委身床榻[14]。福甫十六岁，因缝纫无人，遂急为毕姻。妇，姜秀才屺瞻之女，颇称贤能，百事赖以经纪。由此用渐裕，仍使禄从师读。

仇大娘

魏忌嫉之，而阳与善，频招福饮，福倚为腹心交。魏乘间告曰："尊堂病废，不能理家人生产；弟坐食，一无所操作。贤夫妇何为作马牛哉！且弟买妇，将大耗金钱。为君计，不如早析[15]，则贫在弟而富在君也。"福归，谋诸妇；妇咄之。奈魏日以微言相渐渍[16]，福惑焉，直以己意告母。母怒，诟骂之。福益恚，辄视金粟为他人之物而委弃之。魏乘机诱博赌，仓粟渐空，妇知而未敢言。既至粮绝，被母

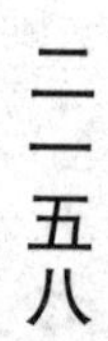

骇问，始以实告。母愤怒，而无如何，遂析之。幸姜女贤，旦夕为母执炊[17]，奉事一如平日。福既析，益无顾忌，大肆淫赌[18]。数月间，田屋悉偿戏债，而母与妻皆不及知。福资既罄，无所为计，因券妻贷资，苦无受者。邑人赵阎罗，原漏网之巨盗，武断一乡[19]，固不畏福言之食也，慨然假资。福持去，数日复空。意踟蹰[20]，将背券盟。赵横目相加[21]。福惧，赚妻付之。魏闻窃喜，急奔告姜，实将倾败仇也。姜怒，讼兴。福惧甚，亡去。姜女至赵家，始知为婿所卖，大哭，但欲觅死。赵初慰谕之，不听；既而威逼之，益骂；大怒，鞭挞之，终不肯服。因拔笄自刺其喉，急救，已透食管，血溢出。赵急以帛束其项，犹冀从容而挫折焉[22]。明日，拘牒已至，赵行行不置意[23]。官验女伤重，命笞之，隶相顾无敢用刑。官久闻其横暴，至此益信，大怒，唤家人出，立毙之。姜遂舁女归。

自姜之讼也，邵氏始知福不肖状[24]，一号几绝，冥然大渐[25]。禄时年十五，茕茕无以自主[26]。先是，仲有前室女大娘[27]，嫁于远郡，性刚猛，每归宁，馈赠不满其志，辄迕父母，往往以愤去，仲以是怒恶之；又因道远，遂数载已不一存问[28]。邵氏垂危，魏欲招之来而启其争。适有贸贩者，与大娘同里，便托寄语大娘，且歆以家之可图[29]。数日，大娘果与少子至。入门，见幼弟侍病母，景象惨澹，不觉怆恻。因问弟福，禄备告之。大娘闻之，忿气塞吭[30]，曰："家无成人，遂任人蹂躏至此！吾家田产，诸贼何得赚去！"因入厨下，爇火炊糜[31]，先供母，而后呼弟及子啖之。啖已，忿出，诣邑投状，讼诸博徒。众惧，敛金赂大娘。大娘受其金，而仍讼之。邑令拘甲、乙等，各加杖责，田产殊置不问。大娘愤不已，率子赴郡。郡守最恶博者。大娘力陈孤苦，及诸恶局骗之状[32]，情词慷慨。守为之动，判令知县追田给主；仍惩仇福，以儆不肖。既归，邑宰奉令敲比[33]，于是故产尽反。大娘时已久寡，乃遣少子归，且嘱从兄务业，勿得复来。大娘由此止母家，养母教弟，内外有条。母大慰，病渐瘥，家务悉委大娘。里中豪强，少见陵暴，辄握刃登门，侃侃争论[34]，罔不屈服。居年馀，田产日增。时市药饵珍肴，馈遗姜女。又见禄渐长成，频嘱媒为之觅姻。魏告人曰："仇家产业，悉属大娘，恐将来不可复返矣。"人咸信之，故无肯与论婚者。

有范公子子文，家中名园，为晋第一。园中名花夹路，直通内室。或不知而误入之，值公子私宴，怒执为盗，杖几死。会清明，禄自塾中归，魏引与遨游，遂至园所。魏故与园丁有旧[35]，放令入，周历亭榭[36]。俄至一处，溪水汹涌，有画桥朱栏，通一漆门；遥望门内，繁花如锦，盖即公子内斋也。魏绐之曰[37]："君请先入，我适欲私焉[38]。"禄信之，寻桥入户，至一院落，闻女子笑声。方停步间，一婢出，窥见之，旋踵即返。禄始骇奔。无何，公子出，叱家人绾索逐之[39]。禄大窘，自投溪中。公子反怒为笑，命诸仆引出。见其容裳都雅。便令易其衣履，曳入一亭，诘其姓氏。蔼容温语[40]，意甚亲昵。俄趋入内；旋出，笑握禄手，过桥，渐达曩所[41]。禄不解其意，逡巡不敢入。公子强曳入之，见花篱内隐隐有美人窥伺。既坐，则群婢行酒。禄辞曰："童子无知，误践闺闼，得蒙赦宥，已出非望。但求释令早归，受恩匪浅。"公子不听。俄顷，肴炙纷纭。禄又起，辞以醉饱。公子捺坐，笑曰："仆有一乐拍名，若能对之，即放君行。"禄唯唯请教。公子云："拍名'浑不似'[42]。"禄默思良久，对曰："银成'没奈何'[43]。"公子大笑曰："真石崇也[44]！"禄殊不解。盖公子有女名蕙娘，美而知书，日择良偶。夜梦一人知之曰："石崇，汝婿也。"问："何在？"曰："明日落水矣。"早告父母，共以为异。禄适符梦兆，故邀入内舍，使夫人女辈共觇之也。公子闻对而喜，乃曰："拍名乃小女所拟，屡思而无其偶，今得属对[45]，亦有天缘。仆欲以息女奉箕帚[46]；寒舍不乏第宅，更无烦亲迎耳。"禄惶然逊谢，且以母病不能入赘为辞[47]。公子姑令归谋，遂遣圉人负湿衣，送之以马。既归告母，母惊为不祥。于是始知魏氏险；然因凶得吉，亦置不仇，但戒子远绝而已。逾数日，公子又使人致意母，母终不敢应。大娘应之，即倩双媒纳采焉[48]。未几，禄赘入公子家。年馀游泮，才名籍甚[49]。妻弟长成，敬少弛；禄怒，携妇而归。母已杖而能行。频岁赖大娘经纪，第宅颇完好。新妇既归，仆从如云，宛然有大家风焉。

魏又见绝，嫉妒益深，恨无瑕之可蹈[50]，乃引旗下逃人诬禄寄资[51]。国初立法最严[52]，禄依令徙口外[53]。范公子上下贿托，仅以蕙娘免行；田产尽没入官。幸大娘执析产书，锐身告理[54]，新增良沃如干顷[55]，悉挂福名，母女始得安居。禄自分不返，遂书离婚字付岳家[56]，伶仃自去。行数日，至都北，饭于旅肆。有丐子怔憆户外[70]，貌绝类兄；近致讯诘，果兄。禄因自述，兄弟悲惨。禄解复衣，分数金，嘱令归。福泣受而别。禄至关外，寄将军帐下为奴。因禄文弱，俾主支籍[58]，与诸仆同栖止。仆辈研问家世，禄悉告之。内一人惊曰："是吾儿也!"盖仇仲初为寇家牧马，后寇投诚，卖仲旗下，时从主屯关外。向禄缅述，始知真为父子，抱头悲哀，一室为之酸辛。已而愤曰："何物逃东[59]，遂诈吾儿!"因泣告将军。将军即命禄摄书记[60]；函致亲王，付仲诣都。仲伺车驾出[61]，先投冤状[62]。亲王为之婉转[63]，遂得昭雪，命地方官赎业归仇。仲返，父子各喜。禄细问家口，为赎身计。乃知仲入旗下，两易配而无所出，时方鳏也[64]。禄遂治任返。

初，福别弟归，蒲伏自投[65]。大娘奉母坐堂上，操杖问之："汝愿受扑责，便可姑留；不然，汝田产既尽，亦无汝啖饭之所，请仍去。"福涕泣伏地，愿受笞。大娘投杖曰："卖妇之人，亦不足惩。但宿案未消[66]，再犯首官可耳[67]。"即使人往告姜。姜女骂曰："我是仇家何人，而相告耶!'，大娘频述告福而揶揄之，福惭愧不敢出气。居半年，大娘虽给奉周备，而役同厮养[68]。福操作无怨词，托以金钱辄不苟[69]。大娘察其无他，乃白母，求姜女复归。母意其不可复挽。大娘曰："不然。渠如肯事二主，楚毒岂肯自罹[70]？要不能不有此忿耳。"率弟躬往负荆[71]。岳父母诮让良切[72]。大娘叱使长跪，然后请见姜女。请之再四，坚避不出；大娘搜捉以出。女乃指福唾骂，福惭汗无以自容。姜母始曳令起。大娘请问归期，女曰："向受姊惠綦多，今承尊命，岂复敢有异言？但恐不能保其不再卖也！且恩义已绝，更何颜与黑心无赖子共生活哉？请别营一室，妾往奉事老母，较胜披削足矣[73]。"大娘代白其悔，为翌日之约而别。次朝，以乘舆取归，母逆于门而跪拜之[74]。女伏地大哭。大娘劝止，置酒为欢，命福坐案侧，乃执爵而言曰："我苦争者，非自利也。今弟悔过，贞妇复还，请以簿籍交纳[75]；我以一身来，仍以一身去耳。"夫妇皆兴席改容[76]，罗拜哀泣，大娘乃止。

居无何，昭雪之命下，不数日，田宅悉还故主。魏大骇，不知其自，恨无术可以复施。适西邻有回禄之变[77]，魏托救焚而往，暗以编菅爇禄第[78]，风又暴作，延烧几尽；止馀福居两三屋，举家依聚其中。未几，禄至，相见悲喜。初，范公子得离书，持商蕙娘。蕙娘痛哭，碎而投诸地。父从其志，不复强。禄归，闻其未嫁，喜如岳所。公子知其灾，欲留之；禄不可，遂辞而退。大娘幸有藏金，出葺败堵。福负锸营筑，掘见窖镪，夜与弟共发之，石池盈丈，满中皆不动尊也[79]。由是鸠工大作，楼舍群起，壮丽拟于世胄[80]。禄感将军义，备千金往赎父。福请行，因遣健仆辅之以去。禄乃迎蕙娘归。未几，父兄同归，一门欢腾。大娘自居母家，禁子省视，恐人议其私也。父既归，坚辞欲去。兄弟不忍。父乃析产而三之：子得二，女得一也。大娘固辞。兄弟皆泣曰："吾等非姊，乌有今日！"大娘乃安之。遣人招子，移家共居焉。或问大娘："异母兄弟，何遂关切如此?"大娘曰："知有母而不知有父者，惟禽兽如此耳，岂以人而效之?"福禄闻之皆流涕，使工人治其第，皆与己等。

魏自计十馀年，祸之而益以福之，深自愧悔。又仰其富，思交欢之，因以贺仲阶进[81]，备物而往。福欲却之；仲不忍拂，受鸡酒焉。鸡以布缕缚足，逸入灶；灶火燃布，往栖积薪，僮婢见之而未顾也。俄而薪焚灾舍[82]，一家惶骇。幸手指众多，一时扑灭，而厨中百物俱空矣。兄弟皆谓其物不祥。后值父寿，魏复馈牵羊[83]。却之不得，系羊庭树。夜有僮被仆殴，忿趋树下，解羊索自经死。兄弟叹曰："其福之不如其祸之也！"自是魏虽殷勤，竟不敢受其寸缕，宁厚酬之而已。后魏老，贫而作丐，仇每周以布粟而德报之。

异史氏曰："噫嘻！造物之殊不由人也！益仇之而益福之，彼机诈者无谓甚矣。顾受其爱敬，而反以得祸，不更奇哉？此可知盗泉之水[84]，一掬亦污也。"

【注释】

①继室：续娶的妻子。

②孤：无父叫"孤"。

③遗业：犹遗产。

④岁：农业收成。祲（近）：受灾。

⑤凌藉：侵凌，欺压。

⑥食息不保：谓吃饭无有保障。食息，犹言吃饭、生活。每顿饭必有间隔；一食一间曰“食息”。

⑦劝驾：犹言敦促。后因称促请别人起行或做某事为“劝驾”。

⑧阴券：暗地里立下契约。指署约强嫁。

⑨夙：平素，一向。狡狯：狡诈奸猾。

⑩积不相能：长期不和睦。不相能，不相容。

⑪飞语：传扬的诽谤。

⑫陨涕：落泪。

⑬四体：四肢。不仁：麻痹，指患痹症。

⑭委身床榻：卧床不起。

⑮析：析居，分家。

⑯微言：秘密进言，谓暗中怂恿。渐渍：浸润，影响。

⑰执炊：做饭。

⑱淫赌：滥赌。

⑲武断一乡：谓以威势横行乡里。

⑳踟蹰（池除）：犹豫。

㉑横目：怒目，凶恶的样子。

㉒挫折：指挫折其意志。

㉓行行：倔强的样子。

㉔不肖：不贤。

㉕大渐：病危。

㉖茕茕（穷穷）：孤独无依。

㉗前室：前妻。

㉘存问：慰问。存，探望。

㉙歆以家之可图：也可以图谋仇家家产暗示仇大娘。歆，引诱。

㉚吭（杭）：喉咙。

㉛爇火炊糜：烧火煮粥。

㉜诸恶：指诸博徒。局骗：构成圈套骗人。

㉝敲比：敲扑追比，指强令限期完成“追田给主”。比，追比

㉞侃侃（砍砍）：理直气壮，从容而谈。

㉟有旧：有旧交。

㊱周历亭榭：周游园林。历，游历。亭榭，园林中的建筑。榭，建在高处的敞屋。

㊲绐（待）：欺骗。

㊳私：小便。

㊴绾（宛）索：拿着绳子。绾，盘结。

㊵蔼容温语：面容和蔼，言语温和。

㊶曩所：以前所到的地方，指“内斋”。

㊷拍：即上文的“乐拍”，本指乐曲，此指乐器。“浑不似”：弹拨乐器名，形似琵琶，四弦，长项，圆鞾，又名“火不思”“和必斯”。

㊸银成“没奈何”：相传宋朝张俊家多白银，每千两铸成一个圆球，视为“没奈何”；意谓特大银块，盗贼也没法偷窃。

㊹石崇：字季伦，晋代南皮人，使客航海致富。后世多以石崇代指富豪。

㊺属对：撰成对句。

㊻息女：亲生女。奉箕帚：持箕帚洒扫；代指做妻子。奉，通“捧”。

㊼入赘：男子就婚于女家叫“入赘”。

㊽纳采：古代婚礼，男女双方同意后，男家备彩礼去女家缔结婚约。

㊾籍甚：谓声名甚盛。籍，通藉。甚，盛。

㊿无瑕之可蹈：无机可乘，指找不到陷害的借口。瑕，喻缺点、毛病。蹈，践踏，利用。

㉛引旗下逃人诬禄寄资：诱引旗下逃人诬陷仇禄窝藏其钱财。旗下逃人，指被清兵掳去为奴而逃亡的人。旗下，编入旗籍的人。

㉜国初：指清朝建国之初。

㉝禄依令徙口外：仇禄按照法令应流放口外充军。口外，长城以外的我国北部地区。口，指长城的关隘。清初法例规定，文武官员或有功名的人，隐匿逃人，将本人“并妻子流徙，家产入官”。

㉞锐身告理：挺身而出，据理诉讼。

㉟良沃：肥沃的良田。如干：若干。

㊱字：字据。

㊲怔憕：惊怖懊恨的样子。

㊳主支籍：犹言管账。支，计算。

㊴逃东：清兵未入关前称为“东师”，被其所掳为奴的人称为“东人”。“逃东”就是“逃人”。

㊵摄书记：代理文书人员。摄，代理。书记，主管文书记录的人员。

㊶车驾：帝王所乘车，这里代指亲王。

㊷冤状：鸣冤的讼状。

㊸婉转：意指委婉说情、解脱。

㊹鳏（官）：老而无妻叫“鳏”。

㊺蒲伏：同“匍匐”。伏身地下。自投：认错请罪。

㊻宿案：旧案。

㊼首官：告官。首，陈述罪状叫“首”，自陈叫“自首”，告人叫“出首”。

㊽役：役使。厮养：仆人。

㊾不苟：不马虎；认真对待。

㊿“楚毒”句：指姜女自刺其喉，拒绝赵阎王的威逼。

(71)负荆：主动请罪。战国时，赵将廉颇与上卿蔺相如不和，屡加挫辱。蔺相如以国事为重，屡次退让。后来廉颇知错，“肉袒负荆”，向蔺相如请罪。负，背负。

荆，荆条，用作刑杖。

⑫诮让良切：责备甚严。

⑬披削：披缁削发，指出家为尼。佛教戒律规定，出家为僧尼，须披僧衣，剃去长发。

⑭逆于门：在家门前迎接。逆，迎。

⑮簿籍：指记录家产的账簿。

⑯兴席：离席；站起。兴，起。改容：变了脸色，表示惶恐。

⑰回禄之变：指发生火灾。回禄，传说中的火神。

⑱编菅（兼）：草荐。

⑲不动尊：指白银，意为收藏不用，如佛像端坐不动。

⑳拟于世胄：类似世家。拟，比拟、类似。世胄，犹言“世家”。

㉑阶进：作为进见的因由。

㉒灾舍：火烧房舍。

㉓馈牵羊：此既实指送羊祝寿，又暗喻服输悔过之意。

㉔盗泉：古泉名，故址在今山东省泗水县东北。旧时以“盗泉之水”比喻以不正当的手段得来的东西。这里以之比喻恶人魏名所送的礼物。

【译文】

仇仲是山西人，忘了他的家乡属于哪个郡、县。时值天下大乱，他被贱寇掳走。两个儿子仇福、仇禄都还小；填房邵氏抚养一对孤儿，留下的产业幸而还能温饱。可是连年收成不好，那些豪强大族又欺凌他们，以致供口粮用的租息也不能保证收到。仇仲的叔父仇尚廉企图从邵氏改嫁中捞到好处，三番五次地劝她，可邵氏矢志不移。仇尚廉暗地里和一家大姓立了契约，想强抢她；条件已经谈妥，而别人不知道。街坊魏名一向狡猾，与仇仲家长期不和睦，处处都想中伤一番。因为邵氏年轻守寡，就伪造谣言来败坏她的名声。那家大姓听说，嫌邵氏品行不好，就中止

了与仇尚廉的密谋。

久而久之，仇尚廉的阴谋和外界的流言蜚语，邵氏渐渐有所风闻，冤屈郁积于胸，早晚伤心落泪，渐渐四肢麻木，病倒在床。

仇福刚满十六岁，因为家里连个缝缝补补的人都没有，就急急忙忙替他娶亲完婚。新媳妇是秀才姜屺瞻的女儿，可称得上又贤惠又能干，家里大小百事靠她一人张罗。从此家用开支渐渐有点宽裕，就让仇禄从师读书。

魏名妒忌他们，可是表面上和仇家相处得很好，不断叫仇福去喝酒，仇福把他当知心朋友信赖。魏名趁机告诉他说："你母亲病成残废，不能管理一家劳动生产；你兄弟坐吃，一点不干事：你们夫妻俩为什么做牛做马呢！况且你兄弟娶媳妇，将要花费一大笔钱。我替你着想，不如早分家，那么穷的是你兄弟，富的就是你了。"

仇福回家，与妻子商量；妻子呵斥他。怎奈魏名天天把些挑拨离间的话向他耳里灌，仇福迷惑了，径直把自己想分家的意思告诉母亲。母亲火了，把他痛骂一顿。仇福更恼恨，就把家里的钱粮看作别人的东西似的随便扔弃。魏名乘机引诱他一起赌博，他家里粮仓渐渐空了，妻子知道而没敢讲。直到口粮断了，母亲惊问，才把真实情况告诉了。母亲愤怒极了，却又无可奈何，就分了家。幸亏姜氏贤惠，早晚为母亲烧茶做饭，侍奉照顾一如既往。

仇福分家以后，更加肆无忌惮，狂赌滥嫖。数月之内，田地房产全抵了吃喝嫖赌的债，可他母亲与妻子还不知情。仇福家产已尽，再也想不出办法了，便出字据用老婆作抵押借钱，苦于找不到接受条件的主顾。县里有个赵阎罗，原是漏网的大盗，横行乡里，不怕仇福说话不算数，一口答应借钱给他。仇福把钱拿去，几天工夫又精光了。他犹豫不决，想要把字据作废了。赵阎罗横眼朝他一瞪，仇福十分心寒，只得把妻子骗到赵家，交给了赵阎罗。魏名听说暗暗高兴，急忙跑去告诉姜秀才，实际上是要使仇家一败涂地。姜秀才生气了，告到衙门。仇福慌极，逃了出去。

姜氏到了赵家，才知道自己被丈夫卖了，大哭起来，只想寻死。赵阎罗起初好言相劝，不听；既而威吓逼迫，骂得更凶；大怒，用鞭抽打她，她始终不肯屈服，

拔下发簪朝自己喉咙刺去。急忙救住，食管已经刺穿，鲜血直流。赵阎罗连忙用布条把她脖子包扎起来，还想慢慢儿杀她的性子，使她屈从。

第二天，衙门传票已到，赵阎罗态度强硬，满不在乎。县官验明姜氏伤势很重，下令鞭打赵阎罗，衙役你看我我看你，不敢用刑。县官早就听说赵阎罗横蛮凶暴，到这时更相信传闻是实。不由大怒，喊自己的仆人出来。当场打死了这个恶棍。姜秀才就把女儿抬回家去。

自从姜秀才告了状，邵氏才知道大儿子不成器的种种情状，号叫一声，几乎气绝，昏迷不醒，病情恶化。仇禄当时只有十五岁，孤单无靠，不知怎么办才好。

早先，仇仲前妻有个女儿叫大娘，远嫁在外郡，她性格刚烈，每次回娘家，临走送的东西稍不如她的意，就顶撞父母，往往负气而去。仇仲因此发火讨厌她；又因为路远，就好几年不通一次问候。邵氏病危，魏名想把她招来挑起争端。正好有个跑买卖的与她同住一个街坊，魏名就托他捎话给仇大娘，而且用可以谋取家产的话来打动她的心。

过了几天，仇大娘果真带着小儿子来了。一进门，看到小兄弟服侍病危的母亲，景况惨淡，不觉一阵心酸难过。就问大兄弟仇福怎么不见，仇禄把家里发生的事原原本本告诉了姐姐。仇大娘一听，一股忿气塞在喉咙口，说："家里没有大人，竟任人糟蹋到这个地步，我家田地产业，那些贼怎么能骗去！"就下厨房，生火煮粥，先侍候母亲吃了，而后喊弟弟和小儿子一起来吃。吃罢，愤愤出门，到县里告状，跟那伙赌徒打官司。

赌徒们害怕了，凑了银子来贿赂大娘。大娘收下银子还是打官司。县官下令把某甲、某乙几个赌徒拘捕到案，各打板子，田产的事一点也不追问。仇大娘气不过，带了小儿子赶到府衙门。那郡守最恨赌徒。大娘竭力诉说娘家孤苦，以及那些恶棍设计坑骗的种种情况，一席话说得意气激昂，郡守也被感动了，判令县官追回田地归还原主，而且还要惩罚仇福，以警诫那些不成材的子孙。

大娘回到县里，县令奉命责打那伙赌徒，迫使他们交出田产，于是仇家原有的产业全部退回。

当时仇大娘早已守寡，就让小儿子回去，还嘱咐他跟哥哥从事生产劳动，不要再来。大娘从此住在娘家，奉养母亲，教育弟弟，里里外外井井有条。邵氏得到很大安慰，病渐渐好起来，家中事务全交给大娘处理。乡里豪强稍有一点欺凌她家，她就握着刀找上门去，刚直不屈地争高低评是非，那些豪强没有不服她的。

住了一年多，田产一天天增加。她时常买些补药好菜送给姜氏。又见弟弟仇禄逐渐长大成人，多次托说媒的替他留意婚姻。魏名告诉别人说："仇家的产业，全归了大娘，恐怕将来回不到仇家兄弟手里了。"人们都听信他，所以没有愿意与仇家谈婚事的。

有个公子叫范子文，家里花园出了名，号称山西第一。花园中名花夹路，直通内室。有人不知就里，沿花径误人范公子内室，正巧范公子家宴，一怒之下，把来人当盗贼抓起来，一顿棍棒差点送了命。那天清明节，仇禄从私塾放学回家，魏名带他游玩，就到了范家花园。他本来与园丁熟悉，放他们进去，游遍了亭台水榭。不久到一处，溪流水急波涌，上架雕花石桥，朱红色的栏杆，直通一扇油漆的门；远望门内，繁花似锦，原来就是范公子的内宅。魏名骗仇禄说："你先进去，我正好要解手。"仇禄信以为真，沿着桥进了门，来到一座院落，听到女人的笑声。正停下脚步的当儿，一个丫鬟出来，冷不防看见了他，转身就退回去。仇禄这才害怕得奔跑起来。没过多久，范公子出来，吆喝仆人拿绳索追上去。仇禄十分窘迫，自己跳进溪流。范公子转怒为笑，命几个仆人把他拉上岸来。

范公子看仇禄容貌衣着美而不俗，就叫换下他衣服鞋子，把他拖进一座亭子，问他的姓名。和颜悦色，语气温和，看上去很亲切。一会儿快步进去，随即出来，笑着握住仇禄的手过桥，渐渐走到刚才的地方。仇禄不明白他意图，脚步迟疑，不敢进去。范公子硬把他拉了进去。仇禄见花丛中隐隐有个美人在偷看。坐下以后，一群丫鬟送上酒来。仇禄辞谢说："我年轻无知，误闯内宅，能蒙原谅，已出望外。只求放我早回，那就受恩匪浅了。"范公子不听。不多一会，佳肴纷纭杂陈。仇禄又起身，推辞说已酒醉饭饱了。范公子按他坐下，笑着说："我有一个乐曲的拍名，你要能对出来，就放你走。"仇禄只得连声应允，请教上联。范公子吟出上联是：

"拍名'浑不似'"。"浑不似"是一种小型的琵琶。仇禄默默想了好久，对道："银成'没奈何'。""没奈何"相传是一种用千两白银铸成的大圆球。范公子大笑说："果真是石崇啊！"仇禄实在不懂他是什么意思。

原来，范公子有个女儿叫蕙娘，美丽而又知书识礼，每天在选择如意郎君。夜里梦见一个人告诉她说："石崇是你的夫婿。"蕙娘问："在哪里?"回答说："明天落水了。"蕙娘晨起把梦告诉父母，大家都以为奇异。仇禄正好符合梦兆，所以范公子把他邀请进内宅，让夫人、女儿们都偷偷地相一相。听了对句，范公子高兴得很，就说；"拍名是我女儿拟的，屡屡推敲，也想不出下联，今天你能对上，也是天赐良缘。我想把女儿嫁给你；我家不乏住房，更不烦劳迎亲了。"

仇禄不安地谦谢，又以母亲病重不能入赘推辞。范公子同意他暂且回家去商量，就派马夫背了仇禄的湿衣服，用马送他回家。

到家把事情经过告诉母亲，母亲惊恐地认为不祥。于是才知道魏名这人居心险恶；然而因凶而得吉，也就不记仇了，只是告诫儿子远远避开他，断绝与他来往罢了。

过了几天，范公子又派人来向邵氏提婚事，邵氏一直不敢答应。仇大娘却应下了，立即请了两位媒人送上聘礼。没过多久，仇禄到范家做了招女婿。过了一年多，考中秀才，文才名声大扬。但是蕙娘的弟弟已长大成人，对仇禄不太敬重；仇禄一怒之下，带着妻子回到自己家里。

他母亲已能拄着拐杖行走了。几年来，靠仇大娘经营管理，住宅也修整得很完好。新媳妇回家，丫鬟、仆人一大群，仿佛像个大户人家的气派了。

魏名因为又被仇家断绝了往来，妒忌得更厉害，恨没有机会踩他们一脚，就勾结旗下逃人，诬称仇禄窝赃。国朝初期立法最厉，仇禄按法令流放到关外。范公子上下塞钱托人情，仅仅使蕙娘免于随同充军；仇家的田地产业，全部没收充公。幸亏仇大娘拿着从前兄弟俩分家的产权证书，奋不顾身上告说理，新买的好几顷肥沃良田，全挂在仇福名下，母女俩才得以安居。

仇禄自料不能回来了，就写了离婚书交给岳父家，孤苦伶仃地独自上路。走了几天，到京都北边，在一家旅店用饭。有个叫花子惶恐不安地在门外，模样极像他哥哥；走近盘问，果然是仇福。仇禄便将家里的情况和自己的遭遇诉述一遍，兄弟俩相对悲切。仇禄解开夹衣，分出几两银子给哥哥，嘱咐他回家。仇福含泪收下银子，就与弟弟告别。

仇禄来到关外，在一个将军手下供奴役。因他长得文弱，叫他管账，与其他仆人住在一起。仆人们细问家世，仇禄全都告诉了他们。其中一个人吃惊地说："你是我的儿子啊!"原来，仇仲当年被贼寇掳走后，先给他们牧马，后来贼寇投诚，把仇仲卖到旗下，当时正随主人屯驻在关外。当他向仇禄追述往事，仇禄才知道真是父子，抱头大哭，满屋都为他们辛酸。仇仲愤怒地说："哪个狗东西逃离东家，竟讹诈我儿子!"便哭诉将军。将军就命仇禄代理文书；并给亲王写了一封信，交付仇仲亲去北京。

仇仲候亲王车驾出来，先把冤状递上去。亲王替他辩白说情，冤案终于得到昭雪，命令地方官把没收充公的田产退还仇家。仇仲回到将军处，父子都很高兴。仇禄细问父亲现在家里的人口情况，打算替他赎身，才知道仇仲到旗下曾换过两个配偶，但都没有生下子女，如今正单身独居。于是仇禄就收拾行装回乡。

当初，仇福别了弟弟回到家里，匍匐在地自投家门。仇大娘把母亲扶到正堂上坐下，拿着棍子问他："你愿受责打，就可暂且留下；否则，你的田产已经被你输光，也没有你吃饭的地方，请仍旧走吧。"仇福伏在地上痛哭流涕，愿受责打。大娘把棍子一丢，说："卖老婆的人，打一顿惩罚也太轻了。只是旧案没销，再犯向官府告发就行了。"就派人去告诉姜家。姜氏骂道："我是仇家什么人，要来告诉我!"大娘一再把这话说给仇福听，故意嘲笑刺激他，仇福惭愧得连气都不敢出。

住了半年，仇大娘虽然供他吃穿很周全，但叫他干活却同仆人一样。仇福劳动没一句怨言，托他办银钱出入的事也一丝不苟。大娘考察他已没什么毛病了，就禀告母亲，求姜氏重新回家。母亲认为这件事是不能再挽回的了。大娘说："不一定这样。她如肯嫁第二个男人，岂肯自己刺破喉管遭那份罪？她总归不能不有这一股子气罢了。"于是，大娘领着弟弟亲自到姜家负荆请罪。岳父母对仇福责备得极痛

切。大娘叱责弟弟叫他直挺挺跪着，然后请姜氏出来相见。再三再四请，姜氏坚决避而不出；大娘进去找着她，硬把她拖出来。姜氏就指着仇福唾骂，仇福惭愧得头上冒汗，无地自容。岳母这才把女婿拉了起来。大娘请问姜氏哪天回去。姜氏说："我一向得到姐姐很多恩惠，今天承姐姐亲自上门叫我回去，难道还能说个'不'字？只是怕保不定他不再卖我啊！况且他对我恩义已断，还有什么脸面跟这黑心的无赖一起生活？请姐姐另外给我准备个房间，我去侍奉老母，比出家做尼姑好一点就够了。"大娘代弟弟表白悔过，约定第二天来接她，就告别回家。

第二天一早，仇家用车子请姜氏回家，母亲亲自到大门迎接，跪下给儿媳磕头。姜氏伏倒在地大哭。仇大娘劝住了，摆上酒欢庆，叫仇福坐在桌边。于是，仇大娘举杯说："我苦苦相争，不是为自己谋私利。如今弟弟悔过自新，贞烈的弟媳重新回来，让我把家产账簿交你们收下；我是空身来的，仍然空身一人回去罢了。"仇福夫妻俩都站起身来，没了笑容，并排跪在姐姐面前哀哭，大娘这才暂时留了下来。

没过多久，仇禄昭雪平反的命令下达，不几天，充公的田产悉数归还原主。魏名大吃一惊，弄不清是何缘故，恨自己再没有什么办法可以去陷害仇家了。正好仇家西邻失火，魏名借救火为名前去，暗中用草把点燃了仇禄的房子，风刮得很猛，火势蔓延仇家的房子几乎烧光；只有仇福住的两三间房子保住了，全家挤在里面住下。不久仇禄到了，一家人相见，悲喜交集。

早先，范公子得到仇禄的离婚书，便拿去同蕙娘商量。蕙娘痛哭，当下把离婚书撕得粉碎，丢在地上。范公子随女儿的心意，不再勉强她。仇禄回来，听说蕙娘没改嫁，高高兴兴到岳父家探望。范公子知道他家遭了火灾，想留他住下；仇禄不肯，就辞别而回。幸而大娘积蓄了点银子，拿出来修烧坏的房屋。仇福扛起铁锹挖土筑墙，掘着掘着，发现了一窖银子，夜间与弟弟一起挖开，是个一丈多见方的石池子，里面满满的尽是银光闪闪的元宝。因此，请来许多能工巧匠，大兴土木，楼房一幢接一幢造起来，壮丽的气派比得上贵族世家。

仇禄感激将军的恩义，准备了一千两银子去给父亲赎身。仇福要求让他去，就派了身强力壮的仆人陪他前往。仇禄才接蕙娘回家。过不久，父亲和仇福一同回来了，合家团圆，满门欢腾。仇大娘自从在娘家住下，禁止儿子来探亲，怕人议论她有私心。父亲回家后，她决意离开。可是，两兄弟舍不得她走。父亲就把家产一分为三：两个儿子各得一份，女儿也得一份。大娘一再推辞。两个弟弟都泪汪汪地说："我们要不是姐姐，哪有今天！"大娘这才安下心来。派人去叫儿子，把家搬来一起居住。

有人问大娘："你和仇福、仇禄不是一个娘生的，为什么就这样关心他们？"大娘说："只知有母而不知有父的，只有禽兽才这样罢了，难道人去仿效禽兽吗？"仇福和仇禄听了都感动得流泪。派工人整修、装饰姐姐的房子，内外都与他兄弟俩一个样子。

魏名心里盘算，十多年来一次次祸害仇家，都反而使仇家越来越得福，深自愧悔。又仰慕仇家富有，想与仇家拉个关系讨个好，就以祝贺仇仲作为台阶，带了些礼物前往。仇福要把他拒之门外，仇仲不忍心给他难堪，收下他的鸡和酒。鸡是用布条缚住脚的，窜进灶头，灶火烧着了布条，又飞到柴堆上，僮仆丫鬟们看到而没放在心上。一会儿柴堆燃烧起来，房子也起火了，全家惊惶。幸亏人手多，立刻把火扑灭，但是厨房里各样东西都烧光了。仇福兄弟都说魏名送的东西是不祥之物。后来正逢仇仲做寿，魏名又牵了羊送来。再三推辞不掉，只好把羊拴在庭院里一棵树上。那天夜里有个小厮被仆人打了一顿，气得跑到树下，解开拴羊的绳子上吊死了。兄弟俩叹息着说："魏名的祝福，还不如他的祸害！"从此魏名虽然时常来献殷勤，仇家竟不敢收他一寸线了，宁可多给他一点酬谢了事。

以后魏名老了，穷得做了乞丐，仇家每每用衣食周济他，以德报怨。

异史氏说：哎呀！上天的安排真是由不得人的啊！越想祸害人反而越使人得福，那些奸诈的人实在没意思透了。但是受到他的爱敬，反而因此遭灾，不更奇怪吗？这可知山东泗水盗泉的水，捧了喝一口，也会玷污的。难怪孔夫子路过盗泉，口渴也不肯喝哩！

曹操冢

【原文】

许城外有河水汹涌[①]，近崖深黯。盛夏时，有人入浴，忽然若被刀斧，尸断浮出，后一人亦如之。转相惊怪。邑宰闻之，遣多人闸断上流，竭其水。见崖下有深洞，中置转轮，轮上排利刃如霜。去轮攻入，有小碑，字皆汉篆[②]。细视之，则曹孟德墓也[③]。破棺散骨，所殉金宝尽取之。

异史氏曰："后贤诗云：'尽掘七十二疑冢，必有一冢葬君尸[④]。'宁知竟在七十二冢之外乎？奸哉瞒也！然千馀年而朽骨不保，变诈亦复何益？呜呼，瞒之智，正瞒之愚耳！"

【注释】

①许城：指许昌，即今河南省许昌市。

②汉篆：汉代篆书，为当时通行的一种字体。

③曹孟德：即曹操，字孟德，小字阿瞒。

④后贤诗：此指宋人俞应符诗。

【译文】

河南许昌城外有一条河，河水汹涌，靠近山崖的地方，水色深暗。盛夏时节，有人下去洗澡，突然好像被刀斧砍中，尸身断了，浮出水面。接着又有一人也遭到同样的不幸。众口相传，无不惊骇奇怪。

县官听说，派了许多人筑坝，截断上游的水流，排尽这一段的河水。发现山崖下有一个深洞，洞口安置了一架转轮，轮上排列着锋利的刀刃，寒光森如霜雪。除掉转轮，攻进洞内，发现一块不大的石碑，上面的文字都是汉代的篆书。仔细察看，原来是曹操的墓葬。人们砸破棺木，打碎尸骨，把陪葬的金银财宝收取一空。

曹操冢

异史氏说：晚近的文士有首诗写道：“尽掘七十二疑冢，必有一冢葬君尸。”谁能料到曹操的墓竟在七十二座疑冢之外呢？曹阿瞒太奸诈了！然而，千余年后还是没能保住枯骨，变着法儿耍机诈又有什么用呢？唉，曹阿瞒的聪明，正是他的愚蠢罢了。

龙飞相公

【原文】

安庆戴生[①]，少薄行[②]，无检幅[③]。一日，自他醉归，途中遇故表兄季生。醉后昏眊[④]，亦忘其死，问[⑤]：“向在何所？”季曰：“仆已异物[⑥]，君忘之耶？”戴始恍然，而醉亦不惧，问："冥间何作？"答云："近在转轮王殿下司录[⑦]。"戴曰："人世祸福，当必知之？"季曰："此仆职也，乌得不知[⑧]。但过烦，非甚关切，不能尽记耳。三日前偶稽册，尚睹君名。"戴急问其何词，季曰："不敢相欺，尊名在黑暗狱中[⑨]。"戴大惧，酒亦醒，苦求拯拔。季曰："此非仆所能效力，惟善可以已之。然君恶籍盈指[⑩]，非大善不可复挽。穷秀才有何大力？即日行一善，非年馀不能相准[⑪]，今已晚矣。但从此砥行[⑫]，则地狱或有出时。"戴闻之泣下，伏地哀恳；及仰首，而季已杳矣。悒悒而归。由此洗心改行，不敢差跌[⑬]。

先是，戴私其邻妇，邻人闻之而不肯发，思掩执之[⑭]。而戴自改行，永与妇绝；邻人伺之不得，以为恨。一日，遇于田间，阳与语，绐窥眢井[⑮]，因而堕之。井深数丈，计必死。而戴中夜苏，坐井中大号，殊无知者。邻人恐其复生，过宿往听之；闻其声，急投石。戴移闭洞中[⑯]，不敢复作声。邻人知其不死，斸土填井[⑰]，几满之。洞中冥黑，真与地狱无少异者。空洞无所得食，计无生理。蒲伏渐入[⑱]，则三步外皆水，无所复之，还坐故处。初觉腹馁，久竟忘之。因思重泉下无善可行[⑲]，惟长宣佛号而已[⑳]。既见燐火浮游，荧荧满洞，因而祝之："闻青燐悉为冤鬼；我虽暂生，固亦难反，如可共话，亦慰寂寞。"但见诸燐渐浮水来；燐中皆有一人，高约人身之半。诘所自来，答云："此古煤井。主人攻煤，震动古墓，被龙飞相公决地海之水，溺死四十三人。我等皆鬼也。"问："相公何人？"曰："不知也。但相公文学士，今为城隍幕客，彼亦怜我等无辜，三五日辄一施水粥。思我辈冷水浸骨，超拔无日[㉑]。

龙飞相公

君倘再履人世，祈捞残骨葬一义冢，则惠及泉下者多矣。”戴曰：“如有万分之一，此即何难。但深在九地，安望重睹天日乎！”因教诸鬼使念佛，捻块代珠，记其藏数[22]。不知时之昏晓：倦则眠，醒则坐而已。忽见深处有笼灯，众喜曰：“龙飞相公施食矣！”邀戴同往。戴虑水沮[23]，众强曳扶以行，飘若履虚。曲折半里许，至一处，众释令自行；步益上，如升数仞之阶。阶尽，睹房廊，堂上烧明烛一支，大如臂。戴久不见火光，喜极趋上。上坐一叟，儒服儒巾。戴辍步不敢前。叟已睹见，讶问：“生人何来？”戴上，伏地自陈。叟曰：“我耳孙也[24]。”因令起，赐之坐。自言：“戴潜，字龙飞。向因不肖孙堂，连结匪类，近墓作井，使老夫不安于夜室，故以海水没之。今其后续如何矣？”盖戴近宗凡五支，堂居长。初，邑中大姓赂堂，攻煤于其祖茔之侧。诸弟畏其强，莫敢争。无何，地水暴至，采煤人尽死井中。诸死者家，群兴大讼，堂及大姓皆以此贫；堂子孙至无立锥[25]。戴乃堂弟裔也。曾闻先人传其事，因告翁。翁曰：“此等不肖，其后乌得昌[26]！汝既来此，当勿废读。”因饷以酒馔，遂置卷案头，皆成、洪制艺[27]，迫使研读。又命题课文[28]，如师教徒。堂上烛常明，不剪亦不灭。倦时辄眠，莫辨晨夕。翁时出，则以一僮给役。历时觉有数年之久，然幸无苦。但无别书可读，惟制艺百首，首四千馀遍矣。翁一日谓曰：“子孽报已满，合还人世。余冢邻煤洞，阴风刺骨，得志后，当迁我于东原。”戴敬诺。翁乃唤集群鬼，仍送至旧坐处。群鬼罗拜再嘱。戴亦不知何计可出。

先是，家中失戴，搜访既穷，母告官，系缧多人[29]，并少踪绪。积三四年，官离任，缉察亦弛。戴妻不安于室，遣嫁去。会里中人复治旧井，入洞见戴，抚之未死。大骇，报诸其家。舁归经日，始能言其底里。自戴入井，邻人殴杀其妇，为妇翁所讼，驳审年馀，仅存皮骨而归。闻戴复生，大惧亡去[30]。宗人议究治之，戴不许；且谓曩时实所自取，此冥中之谴，于彼何与焉。邻人察其意无他，始逡巡而归。井水既涸，戴买人入洞拾骨，俾各为具[31]，市棺设地，葬丛冢焉[32]。又稽宗谱名潜，字龙飞，先设品物祭诸其冢。学使闻其异，又赏其文，是科以优等入闱[33]，遂捷于乡[34]。既归，营兆东原[35]，迁龙飞厚葬之；春秋上墓，岁岁不衰。

异史氏曰："余乡有攻煤者，洞没于水，十馀人沉溺其中。竭水求尸，两月馀始得涸，而十馀人并无死者。盖水大至时，共泅高处，得不溺。缒而上之，见风始绝，一昼夜乃渐苏。始知人在地下，如蛇鸟之蛰，急切未能死也。然未有至数年者。苟非至善，三年地狱中，乌复有生人哉㊱！"

【注释】

①安庆：府名，治所在今安徽安庆市。

②少薄行：年轻时轻薄无行。

③无检幅：不修边幅。

④昏眊：视觉模糊。

⑤亦忘其死，问：此从铸雪斋抄本，原"其"字缺，"问"字除去。

⑥异物：指死亡的人。

⑦转轮王：梵语意译，亦译"转轮圣帝""转轮圣王""轮王"等。古印度神话中法力极大的"圣王"。据说他自天感得轮宝，以转轮宝而降伏四方，因名。

⑧ 乌得不知：此从铸雪斋抄本，原"不"字下衍一"不"字。

⑨黑暗狱：传说中的地狱之一。

⑩恶籍盈指：犹言记录恶迹的簿册堆满一尺厚。极言其罪恶之多。籍，记事簿。指，指尺。古时以中指中节为寸，十倍为尺，名曰指尺。

⑪相准：相准折，谓善恶之事两相抵销。

⑫砥（底）行：砥砺自己的言行，使之合乎正道。

⑬差（蹉）跌：同"蹉跌"，失足跌倒，喻失误。

⑭掩执之：乘其不备抓获他。

⑮眢（冤）井：枯井，废井。

⑯移闭洞中：转移而藏身洞中。闭，伏藏。

⑰劚（竹）土：掘土。劚，同"斸"，大锄，引申为挖掘。

⑱蒲伏：同“匍匐”，四肢着地而行。

⑲重泉：谓地下，犹九泉。下文“九地”，同此。

⑳长宣佛号：长日宣诵佛的名号。佛，此指阿弥陀佛，佛教净土宗称其为“西方极乐世界”的教主，能接引念佛人往生“西方净土”。

㉑超拔：犹超度。佛、道谓使死者灵魂得以脱离地狱之苦。

㉒“捻块”二句：捻泥块代替佛珠，以记其诵念佛经之数。珠，佛珠，僧人诵经时用以计数。藏数，佛经数。藏，佛道经典的总称。此指佛经。

㉓水沮：水深难行。沮，阻。

㉔耳孙：远孙，亦称“仍孙”

㉕无立锥：贫无立锥之地，言其贫困到一无所有。

㉖其后乌得昌：他的后代怎能兴盛。

㉗成、洪制艺：明代成化、弘治年间的八股文。

㉘命题课文：出题考查其文章写得如何。课，考核，定有程式而加以稽核。

㉙系缧（累）多人：牵连入狱多人。缧，缧绁，拘系犯人的绳索，引申为牢狱。

㉚亡：逃。

㉛俾各为具：使其个个凑成完整的尸骨。俾，使。具，完备。

㉜丛冢：丛聚之冢。丛，聚集。

㉝是科以优等入闱：谓这年科考以优等参加乡试。科，科举考试。明清科举制度，生员经学政岁、科两试录科之后，才能选送参加乡试。闱，秋闱。

㉞捷于乡：谓考中举人。乡，指乡试。

㉟营兆：营建坟墓。兆，指墓地。

㊱生人：活人。

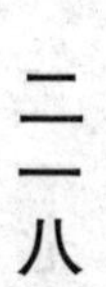

【译文】

安徽安庆戴姓书生，年轻时行为不端，骄纵放荡，无所不为。有一大，他在外面喝得大醉回家，路上碰到死去的表兄季生。戴生酒后晕晕乎乎，也忘记表兄早已死了，就问季生这一向在什么地方。季生说："我已经不在人世了，难道你忘记了吗？"戴生这才恍然记起。但因喝醉了酒，倒也不觉害怕，又问道："在阴间干什么事？"季生答道："近来在转轮阎王殿下当司录。"戴生说："人世的祸福，你一定知道了？"季生说："这是我的职责，怎么会不知道。只是事情太多了，不是我十分关心的，不能都一一记住罢了。三天前我偶然查阅名册，还看到了你的大名呢。"戴生着急地问他名册上写些什么。季生说："不敢骗你，你的大名录在黑暗地狱中。"戴生大为惊恐，酒也吓醒了，苦苦哀求表兄大力救拔。季生说："这不是我所能帮助的，只有做善事才能把这事了了。不过，你平生作恶的记录已经多得手指不够数。不做大好事不能挽回。你一个穷秀才有什么大的能耐？即使你每天做一件善事，没有一年半载不能够数，现在已经太晚了。但是你从此磨砺操行，那么黑暗地狱中或许还有出头之日。"

戴生听了这番话，掉下了眼泪，伏在地上哀求，等再抬头，季生已没踪影了，心情沉重地回到家中。从此，他革心洗面，痛改前非，不敢再有任何不端的行为。以前，戴生与邻居的妻子私通，邻居察觉后，隐忍着没有把事情闹开，想出其不意地捉奸。但戴生自从改变了行径，再也不与那女人来往。邻居等不到机会，深为恼恨。一天，与戴生在田间相遇，他装着交谈，骗戴生去看枯井，趁机把戴生推入井中。这口枯井有好几丈深，邻居估计戴生必死无疑。

半夜时分，戴生醒了过来，坐在井底大叫，却没有一个人听见。邻居怕他复活，过了一夜去听动静。听到叫声，急忙向枯井里投石块。戴生闪身躲在井壁的洞穴中，不敢再出声。邻居知道他没有死，就挖土填井，几乎把井身填满了。

洞穴中漆黑一片，真和置身地狱没一点差别。里面空空的没地方可找到吃的，戴生心想活不成了，就匍匐着一点一点向深处爬去。但是三步以外竟都是水，再没有可去之处，只好回到原来的地方坐着。开始觉得肚子饿，时间久了，竟忘记了。因而想起地底下没善事可做，只有不断念着佛的名号而已。后来看见磷火点点在空中浮游，满洞闪闪烁烁。于是祝祷说："听说青荧的磷光都是含冤而死的鬼魂。我虽然暂时活着，也料定难以生还。如果可与你们谈谈，我在寂寞中也可稍得安慰。"只见各处磷火渐渐浮水而来，每点磷火中都有一个人影，约有半人高。戴生问他们从哪里来的，鬼魂回答说："这儿是古代的煤井。矿主挖煤，震动了古墓，被龙飞相公决开了地海的水，淹死了四十三个挖煤的矿工。我们都是这些淹死的冤鬼。"戴生问："龙飞相公是什么人？"鬼魂说："我们也不知道。只知道龙飞相公是个文人，现在是城隍老爷的幕客。他也可怜我们无辜，每隔三五天就施舍一次稀粥。主要是我们这批冤魂终年冷水浸骨，没有超拔的日子，你倘若能再返回人世，求你把我们的残骨捞出来，埋葬在义冢里，这就是对泉下人很大的恩惠了。"戴生说："如果有万分之一的希望活着出去，办这件事又有何难。只是如今我也深陷九泉，怎敢奢望重睹天日呢！"于是教鬼魂都念佛，捻土块代佛珠，念完一遍捻一块土记数。也不知何时是黄昏，何时是拂晓，疲倦了就睡，醒过来又坐起再念，如此而已。

忽然间发现幽深处有一盏灯笼出现，鬼魂们高兴地嚷道："龙飞相公来施舍吃的了。"邀请戴生一同前去。戴生怕有水挡阻，众鬼不容分说扶拽着他就走。戴生只觉得飘飘然如踩在空中。曲曲折折走了半里光景，到了一处所在，众鬼放手要他自己走。越走越高，就像登上几丈高的台阶。走尽台阶，看到房屋和偏廊，厅堂上点燃着一支像手臂那么大的明烛。戴生很久没有见到火光，高兴极了快步奔去。堂上坐着一个老人，身穿儒服，头戴儒巾。戴生停步不敢再往前。堂上老人已经看到了他，惊讶地问道："陌生人从哪里来？"戴生上前，伏在地上陈说自己的经历。老人说："原来是我远裔的孙子。"就叫他起身，赐他坐下。老人自我介绍说："我是戴潜，字龙飞。以前曾因为不成器的孙子戴堂结交坏蛋，在墓葬附近挖掘煤井，使我在冥冥墓室中不得安宁，所以就用地海的水把井淹没了。如今戴堂后人的情况如何？"原来戴姓本家宗族有五房，戴堂是长房。当初，乡中大户买通戴堂，要在戴氏的祖坟旁开挖煤井。戴堂的弟弟们害怕大户的势力强大，不敢出来反对。不久，地下水突然涌进，挖煤的人都淹死在井里。死者家属纠合起来大打官司，戴堂和那家大户都为此倾家荡产，戴堂的子孙甚至贫无立锥之地。戴生就是戴堂弟弟的后代，也曾经听祖上说起这件事情，因而就把这些情况告诉老人。老人说："这些没出息的东西，后代哪能发达！你既然到我这里，就该不要误了读书。"就赐给他酒菜，还把一些文章汇编放在桌上，都是明朝成化、弘治年间科举考试的八股文。老人强迫戴生专心研读，还出题叫他作文，就像老师教学生一样。厅堂上蜡烛一直亮着，不剪烛芯也不会熄灭。戴生读累了就睡觉，也不分昼夜。老人有时外出，就派一个僮仆来侍候戴生。这样过了只觉有几年之久，倒也幸好没受苦。但是没别的书可读，只有八股文章百篇，每篇都读了四千多遍了。

一天，老人对戴生说："你的恶报已满，理当重返人世。我的墓室靠着煤洞，阴风刺骨。你日后得志，要把我的墓迁到东边的高地上。"戴生恭敬地答应了。老人就把一群鬼喊来，仍把戴生送回原来坐的地方。这群鬼围着戴生跪拜，再次拜托他，戴生也不知有什么法子可以出井。

当初，家中发现戴生失踪，到处寻遍了也不得下落，戴生的母亲就告到官府。抓了好几个人，并没有线索。过了三四年，地方官到期离任，缉查也就松了。戴生的妻子不愿再守空房，戴母打发她改嫁了。正逢乡里人重新开挖旧井，进洞发现了戴生，摸摸他没有死。乡人极为吃惊，通知了戴家。抬回家过了一天，才能开口说话，历历讲述了情由。

自从戴生落井，邻居就把妻子打死，被岳父告发，反复审问了一年多，只落得皮包骨头回家来。听说戴生复活，十分恐惧，逃走了。戴生家族的人商量要追究查办他，戴生不同意，还说过去的事实在是咎由自取，是鬼神给予的惩罚，和邻居有什么关系。邻居打听到戴生并无报复的意思，这才畏畏缩缩回到故乡。

煤井里的水干涸后，戴生雇人下井从煤洞里把骨头拾出来，一一拼成骨架；买来棺木，安排墓地，集体入葬。又查阅宗谱名册，查出戴潜，字龙飞，他就预备了供品，到他墓前虔诚祭奠。学使大人听说这件奇事，又很赏识戴生的文章。这一年科考时他以优等生员参加考试，竟中了举人。戴生回来后，在东边高地上营建墓室，把龙飞相公的遗骸迁出，厚葬在新墓中。春秋两季上坟，年年不断。

异史氏说：我乡有人挖煤，煤洞被地下水淹没，十几个人淹在里面。排水寻找尸首，两个月才抽干，十几个人竟没有死去的。原来水暴涨时，他们一齐泅水到地势高的地方，没有被淹着。用绳子把他们一个个吊上来，见了风才昏过去，一昼夜就渐渐苏醒过来。这才知道人在地下，如同蛇鸟蛰伏，短时间不会就死去；但也没有到几年的。若不是行了至善，三年地狱中，哪还有人活着出来！

珊　瑚

【原文】

安生大成，重庆人[①]。父孝廉，蚤卒[②]。弟二成，幼。生娶陈氏，小字珊瑚，性娴淑。而生母沈，悍谬不仁[③]，遇之虐，珊瑚无怨色。每早旦，靓妆往朝[④]。值生疾，母谓其诲淫，诟责之。珊瑚退，毁妆以进。母益怒，投颡自挝[⑤]。生素孝，鞭妇，母始少解。自此益憎妇。妇虽奉事惟谨[⑥]，终不与交一语。生知母怒，亦寄宿他所，示与妇绝。久之，母终不快，触物类而骂之[⑦]，意皆在珊瑚。生曰："娶妻以奉姑嫜[⑧]，今若此，何以妻为！"遂出珊瑚[⑨]，使老妪送诸其家。方出里门，珊瑚泣曰："为女子不能作妇，归何以见双亲？不如死！"袖中出剪刀刺喉。急救之，血溢沾衿。扶归生族婶家。婶王氏[⑩]，寡居无耦[⑪]，遂止焉。

媪归，生嘱隐其情，而心窃恐母知。过数日，探知珊瑚创渐平，登王氏门，使勿留珊瑚。王召生入；不入，但盛气逐珊瑚[⑫]。无何，王率珊瑚出见生，便问："珊瑚何罪？"生责其不能事母。珊瑚脉脉不作一言[⑬]，惟俯首呜泣，泪皆赤，素衫尽染。生惨恻不能尽词而退。又数日，母已闻之，怒诣王，恶言诮让。王傲不相下，反数其恶，且言："妇已出，尚属安家何人？我自留陈氏女，非留安氏妇也，何烦强与他家事[14]！”母怒甚而穷于词，又见其意气匈匈[15]，惭沮大哭而返。珊瑚意不自安，思他适。先是，生有母姨于媪，即沈姊也。年六十馀，子死，止一幼孙及寡媳；又尝善视珊瑚。遂辞王，往投媪。媪诘得故，极道妹子昏暴，即欲送之还。珊瑚力言其不可，兼嘱勿言。于是与于媪居，如姑妇焉[16]。珊瑚有两兄，闻而怜之，欲移之归而嫁之。珊瑚执不肯，惟从于媪纺绩以自度。

生自出妇，母多方为生谋昏[17]，而悍声流播，远近无与为耦。积三四年，二成渐长，遂先为毕姻。二成妻臧姑，骄悍戾沓[18]，尤倍于母。母或怒以色，则臧姑怒以声。二成又懦，不敢为左右袒。于是母威顿减，莫敢撄[19]，反望色笑而承迎之，犹不能得臧姑欢。臧姑役母若婢；生不敢言，惟身代母操作，涤器洒扫之事皆与焉。母子恒于无人处，相对饮泣。无何，母以郁积病，委顿在床，便溺转侧皆须生；生昼夜不得寐，两目尽赤。呼弟代役，甫入门，臧姑辄唤去之。生于是奔告于媪，冀媪临存[20]。入门，泣且诉。诉未毕，珊瑚自帏中出。生大惭，禁声欲出。珊瑚以两手叉扉[21]。生窘极，自肘下冲出而归，亦不敢以告母。无何，于媪至，母喜止之。由此媪家无日不以人来，来辄以甘旨饷媪。媪寄语寡媳：“此处不饿，后勿复尔。”而家中馈遗，卒无少间。媪不肯少尝食，缄留以进病者[22]。母病亦渐瘥。媪幼孙又以母命将佳饵来问疾。沈叹曰：“贤哉妇乎！姊何修者！’’媪曰：“妹以去妇何如人[23]？”曰：“嘻！诚不至夫己氏之甚也[24]！然乌如甥妇贤。”

珊瑚

媪曰："妇在，汝不知劳；汝怒，妇不知怨：恶乎弗如？"沈乃泣下，且告之悔，曰："珊瑚嫁也未者？"答云："不知，请访之[25]。"又数日，病良已，媪欲别。沈泣曰："恐姊去，我仍死耳！"媪乃与生谋，析二成居。二成告臧姑。臧姑不乐，语侵兄，兼及媪。生愿以良田悉归二成，臧姑乃喜。立析产书已，媪始去。明日，以车来迎沈。沈至其家，先求见甥妇，亟道甥妇德。媪曰："小女子百善，何遂无一疵？余固能容之。子即有妇如吾妇，恐亦不能享也。"沈曰："呜呼冤哉！谓我木石鹿豕耶[26]！具有口鼻，岂有触香臭而不知者？"媪曰："被出如珊瑚，不知念子作何语[27]？"曰："骂之耳。"媪曰："诚反躬无可骂，亦恶乎而骂之[28]？"曰："瑕疵人所时有，惟其不能贤，是以知其骂也。"媪曰："当怨者不怨，则德焉者可知；当去者不去，则抚焉者可知[29]。向之所馈遗而奉事者；固非予妇也，而妇也[30]。"沈惊曰："如何？"曰："珊瑚寄此久矣。向之所供，皆渠夜绩之所贻也。"沈闻之，泣数行下，曰："我何以见我妇矣！"媪乃呼珊瑚。珊瑚含涕而出，伏地下。母惭痛自挞，媪力劝始止，遂为姑媳如初。

十馀日偕归，家中薄田数亩，不足自给，惟恃生以笔耕[31]，妇以针耨[32]。二成称饶足，然兄不之求，弟亦不之顾也。臧姑以嫂之出也鄙之；嫂亦恶其悍，置不齿。兄弟隔院居。臧姑时有陵虐，一家尽掩其耳。臧姑无所用虐，虐夫及婢。婢一日自经死。婢父讼臧姑，二成代妇质理，大受扑责，仍坐拘臧姑。生上下为之营脱，卒不免。臧姑械十指，肉尽脱。官贪暴，索望良奢。二成质田贷资，如数内入[33]，始释归。而债家责负日亟[34]，不得已，悉以良田鬻于村中任翁。翁以田半属大成所让，要生署券[35]。生往，翁忽自言："我安孝廉也。任某何人，敢市吾业！"又顾生曰："冥中感汝夫妻孝，故使我暂归一面。"生出涕曰："父有灵，急救吾弟！"曰："逆子悍妇，不足惜也！归家速办金，赎吾血产[36]。"生曰："母子仅自存活，安得多金？"曰："紫薇树下有藏金，可以取用。"欲再问之，翁已不语；少时而醒，茫不自知。生归告母，亦未深信。臧姑已率人往发窖，坎地四五尺[37]，止见砖石，并无所谓金者，失意而去。生闻其掘藏，戒母及妻勿往视。后知其无所获，母窃往窥之，见砖石杂土中，遂返。珊瑚继至，则见土内悉白镪[38]；呼生往验之，

果然。生以先人所遗，不忍私，召二成均分之。数适得揭取之二，各囊之而归。二成与臧姑共验之，启囊则瓦砾满中，大骇。疑二成为兄所愚，使二成往窥兄，兄方陈金儿上，与母相庆。因实告兄，兄亦骇，而心甚怜之，举金而并赐之。二成乃喜，往酬责讫[39]，甚德兄。臧姑曰："即此益知兄诈。若非自愧于心，谁肯以瓜分者复让人乎[40]？"二成疑信半之。次日，债主遣仆来，言所偿皆伪金，将执以首官。夫妻皆失色。臧姑曰："何如！我固谓兄贤不至于此，是将以杀汝也！"二成惧，往哀责主[41]；主怒不释。二成乃券田于主，听其自售，始得原金而归。细视之，见断金二锭，仅裹真金一韭叶许，中尽铜耳。臧姑因与二成谋：留其断者，馀仍反诸兄以觇之。且教之言曰："屡承让德[42]，实所不忍。薄留二铤，以见推施之义[43]。所存物产，尚与兄等。馀无庸多田也，业已弃之，赎否在兄。"生不知其意，固让之。二成辞甚决，生乃受。称之少五两馀，命珊瑚质奁妆以满其数，携付债主。主疑似旧金，以剪刀夹验之，纹色俱足，无少差谬，遂收金，与生易券。二成还金后，意其必有参差[44]；既闻旧业已赎，大奇之。臧姑疑发掘时，兄先隐其真金，忿诣兄所，责数诟厉。生乃悟反金之故。珊瑚逆而笑曰："产固在耳，何怒为？"使生出券付之。二成一夜梦父责之曰："汝不孝不弟[45]，冥限已迫[46]，寸土皆非己有，占赖将以奚为[47]！"醒告臧姑，欲以田归兄。臧姑嗤其愚。是时二成有两男，长七岁，次三岁。无何，长男病痘死。臧姑始惧，使二成退券于兄。言之再三，生不受。未几，次男又死，臧姑益惧，自以券置嫂所。春将尽，田芜秽不耕[48]，生不得已，种治之。臧姑自此改行，定省如孝子[49]；敬嫂亦至。未半年而母病卒。臧姑哭之恸，至勺饮不入口[50]。向人曰："姑早死，使我不得事，是天不许我自赎也！"产十胎皆不育，遂以兄子为子。夫妻皆寿终。生三子举两进士，人以为孝友之报云。

异史氏曰："不遭跛踦之恶，不知靖献之忠，家与国有同情哉[51]。逆妇化而母死，盖一堂孝顺，无德以戡之也[52]。臧姑自克，谓天不许其自赎，非悟道者何能为此言乎？然应迫死，而以寿终，天固已恕之矣。生于忧患，有以矣夫[53]！"

【注释】

①重庆：府名，治所在今四川重庆市。

②蚤：通“早”。

③悍谬不仁：凶横心狠。悍谬，凶横而不讲道理。谬，悖逆，言行荒谬，不合事理。

④靓（经）妆往朝：谓打扮齐整去拜见婆母。靓妆，艳丽的妆饰。一般指面部的修饰，如敷粉描眉等。打扮齐整去朝拜，是表示恭敬。

⑤投颡自挞：叩头碰地，自打嘴巴。颡，额头。

⑥惟：通“唯”。

⑦触物类而骂之：谓碰着什么骂什么。类，率，皆。

⑧姑嫜：公婆。

⑨ 出：休弃。

⑩婶王氏：此据铸雪斋抄本，原无“氏”字。

⑪耦：通“偶”，伴侣。

⑫盛气：犹言怒气冲冲。

⑬脉脉（默默）：含情不语的样子。

⑭与：通“预”，干涉。

⑮匈匈：即“洶洶”，同“汹汹”，意气相向，寸步不让的样子。

⑯姑妇：婆媳。

⑰昏：同“婚”。

⑱戾沓：贪暴。戾，暴虐。沓，贪黩。

⑲撄（婴）：触犯。

⑳临存：亲至慰问。

㉑两手叉扉：谓两手叉开，分抵门框。

㉒缄留：犹言封存不动。

㉓去妇：被休弃的儿媳。

㉔夫（弗）己氏：指不欲明言的人，犹言某人。此指臧姑。

㉕请访之：此据铸雪斋抄本。请，原作“然”。

㉖谓我木石鹿豕耶：犹言你认为我是无知觉的木石和不辨是非的禽兽吗？

㉗不知念子作何语：不知道她提到你说什么。

㉘“诚反躬”二句：谓如反躬自省，认为自己一无可骂之处，别人又怎么能骂你呢。诚，如果。恶，如何，怎么。

㉙“当怨”四句：谓不以怨报怨，可见其品德之好；受虐待而不改嫁，可见其爱你之深。去，离开，此指去婆家而改嫁。抚，厚，爱。

㉚而：尔，你。

㉛笔耕：以笔代耕，谓以为人抄写谋生。

㉜针耨：以针代耨，谓以缝纫刺绣谋生。耨，除草。

㉝内：同“纳”。

㉞责负日亟：逼索债款，一天紧似一天。责，索讨。负，欠债。亟，急。

㉟署券：在契约上签名。

㊱血产：以血汗换取来的产业。

㊲坎地：犹言掘地，从地表向下挖掘。坎，地面低陷之处。

㊳白镪：银的别称。

㊴酬责：酬还债金。责，通“债”。

㊵瓜分者：犹言平分者。瓜分，喻指像剖瓜一样分割成若干份。

㊶责：通“债”。

㊷屡承让德：屡次受到您谦让的恩惠。德，恩惠。

㊸推施之义：推恩施惠的情谊。推，推恩，施恩惠于他人。

㊹意其必有参差：谓料想其去一定会发生争执。参差，此指双方意见不一而发生争讼。

⑮不孝不弟：谓不善事父母，不敬爱兄长。弟，通“悌”。

⑯冥限已迫：冥世索命的期限已近。

⑰奚为：何为。奚，何。

⑱芜秽：犹荒芜，农田中杂草丛生

⑲定省：昏定晨省，敬事父母。

⑳勺饮：犹言滴水。

51“不遭”三句：言如不遇到强梁不驯的恶人，便不知安分尽责之人的忠诚，家庭与国家的情形有一致之处。跋扈，横暴不驯。靖献，犹言安分尽责。

52“逆妇”三句：谓忤逆之儿媳被感化而婆母却早早死去，这说明一堂孝顺，她是无德来承受的。逆妇，忤逆之妇，即不孝敬父母的儿媳妇。化，被感化。戡，克，胜。

53“生于”二句：二句谓孟子所以说出忧患足以使人生存，安乐足以使人灭亡的话，是有一定原因的。

【译文】

书生安大成，四川重庆人。父亲是个举人，早就去世了。弟弟二成，年龄还小。安大成娶了陈家的姑娘，小名珊瑚，性情温柔文静。而安大成的母亲沈氏却蛮横不仁，对媳妇百般虐待，珊瑚毫无怨色。

每天清晨，珊瑚穿戴整齐来给沈氏请安。正逢安大成生病，沈氏就说是珊瑚打扮得妖媚，诱惑了他而造成的，辱骂了她一顿。珊瑚默默退下，卸去装束洗掉脂粉再来请安。沈氏火更大，以头碰地，自打嘴巴撒泼。大成一向孝顺，鞭打了珊瑚，沈氏才稍稍解怒。从此，沈氏更加厌恶媳妇。珊瑚虽然小心翼翼侍候，沈氏却从来不和她说一句话。大成知道母亲恼恨珊瑚，也搬到别处去住，表示不敢再和珊瑚同宿。

时间一长，沈氏还是不解气，总是指桑骂槐，都冲着珊瑚来。大成说：“娶妻

子是为了侍奉公婆，像现在这种样子，还要妻子干什么！”就把珊瑚休弃了，叫一个老太婆把她送回娘家。才走出里门，珊瑚哭着说：“身为女人做不了妻子，回家有什么脸见父母？不如死了！”从袖子里拿出一把剪刀朝咽喉刺去。老太婆急忙抢救，鲜血直淌，已经沾湿了衣襟。只得把她扶回大成的远房婶婶家里。婶婶王氏，守寡独居，珊瑚就住下了。老太婆回去复命，大成叮嘱她瞒着这事儿，心里生怕母亲知道。

过了几天，大成打听到珊瑚伤口渐渐长好，就到王氏家要婶婶不再收留珊瑚。王氏招呼他进屋，他不进，只是发脾气要珊瑚离开。不一会，王氏领珊瑚出来见他，开口就问：“珊瑚有什么罪？”大成指责他不能侍奉好母亲。珊瑚默默不答一言，只是低头呜呜地哭，眼睛都哭出血来，白衣衫都染红了。大成凄惨不忍，话没说完就走了。又过了几天，沈氏知道了，怒气冲冲赶来见王氏，恶言指责。王氏也态度强硬，毫不相让，反过来列举沈氏种种坏处，并且说：“珊瑚已经被你们休逐，还算你们安家什么人？我自管收留陈家的女儿，不是留你安家的媳妇，何必劳你干涉别家的事！”沈氏怒不可遏，却也理屈词穷，又见王氏气势汹汹的样子，只得惭愧沮丧地哭着回去了。

珊瑚心中不安，便想搬到别处去。早先，大成有个姨母于妈妈，就是沈氏的姐姐，六十多岁，儿子死了，只有一个幼孙和守寡的儿媳，她曾经待珊瑚很好。珊瑚就辞别王氏前去投奔。于妈妈问明情由，一股劲地说妹妹昏暴，当下要送珊瑚回去。珊瑚极力说回不得，还叮嘱不要声张。于是，就和于妈妈在一起生活，像是婆媳似的。珊瑚有两个哥哥，知道了非常同情，要接她回娘家改嫁。珊瑚坚决不肯，只跟着于妈妈纺纱织布养活自己。

自从珊瑚被逐，沈氏就多方设法要为大成再娶，但恶婆婆的名声传开，远近没有愿意结亲的。拖了三、四年，二成渐渐长大，就先替他完了婚。二成的媳妇叫臧姑，生性骄横泼辣，歪理十八条，比婆婆加倍厉害。婆婆有时给她脸色看，她就出声怒骂。二成又生性懦弱，不敢偏袒哪一方。于是沈氏威风顿减，再也不敢触犯臧姑，反要看她脸色笑着逢迎，还不能讨得媳妇欢心。臧姑使唤婆婆像奴婢似的。大成也不敢吱一声，只能亲自代母亲干活，洗涤器皿、洒水扫地的事都帮着做。母子两人常躲在没人的地方相对流泪。过了些日子，沈氏积郁成疾，瘫痪在床，大小便、翻身都得大成侍候。大成白天黑夜不得休息，两眼熬得通红。去喊弟弟二成来替换。二成才跨进母亲房门，臧姑就把他喊了回去。大成于是跑去告诉于妈妈，希望姨母能来看望。他进门就一边哭，一边诉说。哭诉还没完，珊瑚从房帘后走了出来。大成非常惭愧，止住话音就要出去。珊瑚两手叉住门框，大成又窘又急，从珊瑚肘下冲了出去。回到家中，也不敢告诉母亲。

没多久，于妈妈来了，沈氏高兴地把姐姐留下。从此于妈妈家中没有一天不派人来，来了就给于妈妈送好吃的食物。于妈妈传话给守寡的媳妇说："我在这儿饿不着，以后不要再送了。"但是家里送的食物还是一天也不断。于妈妈不肯尝一点味道，全都留下给病人吃。沈氏的病也渐渐好了。于妈妈的小孙子又因母亲吩咐带着精美的食品来探望病人。沈氏感叹说："这媳妇真贤惠，姐姐怎么修来的！"于妈妈说："妹妹觉得休掉的媳妇是个怎样的人？"沈氏说："唉，她实在不至于像现在那个过分，但哪像外甥媳妇贤惠！"于妈妈说："媳妇在，你不知道什么是劳苦；你发脾气，媳妇不知道埋怨。又有哪点不如？"沈氏眼泪淌下来，告诉于妈妈自己后悔了。说："珊瑚改嫁了没有？"于妈妈回答说："不知道，待我打听打听。"又过了几天，病大好了，于妈妈要告别。沈氏哭着说："只怕姐姐一走，我还是死罢了。"于妈妈就与大成商量，让他和二成分家过。二成告诉臧姑，臧姑不愿意，出言不逊骂大成，还带到于妈妈。大成愿把良田全归二成，臧姑这才高兴。等分家凭证手续办好，于妈妈才离去。

第二天，于妈妈派车子来接沈氏。沈氏到于家，就先急着要见见外甥媳妇，不住口地称赞她的贤德。于妈妈说："小妇人纵有百种好处，哪就没一点毛病？我一向能容忍这点毛病。你即便有个媳妇像我媳妇一样，怕你也不能受用。"沈氏说："啊呀冤枉，你以为我是木头石块，鹿猪畜牲吗！我也有嘴巴鼻子，难道碰到香臭还不懂吗？"于妈妈说；"像珊瑚那样被你逐出家门，不知她想起你会说些什么？"沈氏说："骂我罢了。"于妈妈说："你扪心自问实在没什么可骂，人家又怎么会骂

你呢?”沈氏说:“毛病人都有,就为她不能说我好,所以料定她会骂我。”于妈妈说:“该怨的不怨,那么待她好些就可想而知了;该离的不离,那么留她下来也可想而知了。以前送东西来奉养你的,本来不是我的媳妇,而是你的媳妇呀!”沈氏惊问:“怎么说?”于妈妈说:“珊瑚寄居在这里很久了,前些日子供你吃的,都是她夜间纺织所得送你的。”沈氏听罢,热泪交流,说:“我还有什么脸见我媳妇呢!”于妈妈这才唤珊瑚。珊瑚含泪出来,拜倒在地。沈氏痛悔羞愧,自己捶自己,于妈妈好不容易才劝住了。于是婆媳相称和当初一样。

过了十几天,婆媳俩一起回家。家中几亩薄田,不能赖以为生,就靠安大成卖文,珊瑚替人家做针线维持生活。

二成家道富足,但是大成不去求助,二成也不来照顾。臧姑因为嫂子曾被逐很瞧不起她,而珊瑚也厌恶臧姑的凶悍,从不搭理她。兄弟两家隔墙而居.臧姑常有欺凌施暴之时,大成一家都捂住耳朵。臧姑没处耍泼,就虐待丈夫和丫鬟,一天,丫鬟上吊自尽了。丫鬟的父亲告了臧姑,二成代妻子到公堂受审,大挨板子,仍然要拿臧姑到案。大成用钱上下打点,为她营求解免,最终还是没用。臧姑受到拶指的酷刑,十个手指肉都掉了。当官的贪婪残忍,索贿的胃口很大。二成只得将田产作抵押,借得银两如数交上去,才放臧姑出来。而债主催还债一天紧似一天,二成不得已,把良田全部卖给村中姓任的老翁。任老翁因为田有一半是大成所让给的,要大成来签署卖契。大成去了,任老翁忽然自己开口说道:“我是安举人,姓任的是什么人,竟敢买我田产!”又望着大成说:“阴曹地府被你们夫妻俩的孝心所感动,所以暂时放我回来见你一面。”大成流泪说:“父亲有灵,快救救我兄弟吧!”任老翁答道:“逆子泼妇不值得怜惜!回去赶紧筹集钱,赎回我的血产。”大成说:“母亲和我仅仅只能勉强过日子,哪来这么多钱?”任老翁答道:“紫薇花树下有银子埋着,你可以取出来用。”大成还想再问些话,任老翁已闭口不言。过了一会清醒过来,茫茫然一无所知。大成回家告诉了母亲,沈氏对此也不太相信。

臧姑已抢先带了几个人到紫薇花树下发掘起来,挖地四、五尺深,只看到破砖乱石,并无所谓藏金,失望而去。大成听说臧姑已在发掘,告诫母亲和珊瑚不要去看。后来知道臧姑一无所获，沈氏就偷偷去看，只见砖石混杂在泥土中，就回来了。珊瑚接着也到坑边，却见泥土中都是白花花的银子，把大成喊来验看，果然不假。大成因为这些银子都是先人所遗留下来的，不忍一人独占，把二成叫来平分，银两正好一分为二。两人各自用布袋盛着背回家去。

二成与臧姑一起查看，打开布袋竟全是瓦砾，大惊。臧姑疑心二成被哥哥愚弄了，让二成去偷看大成的情况。只见大成正把银子放在桌上，与母亲互相庆贺。二成就把自己的情况实说给哥哥听，大成也感到惊异，心里很可怜二成，就把桌上的银子全都送给他。二成才高兴了，去把债务还清，心里很感激哥哥。臧姑却说："就这件事更可以看到你哥哥骗了你，如果不是心中有愧，谁肯把分得的一半再让给别人?"二成半信半疑。

第二天，债主派仆人来，说偿还的银子都是假的，要抓二成到官府去告发。夫妻两个都大惊失色。臧姑说："怎么样? 我本来就说你哥哥不至于这样贤德，他要置你于死地呀!"二成害怕了，去哀求债主，债主怒气不解。二成只得把田契交给债主，听凭债主出售。这才把付出的银子取回。细看，只见两块断开的银锭，只在表面裹了韭叶般薄的一层银皮，中间全是铜。臧姑就与二成合计：把断开的两块银锭留下，其余都送还大成，看他有何反应。并且教他说："屡次承蒙让产的恩德，实在心有不忍。只留下两锭，以领受推让施舍的恩义。我所存的财产，还和哥哥一样多。我也用不着太多的田地，都已经卖出，赎不赎全在哥哥了。"大成不知他的用意，再三谦让，二成推辞很坚决，也就收下了。称了一下，发现少了五两多，就叫珊瑚把首饰当了，凑足数目，拿去付给债主。债主怀疑还像是原来的假银子，用剪刀铰断检查，那纹银成色十足，一点不差，就收下了，把田契还给大成。二成把银子还给大成后，料想必然会有风波，后来听说哥哥已把田产赎回，大为惊奇。臧姑猜疑当初发掘时，大成先把真银藏起来了，就气冲冲到大成门前指责谩骂。大成这才明白退银子的原因。珊瑚迎出门来对臧姑笑着说："田产都在呢，何必发怒!"叫大成把田契拿出来，交付给她。

一天夜里，二成梦见父亲责备他说："你对父母不孝，对兄长不敬，死期已在眼前，一寸田地都不属你所有，赖占着干什么！”醒来把梦告诉臧姑，想把田地还给哥哥。臧姑笑他愚蠢。这时二成已有两个儿子，大的七岁，小的三岁。不多久，大儿子生天花而死。臧姑这才害怕起来，叫二成把田契退还哥哥，二成去说了好几次，大成也不肯收下。不久，二儿子又死了，臧姑更怕，自己拿了田契放到嫂嫂那儿。春天即将过去，田里杂草丛生，无人耕种，大成不得已，就去种植管理了。

臧姑从此改变行径，早晚都到婆婆那儿请安，就像孝子一样。对嫂嫂也非常敬重。不到半年，沈氏生病去世，臧姑哭得悲痛，至于杯水不进。她对人说：“婆婆过早去世，使我不能侍奉她，这是上天不许我赎罪呀！”她生了十胎，没一个活下来，就过继大成的儿子为子。二成夫妻都终其天年。大成的三个儿子，两个中了进士。人们认为是大成孝顺长辈、友爱兄弟的结果。

异史氏说：不吃跋扈将军的苦头，不知臣下尽忠的可贵。一家一国，道理相通。逆妇转变，婆婆却死了。大概满堂孝顺，没德行来消受吧？臧姑自责，说上天不许她自赎罪过，不是悟道的人，怎能说出这样的话？不过她理应早死的，却能终其天年，上天实在已经宽恕她了。古人说：“生于忧患。”有道理！

五　通

【原文】

南有五通[1]，犹北之有狐也。然北方狐祟，尚百计驱遣之；至于江浙五通，民家有美妇，辄被淫占，父母兄弟，皆莫敢息，为害尤烈。有赵弘者，吴之典商也[2]。妻阎氏，颇风格[3]。一夜，有丈夫岸然自外入，按剑四顾，婢媪尽奔。阎欲出，丈夫横阻之，曰：“勿相畏，我五通神四郎也。我爱汝，不为汝祸。”因抱腰如举婴儿，置床上，裙带自脱，遂狎之。而伟岸甚不可堪，迷惘中呻楚欲绝。四郎亦怜惜，不尽其器。既而下床，曰："我五日当复来。"乃去。弘于门外设典肆，是夜婢奔告之。弘知其五通，不敢问。质明视妻，惫不起，心甚羞之，戒家人勿播。妇三四日始就平复，而惧其复至。婢媪不敢宿内室，悉避外舍；惟妇对烛含愁以伺之。无何，四郎偕两人入，皆少年蕴藉[4]。有僮列肴酒，与妇共饮。妇羞缩低头，强之饮亦不饮；心惕惕然，恐更番为淫，则命合尽矣。三人互相劝酬，或呼大兄，或呼三弟。饮至中夜，上座二客并起，曰："今日四郎以美人见招，会当邀二郎、五郎醵酒为贺[5]。"遂辞而去。四郎挽妇入帏，妇哀免；四郎强合之，血液流离，昏不知人，四郎始去。妇奄卧床榻，不胜羞愤，思欲自尽，而投缳则带自绝，屡试皆然，苦不得死。幸四郎不常至，约妇痊可始一来。积两三月，一家俱不聊生。

有会稽万生者[6]，赵之表弟，刚猛善射。一日过赵，时已暮，赵以客舍为家人所集，遂导客宿内院。万久不寐，闻庭中有人行声，伏窗窥之，见一男子入妇室。疑之，捉刀而潜视之，见男子与阎氏并肩坐，肴陈几上矣。忿火中腾，奔而入。男子惊起，急觅剑；刀已中颅，颅裂而踣。视之，则一小马，大如驴。愕问妇；妇具道之，且曰："诸神将至，为之奈何!"万摇手，禁勿声。灭烛取弓矢，伏暗中。未几，有四五人自空飞堕。万急发一矢，首者殪[7]。三人吼怒，拔剑搜射者。万握刃依扉后，寂不少动。一人入，剁颈亦殪。仍倚扉后，久之无声，乃出，叩关告赵。赵大惊，共烛之，一马两豕死室中。举家相庆。犹恐二物复仇，留万于家，炰豕烹马而供之[8]；味美，异于常馐。万生之名，由是大噪。居月馀，其怪竟绝，乃辞欲去。有木商某苦要之[9]。

先是，木有女未嫁[10]，忽五通昼降，是二十馀美丈夫，言将聘作妇，委金百两，约吉期而去。计期已迫，阖家惶惧[11]。闻万生名，坚请过诸其家。恐万有难词，隐其情不以告。盛筵既罢，妆女出拜客，年十六七，是好女子[12]。万错愕不解其故，离坐伛偻[13]。某捺坐而实告之。万初闻而惊，而生平意气自豪，故亦不辞。至日，某仍悬彩于门，使万坐室中。日昃不至，窃意新郎已在诛数。未几，见檐间忽如鸟堕，则一少年盛服入。见万，反身而奔。万追出，但见黑气欲飞，以刀跃挥之，断其一足，大嗥而去。俯视，则巨爪大如手，不知何物[14]；寻其血迹，入于江中。某大喜，闻万无耦[15]，是夕即以所备床寝，使与女合卺焉[16]。于是素患五通者，皆拜请一宿其家。居年馀，始携妻而去。自是吴中止有一通，不敢公然为害矣。

异史氏曰："五通、青蛙[17]，惑俗已久，遂至任其淫乱，无人敢私议一语。万生真天下之快人也!"

【注释】

① 五通：江南淫鬼邪神名，又称"五圣""五显灵公""五郎神"。唐宋以来，即有记载。明清两代，吴中人多祀此神。

②吴：吴县，即今江苏苏州市。典商：开设当铺的商人。

③颇风格：颇有姿色。风格，仪容，风度。

④蕴藉：宽厚而有涵养。

⑤醵酒：众人凑钱饮酒。

⑥会稽：县名，即今浙江绍兴市。

⑦殪（亦）：死。

⑧炰（炮）豕：烤猪肉。炰，同"炮"，烧烤。

⑨要：通"邀"，挽留。

⑩木：此据铸雪斋抄本，原作"某"。

⑪阖家：全家。阖，合。

⑫好女子：美丽的女子。

⑬离坐伛偻：女子出拜，万离座鞠躬，表示不敢受拜，同时也避男女之嫌，不平视对方。伛偻，鞠躬，恭敬的样子。

⑭知：此据铸雪斋抄本，原作"如"。

⑮耦：通"偶"。

⑯合卺：此指举行婚礼，结婚。

⑰青蛙：青蛙神，邪神名。

【译文】

南方有五通，如同北方有狐精。不过北方狐精作祟，还能想方设法驱逐它；至于江浙地方的五通，百姓家有标致的妇女就被奸淫霸占，父母兄弟都不敢吭声，危害就更大。

苏州有个开当铺的商人叫赵弘，妻子阎氏，很有几分姿色。一夜，有个汉子昂首挺胸从外边进来，握着剑四面环顾，婢女仆妇全都逃了。阎氏也想出去，汉子横身挡住她，说："不要怕，我是五通神中的四郎。我喜欢你，不会害你。"说着抱住阎氏的腰，像抱婴儿一样托起来放在床上，阎氏的衣裙腰带自动脱落，便戏弄她。四郎阳具粗壮有棱，阎氏不堪忍受，迷惘中宛转呻吟，痛苦欲绝。四郎也知怜惜，适可而止。事毕下床，说："五天后我要再来。"就走了。

赵弘的当铺开设在住宅大门之外，当晚婢女奔来报告他，他明白那是五通神，不敢过问。天明，见妻子疲惫得起不了床，心里很觉耻辱，告诫家人不准外扬。过了三四天阎氏身体才恢复正常。怕五通再来，婢女仆妇都不敢在内室住宿，全都避到外边屋子里，只有阎氏一人对烛含愁等着。不一会，四郎和两个人一同进来，都年轻而风流。有僮仆摆上菜和酒，就与阎氏一起喝。阎氏害羞地缩着身子，低垂着头，强劝她喝她也不喝；心惊胆战，生怕轮番施暴，这条命就完了。三个人互相劝酒，大哥、三弟的互相招呼。喝到夜半，坐在上首的两个客人并排站起，说："今晚四郎因为美人邀请我们，哪天该邀二郎、五郎出钱买酒来贺喜。"就告辞而去。四郎挽住阎氏进了帐，阎氏哀求放过她，四郎强行交合，鲜血淋漓，阎氏昏死过去不省人事，四郎才离去。

阎氏奄奄一息躺在床上，不胜羞愤。想上吊自杀，头刚套进绳圈，绳子就自动断落，试了几次都是这样，求死不得，痛苦万分。幸好四郎不常来，大约阎氏恢复得差不多了才来一次。这样两三个月下来，赵弘一家都没法安生过日子了。

赵弘有个表弟姓万，家住浙江绍兴，刚强勇猛，擅长射箭。一天到赵家来，时

间已是傍晚时分。赵弘因为客房已被家人仆妇住着，就安排他住在内院。万生很久没有睡着，听到院子里有脚步声。伏在窗后偷看，只见有一个男子进入阎氏房中，不由起了疑心，拿刀悄悄去看个究竟。只见那男子和阎氏并肩坐着，菜已经摆在桌上。顿时怒火中烧，直奔进去。男子大惊而起，急忙找剑，万生的刀已砍中他的头颅，头颅砍裂，倒在地上，细看，原来是一匹小马，和驴差不多大。万生惊愕地询问阎氏，阎氏把详情说了，并且说："几个五通神马上要到，怎么办？"万生摇手不让她出声，把烛火灭了，取来弓箭，潜伏在暗处。不一会，有四五个人从空中飞下。万生急发一箭，为首的倒地而亡。其余三人怒声吼叫，拔出佩剑搜寻射箭的。万生手握利刀，靠在门扇后面，悄没声息，一动不动。一个人进来，万生一刀砍下，正中脖颈，那人也倒地而死。万生仍然紧贴在门扇背后，好久听不到声音，就出来，敲门告诉赵弘。赵弘大惊，一起点烛去看。一匹马、两头猪死在房中。全家相庆，还担心逃走的两个怪物来复仇，请万生留住在家里，烤了猪煮了马肉给他吃，味道很美，胜过平常的肉食。万生的名气，因此大震。住了一个多月，那怪物竟绝迹了。万生就告辞要走。

有个木材商人苦苦相邀。原来他有个女儿还没嫁人，忽然五通神大白天来了，是个二十来岁的美男子。声言要聘她为妻，留下聘金百两，约定吉日而去。眼看日期已近，全家惶惶不安，听得万生大名，执意请他来家做客，怕万生推托，隐瞒了真相没有实告。丰盛的酒宴才结束，木材商把梳妆打扮的女儿领出来拜见万生，十六七岁，是个漂亮的姑娘。万生一时怔住了，不懂他什么缘故，离座躬身回礼。木材商忙按他坐下，才把实情相告。万生初听有点吃惊，但他从来以血性男子自豪，所以也不推辞。

到了日子，木材商仍在门口张灯结彩，让万生坐在室内。太阳偏西了五通还不到，暗自猜想新郎会不会是已经杀掉的几个中的一个。又过了不一会，看见屋檐间忽然像鸟飞落似的，接着一个年轻男子盛装而入。看见万生，回身就逃。万生追出，只见一团黑气正要飞起，纵身一刀挥去，砍断了五通的一只脚，那团黑气大嗥而去。俯下身子一看，是一只手掌般大小的脚爪，也不知是什么怪物。沿着血迹找去，直入江中。木材商人非常高兴，听说万生还没有成家，这天晚间就用准备好的新房床帐，让他和女儿成婚。于是一向受五通祸害的人家，都来拜请万生到家中住一宿。过了一年多，万生才带着妻子离去。从此，苏南只有一通，不敢公然为害了。

异史氏说：五通、青蛙之类的神怪，惑乱人心已久，乃至于听任这些丑类淫乱，没人敢私下议论一句。万生真是天下的快人！

又

【原文】

金生，字王孙，苏州人。设帐于淮[1]，馆缙绅园中[2]。园中屋宇无多，花木丛杂。夜既深，僮仆散尽，孤影彷徨，意绪良苦。一夜，三漏将残[3]，忽有人以指弹扉。急问之，对以"乞火"，音类馆童。启户内之[4]，则二八丽者，一婢从诸其后。生意妖魅，穷诘甚悉。女曰："妾以君风雅之士，枯寂可怜，不畏多露[5]，相与遣此良宵。恐言其故，妾不敢来，君亦不敢纳也。"生又以为邻之奔女[6]，惧丧行检[7]，敬谢之。女横波一顾，生觉魂魄都迷，忽颠倒不能自主。婢已知之，便云："霞姑，我且去。"女颔之。既而呵曰："去则去耳，甚得云耶、霞耶！"婢既去，女笑曰："适室中无人，遂偕婢从来。无知如此，遂以小字令君闻矣。"生曰："卿深细如此，故仆惧有祸机[8]。"女曰："久当自知，保不败君行止[9]，勿忧也。"上榻缓其装束，见臂上腕钏，以条金贯火齐[10]，衔双明珠；烛既灭，光照一室。生益骇，终莫测其所自至。事甫毕，婢来叩窗。女起，以钏照径，入丛树而去。自此无夕不至。生于去时，遥尾之；女似已觉，遽蔽其光，树浓茂，昏不见掌而返。

一日，生诣河北[11]，笠带断绝，风吹欲落，辄于马上以手自按。至河，坐扁舟

上，飘风堕笠，随波竟去。意颇自失。既渡，见大风飘笠，团转空际；渐落，以手承之，则带已续矣。异之。归斋向女缅述；女不言，但微哂之。生疑女所为，曰："卿果神人，当相明告，以祛烦惑[12]。"女曰："岑寂之中[13]，得此痴情人为君破闷，妾自谓不恶。纵令妾能为此，亦相爱耳。苦致诘难，欲见绝耶？"生不敢复言。

先是，生养甥女。既嫁，为五通所惑，心忧之而未以告人。缘与女狎昵既久，肺膈无不倾吐[14]。女曰："此等物事，家君能驱除之。顾何敢以情人之私告诸严君[15]？"生苦哀求计。女沉思曰："此亦易除，但须亲往。若辈皆我家奴隶，若令一指得着肌肤，则此耻西江不能濯也[16]。"生哀求无已。女曰："当即图之。"次夕至，告曰："妾为君遣婢南下矣。婢子弱，恐不能便诛却耳。"次夜方寝，婢来叩户。生急内入[17]。女问："如何？"答云："力不能擒，已宫之矣[18]。"笑问其状。曰："初以为郎家也；既到，始知其非。比至婿家，灯火已张，入见娘子坐灯下，隐几若寐。我敛魂覆瓿中[19]。少时，物至，入室急退，曰：'何得寓生人！'审视无他，乃复入。我阳若迷。彼启衾入，又惊曰：'何得有兵气！'本不欲以秽物污指，奈恐缓而生变，遂急捉而阉之。物惊嗥，遁去。乃起启瓿，娘子若醒，而婢子行矣。"生喜谢之，女与俱去。

后半月馀，绝不复至，亦已绝望。岁暮，解馆欲归，女忽至。生喜逆之，曰："卿久见弃，念必何处获罪；幸不终绝耶？"女曰："终岁之好，分手未有一言，终属缺事[20]。闻君卷帐[21]，故窃来一告别耳。"生请偕归。女叹曰："难言之矣！今将别，情不忍昧：妾实金龙大王之女[22]，缘与君有夙分，故来相就。不合遣婢江南[23]，致江湖流传[24]，言妾为君阉割五通。家君闻之，以为大辱，忿欲赐死。幸婢以身自任，怒乃稍解；杖婢以百数。妾一跬步，皆以保母从之。投隙一至[25]，不能尽此衷曲，奈何！"言已，欲别。生挽之而泣。女曰："君勿尔，后三十年可复相聚。"生曰："仆年三十矣[26]；又三十年，皤然一老，何颜复见？"女曰："不然，龙宫无白叟也。且人生寿夭，不在容貌，如徒求驻颜[27]，固亦大易。"乃书一方于卷头而去[28]。生旋里，甥女始言其异，云："当晚若梦，觉一人捉予塞盎中；既醒，则血殷床褥，而怪绝矣。"生曰："我曩祷河伯耳[29]。"群疑始解。

后生六十馀，貌犹类三十许人。一日，渡河，遥见上流浮莲叶，大如席，一丽人坐其上，近视，则神女也。跃从之，人随荷叶俱小，渐之如钱而灭。此事与赵弘一则，俱明季事[30]，不知孰前孰后。若在万生用武之后，则吴下仅遗半通，宜其不足为害也。

【注释】

①设帐于淮：在淮上设帐授徒。设帐，谓执教。淮，淮水。

②馆缙绅园：寓居于某乡绅花园。馆，止宿。缙绅，官宦，多指乡居之官。

③三漏将残：三更将尽。

④内：同“纳”。

⑤不畏多露：谓不怕辛劳，乘夜而来。

⑥奔女：私奔之女。旧谓不经父母之命、媒妁之言而往就所爱男子为私奔。

⑦行检：操行。检，约束。

⑧祸机：包藏、埋伏着祸患。

⑨行止：品行。

⑩贯火齐：串饰宝珠。火齐，宝珠名。

⑪河北：泛指淮河以北地区。

⑫ 祛：除去。

⑬岑寂：冷清，寂寞。

⑭肺膈：犹肺腑，肺腑之言。

⑮顾：但，但是。严君：指称父亲。

⑯西江：西来的大江。泛指大江。

⑰内：同“纳”。

⑱宫之：言将其生殖器割掉。宫，古代刑罚之一，割除男性生殖器。

⑲覆瓿（部）中：盖于罐之中。瓿，古盛酱类的瓦罐。敛口，大腹，圆足，

有盖。

⑳缺事：缺憾之事。

㉑卷帐：谓辞去教职。

㉒金龙大王：即金龙四大王，神名。相传姓谢，名绪，宋时隐居钱塘金龙山。宋亡，赴水而死。明初，因曾助明太祖朱元璋而被封为金龙四大王。苏州曾建神庙。

㉓江南：省名。清顺治二年（1645）置。康熙六年（1667）改置江苏、安徽两省。习惯上仍称这一地区为江南。苏州，旧属江南省。

㉔江湖：此泛指四方。

㉕投隙：犹言乘隙、乘间。

㉖年三十矣：此从铸雪斋抄本，原作“三十年矣”。

㉗驻颜：谓使容颜不老。

㉘书一方：写上一种驻颜的药方。

㉙河伯：河神。

㉚明季：明代末年。

【译文】

书生金王孙，苏州人。在淮水一带教书，住在一家做官人家的花园里。花园里房屋不多，花草树木丛生。每当夜深时，僮仆都走了，金王孙形只影单，心情很是凄苦。

一夜，三更将尽，忽听有人用手指弹门扇，王孙忙问是谁，回答说是“借火”，声音像学馆的学童。开门让进来，则是十六七岁一位美人，后面跟着个婢女。王孙以为是妖物鬼怪，盘问很详细。美人说：“我因你是风雅的读书人，冷清得可怜，不怕踩着露水，来这儿与你共度良宵。恐怕讲出来历，我不敢来，你也不敢接待了。”金王孙又怀疑她是附近私奔的女子，怕坏了自己操行，便正色加以谢绝。

那美人眼波一转，金王孙只觉神魂迷乱，顿时情思颠倒，不能自制。婢女已觉察，便说：“霞姑，我先走了。”美人点点头，既而又呵责说：“走就走吧，什么云

啊霞啊的!”婢女离开后，她笑着说：“刚才房内无人，就同婢女一起来。她无知到这模样，竟叫我乳名让你听到了。”金王孙说：“你这样心细，所以我怕有祸机。”美人说：“时间长了自会明白，保证不坏你的名声，不用担忧。”上床宽衣，王孙看到她的臂环是用金链条穿着的玫瑰珠石，镶嵌着两颗明珠；灯烛吹灭后，光照一室。王孙更感惊异，终究猜不透她是哪里来的。事儿刚完毕，婢女来敲窗户；美人穿戴起床，借臂环上夜明珠照路径，进树丛而去。从此没一夜不来。金王孙在她离开时远远尾随；她似乎已经觉察，急忙遮住夜明珠，树木浓密繁茂，昏暗中伸手不见五指，王孙只得返回。

一天，他到淮河北岸去，笠帽带子断了，风一吹，就要掉下来，就在马背上用手按着。到河边，坐上小船，一阵大风吹落笠帽，随波飘去。金王孙心中很是怅惘。上岸后，发现大风吹着笠帽，在空中团团转，渐渐降落；用手接住，帽带已接好了。他觉得奇怪。回书斋后向美人追述这件事；美人不作声，只微微一笑。王孙怀疑是她所为，说：“你当真是神仙的话，该明言相告，以消除我的烦闷和疑虑。”美人说：“寂寞冷清时，得到像我这样的痴情人替你解闷，我自以为不坏了。就算我能还你笠帽，也是相爱罢了，苦苦追问，想跟我断绝吗?”金王孙不敢再说了。

早先，金王孙有个外甥女，出嫁后被五通神迷乱，金王孙一直担忧而没有告诉过人。因与美人亲昵已久，肺腑之言，无不倾吐。美人说：“这类东西，家父能驱除它。但是我怎敢把情人的私事告诉给严父呢?”金王孙苦苦哀求她想个主意。美人沉思半晌说：“这也易除，不过要亲自前去。那类东西都是我家奴隶，假如叫它的一个指爪碰到我的肌肤，那这耻辱用西江之水也洗不清了。”金王孙哀求不已。美人说：“一定马上想办法。”过了一夜，美人一到就告诉王孙说：“我替你派婢女南下了。婢女力量小，怕不能立即除掉呢。”

第二夜刚睡下，婢女来敲门。王孙急忙起来开门让进。美人问：“怎么样?”婢女回答说：“我没能把他捉来，已经将他阉割了。”笑问当时情形。婢女说：“我起初以为金郎家里，到那儿后才知道不是，等赶到你外甥女婿家，已是张灯时分，进去看见你外甥女坐在灯下，倚着小桌像是睡着了。我便将她的魂魄收进小瓮覆盖

住。不多时，那家伙来了，一进房就急忙退出，说：‘怎么住着陌生人！’细察没发现什么，才又进房。我佯装被他迷倒，他掀被钻了进来，又惊问：‘怎么会有兵器的气味！’本来我不想被它的脏东西污了手指，无奈怕慢了有变化，就急忙抓住把它割了。这家伙惊叫着逃走。我便起来开了小瓮，你外甥女似乎醒来，我就动身回来了。”金王孙高兴地向她道谢，美人与她一同离去。

半个多月过去了，美人绝迹不再来，金王孙也不存希望了。一晃到了年底，学馆放假，金王孙准备回苏州老家，美人忽然来到。王孙高兴地迎接她，说：“你抛弃我已很久了，我想一定是我什么地方得罪了你；幸而你终于没有绝弃我吧?”美人说：“相好一年，分手没一句话，到底是件憾事。听说你学馆放假，准备回乡，所以偷偷来告别呢。”金王孙要求她同归故里。美人叹口气说：“这就难说了！如今即将分别，不忍隐瞒实情：我本是金龙大王的女儿，因与你前世有缘，所以特来相就。不该派婢女去江南，致使江湖流传，说我为你阉割了五通神。家父听说，以为奇耻大辱，气得要命我去死。幸而婢女出来承担全部责任，怒气才稍为消掉些；便将婢女打了百把棍。我走半步，都派保姆跟着。觑了个空来一次，不能尽诉衷肠，奈何！”说完就要告别。金王孙拉住她流泪。神女说：“你不要这样，三十年后，还可再相聚。”王孙说：“我已三十岁了，再过三十年，白发一老翁，有什么脸再见?”神女说：“不然，龙宫没白发老翁。况且人生长寿短命，不在容貌，如只求青春容颜常驻，确实也很容易。”就在书册头上写下秘方走了。

不久，金王孙回到家乡，外甥女才讲起自己遇到的奇事，说：“当晚像做梦似的，觉得有个人把我捉住塞到瓮头里；醒来后，就见床上被褥上满是血污，妖怪从此绝迹了。”王孙说：“我以前向河神祈祷过罢了。”大家才解除了疑惑。

后来，金王孙六十多岁，容貌还像三十来岁的样子。一天，摆渡过河，远远看见上游飘来一张荷叶，大得像席子，一个美人坐在上面，飘近一看，原来是神女。金王孙跃上荷叶跟着她，人随荷叶一起变小，渐渐像铜钱一样，很快消失了。

这件事与赵弘的一段故事，都是明末的事，不知哪在前哪在后。如果在万生用武之后，那么苏南只剩下半“通”，大概它不足为害了。